U0543047

大梦归离

Fangs of Fortune

上

鹿礼礼 改编

江苏凤凰文艺出版社

此时离绪封藏，
来日共饮珍酿。……

大梦归离
Fangs of Fortune

章节	标题	页码
第十章	昆仑山	283
第十一章	不由己	314
第十二章	不烬木	337
第十三章	人心惑	359
第十四章	傲因妖	385
第十五章	云光断	406
第十六章	孤翼难	433
第十七章	应龙骨	459
第十八章	龙鱼鳞	479
第十九章	天都劫	514
第二十章	心永记	542

目录

章节	标题	页码
楔子（一）		001
楔子（二）		004
第一章	缉妖司	007
第二章	入梦去	044
第三章	冉遗鱼	079
第四章	执子手	108
第五章	故人归	141
第六章	乘黄阵	179
第七章	白泽令	205
第八章	青耕鸟	236
第九章	治瘟疫	259

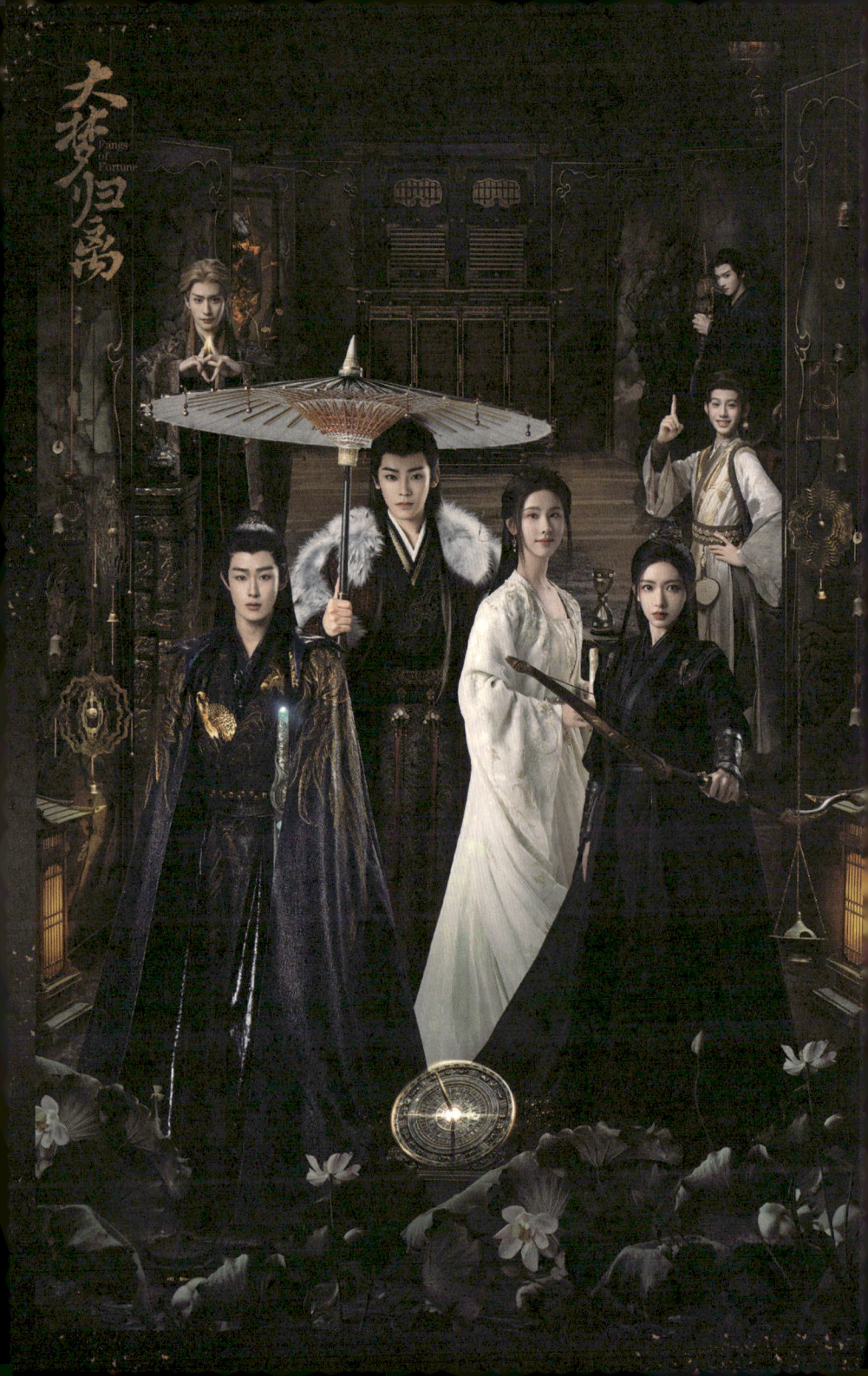

大梦归离
Pangs of Fortune

楔子（一）

> 上古水患后，众神陨落，人、妖两界秩序大乱。神兽白泽得白帝少昊敕令，统管众妖，守护苍生。天数使然，纵是神兽，亦无法逃脱消亡的宿命。为尽神职，白泽自愿舍弃肉体，化为神力永传世间，世代挑选至善至纯之人为白泽神女，执白泽令，得白泽力，维护人、妖两界的稳定。

文潇终于爬上了山顶，向东眺望。

她跑得急，白皙的脸蛋泛着红晕，黑发被细汗浸湿，凌乱地贴着两颊。

突然，文潇屏住了呼吸。

大荒东边，日月同出之处，有红光溢出，方才那红光只如丝线一般纤细，此刻却如血管般蔓延向天际。

天生异象，必有浩劫。

想到师父此时还在与离仑纠缠，文潇心中越发不安。于是，少女清瘦的身影又跌跌撞撞地朝海边跑去……

此时，大荒海边，乾坤骤变，难分昼夜。

乌云遮天蔽日，雷声似野兽怒吼，响彻四面八方，震耳欲聋。黑色的礁石像巨兽的尖牙紧咬住海岸，劲风掀起巨浪，重重地砸在锋利、坚硬的礁石上，一触即散，碎成沫子堆积于礁石的缝隙。

天是黑的，海也是黑的。

满目压抑中，有一黑一白两道身影，剑拔弩张。

"离仑，你不服白泽令管束，私离大荒，在人间滥杀无辜，你可知罪？"立于礁石之上的女子手握短箫，眉目清冷，一袭白衣迎风翻飞。

被唤作离仑的年轻男子悬于半空，墨发黑袍，周身妖气如幽冥之火，缭绕着升腾，风吹不散，肆意至极。

"赵婉儿，你一介凡人，凭什么插手大荒之事？！"离仑的气息随之躁动。

"我身负白泽神力，自当护佑大荒，当然可以管。"赵婉儿声音威严、肃穆，回响于天地之间，那是白泽神女独有的气魄。

"那我就杀了你！我看你怎么管！"

离仑周遭杀气蓦地一重，眸中冷意森然。

文潇赶到海边的一瞬，便察觉出气息与往日不同，污浊、暴戾之气流窜，腐烂气味涌动，刺鼻。

"师父！"她边朝着那礁石跑，边喊赵婉儿。

离仑被这声音吸引。他睥睨下方那个正朝着赵婉儿跑去的小身影，不过十五六岁，是一个瘦弱的凡人。人总是如此，肉体凡胎，却企图螳臂当车，自不量力。

蝼蚁而已。

离仑想到了一件有趣的事。在张扬的妖气之中，他缓缓勾起唇角，举起手中的拨浪鼓——鼓身两层，上大下小，有彩绘的古纹。离仑的手指握住鼓柄轻转，鼓耳敲打鼓面，发出叮咚的脆响。

霎时，一股浑厚的力量嗡鸣而至，铺天盖地，文潇只觉得有蛮横的力道重击她的额头，五感逐一被剥夺，意识全然弥散……

冰，刺骨的寒。

有什么砸在脸上，如被刀割一般。

苍白清丽的脸上睫毛微颤，文潇恢复了意识。天地间仍是一片晦暗，不知时间过了多久。文潇挣扎着站起，但双腿被冰冷刺骨的海水泡了太久，已止不住地打战。

"师父……师父！"声音焦急，夹着浓重的哭腔。

文潇跟跟跄跄地朝那块礁石跑，无心一瞥间，她的身形猛地定住。

赵婉儿一袭洁净的白裙浸在污浊的海水里，胸口大片的血迹刺目，她的身体无力得如一片纸，随海水浮动，了无生气。她的脸色惨白，嘴唇乌黑，那双眼睛还睁着，似在看压顶的黑云，眼珠已成了两团空洞的灰白……

文潇张了张嘴，喉咙干涩得发不出一个完整的音节。

师父是拥有白泽令的大荒神女，可号令万妖，没有任何力量能伤到她。怎么会……怎么会死？

文潇胸前剧烈起伏，她大口喘着气，瞪大眼睛，拼命紧盯师父的遗体，可那片白影终是被眼前铺天盖地的黑色吞噬殆尽。文潇又昏了过去。

天生异象，必有浩劫。文潇不知道的是，这浩劫，谁也无力阻挡。

天行有常，日月盈昃，四时更替，周而复始。

楔子（二）

白泽神女死后，白泽令下落不明，天下大乱。

天地间，有一小土堆上插着一块朽木，没有字，没有图。这是文潇为赵婉儿堆的坟。

文潇将一束野花放在赵婉儿坟前，而后颓然地跪在坟前，不言不语。

她身后静立着一个身材高大的男子。这男子戴着一副寻常的面具，上无任何花纹，边缘似被火烧过，说不上狰狞，但显得诡异。不寻常的是，这副面具的表情会随他的心境变化。此时他与文潇心境相同，于是那狰狞的面目此刻也是嘴角微微向下，哀伤不已。

文潇从没见过那副面具下的脸，她猜测，也许它比面具还要可怖。文潇也从不知道他的名字，只称他为"大妖"。

大妖是她师父的旧友。

在文潇年幼时，大妖就常来找她师父。文潇还记得她初见大妖时，大妖总是一副心事重重的模样。有时他静静地站着，也不知在想什么，身形直接与夜色相融，辨不出时，总能吓文潇一跳。

后来，文潇与大妖熟了，便最喜欢仗着师父的名头让大妖给她推秋千。大妖虽不情愿，面具也变幻出嫌弃的神情，却次次照做，为她推秋千。

文潇记得师父离世那日是大妖将她背了回来。

除此，那天的记忆就像被离仑那道蛮力击碎了，无序，混乱，拾不全。

那日后，文潇常做噩梦，次次从噩梦中哭醒时，大妖都在。他神情悲伤，站在那里，与她初见时一样，身形融入黑暗之中。他告诉文潇，离仑不会再出现了。

如今，师父没了，只剩下她和大妖了。他也很想念师父吧？

"大妖，死是什么感觉？"她轻声询问。

大妖沉吟片刻，如实回答："我没死过，回答不了。"

风声从耳畔呼啸而过，文潇的眼睛呆呆地望着墓碑："师父说，死，就是一个人去了很远很远的地方，再也不会回来了。"

就像一滴水落入大荒的海，再也找不到了。

面具后传来一声微不可闻的叹息。

大妖道："但我另一个朋友和我说，死去的妖，会变成天上的星星。他和我说，不要为死亡难过，不要为无法反抗的事情难过，所有的力气都要用来握紧可以争取的东西，好好珍惜。最后，坦然接受你无法改变的东西，比如死亡，比如命运。"

文潇心中一酸。

命运只会捉弄人，要她怎么坦然接受？

命运带走了她仅有的一切，命运让她成了大荒新一任神女，却是没有白泽之力的神女，与凡人无异，甚至不如普通人。她空有虚名，却什么都做不了，只能眼睁睁看着师父用生命守护的一切土崩瓦解。

文潇倔强地用力抿唇，手指捏紧裙摆，她偏要忍住不哭，不能让命运得逞。

"命运不可改变吗？"文潇声音颤抖。

"他说可以，但我觉得不行。"大妖沉吟片刻，如实回答。

"你也会死吗？"文潇垂眸，神色黯然。

"会吧。"但有时死也没那么容易，大妖没说。

文潇难以置信，回过头，惊讶地看着身后的大妖。

他会死？文潇只知道大妖活了很久很久，从没想过他也会死。

说不清是畏惧死亡、畏惧离别、畏惧孤独，还是什么，一阵静默过后，文潇再也不可抑制地啜泣，肩膀抖个不停。

"你放心，我不会随便死的，我会一直陪着你。妖比人活得久，我不会丢下你一个人的。"大妖急忙解释，面具的表情也变得有些无措。

"我不信，你刚说过，人都会死，命运不可改！"文潇像孩子一样哭了起来。泪水模糊间，大妖递来一张纸，上面印有一个血手印。

文潇看向大妖的手，伤口未愈，他修长的手指上还沾着血。

"好好保存，看看未来我们谁说的对。"大妖看着文潇，面具变为微笑的脸，将这份代表着妖能给的最郑重的承诺递给文潇。

文潇认真叠好后小心翼翼地放进自己的小包，而后抹了把眼泪，肿着通红的眼睛，冲着大妖弯了弯嘴角。

大妖的手掌轻轻地拍了拍文潇瘦削的肩膀以示安抚。他的手不是冷的，像人的手掌一样，是温热的。

大妖的声音柔软下来："其实……岁月漫漫，活着不一定就好，死也不一定就坏，最重要的是……"

"是什么？"文潇不解。

"我们为什么而活，以及，为何而死。"

文潇还是不解，但大妖似乎并不打算继续解释。许是他自己也没参透。大妖坐到她身边，轻声哼唱起一首大荒的歌谣。

辽阔天地、荒草之间，一坟，一人，一妖。

今夜无风无月，大妖背着文潇走了好远的路。从大荒的辽阔走进人间的热闹，大妖的脚步还是不停，似是奔着一个定好的终点。文潇心中生起一种熟悉的不安，她趴在大妖的背上，手指紧紧抓住大妖的衣服。

"大妖，你要带我去哪里？"

"天都。"

"你不继续照顾我了吗？"文潇的语气说不清是感到被抛弃时的愤怒，还是因为害怕被抛弃而在哀求，或者两者兼有。

大妖的身形一顿，他低着头，压抑着心中翻涌的情绪，身形颤抖。许久，大妖开口，语气坚定，一字一顿："我一定会来找你的。"

第一章 缉妖司

"文潇……文潇……"

混沌中,有人在耳边轻轻地呼唤着她的名字。

海水、礁石、血迹、白衣……破碎的记忆一一闪过,天地间景色割裂,变换几番,扭曲变形,直到文潇看见戴着面具的大妖蹲下身子,静静地注视着她。

喧嚣的风停了,浪静了,大荒静得像凝固了一样。

大妖抬起修长的手指,轻轻捏住面具下端,手指上的血迹沾到了面具上,他缓缓抬起面具……皮肤苍白,薄唇红似噬血。他缓缓地勾起唇角,露出白齿,鬼魅一般。

忽地,一个响雷滚落,炸裂在文潇耳边……

文潇猛然从书案上惊醒。

卷藏馆外,急雨潇潇,滚雷不断。一阵凉风吹进来,四周书页哗哗作响。

她又梦到那个不守信的大妖了。

一名微胖的典藏官急忙放下手中的书卷,跑去找砚台,而后将被吹起的书卷压住。扭头间,他才发现文潇正呆坐着,双目失神,两股鲜血自她的鼻中流出。

典藏官被吓了一跳,忙用手在鼻子处比画着:"哎呀,文……文典藏,你怎么又……"

文潇习以为常,用绢帕擦了擦鼻血,就起身疾步往外走。

"我有事出去一下!"

"走后门！别被发现你又偷溜了！哎……"典藏官急忙冲着她的背影嘱咐。

"知道了，知道了，放心……"文潇的声音已然渐行渐远。

天都的这场雨，真是来势汹汹。

文潇撑起一柄竹伞，如今她已褪去少女的青涩，肤如凝脂，眼似水杏，娇而不媚，青丝发髻上没什么繁复的头饰，只是很奇怪地插着支笔当发簪。

暮去朝来，朝来暮去，转眼间，已是文潇来缉妖司的第八个年头。

在她来之前，缉妖司出过一件大事。

八年前，神女离世，白泽令下落不明，许多妖趁乱偷逃出大荒。其中最臭名昭著的便是极恶之妖朱厌，他血洗缉妖司，一夜之间，缉妖司内尸积如山，血流成河，连下半个月的大雨也冲刷不散浓厚的血腥气。那尸山中就有现任缉妖司统领卓翼宸的父兄。自那之后，缉妖司日渐式微，崇武营夺得了原属于缉妖司的职责。

今年，缉妖司兵力更加紧张，后门根本无人看守。

文潇从后门离开，转入一条小巷。她缓步行走。四下寂静，行人寥寥，两侧的青瓦木楼被雨打湿，飞檐滴水成线，绿藤青藓倒是分外鲜亮。

急风扑面，文潇嗅了嗅，潮湿中裹挟着清新的草木气息，还有……香喷喷的面香味。

汤锅冒着热气，面摊老板钻进雨中，将淋在雨中的木桌椅往回收，边收边哀叹，再下雨，这生意就没法儿做了。

油布雨棚只容得下一张桌子。此刻，一个头戴斗笠、连缀黑色纱巾遮住头脸的粉衣少女坐在桌边，怡然地饮茶。

文潇循着面香味进了雨棚，收了伞。

"一碗素面,谢谢。"文潇自然地坐到粉衣少女对面。

面摊老板热络地应着。他正愁没生意呢,这生意就来了,于是欢欢喜喜地去煮面。

转眼间,一碗冒着热气的面摆到文潇面前,汤色清亮,漂着油星,上铺几片菜叶,上面撒了把细葱碎。

黑纱后的眼睛正不动声色地观察着文潇的举动,文潇只自顾自地拿起桌上的瓷瓶,瓶上挂着一枚小竹片,写着"糖"。

文潇看着竹片,似有苦恼,便抬头询问:"劳烦妹妹,我不认字,请问,这写的是盐还是糖啊?"

粉衣少女倾身,细看那字后,轻笑一声,回答得干脆:"盐。"

"谢谢妹妹。"文潇拿过调味瓶,倒一点进面中。

黑纱轻飘飘地被风吹开,可窥见少女娇俏可爱的面容,十五六岁的年纪,圆圆的脸上,一双大眼睛滴溜溜地转着,嘴角露出一抹狡笑。

文潇看着粉衣少女,笑问:"妹妹生得娇俏,为何戴着面纱斗笠?"

"这艳阳曝晒,我怕把脸晒黑,那样多少珍珠粉都涂不白。"

文潇看着雨棚外的瓢泼大雨:"有道理。妹妹拿一双筷子给我呗?"

粉衣少女从竹筒里抽出三根筷子,递给文潇。

在她递过来的瞬间,手腕猛地被文潇用力攥紧,筷子当啷几声掉落到桌面上,她瞳孔一缩,旋即用另一只手震了下木桌,掉落的筷子被弹起,直朝文潇的面门飞去。文潇身形一闪,粉衣少女转身要逃,文潇冰凉的手指灵活一绕,蛇一样牢牢拉住了她。粉衣少女吃痛,回身忙将桌上的茶盏、茶壶一并扔了过去。

慌忙中,粉衣少女头上的斗笠掉落,浓密发髻中冒出两只毛茸茸的长耳,灯笼般的红目中满是惊恐。文潇的身影轻巧地越过木桌,粉衣少女还没来得及逃出雨棚,就被文潇扣住了脉门。这次她痛得眼泪都快掉出来了,愤愤地看向文潇。

文潇仍淡淡笑着:"果然,越漂亮的小家伙越会骗人。"

"明明是姐姐先骗人。你头上插着笔,却说自己不识字,可比我坏多了。"粉衣少女鼓起腮帮子,很不服气。

文潇不恼,但扣着脉门的手丝毫没松劲儿,另一只手一抬一拂,极优雅地将一把粉末撒向粉衣少女。

"你……这是什么?"粉衣少女直觉不妙。

"居家必备迷药——涣灵散,百试百灵,可治谎病。"

文潇这才松开她,笑容温婉、纯良,音调柔和悦耳,语气却理直气壮。

下三烂!没天理!粉衣少女心里正骂着,顿觉视线模糊,身体也使不上力,两眼一黑,昏了过去。

文潇俯身将粉衣少女绑好,以防她在回缉妖司的途中逃走。随后,文潇将面钱放在桌上,欲走时瞥见被吓晕在地的老板,心生不忍,又追加了几个铜板作为精神补偿。

两条街巷外,人烟稀少处,有一座四方的旧宅,掉了朱漆的大门上有一黑底金字牌匾,上书"缉妖司"三个大字——正是缉妖司的大门。只是牌匾蒙了厚厚的灰,又结了层层蛛网,那三个金字也暗淡了许多。

一个男子正撑伞望着这块牌匾。这男子身形高大,身姿挺拔,一袭黑色长袍。雨水顺着伞的边缘滴落,伞沿儿轻轻抬起,只见他皮肤苍白,唇红似噬血。这男子缓缓地勾起唇角,露出白齿,鬼魅一般。

他握着伞柄的手指转动了一下,伞边缘装饰着的一些小铃铛发出丁零的脆响,惊醒了正靠着落地灯柱打瞌睡的守门士兵。

守门士兵看着站在台阶下的撑伞人,立即喝止:"缉妖司重地,闲人勿入。"

伞沿儿又向上移了移,露出一张年轻英俊的脸,剑眉星目,看起来二十出头,鬓角却飞起两簇白发。他微笑的样子看起来很有礼貌,如果忽略掉他身上肃杀的妖气的话。

"我来拜会卓翼宸大人,劳烦您通报一下。"他开口,声音温润。

守门士兵语气稍好些,询问:"拜帖呢?"

"没有。"男子仍是微笑,答得干脆。

守门士兵眉头一皱:"那你来拜会什么?"

"闲得无聊,来找卓大人讨杯酒喝。"

守门士兵伸手便要轰他走:"卓大人事务繁忙,哪有空喝酒?你这种仰慕大人风采,慕名而来的人,我见多了!快走快走!"

"可我不是人。"他笑着解释。

守门士兵愣住,闻言缓缓收回伸出去的手。

"我是妖。你去传话,告诉卓翼宸大人,他一直想杀的妖——朱厌,来找他了。"

男子笑得越温和,守门士兵便越觉得周身发冷,头皮发麻。他惊慌地后退,大喊起来,边喊边拔腿转身朝门内跑去:"朱……朱朱朱厌!妖怪找上门了!卓大人——"

男子蹙眉,很是嫌弃守门士兵偏在喊他大名时磕巴。他抬头继续看着尘埃满布的"缉妖司"匾额,挑了挑眉,抬手掐咒,红唇轻启。匾额突然动了动,上面的蛛网与尘埃瞬间被抖落干净。

男子低头浅笑。满意了。

长街上,一蓝一粉,一高一低,两道身影共撑一把伞。但细看的话,只见他们一个微笑着目视前方,悠然信步,另一个则嘟着嘴,可怜巴巴,极不情愿地挪步跟着。一根红绳将两人的手拴在一起,准确地说,那是缠绕着符文的缚妖索。

"……你是崇武营的人?"粉衣少女想,她今天出门时定是忘记看皇历了,才会落到崇武营的人手里,被抓后一定会生不如死吧?想到这里,她的大眼睛闪着泪光。

"我这三脚猫的功夫,怎么可能是崇武营的人,我只是对妖怪感兴趣罢了。"

不是崇武营的人，难道只是普通人？现在普通人都不怕妖啦？

"你是谁？你不怕妖？"粉衣少女的大眼睛眨了又眨，问出心中的疑惑。

"一只爱撒谎的小兔子罢了，我文潇有什么可怕的？"文潇看着她，笑意盈盈。

"你就是文潇？"粉衣少女听到文潇的名字那刻拔高音量，几乎是脱口而出。诧异、畏惧、敬意，还有一丝怀疑，交替出现在她脸上。最后，她又极其认真地盯着文潇上下仔细打量了一遍。

文潇将她的反应尽收眼底，微微一笑，但那笑中透着些无奈："我果然在妖兽中很出名……"

粉衣少女毛茸茸的耳朵又钻出了发髻，嘴上说着："不不不，你只是个名不见经传的小丫头，没人知道你。"心里却想着，对对对，哪个妖怪不知道文潇大人！大荒新任神女，名头简直如雷贯耳，鼎鼎有名，名满大荒！只是可惜了……

文潇伸手轻轻捏了捏兔耳朵："讹兽，其状若兔，人面能言，言东而西，言恶而善……最会撒谎的就是你，小撒谎精，没错吧？"

文潇记得书上记载，讹兽心口不一，言不由衷，心里所想与口中所说常常相反。所以一开始，她才故意问讹兽问题作为试探。

讹兽用手护住了自己的耳朵，拒绝文潇像捏面人似的捏玩她的兔耳。

"错啦！大错特错。"对对对，她说得都对。

文潇继续道："讹兽虽是妖兽，本性为善，并非凶兽——"

"那你还抓我？！"讹兽生气地打断。

文潇蛾眉一挑，开始慢条斯理地细数其罪状："虽说讹兽并非凶兽，但你恃靓行凶，扰民清静，还是得抓。半年前，你假扮商贾骗走了米商张老板的十两黄金。一个月前，你又骗取了清心画室王大才子的真心。现在张老板损失惨重,老婆怀疑他拿钱在外面养女人,只能选择报官抓你。而那王公子被你骗取心意,从此一蹶不振,终日以泪洗面。"

讹兽听得小脸通红,心道这事儿并非如表面这般啊,便焦急地开口为自己辩解:"姐姐莫要听人乱讲。那张老板可是十里八乡的大善人,他听说今年大旱,收成不好,就花了好多钱,把临近几个城乡的米都囤积起来,说是将来米粮紧缺,也好确保天都百姓都有饭吃……我怎么会骗他呢,骗好人是会遭天打雷劈的!"

讹兽通红着脸,一口气解释了一通,到最后,她懊恼地跺着脚,肩一塌,认命般叹了口气。

文潇细细听了她的话。正因讹兽心口相悖,所以她说出的话,须反着听。

文潇道:"嗯,我听懂了。张老板囤积居奇,牟取暴利,是个奸商。"

"哇哦!"讹兽抬起小脑袋,大眼睛里又燃亮起了光。

"那王公子呢?"文潇继续问。

讹兽又道:"王公子才华横溢,上到舞坊歌姬,下到富家小姐,无人不为他的学识和内涵心折。王公子遍地知己,为了我,抛弃了曾经的爱人……"

文潇点点头:"懂了。王公子见异思迁,道貌岸然,是个金絮其外、败絮其内的渣滓。"

讹兽用力点了点头,又补充一句:"啊,我俩情比金坚!"

文潇了然:"嗯,你俩虚情假意!"

"姐姐,我真的没有做坏事。"讹兽说到这儿时,目光飘到了一旁,略微心虚。

"你心里清楚得很,这就是坏事。众生百态,善恶交杂。但坏人自会有人间律法给他应得的惩罚,你骗财骗色,虽然初心是善,但扰乱人间清净,也该伏法。"文潇说得坚定,讹兽也就蔫了下来,耳朵也耷拉着。

文潇见状,终是不忍,于是宽慰道:"你放心,不是大事,关几个月,送回大荒便是——"

忽然,讹兽浑身开始剧烈地颤抖。

文潇不解:"你这么紧张干什么,关起来也会保证你有吃有喝的,别担心——"

讹兽的目光直直盯着文潇身后,脸色煞白,呼吸急促:"不是不是……姐姐,你看——"

话音未落,马蹄声由远及近,来势之疾如天雷地滚,鞭声激荡,领头的黑马几乎刹那间就到了文潇面前。眼看着黑马就要撞上文潇,马背上的人才不慌不忙地将缰绳拉紧,勒住骏马。马蹄扬起,而文潇依旧站在原地,举着竹伞,没有丝毫闪躲。

马背上穿着戎装的头领举起腰间的令牌,上刻"崇武"二字。他身后另有三人,同样身着戎装,都是崇武营的人。

"把妖兽交出来。"头领一副居高临下的姿态,开口便是命令,不容置疑。

文潇缓缓抬头,眼睛直视着他,言语没有半分退让:"我是缉妖司的典藏官,有权将讹兽带回缉妖司。"

头领笑了:"缉妖司?你们院落的青苔和蛛网都老厚了吧?早已名存实亡的破烂地方,还想和崇武营争权!赶紧让开!"

文潇道:"讹兽弱小,法力低下,虽口吐谎言,却心中向善,欺骗的也都是作恶之人,按罪当罚,却罪不至死。"

讹兽看着文潇护她的背影,目光闪动。这是第一次有人为她说话。世人只知讹兽开口就是谎言,便认定,一个满嘴谎话的妖心定不会向善。可这世间多的是打劫杀人、吹风放火、负心薄情之人,皆是口蜜腹剑,佛口蛇心。善与恶,究竟是看内心还是只靠眼观耳闻?文潇大人与她萍水相逢,却懂她心中的困苦,会细细听她讲的话,或者说,文潇大人听的、看的，从来都是心。讹兽的目光中饱含感激之情。她想，如果文潇大人能成为真正的大荒神女就好了……

头领知道，这场争夺战，赢家定然是崇武营。但他不喜欢这女人处变不惊的样子，他要挑她的痛处说，看她难堪才行。他俯身，讥笑地看着文潇，带着危险的试探："……听说你幼时曾为妖所救，所以一直对妖心软，私下放走不少妖孽。不过，八年前极恶之妖朱厌让缉妖司伤亡惨重，几近覆灭，你是不是也要为朱厌求情吗？"

文潇沉默片刻，随即迎着头领的视线，一字一顿道："妖兽朱厌杀人作恶，但崇武营以杀止杀，和朱厌有什么区别？"

此话一出，崇武营的几个士兵瞬间没了笑意，露出阴狠的神情。

"少废话！上！"一声令下，几人亮出兵器，欲直接抢夺走讹兽。

文潇立时从腰间抽出一把短刀迎战，胸口却忽地传来熟悉的剧痛，像有只手在肆意拉扯她的心脏。

为什么偏偏是这个时刻？

文潇瞬时没了力气，短刀脱手落地，她气喘吁吁，呼吸困难，手捂着心口跌倒在地。

讹兽见状，焦急地去拉文潇："姐姐，这个时候还演？"

"我没有演……"文潇的声音越发虚弱，一张脸没有丁点血色。

只这停顿的当口儿，崇武营的人已经闪身到文潇跟前，抬刀朝着讹兽砍下。

电光石火间，文潇一把推开了身旁的讹兽，用尽全力握住崇武营那人挥刀的手。文潇的指节泛白，手臂不住地发抖，奈何双方力量悬殊，那把大刀如有万钧之力，一点点地向下压……

握刀的大汉体形魁梧，他饶有兴致地看着拼尽全力反抗的文潇。他嘴角的笑极尽嘲讽，手上的力道不增不减，足够将她耗在此处，还能看到她反抗无果的有趣模样。

"走！"文潇咬着牙，发出低吼。

一切发生得太快，讹兽反应不及，似被这喊声叫回了神，却要上前去救文潇。

文潇收回一只手，冰冷的刀刃瞬间压到她的肩上，鲜血浸染蓝衣。文潇顾不上疼，抽出腰间的匕首，迅速割断她和讹兽手腕间的红绳。

"走啊！"

那边，头领从箭筒里拔出了箭矢，箭矢的金属头上嵌着几颗红色的矿石晶体模样的东西。那是一种极坚硬的矿石，能让所有妖魂飞魄散。头领吹着口哨，微眯起一只眼睛瞄准讹兽，张弓拉弦，一切不紧不慢，如逗弄陷阱中的猎物。

讹兽咬了咬牙，终于下定决心，转身跃上房檐。

文潇看着讹兽离去的身影，松了口气，露出虚弱的笑。今天这个局面，她们两个想逃走，几乎不可能，只要有一个能全身而退，就算是赢。

嗖！文潇耳边传来一阵破风之音。咚！重物砸落在地。文潇的笑还僵在嘴边，那道粉色身影已经重重摔落在地，一动不动。

"收队。"头领一声令下，魁梧大汉意犹未尽，极不情愿地收回了砍刀。

文潇立即朝地上的讹兽跑过去。那支箭贯穿了讹兽的身体，箭头带出一点血肉，伤口处冒出诡异的红烟，像急速蒸发的血雾。她轻轻抱起奄奄一息的讹兽，有什么似哽在喉咙里，让她呼吸不畅，心脏抽痛的感觉更重。

"她没做过任何伤天害理的事，为什么非要赶尽杀绝？"文潇眼眶通红，愤恨地看向崇武营的人。

崇武营的头领冷哼一声，勒住缰绳，悠悠转身："崇武营奉命诛妖，乃职责所在。刀剑无眼，缉妖司之人执意阻拦，所受之伤皆与崇武营无关。告辞。"

讹兽的两只兔耳无力地垂着，她伸出手指轻轻拉了拉文潇的衣袖，刚张口想说什么,却先吐出一大口鲜血。现在姐姐没事,她赢了。

"你是想说什么吗?"文潇忙看向她,俯下身,将耳朵贴近她。

讹兽笑了笑,血沫堵住喉咙,声音嘶哑,微弱得就要被雨声盖住:"姐姐,谢谢你……"

文潇闻言一怔,心中泛起阵阵苦楚。讹兽言东而西,言恶而善,所以她在怪我……她该怪我。

"对不起,确实怪我,是我没用,救不了你……"

讹兽摇头,还想说什么,但再也发不出一个音节,只有汩汩鲜血从口中流出,最终,她闭上了眼睛。

文潇感到怀中的重量越来越轻,讹兽身上发出忽明忽灭的微光,星星点点向上飘,逐渐消散于雨雾中。

魂飞魄散。

妖杀人,人杀妖,妖杀妖,人杀人,只要当道的强者肆意妄为,不分善恶,视性命如草芥,这世间的杀戮就永无止境。白泽神女本该出手制衡,可她没有神力,凭现在这副弱小无能的身躯,护不住一个讹兽,遑论守护苍生?简直可笑!

文潇抬头看着那些飘散的光点,密集的雨滴落进她的眼睛,和眼泪混在一起。

轰隆,滚雷砸落,大雨滂沱,街道寂寥。

只有文潇静静地跪坐在地上,怀里空空荡荡。

去通报的士兵迟迟没回,撑伞男子想,那士兵应是不敢再回来了。他索性撑着伞走进了缉妖司。

偌大的庭院空无一人,只有雨水噼里啪啦地砸在石板上的嘈杂声。

撑伞男子的耳朵动了动,雨声后,所有细微声响便尽数被他知晓。

柱子后,一只手捏着羽毛箭矢,缓缓拉满弓。

二楼,几双黑色靴子轻轻踩在木板上,小步挪动着。

若细看，屋顶上还匍匐着几个黑影，握着刀柄的手紧贴着青苔，蓄势待发。

撑伞男子的嘴角轻轻勾起，轻声呢喃："三、二、一——"他忽地转身、收伞，随后伞如一把剑一样刺出，伞尖正与背面偷袭之人突然刺来的剑尖对撞。伞开，如一面盾牌，一股磅礴的法力自伞面震荡开来，将身后袭来之人震飞。

另有一道黑影贴着屋檐跃出，手中一柄银白宝剑，剑身隐有银蓝幽光浮动。撑伞男子将伞面一抬，顺势挡住了自上而下的剑。握剑的人显然武艺高强，并未被这股法力弹开，可他的剑也没能刺透看似轻薄如纸的伞面。伞下的男子悠然地将头探出，向上看，正对上一双寒冷如冰的眸子。

撑伞男子了然。云光剑。看来这位就是缉妖司的统领卓翼宸。

而卓翼宸对上撑伞男子的视线，眉头不悦地蹙起，剑身一弯，借力翻身，长剑直指撑伞男子。

卓翼宸一身黑衣，英姿飒爽，黑发高束，看起来不过二十出头，长相斯文，但眉目之间杀气四溢，一双浅淡的眼瞳与常人相异，呈灰蓝色。房屋上匍匐的士兵与拉弓搭箭的士兵显然听命于他，随之迅速聚拢，将撑伞男子包围。

撑伞男子笑意盈盈，伸出两根手指将眼前的剑刃往旁边推了推，语调轻快，打破了这肃杀的氛围。

"哟，冰夷族的云光剑竟然在你手里。卓翼宸大人真不简单。"

"妖孽之口，也配直呼我的姓名！"卓翼宸眼中怒气翻涌，剑身一偏，直挥向撑伞男子。

撑伞男子闪躲间隙，还不忘介绍自己："卓大人，忘了介绍，我现在名叫赵远舟，可否先停下叙叙旧？"

卓翼宸不理会，动作干脆利落，出手十分狠绝，招招都是杀招。

赵远舟从伞柄中抽出一把剑，随即掉转伞身，手握伞尖，伞柄直奔卓翼宸刺去。卓翼宸举剑迎刺。突然，伞面瞬间张开，将赵远舟的身影和面容挡住，卓翼宸一晃神，手中的长剑便刺进了已经空了的伞下，如剑入鞘。

卓翼宸只觉手腕被震得一麻，长剑脱手，伞面瞬间收拢，像怪物的嘴突然合上，将长剑吞噬干净。那伞飞射而出，落回一只修长的手中。

赵远舟抓着伞，随意坐在屋檐之上，挥手叫停。"你们缉妖司萧条了八年，屋顶瓦片都长草了，近日好不容易有机会得以重建，我特意上门拜贺，卓大人却刀剑相向，唉。"

缉妖司为何萧条了八年？罪魁祸首怎么有脸说这种话？八年前那个血流成河的夜晚似就在眼前，卓翼宸双目通红，胸腔剧烈起伏。

"朱厌，你恶贯满盈，我今日必定杀你报仇。"

"想杀我，一把云光剑可不够。"赵远舟漫不经心地抬指掐咒，手指上金色的符文若隐若现。"动。"两侧屋顶数十片青瓦像一群黑鸟一样朝卓翼宸疾飞而去。

卓翼宸抬起左臂，一团白光护在他面前，瓦片撞上那团白光，应声碎了一地。卓翼宸脚尖用力点地，凌空飞身向赵远舟而去，来势汹汹。他的右手朝前方虚空一攥，原本被收到伞中的云光剑便飞回他手中，剑身一翻，卷起汹涌的气旋，转眼间，卓翼宸的剑已到赵远舟身前。

士兵们从没见过这样的卓统领，像杀红了眼，不死不休。本已列阵排布好却迟迟等不到指令，他们也不敢妄动。

赵远舟倒是面不改色，背手而立，阖上双眼，似就等那剑刺入自己的心脏。卓翼宸猜不透他又在耍什么招数，但他一直在等这一刻，让这朱厌血债血偿。卓翼宸眼中杀意更浓，云光剑上光芒更盛——

"卓统领！剑下留人！"

"卓统领！剑下留人啊！"

叫喊声响彻庭院，一个四十多岁、身着官服的男人边跑边举手大喊。来人正是缉妖司副指挥使司徒鸣。

司徒鸣气喘吁吁地跑到近前时，正巧见到平日不爱言语的卓统领杀气腾腾，像换了一个人，而他手中的剑已经刺进赵远舟的胸口，再看那被刺的人，眼睛都合上了。司徒鸣一口气提到了嗓子眼。还是迟了？人都死透了？

"留人可以，留妖不行。"卓翼宸站得笔直，盯着赵远舟，手中的剑丝毫没有要松的意思。

"嗯……严谨，卓大人真是严谨。"赵远舟猛地睁开眼睛，开口说话，吓得司徒鸣身形一歪。

司徒鸣急忙走到卓翼宸身边，轻轻握住他持剑的手，想往后撤撤。司徒鸣好声好气道："卓统领，咱们先不管他是人是妖——"

卓翼宸动也不动。

司徒鸣叹气，卓统领的犟脾气上来，十辆马车也拉不住，此时要是文典藏在就好了，就她能劝得动。但换句话说，如果这人真是朱厌，那等于杀他父兄的凶手就在眼前，谁能忍得了啊！差事难办，只能公事公办。

司徒鸣转向赵远舟，换了副严肃的面孔，从怀中掏出一封书信："我问你，这信可是你写给范大人的？"

"是我。"

"信上所言可是真的？"

"当然是真，我又不是訛兽。"赵远舟笑嘻嘻地回答，很是配合。

司徒鸣狐疑地看着赵远舟，此人真的是那恶贯满盈的朱厌吗？可他周身毫无妖气，分明是一个气质出尘的美男子，气质温润、矜贵，此刻又笑容满面，人畜无害……

"你当然不是訛兽，你是该死的白猴子。"卓翼宸冷哼一声。

"白猿！猿！"赵远舟急忙纠正，猿和猴的区别可大了！

卓翼宸见他此时还有心玩笑，不悦地皱紧眉头，抬手便将剑尖又进了一寸。

赵远舟吃痛，忙举手投降："嗷……猴，猴，是猴……"

"凶兽所言，绝不可信，我今日必杀他报仇！"

四目相对，赵远舟清楚地看见卓翼宸眼中的杀气与刚才相比并没有减去半分。赵远舟脸上的笑意全然收起，眸子冷若冰霜，周身暗红色的妖气聚拢。

"我的耐心用完了，你可以动手，但这里的所有护卫共十六条人命也都会给我陪葬，心脉尽碎而亡。"

妖！的确是妖！

司徒鸣被这妖气震慑得不自觉地往后退，同时脑内迅速判断这突发的转变。朱厌如果真想再杀光缉妖司的人，直接动手就是，何必写那封信，且刚才他更像在激卓统领发泄仇恨，任由卓统领把剑刺进他的胸膛，还是笑脸相迎，可见那信上所言应当出于真心实意。那么眼下以他人性命相逼，应当也只是服软不成，转而吓唬卓统领，逼他暂时放下仇恨，共商大计。

想通了这一切，司徒鸣便壮着胆子朝卓翼宸侧挪步，试图再次劝说。只是他的话还没出口，卓翼宸目光凛然，已然摆好迎战的架势。

赵远舟薄唇开合间，一名士兵惨叫着瘫倒在地，口吐鲜血，浑身抽搐，痛苦不堪。

司徒鸣见他动了真格，忙提醒卓翼宸："卓统领！卓大人！快收剑吧！"

卓翼宸的身影沉默僵立于雨幕中，双眼通红，死死地盯着赵远舟，毫不退让，只是那握紧剑的手已微微发抖。

"我数到三，你收不收剑？三，二，一——"

其实胜负早见分晓，赵远舟敢用人命要挟，就料定了卓翼宸不敢赌输。卓翼宸额头青筋暴起，最终咬牙拔出了长剑。

倒地的士兵停止抽搐，喘过气来，被另外两个士兵搀扶着退下。

"难受吗？"赵远舟问。

卓翼宸没有回答，呼吸压抑而沉重。

赵远舟笑笑："难受就对了。这世间事，不顺心者，十之八九。卓大人，习惯就好。"

"卑鄙小人，总有一天，我会用云光剑，刺穿你的心脏——"卓翼宸挑剑，重新指向赵远舟。

"像这样吗？"赵远舟突然上前一步，用心口迎向剑尖，而后步步向前，直至剑端没入他的胸口。

卓翼宸难以置信地看着赵远舟，但他惊讶的不是赵远舟的举动，而是……云光剑已经贯穿了赵远舟的心脏，却杀不死他。

赵远舟似是看透了卓翼宸的想法，轻笑道："刚才不是和你说了吗，看来卓大人根本没有听进去——你，杀不死我。是不是更难受了？"

司徒鸣心想，这妖说话可真会往人心窝子里戳，卓统领性子率直，经不起这么激。他可不敢再让两人继续说下去，忙上前打圆场。

"卓大人，大局为重，且听听他到底意欲何为。"

卓翼宸把剑收回剑鞘，背过身去，不再言语。既然他杀不了朱厌，那么朱厌故意绕这么一个圈子的目的，他心中已了然。

赵远舟收敛妖气，手指随意滑过心口的位置，金光流动，血迹消失，伤处恢复如初。

"你们上书奏请朝廷重振缉妖司。虽然丞相大人极力担保，但崇武营从中作梗，向王尚未点头，我今日前来，就是想送你们一个礼物。"

司徒鸣问："什么礼物？"

赵远舟指了指自己："我——将朱厌大妖捉拿归案，邀功领赏。这份礼物，卓大人，你可满意？"

卓翼宸冷哼一声，道："还不够满意。"

"还不够？卓大人真是贪心，那怎么才能让卓大人满意呢？"赵远舟故作夸张地抱怨。

卓翼宸转身看着赵远舟，眼中不见了翻涌的恨意，平静如寒冷的湖面:"换个适合你的地方,再谈。"

赵远舟被押进了卓翼宸口中适合他的地方——缉妖司中专门用来关押妖兽的地牢。此处重重守卫,暗无天日,空气中浮动着潮湿与发霉的气息,令人很不舒服。光源仅有墙上挂着的火把,更显阴森、诡异。

赵远舟双手双脚上都加了粗重的镣铐,铁链的另一端固定在墙面上。这是工匠用玄铁制成的,专用来捆凶残的妖,质地坚硬无比,纵使妖力气再大,也难挣脱。这镣铐也粗粝、笨重,手脚一旦被其困住,若不想磨掉皮肉,就只能老老实实,动也不动。

然而此时地牢内的赵远舟将铁链晃得当啷作响,还一脸百无聊赖。关押他的牢房门已被锁住。牢门外,卓翼宸与司徒鸣暂时屏退左右,低声议事。

司徒鸣手中拿着一份文书,指了指上面的字,小声说:"怪了,他有名有姓,户籍可查,天都人士,赵远舟,年二十九。"

卓翼宸不觉得稀奇:"极恶之妖,吸取天地戾气,修为深厚,化为人形不是难事。"

司徒鸣摇了摇头,还是觉得怪,重点不是在妖化作人形这件事上,而是妖不会有人的户籍……司徒鸣的视线落在卓翼宸手中握住的云光剑上。更怪的是,卓翼宸的云光剑是所有妖的克星,却伤不了这朱厌丝毫。

"卓大人的云光剑……为何杀不死他?"司徒鸣试探着问出了心中的疑惑。

卓翼宸低头,沉默半晌,显然也不知道答案。

"想知道吗?"牢房内的赵远舟接过话头,神情得意。

卓翼宸怒道:"卑鄙!竟敢偷听!"

"偷听?我动都没动。"赵远舟故作委屈。

卓翼宸走近,冷笑道:"我和司徒大人低声轻语,你都能听到,你不是猴子,你是狗——狗的耳朵才这么灵。"

赵远舟略作思索:"可狗的鼻子比较灵吧……卓大人别忘了,我是千年大妖,五感超群,你们就算站得再远,对我来说,都像是趴在我耳边细语——"

"放肆!"卓翼宸无法忍受赵远舟挑衅的话,拔剑指向赵远舟。

赵远舟的视线落在云光剑上,隐有笑意:"卓大人,你到底想不想知道答案?"

"有话就说!"

赵远舟对他的反应很是满意,悠然开口:"你是冰夷族的后代。冰夷族血脉自古以来就是大荒妖族的克星,云光剑的威力更是足以弑神斩魔,不过……"

赵远舟欲言又止,成功引起卓翼宸的好奇心。

"不过什么?"

"你的用法不对。"赵远舟勾了勾唇,笑意有些危险。

卓翼宸挑眉看他:"难不成你知道怎么用?"

赵远舟晃了晃铁链,示意自己动不了,引卓翼宸靠得再近些:"自然,但这是冰夷族的最高机密,必须和卓大人悄声细语,不可被外人听了去……可惜这链子……"

卓翼宸冷嘲道:"冰夷族的最高机密,我作为族中人不知晓,你却知道,你觉得我会信?"

赵远舟道:"这有什么?我活得够久啊,这对你来说是机密,对我来说就是陈年旧闻。你听一下,又不损失什么。还是说,卓大人怕了?"

卓翼宸自然不相信朱厌,但的确在心中衡量着他的话。

司徒鸣见状忙按住卓翼宸,生怕他复仇心切,被蛊惑了心智,压低音量提醒道:"卓大人,妖怪奸诈,莫要上当……"

司徒鸣转而对着牢中的赵远舟拔高音量质问:"你在信上说能助缉

妖司勘破近日天都发生的水鬼抢亲杀人案,此话当真?"

这便是极重要的事。一个月内,水鬼抢亲杀人案死者已达八十一人,朝廷颇为看重,崇武营已彻查多日,却毫无头绪。如果缉妖司能够在崇武营之前勘破此案,便能扭转缉妖司的现状。

赵远舟道:"当真。"

司徒鸣却十分警惕:"无缘无故,你为何要帮缉妖司?"

赵远舟耸了耸肩,一脸无辜:"我无欲无求,是真心实意想帮缉妖司一把。崇武营多年来肆意虐杀妖兽,作恶多端。我是大妖,自然帮小妖们报仇。敌人的敌人,就是朋友。你们人类的兵法里好像是这么写的,对吧?"

卓翼宸恨恨道:"八年前缉妖司覆灭,崇武营得势,就是拜你所赐。谁都能帮缉妖司,唯你不行!"

司徒鸣沉吟片刻,却上前一步:"你真的肯帮缉妖司?"

赵远舟道:"倾尽全力,鞠躬尽瘁……不过我有个条件。"

卓翼宸冷哼一声,道:"刚还说自己无欲无求,果然满口谎言。"

司徒鸣继续问:"什么条件?"

赵远舟道:"我想要缉妖司里一个人陪我一起查案。"

司徒鸣疑惑:"谁?"

赵远舟轻笑:"这人,二位都认识,是指挥使范瑛大人的千金——文潇小姐。"

雨已停。

缉妖司后门的小巷中,一道水蓝色的身影失了魂一般,脚步虚浮。文潇不记得自己在雨中呆坐了多久,直到一个孩童被她的模样吓得哇哇大哭,她才如大梦初醒,慌忙起身,狼狈离开。此刻,她的衣服已半干,几缕湿发粘在她苍白的额头上。

从踏进后门,她便察觉出异常。有脚步声急匆匆地向她靠近。文潇悄悄按住腰间的匕首。

跑来的是另一位典藏官。

"文大人，老天爷，你终于回来了……快跟我走，先藏起来。咦？你受伤了？"他的视线落在文潇肩膀处的血迹上，有些诧异。

"不打紧。为什么要藏？怎么了吗？"文潇悄然松开握住匕首的手。

典藏官警惕地查看四下，确保安全后才上前一步，颤抖着开口："有妖闯入缉妖司了！"

文潇难以置信："妖？闯进缉妖司？胆子也太大了……"

典藏官绘声绘色，用手比画着："他不是胆子大，他是整个人都很大……大大大……大妖！"

"大妖？什么大妖？"

"朱厌。"

文潇闻言，脸色顿变。

八年前，文潇被大妖送到了天都范府门口。管家将文潇带进府，范瑛问过她的姓名与户籍，便说与她的长辈相识，收她为义女。可文潇从不知道他们有这层关系，她忍不住想，大妖为将她安顿好，一定费了心思才能查清她在人间的关系。

范府很大又很小，头顶被四方框住的一片天远不如大荒的辽阔，她住不习惯。下人们对她很恭敬，也有距离感，文潇感觉很孤独。她常趴在窗户上向外望，盼着大妖按照约定来接她。日子就在她这样的盼望中过了夏与秋。

即将入冬时，天都发生了一件大事。文潇记得那晚范府忙作一团，不停地有人进进出出。她躲在柱子后，从范瑛与其他官员的言论中才听明白发生了什么。

这半年时间，大荒有许多妖趁乱逃入人间，不乏借机危害人间的，幸有缉妖司，人间才没有出过大乱子。而这次极恶之妖朱厌从大荒来了天都。缉妖司发现其踪迹后欲履行职责诛杀朱厌，却反被朱厌血洗，缉妖司里尸积如山，血流成河，唯一幸存的是卓家的小儿子卓翼宸。

话至此，厅堂徒留叹息。文潇也不自觉地跟着叹息，等她反应过来时，忙捂住嘴巴逃开。文潇跑进庭院时，看见了一张陌生的面孔。那少年安静地坐在石阶上，一身丧服，垂眸不语。

那是文潇第一次见到卓翼宸，此后，她一直没等到大妖，但身边多了另一个身影。文潇与卓翼宸，一个身为神女却没有白泽神力，另一个空有云光剑却不会使用，两人又同样失去了至亲，他们的相遇，仿佛是冥冥之中的安排。

卓翼宸将卓家的宅院让出来，作为新的缉妖司。文潇知道撑起缉妖司对他而言是父兄的遗志，十分重要，也知道卓翼宸多么恨朱厌。以卓翼宸的身手，换作对付别的妖，她自然是不担心的，可如果对手是朱厌……文潇心中忐忑得不行，几乎是一路跑到地牢门口。

守门的侍卫立即将她拦下："卓大人有令，不准任何人靠近地牢。"

文潇急切道："我也不行？"

侍卫低头行礼："文大人也不行。"

地牢中，卓翼宸听闻赵远舟要求文潇加入，立即震怒。

"休想！"他不会让文潇靠近危险。

赵远舟的耳朵动了动，他听到地牢外熟悉的脚步声，笑了笑。

"休想？我不但要想，还要做。现在是我提要求，你没有资格说'不'。"

赵远舟忽地凌空飞起，带着当啷作响的铁链朝墙壁飞去。他的后背在接触墙壁的瞬间，墙上泛起金光，如涟漪般荡开，而他穿墙而出。金光消失后，只剩下铁链固定在墙壁里。

卓翼宸立即冲进牢房，扯着嵌进墙壁的锁链，怒发冲冠之时，身后传来一声呜咽。卓翼宸回头，只见赵远舟一个手刀将司徒鸣打晕了。接着，赵远舟走到牢门口，看着卓翼宸，露出一个微笑。咔嗒一声，他抬手将牢门锁上，卓翼宸被困在了里面。

赵远舟微笑着转身，快步朝走廊外走去。

守卫们听到动静，拔刀朝着赵远舟冲去。

赵远舟抬起手指，放于唇边，轻声道："梦。"

守卫们瞬间跪地不动，酣然入梦。

赵远舟越走步子越快，最后径直飞身而出，衣袂翻飞。

文潇正站在地牢外焦急地来回踱步。她不想为难领命的侍卫，却更放心不下地牢里的情形。突然，侍卫和文潇都听见了地牢中传出的风声，还没看见人影，便听见鬼魅般的声响传入众人耳中，除了文潇，所有人全部应声倒下，入了梦。

文潇警惕地盯着地牢的入口。她知道，应该是朱厌逃出来了。那小卓呢？文潇不敢细想，强行让自己镇定下来。

一道身影从地牢入口飞身而出。文潇心跳如雷，转眼间，那道身影便落于她面前，手中变幻出一束鲜花，献与她，白色的花瓣随风微微摆动。

"见面礼，喜欢吗？"

文潇一愣，继而才看清花束后那张英俊而陌生的面容，那双眼睛正意味深长地看着她。

花……大荒的记忆瞬间闪现在文潇脑海中。大妖每次见她，都喜欢带一束野花。文潇脸色苍白，下一秒就虚弱地跌坐下去。赵远舟错愕，立即丢掉花束，在文潇倒地之前将她稳稳接住，抱在怀中。

"凡人女子，如此主动？"赵远舟的声音轻柔，似是挑逗，眉眼却丝毫没有轻浮之意。

"身子不好，虚弱无力，大人莫要见怪。"文潇面容清丽，神情中带着几分笑意，这笑有些不寻常，但赵远舟暂时捉摸不透。

"你不怕我?我是妖。"

"我知道,你是大妖朱厌。你看起来很眼熟,我们以前是不是在哪里见过?"

赵远舟轻笑:"如此老套的搭讪方式,你是认真的吗?"

"我叫文潇。"

赵远舟看着她的眼睛,说出自己的名字:"赵远舟。"

"没想到朱厌大人还有艺名。"

赵远舟看向文潇受伤的肩膀,随后笑了笑:"狡兔还有三窟,我一个大妖有几个花名,不足挂齿。"

"远舟大人,我腿不软了,你可以扶我起来了。"

赵远舟闻言,便将她扶起。起身时,他的手指不经意拂过文潇受伤的肩膀,有金光流过。

突然,云光剑蓝芒大盛,自赵远舟身后直直刺来。赵远舟转身,抬起手指,红色妖力卷起大风,与云光剑相撞。卓翼宸落地,毫发无伤,将剑对准赵远舟,厉声道:"放开她!"

卓翼宸冲出来的速度倒是比赵远舟预计的快。赵远舟搀扶着文潇,故意不放,转头委屈地看着文潇:"听到没,他叫你放开我。"

赵远舟这才发觉文潇脸上仍是笑盈盈的,可手上不知何时多了一把短刀,她正单手握着刀,刀尖抵着他的脖子。

赵远舟无奈地笑道:"卓大人的云光剑都杀不死我,你这小小短刀——哎呀,你!"

赵远舟话还没说完,文潇已用短刀在他脖子上划了一下,一股鲜血沿着刀刃流了下来。

"你不会死,但总会疼吧?"

赵远舟捂着脖子看向文潇。他知道那笑中不同寻常的地方了,分明是多了几分狡黠!

"这么狠?行,那我也——等等——"赵远舟话还没说完,突然跟跄了一下，跌坐在地面上，他抬手指着文潇，虚弱无力，"你在刀上涂了什么？"

文潇蹲下来，捡起掉在地上的花，轻嗅花香："妖用迷药涣灵散。礼尚往来，你的花很漂亮，我收下了。"

赵远舟转眼就昏了过去，倒在地上。

文潇收起短刀，起身嘱咐卓翼宸："关回地牢去。"

卓翼宸犹豫开口："地牢……关……关不住他，刚就被他跑了……"

"是吗？"文潇回头看了眼倒在地上的赵远舟，拔高音量，"那就拿刀一直划他。"

躺在地上的赵远舟猛地坐起来："别别别，别划拉我，我保证不跑，好吗？我自己回去……我保证不跑……"

赵远舟起身后，很自觉地乖乖走进了地牢。

卓翼宸诧异地看着赵远舟的背影，又转头看了看文潇，欲言又止。

"他戏演得太差，一眼就看得出来。"文潇笑着解答他的疑惑。

卓翼宸摇了摇头，从怀中拿出一个小瓷瓶，递给文潇："你受伤了，用这个药粉恢复得快些。"

文潇一怔，而后接过瓷瓶，笑着道了谢。

入夜，文潇独自对着铜镜疗伤。

肩膀处的血迹已经干涸，怕是衣物已与皮肉粘连。文潇深吸一口气，咬住毛巾，将衣服剥开。

衣服落下，却露出光滑无瑕的肩膀，文潇惊讶地发现刀伤离奇地愈合无痕……

文潇换了身洁净的白衣，坐于案前。一盏孤灯，一摞书册，均是与讹兽有关的记录，文潇边翻看边提笔补充记录。

"讹兽，其状若兔，人面能言……言东而西，言恶而善……"文潇小声念道，脑海中不自觉回忆起讹兽。心中所想，口不能言，出口的话总与心中所想背道而驰，何尝不是一种诅咒。

夜风清凉，四下寂静，唯有文潇落笔的唰唰声响。她拿起一本破旧的书册，翻找与讹兽相关的记录："生为讹兽，注定言不由衷，心口相悖。讹兽一生中，只有在死前的片刻，可以遵循真心，说出真意……"

文潇一怔，回想起讹兽奄奄一息之际的那句话："姐姐，谢谢你……"

讹兽死前，感觉到眼前的光影逐渐变得模糊，一生的画面如零乱的碎片在她的眼前闪过。她在弱肉强食的大荒，害怕比她大的妖，终日四处躲藏。后来，她趁乱从大荒躲到了人间。可即便在人间也要四处躲藏，她怕被崇武营的人抓到。她自认没做错什么，好像她这样的妖出生就是错。她是那么微不足道，谁会在意她这样一只小妖兽的死活？眼前的画面最终停在一个清瘦的背影上，那个背影挡在她身前，拼死护着她。原来有人在乎她的死活，有人拼了命也要守护她，文潇大人……怎么这么傻呢？

生为讹兽，注定言不由衷，心口相悖……唯有死前片刻可以遵循真心，说出真意……所以，那句"姐姐，谢谢你"，是出于真心。

讹兽渐渐感受不到雨水滴落在身上的感觉，也渐渐听不到文潇的声音了。她听闻，人在死亡时会产生幻象，似会看见父母长辈来接，所以不显得孤独。那么妖呢？为何她的眼中只有白茫茫的一片。

天都的雨什么时候停啊，她好想站在阳光下晒晒太阳。

一滴清泪落在书卷上，晕染了墨迹。

深夜未眠的还有卓翼宸，有一句话，他始终放不下。

卓翼宸走进地牢，看见赵远舟正盘膝闭目打坐。似是感应到了他的脚步，赵远舟睁开眼睛，懒懒地打了个哈欠："我等你等得都要睡着了。"

"你知道我要来？"卓翼宸冷声道。

"我知道你放不下。"赵远舟活动了下肩膀。

卓翼宸冷哼一声，道："我放不下你的命。你身上背负着无数条人命，你死不足惜。"

赵远舟站起来，又扭了扭腰："所以你一定会来，因为你想要知道云光剑真正的用法，只有这样，才可以杀死我。"

卓翼宸沉默了。

赵远舟开口道："我可以告诉你。"

"但你有条件。"

"对。"赵远舟答得干脆。

"你想要什么？"卓翼宸相信赵远舟此次主动来缉妖司一定另有所图，且不像他表面说的那么简单。可卓翼宸看不透赵远舟在谋算什么。无论如何，他绝不会答应他做任何伤天害理的事。

赵远舟先一步开了口："我要一句你的誓言，立下重誓，决不反悔。"

赵远舟话语一顿，继而郑重说出："我要你杀了我。我教会你云光剑真正的用法，然后，你杀了我。"

卓翼宸顿时心跳如擂鼓，赵远舟开出的条件竟然是用云光剑杀了他？卓翼宸狐疑地看向赵远舟，问："你很想死吗？"

"想，而且我必须死在你的手上。"

卓翼宸不能相信。他知道，赵远舟如果一心求死，有一万种方法，为何非要找他？总不会是为了赎罪。这想法令卓翼宸感到可笑。

"我知道你在想什么。我比传说的更凶、更恶，我不仅吸取天地间的戾气，还是承载戾气的容器。你知道戾气吗？"

卓翼宸冷冷道："我知道，可毁天灭地，令世间暗无天日、尸骸遍野。"

"所以虽有一万种死法，但这一万种都不是最优解。我死了，天地之间就会立刻诞生一个新的容器，代替我承载、吸纳不灭不绝的戾气。

而那个新的容器是善是恶、是正是邪，都不可预料。你的云光剑可散尽一切恶煞邪祟，死在你的剑下，就可以彻底终结容器的轮回诞生。"

卓翼宸思索着他的话。用云光剑终结身为庚气容器的朱厌，避免再有新的容器诞生，掐灭本性为恶的妖利用庚气作恶的可能性，也终结本性为善的妖被庚气裹挟的宿命。这的确是一个好办法，但朱厌是善是恶？他能这么好心？

赵远舟踱步到牢门前，二人隔着栅栏对视，一时间落针可闻。

卓翼宸眼中射出冷厉的光芒，他看着赵远舟，缓缓举起手指，对天起誓："我卓翼宸对天起誓，只要朱厌教会我云光剑的真正用法，我必定将他斩杀于剑下，如有违背，天诛地灭，魂飞魄散。"

无论如何，这个誓言不会有任何问题，他一定会亲手杀了朱厌。

天都另一间地牢里，同样昏暗，回荡着不间歇的鞭打声与凄厉的惨叫声。

地牢空地上，有一方宽大的书桌，书桌上摆着笔墨纸砚，一只精瘦的手正在仔细地作画。手的主人身穿宽大白袍，戴着一副古怪的人皮面具，他正兴致勃勃地绘制一幅祝融图，全然不在意耳畔凄惨的叫声。他正在画火焰。画中的祝融周身须被红色火焰包围，只是他提笔欲蘸颜料时，发觉碟中的颜料已经干涸，他啧了一声，颇觉扫兴。

在白袍男子身边侍候的年轻人名叫甄枚，是崇武营指挥使将军，身材干瘦，看起来岁数不大。他迅速会意，立刻端起碟子："军师稍等。"然后便朝着地牢深处小步跑去。

片刻后，地牢深处传来更为凄厉的惨叫，然后鞭打声停了，惨叫声也停了。很快，甄枚便端着碟子回来了，小心地放在桌上。碟子里装满了红色的"颜料"。

军师用毛笔蘸了蘸，又闻了闻，颇为满意。他把那幅画拿起来端详，转头问身边的甄枚："甄枚，你觉得如何？"

甄枚极尽谄媚："金刚怒目，火焰加身，老师这尊祝融图画得栩栩如生，堪称一绝！"

军师哈哈大笑："主要是颜料好。"

甄枚犹豫着开口道："老师，听说他们捉到朱厌了……朱厌乃大荒大妖，真要协助缉妖司，与我们为敌……"

军师仍醉心于欣赏这幅画作，对甄枚的担忧不甚在意："无须担心，缉妖司不过是一群丧家之犬，形同虚设。至于那朱厌，我等的就是他，布局多年的大业图景总算可以落笔了。"

甄枚顿时喜笑颜开："恭喜老师！"

两人谈话间，两名崇武营士兵从地牢深处抬出了一具尸体。那尸体被布料盖着，看不清具体的样貌。从布料下垂落的手臂干枯且布满鞭痕，手腕处一道伤口深可见骨，仍有鲜血淋漓滴落……

死的是谁，没人在意。他是崇武营怀疑与水鬼抢亲杀人案有关的众多嫌疑人中的一个。打了，审了，死了，没结果，他的命就没有意义。不过，他的血足够红，能画火焰，对甄枚与那军师而言，就是他全部的价值。

议事厅正中摆着一张长桌。

此刻，长桌两边坐满八位文官，他们正翻阅着面前堆满整个桌面的文书。长桌尽头坐着的是缉妖司指挥使范瑛。范瑛如今年近四十，清瘦，儒雅，相貌堂堂，他身侧坐着的则是副指挥使司徒鸣。

范瑛拿起长桌上的文书翻阅，不疾不徐。

"崇武营八年来有迹可查的诛妖档案都在此处。缉妖司能否重振，皆系于此，司徒大人，还请费心了。"

司徒鸣恭敬地回复道："属下自当尽力，只是……就算查到了崇武营的罪证，真的能有用吗？"

"挂饵抛竿，静待鱼儿上钩即可。"

司徒鸣闻言只好点点头，继而从怀中拿出一本文书，递给了范瑛："范大人，重振缉妖司，需要挑选出第一支冲锋陷阵的精锐队伍，迅速侦破水鬼抢亲杀人一案。这是由丞相亲拟的备选名单，他们各怀绝技，忠贞不贰，总共二十八人。"

范瑛只淡淡扫了一眼长长的名单，便将其合上："五人即可。多而不精，无用也。我已经准备好了五块令牌。"

范瑛说完，一个侍从端着托盘上前，盘中整齐摆着三块令牌，上写"缉妖司"三个字。

"先给卓翼宸卓统领送去一块。剩下的两块授予何人，交由他决定。"

司徒鸣看着盘中的三块令牌，有些疑惑："这……这是三块……"

范瑛抬眼看着司徒鸣，也面露疑惑，随即收敛神色。他的这位下属为人宽厚，忠诚有余，聪慧不足，但胜在虚心好学，他只能多加提点。范瑛合上文书，向其耐心解释。

"其中两块已经在他们手中了，这两个人并不在丞相拟定的备选名单上。哦，不，不是两个人，应该是一人一妖。"

一人一妖？司徒鸣后知后觉他们是哪两位，便悻悻地闭嘴，转而埋头翻阅案卷。

司徒鸣准许文潇进入地牢，但卓翼宸私下嘱咐过士兵，多加人手护她安全，且要及时通报与他。

于是文潇一早匆匆来了地牢。理由无他，今晨醒时，一股鲜血沿着鼻子流下，流进她的唇间……她又做噩梦了。梦醒后，她想起大妖带她离开大荒时，她伏在大妖背上，看到大妖耳后有一个奇怪的标记，隐隐泛着银光。待文潇擦净鼻血，目光落在那束被她放在案几上的鲜花上。她迫不及待要去确认一件事。

文潇刚走到关押赵远舟的牢房门口，就发现赵远舟一动不动地倒卧在地牢中央，双眼紧闭，面容苍白，嘴角残留着血迹。文潇立刻询问守门士兵："怎么回事？"

守门士兵朝门内一看，也吓到了，哆嗦着回答："这……这……小的也不知道，昨晚卓大人来的时候，他还好好的……"

"小卓？卓统领来过？"文潇低头思考了片刻，道，"开门。"

守门士兵想起卓统领的嘱咐，迟疑片刻，又不敢违背文典藏的命令，最终打开了锁，抬手欲找来更多人手时，被文潇挥手制止，示意他们不必过来，她要独自见赵远舟。

文潇走进牢房，环顾四周后，低头看了看地上一动不动的赵远舟。她走到赵远舟身边，在他身后蹲下来，近距离观察他的耳后。那里空空如也，没有她记忆中那个奇怪的标记。

他不是大妖。

文潇心中那一丝期待被抽走，竟比没有期待更难受。她失落地垂眸时，却发现赵远舟用力闭着眼睛，悄悄地抿嘴笑。

"起来吧，别装了。"

赵远舟不动。

文潇拿起一块缉妖司令牌，用令牌上的吊穗在赵远舟脸上轻轻地扫。

赵远舟还是一动不动。

文潇抽出短匕首，抬手就要朝赵远舟的大腿扎下。刀落到一半，赵远舟就干脆利落地坐了起来，他及时开口制止准备戳他大腿的刀尖："没想到文潇小姐如此关心我，不免有些感动——哎哟，我去！"

文潇手中的刀还是扎进了赵远舟的大腿，又立刻拔出，干脆利落，毫不拖泥带水。

赵远舟哀号："我都起来了你还扎？！"

"以防万一，先扎你一小刀。刀上有涣灵散，可以控制一下你的妖力，不然我怕你伤我。"文潇答得理直气壮。

赵远舟心中憋屈:"是你一直在伤我!人、妖授受不亲,你来找我干吗?"

"我来送你一个礼物。"说完,文潇递上一块缉妖司令牌。

赵远舟笑着接过:"看来范大人接受我的提议了啊。来而不往非礼也,我这人很有礼貌的,说吧,你要什么?"

"我要一个答案。"

赵远舟来了兴趣,凑近她,期待之情溢于言表:"你想问什么?"

文潇淡然一笑:"小卓来找你做什么?"

赵远舟笑意消失,目露嫌弃,内心吃味:"你这么关心他干吗?一个平庸无奇的世间男子。"

"小卓不是平庸男子。"

赵远舟闻言,索性像个孩子一样耍赖,故意做个干呕的表情,模仿着文潇的语气:"小卓……小卓……呕……"

文潇见他没个正形,拿起匕首又要扎他:"你到底说不说?"

赵远舟赶忙制止:"这是我和卓统领的约定,是秘密,怎么能轻易告诉外人?"

文潇收起匕首,冷眼打量起赵远舟:"外人?是你赵远舟指名道姓要与我一起捉妖,现在管我叫'外人'?"

赵远舟双手向后一撑,抬眼看文潇:"你不是每天拿个笔拿个小本儿研究我们大荒的妖怪吗,我以为你对捉妖很感兴趣呢。"

"不感兴趣。"文潇否认得干脆。

"世间女子皆口是心非。"赵远舟笑笑。

文潇倾身,用匕首抵住赵远舟的下巴威胁:"你背地里打听了我多少事情?"

赵远舟笑:"如果不是我点名要求,恐怕以你'虚弱无力,风吹就倒'的身子,这一辈子也进不了缉妖小队。"

文潇挑眉,反问道:"我什么时候说过我想加入了?"

赵远舟侧头躲开文潇的匕首："看吧，话本里说得果然没错，女人啊，最爱口是心非。来这里之前，我就打听过了，文潇小姐致力于帮助妖怪，多次从崇武营眼皮子底下偷偷把妖怪救下，放回大荒……你总爱说'人分好坏，妖也分正邪'，对吧？"

文潇眼中流光微动，注视着他。赵远舟的视线下移，盯住文潇腰上悬挂的缉妖司令牌，抬了抬下巴："而且，你不是迫不及待地领了令牌嘛，还说不想？"

文潇见问不出什么，不愿再浪费口舌，只露出一个假笑，起身就往外走。

赵远舟叫住了她："我还知道，你是白泽神女的徒弟。"

文潇闻言停住了脚步，回头看着赵远舟，眸光变冷："这有什么稀奇的，大荒的所有妖兽都知道我是新一任的白泽神女。在大荒，要比出名的话，我可不比你这个朱厌差。"

赵远舟笑了笑："一个没有白泽令和白泽神力的神女，确实很出名，众人皆知的一个大笑话。"

赵远舟一顿，神情不再玩世不恭，语气随之变得严肃，有风吹动地牢的火把，火光摇曳，赵远舟的面容隐匿在阴影之中。

"如果你师父赵婉儿看到你今日的模样，她会不会很失望呢？"

会吗？会吧。文潇已无暇思考他说这话的用意，她忍不住思考这个问题的答案。那个答案令她红了眼睛。文潇的手指悄悄蜷起，攥紧了衣袖。她看着赵远舟的脸，熟悉的感觉越发强烈，他为何会提起师父，他到底……是谁？

"我们到底有没有见过——"

赵远舟缓缓站了起来，覆盖在他脸上的阴影随之消失："这个问题，见面时，你已经问过一次了，要不你再靠近看看，确定一下？"

赵远舟一步步靠近文潇，俯身。彼此目光交错，距离很近，赵远舟身上的气息在文潇的鼻尖浮动。

好闻，陌生，又有点熟悉，或者说过了八年，文潇悲伤地发觉自己已经记不清大妖的气息了。文潇感到耳朵里是诡异的嗡鸣，心中猛地一窒，她不由得后退一步，捂住了心口。

"知道你的身体为什么这么虚弱吗？因为白泽令不见了。"

文潇仍在尽力平稳她的呼吸："我知道，不用你说。"

"那你知道，如果再找不回来，你很快就要死了吗？"

文潇震惊了。

赵远舟继续道："看来你师父没和你说……上一任白泽神女赵婉儿死后，白泽令本该另行择主而栖，传承与下一任神女，然而白泽令不翼而飞，至今下落不明。如今你身上神力全无，除非找回白泽令，不然你很快就会虚弱而亡。我可以帮你。我从大荒来这里，就是来帮你找回白泽令的。"

文潇审视着赵远舟："我的确需要白泽令。那你呢？你要的是什么？"

赵远舟答："我也要白泽令。"

文潇立即警惕起来："你要白泽令来做什么？"

赵远舟轻笑："别紧张，我要白泽令，是因为神女迟迟不归，再拖下去，大荒就要完了。"

文潇许久没听到大荒的消息，不禁恍惚起来。她追问起大荒如今的情形。

赵远舟娓娓道来。

白泽令丢失后，大荒不再稳定。上个月，大荒海面上仿如海市蜃楼的昆仑山开始崩塌，巨石滚落，砸进大海，波涛汹涌，一派临近消亡的景象。白帝塔塔顶石室中生长的高树已经枯萎，石碑上远古留下的血迹已经发黑。石碑本来沉寂，却骤然震裂，白色光芒一笔一画雕刻出新的字样："白泽未归，大荒将灭。"

如果要阻止大荒崩塌，就必须找到白泽令。

赵远舟继续说："赵婉儿死后，大荒神女缺位，护佑之力不在，昆仑山崩。安分的妖怪留在大荒等死，乖戾残暴的妖怪则闯开昆仑之门，来到人间。你义父想要查清的水鬼抢亲杀人案，也是因此而起。我曾经立下誓言，守护大荒，将逃离大荒的众妖带回，还人间和平。"

最后一句，赵远舟说得眼含热泪，抬眼看向文潇。文潇则冷眼旁观，面无波动，令赵远舟有些尴尬，不由得埋怨："我说得这么动情，你一脸什么表情？"

文潇答："演过了，麻烦下次收一点，我也更好入戏。"

赵远舟擦掉眼泪，恢复如常："好的。"

"世人皆知，朱厌出世，天下大乱。八年前，你屠戮缉妖司，杀人无数，受害者中就有小卓的父兄……你浑身戾气，恶贯满盈，不像这么有责任心和正义感的……妖。"文潇语气无波无澜，但言辞犀利，满是质疑。

赵远舟被她批得无言以对，索性颓废地在椅子上坐下来。他抬起头，眼眶发红，眼里竟然有泪水，声音沙哑，似在压抑苦楚："是吗？世人都这么认为吗？连你也这么认为的话……"

赵远舟神情十分悲切，文潇的目光也软了下来，心中甚至生出了内疚。

"对不——"

文潇道歉的话没说完，赵远舟神色一收，继续说道："……看来我只能去和崇武营合作了。"

果然狗改不了吃屎！现学现卖，这厮油滑得很，险些真被他骗了。

文潇冷笑道："你这话威胁不了我。"

赵远舟揶揄道："你也威胁不了我。咱俩就这么僵着呗。一字诀：耗。"

文潇清楚耗不得，但如果要与他合作，就必须弄清楚他真正的意图。他不是大妖，就不可信。如果他目的不纯，恐怕搭进去的不只是缉妖司二十几条人命，天都或者人间都会遭难。

文潇又拔出了短刀,赵远舟不为所动:"我不可能在一个坑里摔倒两次,你觉得我还会让你近我的身,拿小刀刺我吗?"

赵远舟说完,忽地愣住,只见文潇却是用刀尖抵住她自己的脖子。

文潇盯着他,说道:"那这样呢?不管你藏着什么祸心,但你来缉妖司就是为了找我。如果我死了,你的计划满盘皆输。"

文潇刚才复盘了赵远舟来到缉妖司后的所作所为,皆有一个核心,那就是她。所以她只好从自己下手,才能逼问出真东西。

赵远舟叹了口气,抬指轻轻一画:"动。"那匕首便从文潇手里挣脱而出,朝赵远舟飞去。赵远舟伸手,长袖卷动,那匕首被他握在掌心。

赵远舟神色严肃:"我想让谁死,谁就不可能活。反之,我想让谁活,他就不可能死在我的面前。"

他走到文潇面前,拿过她手里的刀鞘,把匕首收入鞘中,递给她,声音软了下来:"好好活着。"

"到底为什么?"

文潇心中有一串的问题。

"如我所说,我来,是帮你找回白泽令,为了你,也为了大荒。"

文潇从他平静的目光中找不出答案,也察觉不到说谎的痕迹。她深吸一口气,从怀中拿出一张纸,然后摘下发髻中的笔:"立字据为证。"

士兵们发觉地牢之中一片寂静,忙过来查看,却看见文潇正低头认真地在纸上写着什么,桌上墨碟中是红色的墨,像朱砂又像血,分不清楚。赵远舟坐在地上,单手托腮,姿态慵懒。总之,此时两人相安无事。

但细看的话,赵远舟的手指缝里还留着血迹,不过他不在意,正毫无顾忌地盯着文潇,细细地看她写字的模样。对他而言,这样的文潇既陌生又熟悉,他嘴角隐有笑意。

文潇察觉到了他的目光，笔也不停，头也不抬："你一直盯着我看，是不是很紧张？"

"我不是，我没有，你别胡说八道。"赵远舟立即否认。

文潇冷哼一声，起身直接把写好的纸举到赵远舟脸上："没有就签了吧。我认识一个很厉害的大妖朋友，他说过，用妖血立下的契约，如若违背，魂飞魄散。"

赵远舟嘴角勾起，接过来细看。他脸上的笑容逐渐消失，他边看边摇头，一副痛心疾首的模样。

"第一条，赵远舟不可用白泽令行邪恶之事，不能图谋不轨，包藏祸心，为祸人间，伤害生灵——你这是把能想到的贬义词都写上了，是吗？"

文潇盯着他，真诚地反问："怎么，很难做到吗？"

赵远舟不置可否，撇了撇嘴，继续往下念："第二条，赵远舟须向文潇传授妖兽知识，知无不言，言无不尽，全力协助文潇侦破缉妖司案件并保护文潇的安全，且心甘情愿与之保持步调一致的同僚关系？"

赵远舟蹙着眉，抬头狐疑地看向文潇。

文潇一脸坦荡："这可是最重要的一条，记清楚了。"

"哪条最重要？不作恶多端，还是保持同僚关系？不是……不是我在要挟你吗，怎么变成你给我提条件了？"

文潇微笑，伸手作势要拿回契约："不签算了，那就一拍两散，谁都别想好。"

赵远舟本想挥手间用法术将自己的名字写上，而后又觉得不妥。他径直站起来，走到文潇面前，靠近她，从她头顶把那支笔拔了下来。

距离太近，文潇身形不自觉地一僵。赵远舟拿过笔，划过掌心，如利刃划破皮肤，鲜血流出。赵远舟用笔蘸血，在字据上仔细签下了自己的名字，然后交还给文潇。

文潇拿过来看，这妖的字迹还挺清秀。

"赵远舟……不行,以防万一,你再写一个'朱厌'。"

赵远舟愣了片刻,接过来,又乖乖写下"朱厌"二字。

文潇看了看契约上的两个名字,还是不放心,左思右想,然后抓过赵远舟的手,按了个血指纹才作罢。

文潇看着三重保证的契约,终于心满意足,放心地笑了。这下就可以寻回白泽令了吧,或许就可以让一切回归原本的秩序,从此免去许多悲剧。

赵远舟抱臂而立,似苦笑,但眼中没有埋怨,只静静地看着她。

许久未见了。

第二章
入梦去

　　精致风雅的庭院里，廊檐交错，一间四方的房间陈设简单，却穷工极巧。卓翼宸端正坐在窗前，用洁白的帕子细心擦拭着云光剑，他的神情专注而平静，窗外的光笼罩着剑身，剑身泛着柔和的白光。

　　一名缉妖司士兵端着放着三块令牌的托盘走到卓翼宸身边，毕恭毕敬："大人，范大人送来三块令牌。"

　　卓翼宸放下剑，起身，拿起中间那块令牌端详，随后又拿起另外两块令牌，却发现那两块令牌下压着小字条，上面分别写着两个名字——裴思婧、白玖。

　　"下去吧。"卓翼宸支走了士兵，独自摩挲着手里的缉妖司令牌，思索着一些事。

　　昨日从地牢出来后，他又被范瑛召去了。他清楚，范瑛也是为了说服他让赵远舟加入缉妖司。

　　范瑛提及卓家祖辈诛灭恶妖应龙之事，又找出一份古籍给卓翼宸看。根据上面的记载，应龙有窥见未来的神力，他曾预言，每一任继承云光剑的冰夷族后人都将诛杀当世的极恶之妖。应龙的预言从无差错，准确地说，那不是预言，而是诅咒。所以，卓翼宸杀掉朱厌是必行之事，不急于一时。

　　卓翼宸发出一声苦笑，若杀朱厌复仇也算是诅咒，他求之不得。

　　房间里又传来脚步声，卓翼宸回头。

　　来人是文潇，她还拎着一个精致的食盒。

　　"我专程带了清风楼的玉露团——小卓你最喜欢吃的。"

卓翼宸知道她这次来的目的，毕竟她一来，他便看到了她腰间明晃晃的令牌。她这是打定主意要加入缉妖司组建的小队。即便知道，卓翼宸还是忍不住开口："你一定要加入缉妖司先遣小队吗？"

文潇反问："不好？"

卓翼宸神情急切："当然不好，妖兽凶残，太过危险。"

文潇将食盒打开，一盘一盘拿出来放在桌上。点心晶莹剔透，清香四溢。

文潇笑笑："有小卓在，怕什么呢？你会保护我的啊。"

"我当然会保护你。只是……"只是他怕万一有闪失，有他也护不住的情况。卓翼宸握紧了剑。他说不出口，他无法自私地要求文潇不参与这次行动，他该做的是更勤奋地练剑，这样才护得住她，也能让她去做她要做的事，即便有危险，他也会为她兜底。

文潇见卓翼宸愁眉不展，便安抚道："这么多年，我们一直在找白泽令，努力许久，毫无线索。如今朱厌出现，愿意帮忙，多好的机会啊。且我与他用妖血签订了契约，他不敢违背。"

卓翼宸迟疑道："可信吗？"

"他不可信，契约可信，这法子是我一个朋友说的，那个朋友也可信。"

卓翼宸抿了抿唇，紧蹙眉头道："这世间我只信你，你说可信，那就可信。"

文潇拍了拍他的肩膀，笑道："你才多大，别总是愁眉苦脸。"

卓翼宸下意识辩驳："我下个月就虚岁二十四了，何况你也不比我大几个月。"

"你四十二了我也是你小姑姑。我与你父亲平辈，给你面子才没让你喊我'小姑姑'的。"

"我……"卓翼宸开口还想辩解什么，嘴里已被文潇塞进了一个玉露团。

卓翼宸沉默着吃掉玉露团,随后起身拿着云光剑走到架子旁边摆好。他凝视着长剑,依旧心事重重。

文潇看着他的背影,叹息一声,道:"我知道你过不了你心里的那一关。杀父弑兄之人,却要与其同行作战,朝夕相对。小卓,没人有权力要求你必须接受这块令牌,你为缉妖司付出的已经很多了。这里原是你的祖宅、你从小长大的家,你都愿意捐出来做新的缉妖司——"

卓翼宸打断文潇:"我父兄死后,这里就只是一座空寂的宅子,不是家。我一个人在这里浑浑噩噩,虚度光阴。你们来后,多了些人气,比以前我一个人时好多了,该说感谢的人是我。"

文潇心中不忍,刚才她说小卓会保护她时,他没反驳,可见他心中已有了决定。即便不加试探,她心中也能猜到小卓的决定,就像小卓一定也能猜到她会为了白泽令而不顾危险地加入这支队伍。可正因为猜得到,文潇心中才更加不忍,他做出这个决定,一定是考虑了范大人的安排,考虑了缉妖司与崇武营的对抗处境,也考虑了只有她一人加入是否会有危险……小卓总是如此,将许多责任都压在自己身上。

"我同意他加入缉妖司。"卓翼宸转身时,已将情绪整理好。

"你不用担心,我考虑了很久,也有这么做的道理。既是同僚,我会暂将仇恨搁置,但我不会忘记。若有合适时机,我定会杀他复仇。"

文潇沉吟片刻,叹了口气,而后笑盈盈地指了指玉露团:"还吃吗?"

卓翼宸也松了口气,坐回窗前,拿起玉露团品尝。

"对了,你为何单独去地牢见赵远舟?"

文潇见他抿唇,便知道这事儿他无法与她言说,便借此故意打趣卓翼宸,想逗他开心:"噢,我知道了,你和赵远舟有问题。"

卓翼宸抬眸,见文潇一脸坏笑。他看着文潇,无奈地笑道:"我和他是有秘密。"

他指了指自己的头,笑道:"你,才是有问题。"

咚！有东西掉落在地上。

卓翼宸拿起剑，立即出去查看。

花园里，掉落在地的是一颗未熟的桃子，卓翼宸抬头向上看。枝繁叶茂中，赵远舟正悠闲地坐在树上吃桃子。

文潇调侃道："果然是猴。"

赵远舟立刻把手上的桃子丢了，从树上飘然跃下。

"你们这缉妖司虽然看上去穷，地方倒是挺大，前面办事，后面住人，包吃包住，倒是省得我再找地方落脚了。"

卓翼宸侧头，问文潇："他怎么被放出来了？"

赵远舟上前一步，强行挤进二人中间，左右挽起两人的胳膊："不是组建了小队嘛，我怕你们甩下我，就跟来了。"

文潇抽回自己的胳膊，笑着说出了骂妖的话："竟然跟踪我，不要脸。"

赵远舟顺势两只手抱紧卓翼宸的胳膊："卓大人着急破案，我帮大家节约时间还不好啊？还差几个人？"

卓翼宸深呼吸几次，才克制住拔剑的冲动。他用力甩开了赵远舟，虽是回答赵远舟的话，眼睛却瞟向一旁，看也不愿意看他："还差两个……正好是我最不擅长对付的两种人……"

赵远舟追问："哪两种？"

卓翼宸答："一个女人，一个小孩儿。"

赵远舟故意将头伸到卓翼宸面前与他对视，笑容满面："果然，'唯女子与小人难养也'。交给我吧。"

天都的演武场中央有一个木头搭出来的空房子，没墙没瓦，没顶没门，只有房梁和柱子。房梁上高高低低、前前后后挂着几十条粗布，布的尽头拴着一坛坛酒。此刻，这些酒坛晃晃悠悠，在空房里来回晃荡。在空房子的最里侧，有一坛特殊的装在红色瓷器里的酒，而空房的一头站着一个英气十足的女子，一身暗色窄袖劲装，英姿飒爽，手持长弓，便是裴思婧。她与作为箭靶的红色酒坛，隔着几十坛高高低低、用布条悬挂的酒坛。

演武场周围是许多看热闹的练武之人，他们小声议论着。其中有人认出了裴思婧，大赞她的箭术一绝，但更多的人是在等着看她的笑话。

一人走上前，给她的眼睛蒙上一条绸带。原来，她不仅要隔几十个酒坛射中箭靶，而且得蒙眼射中。四下的议论声立即变小，有低低的惊叹声传入裴思婧耳中。

无论是面对质疑还是惊叹，裴思婧的脸上始终看不出多余的情绪。她抬手拉弓，屏息凝听，视觉封闭之后，听觉放大了很多倍，连风都似乎变得清晰起来，只是……太静了。

裴思婧猛然拉下眼睛上的绸带，惊讶地发现围观的人都倒地呼呼大睡起来，只见柱子后走出一年轻貌美的女子。裴思婧立即拉弓瞄准了她。

"你是谁，对他们做了什么？"裴思婧的声音透着女子少有的魄力。

"裴大人，在下缉妖司文潇，有兴趣聊两句吗？"文潇笑容温婉，显得人畜无害。

裴思婧冷面相对："没有。你赶紧把他们唤醒，不然别怪我不客气。"

文潇继续道："一个月前，昆仑山下有妖物屠村，你奉命剿灭妖邪，原本有功当奖，你却因此案深受打击，丢了军职。"

裴思婧微眯凤眼，有些恼怒："你查我？"

"其实我知道，裴大人是主动辞了军职，并非因为受罚。"

文潇的这句话倒令裴思婧有些意外。她主动请辞的事，非崇武营内将领，无人知晓，眼前的女子面生，她不曾见过，这人是怎么得到消息的？

文潇继续道:"你一直无法释怀,因为你不能确定被你亲手猎杀的……是否真的是妖……你不想弄清楚你的困惑吗?"

裴思婧直言不讳道:"我查过了,一无所获。我辞去官职,就是为了不想再牵扯进这些事。"

文潇立即道:"我们可以帮你。"

裴思婧迅速抓住了她话中的另一重点:"你们?"

突然,裴思婧身后几十个酒坛像被神秘的力量牵引,开始左右晃动。她立即转身,见到红色酒坛旁站着一个面容英俊的黑衣男子。

赵远舟笑着指了指自己:"我们,但主要是我。她,靠不住。"

文潇实在懒得理这只猴子。

裴思婧冷笑道:"我都查不出来,凭什么你可以?"

赵远舟抬手掐咒,唇边轻轻吐出一字:"破。"

几十个酒坛瞬间爆炸,水花飞洒。水光粼粼,映照着赵远舟越发妖冶的面容,他眸中猩红的光波流转,发丝如海藻,无风自动。

"因为我是妖。人不知道的事情,我知道。"

裴思婧的心有些动摇,手却将弓箭抬得更高,弦被拉紧。

转眼间,赵远舟便闪现至她耳边,轻声说道:"你弟弟的事情,我也知道。"

裴思婧极力克制,但紊乱的呼吸、扩张的瞳孔早已被赵远舟收进眼底。赵远舟趁此机会不由分说地将一块令牌塞到裴思婧手里。

裴思婧蹙眉看着手心那块写有"缉妖司"三个字的令牌,僵了一会儿的手心还是握住了那块令牌。

见过裴思婧,赵远舟和文潇又急匆匆地去寻名单上的另一个人——白玖。准确地说,急的只有文潇,赵远舟倒是不急,一会儿拉着文潇要去酒楼,一会儿又要逛逛天都的店铺。起初,文潇还算友好,后来便友好地举起了短刀,赵远舟这才老实。

两人步入济心堂所在的街巷时，已是落日时分。天已放晴，落霞遍布天际，橙红一片。

赵远舟将头凑过去看文潇手中拿着的文书："十三岁？还没我膝盖高吧？能行吗？我可不想再要拖后腿的人了。"

文潇道："别看他年纪小，医术很是高超，不仅会诊人，还会诊妖。"文潇眉头一蹙，猛地合上手中的文书，看向赵远舟，"等等。再？你把话说清楚。"

赵远舟立即转移话题，探头向前看："哎呀！那不就是济心堂吗？你刚才说……他还会诊妖？"

济心堂一半药铺，一半后堂，后堂竖着一架屏风，屏风之后则是问诊室。这架屏风由一面白色绢纱制成，隔着绢纱，对面病患人影朦胧，只能看个大概，患者自然也看不清对面的医官。屏风上有一小洞，方便病患伸手过去，医官切脉问诊。这是白玖为自己特制的，他虽医术高超，但因为年纪小，免不了被质疑，有了这架屏风，则少了许多麻烦。

此刻，赵远舟就坐在屏风一侧，撩起袖子，将手从小洞伸了进去。对面的医官手指一搭，开始诊脉。

片刻之后，传来医官的声音。那声音乍听似是成年人的，细听就能听出那嗓音是被刻意压低的。

"恭喜夫人，此脉按之流利、圆滑，是喜脉呢！"小医官语调轻快。

喜……喜什么？赵远舟冷着脸开口："夫人？你这个庸医。"

那边听见赵远舟的声音也是一惊，忙凑近屏风看了看，而后又将手指搭上赵远舟的脉搏。医官又压着嗓子喃喃道："不对啊，我诊脉怎么可能有错，你怕不是女扮男装吧？"

赵远舟憋着一口气，回头看向文潇，那眼神是在控诉："这小孩儿到底行不行啊？"

文潇憋着笑抬了抬下巴，示意他再耐心等等看。

不等赵远舟回答，一阵窸窣声响过后，小医官又道："待我拿金针试试——"

听闻要扎针，赵远舟忙要缩回手，不料对方反应更快，死死地抓着他的手，非要诊断明白。

一针卜去，小医官低声自语："虽有生气，但脉搏气口应是几分，你为何只有一分？除非……除非你不是……人！"

正逢此时，赵远舟起身绕过屏风，探出头，露出笑容，刚好故意露出他的尖牙："嗯，医术果然不错。"

屏风另一侧是个清秀可爱的少年，只是原本他该端坐在椅子上，此刻他被吓得跌坐在地，手中抓起金针，对着赵远舟一通比画。

"你……你是妖！你别过来！我的金针很厉害的！能斩妖除魔！"白玖清脆的嗓音中带着浓重的哭腔，毫无震慑力。

白玖低着头比画了一会儿，突然发现没动静了。他小心地睁开眼。那只妖不见了，面前却站着一个身着白衣的姐姐，白衣姐姐朝他递过来一块令牌。

文潇道："白玖弟弟，我是缉妖司的典藏官，名叫文潇，我想邀你加入缉妖司。"

白玖还有些蒙，先是环顾四周，确认没看到刚才那只妖的身影，才放心与文潇说话。

"缉妖司？选我？"

"白玖弟弟，我知道你不愿意加入缉妖司，但是，如果我告诉你——"

文潇正准备按照之前调查过的文书内容说服白玖，对方却先一步打断了她："谁说我不愿意？我可太愿意了！我竟然被选上了！娘亲，我出息啦！"

白玖接过缉妖司的令牌，蹦蹦跳跳地跑远了，徒留文潇站在原地。

赵远舟从柱子后走出，笑嘻嘻地提议："今天很顺利嘛，咱俩去庆祝下？"

"先回缉妖司复命。"

文潇脚步轻快，说话间已先一步走了出去。

赵远舟看着文潇走远的背影，痛心疾首地摇了摇头，心中直呼："冷酷无情！"随后长腿一迈，大步跟了上去。

约定时日一到，白玖就背着他的药箱和包袱来缉妖司报到。他腰间那块缉妖司令牌十分显眼，走路时，一身家当随着他当啷作响。

白玖站在缉妖司大门口，抬头看着"缉妖司"三个大字，心潮澎湃："哇，这就是传说中的缉妖司啊！"

赵远舟悄无声息地出现在白玖背后，顺着白玖的目光看向缉妖司的牌匾，目露不屑——破大门破牌匾，有什么可"哇"的。那牌匾前几日还满是灰尘，结了蛛网，要不是他，看着比现在还要落魄。

白玖对身后突然出现的赵远舟毫无察觉，自顾自地嘀咕："也不知道去了会不会见到他。"

"小鬼，你要见谁？"

赵远舟猛地出声，白玖被吓了一跳，闪身一躲，就看到了身边笑嘻嘻的赵远舟。

妖！是那日找他看病的妖！白玖拔腿就要跑，但转念一想，他就在缉妖司门口，有什么好怕的！要怕也是这只妖怕才对，而且……白玖摸了摸腰间的令牌，底气更足了。

白玖叉着腰质问他，理不直气也不壮："怎么又是你，你走路都没声音的吗？！"

赵远舟反问："你怎么不进去？在门口磨磨蹭蹭的。"

白玖眼珠转了又转，道："我要先观察情况。"

赵远舟疑惑："缉妖司有什么好观察的？"

"你没听说吗,缉妖司里有只千年大妖,青面獠牙,相貌丑陋,还会吃人!说不定也吃普通妖!"

这话是不假,但此刻说出来,白玖主要是为了吓唬赵远舟这只"小妖"。白玖见赵远舟若有所思,想是他的话生效了,心中不禁感慨,他果然很适合缉妖司,能动口不动手也是一种本领嘛。

但赵远舟想的是,是谁传他相貌丑陋。

赵远舟看着白玖,笑容越发邪恶,他舔了舔唇,道:"嗯,我还听说他一口就能吃一个小孩儿。"

白玖自豪地指了指自己腰间的令牌:"没错,我就是缉妖司的,我亲眼所见!当年缉妖司的众多高手纷纷倒地,只剩下我一个,我那时候害怕极了,但我还是勇敢地上前和那个朱厌一番恶斗。唉,最后只能说,险胜。"

赵远舟听得目瞪口呆,这小孩儿年纪小、口气大,八年前,五岁,险胜?他怎么没有这段记忆?

白玖见这"小妖"已被震慑,便踮脚拍了拍"小妖"的肩:"别看我个子不高,那是因为我才十三岁……哦,也别看我年纪小就小瞧我,我很厉害的!你还是赶紧走吧,本大人既往不咎。"

"卓统领既然选了你,那你必然有过人之处。"文潇说着话,从缉妖司内施施然走出。

白玖闻言惊得睁大了眼睛:"天哪,竟然是卓大人选的我!我崇拜的偶像选的我!"

文潇温婉一笑:"走吧,我带你去见小卓大人。"

白玖背着一身家当立即上前,眼角眉梢抑不住地兴奋:"谢……谢谢姐姐,你人真好。"

文潇回头看了眼站在原地的赵远舟,全无温婉,只有不满:"大妖,你怎么回事,这么晚才到?"

文潇的叫法让白玖的心跳陡然漏掉一拍。

"大……大妖？哪儿？"白玖害怕地四处张望。

文潇指了指赵远舟："他啊，大妖朱厌。"

白玖脖子僵硬地转动，看向赵远舟，心跳如擂鼓。

赵远舟嘴角一勾，忽地闪现至白玖面前，又故意露出一颗尖牙吓唬他。

白玖眼皮一翻，腿一软，直接倒在地上，滚下了台阶。只是他滚落的路线十分固定，速度也十分稳定，就沿着台阶一阶一阶慢慢滚下去……滚下台阶后又朝着离缉妖司越来越远的方向用力滚去……

"演技比我还浮夸。"赵远舟看不下去了，长腿一迈，走到近前，一把将白玖抓起来，扛在肩膀上，往缉妖司里走。

白玖登时如一只兔子般在赵远舟肩上拼命蹬腿，吱哇乱叫："放开！放开我！救命啊！"

白玖一路被扛进了议事厅，想死的心都有了。

赵远舟就坐在他身侧，他一起身，就会被按回去。白玖感觉自己连呼吸都十分困难，额头上豆大的汗珠不停地冒出。

文潇笑着安抚他："你不用这么害怕，赵远舟只是没正形，爱吓唬人，他不吃小孩儿的。"

白玖开口，声音都颤抖："他……他不是极饿之妖吗，那么饿，怎么能忍住不吃人？"

文潇闻言笑出了声。

赵远舟浓眉一挑，扭头难以置信地盯着白玖，他在胡说什么？

白玖被他充满杀意的目光吓得两眼一闭，心想，活着更好，死就死吧。

直到卓翼宸和裴思婧也走进了议事厅，白玖才睁开眼睛，宛如重生："哇，卓翼宸大人！还有传说中冰夷族的云光剑！妖是不是都害怕这把剑啊？大妖也怕的吧？"

赵远舟不屑地冷哼,他才不怕。赵远舟正欲反驳,却发现白玖早已经溜到卓翼宸身旁,紧贴着他坐着。

卓翼宸对着白玖点头示意:"你好。"

白玖一脸傻笑:"啊……你好……"

文潇想,裴思婧是与小卓一同进来的,应当不需要介绍了,便起身为裴思婧介绍白玖:"裴大人,这是新来的医官白玖。"

白玖立即乖巧地起身打招呼:"姐姐好,以后就要劳烦姐姐多关照了。"

裴思婧看向白玖,目光有一刻恍惚与柔软,仿佛回到了多年前的演武场上。那时弟弟裴思恒来找她时,也是如此朝她鞠躬行礼,也是说"姐姐好",也是劳烦她今后多关照……只是……裴思婧的眼底滑过深切的悲伤。

回过神时,裴思婧冷着脸将缉妖司的令牌拍在桌上:"我不是来加入你们的,只是为了还这块令牌。缉妖司的声望和两界的和平,都与我无关。"

文潇一怔,有些着急:"不是说好了嘛,我们帮你查你弟弟的事,你怎么突然反悔了?"

裴思婧瞥了一眼文潇和赵远舟,直言道:"一个极恶之妖和一个弱不禁风的姑娘说的话,我并不相信。"

裴思婧说完,转身便头也不回地往外走。

文潇忙跟了上去,正想开口劝导时,一个阴气沉沉的声音先一步止住了她要说的话:"不相信就对了,缉妖司都是些没本事的人,还想插手崇武营办案,没那么容易。"

甄枚带来的一队人马迅速填满了缉妖司的院子,他负手站在队伍前,神态嚣张、肆意,话语极尽嘲讽。

"卓大人现在威风凛凛,怕是好了伤疤忘了疼。当年缉妖司被朱厌杀得溃不成军,是崇武营临危受命,缉妖诛邪,守卫了苍生。怎么,不记得了？现在你们这群丧家之犬，看危机已过，岁月太平，就又蠢蠢欲动，妄图重振缉妖司，这是将我崇武营大将军置于何地？"

文潇早就痛恨崇武营滥杀无辜的行径，如今听到甄枚这般冠冕堂皇地将"缉妖诛邪""守卫苍生"挂在嘴边，更是压抑不住心中的怒火。

"崇武营在缉妖一事上心狠手辣，粗暴凶残，甚至伤及无辜的人命，有悖律法，早就不应该让崇武营独断专行。"文潇全然不见平日的柔弱与温和，话语掷地有声，皆是怒意。

甄枚冷哼一声，道："妖生性残暴，为免除后患，自然宁可错杀，不能放过。崇武营行事，自有向王殿下与大将军定夺，何时轮得到你缉妖司多管闲事？"

一时间，气氛剑拔弩张。

"那崇武营私建地下黑市，买卖妖兽皮毛与骸骨，牟取暴利，还以猎妖为名强征壮丁、强占民宅，这些，向王殿下都知道吗？"

众人循声看去。说话的是范瑛，只见他手捧一卷文书，不紧不慢地走过来，身后跟着缉妖司的士兵们。士兵们迅速散开，列阵防御。

范瑛笑着拱手，客气地朝甄枚行相见礼。四目相对，双方心中对彼此近日的举动都了如指掌。

这些日子，缉妖司已将崇武营的罪证全部搜集完成，按掌握的证据来看，崇武营按律当重罚，但从眼下局势来看，除了崇武营，再无势力可约束从大荒溜进人间的恶妖，即便此时参崇武营，此事也可能会被高高举起，轻轻放下。而缉妖司此时成立缉妖先遣小队，就是为了破崇武营的唯一性。两个部门多年暗中较劲，这次直接闹上了台面，已经到了水火不容的地步。

甄枚目光一冷，随即哈哈大笑着挥动袍袖，他身后数十个士兵张弓搭箭，箭头都裹着黑色的油膏油布，整齐划一地瞄准了议事厅。甄枚掏出一个精巧的火折子，将身旁那个士兵瞄准的弓箭点燃。

只要毁了缉妖司，哪儿来的人证物证？

文潇不怀疑甄枚会真的直接放火烧了缉妖司，他为人疯癫，行事狠辣，简直像一条没拴链子的疯狗。

文潇怒道："光天化日，众目睽睽，你竟然想杀人放火？"

甄枚伸手笑着指了指四周："缉妖司年久失修，天气燥热，引了山火，众人被困于火海，不幸遇难，和我有什么关系？"

话音刚落，一团白光破空而至，擦过甄枚的华服，将他身侧那个燃烧着的箭头斩断。卓翼宸收剑回鞘，速度太快，众人都还没来得及看清楚他的动作，只见那箭头已掉落在地上。

甄枚先是一惊，看着被利刃划破的衣袖，又对上卓翼宸满是浓浓杀意的双眸，那意思很明显，他敢放火缉妖司，卓翼宸的剑就会瞬间取了他的首级，谁也护不住他！

甄枚嘴角咧开，心道，疯，够疯，有趣！他盯着卓翼宸的眼睛，笑着抬手，所有弓箭手拉弓引箭，箭头都已经被点燃。数十支燃烧的箭蓄势待发。

"想烧缉妖司，问过我了吗？"

一直靠在议事厅里面看戏的赵远舟信步走出。

甄枚不耐烦道："你是什么东西？！"

赵远舟指了指自己："妖。"

甄枚不悦："妖？那更该死！"

是该死。赵远舟抬手，低语念咒："逆。"

拉弓的士兵们不受控地掉转箭头的方向，全部瞄准了甄枚，甄枚脸色一变。

赵远舟补充道："忘了告诉你，我就是心情不好就杀人泄愤的恶妖朱厌，我现在心情非常差。"

朱厌！他是朱厌！甄枚感受到了久违的恐惧。他习惯了当人上人的日子，也习惯了崇武营的力量凌驾于妖兽之上，那些性命，他想取便取，想怎么杀就怎么杀，如踩死一只蚂蚁，简单得都无趣了。这样的日子过了太久，他都忘了崇武营的确对那些小妖来说是强者，但对朱厌这种大妖而言是弱者，朱厌取他性命，易如反掌。源自本能的恐惧夹杂着一丝兴奋冲击着甄枚的大脑。

"范大人手下留人！"

这声音浑厚有力，话是商量的话，但确是命令的语气。

一个武将模样的人背着手，带着两名随从，大步从前庭的另一头走过来。甄枚见到来人后，喜出望外，立即弯腰行礼，拔高音量，极尽谄媚："吴言大人，您怎么来了？"

吴言开口，极具威压："范大人派人通知，说给向王准备了'礼物'，我自然是来替向王取。"

范瑛行过礼后，将手里的文书递给吴言："八年来，崇武营为猎妖所杀无辜之人近七百名，名单及相关证据皆在此处，请大将军过目。"

吴言接过，却是看都没看，便将证据往旁边士兵燃烧的箭头上一扎，那卷册子瞬间燃起火苗，被烧尽了。

范瑛不动声色。吴大将军与甄枚同是向王的人，吴言职级又高于他，他不能说什么。但既是重要证据，自然会有备份，而被烧的这份就是备份。原件早已由他今晨托付的人暗中快马加鞭送至丞相府，想必这会儿丞相早已看过，并有了盘算。待到时机合适，这份证据就是一把刺向向王势力的利刃。

吴言又继续道："这份'大礼'，我替向王收下了。向王已经明白缉妖司重振的决心，已经同意你们接替崇武营彻查水鬼抢亲杀人案了。"

吴言顿了顿，瞥向缉妖司众人："但我们最好也把丑话说在前面，既然交给缉妖司彻查，那这个案子如果出现任何失控的局面或者引发灾难，那就不是崇武营的问题了。责、权划分清楚，井水不犯河水，你们闯了祸，我们不负责。范大人，如何？"

"那是自然。"范瑛答复。

"口说无凭,立下字据。"说完,吴言回头。

他身后的一个随便递上一个卷轴。

吴言摊开,念道:"缉妖司在此向向王请命,彻查水鬼凶案,不可伤害百姓,不可怠慢、拖延,缉妖司当全力以赴,侦破此案。"

吴言念完,把卷轴递给身边的随从。身边两名随从一个捧着卷轴,另一个捧着红色印泥,朝台阶上的卓翼宸他们走过来,站在低一级的台阶上恭敬地举起卷轴。

吴言道:"各位画押为证,我也好带回去,给向王一个交代。"

赵远舟以自己为妖身,画押也不作数为由,拒不画押。吴言也不为难,他的目标本就不是赵远舟,而是缉妖司。除了赵远舟,其余人没有理由推辞。吴言的随从将卷轴与印泥呈上,并小声提醒众人印在卷轴末尾即可。

吴言将目光投向原地不动的裴思婧。

甄枚上前,开口向吴言解释:"刚刚听她说,她拒绝加入缉妖司,应当不用画押了。说来,缉妖司果真无用,连崇武营不要的狗都看不上缉妖司。"

挑衅的话让缉妖司众人均是脸色一沉。

裴思婧突然上前,猛地在卷轴末尾按下手印,转而询问身后的文潇:"听到了吗?有狗叫,吵。"

文潇先是一愣,而后看着裴思婧不悦的神情,忍不住笑了。

甄枚抽出侍卫的刀,作势要上前,但被吴言伸手拦住。

吴言抬手示意收兵,转身大步离开缉妖司,只留下一句:"那就静待各位的好消息。"

大队人马来得快,去得也快,院子又恢复了原本的平静。

众人在议事厅里分坐两侧,卓翼宸将案件文书发给众人。

"这是关于水鬼案的所有卷宗,你们先看一下。这几天收拾收拾行李,随时准备出发。"

众人低头,翻开卷宗,研究案情,厅内只有翻阅卷宗的哗啦声响。

那个摊开的卷轴就放在卓翼宸右手边不远处的桌面上,他心中隐隐有些不安,不知道为什么,只是直觉那卷轴有问题。

卓翼宸合上卷宗,把那个卷轴展开细看,上面的字迹和吴言念过的一样,并无异常。

文潇注意到了卓翼宸的动作,同样面露担心:"小卓,你也觉得事有蹊跷吗?大动干戈来此,不像是只为了让我们画个押。"

那两个人一前一后,一个唱白脸,一个唱红脸,摆明了是布局。

赵远舟淡道:"应该说,整一出戏,就是为了让我们画个押。"

白玖立即开口:"你又没画押!"

赵远舟无语:"谁说我没画,我画的是另一份。"

赵远舟看向了文潇。

为了让画押更顺理成章吗?……卓翼宸的脑中闪过了什么,他闭目仔细回忆整件事,直到停在吴言随从的那句提醒上。

卓翼宸心脏猛地一缩,惊道:"'印在卷轴末尾即可',这句话不对!"

卓翼宸忙去看卷轴末尾与画押处之间。那个原本空白的地方,在众人的注视下,竟渐渐显现出墨迹,仿佛纸张背后被墨水浸润。

白玖不解:"这……这纸怎么还会自己用墨写字!"

文潇惊道:"这不是墨,这是血……孟极……孟极的血……大荒有兽,其名孟极……其状如豹,而文题白身,善隐身,死后方会显形。"

所以,孟极现在恐怕已经……死了。

崇武营的地牢中,吴言和甄枚站在一只空铁笼子旁。吴言摊开卷轴,看着众人画押的红印,冷笑一声,而后抽刀,朝空无一物的笼子里猛地扎去,而后握住刀柄用力旋转,仿佛扎进一个看不见的怪物体内。

空空的笼子里立即发出怪异的野兽般的惨叫！

吴言收刀，泛着冷光的刀刃上渐渐浮现出血迹，滴滴答答。

吴言擦了擦匕首，将沾血的布一扔，道："看来已经死了，死后，血就显现出来了。"

那么好戏也就开场了。

议事厅内的众人围在卷轴旁，盯着那卷轴上凭空渐渐浮现出的字，心跳都在加快，呼吸急促。

"缉妖司在此向向王请命，彻查水鬼凶案，不可伤害百姓，不可怠慢、拖延，缉妖司当全力以赴，侦破此案。"

而之前画押的手印和这两行字之间空白的地方多出的一行字越发清晰。

"缉妖司保证五日内侦破此案，特此立下军令状：五日不破，视为渎职，画押之人，自刎谢罪。"

签订军令状第一日。

晨光熹微，天都渐渐热闹起来。在天都郊区的青岭山，文潇几人已经挖了一早晨的土。此刻，地面被刨出一道很大的沟壑，像一条巨蟒爬行而过留下的痕迹。沟壑里的泥土显然比周围要湿、黏，色泽更黑，发出阵阵难闻的气味。

白玖捂着鼻子开始干呕，下一秒就跑去一旁吐了。这一早晨他吐了不下五次，肚子里一点吃食都没了，一张小脸变得煞白，不禁扶着树大口喘息。

一个橘子被丢了过来，白玖伸手接住后，虚弱地朝裴思婧道谢："谢谢姐姐，但我毫无胃口。"

"不是吃的，闻一下，反胃的感觉会好点。"裴思婧与白玖说话时总会想起她的弟弟，所以她下意识地多关照白玖些。

白玖感动地猛闻橘子，果然清新的柑橘香涌入鼻腔，恶心的感觉就不那么强烈了。

"谢谢姐姐！"

"嗯。"裴思婧弯了弯嘴角。

另一边，文潇和卓翼宸并没这待遇，俩人捂住鼻子蹲在坑中细看。

卓翼宸道："这里是第一桩水鬼抢亲案发生的地方。天都一个富商的千金由此处嫁去外地……"

文潇直接用手捏了捏异常的土壤，手感黏腻，令人恶心。她凑近嗅了嗅，令人作呕，蹙眉道："怎么这么重的鱼腥味？"

文潇回头看，见赵远舟正躺在树杈上，一副袖手旁观的模样，便起身叫他："你认不认得出这是什么妖所为？"

赵远舟飞身至文潇身旁，嬉皮笑脸道："既然你问了，那我就来看看吧。"

看？能看得到不早说，放他们在这儿钻研了半天腥臭的土？！文潇深呼吸，压下了火气，撑着一个假笑，道了声"烦劳"。

赵远舟很是受用。他闭目，轻轻垂下张开的手掌。很快，黑色泥土里缠绕而上很多股猩红色的戾气，钻进他白皙的指尖，沿着胳膊往上蔓延。赵远舟睁开眼睛，双眸猩红。与此同时，卓翼宸手上的云光剑感应到这股气息，立刻散发出银蓝色的光亮。

赵远舟定定地看着黑色沟壑的前方，隔着层血色滤镜般，这片土地过往的画面便在他眼前重复上演。

前方，迎亲队伍吹奏着乐曲，四名轿夫抬着新娘喜轿迎面走来。迎亲队领头吹奏的人突然停下来，欢快的乐曲消失了，他的脸色变得苍白，神情异常惊恐。

一阵阴风吹来，枝叶乱飞。不远处横倒的庙顶上坐着一个形如鬼魅的黑衣身影。那人头发很长，满身湿透。

轿内盖着红盖头、身着喜服的新娘听到外面安静下来，忍不住询问："怎么了，为何停下？"

无人回答。

新娘正感到疑惑时，又感觉到手背一湿。她顺着喜帕的缝隙看，正有水滴从轿顶滴落在她手背上，轿内随即浮动着水腥味。

怪事，轿中怎么会有水？新娘心中更加疑惑，她忍不住掀起盖头，想看看到底是怎么一回事。

只是盖头刚掀开一半，她就看见自己的脚尖前面有一双脏兮兮、黑乎乎的男人的赤脚。

新娘的尖叫声响彻树林，惊得枝头的鸟群四散。

而后，那喜轿就停在了原地。迎亲队的尸体凌乱地倒在地上，个个表情惊愕，眼睛瞪得很大，眼球混浊不堪，嘴巴也张开到极致，仿佛是被活活吓死的，死状惨烈而诡异。

一个浑身湿漉漉的人影扛起昏迷的新娘，迈过横七竖八的尸体，慢慢地向着树林深处走去。他褴褛破碎的衣摆拖过的地面上，留下了一道很深的湿漉漉的水渍。

赵远舟看着前方扛着新娘离开的长发黑衣人的背影，缓了口气。

"原来是水族作祟。"

话毕，赵远舟的眼睛恢复如常。

文潇追问："水族种类繁多，龙、鱼、玄龟、鲛人……你能不能缩小一些范围？"

赵远舟沉思片刻，认真答道："长得丑的。"

"长得丑的水妖？这可真是帮了大忙，都可以直接破案了呢。"

文潇无语至极，想拿短刀划赵远舟的心越发按捺不住了。

卓翼宸也冷言道："妖只分强弱，怎么会分美丑？是妖，都丑。"

此言差矣！胡说八道！这群人每天研究妖，都研究什么了啊？赵远舟大发慈悲，为几人讲起妖界的美学。

"大妖法力无边，可以化身万千皮相。但我们的审美和你们不太一样。比如你们觉得白发苍苍显得老态，不美。所以妇人们常吃黑芝麻、何首乌，以图云鬟如墨。可在我们妖眼里，一头拖地白发可是强大妖力的象征，美得不行。"

白玖接话道："但你不也是黑头发吗？"

赵远舟背过身去，意味深长、故弄玄虚道："我怕我的真身吓着你。"

随后，他一个转身，脸猛地贴近白玖，露出尖牙，故意哇的一声。

白玖被他一吓，本能地抓住了卓翼宸的头发，大叫出声。卓翼宸被他用力扯得向后一哆嗦，闭目忍痛，心想，这笔账……算在赵远舟头上。

裴思婧环顾四周，而后目光落在一个方向："我记得卷宗里记录新娘的尸体就是在附近的湖泊里被发现的，去看看。"

芦苇丛后有一片湖泊，湖面雾气蒙蒙。水下有淤泥，水显污浊，颜色偏黑，水面平整如镜，更显阴森，似有未知的危险在这平静水面下翻涌。迄今为止，凶手一共抢亲七次，七具新娘的尸体都是在这里发现的。被发现时，死者身着喜服，头盖喜帕，漂浮于水面之上，异常诡异。

赵远舟微微眯起眼，似在透过湖面看着什么，表情略有异样。他弯下腰，指尖悬停在湖面上。很快，水里便有一丝丝红色戾气浮出，那戾气被吸入了他的指尖。赵远舟皱了皱眉头，刚刚吸取的戾气让他有些不舒服。他站起来，拿出水壶喝了口水，压了压那种不舒服的感受。

"这湖里沉尸无数，理应戾气浓重，但现在看来，戾气才这么点，都不够我塞牙缝的，戾气应该是被那凶手吸走了。"

文潇疑惑："所以这个妖是专门杀人，吸食戾气，提升妖力。"

赵远舟没有回答。

裴思婧摇了摇头:"但如果只是要杀人吸取戾气,那何必特意把新娘集中带来这里抛尸,不奇怪吗?"

卓翼宸回答:"被抛尸到这湖里的都是新娘,随行的人尸体都被随意留在案发现场。因此,我觉得,新娘才是他的目的,不是杀人,是杀新娘。"

赵远舟嗓音故作老成,虚空捋着不存在的胡须:"孺子可教。"

卓翼宸一个眼刀杀了过去。

赵远舟咂咂嘴,心道,无趣,不禁逗,没有幽默感!

文潇追问:"所以他到底是什么妖?"

赵远舟耸耸肩膀:"我也不知道。"

文潇一副"你好没用"的神情,看得赵远舟十分委屈:"大荒妖怪数以万计,这种名不见经传的小妖,我记它做甚?要知道是何妖怪杀人作祟,只须找到义庄里停放的尸体,我一验便知……"

卓翼宸几人抬脚便要往义庄去。

赵远舟却站在原地不动,道:"眼下还有个麻烦,我得先去解决一下……你们去义庄等我吧。"

众人商议后,兵分三路。

裴思婧、白玖和文潇先去义庄。

卓翼宸去最近收到水鬼喜帖的齐府。

赵远舟去忙他口中所谓的麻烦事。

义庄看起来肃穆、阴冷,加上白玖的鬼哭狼嚎,更让人心慌。

白玖死命扒着门框不肯进门,拼命摇头大叫:"我是大夫,不是仵作!"

裴思婧思索一番,道:"差不多。"

"什么差不多,你是神射手,我能说你和弹棉花的差不多吗?!医官和仵作分明就是两个行当!隔行如隔山!"白玖借着假装愤怒的劲儿,大眼睛滴溜溜转,转身朝外走。

裴思婧不上当,一把抓住他的衣领往义庄院子里拖,任由他死命扑腾。裴思婧骨子里还是从军的习性,平日里关照归关照,执行任务时公事公办。

"救命啊!缉妖司逼良……逼良医验尸啦!"白玖发出杀猪般的惨叫。

义庄内四处挂着白布,满地纸钱,但一具棺材都没有,空荡荡一片,文潇已经在里面独自查看了一番。

白玖双眼通红,眼泪汪汪:"我要去找小卓大人请辞!"

文潇背着手仔细探查,不甚在意道:"可以,五日后等着掉脑袋。"

白玖摸了摸自己的脖子,他暂时还不想和脑袋分家,心一横:"等破了这一案,我要去找小卓大人请辞。"

裴思婧上前查看,也发觉了不对劲之处:"怎么一具尸体都没有?"

文潇答:"是崇武营干的。他们提前处理掉了所有尸体,毁尸灭迹,不想让我们顺利查案。"

白玖感动得涌起热泪,笑中有泪:"他们人好好哦!"

裴思婧和文潇转头冷冷地看着他。

白玖立刻变脸痛骂道:"崇武营没一个好东西!"

文潇叹气,眼下只能另想办法了。只是她与裴思婧转身时发现,白玖身后不知道什么时候立了一口巨大的黑色棺材。

白玖只见两人齐齐盯着他看,且目光很不友好,立即警惕起来:"你俩盯着我看干吗?又在打什么坏主意?告辞!"白玖转身要逃,却撞上了身后的棺材。

白玖与凭空出现的黑棺材面面相觑了几秒。闹鬼了?不怕,鬼不伤晕倒的人,这是白玖定律。白玖两眼一黑,闭上眼睛,双腿慢慢弯曲,以一个舒服而不伤害自己的方式,晕倒在地上。

文潇看了看倒在地上的白玖,摇了摇头,他的演技还是不见长进。

突然，棺材盖被打开。与此同时，裴思婧利落地将弓弦拉满。

棺材盖后，赵远舟笑眯眯地探出头："午安。"

大腿突然传来痛感，然后赵远舟低头，看着插在自己大腿上的箭矢，心想，不愧是神箭手，速度够快……

裴思婧收箭，想着是他装神弄鬼在先，但还是不自觉地心虚，移开了目光。

"崇武营把所有尸体都毁尸灭迹了，还好我神通广大，从他们手里抢出了一具宝贵的尸体……"

赵远舟哎哟一声痛呼，拔出了裴思婧的箭还给她，刚被射伤的地方已愈合。

可文潇注意到了赵远舟的腿上有另一道箭伤，不仅没有愈合，还开始溃烂，便问道："神通广大不也中了一箭吗？你那个伤口怎么回事，你不是会自愈吗？"

裴思婧看见赵远舟的伤口，一眼便认出那是崇武营的诛妖箭所致："崇武营的箭头上淬了专门针对妖兽的毒，会让伤口无法愈合，一直溃烂，治不了。"

本躺在地上装晕的白玖举起了手："我可以！"

众人齐齐看向他。

白玖坐起身，还不忘先给上场戏收个尾，假模假样地揉了揉额头。

赵远舟浓眉一挑："不愧是天都的小神医啊，什么都治，那……也能验尸吧？"

赵远舟边说着边伸出了"魔爪"，像拎兔子一样一把将白玖拎了起来："拿来吧你。"

赵远舟将白玖塞进了他刚劫回的棺材。于是，一人验尸，三人围观，欺负小孩儿！

白玖心里控诉了一番，咬着牙验完了尸才从棺材里冒出头，大口呼吸："她身上没有任何伤口，死人也不能诊脉，我尽力了，查不出来……但看新娘脸上的表情……"

白玖回头看了一眼尸体，打了个寒战，继续说道："像是被吓死的……"更可怕的是，这世上有能把人活活吓死的妖，那妖怪长得得多恐怖啊。白玖表情像吃了柠檬一样皱在一起。

文潇探身进棺材，手指细细地在尸体上搜寻，而后一顿，从尸体的红指甲中捏起来一块小碎片。碎片上有纹理，似是鳞片，通体漆黑，还残留着血迹。文潇凑近闻了闻，蹙紧眉头。是与土壤中同样的腥臭味。

赵远舟凑过来，从文潇手中接过那黑色鳞片。他捻碎带血的鳞片闻了闻，露出释然的表情，在文潇看来十分变态。

赵远舟笑："原来是这个缺德的玩意儿来了。破案了。"

文潇正等待下文，赵远舟却道肚子饿了，非要边吃边说。

不愧是极饿之妖。

酒楼人多耳杂，四人只寻了个冷清的食肆摊子，围着陈旧的木桌坐下。干了一早晨的活儿，文潇早就饿了，只是一直惦记着查案，连口水也顾不上喝，此时埋头吃着酥饼喝着清茶。文潇瞥了一眼刚刚喊着肚子饿的赵远舟，很奇怪，他从来时就只是喝水，并不动吃食。妖不饿？那喊什么饿！

似是感应到了文潇的目光，赵远舟扭头对上了文潇的视线，文潇忙收回目光。

白玖吃得意犹未尽，边吃还边抱怨："你们太过分了，把我一个天都名医当成件作，让我去验尸！那尸体……看完之后简直三天吃不下饭……老板，再来一碗过羊汤、六个酥饼、一碟酱肉。另外，麻烦帮我单独装一小碗醋和辣子。"

裴思婧不动声色地又给他夹了个鸡腿。

白玖嘻嘻笑着："谢谢姐姐。"

白玖夹起鸡腿，张嘴要咬时，动作一顿："等等，裴姐姐，你对我这么好，该不会又是个陷阱吧？我娘教育我，吃人嘴软，姐，你又要叫我做什么可怕的事情？"

赵远舟故意逗他："哟，小白兔长脑子了。"

裴思婧无语，作势要夺回鸡腿。白玖忙端着碗扭过身体，一口咬在鸡腿上。算了，被坑也是命，先吃饱再说。

赵远舟直等到文潇吃完，放下了筷子，他才开口讲正事："死者身上无伤口，却面目狰狞，他们是被活活吓死的。在我们大荒，能把人活活吓死的妖并不在少数——"

文潇打断了赵远舟的话："说点我们不知道的。"

"它叫冉遗。"

见文潇愣住，赵远舟恶作剧得逞般大笑："哈哈，没想到我这么直接切入重点吧？"

文潇懒得理他幼稚的玩笑，在记忆中成千上万个关于妖的记载中搜寻这个名字，喃喃道："冉遗……传说中吃了可以安眠的……冉遗？"

赵远舟答："他天生具有控梦的妖力，确实能让人入睡。美梦就如水中之月，这世间啊，大多数人终其一生，都追逐不到天上之月。对他们来说，水中月影即使虚幻，片刻拥有便已经足够。不过呢，还是有人从不靠做梦，而是脚踏实地、真才实干，就比如——"

"我"字憋在嘴边，被白玖抢先了一步："小卓大人！从不空口胡说，言出必行。"

赵远舟生生被迫咽回一个字，抬起竹筷敲了下白玖的头出气。

文潇想起一些事，淡淡道："小卓确实从来不做梦。"

"哦？那就奇了，我还从来没听说过不做梦的人。每个人都会有想逃避的事，在夜晚偷偷躲进梦中，喘息片刻，才是人之常情啊。"赵远舟心中吃味，话里话外暗暗地骂卓翼宸非人，说完又惊觉，不对，怎么非人就是骂人了？

文潇不知道他心中的弯弯绕绕，拔出发髻中的笔，掏出怀中的册子便要记录:"所以冉遗最擅长的就是将人困在噩梦里活活吓死吗?他带来的是噩梦,不是美梦?那书上又记错了。"

裴思婧单刀直入道:"怎样对付冉遗?"

赵远舟悠悠开口:"要么是拥有'破幻真眼'之人……"说到这里,他脸上的微笑突然消失了。

文潇抬头疑惑:"嗯?然后呢?"

赵远舟又恢复笑容,托着下巴,看着嘴里还塞着酱肉的白玖,笑眯眯道:"要么就从他身上割一片肉吃,最好是活鱼活割,裹着黏液还带血那种,疗效最佳。"

那肉得多腥臭啊。白玖只想了一下,胃中就泛起一阵恶心,他丢下筷子,再也吃不下去了。

文潇停笔,无奈地盯着赵远舟:"你刚说的破幻真眼是什么,我怎么没看书上记载过这个?"

赵远舟含糊着答道:"那是大荒里顶级大妖才有的东西……别管这个了,抓紧办案!"

卓翼宸静伏在齐府的屋顶之上,紧盯着齐府的情况。齐府院内张灯结彩,挂满了红绸,一看就是即将办喜事的样子。只是这府内上下所有仆人婢女均惶惶不安,步履匆匆,不见喜色。

两个婢女抬着装满嫁妆的木箱经过,小声议论。

卓翼宸屏息静听。

"哎,我说,老爷也忒狠心了,都这样了,还要坚持让小姐五日后准时出嫁……"

另一个年纪稍小的婢女既害怕,又忍不住心中的好奇追问:"姐姐,你与小姐房内的人相熟,真有水鬼吗?长什么样子啊……"

稍年长的婢女见左右没人,眼神示意。两人转到一棵大树后,将重箱子搁在地上,靠着树,撑着腰,用帕子擦了擦额头的汗。

卓翼宸飞身至树上，落下几片树叶。年长的婢女未曾察觉，随手拂去后，小声讲起了她听到的传闻。

齐家小姐今年刚满十七，性格温婉，喜读诗书，待下人很友善，容貌明艳动人，被水鬼盯上似乎合情，但不合理。齐小姐自小体弱多病，不怎么露面，久居深宅内院，没人知道这水鬼是怎么找上门的。

听闻，事发那天，齐小姐正在熟睡，房间内无灯无火，只有月亮洒下一层淡淡的银光。静谧中突然传来离奇的滴水声，随后有水滴滴落在齐小姐的脸上。齐小姐睁开眼睛，就看到床榻上方横挂着一个浑身湿漉漉，像刚从湖里起来的人，那人湿发挡脸，面容阴森。

齐小姐猛地惊醒，从床上坐了起来。她摸了摸脸，又惊恐地看向床上方，发现并没有人。她刚松了口气，低头便看到被子上有一张血红色的婚帖。齐小姐颤巍巍地打开婚帖，看到上面有八个字："五月初七，水鬼迎亲。"房间内没有别人，地面上却有一道湿漉漉的水迹，像蛇爬过留下的痕迹，一路蜿蜒到房门口。

此时正值午时，烈日当头，小婢女却觉得浑身发寒，搓了搓胳膊。

"还有呢！这府里最近也不太干净，你晚上出门得结伴而行。"

前几日，膳房的伙计半夜起来上茅房。树影婆娑，被他错看成了人，揉了揉眼睛，定睛一看，那就是个人的背影。他怕是贼，便冲那人大喝，问他是谁，鬼鬼祟祟做什么。结果待那人僵硬地抬起手，那伙计这才看清，原来对着他的不是背影，就是正面！只是那人长发遮面，看着像背一样。长发撩开后，那"人"的脸在树影下模糊不清，只有一双猩红的鬼魅般的眼睛十分骇人！直接把那伙计吓晕在地，大病了好几天。

小婢女听得入神时，管家出现，怒斥二人，两人立即噤声。

"赶紧把东西搬进去，闲言碎语，莫要再说，你们难道也想像淡烟他们一样吗？"

两人听闻淡烟的名字，吓得连忙求饶，直言再不敢偷懒说闲话。而后年长的婢女哆哆嗦嗦地问道："方管家，我们要不要给淡烟姐烧点纸钱……让他们安心地去，别……别再上来找我们。"

管家瞪了她一眼："膳房伙计睡得糊涂了，做梦而已，不许再提！"

两人齐齐低头恭敬答是。

两个婢女抬着箱子离开后，管家继续往里走。

卓翼宸审视着管家的背影，从树上翻身，进了又一个院落。只是卓翼宸刚走两步，就闻到一股怪异的气味。

管家进了齐老爷的书房，从怀中拿出帖子，恭敬地递给齐老爷。

管家道："老爷，小姐的嫁妆礼帖已经整理好了。"

齐老爷并无兴趣，只是随手翻了翻就放下："嗯……抓紧准备吧，不要耽误了良辰吉日。"

管家忧心忡忡道："可是老爷……如果水鬼真要来抢亲，那小姐……那小姐不就危险了吗？……"

齐老爷抬眼冷冷地看了看管家："我花这么多钱把她养大，她理当知足感恩，就算死，也得死在出嫁的路上。只要镇国公府的迎亲队伍从我家门口接走，就和我们没关系了。聘礼到手，让我儿子风风光光地迎娶郡丞家千金就行。"

管家欲言又止，最后只能低下头，不出声。

卓翼宸透过窗纸，将屋内发生的一切尽收眼里。随后，他身形一闪，飞身离去。

管家侧头发现了卓翼宸离去的身影，但他不动声色。管家眼中有非人的妖冶光波流转，他的嘴角扯起，露出了一个阴恻恻的笑容。

大荒西边，蛮荒之地，寸草不生，四季更替，景色不变，时间仿佛于此处停滞，漫长，无边际。

荒芜崖顶有一大洞，向下望，深不见底，宛如通往地狱的深渊。石洞内，四面山壁雕凿出巨大的鬼像，山体被灌入的风侵蚀出裂纹，枯败的藤蔓显得阴气森森。最底端的高台上，有一人影盘膝而坐，正是八年前被白泽神女赵婉儿封印于此的离仑。

他没有死，但与死了没有区别。

四个缓慢转动的白色光圈缠绕着离仑的手腕脚腕，光圈上的花纹是白泽令独特的符文印记，坚硬的岩石地面上布满了同样的白泽符文印记。

离仑已被困此处八年，两千九百二十二天，没有尽头地孤独。这里没有任何生命，景色也无任何差异，若偶尔能有阵风吹过，有那么一丁点动静，也算有趣。

离仑睁开眼睛，拿起身边放着的拨浪鼓，轻轻晃了两下，似乎回忆起了什么，深情地抚摸着拨浪鼓，对它说话，声音嘶哑。

"朱厌，你还会记得昔日的故人吗？你交了这么多新朋友，我该从哪个杀起呢？"

离仑似乎想到了什么，抬头看着一成不变的天，若不是大荒崩塌，白泽神女的封印松动，他也没机会"出去"看看故人。

那么，按老规矩，先从白泽神女开始吧。

离仑勾起嘴角，笑得阴恻恻的，竟与齐府管家的神态一模一样。

食肆桌上的吃食空了一半，白玖虚弱地趴在桌上，眼睛却盯着筷子上插着的一块红烧肉。

"我还可以……嗝儿！"他不可以了。

文潇急着要去抓冉遗归案，毕竟签了军令状，眼下脑袋还在脖子上晃呢！但赵远舟说他并又不知道冉遗躲在哪儿。

文潇总觉得哪里不对，思索片刻后问道："你们都是妖，不能追踪气息吗？"

赵远舟嘴角一抽搐："追踪气息的是狗。"

白玖开口:"你竟然……嗝儿!"

裴思婧看了一眼,替他说道:"……连狗都不如。"

白玖忙对着裴思婧竖起大拇指,姐姐骂得好。

赵远舟抬手正欲争辩时,一把剑突然放到桌面上,卓翼宸顺势在白玖身边坐下来:"我知道如何找到冉遗。"

赵远舟低头喝水,小声嘀咕:"比狗厉害的人来了。"

卓翼宸道:"齐小姐五日后出嫁,婚事并无延迟。守着齐小姐,就可以抓到冉遗。"

文潇听得皱紧了眉头,欲言又止。没见过哪个爹这时候还不取消婚事,若出了岔子呢?连女儿的命也不顾吗?

卓翼宸又道:"齐府充斥着一些怪异的气息……院落里似有诛妖咒法的气息。"

事有蹊跷,看来齐府也隐瞒了一些秘密。

太阳落了山,齐老爷正与来访的客人坐在一起喝茶。此时齐老爷态度恭敬,弯腰为对方添茶。待茶水倒满,对面客人的手毫不客气地拿起了杯子。

对面的人,正是吴言。他刚喝一口,门口一个侍卫长就走了进来,禀告今日缉妖司几人的行程。直到说起赵远舟从崇武营手里抢走了一具受害者的尸体,吴言脸色越发黑沉,大骂"废物",茶杯被他猛地往桌上一放,砰的一声,吓得齐老爷和侍卫长均是心里一颤。

吴言敛起神色,看向齐老爷,齐老爷却还看着在吴言手中碎成渣的茶杯愣神。

"我今天来,是有件事要找你帮忙。"

齐老爷回过神来,恭敬地行礼:"大将军尽管吩咐。"

"我听说,一个多月前,你花重金从崇武营里请了猎妖人,可有此事?"

齐老爷脸色一变。

吴言招了招手,齐老爷颤抖着将耳朵凑了过去……

"不用紧张,我不是来问罪的。我只需要你将请过猎妖人的消息透露给缉妖司的人即可。"

齐老爷还是有些犹疑:"但要是缉妖司知道我私下请崇武营的人随意杀妖,不知道会不会惹上麻烦……"

"那你就更应该照我说的做,把缉妖司的人引到猎妖人那里,我自有办法让他们有去无回,你的麻烦也就一并没有了。"

待管家拿着一封拜帖走进书房时,吴言正将一沓银票交给齐老爷,齐老爷满面谄媚地接过,并再三保证,刚才所言之事定会办妥。

管家上前,将拜帖交给齐老爷:"老爷,外面有几位缉妖司的大人求见。"

吴言冷哼一声,道:"来得还真快。知道该怎么做了吧?"

齐老爷满脸堆笑:"明白!明白!我这就带着小女的婚帖前去迎客,就让府内管家替我送大将军从后门离开。"

齐老爷揣起银票,用力抹了两把脸,拽乱了自己的头发,朝着前院走去。

齐老爷离开后,管家垂手等待,等着吴言和侍卫长先走。管家耳后一个槐叶形状的黑色印记闪烁了下,他眼中顿时有异光流过,随即突然伸手按住身前侍卫长的肩膀。侍卫长一愣,随后他的耳后也多了一个同样的黑色印记。等管家收回手时,他耳后的印记已消失不见了。管家愣了片刻,全然不记得先前发生了什么。

吴言回头,怒斥发愣的管家道:"带路啊!"

管家立刻毕恭毕敬地往前,带着吴言离开。

侍卫长耳后的槐叶状印记闪烁,他眼中流过异光,看着吴言的背影,露出一个阴恻恻的笑容。

与此同时,远在大荒封印之地的离仑眼中流过同样的光彩,他看到了与侍卫长眼中相同的画面。

侍卫长现在便成了离仑寄生的新"傀儡"。

齐府花园里，文潇正仔细打量四周，一棵枯树引起了她的注意。

这枯树种在院子的角落，一小块长满青苔的方形花坛被青条石圈着。树叶已经全部枯萎。卓翼宸持剑走过来，正欲开口与文潇说话，他手中的云光剑却突然闪出微弱的光芒，似感应到此处有戾气。

两人同时注意到这一情况，只是没等进一步验证，齐老爷已匆忙地小跑进了花园。

齐老爷一看见二人，立刻扑通一声跪倒在地，痛心疾首道："还请缉妖司的大人们救小女一命！"

文潇连忙扶起跪在地上的齐老爷："你且先与我们说说细节。"

齐老爷擦了把眼泪，弯腰拱手道："请两人大人移步书房细说。"

入夜后，奴仆将书房的蜡烛尽数点亮，又呈上了茶才躬身退出。书房门一关，仅有齐老爷与文潇、卓翼宸三人在内。

香炉里的烟袅袅升起，齐老爷将案卷记录的信息又重新口述了一遍。

文潇问出早已不解的问题："既然明知此时成婚有危险，齐大人为何不推迟婚期？"

齐老爷抹了把眼泪道："镇国公位高权重，我们得罪不起啊！我女儿命好苦啊……"他从怀中拿出一张婚帖，递给两人，"两位大人，这是那水鬼留下的婚帖，不知道两位大人能否看出什么门道……"

文潇接过婚帖，又问道："齐小姐呢？"

"哦，小女受惊过度，受了风寒，这些天一直卧床不起，不方便出来见外客……"

文潇微蹙眉头，案情奏报上从未提到过水鬼婚帖，除了齐小姐，其余受害新娘均未收到水鬼婚帖。显然，这位齐小姐就是这次水鬼案的关键所在。齐老爷却找借口推辞，不准她见人。有蹊跷。文潇看后，将婚帖递给了卓翼宸。

卓翼宸眉头一皱，敏锐地察觉出异常之处，借机问出了今日白天查探时发现的蹊跷："婚帖上残留着很强的妖气……敢问齐老爷，贵府是不是设有诛妖法阵？"

齐老爷顿了顿才开口："不瞒大人，府内现如今人心惶惶，我只能找人施法布阵，以安人心啊。"

文潇与卓翼宸相视一眼，心意相通。

齐老爷，有古怪。

文潇照例问道："在水鬼抢亲案发之前，齐府可还有其他异状？"

齐老爷思考片刻，摇了摇头："府里一向太平，没有任何异常。"

文潇试探道："齐老爷，你如果真心想救女儿，那就对我们知无不言，不要隐瞒。"

齐老爷立即又要下跪："那是当然，还请两位大人救救小女！"

文潇扶住想要下跪的齐老爷，道："放心吧，这是缉妖司分内之事。有任何异常，再通知我们。"

卓翼宸与文潇出了书房，由下人领着朝大门方向走去。

文潇眼睛一转，故意引起话头："你们齐府也是倒霉，本来小姐出嫁是喜事，偏偏遇到这无妄之祸。"

领路的下人恭敬附和："大人说的是，这一个多月府里频生事端，也不知道是犯了什么……"

那人仿佛意识到自己说错了话，赶紧捂着嘴巴。

文潇却将"一个多月"这个时间点记于心中，又似不经意问起："之前还发生过什么？"

领路的下人立即吞吞吐吐起来："没有什么……我什么都不知

道……"

文潇向卓翼宸递去一个眼神，卓翼宸立即会意，亮出云光剑，架在那人脖子上。剑锋与那人的皮肉隔着一段距离，不会伤害到他，但足够震慑住一个普通人。

卓翼宸冷声道："说！"

那人立即被吓得双腿一软跪在地上，浑身抖个不停："我真的什么都不知道，只知道老爷一个多月前秘密找来了崇武营的猎妖人，还不许我们说出去，至于是因为什么，我真的一概不知啊……"

有古怪，一个多月前齐老爷就找了猎妖人，可冉遗的婚帖是最近送到的。

卓翼宸问道："那猎妖人在哪儿？"

文潇将笔与纸递给了那人。那人接过，哆嗦着画出一个清晰的地图。

文潇将地图收好，从身上摸出些铜板放在他的手中，而后离去。

跪在地上的下人看着两人走远后才站起身，他掂了掂手中的铜钱，目露不屑，随手扔进了池塘。

领路的下人原路返回齐老爷的书房，走近后压低声音汇报："回禀老爷，已经按照您的吩咐，将一个多月前请了猎妖人的事透露给他们，猎妖人的位置也已按照您吩咐的告知，不出意外，他们已经出发了。"

"很好。"齐老爷笑着扔过去一个钱袋。

那人迫不及待打开一看，全是碎银子，顿时两眼放光，恭敬地行礼后，喜滋滋地离开书房。

从天都上空俯视，偌大的都城，房屋、街道排列有序，如一棋盘。

多方势力执子，你来我往，暗潮涌动。

第三章
冉遗鱼

趁着文潇与卓翼宸去齐府，赵远舟独自去了一个地方，正是白天与其他人去过的那片湖泊。

白天来时，他便察觉到了湖面之下浓郁的妖气和妖血的味道。此时已入夜，黑乎乎的湖面倒映着惨白的月光。有雾气弥漫，赵远舟眼前景物变得模糊起来，似回到了大荒的海边……

赵远舟忽地抬手，手指靠近唇边："现。"

浓雾消散，梦境被破除。眼前又是那漆黑、平静的湖面，水面忽然波动起来，一个湿淋淋的脑袋从水中冒出，半张脸沉在水里，阴森森地盯着赵远舟。

赵远舟一脸鄙夷之色："过来。"

水里的人一动不动。

赵远舟有点不耐烦了，恐吓道："装神弄鬼！我数到三，你再不过来，我一把火点燃这湖，做一大锅鱼汤！"

冉遗这才慢慢地从水中走上来，他浑身湿淋淋的，拨开了挡脸的长发。但他长得不仅不吓人，还很英俊，只是与常人相比，他身为妖的特征十分明显，两腮与脖子处的黑色鳞片清晰可见。冉遗一身暗绿色长袍，在月光与湖水的映照下泛着光，他的腰腹部缠着纱布，鲜血透过纱布持续渗出。

赵远舟盯着冉遗，身上迸发出夺目的猩红光晕，戾气环绕。他抬手念咒："跪。"

冉遗的神情立即变得难受，他仿佛不受控制地爬上岸，走到赵远舟面前,高挑的身躯忽地朝赵远舟跪了下来。

赵远舟眼神冰冷,心想,不过是一个兽性未褪的小妖,却敢对他使出这些手段,简直胆大包天。他警告道:"别拿你这些小把戏对付我。你这梦境障眼之法,只能骗骗凡人。"

冉遗低声道:"我知道,你有破幻真眼,当然骗不了你,别的妖怪想要识破梦境,可不容易。"

赵远舟听到那四个字后,表情变得微妙,随即恢复如常。他从怀里掏出一瓶药,扔给了冉遗。

"为了给你拿这个药,我还得假装也被诛妖箭伤到,真是有失我大妖的颜面。"

冉遗看着药瓶怔了下,而后慢慢解开纱布,给斑驳溃烂的伤口上药。他沉默了一会儿,又开口询问:"你答应我的事,什么时候做到?"

赵远舟淡淡道:"别急,快了。"

天再亮时,已到了签订军令状的第二日。

昨日拿到的猎妖人地址就是一家客栈。从掌柜处打听得知,此人将于今日离店,缉妖司几人立即进行全方位的部署。

裴思婧伏在客栈对面的屋檐之上,一旦有变故,即可远程牵制。卓翼宸则乔装住进了客栈,就在猎妖人那间房间的楼上,以便随时关注他的动态,直接将其缉拿。

客栈所在的街巷口停着一辆马车,赵远舟坐在马车外,而白玖和文潇坐于其内。

白玖一挑门帘,探出头问赵远舟:"为什么没有任务分给我?"

赵远舟答:"当然有,你的任务就是,远离战场,勿要添乱。"

白玖哼了一声,道:"你怎么不去抓人,只会使唤小卓哥哥和裴姐姐。游手好闲,哼。"

赵远舟若有所指地看了一眼文潇,怪笑:"干吗这么骂你文潇姐姐?"

白玖急忙向文潇解释:"啊,这……文姐姐,他在挑拨离间,你不要中计。"

文潇白了赵远舟一眼,心道,猴嘴里吐不出好话。

文潇耐心地向白玖解释:"我们堵在这里,并不是闲着,若是对方逃跑的话,这里是他的必经之路,所以我们在这里守株待兔就好。"

白玖听明白后顿时开心起来,撂下车帘,也不理赵远舟了。

风声阵阵。

裴思婧身负弓箭趴在屋顶高处,做好了戒备、瞭望的姿势。

卓翼宸已靠在二楼栏杆处,手握云光剑,盯着下方的房门。

房屋门吱呀一声被推开,走出一个鹰钩鼻男人,他背着包袱,警惕地左右观察一番才轻声关上门,低着头朝客栈外大步逃离。他刚走出客栈,卓翼宸的身影就自他头顶掠过,挥舞长剑直刺向他。他立即提刀抵挡,几招之内便发觉不敌卓翼宸,于是一个翻身,洒出毒尘迷了卓翼宸的眼睛,又是一颗烟幕弹,而后趁机转身要逃。

突然,从他背后飞来一支冷箭。为留活口,裴思婧的箭穿过烟雾,精准射中了鹰钩鼻男人的大腿。他毫不犹豫地拔掉箭矢,忍痛一瘸一拐地继续逃跑。卓翼宸屏息挥散毒尘和烟雾后,裴思婧已赶了过来。

鹰钩鼻男人武艺不强,轻功倒是炉火纯青,转眼的工夫,已跑出去老远。卓翼宸和裴思婧对视一眼,立刻追去。

巷口,文潇从马车上下来,朝着坐在不远处慢悠悠喝水的赵远舟走过去。直到坐到他身边,她才问:"你们大荒的妖,是只喝水不吃东西吗?我认识一个大荒的大妖,他也只喝水,不过,他还是会吃野果。你吃吗?"

赵远舟回答："其实我连水也可以不喝。"

文潇点了点头："真好养活。"

赵远舟笑："你要养一只试试吗？"

文潇揶揄道："我从小到大，养啥死啥。"

赵远舟思索片刻，又仰头喝了一口水："……那我求之不得。"

白玖从车窗里探出头，加入聊天："我一直怀疑水壶里放的其实是酒，但我没有证据。"

赵远舟看了看手中的水壶，解释道："确实是水。喝水只是爱好，就跟有些草木妖喜欢晒太阳一样。"

文潇也盯着那个水壶，喃喃道："是什么水呢？"

赵远舟默默收起水壶，道："你在套我的话。"

文潇瞪眼道："作为同僚，我只是想加深对你的了解。"

赵远舟挑眉道："我劝你不要了解。"

"为什么？"

赵远舟倾身靠近文潇，目光却从文潇的眼睛偏移到她身后，随即一凛："因为越了解我，越——危险！"

赵远舟猛地伸手将文潇朝自己的方向一拉！一支箭破空而来。文潇回头，惊魂未定，只见那支箭已被赵远舟空手抓住，停在她的眼睛前方几寸的位置。

同时，另一支箭射了过来，钉在马车窗框上。马车内的白玖吓得立刻躲回车内，捂住怦怦狂跳的心脏，四处看了看，钻到了椅子下面。

赵远舟将文潇护在身后，看到了射箭的人。

那是吴言手下的一个侍卫长，此刻正手持弓弩，只是在赵远舟看不到的地方——这个侍卫长的耳后，一个槐叶状印记隐隐闪着光亮。

侍卫长先是认真打量了一番文潇，而后用十分古怪的语气对着赵远舟说道："你又护着她。"

又？文潇不解。

赵远舟却对这熟悉的口吻警觉起来："……你是谁？"

"连老朋友都不认识了吗？想叙旧的话，就跟我来。"

侍卫长僵硬地转身，身体不太协调地朝巷子更深处跑去。显然，他此刻被人控制着，如一个提线木偶，动作僵硬、生涩。

赵远舟毫不犹豫地追了过去。文潇心中有太多疑惑，迟疑片刻，便也跟着追了过去。

见外面没了动静，白玖才小心地将马车帘子掀开一角，小心地探出头来。外面的确没了动静，不仅没有动静，连一个人影也没了。

白玖绝望道："天哪！我怎么会突然落单了？啊！"

白玖尖叫还没完，就听见身后传来急促凌乱的脚步声。正是受了伤的猎妖人朝马车这边跑来。白玖想起了文潇的话——马车停在此处，就是为了堵住这人逃跑的路。于是他立刻跳下马车，手叉腰，心虚地装出一副气势汹汹的样子，腿却有些不受控地打战。

白玖虚张声势道："你……你逃不掉的！"

猎妖人看到白玖，一愣，然后突然笑了起来。

白玖羞恼道："你别看我是个小孩子，我很厉害的！你笑什么笑？！"

猎妖人却边笑边说："不，我不是在笑你是个小孩子，我只是在笑，我根本就没打算逃啊。"

这时，裴思婧和卓翼宸已追至眼前。

白玖立刻有了底气，叉腰挺胸，整个人都快要翻过去了，得意地大笑："你逃不掉了！我厉害的偶像小卓大人到了！"

猎妖人环视三人，笑容越发阴险："我本就是要将你们引至此处。"

随着他的话落，卓翼宸和裴思婧同时察觉出异常。此时，屋顶、巷道、街角……数十个黑衣人陆续出现，将三人团团包围。

白玖笑不出来了。

侍卫长在僻静巷子中止步,而后缓缓转身,手中不知何时多了个寻常的拨浪鼓。他手指轻捻拨浪鼓,鼓耳敲击鼓面,发出鸣响,文潇顿觉头晕目眩。赵远舟立刻把文潇护在身后,似也隔绝了那令人眩晕的声浪。

看到拨浪鼓,赵远舟便知晓了对方的身份,直接道了出来:"离仑,你又在玩寄生那一套。"

侍卫长嘴角勾起的弧度诡异,但能看出操纵他的人此刻异常兴奋,语调中有窃喜、有愉悦、有揶揄,还有孩子般的得意:"才看出来吗?没了破幻真眼,是不是很不习惯啊?"

离仑!文潇心中猛地一震。这个名字是困住她八年的噩梦源头!可是,杀了师父的那个离仑不是死了吗?

离仑歪着身子,欣赏到了文潇此时的神情,大笑着又晃了晃手中的拨浪鼓。

无形的声浪冲击而来,无孔不入。文潇感觉耳边又是一阵巨大的嗡鸣,她不禁捂住耳朵,痛苦地闭着眼睛,那声响让她五脏六腑被震了又震。文潇毫不怀疑,如果不是赵远舟挡在她身前,此刻她怕是已经经脉俱损,七窍流血而亡。

嗡鸣声骤然减弱,耳边什么声响都消失了,像是被油纸糊住了,只有她自己剧烈的喘息声。文潇睁开眼睛,发现自己置身于八年前的大荒,就是师父殒命那一日……

同样的乌云遮天蔽日,电闪雷鸣间,浪涛肆意翻涌,她伸出手,感受不到风,没有触觉,只有视觉与微弱的听觉。

她抬头寻找师父。先是看到脚边一个清瘦的身影晕倒在地,那是八年前的她自己。接着,她看到师父一身白衣立于礁石之上,正与黑衣人离仑对峙。那是她晕倒后不曾见过的场景。

师父手持短箫吹奏,箫声清亮悦耳,是大荒歌谣的曲调!白色光芒自师父手中的短箫发出,幻化成旋转的光圈,朝离仑飞去。光圈中交错着白色的小篆文字，写的是"白泽敕令"四个字。光圈迅速套中离仑的手腕脚腕，将他锁住。她隐约听到师父似对离仑做出了裁决，离仑挣扎着不服……

文潇越想听清，耳边自己的喘息声就越剧烈，眼前的画面越来越模糊，直到视野再度清晰时，她猛地对上了师父混浊泛白的双眼。

视野被拉远，她又看到了师父浸泡在海水中的尸体。

视野再度拉远，岸边只有一抹身影。

更远的地方，大荒的海如墨汁般翻涌，一切都离她越来越远，直至再也看不见。

文潇回过神来，再次看向离仑时，眼中充斥着恨意。

离仑饶有兴味地笑了："她好像快要想起来了，不如……我帮帮你。"

侍卫长的身影突然消失，重新出现时，已是瞬间闪身到文潇面前。他的眼睛已呈金色，他拉近文潇，牢牢地看着她的眼睛。文潇的眼睛在他的注视下，仿佛两簇烧红的炭火，渐渐变得灼热、发亮，射出可怕的红光。

赵远舟猛地朝侍卫长出手，手掌中凝聚着浓郁的血色妖气。侍卫长迅速闪躲，顺手推出文潇作盾，赵远舟只得收力，接住文潇。侍卫长趁机倒跃而出，拉开距离。

文潇低头，捂住刺痛的双眼。好痛，灼痛一样的感觉。

赵远舟担心不已："没事吧？"

文潇艰难地睁开眼睛。她看向前方，此时前方站立着的，不再是侍卫长，而是一个高挑清瘦、面容苍白的英俊男子，他手持拨浪鼓，浑身黑衣无风自动，像妖异的黑色水草，和她当年看见的杀死赵婉儿的那个离仑一模一样！

离仑笑道："怎么样，彻底想起来了吗？"

文潇不知道离仑对她做了什么，但她竟然可以透过傀儡见到离仑真身。

文潇回过头看向赵远舟，刚要开口，却说不出话了。她看见站在身边的赵远舟也是他的真身。

朱厌一身妖冶夺目的红衣，满头银白色的长发飞舞，雪白的肌肤衬着他那双异常猩红的眼睛。他白皙的脸上有红色的符文印记浮动，仿佛一个嗜血的恶魔！

"朱……朱厌……"

离仑满脸兴奋道："没错，害怕吗？这就是朱厌修炼千万年的法相，但这还不是他的真身。他的真身，你想要看看吗？"

离仑摇动拨浪鼓，每晃动一次，拨浪鼓就发出透明的震荡波，将小巷两旁堆砌的杂物震开。离仑随着拨浪鼓的鼓声，慢慢往前逼近。

文潇清晰地看见，此时赵远舟周身妖气如烈焰一般，形成一道屏障，将她完全包裹住，那如涟漪般的声浪便无法靠近她。

赵远舟银发赤眼，怒视离仑："你到底想做什么？"

离仑停下来，笑了："我就是想和老朋友叙叙旧，怎么了？"

赵远舟突然想到了什么，神色一变："中计了。"

文潇也迅速反应过来，拉了拉赵远舟的衣袍，语气焦急："他在拖延时间……调虎离山……小卓他们有危险！"

离仑点了点头，十分满意："没错，你现在有两个选择：立刻飞身遁形，赶去救你的朋友们，把她留给我；或者，留在这里保护她，让你们的朋友们自生自灭。"

文潇焦急道："你快去救小卓他们！"

赵远舟转身，垂眸看向身后的文潇，一字一顿，十分坚定："我和你签了血契，我必须保护你。"接着又叹了口气，补充道，"那边都是崇武营的人，不是妖，没有法术，卓翼宸对付他们，没有问题。"

听他说完，文潇深呼吸，冷静了许多。从一开始，这就是个陷阱，齐老爷早已暗中和崇武营的人勾结，那么这个离仑呢？他也与崇武营合作了吗？

"你故意现身,就是为了把我引开?"赵远舟问出了文潇心中所想。

离仑皱眉,对赵远舟的猜测有些嫌弃:"愚蠢的崇武营,他们不配与你动手。"

赵远舟冷哼一声,道:"动手还要讲般配?"

离仑认真道:"天地万物,皆要般配。她这个没有神力的神女和你并肩站在一起,就不配。老朋友叙旧,这个碍眼的大荒笑话,我就替你杀了吧。而且,她早就该死了,不是吗?"

赵远舟周身妖气更加张扬,十分骇人。他开口时,声音已含怒意:"你可以试试。"

文潇却主动从赵远舟身后走出来,脸色淡然:"不用你护着我,我和离仑之间的血海深仇,正好做个了断。"

离仑轻蔑地一笑:"哦?你现在身无神力,凡人之躯,蜉蝣之姿,了断?自我了断吗?"

文潇甩了一下袖子,一手背在身后,一手横在身前,摆出战斗姿势。

突然,文潇双眼通红,刺痛,不禁弯腰俯下身子。

赵远舟伸手覆在她的眼睛上,文潇感觉到眼皮一阵温热,耳边有金属的嗡鸣,却不刺耳,反而令她静下心来。那是赵远舟手掌法力运转的声音。

赵远舟轻声与她说:"凡人之躯,无法长时间承载破幻真眼,你且忍忍,很快就能缓解了。"

"哼,你是怕她看到你真正的样子吧……"

离仑对两人举止更加不满,突然飞身跃起,朝文潇攻来。

本来俯身弯腰的文潇突然挺直身子,朝空中的离仑扬出一把药粉。离仑迅速倒跃回身,再落地时,已经变成了侍卫长的样子。侍卫长握紧拳头,似乎感受到身体的不对劲。趁着他意外分神的时候,文潇赶紧拉着赵远舟朝外跑去。

"走！"赵远舟的手被文潇紧紧攥着。

赵远舟一边跟着文潇跑，一边还不忘打趣："又是这招？"

"白玖配的加强版涣灵散，专治妖怪各种不服，你想试试吗？"

赵远舟笑道："你不是说有血海深仇，要今日了断吗？"

文潇回头看着他，眨了眨眼："君子报仇，十年不晚。女子报仇，随机应变！"

赵远舟无奈地笑笑，目光落在被攥紧的手上，随后他的手掌也牢牢地将文潇的手握紧。

三人中，论近战，卓翼宸的身手最佳，白玖可以被忽略不计。只要有人朝着裴思婧攻去，卓翼宸总会倾力阻挡，黑衣人便集中火力将他包围。云光剑的剑影飞快，银光划过，碰撞之时铮铮作响。但饶是卓翼宸的身形再快，要应付五六人身手不错的人四面夹击，也稍显吃力。

另一边，裴思婧的处境更不容乐观，她手边除了弓箭，没有趁手的武器，只得以弓回击，抓住间隙便飞身至屋檐之上，试图与黑衣人拉开距离。但与她纠缠的两人显然对她十分了解，手中快刀挥个不停，决不给她任何喘息的机会。裴思婧的心思全然在双拳之间，竟没注意脚下的瓦片碎裂，重心一移，径直跌了下去。她迅速翻身缓冲，但肉身撞击地面的片刻，五脏六腑还是被剧烈地一震，一口鲜血吐出，眼前一黑。她用力甩头，踉跄着站起，手摸索着去拿箭。但不等她拔出箭，那两个黑衣人已如疯狗一般追了过来。

裴思婧回头看了眼蹲在马车后瑟瑟发抖的白玖，保护他，保护弟弟……再回首时，她的眼底已染上一层不明的怒意。裴思婧用力将口中的鲜血啐在地上，翻身又去与那两人纠缠，这次似无惧意，出招更加狠厉。

有时武斗就是如此，留有后路，留有余地，就是留有破绽。人难免有惧意，更不怕的那一方往往更容易赢。

卓翼宸已经体力不支，后背已有一道刀痕，鲜血淋漓，触目惊心。交手间，卓翼宸发觉他们身手很好，但招数不像崇武营的人，更奇怪的是，这几个黑衣人的力气用不尽似的……

一个黑衣人抓准时机，正要对卓翼宸下杀手时，突然被一箭从背后射穿。嗖！嗖！又有两支箭凌空射来，均是正中黑衣人的心脏。

裴思婧持弓走来，英姿飒爽，脸上溅上了血，身上几处伤口渗出的血迹浸染了墨蓝色的束身衣袍。

卓翼宸瞬间摆脱桎梏，得以喘息，长剑一挥，直取对手的性命。他拔出剑后，剑柄反握，直接向后用力一刺，直接将身后偷袭而来的黑衣人腹部贯穿。

白玖按照卓翼宸的嘱咐乖乖躲好，他不敢在此时惹麻烦让他们分心。此刻见黑衣人躺了一地，他才起身，不顾发麻的双腿，踉跄地朝两个同伴跑过去。

只是倒霉的白玖刚冒出头就被一个黑衣人发现，举刀从他背后砍下。那人的刀还没落下一半，裴思婧的箭就直插进他眉间。与此同时，那人的胸腔还插着另一支箭，那是一分钟前裴思婧射出的……也就是说，这人在心脏被射穿后又活了，或者说……这不是人。

三人怔愣间，刚才倒地的几个黑衣人又尽数摇摇晃晃地站了起来，朝着三人扑了过来。

"躲好！"卓翼宸嘱咐完白玖，转头又与裴思婧陷入新一轮的纠缠。

白玖看得心急，这些黑袍家伙显然不是人，但也不知道他们是什么东西，不死不疲，小卓大人和裴姐姐不知还能撑多久。白玖心一横，从地上摸来一块板砖就要冲上去。

突然，砰的一声！一个黑衣人脖子又中了一箭，摔在白玖面前，激起不少灰尘。

白玖注意到这个黑衣人脖子衣领里面露出来一截黄色的符纸，十分扎眼……有古怪！他伸手想拿下看看，结果那尸体忽然动了动，眼看着又要"复活"，吓得他迅速拽下符纸，抽回了手。而那黑衣人顿时泄气，瘫软倒地。白玖默数了一百个数，发现那人一直毫无动静，死透了……死透了！

白玖激动地站起来，举着符纸冲两个同伴大喊，声音颤抖："我知道了！我知道了！是这个东西在作怪！"

两人看向白玖手中的黄纸，上面画着红色的符咒。

裴思婧皱眉道："那是什么鬼东西？"

卓翼宸认了出来："用刑天之血画的符咒……残夭之尸，无头亦可战，名为刑天。白玖，我和裴大人对付他们，你负责毁掉所有符咒！"

"哦哦！好！交给我了！"

若对方是妖物，自有对付妖物的办法！

卓翼宸用剑划开手掌，将血涂抹在剑身之上，剑身立刻发出蓝色的光芒。之后，云光剑上凡是砍过黑衣人的地方，都冒出阵阵白烟。

白玖在刀光剑影中抱头躲闪，把倒在地上的黑衣人后脖子上的符纸一一撕掉。

不一会儿，卓翼宸收剑入鞘，转身看见满地黑衣人的尸体和坐在地上累得气喘吁吁的白玖，以及他身后同样筋疲力尽浑身带伤的裴思婧……

安全了。他提着的那口气终于松了下来，顿时咳出一口血，脱力地倒了下去。

裴思婧赶紧将卓翼宸扶住，搀扶他靠在墙边坐好："你没事吧？"

裴思婧感觉到手心湿漉漉的，低头一看，碰到卓翼宸背部的那只手沾满了鲜血。

"我来了！我来了！"白玖打开药箱，翻出止血药粉和纱布，开始给卓翼宸包扎伤口，一边包扎一边抹眼泪。

卓翼宸看着他，觉得有些好笑，也有些感动，虚弱地问："你哭什么？"

白玖哭得声音发闷："你和裴姐姐身手那么好，如果不是为了保护我，你们不会受伤的。是我拖后腿了……"

一贯冷漠、严肃的卓翼宸突然有些心软，他轻声说："可是那些符咒是你发现的，也都是你亲手撕下来的，如果没有你，我们就不只是受伤这么简单了。"

白玖有些感动，忍不住流了更多的眼泪："真的吗？……小卓大人……"

卓翼宸虚弱道："麻烦你……"

白玖破涕为笑："不麻烦不麻烦——"

"麻烦你，包扎快一点，我还在流血……"

"哦哦哦。"白玖立刻低头继续包扎。将伤口包扎好后，他开始给卓翼宸把脉。

"我不放心，我再给你把把脉……你们冰夷族的血虽然好用，但是对你自己的耗损太大，以后尽量少用，要不然我给你搞点姜枣糕补补血……我看看药箱里有没有……"

卓翼宸一个眼神，白玖便悻悻收手，补血的事以后再说好了。

白玖配的药极好，卓翼宸伤处的血很快止住了，连疼的感觉都弱了不少，想来药粉里面加了专门抑制痛觉的东西。

"虽然我只会医术，但我保证，以后只要有我在，你们绝对死不了！"

裴思婧问："不请辞了？"

白玖哈哈大笑着掩饰。

裴思婧看向虚弱的卓翼宸，刚才他自己都应付不来，还惦记着帮她，彼此认识没几日，人家却以性命相护，于情于理，她都该道谢。连白玖那么小的孩子都道谢了，她该说点什么……犹豫片刻，她终于开了口："缉妖司小队又不是只有你一个人，下次别急着自己上。"

肉麻的话，她不会说，有机会直接把人情还给他。

巷子尽头出现了文潇和赵远舟的身影。文潇见裴思婧和卓翼宸都伤得不轻，心中紧张，立即松开赵远舟，跑过去查看情况。

赵远舟看一眼空空的手，有一点不是滋味。

白玖一见文潇，又是泪眼婆娑，哭诉刚才的经过，将整个过程的惊险程度夸大了几倍。文潇听得心惊，卓翼宸不想她担心，又纠正了一遍，只轻描淡写地带过。

赵远舟走到卓翼宸面前，蹲下，突然握住他的手掌，红色的妖力从赵远舟手中传进卓翼宸的手心。卓翼宸感知到他在传送妖力，便皱眉，甩开了他的手。

赵远舟不恼，再次握紧他的手，笑道："送你一些妖力，让你以后杀我更容易一些。"

卓翼宸神色复杂。

片刻后，赵远舟放开了他的手。卓翼宸抬手看，惊觉划破的掌心伤口已经愈合，没有留下任何痕迹。

文潇见到此景，下意识想到了自己肩膀处离奇愈合的伤处。

白玖也想到了一些事，垮着一张小脸。他想，这世上竟有无痕修复……他好像……要失业了……

天香阁内外灯火通明，二楼的雅间传出悠扬的乐曲与欢笑声。紫色的纱幔随风轻飘。吴言此时正搂着天香阁的头牌芷梅，芷梅一脸妩媚地喂他喝酒。温香软玉在怀，吴言也不似往日那般威严，笑着将嘴巴凑过去喝酒。

两人调笑间，一名侍从匆匆入内，凑在吴言耳边说话。

吴言顿时变了脸色，一把推开芷梅，将手中的酒杯摔碎："一群废物，连个缉妖司都搞不定！"

侍从纷纷吓得退开雅间。芷梅花容失色，站在旁边不知该不该退出。忽地，她目光一滞，异光流过她的眼眸。芷梅瞬间出手，掐住了吴言的喉咙。吴言一脸诧异地看着芷梅，心想，小小女子，力气突然异常大！

"知道自己为什么要死吗？"芷梅神态异常，声音干涩，哑着嗓子，像男人的声音。

"你……你是谁？"

芷梅道："我是唯一有资格杀他的人。你不自量力，竟然敢动他。碍事的人，都要死。"

万事万物，要般配才行，人类怎么敢妄想对朱厌动手，不般配！离仑一想到那群人不人、鬼不鬼的东西要取朱厌的性命……不般配，不般配！如千万只蚂蚁子在爬，恶心至极。

芷梅的手指随着离仑的心绪收得更紧，吴言用力去掰那纤细的手指，但那手指就像铁杵一般，动也不动。他正要张嘴喊人，芷梅的手扣得更紧，吴言喉咙嘶哑，只能发出低低的声音。

芷梅不满道："还在挣扎……不想死，是吗？我可以给你一个机会。"

"你……你想要什么，我都给……"破碎的音节从吴言的喉咙挤出。

"看着我。"芷梅命令道。

对视之时，吴言的眼睛被破幻真眼灼痛，他也得以见到离仑的真身。一时间，吴言额头冷汗直冒，竟一个字也说不出。

离仑道："我想要一个答案。"

吴言点头如捣蒜。

离仑道："三个问题：答对了，活；答不对，死。问题不难，不要害怕。第一个，你觉得做人好，还是做妖好？"

汗滴从吴言的额头滴落，他讨好地回答："妖……妖好……做妖好……"

下一秒，吴言的颈骨就被离仑捏碎，头垂了下来，身子倒在地上，那双眼睛还大睁着。

离仑露出一个孩子般的笑容："答错了。"

另一道人影走进了这个房间，正是军师。军师瞥了一眼地上吴言的尸体，抬脚迈了过去，直视着离仑，问："你动手杀我崇武营的人，也不跟我打声招呼吗？"

离仑不满道："你对赵远舟动手的时候，也没有告诉我一声啊。"

两人用眼神交锋，互不相让。

突然，军师先笑了，他认下了离仑给出的惩罚。区区人命，不足以撼动两人的合作关系。什么大将军，在大计面前，如蝼蚁一般，死就死了。

军师指了指地上吴言的尸体，道："他是向王派来监管崇武营的，我正嫌他碍手碍脚，你帮我杀了他，正好。多谢了。"

离仑冷哼一声，道："知道就好。别忘了我跟你合作的原因。"

"我会帮你找到白泽令的。而且，那几个缉妖司的人一定会更努力地帮文潇找到白泽令，我们等着坐收渔翁之利就好。"

话毕，军师先一步离开雅间。

芷梅耳后的槐叶状印记消失，她瞬间晕倒在地。

一炷香后，芷梅再次睁开眼时，正对上吴言那双混浊、满是惊恐之色的眼睛，尖叫声响彻天香阁。

签订军令状第三日。

因伤势还需静养，缉妖小队暂时没有行动，都留在缉妖司内。白玖一脸要哭出来的表情，背着他的小药箱行色匆匆，一个不留神就撞到了人。

赵远舟回头看了看撞上自己后腰的白玖，问："这么急，踩到狗屎了？"

　　白玖不理会他的打趣，神色哀伤："唉……都怪我个子矮、力气不够，我这个药箱太小了，当时装的药材不够，只能简单地给小卓大人止了血，没有备齐中益大补丸、龟鹿二仙胶、补血四物汤、柴胡疏肝散、天王补心丹……"

　　赵远舟瞠目结舌道："我记得，卓人人没有被马车撞飞吧？"

　　白玖很是生气："你以为都像你这个大妖吗，皮糙肉厚，受了伤施个法就好了？你来之前，小卓大人保护我和裴姐姐，被那群怪人打得浑身是伤，必须好好地给他补补。"

　　赵远舟撇撇嘴："那他好弱哦……"

　　白玖更生气了："你眼瞎，吃药吧你。我帮你带一些清心明目散回来！"

　　"你才该吃药补补眼睛。我堂堂大妖，法力高强，你却视若无睹，眼里只有卓大人。小朋友，眼界放宽一点，你会发现，有更厉害的人适合做你的榜样。"

　　白玖问："裴姐姐吗？"

　　赵远舟无奈道："她更弱。"

　　白玖哼了一声，推开了赵远舟："哎呀，你别浪费我的时间了，我要去补充药材。"

　　赵远舟看了眼白玖身后的小药箱，狡黠地一笑，大手一伸，就把白玖扯了回来。

　　"你不是觉得我弱吗，但我可以用法术把你的小药箱变得很大哦，这样你以后就可以把所有的药都带上，再也不用怕你的卓大人受伤时你救不了他了。"

　　白玖翻着白眼："吹牛皮。"

　　赵远舟一口气憋在心中，劝说自己不该与无知小儿争论……直接做给他看！

赵远舟扯过白玖的小药箱，突然转身往地上一放，这个小药箱顿时变成了一个立体衣柜。

白玖目瞪口呆，走过去，围绕着组合家具矮柜，嘴里不断"啧啧啧啧"。有了这么大的药箱，什么药都能装进来，以后小卓大人再受伤，保管他一炷香后就能活蹦乱跳。白玖看了又看，突然有些困惑："这个怎么恢复呢，总不能一直这么大吧？"

赵远舟笑道："看见上面那个小铃铛了吗？你摇一下。"

白玖走近，抬手摇了一下那个铃铛，巨大的柜子咔嚓咔嚓几声，又折叠组合成了一个小背包。白玖不禁发出一声惊呼！

赵远舟得意地问："怎么样，我比卓大人厉害吧？"

白玖露出赞赏的目光，开口道："不得不承认了，伯仲之间！"

呵呵，双标！赵远舟一哽，怒而起手，一个过肩摔把白玖摔在地上。

白玖躺在地上，难以置信地看着赵远舟离开的背影。这么大的妖，这么小的心眼子！

卓翼宸脸色苍白，衣服下露出缠裹着伤口的纱布，颇为虚弱。文潇扶着他慢慢走到桌边坐下，卓翼宸尽量忍着咳嗽，不让自己发出很大的声音，以免让文潇更担心。

文潇叹了口气，道："小卓啊，听我一句劝，识——"

话刚开口，赵远舟便走了过来，接过文潇的话头："实力不够就不要瞎逞能。"

卓翼宸闭眼深呼吸，他气不动了……

文潇给卓翼宸递过来一杯热水，然后白了赵远舟一眼，继续道："你别理他。"

"我想说的是，识时务者为俊杰，打不过可以跑，不要瞎逞能。"

卓翼宸抬头看了看文潇，她一脸"虽然两句话听起来一样，但其实很不一样"的诚挚神情。他又看了看赵远舟,赵远舟脸上写着"英雄所见略同"。他不太懂。

赵远舟道:"小卓大人,日后如果你想保护别人,不一定要用放血这种最坑自己的招数。你们冰夷族还有一门凝水成冰的秘术,那个比放血好用。"

卓翼宸垂着眼眸道:"我不会。"

赵远舟惊道:"你竟然不会?"

文潇反问赵远舟:"难道你会?"

赵远舟笑道:"当然。许多书都写过,朱厌大妖,精通千种仙术、万般妖法。小卓大人,我可以教你,不难学的。有水的地方,就能利用血脉感应,随你驱使。"

赵远舟忽然靠近卓翼宸,卓翼宸本能地躲闪:"干什么?"

赵远舟轻声道:"冰夷秘术,不能让旁人听去。"

文潇无语,转身准备先行离开。

赵远舟笑笑,又道:"倒也不用走,这是冰夷族血脉才能使用的秘术,旁人听了也使不来!"

文潇一记眼刀飞了过去,心道,这人怎么这么不像样!

赵远舟笑完便正色起来,走到卓翼宸身后,坐下来,抬手在卓翼宸后背上滑动,一边滑动,一边道出秘术的口诀:"劲从知觉,形从神固……你将气血,按照我手滑过的路径运行……"

卓翼宸闭上眼睛,不断感受体内的能量聚集和血液流动。桌面上的水杯突然震动起来,杯中水面突然荡开涟漪。

"神思无穷,流水无竭……"

突然,杯子里的水变成了一个冰块,径直朝着赵远舟的脸飞了过来。赵远舟似乎早有准备,立时抓住杯子,拿到身前。

赵远舟看着杯子里已冻结的茶水,叹了口气,道:"唉,恩将仇报。好凉的茶,和我的心一样凉。小卓大人悟性不错,但要打中我,恐怕还要练很久。"

卓翼宸吸了口气，突然牵动了伤口，忍不住一阵咳嗽。

赵远舟上前，故意重重地拍了拍卓翼宸的背："小卓大人，保重身体啊。"

卓翼宸突然发现赵远舟的腰上有个小小的黑色闪光的东西。他又重重地咳嗽了两声，边咳边扶住赵远舟的腰，顺势将那个东西握在手心。

文潇直接拉起赵远舟，搀扶住卓翼宸："我留在这里照顾小卓，你先回去吧，别耽误小卓养伤。"

赵远舟反驳道："那不行，我也得留下来保护你，万一离仑找来了，卓大人可对付不了。"

"离仑是谁？"卓翼宸疑惑道。

焚香袅袅，赵远舟简单地将离仑的信息讲给卓翼宸听。

离仑是槐妖，本体是一棵喜阴的上古槐树，精魂可存于任意一片槐叶上。飞叶沾身，精魂附体，从而寄生于其他活物之身，控制其行为。

文潇问："他在找你？"

赵远舟答："对。"

文潇又问："你在躲他？"

赵远舟眼神躲闪了一下，继续说道："他当年作恶多端，我为了惩恶扬善，教训了他一下。他小肚鸡肠，就一直想找我报仇。所以，我才选择跟缉妖司合作，请你们帮我对付他。没想到你们缉妖司这么弱。唉。"

文潇和卓翼宸同时翻了个白眼，心想，这人是怎么做到一段话中有如此密集的吐槽点的？谁能比朱厌更臭名远扬？谁能比赵远舟更小肚鸡肠？还有……谁弱了？

文潇笑道："你知道这里有法阵吗？如果有人睁着眼睛说瞎话，就会长出狐狸尾巴。"

赵远舟立即回头看向自己屁股后面，找了找。

侍卫急匆匆进门禀告:"卓统领,天都出大事了……崇武营的吴言大将军,被杀了……"

三人皆是一惊,赵远舟和文潇对视了一眼,便将那侍卫带离房间询问详情,临走前嘱咐卓翼宸先好生休养。

两人走后,卓翼宸才摊开掌心。他紧紧皱眉,眼神冷峻地盯着这片刚刚从赵远舟腰上取下来的……黑色鱼鳞。

四面神佛满座。

军师将他画好的祝融手绘像挂于佛堂正中间。他摆了又摆,确认画像没有摆偏后才满意大笑。

一旁的甄枚立即呈上一块布巾。军师接过,擦拭沾了鲜血的双手,随后又随手将布巾一丢,正落在地上一具尸体上。从那尸体的衣着看,那是一名崇武营的士兵,此时尸体下方的一大摊血迹已经干涸。

"老师,吴言死了,向王会追究我们的责任吗?"甄枚小声问道。

"大将军是妖杀的,与我们有什么关系?"军师抬了抬手。

甄枚立即会意,从桌案上取了三炷香,在火烛上点燃。

军师沉吟片刻,又道:"不过……还不够。"

甄枚不解:"什么不够?"

"火还不够,得再添一把。"军师捧着香,对着祝融神像拜了三拜,将香插进香炉,而后抬脚离开,悠悠地留下一句话:"大将军不是妖杀的,是缉妖司的人杀的。"

甄枚会意,眼中异常兴奋,他立即朝军师离开的方向恭敬地鞠躬行礼:"学生明白了!多谢老师提点!"

之后,甄枚叫来几个士兵,吩咐他们处理堂内的尸体,地面要清理得一尘不染,一点血迹不可残留,不能玷污了神佛。

画上,祝融威严、肃穆、栩栩如生。

吴言的死，不是一件小事。崇武营动作很快，先一步在向王面前添油加醋，又威逼了一些人证，极尽所能地将这件事扣在缉妖司头上。

崇武营做得周全，向王震怒，指责缉妖司办案不利，不但抓不住妖，还害死了吴将军。向王本来要问罪缉妖司，还好丞相从中斡旋，争取了一天的时间。向王限缉妖司于明日午时之前抓到水鬼，回来复命，否则整个缉妖司上下都要一同问罪。

缉妖司的众人得信，一片沉默。

唯有白玖泪眼婆娑道："只剩一天了……"他的身体注定要和脑袋分家了，要不还是趁早各自去做点想做的事吧。

卓翼宸没读懂白玖的言下之意，他深思片刻后，说道："那就不能拖到水鬼成亲之日再等冉遗现身了，必须主动出击，今日就要抓住他。"

白玖已经感觉到脖子上的头不稳当了，怎么小卓大人还想着抓什么水鬼呢？他的头往桌子上一搭，嘴里哀号道："怎么抓啊，猎妖人死了，离仑也不见了，线索全断了。"

文潇思索片刻，道："没断，还剩下最后一个人。一个一直藏在暗处没有露面却至关重要的人——齐小姐。暴风眼的中心往往异常平静，新娘作为水鬼抢亲事件的核心角色，竟然一直没有露面，她身上一定有蹊跷。"

卓翼宸点了点头，附和道："水鬼抢亲凶案涉及的死者多达数十人，但除了齐小姐，其余新娘都没收到过冉遗送出的婚帖，唯独她有。冉遗对她如此特殊，相信她的身上一定有秘密。"

文潇叹了口气，道："但齐老爷一直以各种借口阻拦我们见齐小姐。"

赵远舟看着文潇和卓翼宸，微微一笑，笑容中透着邪气："你们太老实了，非常时期，就得用非常手段。"

文潇与卓翼宸暗中对视一眼。

文潇道:"裴思婧去齐府暗中探查了,看时间也该回来了——"

话音还没落,裴思婧就急匆匆地走了进来。她看着众人,带回了一个更令人绝望的消息:"我去齐府探查过了,齐小姐失踪了。"

众人一听,面露惊讶。

白玖两眼一闭,长长地叹了口气,心道,这辈子完了,下辈子见吧。

几人之中,唯独赵远舟眉头紧锁,似乎在琢磨什么。

文潇看向赵远舟问:"现在要怎么办,唯一的线索也断了。"

赵远舟立即起身:"还有一个线索——齐老爷。你们再去一趟齐府,好好问问那个齐老爷。我用妖力试着追踪一下齐小姐,或许能找到她。"

文潇毫不犹豫地点头道:"好,我们分头行动。"

赵远舟先一步离开了议事厅。

不过,离开缉妖司后,赵远舟可没有去追踪什么齐小姐的气息,而是径直来到冉遗藏身的湖。湖面薄雾升起,他飞身入雾中。

一座小岛位于湖心,隐约可见。岛上面还有一座木屋,赵远舟正落于小木屋前。

冉遗刚感应到赵远舟的妖气,门就被赵远舟猛地推开了。赵远舟进来后便仔细打量起了四方。屋内陈设简单,除冉遗外,再无其他人。

冉遗见只有赵远舟一个人来,愣了一下,问道:"怎么只有你一个人,她呢?"

赵远舟反问道:"这里怎么只有你一个人?"

冉遗不解:"什么意思?"

赵远舟也是不解:"齐小姐失踪了,不在这儿吗?"

冉遗闻言大惊,立刻追问:"她失踪了?"

赵远舟紧紧盯着冉遗:"真不是你?"

"真不是我……我进不了齐府。"

赵远舟皱眉,如果不是冉遗带走了齐小姐,那会是谁呢?还没有头绪,赵远舟便敏锐感应到了几缕熟悉的气息。

冉遗同样感应到了,立即警惕地看向赵远舟:"你果然不是一个人来的。"

赵远舟苦笑道:"他们可不是我请来的……被跟踪了……好烦……"

准确地说,是被设局了。好烦。赵远舟回想起刚才在缉妖司的一番对话,显然是几人故意骗他的,让他误以为齐小姐在冉遗手里,而来找冉遗。这样他们便可以跟踪而来,寻到冉遗的下落。只是,他们是从什么时候开始怀疑他的呢?

冉遗冷声道:"既然不是你请来的,就别怪我不客气了。"

冉遗双手交叉放在眼睛面前,双眼变成了混浊的白色,宛如眼中涌起白雾。瞬间,房间窗户大开,从四面八方涌进来雾气,大雾又由湖心岛向四周蔓延。

岸边,卓翼宸、文潇与裴思婧三人看向湖心隐约可见的小岛。之前他们来时,湖心并没有这座岛,现在想来,当时这座岛应该是被结界隐藏了。而赵远舟这么一个大妖,竟然也没发现,可见他早已和冉遗勾结。

裴思婧突然开口:"此案了结,我会退出缉妖司。"

"为何?"文潇十分惊讶。

裴思婧答得干脆:"我本就不想再涉这些事。赵远舟虽以查清我弟弟之事为饵,拉我入局,但我从未信任过他,当时去缉妖司也只是想还令牌,却不得已在崇武营的激将挑衅之下签了军令状。如今他与冉遗勾结,果然如我所料,不可信任。朱厌是个不受控的异类,想必小卓大人比我更清楚这一点,希望你们及时止损,不要错付信任。"

卓翼宸沉默不语。

湖面上涌来的浓雾瞬间将岸上的三人吞没。不知不觉间，三人已然入梦。

梦中之人意识不到梦境的存在。在梦中，那些一直逃避的、因恐惧而遗忘的或是因外力而被迫忘记的记忆，那些潜藏在意识之下的欲念，都会在梦境中如实展现。浓雾之中，似有谁在低语："别抗拒梦，诚实地面对梦，因为梦本就是属于你的一部分……"

浓雾散尽，少时的文潇抬头看见一轮巨大的血月悬于空中，诡异，妖冶，如一只巨大的血色眼球俯瞰世间，丝丝缕缕的光线如密布的血管在乌云之中扩张，这只血色眼球便牢牢地长在天上。

天生异象，必有浩劫。

文潇记得自己刚刚爬上山顶就见到了这溢出的红光，竟是一轮血月！她脑内一片空白，一瞬间有些记不清自己为何站在这里。她努力地回想……对，她刚才见到天生此异象，便急着来寻师父！不对，她见到了师父，师父正与离仑打斗，就在……那块礁石之上！文潇立即拔腿朝记忆中师父的方向奔跑。

赵婉儿扶住巨大的礁石，她的胸口插着一块尖锐的石头。赵婉儿艰难抬手，抚向额间，额间光芒涌动，她手心里出现两尾纠缠在一起的白光。

"去……找她……"赵婉儿的声音虚弱。

两尾白光像游鱼，飞快地离开。完成了这一步，赵婉儿向后倒下，停止了呼吸，她腰间的那支短箫竟然慢慢化成散发着光芒的粒子，被风吹散，消失了。

文潇跌跌撞撞地朝前跑，迎面看见一团白光朝她飞来，那白光撞进了她的额头，一阵耳鸣目眩过后，文潇晕倒在地。

文潇再次睁开眼时，头脑更加昏沉。她发觉自己已然站在礁石上。在她眼前，师父的尸体浸泡在海水中，漂浮不定……文潇猛然抬头，只见一个浑身弥漫着红色戾气、面目狰狞的男子站在她面前，看起来已经失去了意识，陷入了癫狂状态。奇怪，她从没见过这人啊，怎么她的心中却生出一种熟悉的感觉？这种熟悉的感觉像飘浮在空气中的无形丝线，似乎只要扯住一头，就能牵扯出更多的记忆。可她什么都抓不住。

浑身戾气的男子伸手掐住文潇的脖子。文潇的视线越来越模糊，只能见到一团暴涨的红光。

猩红色的戾气自那男子的手，渗透进文潇的身体里。

梦就像面镜子，可以映照出人心的裂痕……坚如磐石之人，也会绝望，崩溃。

裴思婧站在岸上，浓雾中，隐隐出现了弟弟裴思恒的背影。裴思婧感觉她的心脏猛地向下坠，似被无边潮水淹没。她伸手想去抓住那个幻影，想要叫住他，腿却挪不动，喉咙哽住，发不出声音，只有一只手向前僵硬地伸着。裴思恒似是感应到了，那个幻影一顿，回过头，看向裴思婧。

裴思婧感觉她已经许久没有认真看过自己的弟弟了。裴思恒已经二十岁了，正是意气风发的年纪，虽然年岁见长，但他的长相与儿时相比没有太大变化，仍旧透着女孩子般的秀丽，笑起来嘴角有浅浅的梨涡，惹人喜爱。兄妹俩都有一双丹凤眼，但此时裴思恒的眼中散着诡异的幽蓝色光芒，眼泪从他蓝色的眼中流出。

他神情哀伤："姐姐，你为什么要杀我？"

裴思婧一愣，低头看自己伸出去的手，手中握着的长弓已经拉满，箭在弦上，竟是对准了裴思恒。她有些恍惚，不明白自己为何拉弓，不禁眼神慌张。

"姐，你错怪我了。"裴思恒神情悲戚。

"弟弟，你罪无可恕，不要怪姐姐。"裴思婧脱口而出，一切就如既定好的，不可改变，只有一滴泪不自觉地从裴思婧的眼中流出，与她此刻冰冷的神情十分不搭。

裴思婧拉弓瞄准,一箭射出。

裴思恒毫无闪避,仍是哀伤地看着裴思婧,那目光中有委屈与不舍。箭矢直接穿胸而过,裴思恒径直向后跌入水中。

裴思婧的意识瞬时惊醒,她下意识伸手去拉裴思恒的手。裴思恒的手反用力握住了裴思婧,他惨笑着,用力一拽,意图将她一同拽进水中。

"姐姐,不和弟弟一起吗?"

裴思恒的声音如魔咒般在裴思婧耳边回荡,就像儿时许多次他小小的身影跑来,嬉笑着找她玩。

"姐姐,一起放纸鸢吗?"

"姐姐,要来瞧我新收的黄狗小弟'来福'吗?"

"姐姐,一起去看花灯吗?"

裴思恒从小就无条件信任他的姐姐,为她哭过,为她喜悦过,为她担忧过。在连路还走不稳的年纪,他就敢哭着挡在姐姐面前,帮她赶走冲她乱吠的狗。为什么呢?这世上本没有谁天生该对谁好,可他就像本该如此一样,对她掏出了全部的真心,只因为她是他的姐姐。她也眼看着他长大,看着他出落成了一个善良又优秀的少年……可一切戛然而止。她亲手杀了自己至亲的人啊……

水里一定很冷吧,姐姐陪你。

湖心岛上,赵远舟见到了岸边的情形,一把抓过冉遗。

"快解开你的控梦之术!"赵远舟的声音中透出焦急。

冉遗摇摇头:"控梦术一旦施展,无人可解,只能靠梦境中人意识到自己正在做梦,从而自行脱困,否则就只能永远地困死在梦魇之中。他们唯有自求多福。"

赵远舟眼中流露出杀意,转而飞身进入浓雾之中。

此时，岸边，文潇和裴思婧倒在地上，在梦境里沉睡着，呼吸沉重。唯有卓翼宸似乎没有受到控梦术的影响，依旧清醒地站着，他十分镇定地探查文潇和裴思婧的脉搏和呼吸。

冉遗泛白的眼睛看到了卓翼宸："咦？有意思……他竟然可以对抗我的控梦之术……"

冉遗似想通了什么，喃喃道："啊……原来就是他啊……"

赵远舟的身影从浓雾中飞出，只是刚落岸，云光剑就架在他的脖子上。

卓翼宸冷声道："你还敢来。"

"我不来，她们就危险了。"赵远舟伸出手指将剑身往旁边推了推，想要躲开。

卓翼宸目光一凛，云光剑重新指向赵远舟，他不准许赵远舟这样危险的妖靠近："正是因为你和冉遗勾结，她们才会陷入危险。"

赵远舟无奈地叹气："勾结？卓大人讲话真难听，我和冉遗只是合作，各取所需。"

卓翼宸冷哼一声，不动声色地打量赵远舟，他眼中的确十分焦急，眼睛下意识地看向文潇。

卓翼宸继续道："你来缉妖司的时候，也是说要与我们合作。你的嘴里到底哪句是真、哪句是假？"

"对小卓大人说的，自然句句是真。我可以展开慢慢与你细说，但再不救她们两个可就迟了。"

卓翼宸看了看昏睡的两人。他不相信赵远舟，也不想相信，但眼下两人中了妖术，他一时也不知该如何解开，只能让赵远舟试一试。卓翼宸不得已收起了剑。

赵远舟立即抬手轻轻点了点自己的太阳穴，一根猩红色发光的丝线被扯出来，变成一团红光。赵远舟挥挥手，那团红光就冲向卓翼宸手中的云光剑。云光剑感应到赵远舟的强大妖力，瞬间发出龙吟剑鸣。

赵远舟道:"云光剑,诛妖破邪,不被邪祟沾染,可破所有魑魅幻象……如果这世间有什么能穿破冉遗的梦境,只能是云光剑。"

昏迷中的裴思婧似乎听见了剑鸣,微微皱眉,随后突然大口呼吸,清醒过来。

卓翼宸急忙看向文潇,文潇却毫无反应,她的表情异常痛苦,似乎仍然沉浸在一个噩梦之中。卓翼宸更加焦急:"文潇为何听不到剑鸣?"

赵远舟蹲下身子,扶起文潇。他闭上眼睛,将自己的额头贴近文潇的额头:"那我就进梦里找她。"

雾蔓延至梦中的大荒,文潇仍然被那个男子掐着脖颈儿,痛苦地挣扎。突然,一个细窄的刀尖从那人胸口刺出。那男子松开了手,倒在地上。

文潇看见,雾气朦胧中,一个英俊又面熟的男子出现在她面前。他的神色柔和,笑容温暖,不自觉令她感到心安。他伸手拍了拍文潇的头,安抚道:"不要怕,魑魅魍魉、镜花水月,都是梦中虚幻,醒来就好了。"

文潇也说不上为什么她会相信眼前这个人。她问:"要怎么才能醒来?"

赵远舟道:"要醒来,就得先睡着。"

文潇更加困惑:"睡着?"

赵远舟抬手,将刀放到文潇手上,然后翻转她的手,对准她自己的胸口用力按了下去,刀尖扎进了文潇的胸口……

"永远地睡着。"

这是最后一个让人从冉遗的梦中醒来的办法——让做梦的人死在自己的梦境。说来简单,但最难的就是让梦里的人意识到自己在做梦,并有勇气用死亡终结梦境。

第四章
执子手

文潇睁开眼，猛地坐了起来，她的神情还因为刚才的噩梦而惊悸。过了片刻，她茫然地看向四周，梦带来的感觉太过真实，她一时分不清梦与现实的界限。直到有风拂过，梦的感觉渐渐远去，现实的一切才越发清晰。

文潇调整好自己的呼吸，慢慢站起来，头还有些昏沉。她问道："刚刚是……"

卓翼宸上前，将手搭在她的脉搏上，除了有些虚弱，一切如常。

"……冉遗的梦境，有没有觉得哪里不舒服？"

文潇摇了摇头，她又看向似乎丝毫没受影响的卓翼宸，问："你没有受影响？"

"没有……我也不知道为何……"卓翼宸自己也觉得有些奇怪，也许与他从不做梦有关，从不做梦之人，自然不会陷入梦境吧。

一旁站着的裴思婧忽地吐出一口鲜血，脸色惨白，一时竟虚弱得说不出话来，身形有些摇晃。

文潇急忙扶住裴思婧："怎么回事？"

"冉遗控梦之术的反噬。入梦之人，对梦中投射的执念越深，身体的损耗就会越重。"

赵远舟开口，文潇才注意到他在她身后站着。所以刚才是他带她离开了梦境？文潇又回忆起了那个梦境。她见到了赵远舟，那时他仿佛已经被满身戾气支配，丝毫不受控制，那也是真的吗？

一时间，文潇看向赵远舟的眼神十分复杂。她有问题想问赵远舟,但还没等开口,先被裴思婧打断:"别耽误时间了,我们赶紧去抓冉遗!"

裴思婧挣扎着挺直身子,又闷哼一声,捂住胸口,嘴角再次涌出了鲜血。

赵远舟叹了口气,道:"我带你们去见冉遗。但裴大人,你就别逞强了,你现在这个身体根本动不了,就留在这里吧,不要添乱了。"

裴思婧一时无言以对。她抬眸警惕地盯着赵远舟,声音虚弱道:"我不放心他们跟着你,谁知道你会不会把人带进陷阱……"

裴思婧思忖着,若突发变故,冉遗联手赵远舟,卓翼宸勉强护得住他自己,能不能护得住文潇不好说。她试着运功,但身体受梦境的影响太深,一运气又仿佛会牵扯到五脏六腑。此时她什么都做不了,只能暂时静养。

文潇看透了裴思婧此时的担忧,她从发髻中取下笔,然后握住裴思婧的手,摊开了她的手心,用笔在上面写了一个字。文潇边写边说:"我常做噩梦,义父就会在我手心写下不同的字。他说,只要紧握这个字,就能破掉不好的梦境。"

裴思婧抬起眼看向文潇,还是不太放心。

文潇会意,凑近裴思婧,小声说道:"放心,我有办法对付朱厌,他不敢乱来的。"

裴思婧无奈,只能点头。

赵远舟听闻文潇说到她还在做噩梦,神色一动,有些心疼:"你……常做噩梦?"

文潇没有回答他,只是将笔重新插回发髻上。

文潇一直做噩梦。到范府后,每次噩梦醒来,她总下意识在屋里找大妖的身影,却寻不到。她就抱紧被子缩在床角,常常睁着眼睛到天亮。后来,范瑛教了她这个法子,她才敢继续睡觉。再长大些,她已经习惯做噩梦了,不甚在意。

卓翼宸从腰间拿出一个小药瓶，递给裴思婧，道："这是小玖让我随身带着的药，你服下，应该对你的内伤有帮助。"

裴思婧接过药瓶："谢谢。"

赵远舟撇撇嘴，仿佛觉得自己输了，现在不表示一下，等会儿真要被队友们孤立了。于是，他立即不甘人后地伸出手指画了一个圈，红色的光芒以裴思婧为中心，结出一层圆形的结界，将裴思婧笼罩。做完这一切，他还不忘说一句："这结界可保她安全，比那什么字啊、药啊，实在多了……"

最终，裴思婧一个人坐在结界的光圈里，看着乘船远去的三人，神情悲怆。她展开自己的手掌，上面是文潇写下的"晓"字。

裴思婧看着这个字，若有所思……

三人上了湖心岛。卓翼宸脚边放着一个大麻袋。浓雾渐渐散去，露出了站在屋门口的冉遗。

冉遗看了眼卓翼宸手里发光的云光剑，感慨道："云光剑……没想到十几年过去了，我还能再次见到它……"

卓翼宸疑惑："十几年？"

冉遗道："十几年前，我来过人间，遇到一个手持云光剑的人，他于我有救命之恩，我许诺他，可以用我的能力获得任何他想要的，无论是金银财宝还是权力，又或是夜夜美梦。可他什么都不要，他说，他有个很疼爱的弟弟夜夜被噩梦惊扰，问我有没有办法。我给了他一片有我血肉的鱼鳞，让他带回去研磨成粉，兑水给他弟弟服下。这样，他弟弟就再也不会被梦困扰，再也不会害怕了。"

原来如此。卓翼宸终于明白为什么他不会被冉遗的梦境控制，竟是因为自己曾经吃过冉遗肉。冥冥之中，又是哥哥保护了他……卓翼宸神色黯然。

冉遗继续道："你有个很好的哥哥，可惜……"冉遗话语一顿，看向赵远舟。

"被我杀了。"赵远舟淡淡接过冉遗没说完的话。

卓翼宸眼圈泛红,呼吸变得急促起来,他愤恨地看向赵远舟。

赵远舟道:"等你有一天杀了我,就能彻底从噩梦里醒来了,但你知道不是今天,也不是现在。"

卓翼宸冷哼一声,道:"你觉得我还能相信你吗?你不妨先说说看,为什么要帮冉遗?"

赵远舟还未开口,冉遗就大笑起来,满是讥诮的意味:"真有意思……人类互相帮助,被说成美德,而妖帮助妖就必须有理由。你们不断伤害妖,却总是能找到冠冕堂皇的理由。赵远舟,我早就说了,人和妖是不可能好好相处的。"

"哦?那你为何还要坚持跟齐小姐在一起?"文潇盯着冉遗的眼睛,直接戳破了他隐藏的秘密。

"唉,我就说文潇和小卓很聪明,瞒不住的。"赵远舟夸张地叹了口气,在冉遗怀疑是不是他透露了什么之前,抢先一步埋怨起了冉遗,撇清了责任,顺便又向文潇和卓翼宸卖了乖。

文潇翻了个白眼,懒得理他。千年大妖心眼子就是多,没一句实话。

赵远舟还没想通他们是什么时候开始防着他的、案件调查又是什么时候有了进展,这些他却全然不知,真是令妖心寒啊。

时间回到卓翼宸与文潇拜访齐府那日。

两人从领路的下人那里得知猎妖人的住处后,转而悄悄去了齐小姐的住处。刚才齐老爷找借口拒绝两人见齐小姐的请求,就已令他们生疑,这次定要从齐小姐口中打探出些消息。

乌云遮盖圆月,柔光自云间漏下,树影横斜。齐小姐所在的院子有重重把守,看起来不仅是在防水鬼,更像是对齐小姐的软禁。

从外面看，齐小姐的房间一片漆黑。

卓翼宸靠窗细听，屋内鸦雀无声。他轻盈地翻窗进入，转身接住随后进来的文潇。两人刚在房间里站定，身后就传来咚的一声响，一把椅子被踢倒在地。他们抬头一看，身着白纱衣的女子将脖子挂在麻绳上，她的身体下意识挣扎，却紧咬住唇，不让自己发出任何声音……齐小姐正在悬梁自尽。卓翼宸立刻飞身而上，用剑割断绳子。文潇在下面接住齐小姐，两人一同跌倒在地。

月光下，齐小姐面容憔悴，一双漂亮的眼睛已哭得红肿。她一边流泪，一边惊恐地看着眼前陌生的两人："你们是谁？为什么要救我？为什么不让我死？！"

文潇绕开了这个问题，见她情绪十分不稳定，先开口安慰道："死很容易，但解决不了任何问题，只会让关心你的人伤心。"

齐小姐流泪，自嘲道："关心我的人……我父亲为了镇国公府的聘礼就把我卖了，完全不在意我嫁过去后是苦是福。"

齐小姐话音一顿，神情哀伤。她想到这深宅大院中的确有几人是真心待她的，的确有人希望她幸福，就比如淡烟，可待她好的结果是……想到此，愧疚和绝望压得她喘不过气。除了哭，除了死，她想不到能摆脱这种痛苦的方法。齐小姐的声音越发颤抖："淡烟他们都因我而死……他也死了……我为何还要活着……"

齐小姐看了眼墙上，那里挂着一幅山水画——山水连绵，一个女子坐在小舟上喂鱼，那女子身影形似齐小姐。画上空白处还题了两句诗。齐小姐的眼中流露出一丝温情。她小声念着："碧海茫茫去无路，却在人间。星河渺渺执子手，天地同游。"她看着画，无声地落泪。

卓翼宸和文潇也随着齐小姐的视线看向那幅画。文潇觉得画上鱼的样子有些特别……鱼身蛇首六足，其目如马耳，是冉遗！齐小姐口中说的"他"难道是冉遗？

文潇立即握住她的手，坚定地说道："他还没死，我们可以带你去见他。"她自然不知道冉遗在哪儿,但她心中清楚,齐小姐与冉遗的关系非同寻常。

文潇的推测没错,齐小姐闻言果真暂时没了求死的念头,她立即同意与文潇和卓翼宸一同离开。

带走齐小姐这件事,原本是要告知赵远舟的,可卓翼宸对他还有些顾虑,便决定暂时将此事保密。而后便是缉妖司几人去埋伏猎妖人,反中陷阱,卓翼宸受伤休养……还有,他从赵远舟身上发现了冉遗的鳞片。再结合赵远舟之前多次独自行动,不难猜出赵远舟私下见过冉遗,二人或有勾结。文潇提出将计就计,借向王施压一事,设局告知赵远舟齐小姐失踪一事,引他去见冉遗……果不其然,现在找到了冉遗。

非常时期,就得用非常手段。

文潇与赵远舟,所见略同。

冉遗难以置信地看着地上的麻袋,他十分生气:"你们竟敢把她装在麻袋里!"他径直冲过去,利落地解开麻袋。

里面装着的却是齐老爷。

卓翼宸嘴角一勾:"我们抓了齐老爷,还来不及拷问。"

齐小姐是最后的底牌,卓翼宸自然不会轻易将她带来。

非常时期,非常手段,三人所见略同。

赵远舟摇了摇头,调侃道:"没想到卓大人也很会用非常手段啊。"

只是此时麻袋中的齐老爷眼睛紧闭,一头冷汗,面目惊恐,手脚剧烈挣扎。显然,刚才雾气渗入了麻袋,他被困在冉遗的梦里。

冉遗见状十分解恨,高兴地大笑:"这是他的报应!他永远也不会醒过来了。"

卓翼宸道:"齐老爷就算有罪,也应该交给缉妖司或大理寺裁夺,不能任由妖因为私仇而滥用私刑。"

他欲用云光剑将齐老爷从梦中唤醒时,冉遗闪身至他面前,用力按住了他的手,阻止他唤醒齐老爷。

冉遗不满道:"他请猎妖人对我使用残忍的化尸镇妖术的时候,难道不是滥用私刑?你怎么不说?"

卓翼宸握剑的手稍有迟疑,他回想起那日自己与文潇去齐小姐房间时,便发觉香炉中气味古怪,细闻才辨出,那是诛妖咒法的气味。有人使化尸镇妖术,将蛟龙的腔骨碾碎成粉,再以生石之水浸泡,而后晒干成香,点燃后可诛杀水妖。

冉遗又道:"我说过要带她去大荒看天之树、海之滨,一直与她在一起……我却再也无法靠近她,只能留她在那个地狱一般的家里度日如年。"

冉遗看着地上陷入恐怖噩梦的齐老爷,咬牙切齿道:"他该死,为了阻止我再回去找齐小姐,他一直在府中点化尸镇妖的香,所以我救不了她。"

卓翼宸甩开了冉遗按住他的手。齐老爷纵然有可恨之处,但冉遗害人同样不可原谅。卓翼宸微眯起眼睛打量着冉遗,冷声道:"你重伤逃走,命不久矣,为了恢复妖力,只能通过杀人吸取庚气。而你专门劫杀新娘,制造恐慌,让人不敢娶亲,就是为了阻止齐小姐出嫁。"

冉遗的眼眸冰冷,他从不否认自己并非良善之辈,恩要报,仇也要报,害他的人,要杀,他爱的人,要护。他杀那些新娘,目的很简单,简单到只是为了让人害怕,让人不敢嫁娶,这样他爱的人就不用嫁给她不爱的人了。

如果说妖野蛮,可人又何尝没有劣根呢?他制造这么多起惨剧,能吓到别人,却阻止不了这个禽兽不如的父亲。为了聘礼银子,为了地位,哪怕要牺牲亲生女儿的幸福甚至是性命,他也要踩着女儿的尸体,搭上镇国公的衣角。什么血缘至亲,只是他圈养起来的牟利工具罢了!

冉遗一甩袖子,背过身去,坚称现在齐老爷落到这个下场皆是天意。控梦之术,他不会解,也解不开。

文潇抽出短刀道:"可以解,从你身上割一片肉给他吃下去就行了。"

双方各有各的道理,谁也不退让。

僵持不下时,赵远舟淡淡开口:"不用这么麻烦,我来叫醒他吧。"

赵远舟抬手轻点自己的太阳穴,一根猩红色发光的丝线被扯出来,变成一团红光。他挥挥手,红光进入齐老爷的眉心。

在齐老爷的梦境中,他跌坐在院落里一口井旁,井口里接连爬出浑身湿淋淋、披散着头发的鬼魅。共有四个人,皆是下人打扮,其中一个婢女身后血肉模糊,显然是被活活打死的。

他们的喉咙里不断发出凄厉如同鬼魅般的叫声——

"还……我……命……来……"

"下面好冷……你来陪我……"

齐老爷一脸惊恐,挣扎着喊叫:"不是我害死你们的,是你们自己该死!帮着小姐和那个妖怪私奔,你们要找就去找那个妖怪偿命!"

先前,齐老爷查出有人帮齐小姐与妖怪私奔后,立即将那几个人全部抓起来。为教训府内下人,令他们今后不能忤逆自己,更是为了让自己那不听话的女儿长些教训,那日,他命人当着所有下人的面用棍棒将淡烟活活打死。为了让所有人记得再牢些,他特意嘱咐,要打得疼,但不能太快将人打死。那日,淡烟被打得口吐鲜血,惨叫声回荡在齐府。齐小姐就跪在他脚边,哭着用力磕头,求他放过淡烟他们。一炷香燃尽时,淡烟死了,口中满是鲜血,眼睛还用力睁着。

"淡烟!淡烟,你别过来,啊啊啊!"

院落的阴影里,赵远舟冷眼旁观齐老爷被自己的罪孽缠身。他眸光一冷:"你确实该死。"

赵远舟抽出伞中的短刃,甩向齐老爷,正扎在他的胸口。齐老爷混浊的眼球中映出淡烟那张鲜血淋漓的嘴,越张越大,似要将他吞下……

齐老爷睁开了眼睛，却依旧如梦中一般惊恐地大叫："别杀我，别杀我……不是我害死你们的……不是我害死你们的……淡烟，你别缠着我……"他一边叫喊着，一边挥舞着双手，就好似空气中有谁也看不见的人在同他纠缠。

文潇感慨地看着齐老爷："他已经疯了……"

卓翼宸直接上前，一掌劈在齐老爷脖子上，将他打晕过去："杀人埋尸，也算罪有应得。"

卓翼宸与文潇探查齐府那日，卓翼宸的云光剑在齐府院子一棵枯树旁闪过光，显然那棵枯树有问题。文潇看了看树，又看了看树旁边一大一小两口蓄水的水缸和旁边放着的一些木桶。水缸已经干了，木桶也异常干燥。不出意外，这里曾经有一口井，而这树是被移植过来掩盖井口的，因下方是深井，无法获取养分，于是树枯死了，而深井中有冤魂，戾气引得云光剑产生感应。

回到缉妖司后，两人便将猜测禀告范瑛。

如果一切顺利，此时，司徒鸣和白玖已经率兵进了齐府，并将被投入井中的四具尸体全部打捞上来，作为齐老爷杀人的罪证。

提及那四具尸体，冉遗的眼中闪过一丝不忍："井里都是曾经打算帮助我和齐小姐私奔的下人。"

文潇接道："他们一定死得很不甘。"

卓翼宸看向赵远舟，冷声道："他们死得越不甘，院中的戾气应该越重。然而，我的云光剑只感应到微弱的戾气——有人吸食了他们的戾气。"

赵远舟一脸无辜："你不会怀疑我吧？"

卓翼宸道："我没有怀疑你，我确定就是你。我猜，你在来缉妖司说要帮助我们抓冉遗之前就去过齐府，发现是冉遗犯案。齐府的下人说,几天前,在院子的花坛边看到过一个鬼影,那个鬼影有一双赤瞳。那就是你,对吧,赵远舟?"

赵远舟沉默,被说中了。

"当时你其实是站在枯树边,吸食了井底的戾气,得知了一切,才开始了你的计划。齐府有诛妖咒术,冉遗进不去齐府,所以你提出可以帮他把水鬼迎亲的婚帖放进齐府,阻止齐老爷嫁女。"

五月初七是镇国公府定下的迎亲日子。冉遗本想通过谋划出这一系列水鬼专杀新娘的事,让齐老爷害怕在这日将女儿出嫁,只要错过这个日子,那就要再算吉日,这样他就有时间再想办法。如果镇国公府还是执意迎娶齐小姐,他就在新定的日子再次作案。冉遗的想法很简单也很直接,带着原始的野蛮和偏执。

赵远舟还未开口,卓翼宸便直接道:"你不用否认,婚帖上有熟悉的妖气,令人生厌。"

赵远舟没再找理由,嘻嘻一笑,认下了此事:"没想到小卓大人对我的妖气这么熟悉。确实是我放的婚帖。"

文潇回忆起事情始末,看似都通顺了,但还是有问题。她问冉遗:"我很好奇,你为什么不直接把齐小姐带给冉遗,要绕这么大一个圈子?"

赵远舟再一次来找冉遗时,有和文潇同样的疑惑,他本也以为,只要想办法将齐小姐带出来就行了。

冉遗同样拒绝了他的提议。他的眼中闪过哀色:"是我无颜再见她了……我杀了这么多人,罪恶滔天,她心地善良,肯定介怀。我做这一切,只是希望她不要被逼着嫁给不喜欢的人而已。我希望她可以过自己想要的日子……"

文潇心想,这妖刚才还振振有词,不认不服,她本以为他冥顽不灵,野性难驯。但此刻提起齐小姐,他便不再嘴硬了,老实地认了自己残杀无辜,罪恶滔天。似乎在他的世界里,人间、大荒的律法、准则均无法束缚他，他唯一信奉的只有齐小姐。那么，现在只剩下最后一个关键的问题。

卓翼宸看向赵远舟："你帮他做这些，目的到底是什么？"

赵远舟叹了口气，一副委屈的表情看向文潇："我早就告诉过你们了，我是为了白泽令。"

所有人闻言均是一愣。

冉遗解释道："有些梦，会让你想起被遗忘的过去。朱厌的确托我让你做这样的梦。"

文潇回忆起刚刚在梦中那团撞进她额头的白光，喃喃道："我刚刚梦里看见的那些……是真的吗？"

冉遗答："是真的。"

文潇神情复杂地看着赵远舟，问："所以你是想让冉遗用梦境帮助我想起白泽令的下落？"

赵远舟道："那不是梦境，是你的记忆。或许是当时经历的刺激太大，你选择了遗忘。你刚刚在梦中看到了什么？"

"我看到，师父的确将白泽令传给了我，我额上也确实形成了白泽印记……"文潇的手指不自觉抚摸了下自己眉间，但什么也感知不到，她的体内还是完全没有白泽神力……到底是怎么回事？是还有什么事没想起来吗？

"我答应你的，已经做到了。赵远舟，那你答应我的呢？她的自由呢？"冉遗看向赵远舟。

赵远舟抬起手指靠近唇边，轻声念咒："幻。"

随着这声咒，一截朽木渐渐浮出水面，随后开始发生变化，先是枝杈变成了一只惨白的手，继而整截朽木变幻成一具女尸，那女尸身穿鲜红的嫁衣。再看那张脸，竟是齐小姐的模样。

赵远舟道："明日之后，所有人都会以为齐小姐已经为水鬼所杀。她自由了。她可以去任何想去的地方。"

冉遗看着水面上漂浮着的那具尸体,眼里不自觉地涌出眼泪。她自由了就好,只要她能获得自由,他所做的一切就有价值。冉遗轻声对赵远舟道了谢。

卓翼宸看着冉遗:"既然你已认罪,那就伏法,跟我回缉妖司吧。"

冉遗沉默不语。

一艘小舟划向湖心岛,小船上的人正是齐小姐。

卓翼宸与文潇对视一眼。齐小姐被他们带走后一直藏在卷藏馆里,她是怎么逃出缉妖司的,又是怎么找到这里的?事情似乎有些古怪。

齐小姐的船靠了岸,她忙从船上下来,拉住冉遗。自见到齐小姐,冉遗的表情便变得柔软。他像一只闯祸后怕被责怪的小兽,将头偏开,垂眸,不敢看齐小姐的眼睛。冉遗担忧她会怎么想他,她那么善良,一定不会接受他,那么她会怕自己吗?怕也好,忘掉也好,只要她自由、快乐就好……

不料,齐小姐却握紧了冉遗的手,说道:"我都知道了。可是,不管你做了什么……我都要跟你在一起。"

冉遗难以置信地抬起头,他以为自己听错了,又试探着问道:"我杀了这么多人,你真的不觉得我是个怪物?"

齐小姐捧着他的脸,深情地看着他的眼睛,一字一顿道:"不管你人是妖、所做何为,我们没世不渝,盟定终身。"

冉遗确定自己没有听错,一时间喜极而泣,郑重地点头:"好。我们一起回大荒。我曾经答应过你,要带你去看天之树、海之滨。"

冉遗没想过她会这么说。既然她这么说了,他就要为了她,去对抗所有阻碍他们的人,比如眼前这群缉妖司的人。冉遗的目光变得决绝。

赵远舟问:"你费尽心机逃了出来,为何还要回去?"

何况大荒正在崩坍,回去只有死路一条。

冉遗道:"人们说,畜生一辈子都在寻找一个能吃饱安睡的屋檐,而只有人会想着落叶归根。以前我陪着她看了很多书，写了很多字，却依然不明白什么是乡愁，既然是愁，为何那么多人还要追逐它？现在我懂了……"

冉遗想变得更像人，这样他与爱人之间的阻碍就会少一些，他就能离爱人更近一些。所以他固执地观察人，拙劣地模仿人……但他始终不理解人。人的情感对他而言太过复杂，比如有时爱与恨竟可以同时存在，又比如乡愁，明明沾了一个"愁"字，人为何要迷恋？直到此时此刻，冉遗才有些朦胧的感受，他努力想将这种模糊的感悟描述出来。

冉遗继续道："它像一根有韧劲儿的绳子，你走得越远，乡愁越是拉着你，等你快要走到生命的尽头，它会轻轻地拉住你，就像有人温柔地拉住你的袖子，告诉你，该回去了……"他眼里竟然像是浮现了泪光，"我不想做畜生，我想做人。"

卓翼宸道："可被你杀的那些也想做人，也想落叶归根。你罪孽滔天，却想全身而退？"

见冉遗的目光发生了变化，卓翼宸便知道他不愿伏法，已经动了别的心思。卓翼宸抽出云光剑，剑身蓝光大盛。

冉遗见到云光剑，默默将齐小姐护在身后。而齐小姐躲在冉遗身后，看向云光剑的目光竟有同样的惧意。

卓翼宸越靠近冉遗，剑身发出的声响越大。

赵远舟突然察觉出不对劲，只是面对一个鱼妖而已，云光剑不该有如此大的反应……

微风吹动齐小姐的长发，隐约露出了她耳后的黑色槐叶状印记。

冉遗道："当年你哥哥救我，今日你却要抓我。我保你这么多年不被噩梦侵扰，也算是对你有恩吧，就不能放过我吗？"

卓翼宸目光冰冷："当年我哥哥救的一定是一个良善妖，而不是今日滥杀无辜的你。"

冉遗目露迷茫："我是滥杀无辜，可我也给了她们最美的梦。她们本来的人生充满了痛苦和束缚,我给了她们梦寐以求的快乐……梦寐以求,人们发明的词语,有时候真的很准确,世间难寻,梦里所求……"

冉遗回忆起那些新娘。她们都是在美梦中死去的,明明她们每一个人都面露微笑,恐怕她们活着时都不会露出那样幸福的笑容。

一面是清醒却痛苦地活着,另一面是虚假但圆满的美梦。许多身处痛苦之人甚至连选择后者的机会都没有,而他为她们送上美梦一场。

冉遗继续道:"人生一世,庄周迷梦。在梦里,她们都实现了自己的愿望,用自己最想要的方式,过完了喜乐的一生。这样,不好吗?"

文潇严肃道:"是蝶是梦,不应由你替她们做决定。"

冉遗面色一冷:"那我不想做妖,我想做人,这又该谁来定呢?是你白泽神女吗?"

文潇沉默,唯有齐小姐看着冉遗,目光有些复杂。

冉遗道:"蜉蝣犹可观日月,她却只能被束于闺阁,任由命运摆弄,有谁给过她选择?天地不仁,以万物为刍狗——"

文潇道:"正因为天地不仁,所以命运之下才有公理为先。"

"缉妖司会如何处置我?"

"虽是齐老爷伤害你在先,但你杀害了十数条人命,罪无可恕,就算免了死罪,也要囚禁千年。"

冉遗眼睛垂了下来,黯然神伤,话语中尽是嘲讽:"一千年……人类真是好大的口气,对妖来说,尚能熬过,可人生须臾,短短数十春秋……"

冉遗转头看向齐小姐。一千年,也就是说,下一世他也无法与她相见了。冉遗心中凄楚,转头看向卓翼宸,神情变得更加坚决:"那我不愿意。"

卓翼宸毫不退让:"由不得你愿意。"

冉遗主动出手攻击卓翼宸,卓翼宸也立即拔剑迎上。卓翼宸衣袂飘然,在空中转动,左右手配合,一边挥剑,一边格挡。冉遗节节败退,明显落入下风。卓翼宸落地，持剑奔向冉遗，正要将他制服。

突然，卓翼宸身后隐约有人影一动，竟是齐小姐晃动着拨浪鼓，发出透明的震荡波，攻向卓翼宸的后背。卓翼宸转身，举起左手，左手中的云光剑瞬间绽放光芒，光屏结界扩展成球状，将他包裹其中。然而，随之而来的拨浪鼓竟然震破了云光剑光屏，结界在空中破裂成碎片。

一柄纸伞突然在卓翼宸面前撑开，挡住了袭来的拨浪鼓尖刺。拨浪鼓的尖刺接触到伞面，巨大的妖力气浪瞬间从伞面炸开。

湖水被炸起，天空仿佛落下瓢泼大雨。

伞面收起，赵远舟已经站在卓翼宸前方。伞面另一端，是拿着拨浪鼓的齐小姐。她已露出金瞳，与赵远舟对视，卓翼宸也猝不及防地看那双金瞳，感到两眼刺痛。

"原来是你……"

在破幻真眼的作用下，赵远舟看见离仑一身松垮的长袍，正拿着拨浪鼓笑着看向他。

离仑收起拨浪鼓，见到赵远舟后，嘴角一勾，心情愉悦："我还是喜欢面对面和你聊天。"

冉遗的神色变得怪异起来，他的眼眸暗淡无光，脸上面无表情，仿佛失了魂。

文潇对离仑的妖法并不熟悉，突然见到这样的变故，忍不住疑惑："冉遗怎么了？"

赵远舟答："他被控制了，他这样弱的妖，很容易被妖力更强大的妖控制。"

卓翼宸持剑盯着离仑，十分警惕："他是谁？"

赵远舟轻笑道："一个见不得光的败类。"

离仑听闻赵远舟的形容，神色微变，随即以蔑视的目光扫过众人，语气颇为嫌弃地回道："朱厌，你结交的朋友真是越来越差……以前来往的好歹是白泽神女，现在竟然连这些低劣的东西也能对你呼来喝去？"

以前来往的是神女？文潇听到这句话，心里一动。她立即扭头看向赵远舟，关于那些熟悉感的来源……她的心中好似已经有了一个猜测。

离仑见到文潇的神情，又见到赵远舟似乎有些紧张，立即觉得有趣，哈哈大笑着道："你不知道吧，他与赵婉儿情如兄妹，赵婉儿还把自己死去哥哥赵远舟的名字给了他。朱厌，我说得没错吧？"

赵远舟沉默。

卓翼宸闻言，解开了许久之前的一个疑惑。原来，赵远舟这个名字是赵婉儿死去哥哥的名字，难怪朱厌会有人的户籍。这么看来，朱厌的确与文潇的师父十分熟，难道他就是……文潇口中的那个大妖？

卓翼宸下意识看向文潇，此时她眼中蓄满了眼泪，紧盯着赵远舟，胸口剧烈起伏。

离仑继续道："一个是尊贵的白泽神女，一个是罪恶的大妖朱厌，因为不想让别人知道他们关系匪浅，所以他每次跟赵婉儿在一起的时候都戴着面具。"

面具！文潇心中的猜测成了真，赵远舟……朱厌，就是大妖！那束花、那些熟悉的感觉，是因为他就是大妖啊！

文潇脑海中瞬间涌入了所有她与大妖有关的记忆，而后记忆中戴着面具的大妖正逐渐与眼前赵远舟的脸重合。文潇觉得这种感觉很奇怪，一个原本那么陌生的人却变成了最熟悉、最信任的人。文潇心绪复杂，她有很多问题想要问赵远舟，最后只喃喃说了一句："真的是你……"

文潇说不出自己是喜极而泣还是委屈至极，眼泪止不住地流。

赵远舟感受到了文潇的目光，他不敢看她。他期待却也害怕如今的场面，他不敢以大妖的身份站在她面前，是因为他清楚地知道他们之间像有一颗隐埋的火雷，只要爆炸，随时都会摧毁一切。万千思绪被赵远舟压在眼底。

离仑不满文潇的表情，她不恨自己被朱厌欺骗了吗？无趣。

离仑又转头看向卓翼宸，目光带着挑衅："卓翼宸，你的血海深仇，不想报了吗？虽说他身不由己，但你父兄确实是他亲手所杀……如果你死去的父兄看到你和仇人并肩作战，九泉之下，如何心安？"

卓翼宸听到"身不由己"时，面容微变，为什么说朱厌杀人是身不由己？难道另有隐情？卓翼宸忍了忍，说："我杀不了他。"

离仑这才又有了笑意，他点点头，道："你可以，有了我帮忙，你就可以。"

卓翼宸紧盯着他，应下他的话："好。"他握紧了云光剑，缓缓朝离仑走过去。

卓翼宸的识趣让离仑有些意外，露出一个满意的笑，下一秒，卓翼宸立即出手，挥剑攻向离仑。

"人类真是一如既往地爱说谎。"离仑皱眉。

卓翼宸目光一凛："赵远舟，我自然会杀，但我要先解决你这个更邪恶的东西！"

离仑转动拨浪鼓，冉遗在他的控制下挡住了这一剑。离仑躲到冉遗身后，似又想到了一件有趣的事，讥笑道："把我杀了，就没人知道白泽令的下落了。"

所有人闻言均是一愣。

卓翼宸暂时收起剑，问道："你知道白泽令的下落？"

离仑见到众人的表情，笑意更浓："赵婉儿死的那一夜，我虽被封印，却是现场唯一清醒的人，自然看到了白泽令的去处。何况，你们刚刚也在梦里看到了，不是吗？"

离仑用的是"你们"，而不是"你"。他抬手指向文潇，目光却有所偏离："但现在你身上只有一半的白泽令，所以发挥不出神力。"

文潇惊了一瞬。原来是这样，原来白泽令分成了两半，她体内只有一半，自然无法发挥出白泽神力。文潇急着追问道："那另一半呢？"

离仑见文潇神情焦急，越发觉得好玩。什么白泽神女，不过是一个凡人，凡人如此脆弱，如此无知，看吧，凡人本就不配有权力插手大荒的事。

离仑的笑容越加肆意："想知道吗？可我不想说。"

"今日你不说也得说！"话音一落，卓翼宸就朝离仑攻去。赵远舟也飞身而至。

两人左右夹击，离仑无法发挥全力，有些应付不来。他抓准时机，摇动拨浪鼓，声浪传入冉遗耳中。在鼓声的控制下，冉遗像感受不到疼痛般从脖子上剥下一片鱼鳞，那片鱼鳞便朝离仑的方向飞出。

离仑挥舞拨浪鼓，击打鱼鳞，那鱼鳞在撞击鼓面的瞬间发出妖异的红光，随后那沾满离仑妖气的鱼鳞迅速朝着卓翼宸飞去，击中卓翼宸的心口。卓翼宸瞬间神色恍惚。离仑对着卓翼宸的方向伸出手，只见从卓翼宸的身上飞出一团光，那团光落入离仑手中。离仑的手指轻轻一捻，卓翼宸哥哥为他留下的"护身符"便化为齑粉。

"他逃避了这么久，今日就让他好好地沉沦一次吧。"

离仑笑得开怀，卓翼宸，重温痛苦吧，在痛苦中感受仇恨，痛恨朱厌，与他水火不容！

卓翼宸感觉到眼前浓雾弥漫，头越来越重，身体越来越轻，向后倒进了湖中。湖水很浅，他似乎可以站起来，于是他站了起来。卓翼宸环顾四周，惊觉他站在缉妖司后院的水池中。不对，现在这里还不是缉妖司，而是卓府。

怎么回事？

他茫然转身，只见一大一小两个身影。那个小身影正是小时候的他，正在挥汗如雨地练剑。只一瞬间，卓翼宸的视线便回到小时候的自己身上。

卓翼宸记得那天是上巳节，天空澄净，微风不燥，缉妖司里的许多人去街上凑热闹了，此时的缉妖司异常安静。风拂过面，卓翼宸因练剑而热得发红的脸颊感受到了一丝爽快的凉意。

不一会儿，卓翼宸听到了熟悉的脚步声，回头见一个高挑的身影自光中缓缓走来。卓翼宸微眯起眼睛，看清走来的是哥哥卓翼轩。他的笑很亲切，但好像许久不见，卓翼宸心中竟有些泛酸，不自觉间泪流满面。他立即抹了一把眼泪，心中很是疑惑，也想不明白这种感受的来源。

"小宸，今日上巳节，你怎么还在练剑，也不和朋友出去玩？"

卓翼宸对着哥哥笑了笑，笑容中却有些落寞："我想要把剑术练好，以后能帮爹和哥哥。这上巳节也没什么可玩的……"

前半句是真，后半句是假，他不知道能与谁玩。卓翼宸内向，不爱言语，小时因为父兄的职位而常常与妖打交道，同年龄的孩子便总躲着他，还生过谣言编派他。而卓翼轩总能看穿他的心事，即便他一言不发，也能猜得出他在想什么。

卓翼轩看着卓翼宸的眼睛，温柔地笑了："我记得你七岁时哭着鼻子来找我诉苦，说其他人都不愿意和你玩，因为你的父亲、哥哥都是抓妖怪的异类，成天和妖怪打交道，终有一天也会变成妖怪……他们担心，和你在一起久了，也会变成妖怪。"

果然，他的心思又被哥哥看透了。卓翼宸有些脸红："小时候胡说八道的事儿，哥，你竟然还记得啊。"

卓翼轩道："但这么多年你确实没交过什么朋友，总是独自一人啊。"

卓翼宸长大一些就明白了父兄所做之事有多凶险又有多重要，以凡人之躯对抗恶妖，守护人间平安，这该是值得敬佩的。所以他下定决心，不再去管流言，他要勤加练习，成为像哥哥那样的人。他习惯了独来独往，将所有心思都放在练剑上，但每到这样的节日，见到其他人结伴而行、欢声笑语，他心中不是动摇过……

卓翼宸神色落寞，他忍不住问哥哥："哥，我是让自己活成了一个异类吗？"

卓翼轩摇了摇头："所谓异类，只是心胸狭窄之人用来抱团抨击打压别人的说辞。他们借此彰显自己的正确，或者掩盖内心的自卑。我们肩负着常人所不解的责任，注定就要承担常人的排挤和偏见。追求卓越，拒绝乌合，远离平庸。你身上的与众不同，也正是你出类拔萃的原因。不要害怕和别人不一样，做你自己。"

卓翼宸好奇道："哥，你也是这么过来的吗？你会孤单吗？"

卓翼轩蹲在他面前，看着他的眼睛，缓缓道："人的一生，总会遇到很多看起来像异类的人，你要自己去判断……眼睛会骗你，但心会告诉你答案。你一定会有一群志同道合的伙伴，那时你就不会孤单了……记得，孤翼难飞，双翅翱翔。"

卓翼宸看着兄长，重重地点了点头。

"志同道合的伙伴"，只是听到这几个字，卓翼宸就觉得好似出现过这样的人，但有什么东西在他脑海中一闪而过，他没有抓住。

卓翼轩笑着拉起卓翼宸的手，主动提出让卓翼宸陪他一同去凑凑上巳节的热闹。

卓翼宸欣喜地点头，而后大步往前走，却发现身后的哥哥一动不动。他回头看，哥哥仍在对自己笑，嘴角却流出鲜血。他向下看，一把刀从哥哥的胸口穿出……蓝天白云瞬间变为暗夜，火光冲天。

那是他此生无法忘记的夜晚。他看见哥哥胸口流了好多血，然后哥哥的身体缓缓倒了下去，露出他身后的凶手——那个目色泛红、几近狂暴的朱厌！朱厌手中拿着那把沾满哥哥鲜血的刀，他根本不知道自己杀死了谁，谁出现在他面前，谁就得死。朱厌毫无迟疑，转头又去寻找新的目标。

卓翼宸看着躺在地上已经没有呼吸的哥哥，有什么融入血肉的东西被硬生生地从他的身体里抽离……继而巨大的悲愤填补了那块空缺。

卓翼宸抬眸，怒视着朱厌的背影。

岸边，卓翼宸突然流下眼泪，而后表情悲愤欲绝。他嘶吼着，抽出云光剑，朝着赵远舟而去。

文潇着急地朝着卓翼宸喊："小卓！"

但卓翼宸根本听不到文潇的声音。在梦境中，卓翼宸的脚边已是遍布尸体，朱厌正掐着他的脖子，要将他按进水池里。他看见文潇就站在不远处，神情担忧，他想用尽力气喊让她走，但却发不出声音。卓翼宸拼命从水里逃了出来，却茫然地看着四周变得陌生的景象。

是大荒的海边。

卓翼宸急忙看向文潇的方向，一转头，就看到不远处赵远舟毫不留情地一刀杀死了文潇。

"文潇！"

卓翼宸气愤至极，拔剑上前攻击赵远舟。

岸边，卓翼宸的招式和梦境里一模一样，持剑猛击赵远舟。赵远舟不敢还手，只能招架。卓翼宸打飞了赵远舟手中的伞，将剑刺向赵远舟。而赵远舟用短刃架住云光剑，与其对峙。

无论旁人怎么叫，卓翼宸仍不为所动。

梦中，卓翼宸与赵远舟对峙，赵远舟以同样姿势，用短刃架住卓翼宸的剑。

岸边，赵远舟抽出一只手，从太阳穴取出一缕猩红色的神识，抹到卓翼宸的剑上，云光剑发出龙吟剑鸣。但卓翼宸似乎完全听不见，继续发力。

离仑回过头来，看见赵远舟的举动，皱了皱眉："叫不醒的……因为他一直以来从未正视过自己的噩梦，这么多年，更是从未有过梦境，所以他根本无法分辨是梦是真，他是醒不过来的。"说完，离仑转身看着已经落单的文潇，缓缓朝她走去。

赵远舟眼见离仑越来越靠近文潇，心中着急，再看向眼前卓翼宸已经失控的面容。他突然松手，任由卓翼宸的云光剑直入他的心脏，从后背穿出。赵远舟心脏流出的血染红了剑身，剑身发出耀眼的光亮，然后剑身震动，整个湖面响起巨龙般的啸叫。

在卓翼宸的梦境中，他听到了海上传来的巨龙啸声，那声音有些熟悉，像云光剑的声响被放大了。

赵远舟抬起头，嘴里还里含着血："卓翼宸，如果我是你的噩梦，那就刺穿我。"

卓翼宸的神志渐渐清晰起来。

他的噩梦不是赵远舟，而是他自己。正因为他一直害怕做梦，没有梦，所以哥哥死后，他从未梦见过哥哥。他要战胜的是一直在逃避、一直懦弱的自己。卓翼宸拔出云光剑，朝着自己的心口猛地刺下……

卓翼宸醒来了，看着自己面前的赵远舟，他手中的剑还插在他的胸口，鲜血沿着剑身留下，剑身的光芒十分刺眼。他几乎是瞬间拔出云光剑，转身飞快地朝离仑刺去。

离仑压根儿没有料到卓翼宸会清醒过来，反应不及，后退间摇动拨浪鼓，调动冉遗作为肉盾。卓翼宸被迫停下攻势。冉遗转为进攻，卓翼宸一时被拖住了。

赵远舟见状，挪动着虚弱的身躯，手指蘸了一些自己的血，抹在嘴唇上，抬手念道："碧海茫茫去无路，却在人间。星河渺渺执子手，天地同游。"

人的记忆总有一个锚点，只要拉起其中一个角落，让他意识到自己是谁，哪怕只是瞬间，他就不会再成为傀儡，离仑的寄生术就会随之失效。

冉遗的瞳孔剧烈震动，动作停下，他恢复了自己的意识。与此同时，齐小姐的眼神也发生了变化。离仑眼见无法再凭寄生术操控他们，只得恨恨地说："真是无用。"

卓翼宸飞身刺向离仑。恰逢此时，齐小姐耳后的槐叶状寄生印记化成黑色碎片，飞走了。见到眼前的离仑变成齐小姐时，卓翼宸的剑已近身,收不住了。

危急时刻,冉遗挡在齐小姐身前,挡下了这一剑……冉遗这样的小妖,遇上云光剑,只有死路一条。

卓翼宸忙抽出剑,冉遗抓住机会,强撑着身体,转身抱起齐小姐,飞身至湖面的小舟上,而后驱动法术,一口鲜血喷涌而出,小舟缓缓随波而动。

齐小姐醒来时,冉遗已经倒在她的怀里,只残留着一口气。她泪如雨下,还未开口就突然口吐鲜血,和冉遗一同倒了下去。

不远处,赵远舟轻声叹息:"她被寄生的时间太久了,五脏六腑已被离仑的戾气侵蚀……"

弥留之际,齐小姐回想起自己短暂而痛苦的一生,只有与冉遗相识的日子仿若一片暗夜中的星,她一眼便瞧见了。

记不清是多大时,她便意识到父亲只是将她当作一个工具。她一直觉得眼睛骗不了人。她见过父亲是如何对待她的一众兄弟的,父亲看向他们的眼神中有器重,有骄傲、得意,还有些慈爱。而父亲看向她时,与看一张能放茶杯的桌子、能坐人的椅子无异,并没有什么别的情绪。她年幼时,认真盯过父亲的眼睛,只为从中找出别的情绪。被盯得久了,父亲的眼中就多了愤怒和厌烦,他认为,这样直视他的眼睛是一种不敬之举,罚她去祠堂跪着。

有下人传言,她的母亲容貌极美,是老爷精挑细选的女人,为的便是生下一个貌美的女儿,留到日后结交权贵用。所以齐小姐哪有什么定好的姓名与生辰,这都是由她将来的夫家是谁决定的,以便纳采、问名、纳吉环节不会出现任何差错,因为无论名字还是八字,都是为夫家定制的,任由夫家去祖庙占卜吧,定会占出这是一门上好的亲事。

齐小姐不想相信下人间的这些流言,若信了,人生也太过悲哀了,不过是从一个囚笼去另一个囚笼。被豢养的金丝雀好像本该如此,可有谁问过她的意愿？谁又有权力来支配她的一生？……既没有选择，不如不去想。

淡烟知道，每次听闻这种传言，小姐嘴上不说，心里总要难受一阵子。所以，只要有人说这种话，她便拿着大扫帚追着那人大骂，半个时辰不重样，保准骂到那人再不敢嚼舌根，她才收手。

对齐小姐而言，自己房里的四个下人就是她的家人。

齐小姐自小体弱多病，这病似是打娘胎里带出来的，怎么也治不好。今年入冬后，也不知怎的，她病得比往年都要严重。

外面细雪纷飞，屋内炭火烧得旺，齐小姐脸色苍白，身形单薄。这一场病下来，她又瘦了许多。她靠在软榻上，静静地看着窗外的雪。桌上的药碗已空，只残留些棕色的药渣。

淡烟匆匆走来，又给她添了衣裳，然后利落地收走药碗，说道："小姐，有人主动登门，说可以治好小姐的病。老爷让他来瞧瞧了。但我见那人有点怪——"

淡烟话还没说完，那人便到了，淡烟只好悻悻地闭嘴。

齐小姐抬起头，看见那人用黑纱半蒙着脸，只露出一双好看的眼睛。他走过来，在榻边坐下。他的手中提着一个木食盒，齐小姐有些好奇，这倒是第一个提着食盒来看病的。那人打开盒子，里面是一碗鲜美清亮的汤。他拿出来，吹散了热气，递给了齐小姐。

齐小姐闻到气味，很是诧异，竟不是苦到难以入口的汤药，而是……

"鱼汤？"

那人点了点头，应道："鱼汤。"

齐小姐撑起身子凑过去，犹豫着喝了几口鱼汤。她从没喝过这样鲜美的鱼汤，分辨不出到底是什么鱼做的。

那人看着齐小姐的目光满是关切，他拿碗的衣袖下露出一道刚刚愈合不久的伤疤。

齐小姐喝完抬头，就迎上了那道温柔、关切的目光，她便更加确定这个人是谁。但她心中仍感到诧异。她最近夜夜在梦中见到一个男子,那个男子的眼睛很美,她不会认错,他就是眼前的这个人。她不想破坏这仅有的美梦,思绪万千,最终只温声说道:"第一次见你,你用布巾遮脸,但我记住了你的眼睛,你的眼睛真好看,像一片月夜下的湖。"

冉遗抿了抿唇,最终鼓起勇气说道:"不,那不是第一次。"

冉遗细细讲起两人初遇的场景。

万物萌发的季节,齐小姐独自坐在湖畔,看着眼前的景色,临水照影,有些孤独。

淡烟蹲在旁边的草丛里,摘了一把狗尾巴草,问道:"小姐为何总来湖边?"

齐小姐托着下巴,望着平整如镜的湖面,似乎正透过湖面想象着什么:"书上说,百川归海,万水回渊。但你看这片湖,终日困于深林,它能够归向大海吗?"

淡烟手指灵巧,正将那些收集来的狗尾巴草编在一起,头也不抬地回答道:"小姐念书多,小姐都不知道,淡烟更不知道啦。"

齐小姐目光中满是憧憬:"听说大海非常辽阔,潮汐起落,潜流暗涌,雄壮又悲悯。书上写,大荒东海,少昊之国,碧水白沙,真想亲自去看一看那样的景象。可惜……"

齐小姐的神色暗淡下来。

"小姐,你看,这是淡烟给你编的小鱼!"

淡烟用狗尾巴草编织成了一条小鱼,兴奋地展示给齐小姐看。随着她手的上下变动,那鱼尾竟也似真鱼一般灵活地摆动。淡烟举着那鱼"游"到齐小姐面前,齐小姐笑着收下了那条草编的小鱼。

岸边突然传来动静,冉遗以人形的姿态爬上岸,却摇摇晃晃地倒下了。

淡烟警惕地站起身大喊:"谁在那边?"

岸边却传来痛苦的呻吟。

齐小姐说道："好像有人受伤了。"

齐小姐和淡烟循着声走过去，却没有看见人影，只见一条大鱼躺在岸边，身上有伤口，鱼鳍断裂。

…………

炭盆中炭火烧得噼啪作响，房内唯有他们二人，齐小姐似有了猜测。她屏住呼吸，继续等对面的男人说话。

冉遗继续道："我被猎妖人追杀，受了重伤，一路随水漂流，以为自己就要死了。恍惚间，我看到了你。那是我第一次见到小姐。"

齐小姐记得，她与淡烟出门时，总会习惯性带些药。所以那次她从小包袱里掏出了一个小药瓶，而后蹲下，轻轻撒一些止血药粉到那条受伤的鱼身上。

淡烟探头看那条大鱼，有些疑惑："人用的止血药，鱼用也有效吗？"

"不知道啊……救救看。"齐小姐掏出手帕，准备把鱼受伤的地方包扎起来。

淡烟立即出声："小姐，鱼不能用手帕包着吧。"

齐小姐正在为鱼包扎伤后的手停顿，她问道："那怎么办？"

主仆二人大眼瞪小眼。齐小姐忽然想到了什么，用帕子浸满了水，再去包住那条鱼。

冉遗努力睁开眼睛，好记住救他之人的模样，仇要报，恩也要报。只是他睁开眼时，仿佛见到了大荒传说里的神女，她的眼神温柔又悲悯。那一刻，他对自己说，不可以死，一定要再次见到她。

那条鱼被放进院中的水缸里，齐小姐悄悄养了起来。齐小姐目光关切又温柔，经常趴在缸边看着他。她从没见过长成这样的鱼，她觉得自己有义务知道这条鱼的名字，于是跑去翻找了许多书，才确定这是冉遗。

淡烟有时提起他还说"那条鱼",齐小姐总是不厌其烦地更正,说他叫"冉遗"。

多了一条生命需要她照顾,需要她负责,这种感觉对齐小姐而言十分奇妙,她突然觉得她与这个世界的关系又紧密了些。每日睁开眼,齐小姐就要先去看冉遗,喂他些馒头屑。后来,齐小姐索性将椅子搬了出来,就坐在水缸旁,边看冉遗游动边读书。有时读到有趣的游记,内心十分憧憬时,她就将心中的想法说与冉遗听。

日复一日,由春入夏。

冉遗所在的鱼缸先是被挪到树荫下,后来齐小姐怕他被晒到,又将水缸挪进了自己的房间。

"青山空蒙,长天一色,你游过那么多地方,一定见过很多壮阔的美景吧。我也好想出去看看。"

冉遗听到齐小姐的话,在水缸里甩甩尾巴回应。

齐小姐笑了:"你可真傻啊,伤早就好了,每次放你回湖,你都不肯游走,非要跟着我。明明可以自由自在地遨游在天地间,却要陪着我困在这四方笼中。"

齐小姐摇了摇头,继续读书。

冉遗将齐小姐眼中的落寞记在心中。

夜深人静时,屋内幽暗,齐小姐在床上熟睡,水缸里的鱼却不见了。水缸边的地上满是水迹。已经化成人形的冉遗坐在床边,他半裸着身子,下半身是破败的黑袍,头发湿漉漉地披在后背上,黑夜中,眼睛闪着光芒。

冉遗拿出当时齐小姐给他包扎用的手帕,只见上面绣有一句诗:"……碧海茫茫去无路,却在人间。"

冉遗放下手帕,看着熟睡齐小姐,双手在面前交叉,他清澈的眸子里弥漫起白雾。

"我不会让你困在这四方墙院,我要带你去看书中的景色。"

白雾升起，天地辽阔。梦中，齐小姐坐在小舟之中，眼前是她从未见过的景色。海水一望无际，齐小姐深吸一口气，海风清新。她抬头，兴奋地伸出手。天那么高，那么辽阔，没有四方屋檐框住。这就是自由的感觉吗？

齐小姐回过头，才发觉船内还有一个衣着华贵的陌生男人，黑纱遮住了他的面容，唯有一双眼睛露在外面，格外好看，像此时这海面上流动的银光。

"你是谁？"

"我是……你的朋友。"

之后，许多个夜晚，齐小姐都与这个朋友一同游山玩水，去游览那些书中的景色。她才感觉到人生原来可以如此鲜活，也渐渐对那个陪着她的朋友产生了不一样的情愫。他与她是那么不同，他从不讨好任何人，他的喜欢与讨厌都那么分明……真让她喜欢又羡慕。只是梦醒时，一切皆为虚幻，又是那四方的天、喝不完的汤药，还有既定的宿命。

窗外的雪下得更大了，冉遗继续说道："你和我说过的话，我都记在心里——你想看的锦绣山河、想体验的人生百态。所以到了晚上，我才会给你制造梦境，让你被困于高墙深院难以实现的愿望可以成真……如果可以，我想就这样一辈子陪着你，哪怕让我放弃自由，只做鱼缸里的一条小鱼。

"但控梦之术毕竟是妖法，在梦境里待的时间越长，人就越虚弱。我意识到这一点之后，便知道不能再为你造梦。"

齐小姐想看冉遗的真面目，她伸手揭开了冉遗的面巾。冉遗内心自卑，在他眼中，齐小姐是如神女一般的人，他配不上。他不敢直视齐小姐。

黑纱下，是一张俊朗的面容，但两颊与脖子那里有清晰可见的鱼鳞。冉遗越发局促，他抿了抿干涩的唇。忽地，一双温暖的手拂过他的鱼鳞。冉遗抬头，正对上齐小姐温柔的笑，没有丝毫害怕，只有相见的喜悦。

之后，冉遗假扮大夫，陪在齐小姐身边，陪她画画、题字、看游记，聊外面的大千世界……

在冉遗的陪伴下，齐小姐的身体逐渐好转。

冬去春来，齐小姐坐在自己的厢房中，面色红润，冉遗陪在她身边，两人的目光缱绻，爱意深浓。

齐小姐题诗："碧海茫茫去无路，却在人间。"

冉遗提笔在下面填上一句："星河渺渺执子手，天地同游。"

接着，他说："我带你走。"

"去哪儿？"

"我带你回大荒。虽然那是个荒凉之地——"

"没有地方比这人间更荒凉了。"

月夜，深林里，齐小姐背着包袱与冉遗私奔。他们身后不远处，齐老爷带着猎妖人赶来。

猎妖人一边提灯在林中穿梭，一边大喊："猎妖人在此，妖孽速速现形。"这声音似从四面八方而来。

待齐小姐醒来，她正被下人架着拦在大堂里，向外看去，猎妖人正在院落四处焚香，祭起化尸镇妖术，白烟四起。院子中央，被捆绑的冉遗闻到燃香之味，立即倒地抽搐，呕吐不止。

猎妖人保证，用不上几个时辰，这妖就会死透，连骨头也不会剩。

齐小姐连忙跪倒在齐老爷面前："爹，求求你，你放过他！爹爹，女儿求求你，放过他吧！"

齐老爷不为所动。

冉遗不愿让自己发出痛苦的声音，他紧紧咬住唇，鲜血流出。他的闷哼声落在齐小姐的耳里，就如同有刀凌迟她的心。她匍匐在齐老爷脚边,哭着求他,眼泪浸湿了齐老爷的鞋。她回头看了一眼冉遗,冉遗已经遍体鳞伤,他也抬头看向齐小姐。对视之时,冉遗明白她要做什么,他定定地看着她,摇了摇头。齐小姐笑了笑,泪如雨下,转而用力磕头。

"爹!放过他吧,我嫁……我嫁……"齐小姐闭上眼睛,声音颤抖。

停顿片刻,齐老爷挥了挥手,齐小姐松了口气。猎妖人用水把燃着的香浇灭,冉遗再没了反抗之力,他仍然倔强地睁着眼看着齐小姐跪在地上的背影。

齐府的大门关上,人已撤离,唯有齐小姐跪在原地,泪如雨下,肩膀抖个不停。最后,她深吸一口气,抬头看四方天,从此只愿他能替自己自由地活着,再别无他求。

再后来,淡烟他们也被杀了,这宅院之中只剩下她一个人了。冉遗再没出现过,她连梦里也没梦到过。他受了那么重的伤,齐小姐担心他凶多吉少。

该认命吧,假如她不曾有过自由的日子……

但命运给了她最后的温柔,比如此刻她又见到了冉遗。船在水面轻轻摇曳,天地寂静,他们躺在床上,等待着死亡,此刻,终于只有他们两个人。

齐小姐气若游丝道:"遇见你,是我这辈子最幸福的事,我从不后悔。谢谢你,给了我最美好的梦。"

冉遗落泪:"但那些梦害了你。"

齐小姐努力伸手去抚摸爱人的脸,勉强撑起温柔的笑:"我不是说那些梦。我是说现在,此时此刻。我最喜欢的一个词,是美梦成真。念着,就觉得好幸福。"

齐小姐的声音越来越低,眼睛渐渐合上,手垂了下去。冉遗心若死灰,他爬过去,抱紧爱人,周身泛出微光,一颗又一颗亮的像萤火虫一样的光点从冉遗身上散出，飘向天空。

载着他们的小舟，从众人视线中逐渐远去。
风吹皱了湖面。
赵远舟看着远处船上升起的星星点点，幽声道："他自废了内丹……"
众人站在湖畔，见到这一幕，不免有些感慨。
卓翼宸见文潇正侧头看着赵远舟，如果赵远舟就是陪文潇长大的大妖，那么他不会伤害文潇。卓翼宸握紧手中云光剑，又松开了。犹豫片刻，他还是先一步离开，留他们说一些要说的话。
赵远舟和文潇坐在水边，四周静谧，落叶萧萧。
赵远舟故作轻松地笑道："缉妖司的脑袋算是都保住了。可惜呀，鱼没保住。"
文潇叹了口气，道："至少他们最后的时光是快乐的。"
赵远舟看着湖光出神，他突然问文潇："快乐重要吗？"
文潇答："当然了。"
赵远舟若有所思道："其实快乐不重要。"
文潇不以为然："你是妖，你不懂。"
赵远舟摇了摇头："正因为我是妖，所以我才懂。快乐不重要，因为人的每一种情绪都重要。喜怒哀乐，悲欢离合，千般感受，万般滋味，汇聚成了一条长河，这条长河，叫作一生。"
文潇不说话了。
赵远舟继续道："七情六欲，爱恨嗔痴，你知道吗，任何一种情绪，对我们妖来说，都要修上百年千年才得以体会。多少妖怪，终其一生，都流不出一滴眼泪。所以，不要再执着于让所有人都快乐了，快乐不重要，认真活着、接受一切、体会一切才重要。"
文潇有些讶异，静静地盯着赵远舟的眼睛，仿佛想从他眼里探究那些复杂的心绪。那副面具与此刻赵远舟的脸重合,文潇盯着看了一会儿,突然咳嗽起来,嘴角溢出鲜血,气息也变得混乱。

赵远舟有些紧张:"你的身体更虚弱了……"

"你很紧张?"文潇的声音虚弱。

"当然。"

"这种紧张的情绪,于你而言,也是重要的体会吧?"

赵远舟答:"是。"

文潇紧盯着赵远舟:"那装作不认识我,看着我被蒙在鼓里困惑、迷茫,也是重要的体会吗?"

赵远舟沉默,转过头避开她的目光。

"赵远舟,你不守信用。"

赵远舟不羁地笑笑,耸耸肩膀:"哪条信用?步调一致?同僚关系?"

"你说过会来找我。"

赵远舟微笑的嘴角渐渐弯了下来。他笑道:"我现在不是来找你了吗?"

"那为什么不告诉我你是谁?"

赵远舟深深吸了一口气,沉吟一声,然后笑了起来:"嗯……就当作,想跟你重新认识。"

赵远舟侧头看她。她的眼睛明亮、灼热,清澈得没有一丝杂质。赵远舟仿佛听到了自己的心跳声。他的脑海快速闪过一些画面,不论好的、坏的,一时间都涌入他的大脑:天空中有一轮血月,鲜血迸溅到了他的面具之上,他背着少时的文潇从大荒走到天都。

文潇问:"你真的会记得来看我吗?"

他的拳头与文潇的拳头碰到一起。

坊市大街上,他独自走远,回头看去,发现文潇还站在原地,笑容满面地对着他挥手。

赵远舟静静地看着文潇的脸，心脏突然剧烈地跳动，心悸不已，强烈的不适让他捂着心口，思绪纷乱，声音交杂。

文潇曾对他说："用妖血立下的契约，如若违背，会遭天谴，魂飞魄散。"

赵远舟拿着笔，在掌心蘸了血，在契约上签下了自己的名字，交给文潇，回应道："当然知道。"

赵远舟的视线越来越模糊，眼前文潇的脸也越来越模糊。心甘情愿与之保持步调一致的同僚关系……突然，他心口一痛，眉头一凝，吐血倒地，失去了知觉。

赵远舟似乎做了一个梦，在梦中回忆起赵婉儿与他坐在海边礁石上，海风很大，吹得衣袂翻飞。那时的他终日郁郁寡欢，找不到活下去的意义，却又不能轻易死，漫长的生命就成了一种诅咒。赵婉儿改变了他很多，唯独改变不了他求死的心。

赵婉儿问他："你相信宿命吗？"

赵远舟道："我所要毁灭的，就是神女注定要守护的，这不是宿命，是我的报应。"

赵婉儿看向他，劝解道："天地戾气有所出，就必有所归，你只是不幸成了那个容器，你并非恶的本身。"

赵远舟已经不在意了，天数如此。他望着波涛汹涌的海面，眼中却如一潭死水。

"反正我早就不想活了，是恶是善，还重要吗？"

赵婉儿叹了口气，道："我知道我劝不了你，但我相信，终有一天，你会遇见让你想继续活下去的人。"

第五章 故人归

日光穿透湖心岛木屋的窗户落进来，屋里一片静谧。

赵远舟躺在床上，缓缓睁开眼睛，第一眼就看见了文潇趴在双边熟睡的脸。他抬起手，想要摸摸她的头，正在迟疑间，文潇就醒了。赵远舟忙收回手，装作无事发生过。

文潇见他醒了，立即关切地问道："你没事吧？"

赵远舟虚弱地坐起来，文潇忙起身过去搀扶。赵远舟捂着之前被剑刺过的心脏位置，只见那里还留着一片血迹。他顺势将头靠在文潇身上，神情悲伤："应该差不多快死了吧？小卓大人的云光剑真是厉害。"

"你不是大妖吗，怎么被刺两剑就会死？"文潇心里既焦急又担忧，已经全然不似之前那么敏锐，自然没注意到赵远舟靠着她时嘴角一抹狡黠的笑意。

卓翼宸大步走了过来，一把拽起赵远舟，顺势把文潇拉开。卓翼宸扶住赵远舟，冷声道："男女授受不亲，你要死别死在文潇怀里。"

赵远舟故作委屈："没关系，我活得太久了，有些厌了。好巧，我单名一个'厌'字。"

卓翼宸冷哼一声，道："人如其名。"

赵远舟哀伤道："嗯……我罪孽深重，早该死了。所以，文潇，你也无须为我难过。"

此时文潇仍没意识到赵远舟在演戏，她的目光暗淡下来。见文潇舍不得自己死，赵远舟心里有一种变态的喜悦。他看着文潇，又为这场戏加码，继续幽幽道："还记得我告诉过你的大荒传说吗？死去的妖，会变成日月星辰……"

文潇怔了一下，想起了他曾经说过的话，心中感伤。

赵远舟继续道："你放心，我不会随便死的，我会一直陪着你。我也可以变成雨，以后只要是下雨天，就是我来陪你了……"

赵远舟作势要闭上眼睛，文潇心受触动，眼眶渐热，大妖对她而言，是失而复得的家人。她开口时，声音带上了哭腔："我不喜欢下雨天，而且你不是也答应过我，不会随便死的。"

卓翼宸察觉到了不对劲，顿时无语地翻了一个白眼，只见赵远舟手捂着的心口处金色符文闪烁，衣服上那片血迹也不见了。卓翼宸一把推开赵远舟："你这个人，荒唐透顶！"

赵远舟看着卓翼宸发觉了真相，立刻心虚地含糊过去："卓大人是来感谢我的救命之恩？哎，小事，小事。"

文潇这才发现赵远舟又在演戏，她想如之前那样开口撑他几句，但发现自己心中并不恼火于他骗她这事儿，而是终于放下心来，幸好……他是演戏。

卓翼宸看着赵远舟，严肃地问道："当年你为何杀我父兄，离仑说的'身不由己'又是什么意思？"

文潇回想起了她的梦境，梦中的赵远舟似为戾气所控，身不由己。

赵远舟道："我跟你说过，我是一个容器，用来承载天地间的戾气，在某些特定时刻，我会控制不住戾气。"

卓翼宸垂下了眼睛："但杀人就是杀人。这个世间有太多身不由己，有人因为穷困潦倒而抢劫，因为仇恨而杀戮，因为被逼到绝境而作恶。冉遗也是因为为齐老爷所害，才会拿起屠刀。但这都不是他们能逃脱罪责的理由。"

文潇心情复杂，她知道小卓说得没有错。

赵远舟看着卓翼宸，轻松地开口，目光却坚定："卓大人不用担心,待寻回白泽令,欠你的,我一定会还,答应你的,我一定做到。"他早就打定主意要死,只是死之前,还有些事要做。

文潇收敛复杂的心绪,岔开话题道:"好了,你们的恩怨,日后慢慢再论,我们还得去找裴大人会合,赶回去复命。他怎么办?"

文潇指了指地上已经被绳子捆起来,还昏迷着的齐老爷。

卓冀宸道:"他犯的是人命案,和妖无关,带回去让大理寺的人接手吧。"

崇武营地牢里不断传出惨叫求饶声和凄厉的哭声。军师走在前,甄枚跟在后。

两名士兵抬着一副盖着白布的担架从走廊前方走过来,迎上甄枚和军师,立刻停下来,侧身下跪避让。

军师看了眼担架上盖着白布的尸体。

士兵立即恭敬地解释道:"回大人,囚犯实在疼得扛不住,撞墙自尽了。"

军师嗯了一声,继续前行。

甄枚犹豫道:"老师,这两天死的人越来越多了,您要不要再斟酌一下药方?"

军师有些不满:"崇武营这么多人,足够死,怕什么!"

甄枚神色还是有些不安。

军师又道:"听说缉妖司那边在军令状规定的时间内破了水鬼案,是吗?"

甄枚立即点头:"没错。"

军师瞥向身后的甄枚,道:"你派些人拦在他们回来复命的路上吧。"

"老师何意?在下愚钝,还请明示。"

军师对甄枚的愚蠢有些不耐烦:"这五日的军令状当初是吴言逼他

们立下的，他们为了活命，团结在一起才迅速破案。但在我眼中，他们依然只是一群蝼蚁。蝼蚁遇到危险，才会紧紧抱团，而我就是希望他们靠得越紧越好。把火烧得更旺些，热锅上的蚂蚁无处可逃，才会彼此信任、依赖。"

赵远舟一行人匆匆赶路。裴思婧和文潇走在前面，卓翼宸和赵远舟走在后面。卓翼宸看着文潇的背影，低头沉思。不一会儿，他忍不住，转头对身边的赵远舟发问："问你个问题。"

赵远舟很意外卓翼宸竟然会主动问他问题，他满脸得意，忙借此打趣："不耻下问，孺子可教。"

卓翼宸眼睛一闭："不问了。"

这回轮到赵远舟难受了，他太想知道卓翼宸会问他什么问题了，于是主动说："你问吧。"

卓翼宸低垂眼帘，不为所动。

赵远舟抓心挠肝一般，哀求卓翼宸："求你了。"

卓翼宸抬起眼，这才开口问道："文潇的体质……感觉变好了一些。是何缘故？"

赵远舟的确太想知道卓翼宸会问什么了，但可没说自己一定会回答。他故意学着刚才卓翼宸的模样，眼睛一闭，嘴角露出一抹狡黠的笑容："你别问了。"

卓翼宸无奈至极："你！"

文潇听到两人斗嘴的声音，回头看向他们二人："向王限我们午时之前一起回去复命，你们俩走这么慢，是不想要脑袋了吗？"

话音刚落，一个人影冲了过来，边跑边大喊："啊，救命啊！"

那道身影扑跌在路边。他们定睛一看，竟是白玖。

众人停了下来。

裴思婧上前扶起白玖，疑惑道："白玖？你怎么会在这里？"

白玖见到众人，脸色一喜，立刻跑过去，躲在裴思婧身后。他满脸惊恐和委屈，张口开始控诉："见到你们真是太好了！吓死我了！我一直在缉妖司等你们。他们说，你们中午之前不回来复命，所有人都得一起掉脑袋。我担心，万一你们丢下我逃跑了，那缉妖司岂不是只有我一个人倒霉啦！"

白玖说得理直气壮，全然没觉出自己是在当人家面说人家坏话。他继续道："所以我就跑出来准备半路迎你们，结果不小心迷了路，误打误撞进了那边的山神庙——"

众人屏息静听。随后，白玖的尖叫简直要震穿所有人的天灵盖。

"里面有个大妖怪！"

众人随白玖走到庙门口，各自警觉起来。卓翼宸看着眼前废弃的山神庙，虽然破败，却一片安详，并无异样。但白玖说他见到了妖怪，卓翼宸还是警惕地抓紧云光剑，走在最前面。

众人不曾发觉，不远处黑影绰绰，一群黑衣杀手正朝这座山神庙赶来。

山神庙已经废弃，院落里有几栋房子，蛛网斑驳，荒凉，杂乱，神像倾倒。众人四散开，仔细搜寻一番，都发现任何妖怪的踪迹，卓翼宸的云光剑也没有感应到任何妖气。

卓翼宸道："没有妖怪。"

白玖缩在他身后，瑟瑟发抖："真的没有吗？真的没有吗？"

"有啊。"文潇笑了笑，指了指赵远舟，道，"这么大一只。"

赵远舟露出一个假笑："呵呵，不好笑。"

十几名黑衣杀手正欲潜入山神庙时，突然，一把大刀横在他们前方。而拦路之人是一个头发蓬乱的少年，看着年纪不大，眉目透着英气，清朗，恣意，却留着一脸络腮胡子，毛发皆是金黄色，他身上的衣服也是由野兽皮毛缝制而成的,怎么看都像年轻的野人。此刻,他正拿着一把巨大的菜刀指向前来的黑衣杀手,挪步挡在庙门前。

"此山是我开,此路是我栽。要想从此过——"少年开口,声音浑厚,底气十足。

杀手闻言,笑容里满是不屑:"小小山贼,不知死活。"

少年的火气立即被拱到了头顶,鼻子喷出的气将他的胡子都吹了起来。

竟然!竟然!敢说他是那两个字!"我呸!"少年抓住刚刚骂他的那人的胳膊,接着那人就生生地被他抡了起来,重重地摔在地上,沙尘四起。

少年呼吸仍旧沉重,他的气还没撒完呢!他抬头看向剩余的黑衣人,眼神犹如盯准猎物的野兽,那些黑衣人不禁汗毛倒竖。接着便是砰砰的重物落地声和此起彼伏的惨叫声。

庙内众人闻声跑出来时,正见一粗犷少年手拿菜刀站在一堆已经倒地呻吟的黑衣杀手中间。

场面一度寂静,突然白玖抱头摇晃,转圈跑着惨叫:"啊——"

粗犷少年皱了皱眉,道:"这位姑娘,庙宇清静之地,请勿乱叫。"

白玖气得边跑边绕到粗犷少年那里,顺势从身上掏出一个药罐丢给他:"谁是姑娘啊,你眼瞎,吃药吧你!"然后又跑回他原本的位置,与粗犷少年保持安全的距离。

粗犷少年歪头看着白玖,挠了挠头,面露疑惑:"不是姑娘,个子这么矮?"

白玖气到抚着胸口,要气死了。

赵远舟摇头叹息:"直击要害,杀人诛心了,这位弟弟。"

粗犷少年抱着臂膀,扬起下巴,笑得故作老成,得意之色压抑不住:"呵呵,你叫我'弟弟'?我的年龄,说出来怕吓死你们。"

"三万四千岁。"赵远舟淡淡地开口。

粗犷少年脸上得意的笑容僵住了。

白玖急忙补充道:"小卓大人,就是这个妖怪!千年老妖!不对,万年老妖啊!"

粗犷少年听到"老妖"这两个字,又是一股怒火蹿到了头顶。今天是什么倒霉日子,一日之内,两次被人踩中雷区。他皱着鼻,鼻腔中喷洒出热气,他气势汹汹地一挥菜刀,身后狂风四起,吹得落叶漫天飞……

粗犷少年开口,声音震耳欲聋:"你说谁是妖怪?活得久的,除了妖怪,还有神仙!懂吗?"

白玖认定他不是妖怪就是野人,哪里像神仙!骗小孩儿啊!不过,这个老妖看着脾气怪大的,惹不起,白玖便闭紧嘴巴,但嘴巴不屑地弯成了半圆。

粗犷少年继续道:"这是山神庙,我,就是山神英磊!在我的地盘敢对我不客气,下场就和这些在地上吱哇乱叫的人一样!"

文潇疑惑地凑近赵远舟,小声询问:"什么来头啊,真是神仙啊?口气这么大。"

赵远舟淡然一笑:"半只妖。"

"啊?"

两个惊讶的声音同时响起,一道是张大嘴巴的白玖,另一个是同样张大嘴巴的英磊。

赵远舟继续道:"他是半神半妖,山神英招的后代。"

文潇自顾自地复习起了书中的记载:"英招?传说中的英招不是马身人面、虎纹鸟翼吗,他跟你一样修成人形了?"

赵远舟耐心地向文潇解释道:"英招和他的后代都能汲取天地间的灵气,这个山神庙位置不错,他有所幻化也不稀奇。可惜我没有破幻真眼了,不然看看他的真身长什么样蛮有趣。"

想到此，赵远舟深感遗憾地摇了摇头。多有趣的真身啊，就像女娲清理边角料时捏成的。

那边，英磊的嘴张得更大了："你怎么会知道这么多？你是谁？"

赵远舟笑道："看你有点眼熟，所以瞎猜的。不过，你爷爷不管你吗，怎么会放你一个人出来？"

英磊见赵远舟连他爷爷都认识，猜他是自己人，便将菜刀收回，别在腰后，但眼神仍旧充满警惕，道："大荒山神们都自顾不暇了，哪里有空管我？白泽令消失以后，大荒就开始崩塌，我爷爷和其他山神现如今只能用自己的神力勉强延缓山崩，不知道能够撑到几时……都怪现在那个白泽神女，大荒都快完蛋了，也不知道她在哪里……"

文潇闻言，目光低了下去。

赵远舟看在眼里，岔开话题："那你也不孝啊，你爷爷在大荒拼命，你跑到人间耀武扬威。"

英磊反驳道："我来人间不是玩，是来实现梦想的，我爷爷也很支持我！"说着，他突然变得失落，喃喃道，"或许爷爷也是因为知道大荒快要完了，才会同意的吧……"

文潇心中更不是滋味。

赵远舟见状，接话时嘴巴更毒："这么一说，显得你更不是人了。"

白玖看着赵远舟，感慨道："你才是杀人诛心吧，你这个大妖真的好坏哦。"

英磊被赵远舟的毒舌攻击后有些失落，沉默半响，才强打起精神："我本来就不是人，我是山神后裔！你这么多嘴，你到底是谁？"

白玖插嘴提醒时，挤眉弄眼，面目狰狞："他才是真正的大妖——吃小孩儿那种！"

赵远舟看着白玖，撑起一个慈祥的假笑，心想，要是他真吃小孩儿就好了，一口吞了这个忘恩负义又双标的小孩！

白玖见赵远舟对着他笑得诡异，感觉毛骨悚然，立即躲到了卓翼宸身后。

英磊哼哼一声,道:"多大的妖都没用,在这片山头,我才是大哥!"

文潇叹了口气,蹲下去查看地上横七竖八的杀手:"别闹了,你们能尊重一下这群人吗?人家可是认真来杀我们的。"

这群杀手皆是普通人,身上没有任何能判断他们身份的标识或物件,那便可以确定,他们是崇武营派来的死士。这种身手,倒不是为了杀他们,也杀不了他们,所以只是为了拖延时间,耽误他们准时回去复命。崇武营有了先手,必然留有后手等着他们。

缉妖司的议事厅内,范瑛揉着太阳穴,心中忐忑,面色凝重。司徒鸣已经按捺不住,焦急地来回踱步,而后停下来,张口便给本就担心的范瑛添了把火:"这么久还不回来,不会是出了什么事情吧?"

范瑛看了看他,没有说话,神色更加凝重。

突然,门外传来一阵杂乱的脚步声和一道极张扬的声音:"再不回来,就真的要出事情了哦。"

甄枚阴笑着地走进议事厅,他的身后跟着一群行动有序的戎装弓箭手。甄枚抬了抬手,身后的两个随从立即抬过来一张矮桌,上面摆着一只香炉,里面仅剩下很短一截还在燃烧的香。

甄枚笑道:"还有四分之一炷香的时间,缉妖司要么交上结案文书,要么交出五人的项上人头。"

甄枚的语气很是得意,又摆出如此大的阵仗,显然他们已在路上做了手脚。

范瑛与司徒鸣互视一眼,心里一紧。

卓翼宸看了眼渐渐西沉的太阳,蹙眉道:"时间不多了,赶紧赶路!"

裴思婧指了指英磊："这拦路的小妖，怎么处理？"

白玖哭丧着脸："还要处理他？等处理完他，太阳就落山了，我的脑袋也落山了。"

赵远舟忽然想到什么，眼睛一亮。他指着文潇，恐吓英磊道："这是我们缉妖司的鉴妖人，专门喜欢抓你这样的妖回去做妖体实验。"

赵远舟撒起谎来面不改色。文潇见他这副模样，本想翻白眼，但想来大妖这么做应该有其目的，于是立刻配合表演，绕着英磊走了一圈，似在认真打量："嗯，细皮嫩肉的小妖好，像你这样半神半妖的小妖更好。"

英磊冷笑道："就凭你们？"

说完，他挥舞着菜刀就要冲过来。只是他刚抬脚，赵远舟就抬手念咒："跪。"英磊的身体仿佛不再受自己控制，扑通一声，跪在地上。他的脑子想要身体动，可身体与脑子分了家一般。英磊满脸难以置信，他此时只有眼珠子还能动，于是一双眼瞟来瞟去，整个人都不好了。

文潇走到英磊面前，笑得人畜无害，而后她抬起手，手上一把涣灵散。她轻轻一吹，英磊整个人软绵绵地瘫倒了。

英磊心中大骂："好歹毒的雌雄双煞！"他心里叹气，实力的悬殊让他认了命，他只是心有不甘，追求梦想的路刚迈出一步，他就要挂在此处了吗？要是上天再给他一次机会，他一定……好汉不吃眼前亏！

英磊正想着，机会就来了。

赵远舟俯身威胁道："我知道山神有厉害的法宝，不想被带回缉妖司大卸八块做研究的话，就乖乖把你身上的宝物交出来。"

英磊的眼珠子拼命转动，那意思就是同意了。

赵远舟嘴角一勾，念咒："动。"

英磊的身体随即恢复自如。

面对众人的视线，英磊只好乖乖地拉过身上的布包，心不甘情不愿地开始翻找。他不断从里面掏出东西。很快，勺子、锅铲、调味瓶、碗碟和几束茱萸、白白的大蒜……

众人看着满地"琳琅",都有些咂舌。

白玖皱眉:"这算什么宝物!你是不是想糊弄我们?"

英磊还在翻包,里面的东西仿佛源源不绝。他哭丧着脸,谁会拿自己的小命开玩笑啊。他诚恳地解释道:"这些就是我的宝物啊——通向梦想的宝物。我好不容易收集的,你们不懂!"

最后,英磊从布包里掏出一口黑锅,甩在地上。他叹道:"我每天都背负着我的梦想。"

白玖疑惑地看着那口大黑锅,难以置信地问道:"你的梦想是……背锅?"

英磊的怒火又蹿到了头顶。今日之内,第三次有人踩他雷区了!他一开口,声音震耳欲聋,连房梁上的灰尘都被震下了一层。

"是厨子!是做人间美食的厨神!"

英磊已经把整个布包倒了过来抖了抖。里面被掏空了,地上竟然堆得像小山一样高。他撇了撇嘴,十分不舍道:"都在这里了。"

赵远舟摇了摇头,开口提醒:"不是这些,是山神的法宝。"

英磊想了想,这才反应过来:"你说那个啊。"

他跑到山神庙的角落,从犄角旮旯里捡出一个像是被随意丢弃的东西,那物件上面厚厚一层灰,看不出原貌。

赵远舟十分无奈,这些锅碗瓢盆被他随身带着,擦得干净,真正的宝物却被他随意丢在角落吃灰?真是个败家孩子。

英磊将那东西擦干净后,众人才看出原样:外形像个金属小球,只有巴掌大小,仔细看却如同一只雕刻精致的小香炉,十分精巧。

文潇疑惑道:"这是什么?"

白玖仔细打量:"香炉?"

"这是山神用来在崇山峻岭间穿梭、日行千里的法器——山海寸境。有了它,我们就能立刻赶回缉妖司了。"赵远舟看着山海寸境,嘴角浮现笑意。

卓翼宸问:"如何使用?"

赵远舟看向英磊:"这是山神的宝物,自然需要山神来施法。"

英磊不满:"刚刚还叫我'小妖精',现在就叫我'山神'咯。哼,凡人。这是我的东西,为什么要给你们用?再说了,这玩意儿用一次,我损耗很大的,好不好?平时我都是能不用就不用。"

赵远舟刚想用强逼迫他,文潇却先赵远舟一步,上前忽悠起来:"你帮了我们,我们自然也会帮你。"

英磊不屑一顾:"帮我干什么?我无欲无求,心如止水。"

文潇笑道:"帮你实现你的梦想。你不是想当厨子吗,正好缉妖司还缺一个厨子。"

英磊顿时两眼放光:"你们不介意我是妖吗?"

白玖心中腹诽,他刚才不是还说自己是山神吗?

文潇笑得温柔:"当然不介意,缉妖司天天跟妖打交道。"

英磊疯狂心动,但隐隐有些犹豫。

文潇继续说道:"而且缉妖司人多,每天需要各种美食,也有专门的下人采买各种新鲜的食材,一整个厨房有你这个山神庙这么大,里面锅碗瓢盆应有尽有。"

英磊抿紧嘴唇,眼眶含泪,用力点了点头。今天真是好日子,帮助他实现梦想的贵人竟然找上了门!英磊应下后,就让众人围绕着他面向里站成一个圈,他站在正中间。

赵远舟问道:"山海寸境只能用来去往你知晓的地方,你知道缉妖司在哪儿吗?"

英磊正忙着拧香炉,随口答道:"当然,偷偷去看过好几回。"

香炉上半部开始转动,众人身后的山神庙像被风吹散的沙粒,各种颜色的沙粒围绕他们旋转,然后沙粒重新聚拢,几人的身影隐没在沙中。片刻间,山神庙空无一人。

香炉里的香燃尽最后一寸，弓箭手已经拉弓瞄准范瑛和司徒鸣。

甄枚举起香炉，故意在范瑛和司徒鸣面前展示，而后哈哈大笑着将香炉摔到地上。他挥了挥手，心情愉悦："看来缉妖司是破不了案了，既然如此，那就先送两位大人上路吧。"

千钧一发之际，卓翼宸带着众人走进了议事厅。

卓翼宸上前向范瑛和司徒鸣汇报："禀告范瑛大人，水鬼案已经告破，五人先遣小队特来复命。"

范瑛笑着起身，先是扶起卓翼宸，而后走到甄枚面前，拱了拱手："甄大人，这次恐怕要让你失望了。"

甄枚的脸色变得十分难看，他挤出一个阴狠的笑容，威胁道："来日方长。"

说完，甄枚便领人拂袖而去。

范瑛身后的司徒鸣松了一口气，忙退了几步，握住椅子扶手缓缓坐下。想到刚才真是险些就要去见阎王了，他还有些腿软，真是惊险啊。

范瑛注意到了卓翼宸身边的英磊——一个生面孔，长相又有些怪异。他忍不住问："这位是？"

英磊立即站直，声音洪亮，非常精神地报上了自己的名字："两位大人好，我是英磊，是缉妖司新来的……厨子！"

厨子？范瑛面露疑惑。他看了看司徒鸣，司徒鸣一脸疑惑地摇了摇头。两人又一同看向缉妖小队的几人，唯有文潇与赵远舟一同露出了神秘的微笑。

水鬼案告破。

文潇在后花园里找到了裴思婧的身影。池塘水面荡漾，夕阳最后的余晖洒落在水面上，四下一片宁静。裴思婧坐在松树下，看着周围，沉默地想着什么。

文潇走过来，坐到她身边，道："水鬼案告一段落，大妖邀请我们一起去他天都城外的新府邸喝酒庆祝。裴姐姐，一起去吗？"

裴思婧抬起头，抿了抿唇，没有说话。

文潇神色有些哀伤。她心中自然不舍得裴思婧离开，但她知道无法，也不该左右裴思婧的抉择。她也不愿强留裴思婧，给她徒增负担。最后，文潇撑起笑容，故作轻松道："就算要离开，那也得好好践行吧。"

裴思婧转过头看着文潇，郑重道："我决定留在缉妖司。"

啊？文潇惊讶得只顾张大了嘴，一时忘了接话。

"怎么，不愿意吗？"裴思婧看着文潇怔愣的神情，笑着问道。

文潇立即紧紧抱住裴思婧，开心地大喊："我可太愿意了！"

裴思婧身子一僵，只觉得怀中一软。她很少与人这么亲密接触，便有些脸红地推开了文潇。

裴思婧道："我原不想再涉妖邪之事，或许也是因为心有逃避，但人生于世，用眼观，用耳听，用心照，就是为了事事都明白、晓畅，活得清醒、通达。所以，我决定不再逃避。"

裴思婧冲文潇摊开掌心，上面写着一个"晓"字。这个"晓"字，的确从"噩梦"中叫醒了她。

赵远舟购置的这座府邸十分雅致，满园桃树，葱郁的树枝越墙而出，小院古朴、幽静。阳光洒下来，树枝摇曳，暗香浮动，美不胜收。园子正中一张石桌上摆满了食物和酒水。此刻，只有文潇、白玖和英磊围坐在石桌边。

卓翼宸远远地站在水边，若有所思。赵远舟悄悄地走到他身后，忽地出声问道："落英缤纷，暗香浮动，怎么样，我家不错吧？"

卓翼宸没理会他，抬头环顾四周，点了点头："大隐于市，天地雅趣，确实不错，一点也不像你该住的地方。"

赵远舟笑着反问道:"哦?那小卓大人说说我该住哪儿。"

卓翼宸看着他,冷笑一声,揶揄道:"你住的地方,至少应该尸骨遍地,满池鲜血,这才配得上你。"

赵远舟微笑着道:"双手沾满鲜血的人才最爱沐浴焚香、身佩鲜花。我来人间这些年,最大的收获就是明白,人,要懂得掩饰真正的自己。"

卓翼宸挑眉:"你不是人。"

赵远舟一脸无辜:"突如其来地骂人,真是令人错愕啊。"

卓翼宸两眼一闭,深呼吸,太阳穴暴起青筋。

石桌那边的三人聊得正欢。

"庆祝我们一起携手解决了水鬼案,缉妖司的危机解除了。"

白玖塞了一口红烧肉,含糊道:"缉妖司还在,脑袋也在,太开心了。"

文潇故意打趣道:"别开心得太早,进了缉妖司,时时刻刻都有可能掉脑袋。若你现在想退出缉妖司,也可以哦。"

白玖立刻有些害怕地捧着自己的脑袋,而后又摇了摇头,放下了手:"原来是有些怕的,但现在队伍里有天都城最厉害的小卓大人,我就不怕了!之前遇到危险的时候,小卓大人一直都在默默保护我呢。"

英磊将菜刀往桌上一拍,姿势十分豪爽。他攥起拳头,用力捶了捶自己的胸脯:"我也可以保护你。我可是山神!"

白玖没搭理英磊。在他眼里,英磊这样更像野人了。白玖凑近文潇,神情十分真诚道:"希望文姐姐早日找回白泽令,这样妖兽就不能在人间胡作非为乱伤害人了,也不会有像冉遗和齐小姐那样的悲剧了。"

文潇点头:"有了白泽令,再大的妖都能管住。"

而英磊被自己捶得猛地呛了一口口水,咳个不停。他听到了什么?

这个柔柔弱弱的女子就是白泽神女？等等，他好像刚见面时说了白泽神女的坏话。见两人的目光投向他这里，他假装开始忙来忙去，正了正盘子，又挪了挪碗，以掩饰此刻的心虚与尴尬。

白玖道："那我要帮文姐姐找到白泽令！"随后，白玖的声音轻了许多，似在喃喃自语，"这样的话，我娘她就……"

英磊没听清，问了句："小玖，你说啥？"

白玖哈哈笑着摇了摇头："没什么。"他忙举起酒杯，笑着岔开话题："祝文姐姐早日寻回白泽令！"

三人开始饮酒。

英磊举起杯子美滋滋地闻着，白玖喝了一口却差点呛咳出来："噗！我的怎么是茶？！"

英磊义正词严道："小孩子喝什么酒咯。"

"说我是小孩子，那你多大啦？"

英磊理直气壮道："好像按照你们的年龄标准，我差不多应该十八了。"

文潇看着英磊装成熟的样子，有些忍不住笑："哪有十八岁一脸大胡子的。"

英磊摸了摸自己的大胡子，心想，胡子不美吗？他回想起几人的反应……好像不美。人的审美真奇怪，算了，为了梦想，入乡随俗吧！

"……我去赵远舟房间看看，我看他嘴上无毛，必有剃刀。正好我帮你们做的美食也弄好了。等我！"

英磊起身，往屋子里跑去。

英磊站在一只水盆面前，捧起水洗了洗脸，然后拿起剃刀，对着镜子看了看，叹了口气。

"唉，要变丑了。镜子啊镜子，请记住我此刻十八岁最帅的样子。"

镜子如实地映照出一张缀满络腮胡的粗犷脸。

远处，英磊模糊的身影走来，将一盘鸡腿摆到桌上。

白玖的眼睛紧紧盯着，发出感叹，好美的鸡腿，色泽金黄，油汪汪的，肯定好吃！他拿起鸡腿，喜滋滋地抬起头，瞬间愣住了。一同愣住的还有文潇。两人看着剃掉胡子之后的英磊惊得说不出话，心道，活脱脱一个俊美少年啊！

英磊不太适应两人的视线，挠了挠头，有些羞涩："既然范大人同意我留在缉妖司当厨子，我就一定会好好安排你们的饮食。"说着，他又把一盘烤肉饼从身后拿出来，摆到白玖面前。

白玖盯着诱人的肉饼，又忍不住好奇地瞥向变化极大的英磊。

肉饼、英磊、英磊、肉饼……白玖的眼珠子转来转去，要忙不过来了。

英磊将烤肉饼往白玖面前一推，道："吃吧，这是给你准备的……小儿餐。"

白玖不满地嘟哝，什么"小儿餐"，手艺看着还行，起名这么难听。他左手拿着肉饼，右手举着鸡腿，一边一口。简直太香了！

白玖惊讶得问道："这些都是你做的？"

英磊有些不好意思地答："那当然……我的手艺还行吗？"他有些忐忑地期待着白玖的回答。

白玖吃得眼睛发亮，嘴一刻也不想停下，吞咽间才得空回答英磊一下："酥脆、鲜美、人间美味，简直太好吃了！"

英磊被夸得一脸高兴，心情激动，眼睛亮亮的。脸上没了胡子遮挡，他的情绪稍微变动，脸就明显地变红。

白玖递给英磊一个鸡腿："你也吃一个啊。"

英磊的表情有些不自然，他笑笑，说："山神不用吃饭，你们吃就好。"

白玖有些意外："你自己都不吃吗？那你怎么知道自己的厨艺好不

好啊?"

英磊答:"我可以闻味道啊。"

文潇疑惑:"不吃饭不会饿吗?"

英磊认真思索:"倒是不饿,就是有点馋。人间有这么多好吃的东西,我都想闻闻是什么味道,然后学着做做看。"

文潇更加有兴致:"那平时你们用什么修炼,纯靠天地间的灵气吗?"

英磊答:"跟灵气其实没大关系。我们山神的修为主要靠人间香火的供奉,山神庙香火越旺,山神的神力就越强。只是近些年大荒崩塌,人间乱世,好多山神庙都荒废了……来山神庙供奉的人也少了。觉得力量不够的时候,我就自己搞点香烛什么的烧了补一补。"

"自己拜自己,这也能行?"

英磊不好意思地摸头笑:"其实效果不太行。"

白玖边吃边问:"对了,裴姐姐怎么不来?"

文潇笑笑:"她一向独来独往,不喜欢吵闹。"

白玖点点头,拿起一块肉饼放进自己口袋:"那我留一块给她。"

白玖又拿起一块递给英磊:"你不吃,那就闻闻味道,感觉一下自己的手艺。"

英磊面带微笑地接过来狂闻,然后心满意足地放回盘子。

"别浪费了。"白玖说完,拿起就吃,刚咬两口就呸呸呸地吐了出来。

英磊惊道:"哎呀,忘记和你们说了,食物被我闻了就没有味道了……嗯……你们有句话怎么说来着?味同嚼蜡。"

"啊,这么神奇,这个书上没有说过。"说完,文潇拔下头上的笔,掏出小本子记录起来。她忽然想到了一件事:"英磊啊,我帮你进了缉妖司做了厨子,实现了你的梦想,你是不是该还我一个人情了啊?"

英磊拍了拍胸脯，答道："哈，没问题。"

文潇眯眼笑着道："帮我把赵远舟的水壶偷来。"

英磊的手缓缓放下来："呃，大问题……"

文潇招了招手，两人凑了过去。文潇小声道："我一直很好奇他水壶里装的是什么，这只大妖一路上除了喝水，什么都没动过。"

白玖接过话："难道他真的吃小孩儿吗？"

英磊恍然大悟："原来你是说这个啊，不用偷，我早就闻到他水壶里是什么咯！你知道什么是玉膏吗？"

文潇回忆起书上的记载："书上看过，生玉之山有玉膏，跟无心草末和在一起就能化成水，喝了可以成仙。"

三人满脸八卦地看向不远处的赵远舟。他正掏出一块洁白的玉石，然后将玉石捏碎，将碎末放进水壶，又从怀里拿出一棵草，也放进水壶，然后晃了晃水壶，心满意足地喝了一口。

英磊补充道："成仙不至于，喝得多了，延年益寿、补充灵力还是可以的。"

白玖点点头："怪不得大妖成天抱着他那个破水壶不撒手，原来那真是他的干粮啊。"

三人议论间，卓翼宸和赵远舟一同朝小院另一处走去。

白玖指了指他们二人："哎，他们要去哪儿？"

小院另一侧，桃树郁郁葱葱，一架秋千在园中悠悠地晃着，赵远舟兴奋地坐在秋千上。卓翼宸面色铁青地站在秋千后面，为他推秋千。

卓翼宸与赵远舟先前打赌，谁先破了水鬼抢亲案，输了的那方就要给赢了的那方做一件事。如今，胜负已定。

赵远舟微笑着点点头，这秋千原本是他给文潇准备的，今天自己先试试，没想到坐秋千这么好玩，怪不得文潇总让他推。

赵远舟借口说自己只喜欢坐秋千，不喜欢推秋千，借着赌约，让卓翼宸帮他推秋千。

"愿赌服输啊,小卓大人。你一脸铁青,不会连这种气量也没有吧?"

卓翼宸翻了个白眼,一只手不情不愿地继续为赵远舟推秋千:"你背后长眼睛,是吗?我脸色红润得很。而且明明是我和文潇一起破了水鬼抢亲案。"

赵远舟摇了摇头,故作惋惜状:"卓大人记性真差。是你自己说的,我在缉妖司找你们之前就已经知道是冉遗犯案,那自然是我先破案的啊。"

"我愿赌服输,但你赢得并不磊落。你早知道是冉遗犯案,还和他勾结,你们应该算是共犯。"

赵远舟扶着自己的脖子,夸张道:"啊,头好重,脖子好酸,有人给我扣了顶好重的帽子。"

卓翼宸猛地推了赵远舟一把,赵远舟一个踉跄,摔下了秋千。他回头果然看见卓翼宸一脸铁青,便无奈道:"我这么做都是因为我太了解你了。"

卓翼宸冷笑道:"大言不惭,我和你才认识几天,你了解我?做梦去吧。"

赵远舟大手一挥,慷慨激昂道:"整个天都城都知道,卓大人丰神俊逸、风采迷人,对付恶妖锋若利剑,行事更是刚直不阿,心如规矩,志如尺衡,难道不是吗?"

卓翼宸越听越受用,嘴角难压,一一默认。

赵远舟话锋一转,嬉笑着说道:"所以,若是我直接告诉你凶手冉遗的下落,铁面无私的卓大人必定立刻前往捉拿冉遗,那又如何寻找白泽令的线索?"

卓翼宸无法反驳,心中竟然有些憋屈。

赵远舟看着卓翼宸,面带微笑:"正所谓过刚易折,做人做事不能墨守成规，想要达到目的，有时候就不得不使用一些非常手段。小卓大人，你说，对吧？"

卓翼宸沉默不语，突然，身后传来脚步声。

"可以变通，但不能诡计多端。"

文潇走了过来，径自坐上了秋千，顺其自然地开口吩咐道："大妖，推我下呗。"

赵远舟抬起手指靠近唇边："动。"那秋千就自己荡了起来。

文潇坐在秋千上望着前面的景色，心想，这秋千的位置真好，这里的风景可是园子中最好的。

文潇荡着秋千，心情愉悦："你隐瞒冉遗的下落，还想把我们都算计进去，让我们一步步落入你的计划，屡次涉险。这分明是欺骗。"

赵远舟笑了笑："可惜你们都太聪明了，没骗到。"

"没骗到，不代表你没做啊。赵远舟，你巧舌如簧，唬得住小卓，可唬不住我。"

这回轮到赵远舟沉默了。

文潇继续道："我们几个虽然性格不一，手段不同，但目标是一致的，所以凡事就该开诚布公，互相商量、信任，就像荡秋千一样，你要信得过自己背后的人，才敢荡得更高。从小到大，你最会推秋千，难道不懂这个道理吗？"

赵远舟不回答，卓翼宸却有些听不懂。

赵远舟又小声嘟囔："冉遗小妖，也不算危险吧……"

卓翼宸正色道："那离仑呢？你隐瞒离仑的存在，差点让文潇被他——"

赵远舟突然打断他的话："离仑又不会真的杀她。"

秋千缓缓停下，文潇和卓翼宸一愣，都有些疑惑。

赵远舟低着眼睛，淡淡地回答："若是离仑真想杀文潇，你们挡不住的……"

"那他想干吗？"

赵远舟摇了摇头："不知道。他这个人，从来令人捉摸不透。"

文潇用脚点地，又把秋千荡了起来。

卓翼宸看到了，准备走到文潇身后帮她推秋千。他刚开口"我来帮你——"，结果话还没说完，赵远舟突然抬手念咒，秋千又自己动了起来。卓翼宸有些尴尬地收回手。

文潇不知道背后的情形，只笑着打趣赵远舟："再高点。你是不是没吃饭，你以前可不这么敷衍。"

赵远舟无奈地笑了，笑容中有些宠溺。他走到文潇背后，伸手用力推着秋千。他看着文潇快乐的侧脸，脸上也不自觉地露出笑容。他想文潇像现在这样多笑笑，他希望能让文潇一直这么快乐。

突然，赵远舟心里一悸，他不舒服地捂着胸口。他不敢笑了，也不敢再想了。

卓翼宸看着开心的两人，心里有些不是滋味，好似这两人之间的回忆，他插不进去，再留下也是碍事，他扭头就走。

赵远舟忙把他叫住："卓大人不玩了？难道因为我刚刚说你不知变通，生气了？"

卓翼宸冷笑道："你刚说喜欢坐秋千，不喜欢推秋千，现在推得很开心啊。啧，满口谎言。"

赵远舟没正形地笑了笑："竟然气这个。那你过来，我给你推嘛。"

卓翼宸气急，不知如何反驳，只道："荒唐！谁要坐秋千！"

文潇看着两人，忍不住笑出了声。

石桌上，白玖一边打着饱嗝儿，一边继续往嘴里塞食物。

英磊看向笑声传来的方向，与白玖聊起来："我听那边笑声朗朗，他们应该是在荡秋千吧。"

白玖哈哈笑着："卓翼宸大人荡秋千？我'脑补'了一下那幅画

面，我能笑岔气——"

话说到这里,他就看到一脸铁青的卓翼宸坐了下来。白玖立刻悻悻地闭嘴。

英磊这边没有眼力见儿地开口:"刚白玖说——"

白玖立刻捂住他的嘴,又递了杯白酒到他鼻子下面。英磊满意地闻着,不再说刚才的话题,白玖这才松了口气。

"这酒好喝吗?"白玖问。

英磊闭目,神情享受道:"不错。天香阁的石榴花酒果然名不虚传,气味醇美、幽香。对了,你为什么要起个名字叫'白酒'?为何不叫'黄酒''花雕'?"

白玖:"……"

卓翼宸拿起一杯酒灌入喉中,打趣道:"你这小山神,刚下山就打听到了这么多东西,还知道天香阁?"

英磊一脸得意,又道:"我来的时候,还听说天香阁过几天要选花魁呢,肯定是酒美人更美,有机会真想去凑凑热闹。"

白玖指着英磊,一脸正义:"我要去告诉文潇姐姐,你不务正业——"

英磊急得脸又红了起来:"你……"

白玖嘿嘿笑着,撞了撞他的肩膀,道:"你带我一起去,我就不告诉文潇姐。"

英磊指着他,气得脸红了起来:"你!"

两人打闹间,酒水不小心溅到白玖左手的衣袖上,英磊忙上手帮他擦袖子,无意间把他的衣袖掀了起来,露出了手臂。白玖忽地躲闪开了,连忙把袖子放下了,眼中闪过警惕与慌乱。但刚才白玖手腕上的刺青一角已被英磊看进眼里。

英磊起身,指着白玖的手腕问道:"你手腕上是什么?"

白玖没有回答,只把酒杯塞给英磊,转身就跑开了,挥挥手道:"我去太阳底下晾晾。"

英磊挠了挠头，心想，就湿了那么一点，有什么好晾的。

这时，裴思婧的身影急匆匆地进了桃园。她神情严肃、凝重，显然不是来与众人聚会的。

白玖见到裴思婧，察觉出似乎发生了什么重要的事："裴姐姐，你怎么了……"

裴思婧开口道："天都出了新的命案。"

一个时辰前，裴思婧从卷藏馆走出。路过议事厅时，她透过议事厅的窗户，却见到了一个无比熟悉而又不该出现的身影——裴思恒。

裴思婧身形猛地顿住。她清楚地知道自己此时不是在做梦，她也清楚地知道裴思恒已经死了，可她不会看错自己的弟弟，那个人就是裴思恒！裴思婧大脑空白了一瞬，随即猛地飞身冲进了议事厅。可那个人影反应更快，立即翻身从窗口跃了出去，转眼就不见了踪影。裴思婧有些恍惚，她又立即走到刚刚那个人影站着的地方，低头见到桌上多了一份卷宗。她拿起卷宗看过，便匆匆赶来桃园居找众人商议此事。

裴思婧不见文潇，便向卓翼宸问道："文潇呢？"

卓翼宸的脸色算不上好看，他抿了抿唇，答道："在那边和赵远舟荡秋千。"

裴思婧看了看卓翼宸，欲言又止。

卓翼宸问："你想说什么？"

裴思婧直言道："你以前是绝不可能让文潇单独和他待在一起的。小卓大人，你单纯、善良，但也别轻易对赵远舟卸下心防。"

卓翼宸低下眼眸，沉默半响后开口："永远不可能卸下的。"

众人聚齐，翻阅卷宗。

据卷宗记载，从前天开始，接连两日，天都的两户民居先后发生了命案，且都发生在正午之时。屋中没有打斗痕迹……并非歹人抢劫或行窃。

裴思婧拿出一张天都地图,指出两起命案发生的地点,上面已经用朱笔圈出:"这两个地方,就是前两日两起命案发生的地点。"

赵远舟看着地图上的那两个位置,思索片刻,在地图上指了指另一个地方:"如果我没猜错的话,这里,有可能会发生第三起命案,而时间就是今天。"

其他人面面相觑。

文潇问道:"你怎么知道?"

赵远舟的手指将刚才指的地方与发生过命案的两处民居连成线,看上去就像……一个简易的鹿角形状。

鹿角、正午……

赵远舟蹙眉道:"但愿我猜错了吧……要是真是如此,那这个妖可不好对付。"

几人又仔细读过卷宗后便兵分三路,趁着午时之前前往案发现场查看。

临近午时,阳光刺眼。

文潇与裴思婧来到一户民居。院子里寂静无声,四处看起来并没有什么异常,裴思婧照例上前敲门,无人应答。裴思婧用力一推,木门吱呀一声打开……

与此同时,卓翼宸和赵远舟也推开了另一个院子的木门。两人小心翼翼走了进去,步伐极轻。他们到的是这处民居是第一起命案的发生地,院子不大,笼中养着几只兔子,水槽见了底。鸡圈中有几只下蛋母鸡咕咕叫着,食槽中的鸡食也已吃光,地上还放着摘了一半的野菜……可见事发突然,死者并无任何准备。

赵远舟逡巡一眼,道:"没有妖气。"

卓翼宸举起手中的云光剑道:"我的剑没亮,不用你说。"

卓翼宸细查了一番,确认没有血迹,也不见打斗的痕迹。

赵远舟道:"看起来很正常,只是没人而已。"

卓翼宸摇了摇头:"太过正常,就是不正常。"

赵远舟打趣道:"这是冰夷族的幽默吗?好难懂哦——"

话音还没落下,他就毫无防备地被卓翼宸抽剑划破了下颌。云光剑沾了血滴,立刻发出光亮。

赵远舟摸着脸上的血,瞪眼盯着卓翼宸,难以置信道:"不至于吧你?"

卓翼宸淡淡道:"借你一点妖血用用。上次我发现云光剑沾染你的血后威力大增。"

说完,卓翼宸握着发出光亮的云光剑,看也不看赵远舟,警惕着走向民居紧闭的大门。赵远舟撇了撇嘴,跟在卓翼宸身后,心中腹诽,怎么说拿他的血就拿他的血,真把他当工具妖了?他放下捂着脸的手,脸上便已没了伤口和血迹。

英磊和白玖也走进了一户农家。英磊走在前面,手拿一把菜刀开路,白玖缩在英磊身后,小心翼翼地观察周围,嘴上还不忘小声吐槽:"怎么会把我和你分在一组啊!真是倒了血霉了我!"

白玖想,他要是能和小卓大人在一组,他肯定就不用怕了,或者和裴姐姐一组也行啊。现在可好,一个厨子和一个医官分到了一组,说不定还会撞上什么穷凶极恶的杀人凶手,这合理吗?

英磊拍了拍自己的胸脯,很是自信:"有我在,你怕什么?"

见院子里没什么异常,英磊就推开了房门,继续检查屋里的情况。

白玖跟着进了屋,忍不住叹气:"他们不会是想田忌赛马吧……我俩组合,就是他们眼里的——"

英磊骄傲地回答道:"上等马!"

白玖无奈道:"你什么脑子啊你,你不是半神半妖吗?你怕不是混的猪妖。"

英磊没听懂,回头看向白玖,眼神清澈得不像话:"啊?什么意思?"

白玖翻了个白眼,道:"我在骂你猪脑子。"只是翻白眼的时候,倒霉的白玖眼睛瞥到了屋顶的景象——

"啊!"白玖的号叫声响彻整条街巷。

白玖蹲在地上用力捂着耳朵,浑身发抖,他被吓得目瞪口呆,连叫都叫不出来了,喉咙里发出绝望的嘶嘶声。他动也不敢动,过度惊吓让他浑身肌肉发酸发胀,额头不断有冷汗冒出。

英磊蹲在他面前,他是被白玖刚才那一嗓子吓的。英磊见到白玖此时的状况,不禁感慨道:"看吧,真正的恐惧,从来不是大喊大叫。"

英磊抬头,看到了刚才白玖看到的景象。

屋顶,一个妇人的尸体被人用绳子绑住,四肢呈大字张开,十分诡异。尸体头朝下,睁着浑圆的眼睛,面容惊恐,死状宛如正在上方俯视着底下的人。他人冷不丁一看,确实害怕。

英磊又低头看了看白玖,他脸色煞白,嘴唇也没了血色,一副随时会晕过去的样子。英磊摇了摇白玖耳边的铃铛,道:"你害怕的话,在外面等我咯。"

白玖试图抬起头,但看了一眼尸体,心跳得快要从嗓子眼里蹦出来。他立即闭上了眼睛,使劲摇了摇头,不行,真的不行……

职责与本能激烈挣扎一番后,白玖颤抖着开口:"不行,我可是仵作!不对,我可是大夫,曾经做过仵作,我可以验尸……"

英磊看他如此,忍不住问道:"你确定?"

白玖闭着眼睛用力点了点头:"但我只能在地上验尸,没办法在天花板上验尸。"

"这好办。"英磊抽出腰间的菜刀,挥动了一下,立时有一阵气浪翻涌，四条绳子崩断，那妇人的尸体瞬间掉落下来。

英磊收好刀，低头……看见了被掉下来的尸体压在下面的白玖。

白玖张着嘴，眼睛睁得老大，仿佛已经离开这个美好的世界。

另一边，卓翼宸与赵远舟也已进了屋，看到地面上并排躺着一家三口的尸体，死状诡异，均是瞪着眼睛，十分惊恐。

赵远舟翻开男主人尸体的手掌，掌心上用血画着一个鹿角状的符号。

卓翼宸正抬头打量着天花板，顺着他的视线，只见屋子上方也画着一个鹿角状的符号，与男主人尸手掌上的符号一样。他疑惑道："鹿角？这是什么阵法吗？"

赵远舟问："你听说过乘黄吗？"

"我听文潇说过，《海外西经》里记载，乘黄是一种长得像狐狸的妖，背上有鹿角，寿命很长，接近永生。可传说里的乘黄是吉祥之兽……"

赵远舟冷笑道："呵呵，吉祥？祸害遗千年差不多。算起来，这家伙恐怕快十万岁了。"

卓翼宸道："那不就和你一样吗？"

"他比我老多了。"

卓翼宸冷笑一声，道："我是说，祸害遗千年，这一点和你一样。"

赵远舟竟被噎了一下。

卓翼宸认真打量起这个鹿角状符号，问道："这画的是乘黄背上的角吗？"

"没错，这是乘黄的阵法。人间传说，乘黄是祥瑞吉光之兽，可助人达成愿望——无论是美貌、财富，抑或寿命，所求皆可实现。只是他们不知，美梦成真，得偿所愿，是要以吸取别人性命为代价的。"

牺牲他人之命来圆梦？听着十分残忍，又有些邪门。

赵远舟的脸色有些凝重:"看来我之前推测得没错……"果真是乘黄作案,这起案子有些棘手。

白玖在墙角吐完了嘴里最后一点酸水,脸色还没缓过来,比起刚才,他显得更虚弱了。他有气无力地说道:"查完了,尸僵的状态已经有所缓解,估计死亡超过十二个时辰了。身体上没有其他伤痕,但是,他们的心都被挖走了。"

白玖发现英磊一言不发,便回头看向英磊:"你有没有听我说话啊?"

英磊蹲在地上,翻开尸体的手。白玖走过去,看见尸体掌心用血画着一个鹿角状的符号。

英磊顿时脸色苍白:"老天爷啊,这难道是……乘黄?"

裴思婧与文潇仔细查过院子,没什么异样,于是准备进屋查探。

裴思婧的表情不太对劲,她心里一直反复思索早晨所见的场景,她想不通,裴思恒为什么会出现?这事儿太过蹊跷,她暂时没有与其他人提起。

她犹豫要不要与文潇说,于是轻声开口:"其实,我调查这个案子,还有另外一个原因。"

文潇问道:"什么?"

裴思婧纠结一番,最终还是没有回答,她率先推开房门,走了进去。

屋内陈设简单,看起来家境有些清贫,所有摆设一目了然。饭桌上还摆着朴素的食物——包子与稀薄的白粥。椅子上放着一件反复缝补的衣服,地上还摆着几罐泡菜,生活痕迹清晰可见,只是不见人影。

文潇目光落在一个与此地不符的东西上——那张破旧木桌的桌面上有一片梅花花瓣。她捡起花瓣,喃喃道:"梅花?……可院落里并没有种梅花……这花瓣哪儿来的？"

文潇朝窗外看去，院子里空空荡荡，的确没有种梅花。

裴思婧走到饭桌边，碗里还有一个咬了一口的包子，她伸手摸了摸盘子。裴思婧心中一惊，眉头蹙起，她立即回头看向文潇，提醒道："盘子还是温的。"

文潇也是一惊："那就是说……"

文潇和裴思婧对视一眼，两人都警觉起来，没有再开口。

突然，裴思婧耳朵一动，听到了一个细微的响动，像滴水声，滴答滴答……裴思婧闭目，细细分辨位置……在上方。她立即往前走了几步，抬起头看，只见房梁上一对村民的尸体大睁眼，胸口处有鲜血流出，血正向下滴落，发出滴答的声响。两具男尸均是正面朝着她们，死状诡异。

文潇看了一眼裴思婧，裴思婧已经警戒地拔出了短刀。

"凶手还没走！"

裴思婧将短刀挡在身前，步步向前查探。忽然，身后传来声响，裴思婧猛然回头，只见刚才空空如也的饭桌旁已然坐着一个人。裴思婧瞬间觉得浑身血液倒流，思绪如乱麻，理不出一点头绪。如果说早晨那一幕只是令她怀疑，那此刻她已经确定，眼前的人就是她的弟弟裴思恒。

可是……人能死而复生吗？

裴思婧声音颤抖着开口试探："弟弟？"

坐在桌旁的少年闻言，嘴角逐渐上扬，阳光照进他正常的褐色瞳孔，他弯起眼睛，笑容那么生动，分明是一个活生生的人。

文潇心中一惊，她看向坐在桌旁的那人。二十岁出头，眉眼间跟裴思婧的确有几分相似。可裴思婧的弟弟不是已经死了吗？

少年开口，如梦般的画面更加有了真实感，这个声音，裴思婧许久没听过了。

"姐姐，好久不见，想我了吗？"

恍惚片刻后，裴思婧发麻的手又握紧了短刀的刀柄，将刀尖对准了裴思恒："你不是我弟弟，阿恒早就死了。"

人死不能复生。

桌旁的少年闻言笑容渐渐消失，他的眼睛盯着裴思婧，目光的温度渐渐冷却，如一潭寒冬时节幽深的死水，水面下涌动着未知的危险。

"没错，还是你亲手杀死的。因为你说我恶贯满盈，罪无可恕。"

裴思婧也紧盯着眼前人，试图从中找出一丝能说服自己的破绽："难道不是吗？到现在了，你还在滥杀无辜。"

裴思恒冷笑一声，道："姐姐果然永远只记得我的不好，不会记得我的好。"

话音落下，裴思恒忽地朝文潇出手。裴思婧向前护住文潇，被迫和裴思恒缠斗。

"姐姐，你还是老样子，总是为那些毫不相干的人对自己的亲弟弟下手。"

裴思恒的每句话像故意折磨裴思婧。

裴思婧冷声道："你究竟想干什么？"

"我想把姐姐的心……"说话的空隙，裴思恒试图靠近裴思婧，下一秒，一把尖刀凭空出现在他手里，"……挖出来看看。"

声音冷如寒潭，眼中杀意凛然。

"小心！"文潇急忙开口提醒裴思婧。

而裴思婧已经迅速反应过来，一个翻身躲开了裴思恒的攻击。两人纠缠不休。

待卓翼宸和赵远舟赶到时，裴思婧和裴思恒已经从屋内打到了院中，两人身形极快，一时难分上下。

卓翼宸手持云光剑，找到两人打斗的间隙，立即飞身加入。

裴思恒虽然退攻为守，但不知为何，他的动作极为敏捷，像是能随意上下翻腾，游刃有余地避开所有攻击，好似……鬼魅一般。

卓翼宸趁机退至水缸旁边时抬手念诀，水缸中的水凌空升起，化为冰凌，一齐朝裴思恒射去。

"卓大人，你已经能凝水成冰，那下一步要不要试试剑意化形呢？反正无形化有形，道理一样嘛。"

那边打得不可开交，这边赵远舟不慌不忙地指导起来。

卓翼宸已经习惯了他如此，只抓住了他话中的重点："剑意化形？"

卓翼宸闭目顿了片刻，以凝水成冰的心法运行，将力运行至手中的云光剑，手里的云光剑登时铮铮作响。卓翼宸挥舞云光剑，残影重重，似有无数剑刃随身而动，剑气铺天盖地朝裴思恒攻去。饶是裴思恒身形再快，也躲避不及，凌厉的剑气将他重重摔在院中的树上。

裴思恒反应很快，连忙翻身，跃上树梢，欲施展轻功逃走。裴思婧和卓翼宸正要追上，只见裴思恒回身挥袖，忽地掀起一阵携沙的狂风，将裴思婧和卓翼宸的身形卷回地面。

风沙消失后，两人定睛再看，裴思恒早已没了踪影。

裴思恒死而复生，是众人亲眼所见。今天发生的一切都太过离奇，众人又仔细查验了一遍现场，只得先回缉妖司再作打算。

弯月悬空。

夜已深，缉妖司内四下寂静，裴思婧坐在树下，静静地看着远处模糊的山峦。山峦起伏，如同一只潜伏在暗夜中的巨兽。

"恶贯满盈，罪无可恕"，裴思婧喃喃重复着这八个字。亲手杀死自己的弟弟，到底谁才是真的罪无可恕的人？

情绪翻涌似疾风骤雨下墨色的海，却只隐匿在裴思婧深深的目光中。她静坐着，静得似乎要与身后的树融为一体。

一个犹豫的脚步声由远及近，不用分辨，这脚步声，她很熟悉，是文潇的。

文潇坐到裴思婧身边，正不知如何开口，裴思婧先一步开口问道：

"你为何一直对妖这么好？人、妖殊途，本就该势不两立。"

文潇看着她，了然道："人有人性，妖也有妖性，万物皆分好坏。人们总说人、妖殊途，但殊的只是外在，而非本心。人们总是把'不同'当成恶，这才是偏见。"

裴思婧看着文潇，眼中是孩童般的茫然："是吗？我从未了解过妖。"

文潇闭上了眼睛："嘘，你听。"

隐有低低的诵经声传来，掺杂在风声中，那是英磊站在他房间外那个小佛龛面前念经超度的声音。他说，惨死的亡灵会因执念滞留人间，执念而生，执念而亡，一念放下，便可往生。所以，从案发现场回来后，英磊一直在念经，帮助无辜的死者超度。

"天地生灵，众生百相：'若卵生，若胎生，若湿生，若化生；若有色，若无色；若有想，若无想，若非有想非无想，我皆令入无余涅槃而灭度之。如是灭度无量无数无边众生，实无众生得灭度者。'

"你看小山神，虽然是妖，但也有一颗慈悲之心，为逝者诵经超度。妖和人之间，并无不同。善恶皆有，共生共存。"

"善恶皆有，共生共存"，裴思婧默默在心中重复这句话。一直以来，她被灌输的信念都是人、妖不能并存，妖皆恶，诛杀妖孽，保家卫国，守护百姓。可如今看来，妖与人皆有善恶，崇武营一味杀妖，又与恶妖杀人有何不同？天造万物，不分贵贱，恶妖杀人为恶，人杀善妖是否也为恶？善与恶又由谁定义？

裴思婧只觉得脑海中有什么东西在瓦解，或许未来某个瞬间会轰然坍塌成一片废墟。如果……真如此，她不知道自己要怎么面对另一件事……

一双温暖的手覆住她的手背，文潇看着她，眉眼灵动，笑靥如花，令她心中的烦闷减去了不少。

"如果你想了解妖，倒有一个好去处。"

文潇拉着裴思婧朝着另一个方向走去。待两人走远后，上方的树叶动了动，几片叶子掉落。赵远舟在树上艰难地翻了个身。他本想找个没人的地方睡一觉，没想到他和裴思婧选中了同一棵树。裴思婧坐在下面感伤，他也不好打搅，索性轻手轻脚地对付睡了。他刚睡熟，文潇又来了，两人偏偏在树下说起了体己话，让他下也不是，不下也不是。保持同一个姿势一动不动半天，只叫他腰酸背痛。赵远舟活动活动筋骨，然后头枕着胳膊仰面朝上。

晚风吹过树叶，簌簌作响，银白月光就从树叶缝隙漏了下来。

月色不赖。

赵远舟抬起水壶晃了晃，叹了口气，无心草还有，玉却没了。面对美景饮不了琼浆，真是可惜啊。

恰逢此时，一块玉朝他扔了过来。

赵远舟接住后，满眼笑意，真是旱苗得雨，暗室逢灯，雪中送炭，绝渡逢舟！

"哟嗬，小卓大人竟然送我东西，太阳打西边出来了，而且是这么好看的玉佩。"

树下，卓翼宸负手而立，身形如松："我不喜欢欠人情。"

赵远舟眼睛一转，趁火打劫道："哦……你是指哪一个啊？是我告诉你乘黄阵法之事呢，还是我教了你凝水成冰之术，又或者是教你剑意化形之法呢？你们凡人有句话说，亲兄弟明算账，一码归一码。"

"你不要得寸进尺。"

卓翼宸眉头一蹙，赵远舟立即乖乖闭嘴。

赵远舟将玉握紧、捏碎，倒进水壶，重新晃了晃，仰头喝水。月影，琼浆，美哉。

"小卓大人，要一同赏月吗？"

树下的人没有回应他。

良久，卓翼宸没头没尾地说了一句："我还是会杀了你。"

赵远舟眯起眼睛看着月亮，看似不甚在意，笑得随性，回答道：

"求之不得。还请卓大人说话算话。"

卷藏馆内,百盏烛光随风影曳。

裴思婧站在一排排卷藏经筒之间,手指拂过那些书,从中抽出一本,细细翻看。

英磊和白玖端着夜宵跑了过来。

白玖边跑边大喊:"姐!"

文潇立即做出噤声的手势,拦住二人,压低音量:"嘘!别提那个字。"

白玖瞪大双眼,一头雾水地看着文潇。接着,少年清澈的嗓音又一次回荡在整个卷藏馆。

"啊?哪个字啊?……我一共就说了一个字……哦,姐?!"

文潇双眼一闭,无语凝噎。

裴思婧合上了手中的书卷,淡淡地开口:"我猜,你们应该想知道我为什么一定要调查这个案件。三个月前,发生了一模一样的命案,同样的手法,同样的鹿角符号,而凶手正是我弟弟裴思恒,我当场……射杀了他。"

在调查裴思婧的资料时,文潇记得案情通报上说过,三个月前,裴思婧执行缉妖任务时将裴思恒当场射杀,之后便辞去了崇武营统领一职。

白玖不解:"捉拿归案,量刑定罪不就好了,为什么要杀他?"

裴思婧沉吟片刻,叹息:"因为他变成了妖。"

其实白玖心中还是不解,人怎么会变成妖?是怎么变的?他刚想问,那边英磊已经粗着嗓门不忿道:"就算变了又怎么样?又不是所有妖都该死。这是什么道理?"

裴思婧沉默不语,眼眶却已发红。

那日,裴思婧与其他崇武营士兵奉命追杀多起凶案的凶手。那凶手身着黑色斗篷,遮挡住了脸,一路逃窜,身手灵活。他的黑袍宽大,根本看不出他的年龄与体形,但那身影就是令裴思婧生起了强烈的熟悉感,似有一种说不清道不明的感应。

裴思婧拉弓射箭,将那人的帽子击落,露出的脸正是裴思恒,可又不是她熟悉的裴思恒……眼前的裴思恒有着一双妖冶的蓝色眼睛,他的手上和身上满是扎眼的鲜血。

裴思恒惊恐地问她:"姐姐,你是来杀我的吗?"

她当然不是来杀自己弟弟的,她要杀的是连续屠人满门,手段残忍,视人命如草的恶妖。可如今,这个恶妖就是她的弟弟。

裴思婧摇了摇头,又一次张弓搭箭。作为姐姐,她永远可以原谅自己的弟弟,但那些无辜的人命又由谁偿还?谁又有资格替他们原谅?

"你恶贯满盈,罪无可恕。"

裴思恒幽蓝色的眼睛中闪过一丝悲凉。他开口,痛苦地向她诉说:"我的确罪孽深重,法理难饶……但姐姐,你可以原谅我吗?你一定会理解我的……"

裴思婧拉紧弓弦的手止不住地颤抖,她的眼中是同样的挣扎。

裴思婧身后的崇武营士兵不耐烦地催促道:"裴大人下不了手的话,那就由我们来杀,只是这妖作恶多端,给他个痛快都是便宜他了,得让他吃点苦头再死。"

裴思恒知道自己时间不多,他着急开口解释:"姐姐,我当初,只是为了——"

他的话还没有说完,一股力将他的身子带得一晃,他低头,看见胸口插着箭矢。他抬起头,哀伤地看向对面放下弓的姐姐,她的眼里也含着热泪。

裴思恒感觉力量正在迅速地从自己的身体里抽离,身体嘭的一声倒在地上。他的视线也逐渐模糊,模糊到这个世界只剩下姐姐的背影。儿时,他无数次这样望着姐姐的背影,好像无论多努力,他都追不上姐姐,这一次也……追不上了。

有人走过来,用力踹了他一脚,他看不清是谁,只是用最后的力气看着姐姐的背影。

"死透了吗?"

"好像还在说话呢……不知道嘟囔什么呢……"

裴思恒嘴里喃喃说着没人能听懂的破碎话语。

"姐,不要转身就走,你都没有听到我最后对你说的话……"

"姐,我死了,就再也不能为你做任何事了……"

裴思婧头也不回地往前走。她眼眶通红,强忍着情绪,直到身后传来崇武营士兵的声音:"死透了。"

裴思婧再也压抑不住,泪从她的眼中涌出……

卷藏馆内,蜡泪滴落。

白玖与英磊一时不知如何开口。

文潇问道:"这件事这么蹊跷,你从来没有怀疑过吗?"

裴思婧答:"当然怀疑过。但验过三次尸,确认他是妖,查无其他结果。"

"尸体是怎么处理的?"

"崇武营按规矩,烧了。"

文潇蹙起眉头,那就怪了,这世间万事万物,生老病死是自然之道,不会有死而复生的道理。

裴思婧看了看桌面上放着的卷宗资料,又补充道:"今天送来这份凶案卷宗的人,就是我弟弟……"

这听起来更加蹊跷了,但一团凌乱的思绪又似乎有了抓手。

白玖急忙追问:"他为什么要给你送这个卷宗?"

英磊也立即附和:"一定是他有冤情,想要你替他洗清冤屈!"

裴思婧摇了摇头,心口绞痛:"不,他的眼神让我知道,他恨我,想杀我,他想让我痛苦。"

"都不是,我闻到的,是阴谋的味道。"

赵远舟的声音传来,和他一起进来的是卓翼宸。

卓翼宸看向赵远舟,眼眸微眯,满目怀疑:"裴思恒和乘黄之间一定有莫大的关联,找到乘黄就有线索。"

赵远舟一脸无辜中露着心虚:"那你看我干什么,我怎么可能知道乘黄在哪儿!"

卓翼宸的目光似要看透赵远舟,他嘴角一勾,声音却十分冰冷:"当初问你冉遗的时候,你也这么说。"

赵远舟撇了撇嘴,叹道:"唉,现在要骗过小卓大人好难哦。"

赵远舟拿出一张天都地图,铺于桌上:"乘黄的阵法,以活人为媒,吸收生命之力,而最终力量汇聚之处就是阵眼。"

赵远舟用手指点了点茶水,在地图上画出三起命案的交会处——一个鹿角状"Y"形。随后,他在"Y"字的尾巴上向外延伸,停在某处,手指敲了敲。

"乘黄在这儿。"

白泽令消失,趁着神女缺位,强行打开昆仑之门,使得众妖逃往人间的罪魁祸首就是乘黄。乘黄当年犯下滔天大罪,杀害了无数大荒之妖,却不知为何逃过了白泽令的罪罚,逃来人间,谁也不知道他背后到底在谋划什么。

天都一隅,城墙上坐落着一座废弃的观象台,正中间有一座日晷,此处正是赵远舟在地图上画出的乘黄所在地。

此时此刻,裴思恒的身影站在日晷前,他正一笔一画,用鲜血在日晷上画下鹿角形状的符号。

日晷上晷针投下的阴影忽地急速变换,时间随之飞速流转,数十圈之后骤然停住。随后观象台上的裴思恒凭空消失,四周空无一人。

第六章
乘黄阵

赵远舟一行六人马不停蹄地赶到了观象台，但此刻观象台上除了散发着若隐若现的光晕的日晷，别无他物。赵远舟看着日晷，神色微变。这日晷，他很是眼熟……

文潇仔细打量了日晷一番，又在四周转了转，察觉出了不对劲之处。

"这日晷不对……不是用来计时的。日晷可计量时间，但仅能在白昼日照之时使用，如要用于夜间计时，须搭配水钟。但这里只有日晷，没有水钟。"

只是……既不是用于计时的，那这日晷是用来做什么的？文潇还没想通，赵远舟便开口解答："这是个入口，乘黄坐守于阵眼之中，这个日晷就是用来连通阵眼的。"

卓翼宸看向那光晕，既是入口……他伸出手想触摸光晕，那手却立即被赵远舟抓住了。

赵远舟正色道："不能贸然闯进。乘黄那老家伙活得太久，脾气古怪，满身戾气。而且他杀妖杀人无数，搜罗抢夺了很多法宝，在他的地盘上，我们容易防不胜防。"

赵远舟没有松开卓翼宸的手，转向文潇道："文潇小姐不是最爱牵红线嘛，麻烦你给我们牵一个。"

卓翼宸闻言，立即诧异地看向赵远舟，脸上红一阵白一阵。

文潇也是一惊，指了指卓翼宸又指了指赵远舟，确认道："给他……和你？"

赵远舟故作嗔怒:"荒唐!文潇小姐最近在看什么话本!我是说,用缚妖索把大家分成两队,绑在一起,防止分散和走丢,特别是那些年龄小的朋友。"

文潇看着赵远舟一副无辜的神情,仿佛故意引人遐想的人不是他。她无奈地从腰间拿出缚妖索——红绳上缠绕着符文和铜钱,咬牙切齿地笑道:"我真想勒在你脖子上。"

赵远舟毫不在意,笑嘻嘻地回应她:"不好意思,我不是狗妖。"

文潇用缚妖索的一头紧紧绑住了赵远舟的手,又把另一头牵在自己的手里,嘴角一勾,道:"我喜欢遛猴。"

都说了不是猴!是猿!高贵的白猿!赵远舟的眼神无声抗议了一番,最终乖乖地任由文潇牵着。

众人都绑好了缚妖索:卓翼宸、文潇和赵远舟绑在一起,白玖和裴思婧绑在一起。

赵远舟又命英磊留守原地。然后,他伸手握住了日晷的指针,接着,一行人都被吸进了光晕。

转眼间,观象台上只留下满目迷茫的英磊。

耀眼的白光刺得人睁不开眼睛,等到裴思婧渐渐适应了强光,却发现自己站在演武场中。她低头看自己手上的缚妖索,发现红绳另一端空空荡荡,身边的白玖不知怎的消失了。

身后传来沉闷的砰砰声响,裴思婧回身,看见裴思恒一身新兵打扮正在对着一个木桩练习拳脚。但他身体太弱,才练了几招就坚持不住,气喘吁吁地扶住木桩。

那是裴思恒背着她加入崇武营时的情形,那时他才十七岁。

裴思婧耳边一阵嗡鸣,眩晕感随之而来,脑海中一部分记忆如同被白光包裹,她记不清了。等裴思婧回过神时,她的手已不自觉地扶住了裴思恒。

裴思恒回头看到裴思婧，神色有些躲闪："姐姐，你怎么来了？"

裴思婧的语气满是责怪："思恒，你在这里干什么？你瞒着我偷偷加入了崇武营？"

裴思恒本有些心虚，听到裴思婧的话，却倔强地扬起下巴，语气也强硬起来，满是不忿："我为什么不可以加入崇武营？裴家世代缉妖，我是家里独子，本就应该继承家业。但爹爹和爷爷都只看重你，完全不管我，他们甚至把传家的猎影弓都给了你……"

裴思婧低头，看向手中的猎影弓，抿了抿唇。

裴思恒越来越激动，开始大口呼吸，脸色更加苍白。

裴思婧厉声道："胡闹！你看看你这身子，有气无力，弱不禁风，你怎么从军？拿什么缉妖，你不要命了，是不是？"

裴思恒用力甩开裴思婧的手："是啊，你们都看不起我，觉得我这副病躯难成大器，那我就证明给你们所有人看，我也可以从军猎妖！"

"阿恒，别任性了，我答应过爹爹要好好照顾你。姐姐做的一切，都是为了你。你能不能——"

裴思恒冷笑着打断她，瞪着通红的双眼："为了我？明明就是为了你自己！从小到大，你问过我，我最想要的是什么吗？"

裴思婧无言以对。

"阿姐，从我记事开始，每个人都在反复对我说这句话——'为了你'。'为了你'这句话就像一副我从小戴到大的枷锁。这枷锁，又何尝不是你的？"

裴思婧心中悲戚，喃喃辩解道："可你从未说过你不愿意。"

"那是因为姐姐太厉害了，从小到大，你都出类拔萃。你高高在上，众星捧月，你怎么可能听得到一个终日只能待在屋子里连晒太阳都是奢求的弟弟的心声。"

"阿恒……"不是这样的，想解释的话就在嘴边，但她不知如何说出口。

裴思恒直视着裴思婧的眼睛，目光凌厉而陌生："姐姐，终有一日，我一定会超过你，比你更强，比你更好，我要从你手上取回属于我的一切。拿猎影弓的人应该是我，将来继承祖志光耀门楣的，也一定会是我……"

白玖看着红绳另一端的裴思婧，从刚才起，她就像听不见也看不见他一样，仿佛进入了另一个空间。周围只有他和裴思婧，也不知道其他人去了哪儿。白玖干着急，只能继续一直叫她，叫得嗓子都哑了。

"裴姐姐，裴姐姐……"

终于，这叫声起了作用，裴思婧耳边隐隐约约传来一声呼唤。

"……姐姐……姐姐……裴姐姐！"

手腕一动，像被人扯了扯，裴思婧低头一看，手腕红绳上的符咒流光。刹那间，演武场的光芒褪去，露出正中矗立着的一座日晷，裴思恒已经消失不见了。裴思婧脑中那团白光随之散去，她的神志也恢复正常。她回头看着脸皱成一团、嗓子哑了的白玖。

"裴姐姐？"

"嗯。"

白玖差点喜极而泣，他刚想问询问刚刚发生了什么，目光先一步落在地面上凭空出现的一个奇怪的手掌大小的木偶。

"哎，这里怎么有个人偶？咦，这人偶看起来有点吓人啊……"

白玖弯腰捡起来，递给裴思婧看。那人偶惟妙惟肖，是裴思恒的样子。

"姐姐，你想知道我为什么会变成妖吗？"这声音是裴思恒模样的人偶发出的。

"不知道……你从来没有告诉过我……"

白玖一脸疑惑地看向凑过来的裴思婧，问道："裴姐姐，你在和我说话吗？"

裴思婧摇了摇头："这个人偶说，他知道阿恒为什么会变成妖。"

"啊？它会说话？我怎么听不见？"

白玖把耳朵凑近那人偶，那人偶却猛地从裴思婧的手中飞出，吓了白玖一跳。接着，那人偶便朝着日晷飞了过去。裴思婧急忙追上去。

那人偶在接触日晷的瞬间消失了，而裴思婧在伸手触摸日晷的瞬间也忽地消失，红绳断了，光芒消失。

急忙追过来的白玖结结实实撞上了日晷。他捂着头环顾四周，这个陌生的空间只剩下他孤零零一个人。

白玖害怕得放声大喊："裴姐姐！裴姐姐，你去哪儿啦？……不是说绑了红绳就不会丢吗？！……小卓大人！小卓！小卓救我！"

可惜，另一边的卓翼宸正捂着耳朵皱着眉头，注定听不到白玖的求救声。

三人进入阵法后，莫名来到了天香阁。天香阁是天都纸醉金迷的热闹处，美酒满酌，箫鼓熏风，昼夜不歇。衣着性感的女子成群结队，或是清冷如月中仙，或是艳丽如牡丹花，又或是浓眉碧眼的异域风情，应有尽有。此时她们将卓翼宸与赵远舟围住，手中软帕一挥，带起阵阵香风。眉目含情，声音娇软，美人用尽浑身解数挑逗二人。

只是这二人，一个笑如春风，另一个冷如冰霜，但身体姿态透出的均是生人勿近。二人中间还有一道清丽的身影，只见她后退一步，免去被浓重的脂粉味包围，乐得清静。

卓翼宸冷着脸问道："怎么回事，我们怎么突然到了天香阁？"

赵远舟动作夸张地指着卓翼辰，故意拉长语调调侃："小卓大人，你认出来了？原来一本正经的小卓大人也会来这种地方。"

卓翼宸面红耳赤，下意识看了眼文潇："你！我查案的时候来的！"

赵远舟很是满意他的反应，得逞地笑了笑，又说回正题："这里不是真实的天香阁，是乘黄用法术构建的幻境，准确地说，这是某个人的记忆。"

赵远舟的手指越过面前的几个女子，指向台上正在跳舞的女子：
"此处幻境，应当就是台上那个女子的记忆。"

台上，一个风姿绰约的女子头戴鲜艳欲滴的梅花，正在翩翩起舞。丝竹声悠扬，舞步婉转、优美，引得人移不开眼。台下觥筹交错，客人们看着女子舞蹈，不断叫好，表情皆痴如醉。从众人言语中可以得知，女子名叫芷梅。

突然，舞台上的场景变换，原本在台上跳舞的芷梅已经换成了另一个美人，歌曲变成了疾弹的琵琶调，曲调如泣如诉，格外幽怨。那美人戴着一朵更大、更艳丽的牡丹，瞬间成了所有人目光的中心。

"怎么不见了？"文潇问道。

赵远舟抬手指向角落："在那儿呢。"

角落里，芷梅孤寂地独坐。她双眼通红，似乎刚刚哭过，妆容颓败，发髻松散，发饰稀少，皮肤不再紧致，岁月的痕迹爬过她的眼角、嘴角、脖颈，一路向下。她仍然是美的，只是如窗外过了花季的梅花一般，将谢未谢。

芷梅身后有三两个舞伎，正凑在一起议论纷纷，冷嘲热讽，那声音一字不落地传入芷梅耳中。

"芷梅她啊……花期已经过啦，迷恋舞台，醉心舞蹈，错过了嫁人的好年纪，现在好了，无人问津咯……"

"现在牡丹正开得嫣红夺目，哪儿还有败落梅花的事儿啊……呵呵呵……"

芷梅听着那些话，就着手中的酒，一起吞入肚中，一杯又一杯，嘴角带笑，眼里带恨。

赵远舟轻轻叹息："春花不懂雪之清寒，蜡梅不明夏之热烈，各花入各眼，各擅其美，何苦呢？"

文潇忍不住叹息着摇摇头："芷梅芷梅，她应该是执念于梅花的傲雪凌霜，孤芳自赏，而非因于他人所定义的短暂花期吧？"

那几个舞伎走过后，芷梅又不见了。

三人再回头时，整个天香阁都变了样。

夜深，客人已经走尽，满地狼藉，台上满地梅花花瓣，是那新红火的舞伎点名要作衬的。花瓣被碾碎，粘在地上，更显凄凉。

韶华不为美人留，恨悠悠，几时休。

忽然，芷梅的身影又出现了。她走上台，怯生生的，与当初台上舞姿翩然的模样判若两人。她扑通一声跪在地上，双手合十，泪眼婆娑，口中念念有词："求上天垂怜，让我容颜长存，尤胜从前，重夺花魁之位。"

芷梅跪地，不住地叩拜。她抬起头时，一个黄头发尖耳朵的男子背影出现在芷梅面前，手里拿着一个沙漏。

那黄发男子的声音虽然年轻，语气却是年长者的，他的话语似乎带着蛊惑人心的力量："一朝春尽红颜落，美人迟暮羞见镜。无情哪。要逆天而为重获韶华，并非不行，但须付出代价，你可愿意？"

芷梅俯身叩首："我愿意！"

"如你所愿。"

黄发男子将手中的沙漏翻转，<u>丝丝缕缕的白色光亮从芷梅的身体中散出，汇聚为一个新的朦胧的人形。</u>

不远处，赵远舟三人互相对视一眼。

卓翼宸问道："他就是乘黄？"

文潇似乎明白过来："乘黄在世间寻找心有执念之人，答应为对方实现愿望，只要对方说愿意——"

赵远舟点头道："就会变出一个人偶。"

台上，芷梅抬头想再问什么时，却惊恐地发现面前站着的不再是那个黄发尖耳的男子，而是一个与她一模一样的人。

站在芷梅面前的"芷梅"头僵硬地歪了下，发出细小的吱呀声，像木头扭动时发出的生涩声响。木偶"芷梅"看着芷梅，面无表情，随后，她的嘴巴慢慢张大，眼睛也一点点瞪圆，竟是在模仿此时芷梅的惊恐神情。接着，芷梅的尖叫声响起，几乎与此同时，另一道同样的叫声也随之响起……

裴思婧的视野渐渐清晰。她发现自己站在街道上，街道上空空荡荡，一个人都没有。前方只有一个小摊，摊位上摆着很多惟妙惟肖的木人偶，都与裴思恒模样的人偶风格相似。

一个五官俊美、雍容雅致的黄发美男子从摊位后面信步走出。他看起来三十岁左右，气质儒雅。

"姑娘，买人偶吗？"

裴思婧问道："这些人偶都是你做的？"

"不是。"黄发男子摇摇头。

"那工匠是谁？"

"是我。"黄发男子笑答。

裴思婧皱起眉头："那你说'不是'？"

黄发男子十分耐心地解释道："我说'不是'，是指他们不是人偶。他们像人偶一样，不会痛，不会死，身体坏了可以修。但他们也像人一样，有记忆，有思想，会伤感，会开心。所以他们是人偶，也不是人偶。"

裴思婧警惕地看向黄发男子，笃定道："你是乘黄。"

乘黄笑了。

裴思婧厉声问道："你为什么要把阿恒变成妖怪？"

"不是我，是他自己，我只是听到了他的心声，顺从了他的意愿。你应该从来未曾听到过吧？我每到一个地方，都会聆听世人的愿望，然后选一个执念最强的人，替他实现。你弟弟的执念，远超众人。你想知道是什么吗？"

乘黄的话令裴思婧想起刚刚进入法阵时裴思恒对她说的话，还有那双充满恨意的眼睛。她眼睛发红，神情落寞："他想变得强大，他想超越我，取代我，从我手里取回所有本该属于他的东西。"

乘黄缓缓拿起摊位上的一个人偶,仔细摩挲。他叹息,又像是自叹:"可惜,世人肉眼凡胎,能看清大山大河,却看不清身边之人。即便亲密无间,朝夕相对,仍旧无法知晓对方心中所求。"

乘黄把手里的人偶递给裴思婧。裴思婧接过。那人偶的长相与服装打扮,正是裴思恒。那人偶突然发出了裴思恒的声音:"愿我病势消尽,变得强大……"

裴思恒真正的执念逐渐展现在裴思婧眼前……

裴思恒总是看着姐姐的背影:她在演武场上艰苦地训练的背影,她射箭的背影,她放下弓,手上全是血泡,手指被弓弦勒出血痕,背对着他,随意缠上布条的背影……

"姐姐是不是不喜欢练武?"

"不喜欢。但姐姐要变强,不然就无法保护你。"

裴思婧答得随意,却不知道这句话像一颗种子深埋在裴思恒的心里。

裴思恒兴冲冲地拿着一个锦盒朝着姐姐的背影跑过去。锦盒里装着一套漂亮华丽的罗裙,他一眼便觉得适合姐姐。他开心地看着裴思婧抚摸着华丽的丝绸,眼睛里流露出了喜悦之情,只是那喜悦的火苗转瞬就灭了。他看着姐姐把锦盒盖了起来。

"罗裙虽美,却行动不便,不适合我……"

裴思婧一身劲装,背着猎影弓,又留下了一个背影。

人人都夸他的姐姐优秀,他心里当然也为姐姐自豪,但他更心疼姐姐,因为即便只是背影,他也看得出那背影好疲惫。他着急地朝着那背影跑过去。他想叫姐姐休息下,只是没跑两步,他的胸口就一阵扯痛,咳个不停,他根本追不上她。

裴思恒小声喃喃:"神仙、菩萨,愿我病势消尽,变得强大……让我帮助姐姐,让姐姐不再独自背负……愿姐姐能做一个快乐、自由、不被束缚的女子,愿我不再旁观,一同分担。"

那颗执念的种子早已生长出藤蔓,层层叠叠将他的心包裹严实,任何光都再也照不进去,只有执念的声响不断聚集,回荡,最终引来了乘黄。

"我可以实现你的愿望。"

"你是神仙吗?"

乘黄想了想,笑了:"我是妖。不是只有神仙才能实现你的愿望,妖也可以。如何,愿意吗?"

"我愿意。"

乘黄饶有兴致地打量着他:"你不先问问代价是什么吗?"

"任何代价,我都愿意。"

乘黄拿出一个沙漏,倒转,里面的沙粒缓缓掉落。

那最后一粒沙落下的景象正映在裴思婧的眼中。

乘黄开口,将她从裴思恒的记忆中唤回:"你看,他的心愿是如此强烈,星河为证,无不动容。他所做的这一切,无非为了好好活下去,摆脱疾病,拥有健康强大的身体,替你分忧,还你自由。他一心一意为你着想,你却亲手杀了他。裴思恒,实在是有些可怜啊。"

裴思婧闭上眼睛,亲手射出的箭、弟弟哀求的眼神交替在眼前浮现。愧疚、悔恨、痛苦像一只手,用力撕扯着她的心脏,仿佛要再让她切身感受一次那种痛。裴思婧胸口剧烈起伏。

乘黄继续道:"他明明缠绵病榻,却心志坚定,一心为你。可你竟以己度人,怀疑他,羞辱他……他想握起弓箭替你承担重任,却最终死于你的弓箭之下,这声'姐姐',你受之无愧吗?"

裴思婧双眼通红,拉满弓弦,箭头指向乘黄:"闭嘴!"

乘黄张开双臂,挑衅地说道:"怎么?要杀我了?就像杀你弟弟一样吗?松开手就行。可是杀我又有何用?不过是泄愤和自欺欺人罢了。是我帮助他实现了愿望,而你呢,口口声声为了他好,却让他活得如此痛苦，宁愿做妖，也不做人。你的箭，不应该指向我，而是指向你自己。"

裴思婧愤恨地盯着乘黄，握住弓箭的双手颤抖，眼泪滴落。

乘黄讥讽道："冷酷无情的人竟然也有眼泪啊！可是裴思恒知道你为他哭吗？他死去之后的日日夜夜，你内疚过吗？你可曾有过一时一刻真正理解他？直到他死，你留给他的最后一句话是'你恶贯满盈，罪无可恕'……"

那八个字的魔咒终于击穿裴思婧坚硬的外壳，她再也无法抑制情绪，松开弓弦，箭矢落地，她跌坐在地，任由自己被愧疚与自责淹没，泣不成声。眼中的坚冰被热泪融化，只剩空洞与无助。

"是我错了……"

乘黄弯腰，循循善诱道："你对阿恒心有愧疚，你想亲口对他说一声'对不起'，是吗？"

裴思婧声音哽咽："是，这是我欠他的。"

乘黄面上浮起一抹不易察觉的狡笑："我可以带你见阿恒，让你亲口向他道歉，裴思婧，你愿意吗？"

裴思婧沉默。

乘黄藏在背后的手里不知道什么时候多了个沙漏。他将沙漏举到裴思婧眼前，再次问道："你愿意吗？"

"……我愿意。"

乘黄笑了，把沙漏颠倒过来，沙子簌簌落下。计时开始。

白玖的耳朵紧紧贴着日晷，全然听到了二人的对话。他着急地拼命敲打着日晷："裴姐姐！你别相信他！让我进去！！！"

日晷毫无变化。

白玖握拳用力捶在日晷上，他的手被锋利的边缘划破，流出鲜血，他也浑然不觉。但他的血染上日晷的一瞬，白光一闪，日晷上的光晕竟再次出现了……

乘黄举着沙漏,里面的流沙簌簌作响。

"别担心,你的人偶,会替你实现你的心愿。很快,你就能见到阿恒了,姐弟团聚,他会原谅你的。"

裴思婧的身上渐渐散出一些光,似乎有另一个"她"正从她的身体中抽离。

乘黄正等着沙漏流尽时,一个身影扑到他身上,将他砸倒在地,撞倒了人偶摊,那些人偶落得满地都是,沙漏也脱手掉落。

白玖用身体的重量压制着乘黄,乘黄反应过来后,一个翻身便将白玖按在地上,伸手掐住白玖的脖子。白玖的呼吸越来越困难,他艰难地侧头,看着落在地上的沙漏依然持续地吸收着裴思婧身上的光。白玖已经喘不上气了,满脸通红,眼睛也有些看不清了。他用力闭紧眼睛再睁开,挣扎着捡起旁边一个木棍,瞄准沙漏,用力将其打碎了。

沙漏碎裂,沙漏中的光瞬间汹涌而出,重新回到裴思婧身上。

乘黄见状,心中愤恨,手上更用力。

窒息感席卷,白玖的头皮阵阵发麻,心跳得厉害,眼睛好疼,脖子好疼,心脏也好疼,好难受……就这样结束吧……白玖不再挣扎,意识渐渐飘散。

嗖的一声,一柄短刃刺破空气,刺向乘黄。乘黄急忙翻滚着躲开。

白玖的眼睛睁开了,视野渐渐恢复清明,呼吸变得顺畅,他用手撑着地面,连忙翻身爬起。

乘黄看向攻击他的裴思婧,更加愤怒:"我帮你实现愿望,你竟然恩将仇报?"

裴思婧已经恢复了原本的神志,只是身体还很虚弱,此时看向乘黄的眼神满是冷意。

白玖害怕裴思婧再被他蛊惑,急忙劝道:"裴姐姐,你别听他瞎说。你弟弟本性单纯、善良,被这个黄鼠狼骗了,所以才变成了妖怪!

他才是罪魁祸首！"

白玖话音刚落，便看见裴思婧的眼神又变了。他转身，看见了自己身后的裴思恒人偶。一旁的乘黄露出狡笑。

裴思恒声音哀怨："姐姐，你为什么不来看我？……是你把我变成这样的……姐姐，我想你了……"

白玖挡在裴思婧身前，保护着她："你胡说，要是你真的怨恨你姐姐，你就不会想要得到她的原谅！"

"可她还是亲手杀了自己的亲弟弟，不曾问过我缘由，不曾有过一丝怜悯，干脆利落，心如坚石……"

白玖气得脸都红了："你以为裴姐姐就好过吗？她一直活在自责和痛苦之中。你死后，她就辞去了官职，加入缉妖司，一直想要查清真相！"

"虚情假意，不过是想让她自己的良心过得去罢了。"

白玖气急，音量更大了，话语如弹珠般噼里啪啦地吐出："我不知道什么是虚情假意，我只知道你们都口是心非！你们总说我是个小孩子，但就连我都比你们坦诚。你们大人可以轻易将伤人的话说出口，却唯独把爱埋在心里。比起言不由衷，明明真心话才最应该说出口，不是吗？"

裴思恒沉默地看着裴思婧。好奇怪的感觉。为什么会有这么奇怪的感觉？他拥有裴思恒的记忆和执念，记忆……执念……裴思恒闭着眼睛，细细回想着和姐姐有关的所有记忆。执念为何产生？他为何存在？答案是什么？

白玖继续道："骨肉血脉，难分难舍。你姐姐爱你，处处为你好，所以你也爱她，希望替她承担重担，让她自由、幸福，这才是你的真心。你如今这么恨你姐姐，你的恨其实也来自爱，不是吗？"

裴思婧开口问道："阿恒，你恨我吗？"

裴思恒睁开眼睛，神色复杂，最终释然一笑："我更恨我自己……"

"真是荒唐的谬论！世间恩怨难辨，爱恨难消，真心只会被辜负。

世间情爱皆为泡影,只有事实才是真实。裴思恒,事实就是,杀你的人就在你的面前,有仇报仇!"

乘黄手持一个木偶,那木偶的眼睛发出蓝光。裴思恒的眼睛也随之发出蓝光,突然身体僵硬地转动,攻向裴思婧。

白玖大喊道:"裴姐姐,小心!"

裴思婧先守后攻。裴思恒不敌,节节败退,而每次裴思婧要打中对方的死穴,都下意识撤回,只是将他击退,并不下死手。裴思恒也是如此,他虽被乘黄控制,但乘黄明显感觉到了这人偶的意志在挣扎,越发难以控制。

最终,乘黄索性收回控制法术:"不愧是缉妖世家的人,你弟弟打不过你,让我试试。"

乘黄边说边出手攻击,裴思婧张弓射箭。几招之后,她渐落下风,一个翻身没有留神,被乘黄打伤。很快,她又起身再战……

天香阁盛况空前,宾客满座,坐不下的地方也有许多衣着华贵的人站着。众人都盯着台上,似乎在等一个人。

卓翼宸喃喃道:"芷梅……好像最近天香阁选花魁,芷梅正是夺魁的热门人选。"

赵远舟岔开话题:"卓大人的消息好生灵通,只是没想到卓大人平日里严正端方,却有这种雅趣。"

卓翼宸冷笑一声,道:"我的雅趣是杀多嘴的妖。"

赵远舟这次没讨到好,乖乖闭上了嘴。

无数梅花花瓣自空中散落,一道倩影于花影中翩然落下,如仙女落入凡间,红衣飘然,眉眼如画,鬓间有梅花花瓣点缀,妖艳、婀娜,与之前判若两人。满座瞬间鸦雀无声,众人屏住呼吸。台上的芷梅摆手旋转间,梅花香气浮动。

有人暗叹道:"梅花仙子!"

文潇看着台上起舞的芷梅道:"是前些日子天香阁举办的一年一度的花魁选秀,当时轰动天都,想不知道都难。之前芷梅门庭冷落,如今她却重新艳压群芳,说明乘黄的确实现了她的愿望。"

赵远舟点头:"嗯,乘黄操控芷梅的人偶杀人,布下乘黄阵法吸收生命之力,有活人的生机为食,芷梅想恢复青春之貌的愿望自然也就实现了。"

卓翼宸蹙眉道:"所以杀人的是芷梅的人偶,那为何在命案现场出现的却是裴思恒?或者说,那也是裴思恒的人偶?"

文潇突然想起,当时搜查房间,地面上有一片梅花花瓣,院子里却没种有梅花。当时她便觉得蹊跷,如今在看台上纷纷飘落的梅花,心中了然。

"在现场杀人的,的确是芷梅的人偶,而裴思恒应该是乘黄派来救芷梅人偶的……"

那日,文潇与裴思婧意识到凶手还没走远时,本要搜查房间,却被突然出现的裴思恒吸引了注意力。之后,裴思婧与裴思恒缠斗不休。而真正的凶手芷梅完全可以趁机逃走。

赵远舟耳朵一动,一柄短刃瞬间甩出,正中跑来的裴思恒胸口,木屑飞溅,不见流血。

"果然是木头做的。"

裴思恒拔出胸口的短刃,将它递回给三人以示弱,神色焦急:"姐姐……姐姐有危险……你们快去救她……"

此时,裴思婧被乘黄逼得不断后退,身受重伤,嘴角挂着鲜血,手上的弓箭已掉在地上。乘黄一手掐着裴思婧的脖子,缓缓将她举起。

千钧一发之际,一把红色妖力裹挟着浑厚的力量冲向乘黄。

与此同时,白玖也拼命冲了上去,扑到裴思婧身上。他将她扑倒在地上时,一些绿叶离奇地出现在白玖脚边。

乘黄被赵远舟的妖力震得飞离，待他站稳时，看了眼来人，又看了一眼裴思恒，便明白这人是被这个失控的人偶带来的。乘黄恨得咬牙切齿。

赵远舟见到乘黄狼狈的模样，热情地打招呼："意外吧，老不死的东西。"

乘黄冷笑："朱厌？是挺意外的，没想到你还是跟从前一样没礼貌。"

"我也没想到，你竟然和离仑勾搭上了？"

乘黄装傻道："我不知道你在说什么。"

赵远舟一脸嫌弃地对着乘黄指指点点："演技太差了你。那个日暑可是离仑的心肝宝贝。以我对离仑的了解，他可不会平白无故送你。说说看，你们做了什么见不得人的交易？"

乘黄反而有些得意："你既然这么了解他，不妨猜猜看。"

"让你帮他打开昆仑之门？"

赵远舟答得快，乘黄一愣，随后道："猜得不错，离仑答应把这个宝贝送给我，要求就是打开昆仑之门，毕竟只有像我这种活了几万年的妖怪才能做到。"

乘黄懒得再叙旧，挥手间，强烈的白光冲向众人，掀起汹涌的气浪。卓翼宸立即用手臂护住身旁的白玖和裴思婧。与此同时，赵远舟和文潇已同时出手攻向乘黄。两人配合默契，逼得乘黄反攻为守，不断后退。

文潇厉声道："乘黄，你个活了几万岁的老妖怪，不好好待着养老，却强开昆仑之门，擅自跑到人间作恶，杀害无辜，你可知罪？"

乘黄的耳边却重叠着出现另一个声音——那个他思念已久的声音："你手握乾坤之力，却杀害无辜，你可知罪……"

乘黄停下了动作，一脸恍惚："你是……白泽神女？"

"是，乘黄，你寻找心有执念之人，蛊惑其心智，将他们的执念做成木偶，然后操控木偶杀人，吸收他人的性命以此应愿。我今天就是来收你的。跟我回缉妖司伏法。"

裴思婧闻言，猛地怔住。原来，是乘黄利用裴思恒的执念做了一个与他长相一模一样的木人偶，又操纵这个人偶去杀人，以此做法阵，实现裴思恒的心愿。裴思恒如愿变得更强了，但也被乘黄的妖法变成了人不人、妖不妖的模样。

乘黄见裴思婧恍然大悟的神情，放肆地大笑："没错，你终于懂了，真正杀人的不是你弟弟，而是我做的这个人偶。"

说着，乘黄把裴思恒拉过来，挡在自己面前："快杀了这个人偶报仇吧，让我看看一向冷血无情的你是不是现在也能下得去手。"

他刺激着她，蛊惑着她。人的七情六欲，在他眼中，既可玩弄于股掌，也可作为利器。愤怒吧，让愤怒冲昏头脑！乘黄欣赏着裴思婧的反应。

裴思婧伤得很重，她的胸膛剧烈起伏，愤怒聚集在胸腔，如麻药一般，让她暂时忘却了疼痛。裴思婧利落起身，抬手搭弓，锋利的箭头指向裴思恒人偶的眉间。裴思婧的眼眸中，怒火燃烧，拉弓的手十分用力，几乎勒出血来。

下一秒，裴思婧的箭头一偏，移开裴思恒的眉心，瞄准他身后的乘黄，松开弓弦，利箭射出。

乘黄反应不及，堪堪闪身避过，那箭头擦着他的脸飞出，不见血痕。

裴思婧眼中愤恨翻涌："我要你给我弟弟偿命！"她动作利落，又是连发三箭，招招致命，却都被乘黄避过了。

"阿恒是我的得意之作，我甚是满意，所以收作使徒……可惜阿恒现在已经不听我的话了，留他无用……不过看起来你似乎舍不得杀他……那就我来帮你吧……"说完，乘黄飞身腾空，一掌拍向裴思恒人偶的天灵盖。

"不！！！"

刹那间，裴思恒人偶身体里的白光散出，消散在风里。

裴思恒的最后一段记忆闪烁在裴思婧眼中。

那是乘黄刚操纵裴思恒人偶杀完人时，裴思恒赶了过来。那人偶与他对视片刻便逃走了。裴思婧听到了裴思恒崩溃的哭声。裴思恒那时才知道乘黄口中的代价还包含夺取无辜之人的性命……接着，便是崇武营的人赶到，误将真正的裴思恒认作杀人凶手。

裴思婧嘴唇颤抖，一时说不出话来。她僵硬地蹲下身，轻轻抱住弥留之际的裴思恒人偶，大颗眼泪滴落在人偶的脸上。

这个人偶有她弟弟的记忆，还有裴思恒的最后一抹痕迹，哪怕只是一缕执念。

失而复得，得而复失，心痛如绞。

裴思恒人偶的笑容越来越僵硬。

"我曾经无数次想过，若我死了，姐姐会为我哭吗？"

裴思婧泣不成声："怎么不会？当然会……你是我弟弟呀……"

"是吗？姐姐从小到大一直都很冷漠，我总是不懂你的情绪。小时候，我赌气说，就算我死了，你也不会为我流一滴泪的……但是现在，我才发现，原来我一点也不想让你哭。姐姐，不要哭……我不值得你为我哭……"

裴思恒人偶抬起僵硬的手，想要去擦裴思婧脸上的泪水，却触不到。

裴思婧见状立即握住了他的手："阿恒，是姐姐对不住你，如果当初我能听你说完——"

裴思恒人偶摇了摇头："不要自责，人虽不是我杀的，但灾祸确实因我而起，是我害了那么多无辜人的性命，你没有做错任何事情。我只求姐姐，原谅我……不要怪我……"

裴思恒人偶说着，身体越来越僵硬，直到最后一动不动，木偶身体里的光星星点点地向上飘散。

"好好活着……"

裴思婧泪如雨下，她不停地伸手抓那些光点，想要将它们牢牢抓在手心。裴思婧慌张祈求着手中的光点不要消失。她怀中的裴思恒人偶已然彻底变成了木头。

"不！不要……"

裴思婧失声痛哭。她小心翼翼摊开手心……什么都没有，她什么都没有留下。

刚才的一番打斗，让乘黄的脸色变得有些苍白。

"我终究老了，稍微动手，身体就乏，不想再陪你们这些黄毛小儿玩闹。既然这么喜欢待在日暮里，那就一起待到天荒地老吧。"

说罢，乘黄的身影随之消失。

白玖扯了扯赵远舟的衣袖，问道："刚刚乘黄最后的话，说要我们在这里待到天荒地老……这是真的吗？"

赵远舟沉吟片刻，道："控制日暮的人是他，若他不肯主动现身……确实难办……"

但从赵远舟脸上看不到丝毫紧张。他环顾四周，目光落在被砸烂的摊子，以及落了一地的木偶上。那些木偶模样各异。赵远舟走过去，蹲下来，左手摸着那些玩偶，右手抬手在唇边念咒："现。"

各种纷乱的声音交织起来。

"希望这次科考能一举金榜题名，当上为民请命的官……"

"愿得一心人，白首不相离……"

"若能诞下孩儿，必当酬神还愿……"

这些木偶七嘴八舌地重复着各自的执念，神情或是虔诚地祈求，或是无助地哀求，或是愤怒、不甘。唯有一个人偶没有发出任何声响，也没有任何反应。

赵远舟将那个人偶拿起，发觉它身上既没妖的戾气，也没人的生气。这木偶是一个容貌倾城的女子，除此，竟只是一个寻常木偶。赵远舟勾起唇角，这便是不寻常之处。

文潇看见这个人偶后，疑惑地皱了皱眉："这个人偶……我在师父给我的历代神女画册上见过……她是初代神女……"

卓翼宸不解："但乘黄为何会有初代神女的木偶？难道神女也有难

以启齿的愿望,被乘黄骗了?"

"神女的愿望,就是两界太平、善恶有道,让乘黄这样的坏妖受到惩罚,怎么可能被他骗?"文潇说完,又仔细看了看手里的人偶,"不过,能看出来,乘黄对这个人偶很重视。这上面的油彩是褪色后重新勾勒的,极其精致……"

赵远舟笑道:"所以,不妨用这个人偶当人质吧。"

其他人一头雾水时,赵远舟已经举起手里的人偶,隔空叫嚣道:"老东西,我数三二一,如果你再不出来,我就毁掉这个木偶,把她的头拧掉,再踩上两脚。"

赵远舟:"三——二——一——"

一片寂静。

赵远舟浓眉一挑,显然又想到了一个"好"招:"再不出来,我就亲她了哦。"

虽说事出紧急,剑走偏锋,但几人看着赵远舟煞有其事地对准木偶的头,嘴唇渐渐靠近,忍不住感慨,这"锋"也太贱了。众人索性两眼一闭,眼不见心不烦。

赵远舟的损招奏效了。突然,半空中人影一闪,气浪汹涌。飞沙走石中,乘黄在空中现身了。

乘黄气得脸色发白,怒吼道:"混账东西!不把她还给我,你们就别想出去!"

赵远舟故意揶揄道:"哎呀呀,我现在还真不急着出去了,只想听听奇闻野史。你和初代神女是什么关系啊?"

文潇顺着赵远舟的话头,想要套出更多信息:"一个丧尽天良的恶妖,怎么可能和神女有关系。"

乘黄果然着了两人的道,冷哼一声,道:"有何不可?天地间最凶残的妖兽朱厌,不也与赵婉儿兄妹相称吗?"

赵远舟依旧笑对乘黄,继续刺激道:"你怎么能跟我相提并论,我与婉儿是真的亲如兄妹，但你……"

赵远舟故意将手里的神女人偶拿起来，仔细打量，然后啧啧道："偷绘神女人偶，衣衫偷工减料，略显轻浮……你这份情感，敢说坦荡光明、问心无愧吗？"

乘黄气急道："住口！朱厌，老子宰了你！"

赵远舟作势又要亲，乘黄又急忙惊恐地拦他："住手！"

赵远舟一副无赖模样，故作疑惑："到底是住手还是住口？"

乘黄愤恨地咬紧牙关，抬手捏诀。瞬间，耀眼的光线淹没了一切。当白光散去，四周恢复原本的颜色，众人已然站在山林间。

白玖疑惑地打量着周围陌生的景象："这是……哪儿？我们离开幻境了吗？"

赵远舟笑了笑，指向一侧的高大石碑："这座山岩石碑，是大荒去往昆仑之门的必经之地……但这里不是大荒，只是一个复制了大荒景色的幻境。我们还在乘黄的幻境里。"

负手而立的乘黄似笑非笑道："你们不是想知道初代神女的事情吗，那我就带你们看看……

"最初的白泽令，是一分为二的，分别由初代神女和大荒最厉害的大妖一同掌管。"

说到此处，乘黄表情莫测，回过头，下意识地看了一眼赵远舟。

四周景色又开始变幻。大荒白帝的石室中，一团白光在空中一分为二，时而分开，时而缠绕，最后一道白光飞入一容貌倾城的女子眉心，一双明眸睁开，女子浅色的眼瞳发出一阵金光，额间闪烁着白泽印记。另一道白光则飞向乘黄的眉心。两人分站石碑两侧，一同抬手放在石碑上，起誓："泽被万物，百恶不侵，同心共力，誓守大荒。"随即，石碑上浮现出一串金色的小篆文字。一道小篆文字从石碑上飞出，缠绕在一边的神木上，化成一支短箫，落入神女手中。而另一道小篆形成符文敕令,缠绕在乘黄的手腕上。

乘黄望着那景象,微不可察地叹息:"我与初代神女共同掌管白泽敕令,同心共力,形影不离,守护大荒安宁……"

一阵短箫声传来,曲调悠远、宁静,令人不自觉地静下心来。

众人追随箫声回头,只见神女坐于石台上,乘黄就坐在一旁,一边看着神女,一边雕刻着什么。

神女放下短箫,凑过去看。乘黄正在雕刻一对木偶,一个是她,另一个是乘黄。两只木人偶均是喜笑颜开的模样,人偶的两只小木手也是牵在一起的。

神女看着这对小木偶,笑了出来,而一旁的乘黄看着神女的笑容,也不自觉地扬起了嘴角。山谷中微风不燥,阳光和煦。

世间万物,仿佛有用不尽的寿命,望不见尽头,就像他能一直看到这个令他心动不已的笑容,哪怕生命再漫长,只要山海不灭、誓约不负,他愿意一直守着这个笑容。

画面再次变幻,昆仑之门的壁画闪着金光,从里面飞出一团又一团白光,白光落地后变成与凡人长相一致的妖,他们排队往前走着,目的地是前面的吊桥。

想要上吊桥,就得主动撩起袖子露出白泽令的印记。有了这个印记,才能证明是被允许进入人间的妖,才可以隐藏妖气,不惹是非。

队伍井然有序。但队伍中有一个用披风包裹得严严实实,只露出半张脸的妖,他十分忐忑,紧紧捂着袖子,不敢撩起。随着队伍的行进,他越发紧张,最后转身绕过队伍,准备从神庙边缘偷跑出去。只是,他还没来得及跑掉,一股力将他掼在地上。嘭的一声,他浑身已经被金色符文捆绑,动弹不得。拦住他的,正是神女和乘黄。

神女对着那妖道:"蜚,你身为灾兽,见则大疫,所到之处,必定遍地尸骨。我不能允许你前往人间。"

然后，神女走近他，还未再次开口，蜚已经惊恐得不知如何是好，他身上的披风随着他不稳定的妖气忽然爆开，浓郁的暗色瘴气瞬间散出，露出他浑身溃烂、遍布疤痕的赤裸上身。蜚惶恐中撞向了乘黄，神女立即闪身，挡在乘黄身前。

神女被气浪震开，身形不稳。乘黄忙接住她，接着就看见她的脖子和手臂开始有病气蔓延，长出了红疹。

乘黄慌了，那一瞬间，他似乎才真正意识到，神女不是神，是人。而人是那么脆弱，再浓烈的爱意也抵不过人的生老病死，即便人能寿终正寝，两个人厮守一辈子也不过是短短数十载，他明明是想与她千年万年厮守。而现在，连这短短的数十载光阴也要被剥夺吗？不公平！

乘黄重新睁开眼睛，眼神里燃起一丝恨意："我寻遍大荒，仍找不到治疗瘟疫之法，只能眼睁睁看着她病入膏肓……我告诉自己，不管付出什么代价，我都要救她！"

赵远舟有些受触动："你当年在大荒大开杀戒，杀害那么多妖，难道就是为了给神女续命？"

乘黄声音坚定："我说过了，只要能让她活下去，我可以不惜一切代价……"

文潇不解："你肩负白泽令的重任，理应守护大荒，但你视大荒众妖的生命如草芥，犯下滔天大罪，却说这只是代价……"

乘黄冷哼一声，固执地说道："我若连她都救不了，如何救大荒？我必须为她尽力一搏！"

文潇摇头："那她愿意你如此尽力一搏吗？她知道了会怎么想？"

乘黄终于沉默下来，神情转为哀戚、无助。他苦笑着，如果可以的话，他也希望她永远都不知道……

画面又回到昆仑之门前，神女脸色苍白，颈边大片红痕触目惊心，她用短箫指着乘黄，十分痛心。

而乘黄垂着头，不敢看她的眼睛："我杀害无辜，自知罪孽深重，天地难恕。"

"你既知是错，为何还要执迷不悟？"神女的声音十分虚弱。

"那是因为……"乘黄停顿半秒，眼神不自觉地看向神女的手腕，那红疹越发严重了，他苦涩地找个理由搪塞，"那是因为他们不服管束，私逃大荒，所以该死。"

神女低头看着自己手腕上越来越严重的红痕，心中已经了然："现在的你，已经不再适合掌管白泽令了，我要收回你身上那一半。"

神女吹起短箫，眼含痛楚，很快蓄满泪水。箫声回荡间，乘黄的手腕剧痛，他跪在地上，咬紧牙关，痛苦却一声不吭。

乘黄回过神来，表情凄楚："神女本意要将我封印，但她身中瘟疫，法力不足。我趁她虚脱后逃走，隐匿在大荒之中，原本还想偷偷杀妖，继续给神女续命——"

乘黄话还没说完，白玖惊讶得打断了他："为了自己所爱之人就杀害他者，你太疯狂了！"

乘黄冷哼一声，道："我只后悔我做得还不够，还是没能救回她。"

赵远舟问道："你当初为了给神女续命，所以杀人，但神女已病逝多年，为何你现在又滥杀无辜？"

乘黄不答，反问道："朱厌，你的欲望是什么？"

"七情六欲，万般皆有。"赵远舟答得举重若轻。

"那最想要的东西呢？"乘黄盯着他，似乎想要挖掘出他内心最深处的欲望。

赵远舟笑了笑："我想要什么，基本上都能得到什么。"

"是啊，不老不死，伤而不灭，如此与生俱来的强大力量，让多少妖灵羡慕、嫉妒。"

赵远舟不以为然:"不老不死,伤而不灭,就一定好吗?余生漫漫,暗夜行路,晦而无光,没有过去,也看不到未来。也许我和众人相反,活着才是折磨,死亡才是恩赐、解脱。"

乘黄看着他,疑惑问道:"既然想死,为何不死?"

赵远舟答:"你活得久,却看不透。这世间啊,要是真能心想事成该多好。苦海行舟,所愿难求。"

"我可以帮你。"乘黄的声音逐渐染上了蛊惑的味道。

赵远舟笑嘻嘻地指了指一旁的卓翼宸:"那不行,我已经和别人约好了,让别人杀我。"

乘黄的目光在二人中间流转,一个是拥有强大能量的大妖,另一个是看不出什么特别之处的普通人,实力过于悬殊。他眼中的轻蔑不加掩饰。乘黄转而向卓翼宸:"朱厌一心求死,不如我帮你杀了他,你的心愿达成,他也一了百了。"

卓翼宸冷言道:"这是我和他的恩怨,我会亲手杀了他,不需要任何人帮忙。"

乘黄两次碰壁,有些不满:"几万年了,没想到,人类还是这么蠢。"

乘黄从身后拿出沙漏,倒转过来,看着里面的流沙,仿佛感叹时间的流逝:"当年,我铸成大错,杀妖续命,却让神女饮恨而终。所以我才想,如果能回到过去,回到她无妄无病、山海无虞的时候,回到我不曾满手血腥之时,回到我们彼此相伴的日子⋯⋯"

文潇似是察觉到了他的目的:"你想做什么?"

乘黄看着那沙漏,目光逐渐疯狂:"倒转时间,岁月回溯。这个日晷法器可以做到,只要我实现足够多凡人的愿望,这法器就会逐渐变强,最终必能扭转乾坤,重回过去,回到神女没有被瘟疫感染之前,回到一切都还不算太迟的时候——"

赵远舟突然扑哧一声,哈哈大笑起来。

乘黄怒道："你笑什么？"

卓翼宸冷言道："笑你做梦。"

赵远舟看着乘黄，嗤笑道："回到过去？扭转乾坤？离仑这么告诉你的？"

乘黄道："没错。"

赵远舟又问："那他为什么要给你这个？"

乘黄皱眉不悦："因为他想知道白泽令的秘密。"

作为利益交换，他告诉了离仑与白泽令有关的所有秘密，离仑将此法器给他，难道有什么问题？乘黄的心动摇了一瞬。

赵远舟摇摇头道："你真可怜，被离仑骗了。这个日晷是当年我与离仑一起寻得的法器，它只有一个功能，就是存储回忆，并不能倒转时间。这世间，人、妖两界，山海同源，绝不可能有逆转天数、颠覆乾坤的法器。乘黄，结局已定，过去了，就是过去了，无力回天的。"

"不可能……哈哈哈……是你骗我……是你在骗我！"

乘黄突然哈哈大笑起来，周身妖气随之波动，一时间，地面也随之剧烈震动。不可能……不可能……他一定能够逆转时间！一定能！

赵远舟面不改色："骗你的人，是离仑。"

白玖见乘黄已经丧失了理智，越来越疯魔，她急忙跑过去将裴思婧搀扶起来拉走："裴姐姐快走，他好像真的发疯了。"

白玖将裴思婧拖到卓翼宸身后，这才松了口气。卓翼宸手中的云光剑感受到了波动的妖气，开始振动。卓翼宸握紧手中的云光剑。

"勿恋逝水，苦海回舟。"卓翼宸冲着失控的乘黄喊道。

风起，飞沙走石，天地间一片沙尘。

文潇一边顶住疾风，一边劝道："每个人都有遗憾，但天道公平，万物皆无回转。乘黄，你认清现实吧，不要再执迷于过去了。"

乘黄双眼通红，泪水盈满，他苦涩地笑着："我偏要！"

第七章
白泽令

乘黄用力捏碎手中的沙漏，沙漏里的红色粉末四下飞扬。周围的景色退去，众人又回到空无一人的街道上。

乘黄悬浮在半空，衣袍翻飞。他怒不可遏，浑身腾起妖力，所有红色粉末被他收回掌心。

白玖躲在卓翼宸身后瑟瑟发抖："他是大荒活得最久的老妖怪，受了这么大的刺激，恐怕大妖加小卓大人都打不过他啦……怎么办怎么办？"

乘黄抬手捏诀，无数拳头大小的红色光团从天空中坠落，光团所触之处，立时炸开。

赵远舟立即撑开手中的伞，抵挡住四溅开来的红色光团。乘黄转而攻向文潇，赵远舟立即飞身上前，拉住文潇的手，一把将她揽入怀中。情急之下，两人靠得极近。

"砰砰砰！"光团触碰到伞面便炸裂开来，伞面纹丝不动，唯有红色的光透过伞面，映红了两人的脸。文潇移开了目光，赵远舟却仍盯着她的脸。他清楚地看见文潇眉间的白泽印记微弱地亮了一下。只是他不知道，与此同时，他耳后的印记也已随之亮起。

赵远舟神思急转，似是想到了什么。乘黄说过，白泽令一开始就是一分为二的，一半在神女处，另一半由大荒最厉害的大妖掌管。

"原来……原来另一半的白泽令在我这里……"

一些破碎的记忆瞬间涌入赵远舟脑中。文潇只拥有一半白泽令，是因为当时他也在海边。赵婉儿的白泽令在寻找文潇的路上，感应到了赵远舟的存在，于是一分为二，一半落入文潇眉心，另一半则落入了赵远舟手里，顺着他的手臂而上，一直游走到他的耳后。只是那时，他正处于失控的状态，全然不记得此事。

文潇对上赵远舟的目光，她先是一怔，随后明白了他话中的意思。

离仑找乘黄问白泽令的秘密，而乘黄刚刚的记忆已然为他们展示过白泽令的秘密。

文潇与赵远舟目光相触，默契地念出誓言："泽被万物，百恶不侵，同心共力，誓守大荒。"

话音刚落，金光大作，金色小篆文字接连不断地从赵远舟和文潇身上飞出，在两人头顶盘旋。文潇闭上眼睛。她终于感受到了白泽神力的力量，那是一股磅礴浑厚的远古力量，强大而纯净，滚动不息。

自开天辟地以来，所有诞生的妖的名字化为大大小小的金色小篆文字在空中盘旋、飞舞，逐渐合并，彼此融合。这漫天文字最后只剩下四个字——白泽敕令。

金色小篆文字环绕着赵远舟和文潇飞了一会儿，最终一分为二，"白泽"凝聚成一把短箫，缓缓落在文潇手中，"敕令"则变成了金色的符环，缠绕在赵远舟手腕上。文潇睁开眼时，一双眼眸赫然变为夺目的金色。

日晷散发出一阵强光，光芒清澈、纯粹。守在日晷处的英磊瞬间感受到了这股久违的力量，他先是一怔，而后惊喜地确认，那就是白泽神力！

"白泽令！白泽令回归了？！"

大荒深处，离仑盘膝坐在被封印的山洞中。他周身被泛黑的妖气萦绕，蓦地，那妖气一震。离仑原本在闭目养神，忽地睁开了眼睛。他感应到了！那熟悉的、令他厌恶的强大力量。

离仑站起来踱步，浑身的锁链随之当啷作响。他轻轻摇晃着手中的拨浪鼓，眺望远方，转而开心地大笑起来。

"真是一件值得开心的事情，看来很快……很快我的愿望就可以实现了……"

文潇拿起了短箫，吹奏曲调，赵远舟配合着她的旋律，催动手腕上的符环。金色符环笼罩着他们两人，一层层光圈翻涌。

乘黄看见文潇和赵远舟默契配合，瞬间愣神。恍惚间，他与神女那些短暂美好的过往再次浮现。

箫声回荡间，乘黄手腕上的金色符环跟随箫声的召唤，慢慢从他手腕上变大、散开，漫天的金色小篆字消失，光芒退去。但文潇和赵远舟吃惊地发现，乘黄竟然没有被封印，还留在原地。

他一脸悲伤，目光里一片死寂。

文潇困惑道："怎么会这样？他不是应该被封印，传送去往他的出生之地吗？难道他活得太久了，白泽令对他不起作用？"

赵远舟摇了摇头："不可能，白泽令统管众妖，只要是妖，就一定会被封印……除非——"

白玖突然叫道："他的手……乘黄的手！"

众人看去，发现乘黄的手已经变成了木头。

"他也是木偶？"

赵远舟敛目，走上前，伸出左手摸向乘黄的太阳穴，右手抬起在唇边念咒："现。"

空中响起乘黄的执念声："如果我能让时间长河逆流，那她就可以重新绽放笑颜……那该有多好……"

四周场景变换。

神女坐在昆仑山吊桥上看着夕阳，她浑身长满红疹，奄奄一息。她的手不舍地拂过她和乘黄的那对人偶，两只人偶的手还是牵在一起。

神女流着泪，吞下了毒药："希望我的离开可以停止你的杀戮，不要再为我背负原本不属于你的罪恶了……"

很快，神女的身形倒在地上，她口吐黑血，没了气息。白光从她的眉心飞出，飞向天边。

天际，血红的夕阳缓缓落下，染红了半边天。

乘黄慌乱地跑到神女的尸体。他紧紧抱住神女，悲泣声响彻山谷。接着，他决然地低头，吻上了神女沾染毒血的红唇。没过多久，乘黄也脸色青紫，中了毒。他倒在地上，手紧紧地握住神女的手，就如同旁边那对人偶。

"如果我能让时间长河……"

乘黄的身体开始消散，变为星芒，飞散的星芒落入一边的人偶身上，乘黄人偶闪烁着发光。

相守的时间短若须臾，我愿以执念相留，只要执念不朽，须臾也可成永久。

赵远舟看向地上的人偶道："难怪乘黄这么长寿，活了几万年，原来他早已是个人偶。"

地上，乘黄人偶已经完全变成一个小小的破旧木偶。

文潇走过去，将那个人偶捡起来，将其和神女木偶放在一起，他们的手再次牵在一起。文潇心中叹息，这世间人人都有执念，只是执念过深，则会成为困住灵魂的牢笼。乘黄想让神女活下去的执念太深，如同执火迎风而行，夸父追日而亡，最终伤及自身。

"执念"二字，不只能困住凡人，也能困住神仙。

白玖长长地叹了一口气，而后抬头看着四周，惊道："哎，乘黄已经解决，可为何这日晷幻境还未消散？"

众人不约而同地看向赵远舟。

赵远舟立即指向文潇："我可没有办法，但神女大人有。"

文潇指了指自己，疑惑道："我？"

赵远舟从身后变出一面铜镜，递给文潇："日晷的出口其实不难找，白泽金瞳能破一切虚妄之境，能解一切虚伪幻象，其实更加厉害的是破幻真眼……你身负白泽神女之力，调动你血脉里的力量，意之所至，就能窥见真实。"

"意之所至，窥见真实……"文潇喃喃重复道。她似有所感，闭上眼睛又睁开，她的金瞳一闪，出口显现。

月色如水，星河高悬。

文潇发现英磊正坐在议事厅的台阶上呆呆地眺望远方。她将手中的一碗雪梨汤递给英磊："小卓熬的雪梨汤，闻闻看？"

英磊笑着接了过去，而后闭上眼睛凑近嗅了嗅，甘甜、清香。他已经感受到喝入口中的感觉，口感滑润。

"你们明日要上昆仑？"

文潇点头。

英磊看向文潇，笑容有些落寞，又有些欣慰："真好……大荒失去白泽令庇护已久，现在白泽神女归位了，只要启动星辰法阵，就能阻止山崩，爷爷他们也可以安心了。"

"那你呢，和我们同去吗？"

英磊摇摇头："我……我就不去了吧……缉妖司的大伙儿还等着我做饭呢。他们可喜欢我了。"

"你不想回昆仑？"

英磊诚实地回答道："不想。我一直不懂，人间这么好，琳琅满目，什么都有，为什么爷爷他们却愿意一辈子困在大荒，荒凉无趣，日复一日。这样终此一生的话，也太没意思了。"

文潇认真地听着英磊的话，他虽然说得笃定，但内心显然还在挣扎。一边是山神的责任，另一边是自己的梦想，怎么选，余生都会不甘或愧疚，这像是一道无解的题，似乎注定让人没法儿心安理得。她见过许多妖生下来就没有选择，天命如此，那才是真正的悲哀。而英磊只是被选择困住了，他当然有选择的权利。

文潇开口道："责任是自己的选择，而非约束。没有人可以强迫他者去背负责任，但人人都应该有权选择如何度过此生。背负责任或者追逐梦想，都没有错。有人愿意只当林中安静的湖泊，也有人想要成为奔腾千里的江河。"

英磊内心的忐忑被文潇点破，她的话像一双温柔的手，将他脑海中那些纠缠成一团乱麻的思绪一一解开。这些时日能在缉妖司做饭，他真的很开心。对他来说，制作美食，是他每天睁开眼睛就想要去做的事。可他开始觉得这种喜悦是偷来的，心里不踏实，他总会想到爷爷，想到大荒的情形……

英磊抬头，静静地看着文潇，问道："那神女你呢，你如何选择？"

文潇笑笑："师父说，使我们成为神女的并非白泽令，而是想要守护大荒的决心。我愿意肩负神女使命，因为这也是我的希望。我不害怕妖，我觉得他们和人并无不同，所以我才希望两界和平。大荒和人间，都有我在乎的人和妖。"

英磊沉默着，思考着文潇的话。文潇也就捧着手中自己那碗雪梨汤去寻一个地方，赏月品雪梨汤。

有这个想法的，不止她一人。赵远舟慵懒地坐在湖边赏月，文潇走了过去，坐到他身旁。

重获白泽神力，从幻境中回来后，文潇始终有一种不真实感，一切好像一场梦。从冉遗案开始，她就好像在不断做梦……不过，现在白泽令回归了，师父应该可以安心了吧……

赵远舟看向月亮。前些日子月弯如钩，今夜月满如银盘，天上月，水中月，月辉相映。

赵远舟转头对着文潇，眉眼弯弯："今晚月色真美。"

晚风拂过文潇微红的脸颊，她的目光从赵远舟那张夺目的脸上移开，嘴里调侃道："我劝你不要随便对姑娘家说这句话。"

赵远舟不解："为什么？"

文潇喝了一口清润的雪梨汤，答："我听天香阁的姐姐们说过，凡是对你说什么'月华如水，风也温柔，此情此景岂可辜负'的，大多心怀不轨，别有企图。"

赵远舟睁大眼睛，一脸震惊地看着文潇。

文潇则坏笑着看向赵远舟："被说中了？"

赵远舟转而一笑："不是，我是在感叹，你竟然和天香阁的姐姐们这么熟。"

文潇吃瘪，哼了一声，不再继续这个话题。

"我一直很好奇，这水有何来头，竟然能压制你的戾气，还能补充灵力。给我喝一口？"

赵远舟把水壶递给文潇。

文潇喝了一口，皱起眉，差点吐出来："这么苦？"

赵远舟故作高深道："世间坎坷，众生皆苦，我也不例外。"

然后，赵远舟望着湖面，似在出神地想着什么。换作别人，会认为这个几乎与天地同寿的大妖此时定是想到了伤心事，忧郁不已。但文潇清楚，赵远舟这厮只是戏瘾大发，于是假笑着戳穿："这么爱唱戏，我怀疑你的真身不是猴，是戏台子。"

赵远舟脸上的忧郁之色顿时烟消云散，嘴一噘，不满地看着文潇道："我是高贵的白猿！说了一百次了，你拿个小本每天装模作样记来记去，根本没用。"

文潇见他气急败坏，不由得开心地笑起来，大口喝着雪梨汤。

赵远舟盯着她手里的碗，朝文潇伸手，理直气壮道："给我喝一口。"

刚才他都给她喝自己的琼浆了，这雪梨汤给他喝一口不过分吧？

谁料，文潇笑眯眯道："小卓炖了一大锅呢，我让他盛一碗给你。"

赵远舟白眼一翻："不喝了。"

文潇打趣道："你以前可没这么嘴贫。"

赵远舟又想到了一件事："对了，我想回一趟昆仑山……我现在这个情况，不太适合与你一同掌管白泽令……但我还未找到让两半白泽令合并的要领，所以想要回大荒问问英招他们那些年纪大的山神，看看有没有办法……"

文潇盯着赵远舟的眼睛："堂堂大妖，竟也会自卑地觉得自己不配？"

赵远舟看着文潇："堂堂神女，不也自卑？"

文潇被说中心事，低下头："从前所有妖兽初时听到我的名头，或害怕，或敬畏，或欣喜，但很快他们就发现，我没有丝毫神力，根本无法帮助他们，也无法管束他们……所以我才学了那么多关于妖的知识……想要尽力帮助他们……但还是没多大用处……"

赵远舟安慰道："不会啊，你比我这个活了千年万年的大妖懂得还多。而且现在白泽令回归了，你不会再虚弱下去，身体会慢慢好起来的，本事也会越来越大。"

文潇倒是想通了一件事："怪不得从镜湖回来的路上，小卓说感觉我的体质变好了，就连中了冉遗的控梦之术，身体也没有受到影响，或许就是因为你一直在我身边，你体内的那一半白泽令给了我力量，护佑着我。"

赵远舟故作遗憾地叹道："只有白泽令护佑你吗，我没有吗？"

文潇瞪着赵远舟。

赵远舟立即投降："好好好，果然本事大了，一个眼神就制住我这只大白猿。"

文潇仍是紧紧盯着赵远舟的眼睛："治不住你没关系，但我得治你。你有病……这里。"文潇的指尖戳了戳赵远舟心口的位置。

赵远舟感觉自己的心随着这一戳，忽地一悸，又浑身疼痛起来，让他忍不住抚了下胸口，脸上却扬起了笑。他指了指自己的脑袋："你竟然想治一只极恶之妖！你也有病，这里。"

文潇只是笑笑。她看着赵远舟，心中却隐隐泛酸。

文潇还记得她年少时的大妖整日戴着面具，不怎么言语，因为那时他找不到活着的意义，终日痛苦又迷茫。如今的他，虽整日没个正形，看似洒脱、随性，但那苍凉、孤独的心境并未改变。唯一不同的是，他现在一心求死，才会看起来这般轻松。

太害怕失去一个人时，哪怕只是预想到那个场景，心脏也会一窒，眼眶也会发酸。

文潇想帮他找到活着的意义。所以，她的确也觉得自己脑子有病，才会想帮一个妖去寻他千年都未寻得到的答案。

她不想再失去大妖。

她不想他死。

文潇耸了耸肩，看向远处，转移话题道："我们什么时候出发去昆仑？"

"天亮就出发吧。"

身后传来脚步声。卓翼宸提着一个食盒走了过来，身旁还跟着白玖。

卓翼宸道："我陪你一起上昆仑。我不放心你和这个鬼东西在一起。"

白玖也激动地举起手："带上我吧！"

赵远舟的目光只落在卓翼宸手里的食盒上："小卓大人手里提的是什么好吃的？"

"雪梨汤。"

赵远舟笑嘻嘻地伸手就要去拿："文潇已经喝过了，所以是给我的吗？"

卓翼宸灵巧地躲开："想得美！我用来喂狗的！"

一旁的文潇缓缓发出疑惑："啊？……"

卓翼宸才意识到自己说错了话，一时间手足无措："文潇，我不是那个意思……我是……唉！"

卓翼宸看了眼赵远舟嬉皮笑脸的模样，无奈地将食盒放到地上，转身大步离开。白玖抽空瞪了眼不要脸的大妖，匆忙跟了上去。卓翼宸腿长，走得很快。跟在一旁的白玖两条腿换个不停，一路小跑才勉强跟上。嘴欠的是那只大妖，受罪的却是他，没天理啊！

卓翼宸注意到了一旁跑得气喘吁吁、龇牙咧嘴的白玖，便放慢了脚步："小玖，你确定要跟我们一起上昆仑吗？"

白玖认真点点头。

"此行不知会发生什么，沿途也一定会遇到很多妖怪，你不害怕吗？"

白玖没有回答，卓翼宸感觉到自己的头发忽然被人用力拽住了。他侧头，看见白玖正伸手抓着他发尾的铃铛。

白玖晃了晃抓着他铃铛的手，不好意思地一笑："这样我就不害怕啦！我胆子小，但我只要听见你头发上的铃铛声响，就知道小卓大人在我身边，就感觉很安全，即便有妖怪也不怕了。"

卓翼宸温柔地一笑。

白玖问道："但小卓大人，你辫子上为什么总是戴着铃铛呢？"

卓翼宸环顾了四周一眼，眼神忽而有些落寞，仿佛回忆起了某些熟悉的画面。

"小时候，我哥哥总在花园里练剑，他怕我跑丢，就在我的辫子上绑了很多小铃铛。只要听见身边叮叮当当的声音，他就会知道我没有跑远。那你的呢？"

白玖有些失落地低下头："……我是怕，没人找我，找不到我。我小时候和娘亲玩捉迷藏，我怕她找不到我，就故意在辫子上戴上铃铛，这样娘亲就总能找到我了。后来，就再也没有人和我捉迷藏了……"

卓翼宸抬起手，犹豫了一下，摸了摸白玖的头。

白玖猛地想起一件事，脸变得扭曲起来，十分不情愿地跑开了。

"小卓大人，我还得去帮那只大妖办件事，我先走了！明天见！"

白玖一路跑进了裴思婧的房间，拿出那个和裴思恒一样的小木偶交给裴思婧，又特意嘱咐这是赵远舟让转交给她的，才又跑开。

裴思婧接过木偶，静静地看了许久。她没想到赵远舟会这么细心，会将这个木偶留给她作为念想，心中很是触动。她准备将木偶放进自己的包裹，接下来无论去哪里，她都会带着。

突然，她手中的木偶发出白光。白光中，裴思恒又出现了，他看起来那么鲜活，笑容那么阳光。

裴思恒开口唤了一声"姐"。

裴思婧一时间分不出自己是不是在梦里，还是因为白日里情绪的波动过于剧烈而出现了幻觉。她一步步向前，伸出触碰了下裴思恒的手臂。是温热的触感。

"……你还活着？"

"当然没有。我早就死了，姐姐知道的啊……赵远舟用混沌法术将我的意识留了下来，我可以偶尔……偶尔陪伴姐姐了。"

赵远舟暗中用法术将裴思恒的意识收拢，重新固定在木偶身上，但这既为混沌法术，也就意味着无序、无常。裴思恒的意识将被困于木偶之中，在看不见、听不见的混沌之中清醒。但也有一定的概率，他会出现。赵远舟坦言，这些没有定数，最差的情况是，他会穷其一生都无法再现人世，意识清醒地被困住数十年，感知不到世界，也不会有人知道他的存在。当然，他也可能每日每夜都能陪伴、守护他姐姐。这个选择一旦做出，便无法再后悔。

对裴思恒来说，无论重来多少次，答案都是一样的，所以他又出现在裴思婧的面前了。

裴思婧听后，哭着埋怨他傻，为了一个可能性，冒着意识被困住、折磨数十年的风险。裴思恒却笑着安慰她，自己赌赢了，所以又见到姐姐了。

月光柔和，姐弟俩推心置腹地聊了许久。那些儿时的记忆，怎么讲都讲不完。裴思婧说起她想成为猎妖人，是想着大荒世界里说不定还有灵丹妙药，能治好弟弟的病。所以但凡有妖被抓住审问，她都想法子私下去问问那些妖有没有这样的灵丹妙药。

裴思恒好奇地问："有吗？"

裴思婧摇了摇头，那些妖都被打得不成形了，话也说不出。

裴思恒叹息。他说，他那时对于变成妖这件事很害怕，因为姐姐是猎妖人，如果他做了妖，他怕自己就不能再做她的弟弟了。所以他终日披着斗篷挡着脸。

裴思婧安静地想了很久，郑重地回应他："如果再给姐姐一次机会，就算你变成了妖，我也会找一个地方偷偷养着你。在外面，你是别人惧怕的妖；在家里，你永远是我的弟弟。"

裴思恒眨着眼睛问："那要是被猎妖人发现，把我杀了，怎么办？"

"姐姐一定保护你。"

"还是不了。要是我被别的猎妖人杀了，那还不如被姐姐杀了。所以，姐姐，你看，无论如何，这还算是个好的结局，不是吗？"

蝉鸣渐止，万籁俱寂。

"姐姐，记得，多笑笑。以后的日子，都不要哭了哦……"

天香阁里，歌舞不歇。

单独的隔间里，军师身着宽袍兜帽挡住了身形和脸，盘膝坐在几案旁。而他对面是一身红色纱衣、姿势慵懒地卧于榻上的芷梅。不同寻常的是，她的姿势毫不顾忌，雪白的长腿随意地交叠，更像男子。

"计划比想象中的顺利,喝一杯吧。"

军师起身,将一杯酒递给芷梅,目光顺带在芷梅白花花的长腿上打量一圈。

芷梅面露不悦:"你看我的眼神让我很不舒服。"

说完,芷梅耳后的槐叶状印记闪烁,眼睛盯着军师闪烁着金光。刹那间,军师的视线中,由前的妖娆美女变成了神色冷峻、气场压人的离仑。

离仑警告道:"计划虽然顺利,但你最好别有二心。看清楚我是谁,不要耍小聪明。"

军师讪笑着将手中的酒虚空让了让,而后饮下:"我们既然拥有一致的目标,就必然不会多生事端。马上就能拿到白泽令了,不应该高兴吗?"

离仑想到了更有趣的事,血一般的红唇勾起,开心地晃了晃手中的拨浪鼓:"拿到不值得高兴,毁掉它,才令人愉悦。五日之后,血月之夜,是最适合毁掉白泽令的时候。所以,不能让缉妖司的人太快赶到昆仑。我已经布好了局,到时,你再去找青耕一趟,帮她一把。事成之后,赵远舟的内丹归你。"

离仑又问了军师另一件事是否已经办妥。

军师笑答,那事儿无须他动手,有人比他更合适,那人……正是裴思婧。甄枚已经私下见过裴思婧,命她想办法将赵远舟一行人拖在思南水镇。

离仑长眉一挑,来了兴致,让赵远舟体会下被身边之人背叛这事儿真是有趣!他像孩童般笑个不停,放肆的笑声回荡在包厢中,又隐匿在天香阁的笙箫歌舞中。

第二日一早,众人齐聚,英磊也背着包袱赶来。

赵远舟顺势提议用英磊的香炉一用,直达昆仑。转瞬间,众人就到了昆仑山——山脚下的思南水镇。

英磊挠了挠头，尴尬笑笑："对不起咯……刚刚我想着昆仑山的时候，想到之前裴大人和我说过昆仑山脚下思南水镇的花灯节很是热闹，我一下子想岔了……"

裴思婧解释道："思南水镇在昆仑山脚下，之前查案的时候我来过，凑巧碰到过一次花灯节，就顺嘴跟小玖提起……"

赵远舟看了眼裴思婧，笑吟吟道："没事，离得不远，爬爬山就到了。"

思南水镇看起来极其萧条，并无往来行人。街巷中，各家大门紧闭，挂着办丧事的白布条，死气沉沉，一片阴森、荒凉。偶有阴风卷起地上的纸钱与灰烬，更令人脊背发凉。

卓翼宸蹙眉道："人们都说思南水镇坐落在昆仑山脚下，常年为灵气所笼罩，所以地灵人杰，百姓安居乐业，是一个富庶的世外桃源……可是这里怎么看起来……"

文潇也皱紧了眉头："这里戾气为何这么重？"

裴思婧摇了摇头："几个月前我来办案的时候，光景完全不同……不过短短数月……"

白玖只觉得阴风阵阵，忍不住抱紧了自己："好吓人啊……像个鬼城……"

英磊见白玖这副模样，又想着眼下可是到了自己家门口，哪能丢了面子，于是阔气地拍了拍自己的胸脯道："怕什么，有我小山神保护你——"

英磊还没说完，白玖就已躲到卓翼宸背后了，他抓着卓翼宸，小心翼翼地探头探脑。

卓翼宸无奈道："你这么抓着我，我还怎么使剑，遇到危险怎么办？"

白玖委屈巴巴地看着卓翼宸。可是他真的害怕呀，这里阴森森的，这群人里除了他，都有点本领，他只是个小孩儿，只要是个不笨的鬼，都会挑他下手的！想到这儿，白玖的嘴巴向下弯，显得更委屈了。

　　卓翼宸将发尾的铃铛塞到白玖手中："抓这个吧。"

　　白玖紧紧握住了铃铛，感激涕零。

　　卓翼宸又道："不要再扯我头发了……"

　　白玖尴尬地笑了笑。

　　文潇查看了下四周的景象，推测道："能让一个富饶小镇变成这样，要么是战争，要么是瘟疫……"

　　白玖打量着眼前的景象，顿时似有所感，打开药箱，拿出一个药瓶，依次给众人分发药丸："你们先把这个吃了。这是我自己研制的清瘟败毒丸。一会儿你们尽量不要接触镇上的居民或者路边的动物哦……看到尸体更要躲得远远的……"

　　众人闻言，先后服下药丸。

　　无论是战争还是瘟疫，卓翼宸都觉得有些蹊跷，这里严重到满城萧条的地步，天都城里怎么会一点消息都没有？实在古怪。

　　裴思婧问白玖，如果是瘟疫，可有办法解开。

　　白玖思索一番，还是摇了摇头："我不敢保证哦，我得先了解一下情况，最好能找到瘟疫的来源，才能对症下药。"

　　思南水镇说大不大，说小也不小，若要尽快摸清情况，几人还是得分头打探情况。

　　白玖刚要跟着卓翼宸一同走，就感觉自己的脖领子被人用蛮力猛地一拽，勒得他差点喘不过气。不用想也知道，又是英磊那个野人！白玖欲哭无泪，手脚一并徒劳地扑腾着。

　　文潇和赵远舟直奔城内最高的城楼，俯瞰整个思南水镇。城楼已经废弃，寻不到人的痕迹。站在此处向下望，思南水镇的建筑像一张白纸上甩下的几道墨迹,唯有黑白交错,死气沉沉,不见一点生机。

文潇叹道:"查清楚瘟疫来源之前,得先把这里隔离起来,免得瘟疫之气蔓延开来。赵远舟,白泽令借我。"

赵远舟浓眉一挑,调笑道:"要牵手是吗?没问题。"

文潇白了他一眼,径直抓起他的手,闭上眼睛,心随意动,文潇的眉心和赵远舟的耳后白泽印记闪现。

短箫上,"白泽敕令"四字亮起。

紧接着,文潇吹奏短箫,箫声悠扬动听,俨然是熟悉的大荒曲调。赵远舟的手腕上,金色符环显现,他随着文潇的箫声催动符环。很快,从符环中飞出成串的金色小篆文字,笼罩了整个水镇。

赵远舟告诉文潇,神女有统管众妖之能,所为为二,一为达知万物之精,二为统摄大荒子民。文潇博览群书,过目不忘,这也是白泽神女的本能。既有本能,便生本心。心之所向,可寻,可辨,可统而归之。

文潇试着按赵远舟所说,闭上眼睛,再睁眼时,双瞳已经是金色。她抬眼望去,整个镇子上空都笼罩着红色的戾气。

赵远舟问道:"看到了吗?"

文潇认真地点了点头:"看到了……漫天的红色戾气……果然是妖怪引发的这场瘟疫……"

"咳……红色的戾气是我……你再看看别的……"赵远舟尴尬笑了笑。

文潇无语,凝神再看。

"……哦……红色戾气里,包裹着几丝黑色妖气……"

文潇抬起手,指向一处黑气尤为浓重的所在:"在那儿。"

文潇所指之处是一座看似再普通不过的建筑,大门青灰、萧索,匾额上写着"灵犀山庄"四字。

卓翼宸抬头看着城楼上的文潇和站在文潇身边的赵远舟,心中有些酸涩。

裴思婧打量卓翼宸的表情，问道："现在他对你来说，到底是杀你父兄的凶兽，还是并肩而行的战友？"

"都是，但也都不重要。无论如何，我都会杀他报仇。只是眼下有一半白泽令在他身上，我不能动手。"

"是这个原因吗？"

卓翼宸微微怔了一下，垂眸道："这次去昆仑，找到合并白泽令的办法，文潇就可以拿回白泽神女的力量，那时我自会和他清算所有恩怨。"

裴思婧默了一会儿，又说："没想到这么快就找回了失散的另一半白泽令，恰巧又在赵远舟身上，看来天意如此，冥冥之中，还是在庇护大荒，守护人间。"

卓翼宸看了眼裴思婧，冷言道："我不觉得是天意，反倒像是人为。裴思恒的人偶突然出现，所以我们才着手调查乘黄一案，进而得知白泽令的真相。你弟弟出现的时机，实在是过于巧合了。"

裴思婧脸色也一冷："你怀疑我弟弟？"

"我只是怀疑他的动机，他一直受乘黄控制，乘黄却引导我们抓他，这不奇怪吗？"

裴思婧怒道："但现在他已经被乘黄毁掉了……虽然赵远舟用混沌法术留住了他……但我也不知道他什么时候会出现，无法从他口中得知原因了。"

卓翼宸抬头看向风中飘着的灰烬，紧蹙眉头，轻声叹息道："……总觉得我们像是木偶，背后有一只手在牵引着我们走向一切，种种结果得来太过轻松，一切顺遂如愿……这种感觉让我非常不安……"

卓翼宸对危险的敏锐直觉几乎从未错过，这令他心里更加不安。他轻声叹息，此次合并白泽令，助文潇顺利拿回白泽神力的过程绝不能出差池。

"稳妥起见，我去巡视一番这里的状况。"

卓翼宸临走前，又特意追了一句："我独自就好。"

说完，卓翼宸走了。

裴思婧看着卓翼宸的背影，神情复杂。

英磊和白玖走进一家药铺。要说瘟疫横行，有一处肯定能寻到人，若是连那处也寻不到人了，多半这个地方就是鬼镇了。

果然，药铺内掌柜正在柜台忙碌，大堂还有一个拿着草药来回研究的男子，看起来三十五六岁，一身粗布麻衣掩不住他温文尔雅的气质。他脸上的黑眼圈明显，胡子也不见打理过，如杂草般凌乱，连领子和袖口也没翻好，衣领上还有药草叶子，足见他近日多忙碌。

"师父？！"

男子愣愣地回头，见到白玖后，也是一惊："白玖？"

被白玖唤作师父的人，名唤温宗瑜，不仅是天都名医，也是天下名医之首。

白玖询问起温宗瑜为何会出现在此地。

温宗瑜长叹了一口气，手上却没停下抓草药的动作："唉，我听城内人说思南水镇瘟疫蔓延，但来往医情文书里完全没有提及。我总觉得有些奇怪，就过来看看，没想到已经这么严重了……"

据药铺掌柜说，这镇子的确是遭了瘟疫。瘟疫从五日前开始，仅仅一夜之间就感染了大半人。瘟疫来得异常凶猛，镇上大夫们都束手无策，试遍了各种药材都找不到对症之方。眼看着死人越来越多……好多胆小的人都已经逃走了……虽事发到如今仅五日，就已经成了如今的景象。

说起思南水镇一向太平，又得昆仑仙山的灵气庇佑，从来没病没灾。药铺掌柜隐约记得，镇上的老人说几百年前有过一次瘟疫，听说那一次更是严重，整个镇子的人都快死绝了，满目疮痍，遍地尸骨。

温宗瑜来这里两日，也没有个头绪。瘟疫，不外乎非时之气、节气不和，雾露不散，瘴气沉积。但他一一查验过，这些都不是这次瘟疫的根源，这场瘟疫来得实在蹊跷。

既不是师父提到的几种根源，那会是什么呢？难道是……

"镇上来了妖怪？"白玖惊呼出声。

"的确是有妖物在此地作祟。"

卓翼宸四人均已分散查探完成，会合后来此处寻找白玖，正听到屋内的议声。白玖忙开心地向众人介绍自己的师父温宗瑜。

几人互相行礼。

温宗瑜道："怪不得一直查不到原因，原来是妖邪作怪，那在下的医术恐怕用不上了，只能有劳卓大人拯救这一方百姓了。"

卓翼宸从腰间拿出腰牌："可否劳烦温大夫拿着这个缉妖司令牌去向附近城镇的衙门借调府兵暂时封城，隔绝出入，避免病源外传？"

温宗瑜接过令牌："都是为了救人，在下一定办到。"

温宗瑜临走前，不忘叮嘱白玖："小徒儿，万事小心啊。"说完，才匆匆转身离开。

之后，赵远舟一行人准备前去文潇看见的戾气源头处。

街道上空寂无人，风声萧萧。

众人走入一条巷子，幽长的巷子阻挡了大部分光线，视野变得幽暗。穿堂风过，风中依稀回荡着尖厉的哭声。卓翼宸走在最前面，白玖走在他身后，抓着他的铃铛瑟瑟发抖。

突然，身后一阵狂风呼啸，一把纸钱从身后卷来，朝着众人扑去。

卓翼宸转身，立即将云光剑横于身前，剑气形成一面盾，护住身后的众人。

风停下来，无事发生。

赵远舟有些哭笑不得："普通的纸钱而已，小卓大人至于把云光剑亮出来吗？"

卓翼宸瞥了一眼赵远舟："你不是也打伞了吗？"

赵远舟讪讪地收起伞，笑眯眯地指着阴霾天，脸不红心不跳地说自己在遮阳。

白玖放开卓翼宸头发上的铃铛，稍微松了口气，一个蒙面黑影突然闪现，朝着众人扔出一枚暗器。暗器瞬间爆出烟雾，众人瞬间被烟迷住眼睛。

"小卓大人，救我！"白玖的呼救声由近及远。

卓翼宸立即冲进烟雾，迅速朝那黑影追了上去。赵远舟也立即追了上去。

英磊和文潇刚想跟上，就被裴思婧拦了下来："等等。你们不觉得古怪吗？对方抓走小玖，明显是想引我们过去。卓大人和赵远舟已经去了，以他们的能力，定能救回小玖，我们去了反而添乱，还是静观其变，在这里等吧。我来保护大家。"

裴思婧说得有些道理，只是……文潇看向裴思婧，她低着头，看不出她眼中的情绪。

黑影拖着白玖蹿进了一个棺材铺。白玖害怕得大哭起来，哭声惊天动地，黑影眉头一皱，立刻一个手刀将白玖打晕了。

卓翼宸追进了一座院落，翻身跃上二楼查探情况。

只见灵堂中放着三具棺材，左右两具棺材中都躺着尸体，中间的一具棺材却诡异地空着。而一人披麻戴孝，不哭不诉，只跪着烧纸钱。

卓翼宸刚探出身子想看个究竟，那人突然站起，手里捏着金针，抬手将金针射向卓翼宸。卓翼宸反应迅疾，飞跃而下，持剑和金针对撞，指尖光芒绽放成护盾，将那人震开。那人站稳后抬头，脸上戴着面具，卓翼宸认不出他是谁。

卓翼宸厉声问道："你是谁？小玖在哪儿？"

那人不发一言，又捏起三根金针飞向卓翼宸。卓翼宸朝右边躲闪。突然，那人攻势更猛，力道更大，卓翼宸闪躲间撞上了柱子，后肩传来剧烈的痛感。原来柱子上早就插好了一根金针。这针不知做了什么手脚，扎入体内的瞬间，山崩海啸般的痛感瞬间席卷全身，卓翼宸的手脚疼到发麻，一点力都使不上，他顺势跪倒在地，而后晕了过去。

赵远舟追来时，在院落一角找到了昏迷的白玖。他捏了个法诀，轻点白玖的眉心。白玖慢慢睁开眼睛，看清眼前的人，两人都同时发现了一个问题——卓翼宸不见了。

或者说，白玖只是诱饵，偷袭的人目标是卓翼宸。

黑衣人腰上挂着卓翼宸的剑，手中拖着昏迷的卓翼宸朝棺材走去。只是他并没有发现，卓翼宸已经睁开了眼睛。卓翼宸用拇指指甲扎破食指，鲜血从指尖流出，而后他又闭上眼睛假装昏迷。黑衣人将卓翼宸搬进中间的那口空棺材，卓翼宸顺势将血抹在棺材上，并趁机拽下了那人手腕上一根串着红色珠子的红绳。

占风铎被风吹动，在风中响个不停。

灵犀山庄正堂巨大的匾额上写着"灵犀天佑"四个字，两侧的柱子上各题一句诗，连起来是："身无彩凤双飞翼，心有灵犀一点通。"

一个身着青衣的少女站在院子里焦急地踱步。她容貌娇俏，一双大眼睛看起来摄人心魄，眼瞳颜色细看与常人相异，呈深绿色。一张樱桃小口此时紧紧抿着。少女的头上珠翠环绕，额角还贴着一片青色羽毛状发饰。

终于，有人影从假山中走出来。是一身黑衣的军师，他手中还捧着云光剑。

少女看到云光剑，立即欣喜地上前，伸手去接云光剑，却在靠近云光剑时,手如灼伤般疼痛。她尖叫一声,惊恐地把手收回。

"云光剑,果然名不虚传。"

军师拿出一块写满红色兽血符文的黑布,将云光剑包了起来。

"上古时,冰夷曾诛杀应龙,取龙角锻锋,以精魄铸盾,做出了云光双剑,可杀天下间一切妖兽。当然厉害。"

少女面露遗憾:"可惜……原以为拿到这把剑就能杀掉赵远舟,没想到竟然碰都不能碰。"

军师指了指假山山洞中昏迷的卓翼宸,道:"云光剑只有冰夷族后人才能使用。若你想杀赵远舟,还得靠他。好了,人,我已经带来了,青耕,希望你遵守我们的约定。"

被唤作青耕的少女正色道:"只要杀了赵远舟,借用他的内丹,做完我未竟之事,我自然会把内丹交给你。"

军师笑笑:"敬候佳音。"

棺材铺里,几人会合后,将院落里里外外找了个遍,都不见卓翼宸的身影。人不可能凭空消失,总会留些痕迹。细细查探后,赵远舟发现了卓翼宸留在棺材上的血,那血迹刚刚干涸,颜色与周围其他陈旧的血迹不同。英磊闻了下,更加确认这是冰夷族的血。

赵远舟看着眼前的三口棺材,低声说:"开棺。"

三口棺材已经打开,只有中间的棺材里面是空的,棺底有一条红绳。左右两具尸体的手腕上均戴着一条同样的红绳。文潇捡起正中空棺材底部的红绳,又递给了英磊。英磊拿过来,闻了闻。

白玖急忙凑过去询问:"怎么说?"

英磊摇摇头:"闻不出来,怪怪的。"

白玖叹息:"早知道就带条狗了,唉。"

英磊点了点头,随后定住了几秒,后知后觉地瞪大眼睛盯着白玖,用手指着自己:"嗯?啥意思?我不如狗?"

白玖的心思都在找卓翼宸身上，他边继续查看棺材，边摆了摆手随便敷衍道："想多了，你比狗强。"

英磊点了点头，又顿住了几秒。不对啊！这话怎么左听右听还是不对劲呢？

赵远舟突然一个闪身，准备翻身躺进棺材。

白玖吓了一跳："你……你干吗？"

赵远舟答："想体会下躺尸的感觉。文潇，你要不要躺进来试试看？"

文潇揣起红绳，把白玖推过去："带上白玖吧。小卓都流血了，万一你也受伤，带上一个会医术的比较安全。"

白玖浑身拒绝："我不要！我拒绝！和他在一起，我太不安全了！"

赵远舟像拎一只兔子一样，一把拎住白玖的衣领把他拽进了棺材："拒绝没用。来吧你。"

白玖还没来得及挣扎，赵远舟抬手念咒："合。"

棺材盖上，白玖尖叫的声音突然消失了。文潇敲了敲棺材盖，里面毫无反应。

待棺材盖被掀开，果然里面已经空无一人。

灵犀山庄的地牢里，四面均是石壁，石壁上附着一层湿漉漉的水汽，空气中也是潮湿的味道。卓翼宸背靠在一个木架前，他半眯着眼睛悄悄观察周围。

石洞中响起了铁链的声音，青耕拖着一条铁链走了过来，准备将卓翼宸的手臂与木架绑在一起。

卓翼宸忽地睁开双眼，敏捷地躲开。

青耕很是意外："你竟然醒着？"

下一秒，青耕抬手，朝着卓翼宸弹出红色的珠子。卓翼宸闪身避过，红色珠子射到墙上，冒出一缕红色的烟雾。青耕又甩出几枚红色珠子，珠子弹射之处，红烟迸射，弥漫。

卓翼宸吸入烟雾后，身体虚弱、发软，单膝跪地，显然那烟雾有毒。他紧紧盯住青耕，看着她那对妖异的双瞳："你到底是谁？"

"青耕。"

"妖？"

青耕头一偏，好奇地看着卓翼宸的眼睛，她的声音清亮，语气轻快："没错。只不过，没有了云光剑，大名鼎鼎的卓翼宸只能受制于妖。不过你胆子真大，竟然装作昏迷孤身赴险，不愧是冰夷后人。"

"不入虎穴，焉得虎子。我若不装作昏迷，又怎会知道你们私下的勾当？"卓翼宸短暂停顿，转移话题，"把我抓来这里的是谁？"

青耕笑笑："你不用知道。"

"你若是不告诉我背后之人是谁、有何目的，我是绝不会帮你们杀赵远舟的。"

青耕"咦"了一声，看着卓翼宸的目光又变为好奇的探究："有趣，一个杀你父兄的仇人，你还真把他当并肩作战的伙伴了？"

卓翼宸冷声道："我会杀他，但这与你无关，与任何人无关。谁也别想利用我。"

"凡人的想法，总是古怪。好心帮你报仇，你却不领情。"

青耕摇摇头，她仍是不解，但也不打算继续去了解他复杂的想法。她走近卓翼宸，手腕一转，一根针出现在她的手指间。卓翼宸已经无力反抗，避无可避，任由青耕把针扎进他的后脖颈。卓翼宸痛得冒汗，咬紧牙关，没有吭声。

青耕淡淡道："这本是大荒凶兽钦原的刺，没想到在人间被你们做成了针。都说妖怪冷血、邪恶，但哪有人心恶毒？据说，这针扎在人身上，会让人痛不欲生、求死不能……"

卓翼宸依然咬紧牙关，但他已经开始浑身颤抖，额头青筋暴起。

突然，不远处的石桌上有振动声响起。青耕侧头看去，正是被包裹着的云光剑在剧烈振动。

青耕看向云光剑的目光又染上了好奇："没想到你还能和云光剑共鸣共感。"

卓翼宸咬着牙，声音因疼痛而颤动，却是毫不退让的冰冷："怕吗？"

青耕立刻抬手又在卓翼宸肩头补了一针。少女的笑容带着几分不怀好意，她反问道："你怕吗？"

卓翼宸的脸色立刻苍白如纸，他的眼睛布满血丝，坚定地直视青耕那双妖异的眼睛："我只会随自己心意而动，不会受制于任何人。"

青耕被这目光看得一时有些愣住，这双眼睛与她以往见到的任何一双人类的眼睛都不同，似乎有一种无法摧毁的原始韧劲儿与执着。可人的底色是贪婪、懦弱、自私……为了目的不择手段，他会不一样吗？

青耕摇摇头，这个想法很快被一股力量压了下去。她讥笑道："可惜，再硬的石头，经过岁月的风吹雨打，也会有裂缝。如果被关在这里一辈子，永远无法出去的话，也许，你就能学会妥协了。"

卓翼宸咬紧牙关，不为所动："你可以试试。"

青耕看着地牢密不透光的黑暗，喃喃说道："我试过了。我很清楚，在这暗无天日的世界里过一辈子是多难熬，每时每刻，都生不如死——"

"你话真多……你的威胁对我没用。"

"既然卓大人顽固不化……"

青耕走过去，蹲下来，用手托起卓翼宸的下巴和他对视。她闭上眼睛又睁开，眼瞳变成了青绿色，萤光流转："那这样呢？"

卓翼宸被迫与青耕对视，随后他的眼瞳也变成了青绿色，神情也变得呆滞起来。

青耕念道："卓大人，帮我杀了赵远舟，我们一起……你会愿意帮我的，对吧？"

卓翼宸的意识还在挣扎："我……"

青耕微微蹙眉,加强法力,声音仿佛穿透了卓翼宸的身体:"说,你愿意。"

"我愿意……"

青耕满意地笑了。

突然,卓翼宸眉头紧皱,闭上了眼,再睁开眼时,他的瞳孔已恢复如常。卓翼宸猛地吐出一口血,身体更加虚弱,他朝着青耕冷笑起来:"……雕虫小技。"

他真的不一样,他的意志坚定到只需要一点时间就能破除幻象。青耕先是一愣,而后不可控地气急败坏,她咬着唇,生气地一把将卓翼宸推开。他怎么能不一样呢?人都该是意志薄弱的!

占风铎的响声自远处传来,十分急促。

"他们来了。"

赵远舟一行人先后从假山里走了出来。房檐上的占风铎在风中突兀地响着。天空乌云密布,风吹动着庭院里的树木,瑟瑟作响,地面一层枯叶无人打理,还有满地的尸体。

文潇正疑惑此处怎么会有这么多死人时,其中一具尸体突然挣扎着爬了起来。渐渐地,越来越多的尸体可怖地扭动、爬行。

白玖紧紧抱着药箱害怕地后退,一只冰凉干枯的手,像钳子一样,牢牢抓住了白玖的脚。他立即一脚用力蹬开,吓得弹跳起来,挂在离他最近的英磊身上。英磊整个人猝不及防地被白玖扑倒在地。白玖闭着眼睛,双脚乱蹬,尽数踹在英磊身上。英磊疼得还不及喊他停下,又是几脚踹了过来。

"救命啊!他抓住我了!他抓住我了!"

英磊也想喊救命,他要被踹死了。

赵远舟抬起手念咒:"破。"

眼前的庭院空空荡荡,并无爬行的尸体,只有白玖自己在地上吱哇乱叫。

赵远舟又以拎兔子的手法拎起了白玖，用手撑开了白玖紧闭的眼皮："幻象而已，假的。"

白玖警惕地看向四周，确实什么都没有了。他用手拍了拍自己的心口安抚。

又一阵风拂过，占风铎叮叮当当，尤为诡异。

文潇抬头看向占风铎，道："应该是那个风铃，被施了妖法，能影响和迷惑人的心智。"

裴思婧抽出弓箭，一箭射向房檐处。占风铎应声而落，摔在地上。

英磊故作豪爽地过去拍了拍白玖的肩："没事咯，有我在。"

白玖闪身避开，嫌弃道："你真的靠不住！要是小卓大人在就好了。"

英磊皮笑肉不笑地呵呵两声，心里真想把这小子刚才踹的几脚补回去。

文潇观察四周，道："灵犀山庄……这就是水镇上妖气的源头所在。"

赵远舟嗤笑了一声，妖抓了卓翼宸，不就等同于耗子抓了只猫嘛，看来这天下不是只有他一只妖想自杀。

文潇面色倒有些凝重："这里是去昆仑的必经之路，结果现在却瘟疫横行，妖气肆虐，现在小卓还失踪了——"

文潇没说完，话茬儿被赵远舟接了过去，话语里意味深长："看来有人不想让我们上昆仑哪。"

白玖听着这话，感觉有一双眼睛在暗处盯着自己，瑟瑟发抖地往裴思婧身边靠，还拽着裴思婧的袖子。

英磊见了，一把白玖拉了过来，并大方地将自己的衣角递到白玖手中："男女授受不亲！你和裴大人拉拉扯扯像什么样子！"

"我才几岁啊我！你脑子里塞了个包菜吧你！"白玖无奈道。

英磊又道："……你拉着她，她都没法儿开弓引箭啦！妖怪来了，怎么保护你?"

这说话的方式,白玖觉得耳熟极了,好像谁和他刚这么说过……

"你!你不要学卓大人说话!"

英磊摇头晃脑地将目光瞥向一旁:"谁要学他啊!"

白玖闭目,压下心中的怒火:"对不起,我道歉,我说错了,你就应该多学学他!你才知道差距!"

卓翼宸既有办法在棺材处留下线索,也一定会想办法在此处留下线索。于是众人四散,继续寻找线索。

天色已暗,偶有几只乌鸦站在枝头哑着嗓子叫,更添几分诡异。

英磊看着专心致志找线索的白玖,疑惑道:"你现在怎么不害怕了?"

白玖头也不抬:"我要第一个找到卓大人留下的线索。"

说着,白玖眼睛一亮。

"在那里!"

他从地上捡起了一个小铃铛:"这是卓大人的铃铛。"

赵远舟看着白玖,感慨道:"不愧是小卓大人的崇拜者。"

裴思婧指了指另一处:"那边还有。"

几人一边捡铃铛,一边往庭院深处走去。

庭院中四下无人,到处都是残垣断壁,看起来十分荒凉。很快,他们看见了正厅大堂,迈步走了进去。

而一棵枯树下,厚厚的落叶中,一只满是血污的手伸了出来。他的手掌一张开,掉落在不远处的占风铎被他吸了过去,手掌小心翼翼地抓住占风铎,重新缩进落叶中。

灵犀山庄的大堂更加残败,窗户纸残破不堪,被风吹得呼呼作响,家具凌乱,到处都是蛛网,还有灰尘。赵远舟、裴思婧和英磊在大堂内四处查看，在墙上仔细摸索。铃铛在此处不见了，那么此处或许有一条密道。

另一边，文潇看到桌下落满了宣纸，上面有字迹，她拿起来细看。

"是……药方？小玖，你来看看。"

白玖从文潇手中接过药方仔细看："没错，是药方，但好像……不完整。化瘀理气，解毒清瘟，像是瘟疫的药方。"

白玖正专注地思考着，忽然听闻一个声响。他抬头时，正看见一只满是血污的手掌拍在窗纸上，在上面抓出一道血痕，露出一只血红的眼睛，正盯着他！白玖的尖叫声惨绝人寰，回荡在灵犀山庄的上空。

为什么这种时刻总被他撞上？白玖欲哭无泪。

裴思婧立即张弓对准了窗口。

那是一个满身血污的年轻人，裹着陈旧的披风，长长的头发挡着脸，只露出一只红色妖异的眼睛。那只妖的眼中透着畏惧，他缩在角落里不说话。

见他似乎胆子小，又没有伤人的动作，众人稍松一口气。

英磊问道："这只妖看起来很有个性啊……他是什么妖啊？"

文潇答道："应该是……蜚。书上说，此妖行水则竭，行草则死，见则天下大疫。蜚是瘟疫的来源，瘟疫也是蜚的力量。瘟疫散布得越广，蜚的力量就越强。"

英磊的目光立即严肃起来："原来思南水镇的瘟疫元凶就是他？"

白玖看着文潇，问道："文姐姐，我们要收了他吗？"

裴思婧看着蜚的背影，想起了她的弟弟，又想到了文潇的话。妖分好坏、善恶，但这标准并非全由天注定，即便天决定了他生来是瘟疫的来源，也不代表着他本性为恶。裴思婧收起弓箭，道："但看他的样子，似乎没有恶意。"

文潇莞尔一笑："裴大人现在也懂得观察妖，还会替他们说话了。当下情况未明，我们先问问他知不知道小卓在哪里吧。"

文潇蹲在他面前，温柔地问："你好……怎么称呼啊？"

蜚没有说话。

文潇又问:"你见过我们的朋友吗?"

蜚轻轻摇了摇头。

赵远舟插嘴道:"可能你描述得不严谨,所以他不认得。我试试。"

赵远舟看向蜚,问道:"你见过我们的朋友吗?他穿着一身蓝色衣服,没我高,也没我俊。"他边说边得意地在自己的脸上比比画画。

白玖无语地翻了赵远舟一个白眼。

蜚继续摇头。

白玖挤了过来,一屁股将赵远舟拱到了一旁:"你见过我们的朋友吗?比这个大妖高,比这个大妖俊。"

蜚认真点头。

白玖笑岔了气:"哈哈哈哈,看吧,做人还是要如实——"

赵远舟忍着对这只妖审美的不满,继续问:"这里是不是有密道,他被带进密道了?"

蜚继续点头。

文潇急忙问道:"你能带我们去找他吗?"

蜚又点了点头。

地牢里,青耕点燃了一只香炉,放到卓翼宸面前。烟雾袅袅,模糊了卓翼宸的视线。

卓翼宸问道:"你为什么想要赵远舟的内丹?"

"因为我要自由。"

卓翼宸不解:"赵远舟的内丹,和你的自由有什么关系?"

香炉里的轻烟燃尽了,青耕的眼神变得兴奋起来,笑容也更加娇俏。她盯着卓翼宸的眼睛,再次问道:"赵远舟与你有着血海深仇,和一个天生与你敌对的人待在一起,你是什么心情?你会恨他吗?"

"我——"

卓翼宸犹豫着没来得及说完，青耕就把烟雾往他脸上一扇，卓翼宸眼前突然一黑，等他再次睁眼时，瞳孔再次变成青绿色，表情痛苦。

青耕却显得很是兴奋，她迫不及待地又问道："他杀了你父亲和兄长，他杀了那么多无辜的人，你却杀不了他，还要每天跟他朝夕相对……你怎么能不恨他？"

"你应该恨他……"青耕清脆的声音变成挥不散的低语，不断回荡在卓翼宸的脑中，千遍万遍，反反复复，意图攻陷他的意志。

"这香……这香里有什么……"卓翼宸的表情渐渐痛苦起来，他摆脱不掉这声音。

"灵犀山庄，点的自然是犀角了。"

"胡扯，犀角的功效是解毒救人，不会诱人心神。"

"点燃犀角，能通阴阳，助我引来山庄内外的戾气。卓大人，你知道什么是戾气吗？"青耕双手小心地将包裹着的云光剑抱在怀中，"天地间有怨憎之气，化而为戾，不消不散，它们是凶兽天生的养料，更能让你清楚地感受到仇恨和痛苦。来吧，听听你内心深处的恨，让它们告诉你该怎么做吧！"

脑海中，那声音还在低语，火光、哀号、哭泣、惨叫声接连不断地拥挤着涌入卓翼宸脑中，他痛苦地挣扎着。

"你恨他，杀了他。"

突然，卓翼宸愣住了，双眼放空，他木然站了起来："我恨他，我要杀了他。"

青耕将包裹着的云光剑递给卓翼宸，卓翼宸呆滞地伸手接住。

青耕看着他的眼睛，确认道："杀了他。"

卓翼宸木然地重复道："杀了他。"

青耕满意地笑了。

第八章 青耕鸟

蜚举着一盏油灯,领着几人走进黑漆漆的密道。密道狭窄,错综复杂。赵远舟等人跟在背后,小心谨慎。

突然,赵远舟拉起文潇的手。文潇一怔,感受到手上的温度,不由得看向赵远舟,脸莫名有些红。

赵远舟淡定道:"密道昏暗,我们用白泽神力探测一下虚实。"

文潇揶揄道:"你一个大妖,竟然需要借助我的力量才能探测?"

赵远舟笑了笑,一双眼睛明亮有神地看着文潇:"其实我自己也可以。"

文潇一时噎住,手心温热的感觉被放大,逐渐变为全身燥热,连带着心跳在这漆黑的环境中也不安分起来。

白玖翻了一个白眼,阴阳怪气道:"好下流哦!你就是想牵文姐姐的手。"

赵远舟理直气壮地教育起白玖:"你几岁啊就懂这些?我三百七十岁那年才第一次知道男女之情……"

英磊已经抬手捂住了白玖的耳朵:"啊呀呀呀呀,赵远舟,你吃牢饭吧你!"

男女之情……文潇低着头,悄悄打量着赵远舟牵着自己的手,心中异样更甚。她想收回手,赵远舟却似有感应般收紧,将她的手牢牢握住。

蜚忽然拍了拍白玖,白玖扭头,冷不丁在昏暗的光线中对上他那张满是血污的脸,呼吸一滞,两眼一翻,吓得差点原地过世。白玖心中暗道,这个蜚有事找谁不好,干吗非要找他啊!累了……

蜚站在一旁憨实地摸了摸脑袋,看起来似乎因为吓到人而感到很抱歉。蜚指了指赵远舟身后隐藏在破碎黑纱后的墙壁。众人扯下墙面上那些残破的黑纱,露出了一面完整的墙壁。

壁画上是一个年轻的青衣女子,她高高在上,在接受众人的跪拜。而跪拜她的人手腕都绑着一条红绳。旁边还写着 行宇:"天下行疫,青耕神女以堇理之石,取丹腾灼染,赠予众人,可佑平安。"

文潇似乎想到了什么,从怀里拿出之前在空棺材里捡到的红绳:"据说丹腾可用来防治瘟疫,难道这红珠是丹腾染过的石头?"

英磊好奇地接过红绳闻了闻:"可是丹腾有石沥的味道,这珠子上却没有。"

赵远舟不屑地扫了眼红绳:"别想了,只是普通的珠子而已。青耕神女?什么妖魔鬼怪都想当神女,真以为神这么好当吗?"

文潇犹豫道:"书上说,青耕居机柏之木,食其花果而生,确实有避疫之能。"

英磊摇了摇头:"青耕只是自身可以避疫,实际上就是一只普通的小妖,之前我在大荒见过,整天在林子里飞来飞去,比小玖还吵。小小麻雀怎么会被人称为神女啊?"

赵远舟提着油灯凑近那幅壁画,光亮从跪拜的虔诚人群缓缓移到那青衣女子身上。

"人们口中大多数的神,都只是为了满足他们的欲望而生,心有所求,便会寄望于神灵,信他、拜他、供他,然后求他。而当灾难降临时,他们便会抱怨神灵不应、天地不仁,众生皆苦……从而心安理得地选择作恶,把责任都推给莫须有的神去承担。"

白玖小声念叨:"肯定没用啊,戴着它的人都死了,说是预防瘟疫……还不说是……"

英磊的手掌在墙壁上结实地拍了两下:"这看起来只是一幅普通的

壁画，哪有什么出路？"

文潇沉思片刻，莞尔一笑："既然这位青耕这么想要当神女，想要世人奉她为神，那我们照做就是了。"

英磊不解："啊？"

文潇说着，面对青耕像，学着壁画上众人膜拜的样子，跪在同一个位置。

英磊惊得张大了嘴巴。他这是眼睛花了吗？堂堂白泽神女正在拜一只小麻雀妖？成何体统啊！他正要去拦，只见随着文潇跪拜，那壁画轰隆隆地升了起来。暗门出现在壁画背后，已然打开。

只是那门后是火把都照不透的漆黑。

裴思婧立刻戒备起来："不知道里面会有什么，赵远舟，你先进，我殿后。"

赵远舟点头，直接迈开大步走了进去。文潇跟着赵远舟走了进去。

两人刚迈入那片黑暗，身后的石门便迅速降下，将白玖、英磊、裴思婧三人都挡在外面。

赵远舟笑笑："所以你找到的是出路呢，还是陷阱？"

文潇看着前方深不见底的前路："不管是什么，现在只能继续往前走了。来吧，好好保护我，不然一起死。"

赵远舟和文潇沿着密道摸索着走了几步，前方瞬间灯火亮堂起来，只见卓翼宸盘膝坐在中央，一动不动。

文潇看欣喜地径直朝他走去，唤着他："小卓？！"

卓翼宸突然睁开眼，眼中毫无任何情感。他没有理会文潇，而是拔剑径直刺向文潇身后的赵远舟。

文潇反应不及，赵远舟已轻巧弹指震开卓翼宸的剑刃，与他激烈打斗在一起。数招之后，赵远舟拔出短刃，架住了云光剑。

赵远舟诧异道："你身上怎么这么多戾气？"

卓翼宸眼神木然，机械地重复着："我要杀了你。"

"咱俩心有灵犀，志同道合，但你现在做不到啊！"

赵远舟卸掉卓翼宸手中的云光剑，将他逼进墙角，牢牢地将他的手按在墙上。赵远舟这才看清楚他瞳孔中有绿色的光亮流动。他皱眉，闭上眼，再睁开时，眼睛已经变为猩红色，一双红瞳光芒更盛，照得那绿光越发暗淡。

卓翼宸不满地反抗，却被赵远舟牢牢按住："别动，我在帮你。"

卓翼宸仍然机械地重复着："我要杀了你。"

"早就答应你了，不是吗？不过不是现在。"

那绿光完全被压制了，赵远舟抬指点在卓翼宸眉间，卓翼宸的瞳孔瞬间变成和赵远舟一样的红瞳。红色的戾气从赵远舟身上汹涌而出，包裹住了两人。

卓翼宸继续道："让我杀了你。"

赵远舟轻拍了卓翼宸一耳光："嗯？你不是恢复正常了吗，怎么脑子还是不好使？"

卓翼宸反手还了赵远舟一耳光："脑子不好使的是你！你也想知道青耕的真正目的吧，那就做你最擅长的事。"

赵远舟扭捏起来："现在吗？不好吧……"

卓翼宸闭着眼睛，强压心中想给他一拳的冲动："演戏！我说的是演戏！"

赵远舟又狐疑地看着他："你确定没有趁机公报私仇吗？"

"没！没有！"

赵远舟歪嘴一笑："行。准备好了吗？"

卓翼宸闭眼，不想多看他一眼。

"来。"

很快，那红色戾气爆炸般散开，卓翼宸挣脱了赵远舟的束缚，重新拾起云光剑，与赵远舟对打。他的招式越发狠厉，招招致命，赵远舟竟有些不敌。

突然，卓翼宸一只手的护臂发出光芒，将赵远舟弹开，云光剑剑气化形，月光般的剑光全部冲向赵远舟。赵远舟被一阵重击，撞到墙壁上，吐出鲜血。

"赵远舟！"文潇不明两人的谋划，担心得大喊出声。

她刚想上前查看，却觉得一阵莫名的无力和眩晕。她疑惑地低头，看见自己的手背上不知何时竟起了大片红疹，身体越来越虚弱，力气仿佛被人从身体里抽离，竟连站着都有些费力。

密道里，裴思婧按照文潇的方式跪拜，然而暗门没有任何动静。她正想站起，腿却使不上力。她用手拄着地面，额头上冒出冷汗，脸色苍白如纸。

白玖注意到了裴思婧的异常，连忙过来，扶着她靠着墙壁坐下："裴姐姐？你怎么了？"

裴思婧摇了摇头，话也说不出。

白玖立即上前给她诊脉，只是一拉开袖子，便看见了她手腕上大片的红疹。

"天啊，裴姐姐，你得了瘟疫！"

地牢内，赵远舟被云光剑重伤，单膝跪倒在地，已难支撑。卓翼宸持剑而立，神色毫无波动，眼神木然，云光剑尖抵着赵远舟的脖子。

此时文潇额上全是冷汗，她的手指紧扣墙壁，她想开口喊小卓，一阵急火攻心，头晕眼花，身形摇晃……

青耕先是缓步从阴影中探出身，确认赵远舟的确被云光剑重伤，她脚下的步伐才轻快起来。青耕笑得开心，大眼睛在赵远舟的身上仔细打量，充满好奇。

赵远舟也看见了青耕，笑道："原来是你这只恶鸟。"

赵远舟的笑带着些傲慢，青耕的眉毛拧在一起，很不悦。

"久仰大名啊，朱厌……今日一见，果然跟传说中一样令人讨厌。为了克制他身上的戾气，你耗费的妖力可不少吧？"

"我妖力多的是。"

赵远舟话音刚落，又吐了口血，他试图站起来，但实在困难。

青耕得意地笑道："我知道你的妖力很多，但一时半会儿也恢复不了，不是吗？没想到啊，赫赫有名的极恶之妖，竟愿意为了救人而伤己。朱厌，我怎么不知你还有这副菩萨心肠？"

"我要救的，不是别人，是我的战友。"赵远舟的声音慷慨激昂得有些过分，让卓翼宸的嘴角忍不住抽搐。他还真是擅长演戏。

青耕蹙了蹙眉头，心中腹诽，赵远舟是不是与人在一起久了，怎么也变得这么奇怪。舍命救一个要杀自己的人，还说他是战友。她对这种复杂的情感既不解，还有些说不出的生气，倒不像是气他，像是气自己。青耕摇了摇头，将这一丝怪异的感知压制下去。

青耕讥笑道："你当他是战友，但他当你是什么？"

青耕看向卓翼宸，问道："卓翼宸，你面前的是谁？"

卓翼宸木然答道："我不共戴天的仇人。"

这便对了，两人的关系本就该如此，青耕刚刚生出的那一丝怪异也随之消失。她继续引诱道："仇人就在你的面前，那你要做什么？"

卓翼宸挥剑刺向赵远舟："我要杀了他。"

此时，文潇觉得眩晕感一阵阵袭来，她的手指已经掐出了血，这痛觉已不再顶用，她坚持不住了。文潇艰难地抬起眼，只见视线蒙眬中，卓翼宸一剑中了赵远舟的肩膀，赵远舟用手抓住了云光剑，两人艰难地对峙。

赵远舟双手费力地抵挡着云光剑，嘴角含血，他愤恨地质问青耕："你这只鸟到底想要什么？"

但青耕见他如此愤恨，很是受用，她笑了："我要你的内丹。"

"你自己有，抢我的干什么？"

"天地间，就只有你的内丹才可以摧毁白泽令的封印。我要解开我身上的白泽封印，重获自由。因为这该死的封印，我永生永世都没有办法从这灵犀山庄出去……白泽神女真是狠毒啊……"

赵远舟皱眉，喃喃道："这里的戾气和妖气果然重得很，竟迷了我的眼，没察觉此处有白泽令的封印……"

青耕转过身去，挥了挥手，发号施令："杀了他。"

青耕满面得意，身后却迟迟没有动静。她疑惑地回头看，只见卓翼宸已经收起云光剑。赵远舟肩膀上的剑伤迅速愈合，之前的伤口也消失不见。他站在卓翼宸身旁，气定神闲，脸上还是那轻蔑又傲慢的笑。

青耕愣住了，她意识到两人方才是在演戏，脸色渐渐冷下来："你们联合起来演戏耍我？"

赵远舟又开始演戏，表情有些委屈："没有没有，我没演，我的害怕是真的，小卓大人的云光剑真吓人。"

卓翼宸见赵远舟还是戏瘾大发的鬼样子，冷声威胁道："我本人更吓人，你要不要试试？"

赵远舟这才恋恋不舍地收起戏瘾。他对青耕说道："可惜啊……白泽封印确实可解，但需要本大妖亲自利用天地间的戾气施法才行。我死了，就算你有我的内丹，也没用了啊。那个让你取我内丹的人不是蠢货就是骗子。"

青耕心中一阵慌乱，而后转为巨大的愤怒："你才是满口谎言的骗子。"

赵远舟啧啧摇着头，遗憾道："这世道，真心没人信，虚情总是赢。罢了，我只想知道是谁欺骗你，要你来拿我内丹的。"

青耕不答，咬牙切齿地看着赵远舟。

赵远舟缓步靠近青耕，目光中闪过一丝危险："你不说我也能猜出来，你身上有令我厌恶的熟悉的气息……"

咚！一直强撑着的文潇终于放下心来，身体脱力，倒在地上。

赵远舟和卓翼宸同时一惊,抢上前来。赵远舟先一步将文潇扶起来,将她的头靠在自己怀中。卓翼宸的手顿了顿,一抹落寞从他眼中一闪而过——总是慢一步。

文潇脸色惨白,嘴唇没了血色,神志恍惚。

赵远舟碰到文潇时,惊觉不妙,隔着布料,她肌肤的温度烫得惊人。他立即拉开文潇的衣领,露出的脖颈上已经爬满了红疹。

卓翼宸蹙眉,提醒赵远舟道:"你的手……"

赵远舟低头看去,只见他的手背上不知什么时候也生出了红色的疹子。

"是瘟疫……"

青耕注意到了文潇腰间的短箫,上面环绕着金色的符文。是白泽神女?白泽令回归了?很快,青耕的神色从惊讶到害怕,她迅速后撤,想要去按动暗门上的机关逃跑。

卓翼宸眸光一冷,飞身持剑出手,刺中青耕后腰。他迅速抽回云光剑,又割破自己的掌心,鲜血流出。卓翼宸闪身至青耕面前,将染血的掌心拍向青耕的额头。青耕的额间染上卓翼宸的鲜血,瞬间起了灼烧之感。

忽地,一股绿色瘴气扑面朝卓翼宸袭去,卓翼宸的呼吸一窒。不知蜇从哪儿钻了出来,趁机抱起青耕逃出了暗门。石门再次落下,同一时间,卓翼宸也感到了强烈的不适,他以剑撑在地上,而他握剑的手上也出现了红疹。

裴思婧闭着眼睛靠坐在墙壁上,呼吸沉重,意识逐渐模糊。白玖用手帕不停地给裴思婧擦额头上的冷汗,又给她探脉搏,急得不知如何是好。

裴思婧强撑着开口:"白玖,你离我远点……"

英磊扯过白玖手里的帕子,把他拉开,自己扶住了裴思婧:"我是半神半妖，有神族的血统，应该没事。小玖，你离远点，我来照顾裴姐姐。"

白玖急着说道："我也没事啊。"

英磊拉过白玖，撸起了他两边的袖子，只见上面干干净净。英磊又把白玖翻了个面，看他的后脖子，同样没有红疹。

"咦，奇了怪了。"英磊挠了挠头。

"可能是因为我从小跟草药打交道太多，所以已经百毒不侵了？"

裴思婧又咳了起来。

白玖伸手探向她的额头："不行不行，烫得厉害。这瘟疫起病太急，得赶紧想办法离开这里，尽快服药治疗，否则凶多吉少……"

英磊拔出菜刀，啐了两口，叉着腰气势汹汹道："好，就算把我这菜刀砍劈叉了，也要挖个地道出去。"

英磊抬着菜刀正要砍下去时，不远处的石壁突然一转，发出轰隆隆的声音，蜚抱着青耕从暗门里跑了出来。

白玖惊道："蜚？"

英磊惊道："青耕？"

白玖疑惑地看向英磊："什么青耕？"

英磊指着："他怀里那个，和壁画上的一模一样嘛。"

白玖唰的一下爬起来。青耕可避疫啊。他拔腿追着青耕和蜚就跑："你在这里照顾裴姐姐！"

蜚和青耕推开墙壁上的另一道暗门，跑了进去。门口隐约有光，白玖冲上去，趁着门还没合拢，迅速钻了进去。

这扇门后竟是一间寝室，房内缭绕着若隐若现的烟气，满地散落着涂涂改改的药方。青耕捂着腰上的伤口，倒在软榻上，血不断从她的指缝流出。蜚慌张地找出药瓶和纱布，他想走近青耕查看她的伤势。

青耕却一声厉喝："别靠近我！不用你救我，也不用你帮！"

蜚只能停下动作，有些失落，他小心翼翼地观察青耕。

"哎呀，你受伤了？"白玖看到青耕的伤，一声惊呼。

白玖二话不说，急忙从蜚手里拿过药瓶、纱布："让我来让我来，我是大夫。"

青耕狐疑地看向白玖，质问："你为什么要救我？"

白玖忙着包扎，随口回道："我师父说，医者仁心，绝对不能见死不救。"

青耕冷笑起来："医者仁心……那如果我告诉你，我就是散播瘟疫的罪魁祸首，你还会救我吗？"

白玖从怀中拿出那条红绳，并不意外："猜到了……是你在利用这些红珠手绳传播疫病。这些红珠都被蜚的血染过，佩戴之人会将瘟疫四处散播。"

蜚听到这里，面色难看起来。

白玖问道："你为什么要这么做？"

青耕的神思恍惚起来。

为什么这么做呢？

灵犀山庄原本富丽堂皇，大堂正中立着一尊与青耕长相十分相似的神女像，那尊神女神像就坐在珠帘之中，村民们在堂前跪拜上香。香炉里香火鼎盛。

她在这个镇上生活了几百年，她喜欢这里。思南水镇热闹，又依山傍水，人们日出而作，日落而息，过着朴素又安稳的日子。逢年过节，镇子上还有活动，热闹无比。她喜欢看人的生活，也喜欢融入人的生活，她本来很喜欢人的，人们也喜欢她。人们供奉她，跪拜她，向她祈福，保佑他们远离疫病。他们的虔诚和信仰给了她力量，让她的妖力变强。于是她也广施福泽，庇佑他们，就好像拿了别人的礼物，不好意思，总想着还点什么回去……

可有一天,蚩来到了这里。他天生就是瘟疫的源头,即便青耕拼尽全力,还是阻止不了灾厄的来临。

于是,这个小镇变了,尸体遍地,哭声不绝,一片残败。

那场大瘟疫死了很多人,活下来的人要发泄愤怒,他们说她是骗子、伪神,他们摧毁了灵犀山庄,对着她的雕像泼下脏水、污秽,再也没有人愿意相信她、供奉她……

再后来,白泽神女来了。

见蚩则瘟,而青耕辟疫,因她是蚩天生的克星。白泽神女为了镇压蚩的疫气,将他们一起封印在这个灵犀山庄……灵犀山庄大门缓缓关闭,青耕永远被封印在此处,门外热闹而自由的世界再与她无关,她再也出不去了。

青耕表情复杂地望着身边的蚩,都是因为他,她才失去了自由。青耕的眼圈红红的,盈满泪水。

一滴泪滴落,蚩抬起手,将那滴眼泪小心地接在手心里。

青耕却只是淡漠地看了蚩一眼就别开了脸,她咬了咬唇:"我被封印在这里数百年,漫漫光阴,看不到尽头……你是个凡人,还是个少年,生死须臾间,你理解不了这种生不如死、永无止境的煎熬……"

白玖似懂非懂:"我不是很懂,但我知道,死一人而活百人,死百人而活万人,这的确是人会做出的选择。所以世上才有战争,才有牺牲,才有一将功成万骨枯……白泽神女虽然统管大荒人间,但她也是人……"

青耕再次冷笑起来,表情扭曲,变得有些阴鸷:"有人帮我将瘟疫散播出去,借此将你们引来。那人说,只要我杀了赵远舟,夺取他的内丹,我就能解开白泽封印,离开这里——"

话音未落,房间大门被推开。

"我认识你说的这个人,叫离仑,对吧?"

赵远舟搀扶着文潇，和卓翼宸一起赶到。三人都脸色苍白，有些虚弱，身上的瘟疫症状也越来越严重，红痕几乎蔓延到脸上。

青耕没有回答，转过身去。

文潇虚软地靠坐在椅子上，却敛目肃容，拿出了腰间的短箫："青耕，你散播瘟疫，危害人间，你可知罪？"

蜚激动地挡在青耕面前，竟然开口说话了，但他的声音含糊，让人听不真切。

"不是她的错……错都在我……因为我，她才会被终身囚禁……我若是她，我也会恨上天不公……"

青耕神情纠结，想要说什么，一张嘴却口吐鲜血，昏了过去。

蜚立刻神色焦急紧张，转头向其他人，一脸郑重地请求："我有办法能解瘟疫，只要你们……肯帮我救她……我就帮你们救所有人……"

卓翼宸问："此话当真？"

蜚坚定地点了点头，又朝着众人跪了下来，连磕三个头。

白玖面露为难，弱弱地说："可她伤势过重，恐怕神仙难救……"

众人一阵沉默。

赵远舟却突然开口："如果在别的地方，估计没救了，但在这里，或许我还可以试试。因为瘟疫，整个思南水镇都被戾气笼罩，戾气越重的地方，我的妖力就越强……我可以试着用这里的戾气给她疗伤。"

说完，赵远舟盘膝而坐，给青耕施法。他举起手，捏指朝天空举起，一丝又一丝红色的戾气从天空降下，源源不断地被吸入他的指尖。红色戾气汇聚成红光，凝聚在赵远舟的指尖，他将指尖放在青耕后腰的伤口上，伤口渐渐愈合。

青耕的呼吸平稳下来，蜚激动得眼眶涌起泪水："谢谢你们……救了她……"

文潇看着蜚，不解这两人到底是什么关系，听起来，青耕应该是恨蜚将她困在这里的，那么蜚呢？

文潇问:"她对你很重要?"

蚩用力点头道:"重要……很重要……"

蚩从一出生就被命运诅咒,所到之处,瘟疫泛滥,无论是人还是妖,都认为他是灾厄之源,怕他,惧他……没人愿意靠近他……但青耕不同,她生来就是一只自由自在飞翔于晴空的鸟。

一切皆起于瞬间的妄念。

他自出生起就躲在大荒最贫瘠的地方。他向往人间,他想知道人间的春天是什么样,只要找到没人的地方,遥遥地看一眼人间的春天就好。

于是蚩当年想办法私自逃出了大荒。

人间正值春季,草长莺飞,春意盎然。原来这就是人间的春天,有花香,有鸟叫,有树,有草,春风是软的、暖的。

蚩试着将自己习惯缩起来的身体展开。他张开手指,抬起胳膊,渐渐舒展开,拥抱着人间的春风,任由风拂过他的身体。

一只小鸟飞到他的手上。蚩新奇地看着这只小鸟,抿着嘴偷笑,又不敢笑得幅度太大。他小心翼翼,不敢乱动,想让小鸟多停留一会儿。但下一秒,小鸟扑腾了一下翅膀,就因染了毒疫而在他眼前断了气。

蚩睁大了眼睛,内心一阵惊慌。他害死了这只小鸟,即便这不是出于他的本心,但他的妄念害死了一条无辜的生命。蚩低下头,脚边的花已经枯萎。

不!蚩害怕得又将自己缩起来,他还是那个会带来瘟疫的蚩,只要与他有接触,一切生命都会染上疾病而亡。他不要花为他枯,不要鸟为他亡,他不要这么美的春色被他扰乱。蚩慌乱逃窜,一路逃到了山洞中。

蚩在山洞里住了下来。他每日独自喝着一碗混浊的粗粮粥,独自居于此地,形单影只。洞内篝火将他的影子投到山壁上。他也在山洞里辗转反侧,难以入睡。

山中无岁月,寒尽不知年。人生很短,但寂寞很长,他就这样独自过了很久很久……

每年,他会在同一个日子走出山洞,向远处眺望。那个方向就是思南水镇。

有一日是水镇的灯市。镇子上的光亮映照着夜,也映照在蚩的眼中。他只是看着,便觉得心中温暖。他好想去看看……

又是一年,水镇灯市,灿烂、热闹。

蚩把自己包裹得严严实实,用披风的帽子盖住脸,小心翼翼地走在街道上。每路过一个人,他都自觉地退避,避免与其接触。

身边灯火围绕,蚩看着这五光十色的热闹人间,开心极了。他走过一排花梯,突然有一个身影从高处坠落,蚩下意识地接住了那个身影。

那是一个身着青衣的少女,她好奇地打量着他,蚩也打量着她。少女开口笑着对他道谢。蚩回过神来,心里一惊,而后是深深的自责。他害了她,笑起来这么好的一个人,要被他害死了。蚩站在原地,像个无助的孩子。

但青耕什么事都没有。

蚩娓娓道来:"青耕是我交到的第一个朋友,我很开心,好像活了这么久,从未这样开心过……因为她是第一个……不会被我染上瘟疫的人……只是……"

他最不愿看到的景象还是发生了。

药铺门口摆着很多尸体,有人在哭,有人在撒纸钱。瘟疫无人能治,短短几日,思南水镇就成了人间炼狱。

蚩与青耕站在街上,见到眼前的情景,两人都沉默不语。青耕轻轻摇着头,她也无能为力。蚩低下了头,他的眼中满是悲伤。

他愧疚地向青耕道歉:"是我的错,都是因为我……我就是瘟疫的源头。"

回忆起那个场景,蚩仍然感到痛苦,他更加瑟缩,声音颤抖着:"因为我常常来城镇里找青耕,最终瘟疫蔓延了,厄运难消,遍地尸骨。都是因为我,我喜爱的人间变成了炼狱,我所珍视的朋友,也为我所累……又因为青耕可以压抑瘟疫之源,为了挽救人间,白泽神女只能将我们封印在一起。因为我,她永生永世都被困在这个不见天日的山庄里……我的存在,就是青耕最大的不幸……"

众人听完,纷纷垂低着头,感慨不已,沉默无言。

"我在山中生活时,见过那些翱翔在天际的雀鸟,她也本该如此。所以她才怨我,恨我,她的所作所为,不过是自救罢了。"

蚩的眼泪滑落,无比悲伤。说完,他摊开手,手心光芒一闪,内丹显形:"这是我的内丹……"

文潇道:"等等,你说的解决办法,难道是……"

蚩最后看了眼仍然未醒的青耕,他的手突然用力握紧。

卓翼宸想要上前阻止,却被内丹碎裂时的力量震开。

"瘟疫的起源是我,只要我死了,瘟疫就会消除……"

弥留之际,蚩看向文潇,哀求道:"神女,求你不要杀她,不要降罪于她……这一切灾祸皆错在我动了不该动的妄念。若是青耕不在了,这个世界上……我就再也没有朋友了,没有人会记得我了……"

文潇内心难过,眼眶通红。

一阵风吹来,枯叶飞舞,吹走了蚩身上的破败披风,披风下的他变成了一个容貌清朗、面色和善的年轻人,身上笼罩着一层朦胧的白光,白光渐渐星星点点地消散。

"我是灾厄之兽,不配活在人间,但我真的喜欢这里的灯火阑珊、热闹欢乐、岁月丰饶……只是身为灾厄之源，我没的选……"

从蜚渐渐消失的身体上掉落一个占风铎，丁零一声掉在地上。

软榻上，青耕听到占风铎落地的声音，缓缓睁开了眼睛。她从软榻上起身，茫然地环顾众人："蜚呢？"

"他死了。"

青耕一愣，额间卓翼宸留下的冰夷血再次令她感受到灼烧之痛。她紧紧捂着额头，脸上露出苦涩的一笑："不可能，他怎么会死，他是杀不死的。"

赵远舟看向青耕，答道："别人杀不死他，但他自己可以，他是自毁内丹而死……"

青耕愣住了。

枯叶被风吹动，满院落叶滚动。青耕抱着怀里的占风铎，低着头仔细摩挲："好……死了也好，他死了，我就能自由了……很好……"

青耕抬起了头，却已满脸泪痕，眼泪滴落在占风铎上。青耕不知道自己为什么会哭。好奇怪，她不是该恨他吗？恨白泽神女的不公，恨人的薄情？蜚死了，她该痛快才对，可为什么心底是压制不住的悲恸？

赵远舟环视了一圈房间，目光落在门角隐蔽处挂着的一串塔香上，然后叹了一口气。

"你知道你为什么会哭吗？"

青耕抬起头，茫然地看向赵远舟。

赵远舟继续道："因为离仑在你身上藏了些东西，然后又偷走了一些东西。刚才我就发现你体内有离仑的妖气，所以我才拜托小卓大人，用他的冰夷之血净化你体内的邪恶妖气。"

青耕的手指拂过额头，卓翼宸的血仍在灼烧她的血肉。

赵远舟笑着看向卓翼宸，道："冰夷族的血本就能诛邪去恶，而小卓大人又特别光风霁月，一身浩然正气，他的血净化妖气的力量更强。"

卓翼宸此时虚弱，不愿理会他的油嘴滑舌。

赵远舟掐指施法，指向青耕眉间，青耕的脸上立刻现出痛苦扭曲的表情。很快，她仰起头，一小团黑雾从她的眉心破出，缓缓地飞到赵远舟手上，围绕着他指尖。

众人惊诧，此刻青耕的脸似乎发生了微妙的变化，她神态柔和，目光平静，有些迷茫地看着众人。

正在闭目打坐的离仑似乎感受到了异样，突然睁开眼，眉头一皱。

半空中，一片正在缓缓消散的槐叶飘落。

离仑嘴里流出鲜血，他却不在意地笑了笑，眼神里带着不甘和兴奋，让他看起来更加疯魔。

"又废掉我一次……赵远舟，你够狠……"

赵远舟指尖上的黑雾跳跃、挣扎，似乎有生命。

文潇问道："这就是离仑的妖力？如果他可以随便附身于任何人，那把他封印囚禁在大荒没有任何意义啊……我们是在对战一个永远不可能被打败的人……"

赵远舟摇摇头："也不是……离仑的附身法术，自噬性极强，每使用一次，他的寿命和妖力都会大幅耗损……我们每消灭一次离仑的附身，对他都是重创……"

赵远舟继续告诉青耕："你看这妖力，阴森、黑暗，正是它在你心里生根发芽，长出怨、憎、怒，变成遮蔽所有阳光的沉重树冠，将你压在不见天日的阴影里。"

赵远舟变换指法，黑雾凝聚，变成了一片槐叶。

赵远舟道："燃！"

槐树叶燃烧，化成黑色的灰烬。角落里的塔香开始燃烧，随后应声落地，化成一缕白烟，地上只剩下一堆灰烬。

卓翼宸认出这香味："犀角香？"

赵远舟点点头，看向青耕："这香应该也是离仑点的，日复一日，不断影响你的心智，也放大了你心中的恨意。现在，你可以听听你的内心。你真的恨蛋吗？"

青耕感到心碎。她抬起手里的占风铎，抚摸着，默默掉下眼泪。占风铎发出丁零的响声。

她真的恨蛋吗？她怎么会恨呢？

水镇灯节，街道上火树银花，热闹非凡。灯会上有祈福活动，不少人爬上花梯，把信物挂在高处。

青耕听到几个女子的议论，说这是思南水镇一年一度的祈福大会，说若是能把信物挂上高处，来年就能平安健康、心想事成，挂得越高越灵验。

青耕拎着一个刻着青鸟的占风铎，看着花梯的最高处，跃跃欲试。

一群人中，一道青色身影拎着占风铎努力往高处爬，结果旁边的人太多，震动花梯，青耕脚一滑，从梯子上掉落。

千钧一发之际，青耕落入一个温暖的怀抱。

救她的是一个怪人，她看着那人浑身包裹严实，不露一丝皮肤，就连脸也被披风盖着，只露出一只眼睛，连手上也戴着手套。她便好奇地打量了两圈。

青耕抓着他的肩膀，一只手还提着占风铎。她笑了笑，原来是大荒的老乡啊。青耕伸手想去揭开他的兜帽，那人却十分惊恐，干脆手一松，竟直接把青耕"扔"在了地上。

"哎哟！"

青耕摔了个结实。

那人见状立即手足无措，他围着她直着急，想扶又不敢扶。

这人又奇怪，又憨。青耕看着掉在地上的占风铎，灵机一闪，装作委屈地呜咽起来："呜呜呜，你怎么突然放手了，我的脚好痛。呜呜呜，我的风铃……"

他果然急坏了，重新围好披风，拿起占风铎，指了指高处，又指了指自己。

青耕得逞地一笑："你帮我挂？"

他点点头："嗯。"

于是，蚩老实巴交地爬上花梯，青耕在底下叉着腰指挥。

"哎，左边……左边一点……不够高啊……你快爬呀……再高点，右边……右边……要把我的风铃挂得最高……"

无论青耕怎么指挥，蚩都一一照做，青耕忍不住偷笑。

"这妖怎么这么听话呀。"

终于，蚩爬到了最高处，挂上了占风铎。铃声作响，上面的青鸟栩栩如生，宛若在风中高飞。蚩开心地朝着底下的青耕挥手，青耕也灿烂地笑着挥手回应。

高处的风吹开蚩的披风帽子，蚩立刻用手挡住脸，又将披风帽子盖了起来。

只是此刻的花梯上，蚩扶着梯子的地方，却不易令人察觉地散出了一片青灰色的烟雾。

月光倾泻在河道里，波光粼粼。

青耕和蚩在桥头望月闲聊。青耕奇怪地看着一旁的蚩，他总是坐得离她很远。

蚩感受到了她打量的目光，头垂得更低。

青耕觉得奇怪："你为何把自己包得这么严实啊，还坐那么远？"

蚩低头沉默，看起来有些自卑。

青耕笑了笑："你救了我，我们就是朋友啦。"

蚩有些意外，他难以置信地看着青耕，眼神小心翼翼地确认："……朋友？"

"对啊,朋友。"青耕有些疑惑地看向蛮,"怎么了?不好吗?"

蛮连忙摆手解释,紧张得甚至磕巴了起来:"不不,我是说好……当然好,只是,我还是第一次有朋友……"

朋友?蛮只要想到这两个字,就觉得自己心跳得厉害。他忍不窃喜。竟然有人愿意与他做朋友,那他是不是再不用孤身一人了?蛮觉得眼眶有些发酸,又怕哭出来吓到她……朋友。总之,他真是太幸运了,上天待他真好,青耕也好。

月光桥上,两人并排而坐,蛮总是忍不住偷偷看青耕。

"所以你为什么离我那么远呢?"青耕又问。

蛮不知道怎么回答,他害怕青耕离开她,可他更不想欺骗朋友:"我是灾厄之兽,不配活在人间,但我爱这人间,热闹、欢乐、岁月丰饶……只是身为灾厄,我没的选……所以我不敢靠近你。"

短暂的沉默过后,蛮习惯性将自己缩回披风里。

忽然,青耕主动朝他挪了过来,坐得离他很近。

蛮意外地转头看她,青耕也看着他,笑得很好看:"我敢选。"

身为灾厄之兽,你没得选,但我敢选,选择成为你的朋友。

蛮知道自己永远都不会忘记这个瞬间——永远。

青耕和蛮一起逛夜市。路人来来往往,蛮下意识地避免与任何人触碰。他看着周围的一切,眼睛里流露出新奇。每经过一个摊位,他都会停下来看看。

青耕觉得好笑:"怎么什么东西你都喜欢?"

蛮点了点头,笑着回答青耕:"嗯,都喜欢。人间的每一样事物,我都喜欢。"

青耕拨弄摊贩上的铃铛,又问:"不喜欢大荒?"

蛮如实回答:"大荒太荒凉太寂寞了,不喜欢。"

青耕扑哧一声笑了:"你这妖,还真老实。"

祈福的花梯上，还有人不断往上攀爬。他们的手扶着花梯，而露出的手背上不知不觉出现了一些红色的疹子。

高处的占风铎丁零作响，被风吹得剧烈摇晃。

遍地尸首的思南水镇街头，青耕与白泽神女相对而立。

白泽神女悲悯地看着满地的尸体："蜚私逃出世，引至灾厄连连，为避免瘟疫扩散，我必须把他带回大荒——"

青耕急忙问道："带回大荒之后呢？"

白泽神女答："永世封印。"

这不公平！他那么喜欢人间，喜欢热闹，却要永世封印……青耕神情一动，眼含泪水，她毫不犹豫跪求白泽神女："神女大人，我天生趋避病疫，与蜚相克，我有责任帮助神女消除世间瘟疫……"

白泽神女摇了摇头："蜚的瘟疫之气与生俱来，无法消除。"

青耕急得掉下眼泪："有办法！有办法……我愿与蜚一同永世封印，只要白泽神女答应，不要带蜚回大荒。"

白泽神女一愣，她还是再次提醒青耕道："永世封印，意味着，再也无法自由。你的真身是一只青鸟，本该追寻翱翔天际的自由，虽然你身负避疫之能，有救世之责，但责任是自己选的，你要这么选吗？"

"那至少我可以选，可是蜚呢？他自降生就为灾厄之兽，他有的选吗？这是我的选择……求神女成全。"

青耕目光坚持、恳切，白泽神女只得点头同意。

灵犀山庄的大门紧紧关闭，锁上金色的白泽令符文流转。

蜚难过地看着青耕："都怪我，是我害了你。"

青耕摇摇头："我可以一直在这里陪着你。"

"你会后悔的。"

青耕笑笑："我不会。"

青耕在屋檐上挂上刻着青鸟的占风铎。占风铎清脆作响，青耕与身边的蜚相视一笑。蜚一直都不知道，陪他封印在山庄里，是青耕自愿的。

占风铎陈旧了许多，在风中不断摇晃。

蜚在打扫落叶，青耕在屋顶上用扇子扇风，把屋顶的落叶扇到庭院里。蜚抬头，青耕在屋顶上咯咯笑，蜚挠挠脑袋，有些不好意思。

"你这样，我扫不完咯。"

青耕在大堂里画画，蜚在一旁给她研磨。青耕画了一张蜚的画像，上面是书生模样的蜚。

蜚道："好厉害，比我好看。"

青耕摇摇头："你就是这么好看。"

青耕的手指轻拂过占风铎："日久岁深，只有从山庄看出去的那些青山不老。时光这么漫长，有时候那些日子的确会觉得孤寂、无聊，很想再出去看看繁华人世。然而每当看着蜚因为我的陪伴而开心的样子，似乎又觉得，这百岁千秋也是值得的，直到，离仑找到了我……"

占风铎响声悠远，青耕闺房的门角下，不知何时点着一串塔香，青烟若隐若现。

青耕站在树下，转过身，双眼突然灼烧，变成金色。她抬起眼，看见了站在自己面前的离仑。

离仑笑了笑："借你用一用破幻真眼……回头看看他，那才是他真正的样子。"

青耕回头，看见远处正在整理桌子的蜚是一个面容清秀干净、白衣温柔的少年书生。

离仑道："曾经世人奉你为神，如今你看看这破败不堪的地方、落满尘土的坐像，谁还记得你？"

青耕愣了愣，表情变得有些纠结。

离仑附在青耕的耳边低语:"那些因为蜚而酿成的惨祸,与你何干?为何要你来还?"

离仑伸手,捧着青耕的脸,几丝血管一样的黑色妖力沿着离仑的手,爬上青耕的脸,钻进青耕的瞳孔,变得死黑。

离仑道:"白泽神女粉饰天下太平,自诩公正,然而她自身是人,不是妖,理解不了妖的痛苦和挣扎。她每一次的选择都是牺牲妖命来保全人类,这公平吗?可怜的是,即便你自愿牺牲,那些被葬送的无辜生命也不会因此复活,那些得以享乐的人也不会对你感恩,铭记在心。你的牺牲,毫无意义。"

青耕动摇了。

离仑问:"你想救蜚吗?"

青耕回头,看着面容干净、清秀的白衣少年,脸上的表情变得淡漠而阴冷。她本是为了救蜚,最终却害死了蜚。青耕只觉得心里被悔恨淹没,她满面泪痕:"我之前对他说的那些狠话,都不是真心的。或许我有时也会生出愁苦,但和他一起相守的日子,我……不曾后悔……可惜我没有来得及告诉他,而他再也不会知道了……"

文潇心中也跟着难受:"不要自责,这一切的罪魁祸首,是离仑。"

突然,卓翼宸身体歪倒,撑着桌子:"瘟疫……并没有解除……"

白玖着急道:"可是这瘟疫因蜚而起,他不是已经死了吗?"

赵远舟无奈道:"蜚虽死,但已经染上瘟疫的人,病症不会消失。"

大门外一个急促的脚步声跑来。

英磊背着裴思婧大喊道:"神女大人,小玖!不好了!裴大人她……她……"

裴思婧从英磊背上跌落在地,已然气若游丝。

第九章
治瘟疫

英磊搀扶着裴思婧,将她放在软榻上。裴思婧已经意识模糊,病得严重。

白玖急得手足无措,问青耕:"你不是可以压制蛊的瘟疫之毒吗,能救救裴姐姐吗?"

青耕看着几人,表情黯然:"蛊的瘟疫……是治不好的。对不起,是我害了你们……"

文潇看着自己手上的红疹,幽幽地叹气:"没想到,我们最终的结局居然是病死……"

赵远舟安慰道:"但至少死在一起,也算圆满。"

文潇话锋一转:"你不是大妖吗,堂堂不死之身,要是也被瘟疫弄死,岂不是太窝囊了?你快想想办法!"

赵远舟摊摊手:"我应该死不了,但一直这样半死不活地病着更惨吧?还要拖着病痛之躯,给你们料理后事……生不如死!"

"我呸!我呸呸呸!我才不要大家一起死。我去研究解药!我是大夫,我一定要想出办法救你们……"

白玖边说边跑出门去。

乌云密布,雨水淅淅沥沥。

文潇搬了一把椅子坐在屋檐下听雨。她浑身烫得像一块烧热了的炭,在这里吹吹风看看雨,也许比躺在榻上能更好受些。

不一会儿,又有两把椅子搬到了她左右,赵远舟和卓翼宸也坐了过来，陪着她一起听雨。文潇本想开口揶揄两人，但实在没有力气，她的身子轻轻晃着，连坐也坐不稳。

赵远舟侧头看着她微微蹙眉的样子，平日里那么机灵的人，此时病恹恹的，脸色苍白得让人心疼。他伸手轻扶了下文潇摇晃的身子，一股温润的内力由他的手掌传递至文潇体内，这样或许能让她好受些。

"难受的话，肩膀借你靠一会儿？"赵远舟轻声询问。

卓翼宸直接扶着文潇把她的头靠到自己肩膀上。他的身体和文潇一样，也烫成了一块烧热的炭。他习惯了强撑着，这会儿他坐得笔直，想让文潇靠得更舒服些。

文潇的发随着她的呼吸摩挲着他的下巴，她的气息就在他的肩头，卓翼宸抿了抿薄唇，胸腔内心跳如擂鼓。明明心跳如擂鼓，他想的却是怕自己起伏过大的呼吸会影响到文潇休息。

文潇觉得她此刻唯一能动的就是脑子了，于是在脑海中迅速将这一日发生的事过了一遍。

文潇想到了什么，眯着眼睛道："幕后真凶除了离仑，应该少不了崇武营。"

卓翼宸点了点头："那个神秘人将我绑到这里，想借我的云光剑杀赵远舟，取他内丹。而且青耕在囚禁我时，用的是钦原毒针。"

文潇回忆道："钦原，其状如蜂，大如鸳鸯，蜇到鸟兽则死，蜇到树木则枯。崇武营在几年前就做出了这种钦原毒针，专门对付不听话的犯人。"

卓翼宸看向赵远舟："可是，离仑自己就是妖，他要你的内丹做什么？"

赵远舟耸耸肩，他也回答不了。

三人陷入沉默。

白玖端着煎好的药，来到文潇他们身边："药煎好了……但药性很猛，我有些吃不准……万一让病情加重……"

赵远舟和卓翼宸同时伸手。这次,赵远舟抢先一步,将药碗抢了过去。他笑了笑:"小卓大人,还是我来吧,反正我喝了也不会死,没有加重的空间。"

说完,赵远舟一饮而尽。

卓翼宸问道:"什么感觉?"

赵远舟俊秀的五官微微变形:"苦……"

卓翼宸无奈道:"我问你感觉,没问你味觉!"

赵远舟恶心了一阵,道:"感觉很差。"

白玖抬头,看着不远处散落一地的药方:"我看了青耕桌上所有的药方,清瘟化瘀,解毒理气……为何还是没用?"

文潇撑起身子,声音虚弱道:"青耕和我说,她研究多年,这药方似乎还差一味能将所有药力融合的药引……"

"药引……药引……"白玖低声念叨。

"青耕居机柏之木,食其花果而生……避疫、机柏之木……啊!我知道药引是什么了!"

天光渐亮,雨也停歇,阳光照射进灵犀山庄。

白玖与英磊站在大堂中央那棵干枯的柏树下,抬头仰望。

"原来这就是机柏之木吗?我记得在师父的药典中看过,机柏之木置于烈酒之中,饮之可避恶气。"

英磊点了点头,道:"都说树木超过百年就会孕育灵气,青耕喜居此树,以树上花果为食,所以能够避瘟疫。"

白玖打量着面前的枯树,面露难色:"可这棵树已经枯死了,无花无果,连片叶子都没了。呃……用树皮行吗?"

白玖上前,试图抠下树皮,手掌不小心被干枯锋利的边缘割伤了,鲜血蹭在树干上。白玖疼得嘶了一声。

英磊大叫一声:"哇,心疼。"

白玖更正道:"是手疼!"

英磊耸耸肩:"手心疼。"

"这树皮太硬了,抠不下来,我去找小卓大人借云光剑试试。"

英磊冷哼一声,目光变得严肃起来,他抽出腰间的菜刀:"不用麻烦。呵呵,杀鸡焉用牛刀……哦,不,我这把才是牛刀,看我山神的惊天刀法!"

英磊手一抬,还没落下,就看见刚才白玖沾在树上的血迹迅速渗入树干。他吃惊道:"哎?"

白玖揉揉眼睛,还以为自己眼花了,那树干上刚才染了血的地方突然长出一根枝丫,枝丫又长成一根树枝,树枝抽出一片叶子,叶子迅速生长,然后叶子中开了花,结出红色的果实。

白玖和英磊面面相觑。

"这也太玄乎了。"

英磊看了看自己还没落下的菜刀,又看了看那棵树,恍然大悟。明白了,全都明白了!他笃定道:"看来它怕了。呵呵,算它识趣!"

说着,英磊上前,哇的一声猛然挥下菜刀,却温柔地砍下那根细细的树枝。

白玖抱着树枝又匆匆跑去熬药了。

不大一会儿,一碗新的汤药被端了过来。

卓翼宸放下汤碗,抬起手,手背上的红疹便以肉眼可见的速度消退。

白玖惊喜道:"我成功了?"

卓翼宸冲着白玖微笑,点点头:"嗯,谢谢你,小玖。"

白玖强装镇定,答道:"没什么,小卓大人言重了。"

说完,白玖转身离开,迈出了看似稳重、实则做作的步伐。刚出门,白玖就开心地蹦蹦跳跳起来,绕着院子振臂欢呼:"我成功啦!我成功啦!"

另一边,裴思婧在英磊的搀扶下坐了起来,喝下了药,红疹也已尽数消退。

白玖的药见效奇快,到了傍晚,众人已恢复如初。

文潇面朝着被锁住的灵犀山庄大门,拿出短箫吹奏。赵远舟伸手探向门锁,门锁上亮起金色符文,符文浮动而起,飘向赵远舟的手腕,绕成一个金色的符环。

"青耕,你散播瘟疫,其罪当惩,但念在你是受离仑所惑,且当年你本无罪,却愿意为了百姓苍生,自请囚禁百年,也算功过相抵。我答应过蚩,不会降罪于你,现在我替你解开封印。"

门锁从门上掉落,大门吱呀一声打开。

一门之外的景色,却已百年未见,青耕觉得好陌生。她望着那大门,愣了许久,而后才抬脚一步一步地朝大门走去。

在迈出那道门之前,青耕回头看向庭院。那里有她和蚩的许多记忆。

蚩还是裹着他那件破旧的长袍,和她一起坐在树下。

蚩曾经认真地看着她的眼睛,和她说:"雀鸟应该在崇山峻岭之间飞翔,不应被困于低矮的屋檐。带来瘟疫的是我,白泽神女确实做错了,法理难平……"

青耕笑了笑,没说话。

蚩转过身,背对着青耕说:"如果有来世,青耕,希望你做一只普通的鸟,虽然没了法力,但也不必再承担任何责任……去和其他的鸟雀做朋友,别再认识我这样的妖了……"

阳光照在她脸上,明明是秋日,风却是暖的、软的,像一只手,温柔地拂去了她脸上的泪。

是你吗,蚩?

青耕笑着擦了把脸上的眼泪,转身深吸一口气,迈出了那道门。

青耕自由了。

英磊叉着腰，看着青耕走远的背影感叹道："大功告成，瘟疫解除，青耕也终于可以离开这里了。在这里闷了一百年，换作我，早发疯了。"

卓翼宸沉思片刻后，说道："我觉得她不会走。"

裴思婧点了点头："我也这么觉得。"

英磊扭过身去，狐疑地看向两人："哟，曾经最讨厌妖的卓大人和裴大人，现在却对妖感同身受了啊。"

卓翼宸拿出一张纸，上面是青耕写下的字："世间法理万千，难敌一句'甘愿'。"

英磊看着青耕的字，心中一阵难受："蛬会看到吗？"

他那么爱打扫房间，肯定看得见。英磊用力地点了点头，心里这么认定。

卓翼宸环顾四周，问道："小玖呢？"

众人这才发觉，不知道白玖跑到哪儿去了。

白玖独自站在那棵干枯的树下，端详着树干。他想了又想，还是拆下手上包着的纱布，把伤口的血抹在树干上。那血渗入树干，顷刻间消失不见，树干抖动起来，吓得他倒退两步。一根树藤突然从地面破土而出，缠住了白玖的脚踝，他突然仰头，双瞳瞬间漆黑。

黑暗中，幼童惨烈的哭声此起彼伏地响起。儿时的记忆浮现。

小白玖突然咬了司徒鸣拦住他的手。司徒鸣吃痛，只得松开了他。小白玖哭喊着回头朝他母亲的房间跑去："你怕妖怪！你见死不救！我不怕！我要去救娘亲！"

他刚跑到母亲门口，突然一根树藤从地底钻出，扭曲着缠住了他的脚。白玖惊恐地想要踢开那困住他的树藤……

"小玖？小玖？"

白玖的眼睛从漆黑变成正常，他回过神来，发现自己不知道为何垂着头跪在地上,面前是蹲下来看着他的卓翼宸。

卓翼宸的目光充满关切。

白玖抬头,只笑着含糊地说,近日太累了,休息下就好。

药铺门口,村民排着长长的队伍,药铺里的白玖为他们号脉看诊。此时他不再需要屏风遮挡,也不需要刻意修改声线,人人都称赞他是小神医。他心中充满巨大的幸福和成就感,谁说年纪小就不能问诊行医了?

一边的长桌上摆满了汤药碗,英磊正在帮忙从大锅里舀出汤药,倒进碗里。文潇和裴思婧则向结束问诊的村民发放汤药。

无论年老年少,纷纷朝白玖鞠躬。白玖吓到了,立刻下跪回礼。村民们一愣,只能下跪回礼。白玖索性整个人趴到地上,让对面的人无法回礼,心中想着,年纪小行医还是有些困扰啊。村民们看着趴在地上的白玖,集体发出哭笑不得的笑声。

白玖在笑声里不好意思地埋头。忽然,英磊躺了下来,腿一跷,在白玖旁边陪着他。白玖疑惑地抬起头,看了看英磊。英磊笑得开心,白玖也笑了出来,索性也学着英磊,翻了个身,跷着腿。

两个少年就这么并肩旁若无人地躺在地上,一起抬头看着头顶湛蓝的天空。

今日天空碧蓝如洗,往后也会如此。

文潇和裴思婧对视了一眼,也都笑得开心。赵远舟说还有事要处理,并没有和大家在一起。卓翼宸回来时,手上多了一个信封,神色有些凝重。

夜幕降临,文潇和卓翼宸在长桌旁一起送走了最后一名村民。

英磊和裴思婧正在帮白玖收拾药草。

白玖一脸疲惫,拍了拍自己的脸颊,打起精神,笑得很开心:

"呼,药终于都派完了!"

"嗯,很快镇上的人就都能痊愈了。刚听他们说,为了庆祝消除瘟疫,今晚镇上将举办烟火会和灯会。"英磊分享自己获得的信息。

文潇笑着打趣道:"你还真是'包打听',是个做密探的好苗子。"

赵远舟提议:"那不如多待一天吧,明早再起程赶往昆仑。"

白玖激动地蹦了起来:"太好了,可以看烟火了!"

说完,地面忽然一晃,长桌上的东西都震动起来,地面也发出轰隆声。白玖险些以为是自己跳得太用力所致。

英磊神色凝重地开口道:"是山崩……看来大荒事态越发严重了。"

赵远舟望向远处:"嗯,昆仑山也受到了波及……"

赵远舟说完,朝英磊塞了个袋子:"这个,帮我收好。"

英磊掂量了一下袋子:"好沉啊。这是什么?"

英磊好奇打开袋子看,里面是一袋子核桃:"核桃?大妖还喜欢吃这个?"

赵远舟信口胡诌道:"我留着路上当弹珠玩不行啊?"

烟火在夜色中绽放,小镇笼罩在热闹的流光溢彩之中。

青耕重新在廊檐下挂上那串已经褪色的陈旧占风铎。占风铎在风里丁零作响,青耕抬起头,正看见一朵璀璨的烟花在头顶盛放。

"蜚,愿你来世为人,生于平淡之家,免受今世之苦,得见这人世间的安乐繁华。"

青耕深吸了一口气,好像此刻她更理解蜚的孤独了。

蜚,那漫长又孤独的日子,你怎么挨得住?

青耕又对着占风铎轻声说着话:"我不走。我会留在这里,只要我还在,这个世界就不会忘记你……"

青耕摊开手,她的手心握着一片黑色的鱼鳞。

今日下午，赵远舟来找过她一趟，他将这片黑色的鱼鳞送给了她。

"这是冉遗的鳞片，可以让人躲到梦里去……"

青耕疑惑地看着赵远舟："躲？"

赵远舟点点头："是啊，躲，也就是逃避。选择沉溺在梦境的人，大多是想要逃避。"

青耕打趣道："哪有教人逃避的……"

赵远舟只是笑笑，不说话。

青耕将那片鳞片握紧在手心，沉思了片刻，开口道："也不一定是逃避，也可以是选择。蜚生为灾厄凶兽，没的选。而我可以选，世间法理万千——"

赵远舟接道："难敌一句'甘愿'。"

青耕笑了："你看到我写的字了？"

"准确说，是小卓大人看到了。"

此刻，青耕在树下坐下来，她看着那片鱼鳞，回想着赵远舟的话……是啊，难敌"甘愿"。她将鱼鳞捏紧，鲜血从指缝中流出……

青耕心中忐忑，但什么都没发生，只有天空中烟火绽放的砰砰声响。她不禁叹息，眼中的失落更深。

"青耕。"有人唤她。

青耕怔愣住，缓缓抬起头，她看见远处衣衫干净、目光温柔的蜚正从漫天烟火中朝她走来。

青耕又哭又笑。

真是笨蛋，不打声招呼就走，谁准许了？

但没关系……我们又见面了。

青耕起身朝他飞奔而去，站到蜚的面前，一如那晚两人坐在月光桥上她主动靠近蜚时的情景。

"我选好了。"青耕看着蜚，笑得灿烂。

若心如磐石，百年不过一瞬。青鸟生而有翼，却甘愿囚困于笼。即便心有羽翼，也只能画地为牢……

此时文潇坐在月光桥上，在本子上写完最后一行字，重新把笔插回发髻上，合上了本子。

入了秋，夜晚有些凉，文潇将手放在嘴边呵气取暖。

赵远舟走到她身边，坐了下来。

思南水镇上空闪烁着烟火，火光点缀着画布般墨蓝色的天空。

文潇有些惊喜："白玖喜欢烟火，他现在应该很开心。"

她一扭头看见赵远舟的脸上也露出兴奋的表情。

"你也喜欢？你在大荒见过的奇景不比人间这些小玩意儿厉害多了？"

"大荒奇景再壮阔，也是天地的造物，和我们众妖没什么关系。"

文潇想到了什么，突然雀跃道："那你作为大妖，能用法术变出更大的烟火吗？"

赵远舟从怀里递出了两支细细的小棍儿："你喜欢这种小东西呀？"

赵远舟递给文潇一根，又帮她点燃。原本遥不可及的天边烟火，瞬间就握在文潇手中，她止不住地盯着看，亮眼的光照着两人的脸。

赵远舟晃动手中的那支小烟花："在大荒，什么奇景都见过了，但到了人世间，我却喜欢这些小玩意儿。"

文潇认真地看着赵远舟："你知道这种烟火是冷的吗？"

赵远舟疑惑地看着手中的烟花："冷的？"

文潇把手靠近溅出的火花，一脸泰然："看似危险，但并不灼人。"

文潇转头看向赵远舟。

赵远舟避开她的目光，嘴硬道："你别在这里指桑骂槐哦……"

文潇低头笑笑，不说话。赵远舟也低头，但嘴角忍不住上扬。

远处，村民们还在庆祝，热闹不凡。

近处，只有他们两人和手中这两团庆祝的火光。

赵远舟抬起头看文潇，发觉文潇也在看着他。文潇笑着晃了晃手中的那团光亮。她的笑容在月色里格外温柔，赵远舟的心口又是一阵悸动。

白玖和英磊去镇子上转了一大圈，喜笑颜开地走进院子，感慨道："烟火太好看了。只可惜，食肆都打烊了，派了一天药，饭也没吃上，好饿啊。"

英磊拍了拍胸脯，豪爽地承诺："上了昆仑山，我抓野兔烤给你吃！"

"一言为定，不许反悔，反悔的人吞一千根我针灸用的金针！"

英磊思索了下，道："那我能闻一下吗？……"

白玖："……"

突然，肚子咕咕叫的声音响起。英磊和白玖对视一眼。

白玖摇头："不是我。"

英磊也摇了摇头："更不可能是我。"

两人转头，看见旁边屋檐下坐着的卓翼宸，他不好意思地转开了脸。

"小卓大人，你也饿了吗？"

裴思婧走了过来，说："走得太急，干粮也没来得及准备。"

赵远舟和文潇走过来，但不知何时，赵远舟手上托着一壶酒和几个酒杯走向石桌。

赵远舟招呼道："来来来，有吃有喝！"

众人围坐下来，桌上却是一袋核桃。

白玖有些丧气："核桃？这和烤山兔可差太远了……"

"有核桃就不错了。无须客气，大家都这么相熟了，尽管吃，尽管喝。"

卓翼宸把一只核桃捏爆，把核桃仁堆放在面前的小碟子里。

赵远舟啧啧道:"卓大人,你捏得这么碎,我以为你要喝核桃浆呢……"

赵远舟为文潇捏碎一颗,正要递给文潇,结果卓翼宸把面前一大堆剥好的核桃仁递给了文潇。

赵远舟:"呵呵。"

文潇拿起酒瓶倒了一大杯,仰头喝下。

卓翼宸看着,心中担忧:"文潇……你酒量——"

文潇笑笑:"确实不好。但是,今晚值得畅饮。"

赵远舟举杯:"不醉不归咯!"

文潇边说,边给众人倒起酒来。

白玖喜滋滋地端着杯子等着,眼看着文潇给他其他人的杯子都倒满了,就要到他了!

文潇提着酒壶在白玖面前稍微一顿,然后略过了他。

"哎?"白玖一脸气鼓鼓!

文潇莞尔:"小孩儿不能喝酒。"

卓翼宸垂眸,转了转手中的酒杯:"今晚什么都可下酒,明月、秋风、虫鸣、夜露,都值得举杯共饮。"

众人起身附和,酒杯相撞,一饮而尽。

烈酒入肠,也不觉得秋风冷了,周身暖意融融。

赵远舟提议道:"好像还缺少一点歌舞助兴……"

文潇笑着打趣:"你唱歌?大家敢听吗?"

赵远舟坏笑着看向卓翼宸。

卓翼立即警惕道:"你看我干什么?"

赵远舟笑得不怀好意:"小卓大人气宇轩昂,我多看两眼,不可以吗?"

"我来唱,我来唱!"白玖主动请缨。

说完,白玖拿起筷子,一边敲打着面前的酒碗,一边唱起歌来。嗓音清澈，却有些单薄。文潇拿出短箫相和，箫声悠扬，夜色深沉。

放歌须纵酒。裴思婧举杯又饮了几杯。

借着酒劲儿，裴思婧难得纵意，竟也跟着起哄道："歌有了，还差舞，久闻小卓大人剑舞一流，赏心悦目。"

起哄这种事总是少不了赵远舟，他立即附和道："卓大人来一个吧！"

赵远舟疯狂地给英磊递眼色："小卓大人平日里不苟言笑，现在让他舞剑，太强人所难了吧？"

英磊长长地"噢"了一声，立即打起了配合："他是怕丢人吧，可能他的剑舞水平非常一般——"

卓翼宸拿起剑，站起身，对着赵远舟道："我舞剑可以，赵远舟，你也来！"

"来就来，不过我没剑，只有伞！"

"舞伞多稀奇啊！快来快来！"白玖笑得前仰后合，兴奋地拍着手。

月光下，卓翼宸和赵远舟，一个舞剑，一个舞伞，却意外和谐。两人动作利落，长袍翻飞，赏心悦目。文潇吹奏短箫，白玖和英磊也一同打着节拍。

裴思婧脸上已有些醉意。她用手撑着有些昏沉的头，看着他们，露出了难得的放松的笑容。很快，她又收起了笑容，转身悄悄地离开了。

裴思婧在院子角落孤独地坐下来，从怀里掏出弟弟的木偶，低声与那木偶说话："赵远舟说，在某些时刻，你会出来陪我。但他这个大妖总是爱说谎。"

说完，裴思婧叹了一口气，把木偶放在身边。

"姐姐。"

裴思婧有些不敢相信地转过头，见裴思恒正笑容满面地看着她。

裴思恒伸出手，摊开手心，里面是一堆剥好的核桃仁。

文潇一直在观察几人。这里的每个人都让她感到亲切。看着他们的笑容，文潇也忍不住笑了出来，只是笑着笑着，心情却更加复杂。那封缉妖司的信，似乎随时会导致爆炸，将眼前的美好撕碎。

文潇摇了摇头，又灌了自己一杯酒。

众人聚在屋子里玩闹得很累，也很尽兴。

卓翼宸拿着一盏灯，走进来催促："还不睡？明天一早就要起程，你们差不多得了。"

文潇却道："还没玩够呢。"

白玖跟着起哄："对啊对啊，难得开心的日子，不想结束啊。"

文潇提议道："我们不如再玩个游戏？"

赵远舟饶有趣味地看着文潇。文潇很不对劲，他一眼便看了出来，但他打算先等等看她想干吗。

文潇将自己的短箫放到中间："待会儿我这箫转到谁，我便问一个问题，那个人必须说真话，不可撒谎。"

卓翼宸与文潇交换了一个眼色。赵远舟看了他们俩一眼，心道，两人都有问题。

英磊拍着手大咧咧道："好玩好玩，来来来！可是，怎么知道这个人有没有撒谎呢？"

文潇神秘一笑，从身后拿出一个包裹，展开。里面是一株草，通身黄色，直立生长，上面沾满露水。

"尧时有草，生于庭阶，有佞人入朝，则屈而指之，名为指佞草。这种草可辨析人心，看破谎言，若是遇到有人撒谎，草便会弯曲，萎靡不振。"

白玖惊讶道："哇，文潇大人，你懂好多哦，真的这么神奇吗？"

卓翼宸正襟危坐，突然转头看向身旁沉默不语、面露难色的裴思婧。

文潇莞尔一笑："那我们就开始了。"她意味深长地看了众人一眼，转动短箫。

很快，短箫停下，头部指向了裴思婧。

裴思婧淡定道："我是个无趣的人，你随便问吧。"

文潇看着她，突然话锋急转："裴姐姐，你是崇武营的细作吗？"

一时间，气氛凝滞，仿佛连时间都静止下来。

许久，白玖才结结巴巴地问："这……这怎么回事？！"

裴思婧迎上文潇的目光："你这是何意？"

文潇深吸一口气，心道，这一刻还是到来了。

"我收到司徒大人的来信，他说我们中间有人向崇武营透露了消息。也就是说，我们当中，有一个崇武营的内应。"

白玖下意识握紧了自己的手腕。

文潇继续道："崇武营似乎一直对我们的行动路线十分清楚，总是屡屡埋伏、阻挠，而知道我们要上昆仑山的更少，崇武营的人却能提前得到消息，利用青耕在这里部署陷阱。"

英磊惊讶道："指使青耕的背后真凶……是崇武营的人？"

卓翼宸点头。

文潇紧紧地盯着裴思婧，目光里带着审视的意味："以山海寸境的法力，我们本应直接到昆仑山。是谁影响了英磊，造成他失误，让我们来到思南水镇的？又是谁将我们分开，让小卓先行查探？"

答案都是裴思婧。

裴思婧看起来十分平静，白玖倒是看起来有心事，手里紧紧捏着一个核桃。

文潇微微一笑，笑中带着危险："裴大人，我刚刚的问题，很难回答吗？你是不是崇武营的细作？"

裴思婧镇定地看着文潇的眼睛："不是。"

然而她刚说完，卓翼宸眼神一动，只见文潇手里的指佞草竟然弯了下去。

众人纷纷看向裴思婧，俱是惊骇。

裴思婧与文潇眼神对峙，谁都没有退缩。文潇看着弯曲的指妄草，又抬起头看裴思婧，声音柔和，眼神却带着极强的威慑力："裴大人，你在说谎。你，就是崇武营的内应。"

突然，咔嚓一声，白玖捏碎了一个核桃。

所有人一齐向白玖看去，白玖怯怯地丢掉手里的核桃："好吓人……裴姐姐，你……"

面对文潇的逼近，裴思婧依然神情自若，她突然出手，直接掐断了文潇手里的指佞草。只见指佞草脆生生的，仿若翠玉，轻易就折断了。其他人再次一惊，都有些反应不过来。

裴思婧不疾不徐地问道："这就是你所谓的证据？"她看了一眼卓翼宸，又看向文潇，摊开掌心，被她捏碎的指佞草犹如冰碴儿，破碎在她手里。

卓翼宸与文潇对视一眼。

赵远舟看出有猫腻，啧啧两声，拿起自己的白玉壶喝了一口："我就说嘛，这世间啊，就不可能有能辨识人心的东西。"

白玖和英磊还是一头雾水。

英磊挠着头，他听不懂这几个人在打什么哑谜："哈？什么？你们怎么就突然都明白了一切？有没有人解释一下啊，我核桃也没少吃啊……"

裴思婧松手，手中的指佞草碎屑飘然落下："指佞草，是假的。"

文潇从容地承认："确实是假的，根本就没有能指出奸佞小人的东西，否则这世上怎么还会有恶人暗中使坏诬陷好人呢？这不过是我在路边随意采摘的即将枯黄的普通小草罢了。"

白玖不解:"那它怎么会弯曲呢?"

赵远舟插话:"之所以弯曲,是因为草本身有露珠,草茎里也有水分,是卓大人利用我教他的凝水成冰之术,控制草弯曲。"

赵远舟揶揄卓翼宸:"小卓大人不太厚道啊,我教你本事,你却拿去跟文潇一起捉弄人。"

卓翼宸脸色一红,瞪了赵远舟一眼。

裴思婧看向文潇,冷声道:"你想试我。"

文潇坦诚道:"是,毕竟我们六个人里,你最可疑。"

裴思婧拆下袖口的束腕,露出上面的云纹刺青:"崇武营士兵的手腕上都有特殊的云纹刺青,代表其身份。我的确曾任崇武营统领,这不是什么秘密。但我已经自动请辞调离,早已跟崇武营再无瓜葛。"

文潇继续施压道:"如果裴大人是身在曹营心在汉呢?"

裴思婧皱眉道:"我离开崇武营时,缉妖司小队尚未成立,我不可能未卜先知。再说,努力游说我加入你们的,不正是你吗?而且我离开崇武营的原因,你们还不清楚吗?"

文潇沉默不语。

裴思婧继续说道:"何况,在灵犀山庄,我也中了瘟疫,同样有可能会死。若我真是内应,何必如此冒险?"

情感上,文潇不会怀疑这里的任何一个人。但理智上,她不能放过任何一个可能性,这是她的责任,否则后果……不堪设想……

只是走到这一步,对她来说,心中总是难受的。

裴思婧突然看着文潇反问:"既然我们之中有奸细,为什么这个人不能是你?"

文潇笑笑,有些许苦涩:"裴大人原来这么记仇啊。我作为白泽神女,要是崇武营的内应,那大荒也完了,我们还赶回去干吗,踏青吗?"

白玖点了点头:"文姐姐说得对。"

英磊沉思片刻,恍然大悟道:"对嘛!怎么可能会是白泽神女呢!

每一任神女大人对妖都很好，是天选的至纯至善之人，绝不可能是她！"

赵远舟撇撇嘴，补充道："对妖很好，对大妖嘛，一般。"

赵远舟一开口，所有人齐齐看向他。

"呃，看我干吗？我怎么可能是内应？我要是内应，我干吗来缉妖司帮你们完成任务？累死累活做牛做马。"

卓翼宸揶揄道："苦肉计呗。反正你那么爱演。"

"我是妖，崇武营专门杀妖，何况他们还想拿走我的内丹。卓翼宸，你擦亮你的……看清楚啊。"

文潇冷笑道："但我记得你当初在缉妖司威胁司徒大人说，如果缉妖司不跟他合作，你就去找崇武营。"

赵远舟嘻嘻笑着道："气话，那都是气话，不能当真的。"

"有什么好气的？"

赵远舟撑脸，故作哀伤："气一个践踏我真心的女子……人间至痛，真心错付。"

白玖又认真地点了点头："虽然这大妖经常吓唬人……嗯，说话也特别讨厌，啊，还喜欢自作主张，但我觉得不是他——"

赵远舟敲白玖的头："小小年纪好好说话，别明褒暗贬、阴阳怪气……"

"下一个到谁了？"

赵远舟急忙道："他。"

赵远舟坦然地指着卓翼宸，一副看热闹的样子。

卓翼宸冷冷地看着赵远舟。

赵远舟与卓翼宸对视了一眼，又立刻改口，抬手改为指向英磊："他。"

英磊连忙摆手："我只是个厨子！我在认识你们之前，连崇武营和缉妖司是干什么的都不知道！而且，没有我的山河寸境香炉，你们都赶不回去，早就掉脑袋啦！"

赵远舟点了点头:"是啊,小山神记情报估计还没有记菜谱快,崇武营应该看不上他。"

英磊无奈地看着赵远舟:"一把年纪好好说话,别明褒暗贬、阴阳怪气……"

文潇突然话锋一转:"说到山神庙,那日我们赶回缉妖司复命,是谁的出现让我们进了山神庙,还差点中了崇武营的埋伏?"

气氛一凝,剩下的人全部看向白玖。

白玖莫名有点紧张,下意识握住了自己的手腕:"我……我只是个大夫。而且我是赶去迎接你们的啊!冤枉!我不会武功!"

文潇冷静地说道:"但你会配药、会撒药,还会扎针,可不是一般的大夫。"

白玖有些慌张地解释道:"我胆小、怕死、晕血、尿!我做大夫,也只是因为我娘得了重病,我想治好她的病。"

"若你的愿望是治好你娘的病,崇武营猎妖多年,搜罗了不少奇珍异草和天材地宝,其中有能助你实现愿望的也说不定。"

裴思婧抬手拦住文潇的步步紧逼式讯问:"只要是崇武营的人,手腕上都会有统一的云纹刺青,一验便知。"

英磊忽然想起上次去赵远舟新宅子时,白玖的衣袖湿了,他上手帮白玖擦袖子,把他的衣袖掀起来,露出了他的手臂。虽然那时白玖躲闪得快,但英磊的确在他手腕上看见过一处刺青,英磊难以置信地转头看向白玖。

白玖害怕得后退。

文潇心中还是不忍,语气放柔了些:"白玖,我们得看一下你的手腕。"

卓翼宸回头看着身后的白玖。白玖眼眶发红,他看着卓翼宸,目光哀求,眼泪流了下来。卓翼宸低着头,有些不忍心看白玖。

缉妖司内部也时常自查,只要坦荡,全力配合即可。以他的经验,内奸总是让人想不到的，可能最后揪出来的内奸反而是平日看着老实、人畜无害的人。一旦启动了自查，那就不该对任何人心软，这也是对其他队友负责。且眼下这些事情串在一起看，的确有些蹊跷，像是内鬼所为。可他也清楚，白玖年纪小，应当是分不清现在对所有人而言"事"和"情"是分开的。在白玖看来，怀疑他，就代表着过往建立的信任都是虚假的。

文潇继续劝解道："其实，司徒大人传来的信里还有提示。他在信里说，他判断最有可能是奸细的，是白玖。"

白玖听到这句话，愣在了原地。他心里难受起来，看向这一道道望着自己的目光："我没有。我不是奸细！小卓哥，你相信我！"

卓翼宸心里很复杂，他知道自己这样做对白玖来说很残忍，他斟酌再三，才开口："事关重大，必须查验。"

卓翼宸的话让白玖心中失落，他看着卓翼宸，眼眶也红了起来。最终，他还是颤抖着手想掀开外袍衣袖。

英磊突然上前按住了白玖的手，把他拉到自己身后。英磊大声质问众人："只要有云纹，就一定是崇武营的人吗？没有别的可能吗？"

裴思婧一声叹息，道："你这么说，等同于告诉我们，你在白玖手腕上见过了。"

英磊犹豫，说话也变得磕巴起来："没……我只是随便问问。"

英磊的掩饰实在太拙劣了，他干脆急着吼道："小玖怎么可能是奸细啊，他一直帮我们看病解毒，没有他，我们早死啦！"

白玖含着眼泪喝止英磊："英磊，你别说了！你一个人信有什么用！有就是有，没有就是没有。"

赵远舟乐得顺势推一把。他看着白玖，问道："那到底有没有呢？"

白玖不回答。

卓翼宸捉住白玖的衣袖举起来，露出手腕。上面干干净净，并没有刺青。卓翼宸有些意外，但更多的是如释重负。

白玖眼含热泪,沉默地将另一只衣袖掀了起来,举到卓翼宸眼前。

白玖眼眶红红的,难受地看着卓翼宸:"小卓大人,眼见为实吧?"

卓翼宸躲开白玖的目光,心中内疚。

缉妖司。

虽是深夜,议事厅内却灯火通明。

范瑛才知晓司徒鸣送出了一封书信,气得背着手来回踱步:"崇武营内应一事真假还待查证,你怎么就告诉他们了?!"

司徒鸣站在那里,垂着头:"你也知道白玖与我的关系……我实在不想他去昆仑山涉险。但我若是阻拦,他一定会跟我唱反调,所以我才出此下策。"

信已送出,范瑛此刻也无可奈何。

"你啊你,还说什么身世不明,他不就是你儿子嘛!怎么还有你这样往自家儿子头上扣屎盆子的爹!卓统领本来就痛恨崇武营的人,你也不怕小卓一剑把他宰了?"

"卓统领是有规矩的人,不会如此草率,只会将他遣返。"

范瑛长叹一口气,道:"哎,你这么做……白玖对你只怕是更加寒心了……"

司徒鸣内心苦涩,应该也没法儿更寒心了吧。但这都不重要,他只希望他儿子能平安。

一个士兵匆匆来向范瑛汇报:"启禀大人,探子查到甄指挥使暗中带着一支崇武营的秘密精锐连夜出了天都,似乎是往昆仑山的方向去了。"

范瑛和司徒鸣对视一眼,均是神色一沉。

白玖独自蜷缩在一副收拾出的简单铺盖上,眼睛通红,还有些肿。

文潇又与他讲了许多缉妖司内部自查的故事,裴思婧也与他说了许多。白玖现在也不是不能理解要彻查内奸这件事，但他就是觉得委屈，要是大家能给他道个歉，好像他也能原谅，尤其是小卓大人！

门外突然有了动静，白玖立即坐了起来。

传来的是文潇的声音："小玖，你睡了吗？"

白玖的肩耷拉下来，仿佛有些失望，他没有理会，重新躺回床上。

外面重新安静下来。隔了片刻，再次传来敲门声。

白玖眼前一亮，又坐起来。

"小白兔，是我们太武断了，给你赔个不是。"

是那只大妖！白玖更失望了，躺下轻轻叹气。

过了不久，轮到英磊的声音从门外传来。

"小玖，下次我把所有的肉都让给你吃，别生气了。"

白玖不理会，在床上用被子把耳朵堵死。

耳边清静了，白玖一个人蜷缩着。

许久，卓翼宸走过来，站在门口。白玖听到了门外卓翼宸头发上铃铛的细微响动。他脸色一喜，赶紧冲到房门口，满怀期待地等着什么。

结果门外没有任何人说话。隔了一会儿，那动静也全然消失了。白玖再次失望，坐在门边，红了眼睛。

次日一早，白玖垂头丧气地走到院子里，却发现院子里十分热闹。

赵远舟靠墙站着啃桃，似笑非笑地看着他。裴思婧、卓翼宸和文潇坐在石桌边，英磊正端上来用木棍叉着的烤鸡，冲他招手："家养的鸡，肯定没有山里的野兔味道鲜美，我尽力发挥了，你们凑合着吃吧。"

文潇招呼白玖："小玖，来吃早餐啊，吃完就出发了！"

赵远舟还是那副笑嘻嘻的模样："睡得好吗，小白兔？"

白玖目光落在卓翼宸身上，卓翼宸淡定地看了白玖一眼，嘴巴动了动，似乎想开口，最终还是什么都没有说。

英磊刚想凑过去，白玖同样没有理会英磊，收回落在卓翼宸身上的视线,噘着嘴走开,没有搭话,显然还在生气。

白玖离开后,赵远舟忍不住打趣卓翼宸:"看来小白兔最在意的,还是他心目中的大英雄小卓大人啊,是你把他惹毛了,确定不去哄哄他吗?"

卓翼宸瞪了赵远舟一眼:"怎么算在我一个人头上了?"

赵远舟幸灾乐祸道:"可明显他现在最讨厌你啊。"

卓翼宸冷笑:"你是不是很开心终于有人超过了你的惹人厌程度啊?"

文潇叹道:"打架捉妖没问题,但哄小孩儿这事儿还真有点为难小卓了。"

赵远舟出主意:"小孩子很好哄的,给个糖果、摸摸脑袋就可以咯。"

卓翼宸面上无波无澜,眼睛却斜向一边,仿佛在思考赵远舟的话,嘴唇微微动着,仿佛在默念"糖果"……

大梦归离
Fangs of Fortune

之下

鹿礼礼 改编

江苏凤凰文艺出版社

……那就希望所有的苦难到终点时,都是虚惊一场。

大梦归离
Fangs of Fortune

大梦归离
Fangs of Fortune

第十章
昆仑山

云雾缭绕的昆仑山绵延百里。

众人爬上了最高峰,一座吊桥出现在眼前。

英磊张开双臂,慷慨激昂道:"各位亲友!擦亮双眼!前方就是昆仑山神庙。"

文潇看向眼前的昆仑山,一片冰天雪地,万物萧条。巨大的悬浮石桥在云雾里出现,台阶破碎,乱石横斜。

"昆仑灵山连接大荒,万妖所宗,本该是天下灵气汇聚之地……怎么会衰败至此?"

英磊叹道:"别提了,那都是以前了。你看现在这寸草不生、冰封、荒凉的样子,哪像什么灵气汇聚之地啊……唉……不说了,说多了我老泪纵横。走吧。"

众人踏上吊桥,朝昆仑山顶走去。

英磊兴冲冲地跑在最前面,其余人紧随其后,一路抵达山顶神庙。

"爷爷!我回来了!"

一个慈眉善目的老人走了出来,正是山神英招。英磊立即扑上去抱住他,英招嫌弃地拍着英磊的肩膀,眉眼却都笑开了。

"快松手!老头子要被你摇散架了!"

山神烛阴步履稳健地走了出来,看起来和颜悦色:"哟,小英磊竟然回来了,怎么,不去人间追求你的伟大理想了?"

英磊挠着头嘿嘿笑着:"追求还是要追求的,不过因为找到了白泽令,所以当务之急肯定是先回来拯救大荒嘛。"

烛阴温雅一笑:"做什么都好,你开心最重要。"

英磊忙向其他人介绍:"文潇大人,这是我爷爷英招,还有另一位山神——烛阴。"

英招和烛阴看到英磊身后的文潇和赵远舟,立刻上前行礼:"见过神女大人。感谢文潇大人带回白泽之力,大荒山神皆听您号令。"

文潇闻言立刻有些拘谨,她还不太适应,连忙回礼:"烛阴大人,白泽令我也是刚刚寻回,能否重建大荒,我不敢夸口,还需要各位前辈指点。"

英招头一偏,捋了捋胡须,眯着眼睛盯着文潇身后的赵远舟。赵远舟心虚地嘿嘿一笑。英招手中忽地多了一根树枝,直接上前抽打赵远舟:"你个臭小子!还知道回来啊!就知道惹祸,所有人给你收拾烂摊子。我告诉你的家规妖德,全给忘脑后了是不是?"

赵远舟边捂着屁股边逃:"哎!……你再打我可还手了啊!"

文潇身后的卓翼宸、裴思婧及白玖默契地四散开,站成一圈,一副看戏的模样。

白玖忍不住偷笑:"主人打狗。"

卓翼宸忍着笑:"是训猴。"

两人默契地对视一眼,偷笑起来。但白玖很快又噘嘴,别过头去。

赵远舟喊着要还手,然后挨了一路揍。英招一路追着他打,越打越远,最终俩人都跑没影了。

烛阴显然已经习以为常,尴尬而不失礼貌地冲文潇笑笑。文潇也回以一个礼貌的微笑,而后又不知道说什么了。

忽然,文潇找到了一个话题,笑着问道:"您就是传说中的烛龙?"

烛阴有些诧异:"神女大人知道我?"

"当然。相传,您是身份最神秘的龙神,能照亮最黑暗的九阴深处。"

烛阴笑笑："大人过誉了，都是大荒小妖之间的传言罢了。我只是一个驻守昆仑的山神，而且两界终究有别，在世人眼中，就算是龙，也只是个异类罢了。"

文潇犹豫片刻，还是认真说道："其实，只要您不觉得自己是异类，那异类就是别人。"

文潇莞尔，她的话令烛阴微微山神。

众人齐聚神庙内。

英招举起剑指向上方，指尖一朵光亮朝上飞去，在顶上荡开水波虚影，一张星罗棋布的星空图在神庙上空展现，隐约可见二十八星宿，但看上去已经寂灭。

英招说道："我和烛阴镇守这山门多年，如今昆仑山将倾，大荒命悬一线，这二十八星宿已经尽数寂灭，我们无力回天。但如今神女归位，只须开启星辰法阵，注入白泽之力，就能挽救大荒。"

赵远舟一直皱着眉头，不知道在想什么，此刻突然开口："有件事情非常奇怪，英招，你活得久，你帮我分析分析。"

英招冷笑着应道："你讲话还是这么让人讨厌，人如其名。有什么，快问！"

"白泽令遗失了这么久，没想到竟是一分为二，分别留在我和文潇体内，但为何我们之前完全感受不到白泽令的存在，也使用不了白泽令的力量？"

英招微笑着意味深长地看了赵远舟和文潇一眼："从初代神女开始，为了公平起见，就将白泽令分为两半，由一人一妖共同掌管，两名执令者心意相通、互生情意才能激活并发挥出力量。后来是因为一个悲剧，才变成由白泽神女独自掌管。"

烛阴微笑道："既然神女重新找回了力量，那二位必然已是互相信任、心意相通了。"

心意相通，互生情意。

赵远舟和文潇不约而同地看向彼此，目光相撞，心弦一动。文潇率先移开了眼睛，白泽令和她看向赵远舟时反常的心跳好像已经告诉了她答案。

卓翼宸握着云光剑的手紧了紧又松开，他将目光移向一旁。

白玖恨恨地说："赵远舟，你真的好卑鄙，明明小卓大人和文潇姐姐从小青梅竹马——"

赵远舟瞪大眼睛看了眼白玖。算了，懒得与白玖争论，小孩儿懂什么，是他先和文潇认识的。

文潇脸颊阵阵发烫，急忙岔开了话题："我们还是抓紧时间，赶紧开启法阵吧。"

烛阴摇了摇头："眼下虽然时间紧迫，但昆仑山脉的灵力早已衰微，开启星辰法阵需要耗费大量灵力，最好待到午时天地灵力至盛之机开启。还是等到明日吧。"

赵远舟脸色微妙。

文潇看着陷入沉思的赵远舟，凑近他，小声问："怎么了？"

赵远舟也凑近她的耳畔，轻声答："没什么。"

他的呼吸就在耳边，声音那么近，有些温柔，还很动听，文潇脑子一空，立即弹开。赵远舟疑惑地看向文潇，像在问她怎么了。文潇忙摇了摇头，掩饰自己的异样。

赵远舟又问英招："若是白泽令离体合并，是不是就能把白泽令完整地归还给白泽神女了？"

英招笑了笑："你小子，终于说出这句话了。还算你有自知之明，知道要把白泽令归还。我还以为你打算据为己有。"

赵远舟耸耸肩道："我可不要那东西，责任太重了，我还是想做个自由自在的大妖，来去随心，无拘无束，无牵无挂……"

文潇忍不住悄悄看了赵远舟一眼。

"星辰法阵需两位山神同时开启，到时我和烛阴会在旁布下法阵辅佐、协助，两位大人只须在法阵内催动白泽令的力量即可。"

英磊高兴地欢呼起来："大荒有救啦！"

白玖独自坐在门前台阶上，刚听见背后一阵脚步声就回头，看见卓翼宸走了过来。

卓翼宸没有离得太近，只靠在一旁的柱子上，一手抱着剑，一手拿着鲜红的李子，欲言又止。

白玖斜眼看他，赌气不说话。卓翼宸忍不住了，把果子抛向白玖。结果正巧白玖回头，那果子直接砸到他脑门上，然后咕噜咕噜地滚到台阶下面去了。

白玖惊呆了："……你砸我？"

卓翼宸也没料到他会突然回头，有些手足无措，看着白玖的样子，好像适得其反了。

"我是想扔给你，你不是喜欢吃果子嘛……"

白玖根本不听他的，气呼呼地起身离开，走到另一角落了。

文潇和裴思婧正看着两人，均是摇了摇头。

"小玖年纪还小，不明白我们并非故意针对他，只是当时事态严重，不能马虎。"裴思婧说。

文潇点了点头："但话说回来，缉妖司的行踪确实被崇武营察觉了，那内应一事就不应该只是司徒大人有所误会吧？"

裴思婧思索了一会儿，道："崇武营的追踪之术非常精妙，尤其是追妖，百试百灵，说不定他们是追着赵远舟而来。安全起见，我去周围巡视一圈。"

另一边，白玖从角落偷偷探出头，见四下无人，看着地上的那颗果子，他纠结了一会儿，又偷偷地跑过去捡了起来。好巧不巧，他正赶上赵远舟正从里面走出来，立刻打趣道："果然还是舍不得小卓大人给你的果子吧？"

白玖没有好气道："要你管。"

赵远舟了然："看来小卓的道歉搞砸了，他脑子是真不行。"

白玖拿果子打他，赵远舟一手接住。

赵远舟故意打趣："我骂的是他，你恼火什么？"

白玖走过去，又从赵远舟手里抢回果子，用力地咬了一口，然后恶狠狠地盯着赵远舟："他们要是怀疑的是你，你能不生气吗？"

赵远舟笑笑："只要我如明镜澄澈，他人的猜忌、怀疑，我才不管。"

"但人言可畏，你生于大荒，自是不懂世间众口铄金，积毁销骨啊。"

赵远舟抄着手望天，啧啧道："那还是做妖好啊，无须揣测人心。这人心啊，真是世间最复杂难懂之物。"

白玖说罢站起来，懒得理他，径直朝着别处走去。

"你干吗去？"

白玖冷冷笑道："去做点险恶的事！寻妖作乐！哼！"

赵远舟摇头："小白兔什么时候变得这么阴阳怪气了。"

"近朱者赤呗。"

赵远舟回头，看到文潇从身后走来，在他身边坐下。

"现在没有人了，说吧。"

赵远舟开始装傻："说什么？"

"明日是何日子，会发生什么？你刚刚面露担忧，心里一定有事。"

"没想到神女大人竟这么留意我，我真感动。"赵远舟想耍无赖混过去，没想到文潇顺着他的话说："没办法，要合并白泽令，必须与你心意相通啊。"

赵远舟无奈，只得告知："你曾问过我，我为何会被戾气控制。我失控那天晚上，是血月之夜。"

文潇怔住:"血月?"

她见过,天空中的血月诡异得像一只长在天上的巨大红色眼球。

"血月为极阴极煞之象,可以唤起天地间一切血腥杀戮之戾气。我本就是汲取天地戾气而生的大妖,血月之夜正是戾气最重之时,所有戾气集于我身,控制不住,就会被戾气反噬。"

文潇忽然意识到了什么,表情一变:"难道……明晚是……"

赵远舟苦笑:"不错,明晚就是血月再临之时,天地混沌,戾气冲天。当年血月降临,我被戾气侵蚀,失去意识,浑浑噩噩中,杀害了很多缉妖司的人。按道理来说,血月会持续整晚,但不知为何,那一夜,我很快就恢复了意识,醒来时,我已经在白帝塔内。我一直不解其中缘由,如今想来,是那一半白泽令进了我的身体,压制了体内暴走的戾气,若非如此,后果不堪设想。"

赵远舟见她神色沉重,于是开口安慰道:"我死了,既了却我的心愿,你也灭掉了世间大妖,不好吗?"

文潇用沉默给出了答案。

赵远舟笑笑:"你知道你师父赵婉儿为何要将她哥哥的名字送给我吗?我问过她这个问题。她回答我说,因为苦海远舟,无涯之囚,死,才是脱离苦海的唯一救赎。明日我若失控,你记得用白泽令杀了我。"

文潇看着赵远舟,仍是没有说话,她不能保证她做不到的事。

文潇问:"那如果白泽令一直在你体内,是不是你就不会被戾气吞噬,不会失控了?"

"是。但要开启星辰法阵,白泽令必须离体合并。"

文潇的眼中是盖不住的欣喜,她急忙说:"法阵午时就能完成,结束后再将白泽令一分为二,重新送回你体内不行吗?"

赵远舟一怔,看着文潇的眼睛:"你愿意让我这个世人眼里的邪恶大妖继续和你一起执掌白泽令,统管大荒?"

"总比让你失控后胡乱杀人要好吧?"

赵远舟的眼神忽而变得有些落寞、忧伤："但如果有一天，你发现我做了无法原谅的事，你会如何？"

文潇笑笑："世间大部分无法原谅之事，都是因为无法理解对方为何如此，才难以释怀。若你愿意告诉我理由，也许我能理解你呢？"

赵远舟怔然，迎上文潇笑意灼灼的目光，心口也跟着灼热、剧痛。他苦笑道："你竟然和妖都能共情……我……"

赵远舟突然抬手捂住胸口，疼得他忍不住龇牙咧嘴，说不出话。

文潇立即扶住他，焦急地询问："你怎么了？脸这么红，血月没到就不受控制了？而且这不是第一次了，你最近老是这样。你到底怎么了？"

赵远舟呼吸有些乱："都怪你没事胡乱签什么契约！"

"契约？违反哪条了？"

赵远舟咬牙，脸有些红，眼眸微眯，盯着文潇。

文潇还在思索："赵远舟不可用白泽令行邪恶之事，不能图谋不轨，包藏祸心，为祸人间，伤害生灵，须向文潇传授妖兽知识，知无不言，言无不尽，全力协助文潇侦破缉妖司案件并保护文潇的安全，并心甘情愿与之保持步调一致的同僚关系——"

赵远舟打断了她："违反了心甘情愿保持同僚关系……"

文潇看着赵远舟微微泛红的脸，反应了过来，心跳随之一乱。她故作淡定道："违反了契约，活该难受。"

赵远舟看着她，笑了笑："你好狠心。"

"我人美心善，看你可怜，教你一句咒语吧，能缓解你的痛苦。"

赵远舟这会儿疼得快昏了："有这样的咒语，你早不说？"

文潇看着赵远舟，道："色即是空，空即是色。"

文潇起身走了，留下几句话："清心咒，没事多念念，净化一下歪主意坏念头。看看小卓，再看看你，真是云泥之别。"

赵远舟朝着她喊道："你和小卓情同兄妹，自然不一样。"

"你直接把小卓大人盖章成我的兄弟姐妹,人家同意吗?"

赵远舟撇撇嘴:"那还能是什么?"

文潇见他的模样,故意打趣:"不好说,毕竟小卓大人英姿飒爽,是天都城万千少女的梦中佳人,我和他又是青梅竹马——"

赵远舟双眼一闭:"你听?"

文潇疑惑地听着,不曾听到什么声音."什么?"

赵远舟看着文潇,委屈巴巴道:"醋坛子打翻的声音……"

文潇愣住,然后忍不住笑了。

赵远舟看着文潇的笑容,有些恍惚,不知怎的,他想起了赵婉儿的那句话。赵婉儿同他说过,终有一天,有人可以让他找到活下去的意义。

英招和英磊站在昆仑之门旁边。

英磊不解:"爷爷,这么多年来,你一直守着这个摇摇欲坠的昆仑之门,不会觉得辛苦吗?"

英招恋恋不舍地抚摸着石柱,上面刻着很多奇怪的星空图:"辛苦,但这也是责任。"

英磊想到了文潇的话,喃喃道:"白泽神女说,责任是自己选的。"

英招哈哈一笑,点了点头:"孩子,你知道成为山神的条件是什么吗?"

英磊答:"要有神族血统,也要法力无边。"

英招摇摇头:"你错啦,真正能让你成为山神的,是想要守护大荒的坚定决心。孩子,是留在大荒还是去往人间,都交由你自己来决定……无论你做何选择,爷爷都支持你。爷爷跟你说过,随心而动,万法自然。天下三千来时路,三万去时途,哪一条才是你的道,自己去悟吧。"

英磊沉默地思考着爷爷的话。

英招慈祥地笑了笑，摸了摸英磊的头顶："自己的道，终究要自己悟。"

转眼间日落，气温更低。

卓翼宸还在吊桥上练习剑法，剑招华丽，剑气肆意。只是用力过猛，有些失力，他不由得单膝跪倒，用剑拄地，气喘吁吁。

赵远舟走了过来："小卓大人真是勤奋，大半夜的不睡觉，偷偷练剑。"

卓翼宸收剑入鞘："早点学会，早点杀你，了却你的心愿。你我都开心的事情，当然要勤奋。"

赵远舟拍了拍卓翼宸的肩膀："勤奋是好的，但若是不得要领，操之过急，容易伤及自身哦。"

卓翼宸打掉赵远舟放在自己肩膀上的手："要你管。"

"我教你的，我当然要管。"赵远舟突然伸手，双指点向自己额头，从自己的神识中抽取一团白光，然后挥手，那团白光便飞进卓翼宸的眉心。

卓翼宸眉间一亮，脑海中突然看见一幅陌生的画面。白衣人戴着面具，手中握着云光剑，在水面上施展一套行云流水的剑招。那剑招，他从没见过，轻巧灵动，却有四两拨千斤之力，剑尖一点水面，水面骤然升起数十米高的水幕，而后随着剑身一卷，水幕变幻为一条水龙，呼啸天地间。

卓翼宸回过神来，睁开眼睛，只见赵远舟笑吟吟地看着他。他吃惊地问赵远舟："他是谁？"

"你的老祖宗，冰夷，云光剑的第一个主人。"

卓翼宸恍然大悟道："那刚刚那套剑招……"

赵远舟一笑，解答他心中的困惑："就是当年冰夷诛杀应龙时所使用的剑招。"

"能杀你吗?"

"应龙可比我厉害多了,上古大妖。能杀应龙,自然也能杀我。你好好领悟吧。"

卓翼宸狐疑地打量着赵远舟,猜不透这老妖怪的想法,问:"那你为什么要教我?"

赵远舟一脸坦荡:"不是说了嘛,想让你杀了我。"

卓翼宸神情复杂,打量着赵远舟:"你说谎。当时在地牢里和我缔结誓约的时候,确实没有说谎。那时的你,一心求死,眼里暗淡无光。但现在,我看得出来,你不想死了。是因为文潇吗?"

赵远舟不置可否:"我一直觉得大荒冰凉、死寂,活了千年也是无趣。但在人间多走了几回,发现烟火尘薪别有趣味,暂时不想死了……"

卓翼宸背过身去,望着吊桥下无尽的黑暗,认真地说道:"赵远舟,相信我,越往后,你越不想死。无论你对文潇如何,我发过毒誓,终有一天必将你斩杀于剑下。若我真的领悟云光剑真谛,学会幻境里的剑招,你不后悔?"

赵远舟粲然一笑:"不后悔。"

卓翼宸转过身来,盯着赵远舟,他不解:"既然你不想死了,为什么还要教我?……你活得如此自相矛盾,不难受吗?"

赵远舟答:"这世上很多人都活得自相矛盾啊,又不是只有我一个。义无反顾地往南走,但心里总有个声音在喊他向北望……"

卓翼宸下意识握紧了手中的云光剑,不再去看赵远舟。他刚转身想要离开,却又被赵远舟叫住。

"卓大人,明日法阵事关大荒存亡,若是发生意外,希望你可以——"

卓翼宸回头看他:"若有危险,我自会护文潇周全。"

赵远舟指了指自己:"我是说我。"

"你?千年大妖,难道也要我保护,丢不丢人!"

赵远舟很诧异他怎么会有这种有损大妖颜面的想法："怎么可能，我是说我希望你好好活着。"

卓翼宸愣了一下，然后开口："不用你说，你欠我一条命，你不死，我就不可能死。"

赵远舟笑了："好，那你务必说话算话，让我先死。"

卓翼宸看着他，欲言又止。

赵远舟径直拉着他道："走，去找个人。"

裴思婧与文潇分开后，便在树林中巡视。她果真发现了一个洞穴，洞穴中似有人声，她立刻落弓在手，悄悄接近。

洞穴之中，三个黑衣人神情呆滞地站着，他们后颈都扎着一根银针。

戴着面具的军师看着三个黑衣人："孩子们，再等等，狩猎的时间就要到了。"

惨淡的月光透进黑暗的洞穴，照在那副面具上，更显得邪恶。

白玖也是一人走在山路上，周围漆黑、阴森，他有些十分害怕。突然，他听见前方山洞里有人声，还有些熟悉。他悄悄走到山洞门口，探头张望，却看到裴思婧正和那个在思南水镇抓走他的人谈话。

白玖先是一惊，而后立刻躲进岩石阴影里。他躲在暗处，悄悄观察着二人。可离得太远，白玖听不清两人在说什么，他忍不住上前，结果踩到碎石，发出了声响。

裴思婧和军师同时抬眼看过来。

裴思婧惊讶道："小玖？"

白玖呼吸一窒。

转眼到了开启法阵的时候，正值午时，萧条的昆仑山沐浴在灿烂的阳光里。

英招的声音浑厚，带着威严："午时已到，法阵一旦开启，不可中断，你们准备好了吗？"

文潇和赵远舟并肩而立。另一边，英磊有些紧张地盯着法阵。卓翼宸看向门口，有些疑惑，好像今日一直不见裴思婧与白玖。

法阵图下，文潇和赵远舟对视一眼，点头道："准备好了。"

"我与烛阴，会用山神之力，为神女大人护法。烛阴，列阵！"

烛阴上前，手指捻动法诀，点向星空图最中间，一道光分成数道，朝不同的星宿点飞去。

"星河如立，可镇乾坤，护！"

英招和烛阴分立两头，施法张开一个圆形结界，进行护法。文潇和赵远舟在星空图下的中央盘腿相对而坐，伸直手，掌心互贴，文潇眉心和赵远舟耳后的白泽印记闪烁。

卓翼宸手握云光剑，和英磊一起走出神庙，在神庙门口守护。

文潇的短箫腾空而起，被金光托着浮在空中，而后短箫中飞出一串金色小篆文字。赵远舟手腕的符环也扩大、散开，金色符环同样化成小篆文字。两道金色小篆文字两相缠绕。

文潇与赵远舟一同念道："万源归一，阴阳互照，天地相佐，合！"

所有金色小篆文字在星空图下汇聚成一个金色光圈。星空图上的星辰光点依次亮起，先是两颗，随即增加，最终二十八星宿全部亮起金光，石柱上的裂痕也开始被修复，星点腾空，带起满地石屑，宛如时光倒流，不断填补空缺。昆仑山和大荒到处飘散着星星点点，白泽神力将一切治愈、修复，带来生机。星辉落入断石，石头合缝，落到枯木上，枯木回春，干涸的土地上有潺潺溪水流过，鸟叫虫鸣，万物得以重生。

文潇和赵远舟依然对掌而坐，互为助力。

突然，咔嚓一声，原本已被修复的石柱竟然裂开了一道比之前还大的缝隙，文潇和赵远舟同时睁开眼睛，惊讶地看向护法的位置。本该在一旁护法的烛阴不知何时已经离开自己的位置,站在台阶上,面带阴鸷的笑意。

赵远舟轻蔑一笑:"烛阴,你果然有问题。"

英招独自撑起结界,逐渐吃力。

烛阴不答,冷笑道:"法阵需两个山神才能完成,英招,你一人苦撑没用,别再妄想拯救大荒了。"

随着烛阴的话音落下,头顶星空图上的星点慢慢接二连三地熄灭。

卓翼宸和英磊听见身后神庙内的震动,正在奇怪,突然听见身后传来脚步声。两人回头,看见戴着面具的军师领着三个妖化人突然出现在神庙门口。

"是你?"卓翼宸认出了面前的人,正是在思南水镇袭击他的黑衣人。

军师不疾不徐地看向卓翼宸:"卓大人,又见面了。"

军师抬手拔掉身后三名妖化人后脖子上的银针,妖化人醒来,麻木地走上前,与卓翼宸对峙。

英磊抽出菜刀,打量着眼前奇异的妖化人,神情不妙:"不对……这些不是人,也不是妖……这是……"

卓翼宸拔出云光剑,眼眸冷意逼人:"英磊,退到我身后。"

山风呼啸,飞沙走石。

三名妖化人冲上前,与卓翼宸、英磊缠斗起来。云光剑气势如虹,很快一剑劈向妖化人的肩膀,然而铮的一声,妖化人肩膀被剑砍到的地方显出了红色的鱼鳞片,剑锋不入,丝毫未损。

卓翼宸皱眉:"鱼鳞?"

英磊似乎想起了什么。

冉遗案结束后,缉妖司里,赵远舟将几十片冉遗的黑色鳞片放在白色手帕里,送给白玖,方便他之后研制新的神药时用。

当时白玖见这鱼鳞坚硬又锋利，觉得做暗器更合适。英磊凑过去一看，说大荒里有一种妖兽叫横公鱼，长得和鲤鱼差不多，鱼鳞硬如钢铁，刀枪不入。

"这是大荒的横公鱼！"

话音刚落，另一个妖化人冲了上来。他身材高壮，浑身赤红，模样狰狞，一张嘴，发出一阵轰鸣，如同狮吼功般，声浪竟似有形，散发出灵力，周围一阵飞沙走石，地动山摇。

英磊捂住耳朵，但依然被声浪震飞，摔在地上，口中喷出一股鲜血。

"全身赤红，声可击山开石……难道是狰？"英磊诧异道。

卓翼宸面色凝重，看着远处袖手旁观的军师，问英磊："你说的这些，都是大荒妖兽，但他们是人……"

英磊："你疯啦，这还能是人？"

妖化人见英磊摔在地上，立即张牙舞爪地朝他攻去。忽地，无数水状利刃挡在英磊身前，卓翼宸剑身一画，利刃齐齐发射而出。卓翼宸身体向后一倾，剑身再次划过池塘水面，瞬间卷起水幕。卓翼宸闭上眼睛，回想起赵远舟给他看到的那段记忆。再次睁眼时，他灰蓝色的瞳孔结上一层薄冰，水凝成剑，围在他周身，随他意念，朝妖化人攻去。

英磊趁机站起来，抹了一把嘴边的血迹，举着菜刀，上前拖住第三个妖化人。

法阵中的情形不容乐观，文潇与赵远舟坚持维持法阵，英招独自苦撑着结界。

文潇厉声问道："烛阴！你为什么要这么做？"

烛阴身后缓缓走出一名崇武营士兵，耳后黑色槐树叶状印记闪烁："因为他和我有一样的目标！英招，好久不见啊……"

这崇武营士兵掐诀，双眼变成金色。文潇和英招的瞳孔瞬间灼热，视线里，离仑现出了真身。

赵远舟冷笑道："又来这套肮脏的把戏。附身的次数有限，你这么肆无忌惮地使用禁忌之术，难道也和我一样一心求死吗？"

封印处，离仑睁着破幻真眼，吐出了一口血，但他嘴角的笑意更浓了。

赵远舟看向烛阴："烛阴，你堂堂山神，竟沦落到跟离仑狼狈为奸？"

烛阴冷笑："孰狼孰狈？呵呵，现在连骂人的话都拿妖来作例，你真行啊，赵远舟。你顶着别人的名字，在人间混久了，就忘记自己是十恶不赦的大妖朱厌了？"

"离仑给了你什么好处？"

离仑笑笑："无须好处，我和他目标一致——"

赵远舟冷声道："你们的目标，就是让大荒毁灭，让众妖赴死，是吗？"

烛阴摇摇头："你错了，是让所有大荒生灵可以自由地来往两界，不再受困于这荒芜贫瘠之地。"

烛阴相信过人，所以他看透了人的虚伪。

很久以前，一名模样清秀的书生背着箱笼站在神庙内残旧的烛阴画像前细细端详。画上的烛阴人面蛇身，巍然肃穆。

书生放下箱笼，跪在像前，双手合十："啊，虽然不知道您是什么神，我……"

书生拜了三拜，看着画像前的一摞苹果供品。

"神明大人，那个，不好意思了啊……"书生拿起苹果，大口啃了起来。

烛阴画像的眉心幽幽亮起神识的光亮。

年轻的烛阴站在昆仑之门旁，目视远方，额间突然亮起一点光芒，耳边听到了书生的声音。

书生摸摸肚子，面露笑容，对着画像说："……夫子说，来而不往非礼也。我吃了您的苹果，那我把这个给您……等我试举归来，必定前来归还苹果……"

烛阴忍不住气笑了，小声念叨："这世间的年轻人，懵懵懂懂，但也天真可爱……"

他看了看，那书生在他画像的供品台前放了一本《礼记》，还在上面放了一朵野花。

入夜，庙里亮起烛火，书生靠在墙边看书，窗外雨声淅沥。

一身庙祝打扮的烛阴进了神庙，他两鬓各有一缕白发梳于脑后，相貌堂堂。

书生起身，虽然意外，但仍旧礼数有加："不好意思，我路过此地，遇到暴雨，只能在此歇息，打扰清静了。您是？"

烛阴笑答："我是这里的庙祝。"

书生立即恭敬行礼："原来神庙也有庙祝啊，真不好意思，打扰了，晚辈名思茴。"

烛阴看见画像前的书和野花，不由得一笑："你知道这是什么神吗？"

思茴摇摇头。

"不知道你就瞎拜？"

思茴有些不好意思，低下了头。

烛阴说道："这是山神烛阴。"

思茴立即惊讶地答道："哦！我知道了，烛阴就是烛龙，对吧？世人都说，烛龙神通广大，掌控天象，气动山河。传闻他不食，不寝，不息，风雨是谒，神格能比盘古。"

烛阴脸上露出自己都没有察觉的得意笑容："小书生，他虽然很厉害，但可管不了你能不能折桂中举哦。你拜他，也没用。"

思茵的声音铿锵有力："我才没有求烛龙大人让我高中状元呢。正所谓，孔曰成仁，孟曰取义，读圣贤书，只是为了让自己多懂人事，见识广博，认识到世间辽阔，不要狭隘自艾。进京赶考，我一定靠自己的实力，不可以求神拜佛。"

烛阴有些怔住："是吗？"

思茵正色道："对啊，您在这里做庙祝，日复一日偏居一隅，可能不是很懂。您应该多下山看看，多读书习字，多修身养性。"

思茵说完，又觉得自己有些冒昧，便露出笑容拱了拱手。那笑容干净、灿烂、坦荡、稚气。他拿起画像前的书，有些害羞："这是我留给烛阴大人的，感谢他让我用他的供品果腹。庙祝师傅，您也可以空了看看，里面有很多做人的道理。若有不解，随时可以下山找我。我就住在山脚下溪边那棵大树下的房子里。"

烛阴忍不住笑了："我一把年纪，还需要你一个毛头小子指点？"

思茵也有些不好意思："指点谈不上，您在庙里多年，一定也阅遍人间形形色色，我和您切磋、交流。"

烛阴接过书，看着思茵笑眼弯弯，沉默下来。

思茵突然灵光一闪，又朝着烛阴的坐像跪拜，祈求道："听闻烛阴大人能控制天象，学生只想早点赶路，求烛阴大人让暴雨停止吧！"

身后的烛阴掐指施法。

庙外，电闪雷鸣，雨势更大。听到传来更大的雨声，思茵惊呆了。

烛阴故意逗他："你看，雨更大了。"

思茵摸不着头脑，挠挠头："咦，这是不是表示，烛阴大人他没同意呀？不会生气了吧？"

烛阴摇了摇头，笑他痴笨，又欣赏他有一颗赤诚之心。

院落里，落英缤纷，春暖花开，燕声啼啼。简单陈设的案几矮凳旁,坐着平凡人打扮的烛阴和思茴,案几上有热茶,烛阴面前也摊开一册书。

思茴念道:"天无私覆,地无私载,日月无私照……这是教人要平等……"

烛阴喝了口茶,思茴突然停下来,不满地敲了敲桌子:"您都学了一年了,怎么还是喜欢走神?刚才那句,您听懂了吗?"

烛阴笑着点点头,拿着茶杯继续喝茶,思茴也笑意盎然。

天地日月,承载万物,没有私心,但人……终究是不平等的。

烛阴衣衫破烂,手撑在河边石头上,泡在浅滩里。他已经显露妖状,破烂衣衫下裸露的皮肤浮现蛇一般的鳞片。他抬起头。

河岸边,迎面站着思茴,思茴身后竟是几个崇武营士兵。思茴露出恐惧的神色。

烛阴悲痛道:"你不是说,读书是为了让自己多懂人事,见识广博,认识到世间辽阔,不要狭隘自艾……"

思茴的声音变得尖锐刺耳,让烛阴觉得陌生:"可你是妖……"

烛阴沉默了。

崇武营的人拉起弓箭,红色的诛妖箭瞄准烛阴。

烛阴收回思绪,仿若自嘲,呵呵笑了起来,神情变得癫狂:"呵呵,妖就是妖,永远都不可能被凡人认可!"

离仑看着文潇,冷笑道:"而且,为何要被他们认可?白泽神女只是凡人,凭什么可以替妖定规矩?妖就不能给人定规矩?天下之大,为何妖去人间就要遮遮掩掩,人来大荒却可以肆无忌惮,任意行走?"

赵远舟道:"离仑,有很多妖怪向往人间,但也有很多妖怪喜欢大荒的宁静、永恒、与世无争,那你又凭什么替他们做决定,毁了他们的故土、家园?"

离仑无所谓地笑笑:"那是因为他们胆小怯懦,不敢踏足人间。等他们获得自由,可以随心所欲地往返两界,他们就会知道,我的决定是正确的。朱厌,别忘了,当初也是你带我离开大荒,我才得以见识广阔天地。"

赵远舟不说话了。

文潇突然开口:"天地之本,既分两界,就要遵循其自然的法则。人生来懵懂,所以要学理,妖天性嗜斗,所以要管束……万物有序,才能从混沌走入清明。你们希望人接受妖,我们也希望妖不伤人。人间建立缉妖司,就是为了可以将人和妖平等对待。但总是有妖伪装成人,在人间作乱,徒增恐惧——"

离仑不耐烦地打断:"白泽神女,你的这套虚伪说辞,我听腻了。让万物自由,物竞天择,才是正道。"

英招心痛地看向离仑:"离仑,你可想过,大荒一毁,灵力低微的妖根本无法化成人形,他们只能跟着大荒一起毁灭。"

离仑不以为然:"大道难成,牺牲在所难免。"

"星辰法阵一旦开始崩塌,就无力回天。赵远舟,你的末日到了。"

赵远舟突然露出微笑:"我知道。"

说完,他仿佛胸有成竹,抬起手指,咬破,手指轻轻挥洒,一滴红色血液飘出,朝神庙外飞去。血滴飞向还在苦战的卓翼宸和英磊,撞到卓翼宸的云光剑的瞬间,云光剑绽放出更强的光芒。

卓翼宸和英磊互相点头。时机已到!

昨日,赵远舟带着卓翼宸去找英磊,将自己的计划与对烛阴的怀疑和盘托出。

英磊自然不愿相信。烛阴和英磊的爷爷是多年挚友。但赵远舟十分笃定,他初见烛阴就看见了他周身萦绕不散的戾气,戾气这东西,没有人比他更熟悉。赵远舟嘱托卓翼宸顾好英磊的安全,不过记得千万别来得太早，他还想听听烛阴到底打的是什么鬼主意，在他和盘托出之前，不要打草惊蛇。英磊沉默了。

赵远舟咬破手指，把红色血液抹在卓翼宸的云光剑上，剑身发亮，发出响亮的嗡鸣。他便笑说，如果他所言不假，这就是信号。

卓翼宸挥舞着发出光芒的长剑，将三个妖化人的火力全部吸引到自己身上，给英磊争取了脱身的空隙。

"英磊，快去！"

英磊点点头，返身跑进神庙内："爷爷，我来了！"

赵远舟微笑道："小卓大人，果然值得信赖！"

英磊在胸前比画了一个星形符号，然后咒法施向法阵上原本烛阴的空缺之位。英磊念咒，目光灼灼："星河如立，可镇乾坤，护！"

骤然间，金光大作，暗淡的结界再次撑起，星空图也重新点亮。

英磊顶替烛阴护法这件事完全在烛阴和离仑的计划外。

英招慈目一笑："烛阴，谁说我只能独自苦撑，你忘了这里还有一个山神！"

烛阴愠怒，他的瞳孔露出幽幽的绿色凶光，黑袍随着绿光舞动。然后他闭上眼睛，昆仑山的上空，游云飞快移动，午时的阳光寂灭，风云突变，电闪雷鸣。

周围完全黑了下来，白日转瞬成了黑夜。

烛阴闭着眼睛，绿色火焰肆意地从他眼中渗出。

离仑笑得肆意："上古龙神，开眼为昼，闭眼为夜。"

文潇仿佛意识到了什么，转头看向赵远舟，脸色渐渐苍白。

离仑很欣赏文潇脸上慌乱害怕的神情，他大笑："文潇，你阅书万卷，怎么没算到呢？烛阴不仅能呼风唤雨，照亮九阴幽渺之地，还能掌控昼夜交替，让夜晚提前降临。你看，这血月，不比人间皎月更美？"

一轮巨大的血月在昆仑山上冉冉升空，如一颗俯视苍生的血色眼球。

神庙外，一丝又一丝红色戾气仿佛被巨大的力量吸进来。天上地下，除了黑暗，便是血色戾气。文潇看见面前的赵远舟神色冷峻，双眼通红，红色戾气不断钻进他的身体。

昼夜突变，电闪雷鸣。

与卓翼宸对战的三个妖化人身上大量红色戾气汹涌而出，飘过卓翼宸身边，朝庙里飞去。

卓翼宸抬头，只见一轮巨大血月挂在天上。

红色戾气开始从四面八方朝赵远舟的方向涌去。三个妖化人痛苦挣扎，纷纷倒地，身体里的红色戾气被吸尽。

卓翼宸手里的云光剑发出剧烈的嗡鸣。他手持云光长剑，回到神庙里，只看见眼前浑身包裹着红色戾气的赵远舟在空中悬浮，长发张狂地飞舞，衣袂无风自动。

不远处，文潇已经跌倒在地，口吐鲜血。

赵远舟低垂着眼眸，眼神冰冷地扫过卓翼宸。

文潇大喊：“赵远舟！”

英招面色急切：“他被戾气控制了！”

英磊心中抑制不住恐惧：“大妖！朱厌大妖！”

半空中的白泽令光团不断震动。

离仑对烛阴说：“烛阴，动手吧，毁掉白泽令，冲破两界桎梏，我们的目标马上就要实现了。”

烛阴挥手，绿色妖气光团冲向空中悬浮的白泽令，气浪炸开，所有人被震开。

卓翼宸冲到文潇身前，张开护盾，护住文潇。

神庙里，飞沙走石。一切平静之后，一支短箫落地，断成两半，头顶星空图也随之熄灭。与此同时，赵远舟睁开眼睛，在血月下，他的瞳孔如烈焰般红。

高台上，离仑的身体突然腾空，他张开手，仰望天空，全身的长袍和头发都仿佛失去了重力，在空中飘浮，身上的锁链也一同浮在空中，四肢的光圈一节节断裂、消散，桎梏被解开了。

这天上地下，再没什么能困住他了！

离仑睁开双眼，露出微笑，齿缝里都是鲜血。

英招有所感应，面色凝重："不好……离仑的封印……解除了。"

话音刚落，一大团槐树叶飞进了神庙，槐树叶又卷成一团，幻化成离仑的真身。

卓翼宸握紧云光剑，立即攻向离仑。离仑赤手对抗云光剑，毫不示弱。他弹指在剑刃上，发出嗡鸣，巨大的力量震开了卓翼宸。

离仑笑着道："不要搞错，你们现在的敌人，可不是我。"

离仑抬眼看向空中已经失控的赵远舟。

只见赵远舟缓缓从空中降下，脸上只有嗜杀之气，烈火般的眼睛看向张牙舞爪的烛阴。突然，他虚空一握，烛阴被巨大的力量扯过去。赵远舟掐住他的脖子，烛阴睁开双眼，冒出绿光。

赵远舟念咒："盲。"

烛阴绿色的双瞳突然变得猩红，令他感到灼烧般的剧痛，发出惨叫。

赵远舟松开烛阴。烛阴跌落在地，闭着眼睛，流出血泪，倒在地上扭动身体，发出痛苦的嘶吼，最后不再动弹。

接着，赵远舟缓缓转向众人，眼神冷冽。

卓翼宸叫他："赵远舟，你醒醒！"

赵远舟看着他们，目空一切，笑容诡异。

英招和英磊突然冲了上来，爷孙两人在胸前比了一个法诀，共同念咒，一个半透明状的金钟状法器从他们手中飞出。随着英招和英磊不断默念咒语，这金钟状法器越变越大，飞到赵远舟头顶上空，化成一圈又一圈金色牢笼，将他罩在里面。

赵远舟被金钟镇压，想要破钟而出，红色戾气不断在金钟里乱撞，英招和英磊施法与他对抗，苦苦支撑。

英招回头看向文潇："神女，快走！"

文潇与卓翼宸对视一眼，文潇神情格外凝重。

离仑却十分高兴，看着文潇和卓翼宸，兴奋道："看吧，这才是真正的他。如今白泽令已毁，赵远舟的戾气暴走，等着人间血流成河吧。"

文潇看向卓翼宸，发现他盯着自己手里的云光剑，只见卓翼宸手指一动，握紧云光剑，他眼神一颤，似心有所动，唇紧紧抿成直线。

他答应过赵远舟。

卓翼宸手握云光剑，缓缓走向暂时被金钟困住的赵远舟。

文潇喊住他："小卓，这非他本意，他只是为戾气所控。"

卓翼宸双眼通红："不杀他，所有人都会死……"

离仑在一旁笑了："呵呵，有意思，进退两难，如何取舍？白泽神女，你如此维护赵远舟，但你知道，他也是你的仇人吗？"

文潇愣住："仇人？"

"你的师父赵婉儿，就是为赵远舟所杀……他一直都在骗你……给你一段记忆，你想看吗？"

离仑轻轻挥手，一小片槐树叶朝文潇飞了过去。

"你敢看吗？"

槐树叶落在文潇手心里。

文潇抬头，眼前是一片汹涌的大海，面前，一身白衣的赵婉儿和一袭黑衣的离仑对峙。

离仑看到了匆匆赶到礁石旁边的文潇，狞笑着，冲着她晃动拨浪鼓。文潇被声浪击倒在地,昏了过去。

离仑继续挥舞拨浪鼓,他身后飞舞起一团槐树叶,朝赵婉儿攻去。

眼看槐树叶将要冲到赵婉儿面前时,一圈铃铛突然旋转着出现在赵婉儿面前。一把伞的边缘转动着,挡住了赵婉儿。槐树叶撞到伞面上,四散开来。

伞面合拢,露出赵远舟的面容,和他嘴角轻蔑的微笑。

赵远舟一袭红衣,抬手念咒:"定!"

红光从赵远舟指尖迸出,铺天盖地地朝离仑袭去。离仑用力甩动拨浪鼓,阵阵声浪由鼓面激荡而出,与那红光相撞,形成巨大的震荡波。一时间,海面掀起巨浪,山崩地裂,赵远舟和离仑被震得同时口吐鲜血。

赵婉儿手持短箫吹奏。箫声清亮悦耳,是大荒歌谣的曲调。柔和的光芒自赵婉儿手中短箫上发出,幻化成旋转的光圈,朝离仑飞去。光圈中交错着白色的小篆文字,写着"白泽敕令"四个字,这光芒轻柔却有着浑厚的力量,将他困在原地,他犹如法力尽失,只能老老实实看着光圈将他的手腕脚腕锁住。

随着箫声,一串金色小篆文字变成一个硕大的光环,笼罩在离仑头顶,向下荡出一圈圈金光,最终金光将离仑吞没,瞬间消失不见。一片槐树叶自光芒中飘出来,无力地跌落在地。

一只覆盖着红色衣袖的手伸过来,捡起了槐树叶,握在掌心。

赵远舟回头问赵婉儿:"他会接受什么惩罚?"

赵婉儿答:"会被封印于诞生之地,日日忏悔。"

赵远舟无奈地笑笑:"那对向往自由的他来说,可能比魂飞魄散更加难受。"

"不舍得?我差点忘了,他是你的朋友。"

赵婉儿转身离开。

突然,周围吹来强风,她有些睁不开眼。赵婉儿便看见海平面上一轮巨大的红月已然如一只血色眼球，此时正与她对视，散出灼灼戾气。赵婉儿突然意识到什么，瞬间回过头。

一把石刃破空飞来，径直刺入了她的胸口。

她担心的事情还是发生了。眼前的赵远舟红衣翻飞，戾气自四面八方汇聚，他抬起的手还没有放下，嘴角的微笑也没有放下。唯独他猩红的眼睛空洞无神……

赵婉儿跌跌撞撞地扶住巨大的礁石，她的胸口插着一块尖锐的石头。生命力不断从她的体内流逝，她跪倒在浅滩沙地，抬起手摸向额间，额间光芒涌动，手心里出现两尾纠缠在一起的白光。

赵婉儿声音虚弱："去……找她……"

两尾白光像游鱼，飞快地离开了。

文潇低头看着自己的手，手心的槐树叶渐渐消失了。她抬起头，难以置信地看着金钟里失控的赵远舟，眼泪涌了出来。

她想起了赵远舟那落寞忧伤的神情，还有他那句："但如果有一天，你发现我做了无法原谅的事，你会如何？"

他口中无法原谅的事，便是师父……是被他杀的吗？

文潇感到头痛欲裂。

卓翼宸质问道："如果是赵远舟杀了文潇师父，你之前为什么不说？"

离仑阴笑着道："这么让你们知道真相，那还有什么意思？"

乘黄告诉过他白泽令的秘密，想要毁掉白泽令很难，需要天地至盛的戾气才行。赵远舟身上的戾气还不够，只有当血月出现，极阴极煞，天地间戾气最为强盛时，聚集在赵远舟身上的戾气才够。若是白泽令一分为二，分别附在两人身上，那就必须让拥有白泽令的两人心意相通，只有彼此心神相交，才可以将白泽令重新合并。合并了，才能毁掉。所以，他不会让文潇太早记恨赵远舟，那她就再也无法与他心意相通了，白泽令就永远无法合并，离仑也就永远都无法毁掉它了。

现在这个时机，刚刚好。

白泽令已经毁了，他们又心意想通，这时才知道真相，该是多么无措！多么绝望！有多信任，就有多痛苦！有多爱，就该有多恨！

有趣！离仑看着文潇失魂落魄的模样，嘴角的笑意越来越浓。文潇怨痛的目光没有看向赵远舟，而是盯着离仑。离仑上扬的嘴角渐渐收起，他也同样痛恶地看向文潇的眼睛。

离仑道："当年赵远舟背叛我们的挚友誓约，现在，我也要让他尝尝相爱之人痛恨彼此的滋味。"

卓翼宸眼中杀意涌现："你简直不可理喻！"

离仑笑道："什么理？天理？公理？法理？我只认我自己心中之理。"

裴思婧和白玖在洞穴内昏迷。

白玖眼皮动了动，在迷蒙中睁开了眼睛。另一边，裴思婧也醒了，她立即警觉地坐了起来。白玖迷迷糊糊地撑起身子。

裴思婧急忙问白玖："小玖，你怎么样？"

白玖恐惧地看了看四周："裴姐姐？怎么回事？之前那……是什么人？你和他在说什么？"

裴思婧的表情在夜色里看不透："是崇武营的人。"

白玖立即紧张起来："崇……崇武营？他要做什么？"

裴思婧摇了摇头："不清楚，我当时正想问他要做什么，你就出现了，然后我们就被打晕了。"

白玖有些疑惑："他们没杀我们啊，我还以为自己死定了……"

裴思婧没有回答，转而看向血红色的天光，神情十分凝重："血月……文潇那边怕是出事了，我们走！"

赵远舟的戾气撞击金钟，英招已经有些支撑不住，身形不稳，金钟开始出现裂痕，隐隐有被撞破的迹象。

英磊口中涌出鲜血："爷爷！"

英招苦苦支撑，但收效甚微，金钟的裂痕继续变大，金钟里赵远舟眼里的凶光更盛。

离仑突然闷哼一声，眉头凝起。他愤怒地低头，看着他肩膀上被射入的箭矢。

文潇和卓翼宸回头，看见了裴思婧和白玖。

离仑朝着裴思婧闪身过去，裴思婧推开白玖，与离仑过招。离仑招式凌厉，眼看右手手掌就要打中裴思婧，突然一只手与离仑对掌。离仑脸色一变，定睛一看，却是裴思恒人偶。裴思婧与裴思恒人偶一起与离仑过招，离仑右手始终背在身后，只出左手与两人交缠。两人一记合击，离仑堪堪躲过，然后飞速后撤。

离仑突然感到有些难受，他藏起自己的右手，阴冷一笑："没工夫陪你们玩了，反正赵远舟会杀死你们所有人。卓翼宸，别忘了，最后关头，你的云光剑可以杀他。我很期待你的选择。"

离仑披风一扬，化成槐叶飞走。

离仑从时光山谷的石碑大门中跌跌撞撞地现身。他抬起右手，只见右手手背竟像干枯的树皮一样干涸、皱起。离仑停下，反复看着自己的手，有些恼怒，然后施法在手上亮起一个环绕的光圈，几片槐叶发着亮光，很快手背上干枯的位置渐渐恢复正常。

接着，离仑在乱石上坐下，表情从愤怒变成落寞，没有了之前的张狂。他站在原地，望着远处，喃喃自语："白泽令已毁，我终于成功了。只不过……赵远舟，若是你真的死在卓翼宸手里，多少有些可惜。他不配杀你，只有我，只有我……"

英招终于支撑不住，口中吐出鲜血。

裴思婧看着卓翼宸，吼道："卓翼宸，别犹豫了！杀了赵远舟！"

文潇眼睛里的泪涌了出来，但她无话可说，只能看着金钟里的赵远舟。

突然，金钟破碎，赵远舟冲出了金钟。

卓翼宸提剑，飞身上前。然而，他没有刺向赵远舟，而是刺向了英磊！

英磊回头，迅速出手抓住了卓翼宸的剑，双手鲜血长流。

众人惊愕！

将神族、冰夷族、妖族的血同时涂抹在云光剑上，三血合一，就能最大限度激发云光剑的力量。这是昨日赵远舟告诉卓翼宸和英磊的压制戾气之法。

卓翼宸摇了摇头："就算是这样，可是你有一字诀，我随时都会被你控制。"

"我知道，所以我会给予你免受我一字诀的能力。"

"能持续多久？"

赵远舟笑了："永远。"

卓翼宸愣住："赋予我这样的能力……你不怕有一天控制不了我吗？……"

"那不是正如小卓大人所愿吗？"

"敌我交锋，竟然把自己的武器交给对方？我不懂……"

英磊更正道："他没有给你武器……他给了你一副用来对抗他的铠甲。"

卓翼宸目光闪动，最终避开了赵远舟的视线。

英磊深吸一口气，念咒，放出最后一圈金光，拖住赵远舟："小卓大人，靠你了！"

卓翼宸收回剑，举在自己面前，划破自己的掌心，以鲜血祭剑，剑身光芒暴涨。

赵远舟挥手，金光束缚破碎，英磊被气浪击飞。

"小山神！"白玖冲过去，给他服下丹药，拿出药瓶，将药粉撒在他的手上止血。

赵远舟朝卓翼宸走去，卓翼宸手里的云光剑感应到戾气，剑光闪烁。卓翼宸眉头紧皱，突然闭眼，回忆着那白衣人的剑招——凌厉，剑意化形游刃有余，剑法精妙，气势如虹……

卓翼宸睁开眼睛，依照白衣人的方式使出剑招，身形极快，剑势凌厉，剑招与回忆里的白衣人交叠，不断来回闪现。

赵远舟黑色大袖迎风飞舞，赤手空拳直击白刃，弹指间将卓翼宸的剑刃击得嗡鸣。卓翼宸虎口发麻，裂开几道口子，鲜血直流。

赵远舟冷漠地说："还不松手，那就让你双手尽废。"

卓翼宸咬牙道："点点小伤，何足挂齿，这血，只会让我的长剑锋芒更锐！"

卓翼宸提剑，飞身又与赵远舟对抗。卓翼宸比想象中顽强，赵远舟久攻不下，有些烦躁。他掐指念咒："梦。"

卓翼宸从空中跌落下来，跪在地上，低头，一动不动。

赵远舟路过卓翼宸，轻轻抚摸他的脑袋，拍拍他的脸，嗤笑了一声，而后越过他，一步一步走向文潇。

裴思婧挡在文潇前面。赵远舟凌空一握，裴思婧被甩开，撞在墙上，昏了过去。

文潇定定地看着赵远舟，他是那么熟悉又陌生，他笑得张扬、妖冶，她快要找不到熟悉的影子了。文潇看着赵远舟，眼睛蓄满泪水，悲伤地摇了摇头。

"赵远舟……"

她的泪让赵远舟莫名地心烦意乱，他蹙紧眉头，突然呼吸一窒。赵远舟低头看,他的腹部冒出一截剑尖。卓翼宸不知何时已经清醒过来,从他身后一剑刺穿了他。

神族、冰夷族、妖族的血已经齐聚于云光剑上,剑尖散发着冰蓝色的光芒,将萦绕赵远舟全身的红色戾气震散。赵远舟跪地,抬起头,目光短暂地变得清澈,他看看周围,仿佛意识到了什么。

他看向英招:"英招……快动手……杀了我……"

英招眼圈发红,转头看向英磊:"孩子,爷爷要走了。"

英磊愣住了:"爷爷,你要做什么?"

英招盘腿坐下,仿佛老僧圆寂,他捏指起诀,身体震开气浪。他闭眼,低声默念:"法相……归离……"

一个白色巨大的英招虚像从他的身体里腾空而起,回头不舍地看了眼英磊,然后化成一缕又一缕白色光芒,朝赵远舟飞去。

英磊跪在地上,泪流满面:"爷爷!"

第十一章 不由己

汹涌的气流停止了。

赵远舟周身白色旋转的光芒全部被他的身体吸收了,白色的光线柔和,将他笼在其中,像一只温柔的大手,抚平他躁乱的气息。赵远舟睁开了眼睛,猩红的双眼恢复了清明。

他看见了跪在地上痛苦的英磊、含泪看向他的文潇、慌乱害怕的白玖和昏迷的裴思婧,还有面前已经圆寂、闭着眼睛一脸慈祥的英招。

赵远舟明白了一切。他跪在地上,手拄在地上,眼泪夺眶而出。世界好安静,他耳边只有一阵嗡鸣混着他急促的呼吸声,心脏痛得让他喘不上气。

为什么?为什么每次都要带走一个对他重要的人?为什么每次都要伤害他爱的人?他斗不过狗屁的天命,这就是他要付出的代价吗?

赵远舟仿佛听见英招喊自己名字的声音,他抬头,恍惚间看到年少时的自己从眼前跑了过去,英招在身后追着。

英招一路捡掉落在地上的核桃,一路骂:"你偷了我那价值连城的玉石枕,就换了这几个核桃?你这个败家子……"

又一个身影跑了过去。是年纪已稍长些的赵远舟。英招又是拿着木棍跟在他身后。赵远舟看着英招的身影,原来他不曾发现,英招老了这么多,胡子也白了,跑得也慢了,跑上几步还要喘一喘。

英招拿着木棍,又追着赵远舟跑了过去:"朱厌!你这个臭小子!你还没学会控制戾气就偷跑下山!胆大包天!"

赵远舟边躲边嚷嚷:"我已经学会啦!"

"你学会个屁!"

赵远舟怀里的一个布袋子掉了出来,落在地上。袋子破了,里面的炒山核桃滚了出来。

英招顿时愣住了,问:"你买给我的?"

"我路上捡的!"

一个核桃滚了过来,赵远舟伸手想要捡起,却发现那只是幻影,反反复复,他抓不住。

赵婉儿死后,赵远舟找过英招,让他杀了自己:"我杀了她,杀了那么多人,我不配活着。"

英招叹道:"血月之象,庚气盈满,杀人的是天地间无法消除的庚气,你只是承载这世间愤怒杀意的容器罢了……"

赵远舟望着大荒海面的落日,神情落寞:"若这天地孕育我,只是为庚气所用,那我不如去死。"

"你死了,自然会有另一个容器……"

英招从袖口拿出一个精致的水壶,递给赵远舟:"这是玉膏跟无心草化成的水,可以压制庚气。"

赵远舟接过,宛如一个受了伤的小兽。他看着英招,认真道:"若是有一天,我再次失控的话,你一定要杀了我。"

英招花白的胡须被风吹动,他笑了笑,满面皱纹:"我哪有那么大的本事……不过,我想想办法……"

为什么不杀了他,不是答应过会想办法吗?

赵远舟痛苦自责的泪不停滴落。

赵远舟失魂落魄地离开了神庙,没人找得到他。

卓翼宸找到赵远舟时,他正站在峭壁边缘。寒风将他的长袍吹起,他只静静地站着,望向脚下深不见底的深渊,不知道在想什么。

卓翼宸想到了英招昨日同他说过的话，他打算来验证一件事。

昨日，英招给他讲了一个故事。

"赵远舟送我的炒核桃，我很是喜欢。后来，我下山在人间逛游，看见摊上有卖，一尝，差点把牙崩了。那时我才知道，不是每一颗核桃都薄脆如纸。他之前给我买的每一颗，都是他仔细挑选过的。"

英招满面皱纹，笑得慈祥，像是与人讲起自己的孙子。

卓翼宸有些受触动。

英招又继续讲道："……你说，这样心细心软的他，能是一个极恶之妖吗？我确实老了，神力所剩不多，希望这最后一点力量能够帮到你们吧。"

卓翼宸问："帮我杀死他吗？"

英招停了停，笑了，说："我哪有那么大的本事……不过，我想想办法……我可以用我全部的神力暂时压制赵远舟的戾气，但时间有限，至多一个月。"

卓翼宸摇摇头："不用你牺牲自己，我已经学会冰夷剑术，我可以杀了他。"说完，卓翼宸转身要走。

英招连忙叫住他："小卓大人……我年岁比你大，叫你一声'小卓'。我知道你恨意难平，但赵远舟只是个身不由己的可怜人。受戾气所控，非他本愿。就像你们在山脚下遇到的蜇，降生即为灾厄之源，他比谁都痛苦。这些年来，赵远舟受尽煎熬，内心满是苦楚。"

英招凑近他，笑了笑："若是不信，可以找机会看看他的后背，你就明白了。"

卓翼宸看着赵远舟的背影沉默。

赵远舟问身后的卓翼宸："你是来杀我的吗？"

卓翼宸道："是。"

赵远舟闭上眼睛，声音毫无波澜："动手吧……是时候兑现我们的约定了。"

卓翼宸拔剑，剑风朝赵远舟的后背袭去。衣衫被剑风划开，露出疤痕累累的后背。每一条狰狞的伤疤，都诉说着曾承受过的痛。

"英招对我说，如果有机会，让我看看你的后背。"

赵远舟的背影一怔。

卓翼宸问道："这些疤痕是什么？"

赵远舟声音沙哑："是我给自己的惩罚，心有悔恨，就算受雷霆之刑，亦不足以安抚内心的煎熬。"

八条伤疤，八年……卓翼宸沉默了。

"血月之后，你每年都受一次吗？"

赵远舟点头："嗯。血月之后，我便自囚于天都边上的桃园居，不见世人，不回大荒，也不敢去见文潇。直到收到英招传信，我才出来。"

卓翼宸收回了云光剑，转身离开。

赵远舟意外："你不杀我？"

卓翼宸停下脚步，呼吸有些难以平复。他回头，双眼通红地看着赵远舟："你以为我被你感动了，是吗？被命运亏欠的赵远舟，身不由己，心有悔意，你以为，你这样一副楚楚可怜的样子，我就会原谅你了，是吗？"

赵远舟看着他，眉眼哀戚："没有。可怜之人必有可恨之处。你的确应该恨我。"

卓翼宸对他这个样子忍无可忍，他怒斥道："我确实恨你。你以为，死在我剑下，就可以偿还一切了？为你牺牲的英招可以复生吗？英磊的眼泪可以不流吗？文潇可以重新拥抱自己的师父吗？我父亲、我哥哥可以重新回到我身边吗？"

卓翼宸没等他回答，郑重地告诉他答案："不能。"

赵远舟无言以对，他罪孽深重，亏欠了太多人。

"……你如果现在想以死了结所有恩怨，洗清一切罪责，那你配不上文潇的眼泪,配不上英磊的鲜血,你更配不上英招山神为你而死。"

赵远舟继续沉默。

卓翼宸盯着赵远舟:"赵远舟,你要是真的心有所悔,就去做真正能够弥补大家的事情。等你还清了,这条命,我再来收。"

赵远舟摇头:"白泽令已经毁了,我对付不了离仑。"

"白泽令可以修好。英招本就准备好要牺牲,所以提前将修复白泽令的方法告诉了英磊。"

赵远舟的眼中重新燃起了光亮。

卓翼宸继续道:"去大荒,找到瑶水和神木,就可以修复白泽令。赵远舟,离仑是你的宿敌,他的目标自始至终都是你,你必须面对。"

一件斗篷砸到赵远舟的后背上,盖住了他的伤痕。赵远舟拿下来,发现是卓翼宸的斗篷。他再回头看时,卓翼宸已经走远了。

神庙内,英磊独自坐在断壁颓垣之中失神。他总是想着外面的世界,去追他的梦想,经常不着家。他那么叛逆,那么不省心,总是惹爷爷生气,让爷爷担心。他说的那些混账话,他还记得。

"爷爷,你就不要再劝我了。我讨厌大荒,这里荒芜、冰凉,如果要我一直守在这里,我不如去死。"

他总是动不动就用死来威胁爷爷,无非知道这样奏效。

英磊觉得自己真是浑蛋。

爷爷每次听到他这么说,只是无奈地叹息。年少人不懂什么是死,年长人懂,死,说来复杂,却也简单,说来简单,却又沉重。

爷爷说:"傻孩子,死不可怕,死也不是一切的终结,不要时时刻刻把'死'挂在嘴上。死得其所,走时心安,就很好。"

英磊噘着嘴,叉着腰,不满地反抗:"可是我不想像死了一样活着。我喜欢人间,喜欢一切鲜活热烈的东西——炊烟香火,柴米油盐。比起做山神,我更想做一个普通人。"

那时他还听不懂爷爷的话，他厌恶一成不变的一切，一心想着逃走，所以他贬低神庙的一切，可他贬低的，是爷爷守护了一辈子的……

爷爷没恼怒过他激烈的话，反而尊重他的梦想，爷爷允许他去追求他的梦想，还耐心地教他道理。

英磊觉得自己真是浑蛋透了。

爷爷说："爷爷这一辈子，都献给了昆仑，但我不后悔，能以己之力饲祭苍生，那便是山神一脉的光荣。但爷爷也尊重你的决定。你可以做山神，也可以做一个普通人。大荒很多妖怪，终其一生的奢望，也只是简单的三个字而已。"

那时英磊懵懂："哪三个字？"

爷爷说："有的选。"

爷爷慈祥地笑着道："爷爷没能让你明白做山神的光荣和骄傲，心有愧疚。照顾好自己，有空就回昆仑山看看我。你长大了，未来的路，你自己选。"

可是，爷爷，无论选择哪条路，我都想要有你在。

英磊用力用袖子抹了把眼泪，但怎么抹不尽。他的肩膀抖动着，埋头放声大哭。

有人轻轻碰了碰他的肩膀，英磊肿着眼睛回头，看见了白玖。

白玖捧着新鲜的野果，递给他："我不太会做饭，就去摘了些野果。我吃了一个，很甜的。"

英磊强打起精神笑了笑，拿过一个，闻了闻："很甜。白玖，谢谢你。"

"小山神，不客气。"白玖笑了笑，转身离开。

英磊一个人看着手里的果子发呆，身边又传来了脚步声。他抬头，看见了卓翼宸。

英磊先开口道："这是白玖摘的果子，卓大人要尝尝吗？"

卓翼宸摇了摇头："白玖特地给你摘的，你吃。"

英磊有些感动地喃喃道:"这些果子挂得高,他应该费了不少功夫……小时候我也够不到,都是爷爷替我摘的,他现在不在了……"

英磊刚压下去的情绪又翻涌起来,他忍不住哭了起来:"小卓大人,我没有爷爷了……我在这个世界上,唯一的亲人也没有了……"

卓翼宸看着英磊的模样,心中难受,他能感同身受,眼圈发红。

"我父兄去世后,我也失去了所有的亲人……从前我哥哥说,世间疾苦,总能让人遍体鳞伤。但如果有个地方反复受伤,反复磨损,就会变得坚硬、强壮。我那时摸着哥哥练剑的手,说,我知道,这叫作'茧'。但哥哥告诉我,他说的地方不是茧……"

英磊红着眼睛问:"那是什么?"

卓翼宸答:"是心。"

恍然间,英磊终于想明白了什么。

文潇坐了很久,裴思婧就陪着她坐了很久。文潇觉得脑子里很乱,她不知道该对赵远舟怀有什么样的情绪,两种极端而激烈的情绪在碰撞,她该恨他,可是她明明又……

文潇用力绞着袖口,眉头紧紧地蹙在一起,视线随意落在某一处便不动了。裴思婧伸手,轻轻将文潇的手指从袖口处拨开。文潇这才注意到她的衣袖上已经沾了血迹,文潇将受伤的手指蜷起。

裴思婧轻声问:"你恨他吗?"

文潇抬头,看向裴思婧,双眼通红,眼神迷茫:"我知道他被戾气控制,身不由己,但他的确杀死了师父……"

裴思婧的声音放得很轻,与她以往冷冰冰的声音不同:"我也亲手杀死了我弟弟。阿恒被乘黄操控是身不由己,我身在崇武营不得不杀他也是身不由己,即使我最后知道了真相,我也无法原谅自己。"

身旁突然出现一个声音:"但我早就原谅你了,姐姐。"

文潇和裴思婧回头,是裴思恒。

裴思恒在裴思婧身边坐了下来："你和赵远舟，都是某种意义上的'身不由己'，所以才杀死了自己的至亲之人。赵远舟将我最后一缕快要消散的神识挽救回来，依附在木偶之上，这可不是简单的法术，他消耗了起码千年的法力……施法的时候，他问我：'如果继续让你的神识停留，有什么未尽的心愿吗？'我说，我想一直保护姐姐。"

裴思恒说完，看着文潇笑了笑。

文潇知道裴思恒是想宽慰她。赵远舟与赵婉儿也如兄妹，她的师父也许会和裴思恒一样理解赵远舟被庆气控制时的不得已，也许师父并不怨恨赵远舟。

重要的是，她呢？她能原谅赵远舟吗？

裴思恒轻轻地拍了拍文潇的背："文潇姐姐，想哭就哭吧。我变成木偶的时候，一直哭不出来，因为木头没有眼泪。"

文潇的眼泪掉下了来，她轻轻靠在裴思婧的肩膀上啜泣。

黑夜散去，天光破晓。

阳光照在白玖眼皮上，白玖醒来，肚子咕咕叫了起来。他盘腿而起，睡眼惺忪，喃喃自语道："早知道就留几个果子了……"

卓翼宸端着盘子走了过来："拿了些吃的东西给你。英磊说，这是大荒美食祝余。"

卓翼宸在白玖身边坐下："还生气吗？"

"昨天发生了那么大的变故，生死面前，哪里还有时间为一点小事生气啊。"白玖不好意思地笑了笑。

卓翼宸道："被自己尊敬之人怀疑，也不算小事，确实值得生气。"

白玖一顿，道："你觉得我尊敬你？"

卓翼宸发觉这话由他自己说的确很怪，一时有些脸红："当我没说过。"

谁料，白玖拔高音量认真道："我是崇拜你！"

卓翼宸的脸更红了，但嘴角明显压不住了："快吃！"

卓翼宸将食盘出的食物拿出。

白玖凑近，左看右看，上看下看，都像是……草。真要说和普通草的区别，这种草长得扁一些，颜色更绿，除此，可真看不出什么区别，有点像……大号韭菜。

白玖与卓翼宸对视一眼，两人脸色都有些微妙。白玖安慰自己，特产嘛，总是看起来怪，说不定吃起来好吃。两人一人拿起一根，放在嘴里嚼，彼此对视，均是欲言又止。

"嗯……"白玖嗯了半天，想不出来能礼貌评价这种食物的词语。这草还不如韭菜……不对，是这祝余还不如草呢！算了。白玖想着这多少是份心意，对付着吃吧……白玖嚼得几度干呕。

"英磊说，祝余是长在西海中的一种神草，吃一根，就可以整天不饿。"卓翼宸立即补充介绍这种草的特殊之处。

但白玖听后觉得小卓大人这话更像自我安慰。

恰巧，英磊拿着个食盒走进来了，食盒被揭开，香味四溢："我担心小白兔饿了，于是亲自烤了些芋头，你们快尝尝。"

卓翼宸疑惑地看向英磊："你不是让我们吃祝余吗？"

英磊更疑惑："把祝余握在手心里就可以了……不用吃的……"

卓翼宸："……"

白玖嘴里还塞着祝余，他缓缓地转过头，一双大眼睛眨巴眨巴地看向卓翼宸："……小卓大人，没事，我依然尊敬你。"

英磊剥好烤芋头，递给白玖："给！"

白玖接过后吹了吹，又递给卓翼宸："卓大人，给！"

此等行径，英磊看得龇牙咧嘴，真心喂了白玖还不如去喂兔子。

白玖忽然想到了什么，转头问卓翼宸："小卓大人，现在我们和好了，但大妖呢，你说他还会和我们像以前那样吗？"

卓翼宸沉默不语，低头吃着芋头。

英磊安慰:"大人的事,就交给他们吧,你就别烦了。多吃一点啊,不然之后没有好吃的了。"

白玖没听出英磊话中的含义,随口嘿嘿笑着:"怕什么,反正有你在,每天都可以做出各种好吃的。"

英磊笑了笑,沉默了,没有再说话。

裴思婧去文潇的房间寻不到她,便来吊桥寻。果然,她还在这里,想来应该是一夜没睡。裴思婧叹了口气,将早饭放在文潇身边。

"昨晚忘了和你说一句,谢谢。"

文潇有些意外,转头看向裴思婧,一双眼红红的,让人心疼:"为何谢我?"

裴思婧有些苦涩地笑笑:"你看眼前的峡谷,深不见底,若是坠落山崖,纵使拼命挣扎,也只能一路下坠,身不由己。那时,我们就会希望有一棵树、一块石壁,甚至一片云,可以托住我们。你帮我查明了阿恒杀人背后的真相,对我来说,就如同给了我一块可以暂时喘息、依靠的石壁。"

裴思婧静静地盯着文潇的眼睛:"而你就是赵远舟的树和云。"

文潇苦笑,可树和云都托不起一个注定坠落的人。

赵远舟携风带雨、浑身戾气的模样,笑意盈盈看着她时的模样,苍凉、孤寂地站在大荒天地间的模样……反反复复交替出现在她眼前。文潇要被折磨疯了,她没有办法原谅他,也没有办法恨他。爱和恨随着山谷的风激荡了一夜,没个结果,于是她只能恨自己。

裴思婧叹了口气,道:"赵远舟是身不由己,你这是心不由己。"

文潇沉默了。

裴思婧突然开口:"若是有一天,我也藏了一个像赵远舟那样大的秘密,你也会恨我吗?"

文潇将手放在裴思婧手上,她的手冰凉,但目光温暖,她笑了笑:

"你不会的。"

裴思婧垂眸,没有回答。

众人按照约好的时间齐聚神庙,按计划修复白泽令。去神庙的路上,文潇有意避开赵远舟,不知自己是有意还是无意间一瞥,说不上哪里发生了变化,赵远舟整个人看上去消沉、内敛了许多。

众人刚迈进神庙,只见一个气宇轩昂的背影出现在视线中。那背影转身,却是英磊,他已经换上了昆仑山神的服饰,一身暗色长袍威严、肃穆,眉宇间的稚气尽褪,更添英气,眼神坚毅、果决。

英磊对着文潇,毕恭毕敬地行了一礼:"神女大人。"

白玖转着圈惊喜地打量起英磊:"哇,没想到,你平日里看起来其貌不扬,穿上这衣服还挺像模像样的,终于有点山神的样子了。"

英磊笑笑:"是吗?这还是你第一次夸我呢。"

卓翼宸看着英磊,放下心来:"看来你已经做出了选择。"

英磊坚定地点了点头。他很感谢卓翼宸昨晚的话,之前文潇也曾劝解过他,但他只是一知半解,好像昨天一夜之间,一个新的自己生成了,他想通了很事情,也想明白许多话到底是什么意思。英磊明白了,命运就是这样的,不知道何时就猝不及防地会推你一把,如果你没彻底摔趴在地上,那便叫长大了。

"我决定了,留在这里守护昆仑山,虽然我也喜欢热闹的人间,但是爷爷不在了,我自然要留下来继承爷爷未竟之事,用我小小山神的绵薄之力,延缓昆仑山的倾覆。"

白玖的笑容忽然消失了:"你要……留在这里啦?"

"是啊……我就不陪你们去大荒了。各位保重,后会有期。我会努力做一个山神,让爷爷为我骄傲。"

文潇欣慰道:"你爷爷一直都为你骄傲的。英磊,你也保重。"

英磊拿出山海寸境香炉,交给了赵远舟:"这个送给你吧。路途遥远，希望能派上用场。"

英磊不怪赵远舟，他知道一切都是爷爷的意愿，以后就是他的使命了。

赵远舟郑重地接过，点了点头："嗯，万一需要逃命呢？"

两人相视一笑。

英磊看向白玖，问道："你呢，不和我说一声'保重'吗？"

白玖忍着眼泪道："保重……下次见我，记得给我做最好吃的饭菜。老实说，我还是有些不习惯。"

英磊又像以前一样，有些不好意思地挠挠头，摸了摸自己的衣饰："确实，这衣服，我也有点不习惯。"而后他又摸了摸下巴，"感觉可以重新把胡子留一留了，不然真的感觉像小孩儿穿大人的衣服。"

白玖摇摇头，轻咳一声，道："我是说，少了你，总觉得有些不习惯。虽然你有时候很聒噪，很烦人，很……算了，至少，以前都有你在身边，偶尔小卓大人不在，我又很害怕的时候，还能拉着你，揪着你，扯着你……"

英磊望着天想了想，拉起自己的衣摆："那要不我裁一截衣摆下来给你，若是你以后再害怕的话，就抓着它，当作我还陪着你？"

白玖有些无奈地白了一眼："不要，我们人间有句俗话叫作'割袍断义'，只有忘恩负义之人才会这么做！"

英磊突然抬手用力按住白玖的肩膀，郑重地说："小玖，你一定会成为天下最好的大夫，加油哦。我会想你的。"

白玖终于忍不住了，哇的一声哭了起来。他上前一步，紧紧地抱住了英磊，鼻涕和泪都擦在他的新衣袍上。

文潇看了看旁边紧绷着不舍情绪的卓翼宸和裴思婧，左手右手各拉一个，一起上前，加入了这个拥抱。

赵远舟看着他们，淡淡地笑了笑，而后转身等着他们。

文潇抬眸间，看着赵远舟孤独的背影融在一片苍凉的景色中。那便做妄想能托住他的一棵树、一片云吧。

昆仑之门的另一侧是时光山谷,之前众人只在乘黄的幻境见过,如今时光山谷出现在眼前,不禁恍惚。

赵远舟说,再往前就是凶险无比的大荒——众妖诞生之地。

文潇说道:"地之所载,六合四海之内,皆是大荒。"

白玖思索着道:"大荒,大荒……听起来就很荒凉。"

赵远舟道:"所以众妖才向往人间……但就像冉遗说的,这里永远是我们的故乡。"

卓翼宸看着远处,问:"槐江谷在什么方向?"

文潇摇摇头:"不知道。"说完,她看向赵远舟,"问本地人啊。"

赵远舟咳了咳,这倒是文潇自昨天起第一次和他说话,只是这个问题有些棘手。

赵远舟答:"大荒向西,穿过苍梧之野,再往前不远就是槐江谷。小卓大人为何会问起槐江谷?"

卓翼宸答:"英招山神告诉我,在那里能找到瑶水。"

文潇目视前方:"没错,书中说,'槐江之山,爰有瑶水,其清洛洛'。相传,那一眼泉水纤尘不染,汩汩作响,直通瑶池。"

白玖惊叹道:"那不就是传说中的天上瑶池之水?"

文潇笑答:"白泽之泽为水,光润也,滋润万物,乃与天地同源。而瑶水与其灵脉相承,可令枯木重生,惠泽山海之灵。所以,找到瑶水,就有希望修好白泽令。"

卓翼宸道:"先找瑶水,再寻神木。"

赵远舟还是忍不住开口提醒:"不过,有件事情,我可能要先提醒你们。槐江谷除了有瑶水……那里还是离仑的封印之地,也是他从小生活的地方……"

众人让赵远舟带路,赵远舟说不用那么麻烦,他将英磊交给他的山海寸境放在地上。赵远舟按照英磊教的方式，催动法术，山海寸境启动，周围的景色如沙般被风吹散，将几人围在其中。各色光影变幻，一阵烟雾忽地升腾而起，旋转的光影停下，一座建筑在雾气中影影绰绰。

白玖感叹道："没想到还可以使用山海寸境啊。大妖，看来你以前来过这里啊……"

赵远舟紧蹙眉头，没有言语。

风吹白雾散，露出熟悉的建筑。

众人竟然回到了缉妖司大门外院！

白玖惊讶道："大妖，你刚才脑子里是不是想错地方了，想到缉妖司啦？怎么把我们送回来了啊！"

赵远舟脑中想的就是槐江谷。他以前常来，不会错，这里就是槐江谷。

卓翼宸也发现了蹊跷之处，立即警惕起来："不对……这里不是缉妖司……"

离仑的声音在浓雾中传来，辨不出方向："瑶水池早已干涸，这世间仅存的最后一点瑶水在我手里，想要的话，就过来取吧。"

赵远舟突然警觉，回过头，目光焦急地搜寻。

文潇的身影不见了……

离仑的轻笑声传来，他道："文潇和我在一起，你们进来找她吧。"

文潇晕乎乎地睁开了眼睛，却发觉自己回到了熟悉的缉妖司议事厅。说是熟悉，但这里又处处透着不熟悉，这里阴森、阴冷，除了她，空无一人。屋内有雾气环绕，四周景象模糊，不真实，一切都让她感到诡异。

空旷的缉妖司里回响起了清脆的拨浪鼓声。文潇知道这是哪里了，也知道是谁将她带来此处的。她循着声响，缓缓走上台阶。

离仑慢悠悠地摇着拨浪鼓浮现在议事厅大殿中央，他身形高大，墨发自然地披着，不似前几次见面时那般张扬，浑身散发着的气息阴戾，向下瞥文潇时，带着几分傲慢。他面前的桌子上摆着杯碟和酒盏，里面盛着宛若清水的液体。

离仑示意文潇坐下，他自己则自顾自慵懒地靠在一旁："你看起来有话想说。你不用担心，我不杀你。"

文潇摇头："是有话想问，而且，我并不担心你杀我。"

离仑眉毛一挑，看向文潇时，似乎有兴致听文潇继续说。

"你那么恨赵远舟，一定会当着他的面折磨我。而你把我单独抓进来，显然并不打算取我性命，所以，我就先看看你打算演什么戏呗。"

离仑笑笑："你方才想问什么？"

文潇立马从发髻上抽出笔，拿出本子记录。她认真地问道："你的本体是槐树，那你算是妖还是怪？"

离仑眉头一蹙，很是意外。

"是你让我问的，问了你又不答，怎么，害怕我摸清楚你的底细吗？"

离仑正过身子，盯着文潇看，俊美的眉眼中流露出轻蔑之意："槐树天性易聚阴邪戾气，自古以来便被称为鬼树。"

文潇边应着边低头记载。离仑凑过去看她写字。

文潇道："哦，明白了，怪不得书上记载你为槐鬼。好，下一个问题。"

"来。"

离仑就这么被文潇带着回答起了问题，或许是因为被关了太久，实在无聊，或许太久没人同他说这般说些无用的话，也或许是他对文潇有那么一丁点好奇，而这好奇也是因为赵远舟。

文潇看着离仑放在手边的拨浪鼓："这个拨浪鼓，是什么来历？"

离仑唇一勾，笑中带着挑衅的意味："赵远舟送的。"

文潇点了点头："果然。"

离仑怔了一下,又缓缓抬眼看她:"你知道?赵远舟告诉你的?"

"我在乘黄日晷的幻境里见过。礼尚往来,情谊深厚……既然你们曾经是朋友,为何会变成死敌?"

文潇定睛看着离仑。

离仑不答,他只拿起自己的拨浪鼓细细看着,面色变得有些阴郁。

人说一生不过数十载,妖不常用这个词,妖生太漫长,少则百年,多则千万年,变数太多……朱厌是离仑一生倾心相交过的唯一的朋友。

少年时,朱厌就喜欢人间,他总要跑去人间,每次回来,噼里啪啦地能说上好一阵。离仑不爱人间,他喜欢大荒的空旷、自由,也喜欢槐江谷的惬意,但他喜欢听朱厌讲人间的趣闻,看他眉飞色舞的样子。

终于,朱厌讲得久了,离仑对人间也就产生了些兴趣,他想看看让朱厌那么喜欢的人间是什么样。

人间的市集热闹但也喧哗,街边都是售卖的摊子,有吃食、玩具,还有杂货,这些,大荒都没有。但离仑不感兴趣,大荒自有大荒的好,人间也比不上。

每次逛市集,离仑都意兴阑珊。而朱厌不同,他对周遭的一切都充满好奇,这个看看,那个摸摸,一双眼睛、一双手,怕是都不够他用。

离仑抬起手,嫌弃地看了看腕间的白泽令印记:"人间嘈杂、闹腾,有什么好的,非要来。而且每次陪你来人间都得盖这么个戳,真烦。"

朱厌又跑去一旁的摊贩看了。不一会儿,他拿着个不知道是什么的玩意儿,兴致勃勃地往离仑头发里插:"这是什么?看起来很好看。"

店主忙尴尬地笑着拦住:"这位客官,这可不是发簪啊。"

离仑烦躁地把那东西摘下来:"回去吧,这有啥好玩的?"

朱厌还在研究手中的玩意儿是怎么玩的,笑嘻嘻地回着离仑的话:"很好玩啊,大荒哪有这些?"

离仑心中一阵烦闷:"谁稀罕!"

朱厌拿着手中的风车,还是没想明白这是什么,忽地,一阵风吹过,风车转动,少年的眼睛睁大了起来,嘴角慢慢上扬。他欣喜地将风车给离仑看。

离仑瞥了一眼:"凡人真是无能。"

朱厌欣喜地说:"凡人真是聪明。"

离仑蹙着眉:"折腾着做这种东西,就为了和风玩?在大荒,我们多少妖怪随便呵一口气的事……"

朱厌笑着说:"所以他们很聪明啊,没有法力,却能想出这种法子……"

"你怎么老爱帮着人类说话?"

"为什么不能?"

离仑心中有些不满,他不喜欢他们想法不合,或者说,有些怕,人间到底有什么好的,明明他们在大荒驰骋于天地间的日子更快乐啊。

离仑无奈地坐在路边生闷气,朱厌转眼就又不知跑哪儿去了。离仑的身后有刺耳的哭声扰得他心烦,离仑回头看去,是一个人类孩童摔倒了。人真是脆弱。离仑捂着耳朵低着头,越来越烦躁。隐隐有一阵清脆的咚咚声传来,而后那哭声就消失了。

朱厌出现在他面前,他起身便要走:"赶紧回去吧。"

突然,有什么东西被塞进了离仑手里,他拿起来看,像一面鼓?

"这是什么?"

朱厌笑笑:"送你的。"

"为什么?"

"我其实买了俩,想着咱们一人一个,但刚才给了那个一直哭的小孩儿一个。"

"这玩意儿……拿来干吗?"

朱厌眼睛又亮了起来,他拿过拨浪鼓,握住那鼓柄左右晃了晃,鼓耳敲击鼓面,发出清脆的咚咚声。

"大荒里，我们眨个眼、呼口气、打个响指，就能做到许多事。但人间也有人间四两拨千斤的法宝哦。"

离仑不以为然。

朱厌又说："你能够让别人忘记眼泪，露出欢笑吗？"

离仑不说话。

朱厌笑着晃了晃手上的拨浪鼓："但它能。"

离仑看着朱厌，嘴角不自觉地弯了弯，而后心中一惊，刚刚明明还在生气……看来这确实是件有趣的法宝。

文潇好奇地看着离仑，他似乎在回忆什么，出神地望着手中的拨浪鼓，嘴角露出柔软的笑意。但那笑意很快便消散，脸色更加阴郁。

离仑开口道："朋友？如何定义'朋友'二字？心意相通？甘苦与共？笑话，朋友只是你们凡人伪善的说辞而已。撒谎欺瞒，陷害中伤，才是你们口中所谓的朋友会做的事情！"

文潇道："你真这么想啊？那你还留着这个拨浪鼓干什么？"

离仑脸色变得难看，他沉默着，没有回答。许久，他起身："你问了这么多问题，该我了。"

"你问。"

离仑阴鸷一笑："我有三个问题要你回答。答对了，就放你走。"

"要是我答错了呢？"

离仑仍是笑着："答错了，就会死。"

离仑饶有兴致地开始问问题："第一个问题，究竟是做人好，还是做妖好？"

文潇顿了顿，开口回答："做人——"

离仑眼睛微眯，抬手间，文潇继续把话说完："做妖，都好。"

离仑蹙眉提醒道："只能选一个。"

文潇不疾不徐地继续讲道："我不用选，因为上天已经帮我选好了。我生而为人，就只能做人。人和妖各有各的好，无须羡慕，也不必敌视。山不让尘，川不辞盈，万事万物，各有其位。是人是妖，又有何高低好坏之分？"

离仑愣了一下，然后笑了，目光中流露出怀疑与不屑："白泽神女果然能言善辩。"

文潇毫不示弱，她笑着直视离仑，她所说的只是心中所想，也是她一直奉行的准则罢了。

离仑又问道："既然白泽神女认为人和妖都好，那下一个问题，你觉得，是人更恶，还是妖更恶？"

文潇回答："妖更恶。"

文潇突然顿了顿，她也曾问过师父这个问题。

她的父亲在她儿时被妖害死，就死在她面前。文潇记得他的父亲全身溃烂，对着她大口吐着鲜血说不出话的模样。文潇侥幸逃过一劫，也因此见到了赵婉儿。

文潇问过赵婉儿，妖为何这么坏？她爹爹明明是好人，却被妖害死了。

赵婉儿说，妖虽然行事暴戾，不顾后果，但这件事的起因还是人先欺骗了妖，妖由爱生恨，报复杀人，不幸连累了她的爹爹。

那时文潇太小，并没有完全参透赵婉儿的话，但她已经隐约明白万事有因有果，黑与白、好与坏并非那么容易界定。

文潇决定与赵婉儿一同回到大荒潜心修习。那时，她只是不想再有人因为妖而失去亲人。后来，她见过许多人、许多妖，她用一卷卷记录去寻找这个问题的答案。

离仑等了一会儿，发现文潇没有继续往下说的意思，忽地恼怒起来："嗯？怎么不继续说了？"他手指一动，一根树藤从地面蹿出，如蛇一般灵活绕上文潇的脖子。树藤收紧，文潇立即感到窒息。

"妖的外形千奇百怪，妖的恶也显山露水，好斗者杀戮，喜掠者侵夺，是明明白白、堂而皇之地恶。而人千人千面，很会伪装，伪善者虚情假意，小人则居心叵测，笑里藏刀。所以，你要是只问谁更恶，那自然是看起来外显的妖更恶。但若是你问哪种恶更凶险，更让人难以提防，那便是 那便是下一个问题了。"

文潇说完，盯着离仑看他的反应。

离仑阴晴不定，刚刚还满面愠怒，忽地眉眼又笑开了，眼中流露出一丝欣赏："我很喜欢你这个答案。"

离仑轻挥了一下手，那绕住文潇脖子的树藤便松开了些，文潇得以大口喘气。

浓雾不散，空中传来诡异的呻吟声，仿佛某种妖兽正在哀嚎，惨烈、凄厉。那声音似乎能影响心神，在耳边来回交织，异常嘈杂。

白玖吓得瑟缩，忍不住捂住了耳朵："好吓人啊。什么声音啊？"

赵远舟神情复杂，他仿佛知道这是什么声音，拧紧眉头，却没回答。

卓翼宸着急道："先找文潇。"

裴思婧环顾四周，道："这里应该是离仑设的幻境。"

赵远舟遗憾道："可惜我没了破幻真眼，无法勘破……"

捂着耳朵的白玖突然灵机一动，从药箱里掏出纱布，然后迅速分给众人，确认每个人都塞好了耳朵。

雾气里，忽然响起一个人声，活泼可爱："姐姐。"

众人立即四处查看，却不见人影。

"哥哥。"那声音再次传来。

"小弟弟。"

白玖这可忍不住了："叫谁呢？"

雾散去一部分，众人这才注意到前庭莫名长出了一棵巨大的槐树，槐树枝傍着一边的屋檐，一个年轻可爱的绿衣小姑娘正坐在屋檐上，她的头上还戴着树枝做的头冠，看着年纪只比白玖大一些。

白玖疑惑："咦，怎么是个小姑娘。"

赵远舟道："小槐精，你挡着我们的道了。"

槐精点了点头："我知道，但是老大跟我说，你们得陪我玩个游戏。你们赢了，我就放你们走。要是输了，我就……嘻嘻，吃了你们。"

绿衣小姑娘捂着嘴，笑得有些瘆人。

赵远舟道："好啊。你想怎么玩？"

槐精歪着头，手指点着下巴，说道："我听说，说谎是人类的天性。我希望你们向我证明这句话是错的。"

卓翼宸蹙眉："怎么证明？"

槐精指了指向下延展的粗壮树枝，树枝环绕成了一个小小的坐台。

"我有一个问题，你们依次上来回答。如果没有人说谎，我就让你们过去。如果有人说谎，那说谎的人就会被我吃掉哦。"

赵远舟笑笑："我可以第一个上，其余的，听小卓的。"

卓翼宸拦住赵远舟："不要浪费时间了，她不放我们过去，我就把这棵树连根拔起。"

槐婧嘻嘻笑着不说话，一脸幸灾乐祸。

赵远舟道："没有用的，她只是一根槐树枝。就算杀了她，还会有更多的槐精出来，我们就会一直困在这个幻境里面。"

"那怎么办？难道真的要陪她玩游戏吗？简直荒唐！"

卓翼宸与赵远舟对视，而后，赵远舟笑笑，身体一让，朝着那树枝做的坐台，对着卓翼宸做出了一个请的动作。

卓翼宸一脸无语，坐在那坐台上："问吧！"

槐精的身形闪到卓翼宸面前，一双绿色的眼睛盯着他，笑嘻嘻地问道:"好。我的问题是,你是人,还是妖?"

那声音又如魔音一般,在卓翼宸耳边回荡个不停。

卓翼宸不耐道:"这叫什么狗屁问题。我当然是人!"

槐精又闪回到树上,两只脚在空中一荡一荡的:"你很诚实,过关了哦。下一个。"

接着,赵远舟坐了上去:"问吧,什么问题?"

槐精又问:"你是人,还是妖?"

赵远舟抬眼,无奈地看了看槐精:"问题都不换吗?"

"要你管!快回答。"

"显而易见,我是妖。"

树枝没有任何反应,赵远舟冲着槐精灿烂一笑,站了起来,做了个请的手势。

"很好,下一位。"

裴思婧走上前,坐了上去,问道:"老问题吗?"

"没错。"

"人。"

槐精的表情忽然变得有些幸灾乐祸:"最后一位了哦。"

白玖出奇地安静,不情愿地走了过去,而后有些紧张地把屁股挪上去,却是虚坐着,屁股并没有接触到那树枝。

槐精身形一闪,她的脸贴着白玖的脸,一双绿眼睛紧紧地盯着白玖,笑容有些诡异:"要坐稳哦。"

白玖这才又小心地又往后挪了挪,坐到树枝上。

槐精这才坐回树枝上,她开口,还是同一个问题:"你是人,还是妖?"

白玖抬头看向槐精,拔高音量喊道:"问来问去都是这个问题,太无聊了吧?换一个有趣的问题吧!"

"这个问题最有趣了,不想换哦。快回答,你是人,还是妖?"

白玖看起来很紧张,他有些磕巴道:"我……我……是人。"

突然,十几根槐树枝从四面八方汹涌而来,如一只大手,瞬间将白玖牢牢捆住、吞没。

槐精坐在树枝上,开心地拍着手:"嘻嘻,有人撒谎了哦。"

第十二章
不烬木

白玖整个人都被树藤包裹住，他惊慌失措的声音从树藤里传出来："小卓大人！小卓救我！"

卓翼宸立即拔出云光剑，指着槐精："放开他，否则我把你劈了当柴烧！"

槐精飞身落下，嘟起嘴："说谎的人最坏了，坏人就应该被吃掉。"

白玖惶然道："我没有！我不是！"

赵远舟半真半假地说道："没想到小白兔竟然也有秘密瞒着我们啊。"

白玖急得大喊："你个大妖！不要胡说！文潇姐姐不是有白泽金瞳吗，我真要是个妖，怎么能瞒过她的眼睛啊！"

"大荒之大，无奇不有。说不定真有能骗过白泽金瞳的妖呢。"

白玖不想理这只大妖了。大妖没长心，他还是得求助小卓大人。白玖贴着树藤，从树藤的缝隙里看着卓翼宸，声音有些哽咽："小卓大人，上次在思南水镇，你们也是这样怀疑我——"

赵远舟伸手拦在正欲有所动作的卓翼宸面前，对白玖说道："你看他也没用，小卓大人一向处事严明……你别挑软柿子捏啊！"

卓翼宸面色一冷："你才软！"

说完，卓翼宸认真地看着白玖："小玖，你到底有没有事瞒着我们？"

白玖愣了一下，只回答："小卓大人，我真的不是妖……"

卓翼宸认真道："好。"

白玖怔了怔，有些感动，眼泛泪光："卓大人，你真的信我——"

"我信我的云光剑。"

卓翼宸用云光剑靠近白玖。白玖握了上去，勇敢地划了一下，手被划破，血迹留在云光剑上，云光剑毫无反应。

裴思婧看向赵远舟："看来小玖确实是人，若是妖，云光剑不可能没反应。"

白玖点点头，激动极了："我真的不是妖！"

槐精的脸皱起，她不悦道："可说谎了就是说谎了啊。"

赵远舟沉吟片刻，道："槐精说得也有道理。"

白玖惊讶道："大妖……你好坏啊，她说什么你就信什么。"

赵远舟笑笑："我是妖，我选择相信妖也没问题吧？"

槐精反应过来后，立即开心地拍了拍手："他不管相信你还是相信我，都是相信妖啊。嘻嘻。"

"赵远舟，别闹了！"卓翼宸无奈地瞪了眼赵远舟。

赵远舟顿感无趣，笑着耸了耸肩："好好好……我看大家这么紧张，开个玩笑而已。我当然知道小白兔不是妖，没有妖能逃过白泽神女的金瞳，除非……"

赵远舟顿了顿，不再不说了，只含糊道"没什么"。

"既然没有可能，那撒谎的就是这个小妖精了！"

卓翼宸突然出剑，云光剑在触碰到树藤的瞬间，树藤滋啦一声，如被火焰灼伤，瞬间扭动着抽走。白玖冷不丁一个踉跄，稳住身形后立即跑到卓翼宸身后躲了起来，才敢松口气。

白玖探出头，看着卓翼宸，十分感激："小卓大人，谢谢你这次信我……"

赵远舟一个闪身至槐精身后，槐精反应不及，短刃已经架在她脖子上："你说得对，确实有人撒谎，但不是我们四个，是你。"

槐精脸色顿变。

赵远舟反手将槐精按到树枝末端，而后开始笑着问起了问题。槐精在他的笑眼中感到了强大的压迫，不自觉地有些紧张。

赵远舟问："轮到你了。你，是人是妖？"

槐精答："我当然是妖。"

下一秒，那树藤竟攀上了槐精的身体，一圈圈将槐精牢牢缠绕。槐精惊恐地挣扎，满脸不解，一抬头，只见赵远舟指尖发亮，他正捏指施法控制着树藤。

槐精气急，鼓起脸："你要赖！你作弊！"

"是你先耍赖的。这槐树分明就是被你操控的。你想挑拨我们，还挑最软的柿子捏。"

白玖从卓翼宸伸头探出头："刚不是说软柿子是小卓大人吗？"

卓翼宸低头看着白玖，一时不知说什么好。

赵远舟唇轻轻一动，念咒："收。"

树藤立即将槐精整个身子缠住，越缠越紧，直到槐精化成一缕烟，消失。前方的浓雾也随之散去，众人继续前行。

出现在四人面前的是他们熟悉的议事厅前台阶。只不过，地面中间出现了一个拨浪鼓、一把纸伞。

卓翼宸看着赵远舟，问道："离仑又在跟你玩什么游戏？"

赵远舟看着叹息："要我命的游戏。"

"你跟离仑之间，到底有多少恩怨？感觉他一直在用各种方式吸引你的注意。"

白玖又从卓翼宸身后钻出头来，补上一句："对啊，这个幻境一直不破，你再想想，是不是还有别的什么故事，你忘了，但是离仑想让你想起来。"

赵远舟看着前方地面上的纸伞，苦笑一声，道："好像还真有。"

赵远舟想起某一次与离仑同去人间。

那时，人间在庆祝节日，河中游船如织，丝竹声不断，岸上人潮涌动，红彤彤的灯笼挂满了街头。茶楼酒肆，贩夫走卒，好不热闹。

赵远舟和离仑并肩悠闲地走在街道上，惹得路过的姑娘忍不住朝这两个俊郎君多看几眼。赵远舟不甚在意，手一背，东张西望，处处新奇。离仑不太喜欢这些目光，他的手握了握腰后别着的拨浪鼓。赵远舟边看，边与离仑讲起，这座茶楼在他们上次来时如何，那家酒肆之前又是如何……

离仑闻言，也不禁感慨："才过去几年，人间的变化就这么大了……"

赵远舟笑笑："你别和大荒比啊，在大荒，一片云就能搁天上飘个两百多年。"

离仑道："这么说来，大荒是有些无趣了……"

赵远舟凑近离仑，笑着与他打趣："你上次来这里可不是这么说的哦。你说大荒清净、安宁，人间吵吵闹闹，让人心烦。"

离仑不与他争辩。

两人路过一个卖油纸伞的摊位，赵远舟又起了兴致，捡起一把油纸伞问摊主："这个多少钱啊？"

摊主笑呵呵地张开一只手，答道："客官，五文钱。"

赵远舟面露难色，随即将油纸伞放回。

离仑疑惑地询问："不买吗？"

赵远舟拉过离仑，小声解释："英招总共也就给我们五文钱……还是省着点花吧。"

不巧，两人走出没多远，天空就淅淅沥沥地下起了雨。雨水打在河面上，激起无数涟漪，丝竹声与叫卖声停了，路上的行人陆续撑开雨伞，如一朵朵绽开的纸花。雨滴溅在伞面上，腾起一层薄薄的水雾。

离仑个子高挑，站在人群中，看得饶有兴致："原来这就叫伞。有何用处?"

"用来避雨。"

离仑缓步走在雨中,面露不解:"为何要避?淋雨有何可怕?"

赵远舟笑笑:"那不叫怕,叫……不想衣服淋湿了难受。"

"真是无用之物。"

赵远舟看向周围:"会吗?我觉得挺好的。"

说完,赵远舟继续大步往前走,离仑却停了下来,回头看了看摊位上的油纸伞。

忽地,一把伞在赵远舟的头顶撑开。赵远舟侧身,看见了身边撑伞的离仑。他怔了一瞬:"你把五文钱都花了?"

离仑面无表情地回答他:"是二十文,他见天下雨就借势涨价了。"

赵远舟大笑出声:"哈哈哈,凡人啊,也真是怪聪明的。咦?那你哪儿来那么多钱付他啊?"

"我有我的法子。给——"离仑将伞塞进赵远舟手里,然后自己走了出去。

"你不用吗?"

雨越下越大,街道上行人举着伞,脚步匆匆,各自朝家跑去。

离仑负手缓步逆着人流而行,自由自在:"我不需要避雨。风吹雨打,雪落霜降,世间一切,万法自然,我离仑从来不躲,也从来不退。"

赵远舟看着离仑的背影,突然狡黠一笑。他将伞收了起来,追了过去,与离仑一同在雨中散步。

离仑疑惑地看他:"你不是说喜欢伞吗?"

赵远舟粲然一笑:"人间有句话说,好朋友,就要一同经历风雨。"

离仑不说话,兀自往前走。走了几步,他发现头顶的雨停了,转身,发现赵远舟把伞撑在他的头顶,笑嘻嘻地看着他。

"你不是说好朋友要一同经历风雨吗?你来人间太多次了,都学会撒谎了。"

离仑身形一偏,故意不站在伞下。赵远舟便将伞往他那处倾斜,又将离仑罩在伞下。离仑躲一分,赵远舟进一分。离仑躲一寸,赵远舟进一寸。追、躲之间,两人变成了打闹过招,一把伞在赵远舟手中运用灵活,离仑处于下风,眼见赵远舟的油纸伞尖即将击中离仑,咚!一个清脆的声响,挡住伞尖的竟是离仑掏出的拨浪鼓。

赵远舟爽朗地笑着:"可以啊你!"

离仑看着手中的拨浪鼓,略微得意:"只要武器趁手,我跟你打成平手没问题。"

"你比我勤奋,说不定将来能超过我,成为大荒第一呢。"

离仑摇了摇头,认真道:"跟你平手就好,我不介意和你一起当第一。"

赵远舟从回忆里回过神来,神色黯然,而后仿佛想到了什么:"赌一把吧!"他拿起纸伞,用伞尖朝拨浪鼓面刺了过去。

文潇在等着离仑问第三个问题。

离仑开口,面容变得阴冷:"最后一个问题……我和赵远舟,谁更强?"

文潇不曾设想过这个问题,她顿了顿,摸不透离仑的心思:"你问问题的风格怎么说变就变?"

离仑神情严肃,显然动了真格,树藤又瞬间收紧,文潇痛得闷哼了一声。

"回答。"

"赵远舟更强。"

离仑的面容挂上一层寒霜,阴森瘆人。

"赵远舟比你心胸更广阔,他不狭隘,不偏激。先正其身,道则无穷。而你心术不正,永远比不过他。"

离仑不怒反笑,哈哈大笑了起来。

"哦?你这么懂得他,替他说话,难道你不恨他吗?他可是杀了你师父的人。你应该跟我一样恨他,我们才应该一同复仇,不是吗?"

离仑说着,一双金瞳突然直视着文潇,言语间带着蛊惑。

"你以为他是来帮助你、救赎你的,却不想,正是因为他,你才变成如今这个样子。你说他心术正,呵呵……他只是学人学得很像罢了,他比人还要伪善、叵测。他对我、对赵婉儿、对你,都是一样。迟早有一天,他也会像杀了赵婉儿那样,杀了你。"

文潇双眼泛红。

"所以,现在该承受痛苦的,不是我,也不是你,应该是他……"

离仑手指一动,松开了树藤对文潇的桎梏。

赵远舟的伞尖击中拨浪鼓后,拨浪鼓突然飞走,在空中突然疯狂转动,鼓耳不停击打鼓面,清脆的叮咚响声不停。周围突然出现汹涌的大雾,席卷而来。

白玖吓得躲到卓翼宸身后,卓翼宸和裴思婧都做好了警戒的姿势,警惕地看向四周。忽然,一根藤蔓从浓雾中朝白玖袭来,缠住白玖的腰,瞬间将白玖向后拉。

赵远舟眼疾手快,一把拉住白玖,两人一下被同时扯进浓雾中。

"我保护白玖!你们先去救文潇!"

树藤抽离,赵远舟和白玖猛地于白雾中跌在地上。赵远舟拉着白玖起身,看向四周,二人已经置身于缉妖司后院圆形水池旁。

一道人影于浓雾中出现,突然攻击赵远舟。那身影极快,赵远舟用手接了对方两招,推开白玖,往旁边闪躲。两人身影交错,擦身而过,赵远舟另一手顺势挥出短刃。锋利的刀刃眼看划过对方的脖子,那人影偏头,侧脸与赵远舟对上。

赵远舟震惊，立即收手，那人仍被赵远舟的力道摔倒在地。

人影抬起头，竟是文潇。

但细看起来，此时的文潇与平日不太一样，那五官明明清丽如莲，此时却透着妖冶，眼含水波，柔媚勾人，唇噙着一丝笑，如浓雾中绽放出一朵美丽妖艳的毒花，带有原始的危险。

白玖难以置信，试探着开口："文姐姐？"

赵远舟愣在原地，他从没见过这样的文潇，一时出神。

只这喘息之间，文潇重新拔出短刀，身形一闪，刺向赵远舟。赵远舟立即侧身，躲过她的刀刃，然后转身，伸手牢牢掐住文潇的喉咙。

白玖惊得大喊出声："大妖！你干吗？"

赵远舟眼中冷意慑人，手上毫不怜惜，似要用力扭断手中人的脖子："她不是文潇。"

假文潇的面容随之狰狞，变形为一个面容陌生的女妖，那女妖眉眼间尽是狠厉的妖气。她的双手变为一双尖锐的利爪，朝赵远舟狠狠抓去。赵远舟身形一避，反手一掌拍在女妖的肩膀之上，打得她后退数步，身形不稳。女妖见势不妙，飞身跃入浓雾之中，不见了踪影。

赵远舟正要追上，一个铁笼忽地从天而降，赵远舟下意识将白玖推开，自己却被铁笼罩了起来。

白玖反应过来后，立马用力地摇晃铁笼，那铁笼却纹丝不动。白玖急忙冲笼内的赵远舟喊道："大妖，你快念咒啊，念个'开'或者念个'破'，都行吧？愣着干什么啊？"

赵远舟捏指想要念咒，却感受不到任何法力的流动，全身的法力似是被某种力量完全压制住，使不出分毫。他打量起这铁笼，只见铁笼上画着血红的圆形兽纹咒印。他微微蹙起眉头："这铁笼上用诸犍的血画了咒印，专门用来关押妖物，妖在这里面使不出任何妖力。"

刚说完，赵远舟便感应到了熟悉的气息，他抬眼紧盯着白玖身后的浓雾，白玖也茫然地回过头去看。

"到我身后去。"

白玖缩了缩，乖乖地听赵远舟的话，躲到笼子后方。白玖觉得此刻他独自在笼子外还不敌和大妖一起关在笼子里安心。他不禁把手伸进笼子里，悄悄拉住了赵远舟衣袖的一角。

"朱厌，好久不见。"离仑的身形从浓雾中缓步走出，他一身松垮的长袍，笑吟吟地同赵远舟打招呼，仿佛两人仅仅是多年未见的老友。

赵远舟直接问道："文潇在哪儿？"

离仑神色一顿，背过身去，似笑非笑地晃了晃手中的拨浪鼓："这最后一关还没结束，急什么？通过了，自然就让你见她。"

离仑抬眸，眼中流露出危险的雀跃之色："最后一关，不如就玩'开心二选一'吧。"

白玖扯了扯赵远舟衣袖，小声嘟囔道："这……这又是什么玩法，听起来可不太开心——"

话音未落，离仑的身形已经闪至白玖身后，一只大手钳制住了他的脖子。白玖瞬间呼吸困难起来。

离仑冷笑道："原本打算第一关就让槐精把这小子留下，没想到你竟然没有放弃他。"

"小玖是我朋友，我就算放弃自己，也不会放弃朋友。"

赵远舟的话让离仑心中莫名的情绪翻涌不息，随即他周身的气息剧烈激荡，黑发与长袍无风自动，墨蓝色烟雾袅袅升起，漂浮不散。不甘？不解？那股不明的情绪最终成了满腔的愤恨。

"不会放弃朋友？你又在撒谎！……我现在要你用命来换他，你愿意吗？"

赵远舟答得毫不犹豫："愿意。"

离仑眼中闪过一丝错愕。

白玖却满脸憋得通红，挣扎着开口："大妖……别管我，他是个骗子，不会说话算话的。"

"呵呵,赵远舟才是满口谎言的骗子。不过,赵远舟的命,就算给我,我也不想要。我更想看到他痛苦难受的样子。"

离仑饶有兴致地笑,眼中杀意迸发:"开心二选一,听好了,你选白玖,还是选卓翼宸?选一个人生,选一个人死。"

赵远舟没有回答。

"怎么?很难选吗?白玖是你的朋友,但卓翼宸可是你的仇人。"

白玖挣扎着反驳:"小卓大人……才不是仇人……"

赵远舟叹息一声,道:"这么多年过去了,你还是没有长进。你专门造了个缉妖司的幻境,真是用心良苦。"

离仑不喜欢他这样叹息,不喜欢他此刻的眼神,更不喜欢他说的话,就好像错的人是自己一样。离仑做这些就是为了让朱厌感同身受!让他知道当时选错的是他朱厌!

"我是希望你别忘了凡人都是怎么对待我们的,为了捉妖,凡人特地设了这么个地方,曾经有多少同胞死在这个用兽血涂抹的铁笼里。你说我没长进,你不是也一样,这么多年,还是把愚蠢的人类当作宝贝来守护。"

赵远舟道:"你看起来很生气,又不爽了,是吗?你不爽就对了,你不爽,恰恰说明我做的事做对了。你生气,是因为你看到我什么都有,你却两手空空。"

离仑愤恨:"没错,我的一无所有,都是拜你所赐。"

赵远舟眼中平静无波,甚至透着漠然:"和我没关系,是你自己选的。"

离仑猛然一怔,刹那间,仿佛所有的愤恨都失去了目标。他不禁松开了白玖,白玖跌在地上,剧烈咳嗽,而后连忙跑到笼子后躲了起来。离仑毫不在意,他只怔怔地盯着赵远舟。

是他自己做出的选择……但他的选择没有错!

离仑记得，那日他们在雨中追逐打闹，雨越下越大，路边有一家名为济心堂的医馆，他们便躲进了那家医馆。朱厌收起伞，拍了拍身上的水珠，感慨怪不得人讨厌淋雨。

医馆里等着看病的人很多，伙计忙前忙后，炉上煎着药，散出阵阵药香。一个妇人抱着一个粉雕玉琢的小婴儿，那婴儿已在她的怀中安稳睡着。妇人见到二人淋了雨，笑着挪了挪，腾出一块靠着药炉的空地招呼二人坐过去暖暖身子，说这雨停还要等一阵子。朱厌怕扰了孩子睡觉，摆了摆手，拉着离仑躲到一旁站着。

突然，离仑耳朵敏感地竖起，神色也紧张起来，示意朱厌细听。朱厌屏息细听，有妖痛苦的哀号声，那声音微弱，似是有受了伤的妖，且不止一个。

离仑压低音量询问："在里面？"

朱厌摇摇头，指了指脚下："在下面。"

他们对视一眼后，便悄悄在医馆中搜寻，果真发现了一个地道入口。进入地道后，他们越走越觉得不对劲，一个寻常的医馆不会建造这么复杂的地道，这地道似乎通向某处。他们沉默着走了许久……终于，有火光渐渐亮起，医馆的地道连接着的竟是一处地牢。

地牢里闷热潮湿的空气与恶臭味和血腥味黏成一团，几乎密不透风，令人作呕。地牢内摆放着好几个大小不一的笼子，笼中均挤满了人形小妖，他们被迫瑟缩在逼仄的笼子里，个个衣衫褴褛，血污与头发黏成一团，脸肿胀得看不出原形，身上皮肉零落，流出腥臭的脓血。有的小妖蜷缩着身体在角落痛苦呻吟，也有的小妖呆滞地看外翻的皮肉上蠕动的蛆虫，双眼麻木得失去了生机。

离仑的目光又扫过牢笼四周，只见那里摆着棍棒、鞭子等各式刑具，新的血迹叠加在陈年的血迹上，粘连着血肉，将干未干，触目惊心，角落随意丢着几把已被用得变了形的刑具。

朱厌走到一张木桌前，上有一本旧册。他翻看起来，只见那上面字迹潦草，记载的内容骇目惊心。每种妖的姓名、忍痛能力、伤口愈合速度、妖力在各种极端情境下的发挥情况……每一项记载后面均有一排数字，数字背后便是一次次血淋淋的测验。离仑夺过那册子，用力地翻看，气息越发不稳。忽地，他的手停在某一页，上面记了些以朱笔划掉的妖名，一旁只写了"开蚌"二字。

离仑不解地看向朱厌，朱厌脸色难看，咬牙回了"剖丹"二字。人竟然将把妖开膛破肚，取妖内丹，害妖性命的事戏称为开蚌？离仑只觉得太阳穴跳痛不止，头像要炸开了一样，满腔的怒火随时会喷薄而发。他看向朱厌，朱厌也是双目通红，强压着愤怒。

但是不对劲，这些小妖虽妖力低微，但绝对足够自保，不至于任人宰割。人何来这么大的本领？

离仑似又看到了什么，他睁大了双眼，盯着那笼子上画着的血印。

"用诸犍的血画了咒印，在里面使用不了妖力！"

人心之恶，人心之阴毒……离仑的妖气瞬间汹涌地溢出。一时间，笼内的小妖都抬头看向他。一个年纪尚小的妖最先反应过来，他拖着残缺的身子爬到笼子边上，伸出仅有的一条胳膊张着小手，呜咽着朝离仑求救。"哥哥……大荒……大荒……"

似是听到了"大荒"二字，一个个小妖都回过神来，从笼中朝离仑的方向聚拢而来，抬着满脸的血污看向离仑，声音低沉嘶哑，此起彼伏，哀求着："哥哥……大荒……"

离仑无意间瞥见笼子的角落里有一个衣衫褴褛、披头散发的小妖，动也不动，只专注地舔舐自己满是血迹的尖爪，尖爪上皮肉外翻，可见根根白骨。她身上的伤也比周围的其他小妖更重，浑身肌肤溃烂，皮肤大块剥离，但一双眼仍是桀骜不驯，这应当也是她伤得如此重的原因。那妖似是感应到了离仑的目光，回头对上了离仑的视线。

她的尖耳动了动："有人来了。"

朱厌立即拉着离仑躲进暗处。只见两个黑衣人缓缓走入，其中一人手里捧着一只锦盒。

"费尽千辛万苦,终于找到那位大人要的不烬木树枝了。"

"据说这是世间最后一枝不烬木了,可得看好——"

话音未落,离仑的双掌已经扣住他们的天灵盖,妖异的长发飞舞,眼中妖气与杀意翻涌。紧接着离仑的手掌用力一收,那两人的天灵盖顿时碎裂。

朱厌忙拉住离仑:"你疯了!留下他们,说不定能问出什么!"

离仑愤怒地甩开朱厌的手:"人可以折磨妖,我为什么不可以杀人?"

离仑张开双臂,巨大的力量将所有牢笼震开,上一秒还坚不可摧的牢笼瞬间被震成碎屑。小妖们纷纷从笼子里出来,怯生生地朝离仑走去,围着他,拥护着他。

那个生有一双利爪的小妖一瘸一拐地缓缓朝离仑走去,离仑的身影映在她的眼中,桀骜与冷漠化为感激与忠诚的追随。

"跟我走,我带你们回大荒。"

离仑一挥衣袖,卷起漫天槐叶包裹住所有小妖。转眼间,地牢里便只剩下朱厌。

朱厌看着那只掉在地上的盒子,只见里面的锦布散开,露出一截冒着奇异火星的红色树枝。他捡起地上的红色树枝,指尖刚触到它的瞬间,那树枝便立即消散了。朱厌奇怪地看着自己的手,手掌上的血管脉络隐隐一闪,冒出一些如火焰般的红色亮光,而后重新恢复正常。等不及细琢磨,他就听见上方传来无数惨叫声。

朱厌赶回济心堂时,药还在炉上咕嘟咕嘟地冒着热气,而医馆内已经满地尸体。离仑的背影站在雨幕中,雨水顺着他沾满鲜血的手流下,雨水将鲜血冲刷,如一条血河,从离仑的脚下缓缓流过。

朱厌难以置信地看着离仑:"你杀了这么多人?"

离仑没有作答,朱厌的声音让他周身如浓墨翻涌的杀气稍微平息。

长街寂静，唯有雨声潇潇。

这时，之前抱着小孩儿的那个妇人从朱厌身后倒塌的柜子后面爬出来，急忙朝着那襁褓爬过去。襁褓中的婴儿还睡着，却已经没了呼吸。妇人将那襁褓牢牢搂在怀中，哭得撕心裂肺。不一会儿，她轻柔地放下那襁褓，起身哭喊着朝离仑扑过去。

离仑眼中的杀意骤增，他冷哼一声，抬手便要攻去，朱厌飞至妇人身前，情急之下，一掌打在离仑肩上。离仑倏地被那一掌击中，撞上身后的柱子，大口吐着鲜血。

朱厌有些意外，他这一掌力道分明不大，只够挡得住离仑，绝不至于将他重伤至此。朱厌奇怪地看着自己的手掌，只见手掌上冒着红色火星，那红色火星沿着他手掌的经络不断向手臂延伸，进入肩膀，最后到达胸口，一闪后熄灭，不见了。朱厌顿感心脏如有烈火烧灼，不禁捂着胸口疼痛不已。

与此同时，离仑的手臂也冒出红色火星，如烈火灼烧经脉，不熄不灭，他不禁疼得面容扭曲，脸色苍白。他咬牙扶着肩膀，与朱厌对峙。

离仑看着朱厌，他的目光里有不解，有受伤，但没有丝毫内疚："你竟然为了残杀同胞的人类，而出手伤我？"

朱厌痛惜地看着满地无辜百姓的尸体："伤害妖的是地牢里的那些人。这些只是来医馆寻医问诊、被疾病折磨的苦难之人！"

离仑固执地怒喝道："人都一样，都痛恨妖，看不起妖。"

朱厌摇摇头："你错了。"

离仑的眼中只剩下浓郁的失望："错的是你，赵远舟。"

人心难测，看似善，实为恶，就如这家医馆，表面上行善积德，暗地里穷凶极恶。妖本该自由自在，无所拘束，没有人能伤害妖，更没有人有资格管束妖！离仑不明白，明明他们曾同用匕首划开掌心，同按在大荒的石碑上方，同以鲜血立下誓言：守护大荒，同归同亡，福祸与共，不死不终。为何朱厌却选择站在人的那一边？

离仑盯着笼中的赵远舟，一字一顿，声音隐隐颤抖："错的是你。是你先背叛了誓言。"

"我从来没有背叛誓言，只是我们守护大荒的方式不同。你到现在还没有明白。"

离仑叫了一声朱厌行走人间的名字。离仑厌恶这个名字，但记忆中的朱厌活得越来越像这个名字，也越来越像人了。

"赵远舟，别以为你有了凡人的名字就真的是人了，你当他们是朋友，可他们真当你是同类吗？"

白玖连忙认真道："当然，我们都是他的好朋友！大妖，你别听他挑拨离间！"

离仑的眼神极尽嘲讽："我曾经，也是他的好朋友。赵远舟，你明明无所不能，为何想要和这群蝼蚁做朋友？有我这样一个妖力冠绝大荒的大妖做朋友，还不够吗？"

"你理解不了的……在你眼里的这些蝼蚁，就是我的朋友。"

白玖有些感动地看着赵远舟，眼眶微红："大妖……"

赵远舟指了指一旁的白玖："这个爱哭的小白兔，胆小如鼠，却总是冒着生命危险，和我们出生入死、共同进退……裴思婧看起来冷若冰霜，却是外冷内热、爱恨分明……而卓大人嘛，呵呵，我虽不想夸他，但他的确君子如兰，志不摧折，性若金石。至于文潇，在我眼里，她并不只是白泽神女……在我以为她本该忘记我时，她却一直在等我……在所有人都只视我为一只恶妖，怕我、恨我、敬畏我时，唯独她，还在以温暖、悲悯的眼神看着我……"

赵远舟转向离仑："所谓朋友，不仅是拥有强大的力量，还要用心……"

赵远舟清楚，离仑的心性说不上坏，但纯粹得原始，原始得偏执。他若遇到恶人，便觉得人皆虚伪、狡诈，很难改变。就像那日他在医馆大开杀戒，在他眼中，人杀妖，那他便杀人，他不会想着去挖掘幕后之人，也不管他所杀的人是否无辜。离仑总说人都对妖偏见，可他对人也有偏见，这偏见已然成了一种偏执。如今大荒呈崩塌之势，只有白泽令之力方可挽救，可离仑因为一己偏见，决不允许由人掌管白泽令来约束大荒，他三番五次地意图破坏白泽令，置众妖生死于不顾。

如今赵远舟坦诚地说出这么多，是因为他还记得当年离仑和他一起用法力重建白帝塔，共同发誓守护大荒。他知道，离仑对大荒的情感比任何人都深，所以他心存一丝侥幸……可当看向离仑愤怒的双眼时，他悲伤地意识到，离仑终究不懂。

离仑的偏执也终会将大荒推向万劫不复。

迷雾中，卓翼宸和裴思婧正警惕地观察四周。突然，一个身影从背后偷袭而来，卓翼宸和裴思婧闪身躲过。裴思婧利落转身拉弓射箭，结果箭矢被卓翼宸一把抓住，鲜血顺着卓翼宸的手掌流下。裴思婧疑惑地朝卓翼宸的目光看去。

"文潇？"

裴思婧晃神间，卓翼宸又挥舞云光剑朝眼前的这个文潇刺去："不，她不是文潇。"

卓翼宸非常确定，因为文潇的眼神不会如此冰冷。

假文潇朝裴思婧扑了过来，动作极快，如同虎豹。裴思婧来不及反应，肩膀被她的利爪抓掉少许血肉，鲜血流出，染红了衣裳。

卓翼宸的云光剑倏地横在假文潇面前，令假文潇无法乘胜追击。她低声嘶吼，眼神发狠，转而将卓翼宸扑倒在地，如一只野兽抬起利爪向卓翼宸的胸前扎去。卓翼宸用云光剑抵住她的爪子，一时间，二者力量相当，僵持不下。

裴思婧忍着肩膀的剧痛，利落地拔出短刀，飞身狠狠扎中假文潇的肩膀。假文潇往后倒去，松开了卓翼宸，面容也变换为她原本的模样，而后飞身逃窜入浓雾之中。

离仑周身的妖气暴涨,他伸出手,白玖无论怎么挣扎着抓住牢笼的栏杆,还是被那强大的力量吸了过去。离仑的手掌扣住白玖的天灵盖。

"好,很好。既然你这么重视他们,那我就要让你亲眼看着你最珍惜的朋友一个个死去。你不是说我什么都没有吗?放心吧,很快,你也会和我一样。"

"放开他!"

离仑抬眼,见卓翼宸和裴思婧急匆匆赶来,故作遗憾地微笑:"赵远舟,你的朋友们都到齐了。为了救文潇,他选择了牺牲你们。"

说完,离仑手掌用力抓着白玖的头顶,白玖发出痛苦的声音。

"这是第一个。"

卓翼宸自是不信离仑的挑拨离间,直接拔剑飞身冲向离仑。

电光石火之间,白玖身上突然爆发出一股强大的力量,刺眼的光芒携带着巨大的罡风,将离仑和卓翼宸震得后退,也将关着赵远舟的牢笼震得四分五裂。

赵远舟的手拂过空气中飘浮的纯白色光点,感受到了一股温和纯净的能量:"这是神力……"

卓翼宸疑惑:"神力?白玖身上为何会有神力?"

离仑露出诡异的笑,他低声呢喃,似是对白玖说,又像是与自己说:"原来我低估了你。不过,这真是一份很好的礼物啊……"

白玖缓缓睁开眼,眼睛已恢复如初,接着身子一歪,晕了过去。

赵远舟从怀里掏出山海寸境香炉,丢给裴思婧:"拿着,你带小卓、小玖先走。"

裴思婧略微迟疑,她不放心,但白玖情况不明,一同留下只会让赵远舟有后顾之忧。裴思婧不擅说什么矫情话,只对着赵远舟点了点头,算是道了保重。

离仑摇摇晃晃地站了起来。赵远舟转过身，面朝着离仑，两人再次对峙。不同的是，这次卓翼宸走了过来，与赵远舟并肩而站。

赵远舟本以为卓翼宸已经同裴思婧和白玖一起离开，此时惊讶地看着卓翼宸："嗯？"

卓翼宸冷声道："闭嘴！"

赵远舟乖乖闭嘴："哦。"

离仑冷笑着挥手甩动袍袖，他身后的浓雾中，一枝树藤从浓雾中伸出，缠绕着文潇的脖子。文潇面色苍白，已经陷入了昏迷，手臂间血流不止。

"赵远舟，看来白泽神女对你还真是用情至深啊。所有的蛊惑，她都抵挡住了。游戏还没结束，现在又是二选一了，赵远舟，这次你选谁呢？"

卓翼宸拔出云光剑，道："不用他选，我先选。"

卓翼宸目光一凛："我选你死！"

卓翼宸凌空而起，云光剑一挽，一股幽蓝色气旋将他包裹，朝离仑飞去。趁着卓翼宸牵制离仑，赵远舟斩断树藤，救下文潇。他抬起手捂住她的伤口，金色的光晕落在文潇的伤口上，伤口逐渐愈合。伤口虽已愈合，但那金光还没消散，源源不断的力量仍在注入文潇的体内。直到文潇苍白的脸上重新有了血色，赵远舟这才收手。

文潇睁开了眼睛。

赵远舟急切地问："你感觉还好吗？可还有哪里不舒服？"

文潇看他难得正经的模样，笑笑："还好，没死。"

赵远舟笑不出来，脸色沉沉，还有些强压着的怒意。

卓翼宸和离仑在一旁打得难分难舍。赵远舟安顿好文潇后便执伞飞身上前，伞面红纹火焰与云光剑绽放的蓝芒相映，前后夹击离仑。卓翼宸的云光剑使得出神入化，变幻莫测，剑气又十分凌厉，如彻骨寒冰，如万箭破空，十分难缠。离仑借由地势之便，操纵着万千树藤为武器，与之相搏。离仑原本还算应付得来，奈何另一边还有赵远舟不断发难。赵远舟的法力浑厚，万不能掉以轻心。几番勉强应对下来，离仑咬牙，决定只专心破卓翼宸的剑招，他赌赵远舟不会趁机取他性命。

赵远舟见离仑专心对付卓翼宸，卓翼宸已然落入下风，于是翻身跃到卓翼宸身边，与其并肩作战。

离仑看着面前两人并肩而战，一时恍惚，曾经他也与朱厌这般并肩而战。他恨恨地咬牙道："没想到，我送你的伞，最终却指向了我。"

卓翼宸毫不客气地打断，语气不耐："所以我们人间挚友之间从来不送伞，因为伞，就是散。"

赵远舟转过身，抽出纸伞中的利刃，他用利刃划开自己掌心："伞是你选的，离散，也是你自己选的。"

离仑不懂他话中的意思。

下一秒，赵远舟出手，刀刃刺伤了离仑的肩膀，离仑肩上的伤口布满红色戾气。仿佛被灼伤，离仑吃痛地捂住伤口，抬头见赵远舟手上一道血痕正滴滴答答地渗血。

"你不是一直想要让我血债血偿吗？怎么样，我带着戾气的血，滋味不错吧？"

离仑怒视赵远舟："戾气……你竟愿意为了他们做到这一步。"

这一击很重，戾气蚀骨。赵远舟本想借此逼离仑停手，可离仑的怒火更盛。离仑用力抛出手里的拨浪鼓，拨浪鼓在空中悬停，兀自摇晃，鼓耳敲打鼓面，声浪震荡开来，法力蛮横。赵远舟和卓翼宸堪堪挡住。离仑仍在坚持将妖力注入那拨浪鼓中，大有拼得一死的劲头。

文潇挣扎着冲了过来，不知她哪里来的胆量，竟直接上前硬生生地抱住了拨浪鼓，即便呕出了大口鲜血也不撒手。离仑一惊，立即飞身冲向文潇。只见文潇已从怀里摸出短箫，对着拨浪鼓的鼓面毫不犹豫地狠狠戳了下去。鼓面骤然破裂，巨大的气浪将文潇震飞，跌落在地。随后文潇摇摇晃晃地站起身来，擦了下嘴角的血，眼神倔强。

赵远舟见她这副模样，一时说不出是心疼多些，还是拿她没办法多些。

拨浪鼓鼓面破碎后，离仑的身形僵硬在半空中，浑身散出黑色烟雾——他身上的幻术正在消失，他露出的肌肤开始变得如枯木一般。离仑厌恶地看了眼自己的手背，用长袍紧紧将自己包裹起来。

赵远舟吃惊地看着离仑的变化："离仑……"

离仑看向赵远舟，眼中充满了恨意："没错，如你所见，我变成这样，都是拜你所赐！当时不烬木已经进入了你的身体，你的法术中也带着不烬木的威力，一起将我重伤。"

赵远舟回忆起在医馆外他打向离仑的那一掌，他喃喃道："我当时并不知道……我无意用不烬木伤你，是我的错。"

离仑打断他，冷笑道："不烬木是大荒炎天之地生长的神木，暴雨不灭，长燃不休，以此为薪，火焰不尽……不烬木的灼烧，无药可医。你带给了我永生永世都无法治愈的折磨……"

身为槐木，最怕烈火灼烧，可偏偏他为这长燃不休的克星不烬木所伤，他终究会被烧化成灰，魂飞魄散。

离仑能苟活至今，是因为，如赵婉儿封印他时所说，白泽令的封印虽是无尽的刑囚，但在白泽敕令的束缚之下，不烬木的诅咒也会暂时失效，他不用忍受无尽灼烧之苦，可以活下来。只是……可笑，将他永世困于方寸之地，让他生不如死，苟且之囚有何意义？还不如被烈焰烧成灰烬，撒向天地间！

他要自由，他还要大荒众妖皆不受什么白泽神女的管束，天地之大，如风自由。

在离仑的设想中，就算没有什么白泽令，只要朱厌能及时醒悟，同他携手守护大荒，就如他们曾一同修复白帝塔一样，一定有办法挽救大荒！偏偏……

离仑狠狠瞪着文潇："白泽神女！都是你！每次都是你！"

卓翼宸感受到了离仑的杀意，他立即拔剑挡在文潇身前。

离仑见卓翼宸的动作，只冷哼一声，他不打算也没力气再去与他们拼杀，既然天命让他们走到了这一步，那就继续走下去，他等着那个结局。离仑盯着卓翼宸的眼睛，似乎要将他看透，随即幽幽道："不死不终……你总有一日会杀了他，杀了赵远舟……"

离仑转而看着赵远舟："你以为你赢了吗？"

赵远舟沉默。

"白泽令已毁，锻铸白泽令的建木神树早已枯死，最后的瑶水在我这里，没有神木，没有瑶水，你们根本无法修复白泽令。一切都是命数。赵远舟，等你体内的戾气再次失控之时，就是人间苍生一起陪葬之日。到时候，不知道你的朋友们会选择杀了你，还是会选择和你一起死。"

离仑大笑起来，浑身燃起星火，漫天火焰中，他凝望着赵远舟："赵远舟，誓言，我没忘，同归同亡，我等你……"

赵远舟眼眶微红，终究闭上了眼睛。

火中传来枯木断裂的声音，最终漫天火光逐渐变小，只剩下离仑衣服的碎片还在燃烧。待最后一块布料燃尽，不见内丹，连灰烬也没有留下。

离仑死了，浓雾散了。

离仑到死也没说出瑶水的下落，眼下三人也只能在槐江谷中搜寻一番。最终，在之前关着文潇的房间里，赵远舟找到了一个酒盏。赵远舟将酒盏放到鼻尖嗅了嗅，确认酒盏中装着的水就是最后的瑶水。只是，赵远舟说，若要修复白泽令，瑶水必须纤尘不染、无杂无瑕，可这酒盏中的瑶水混了鲜血。文潇顿时明白了，离仑之前困住她时，为何要将她的血滴入这个酒盏中。离仑是故意用她的血，将世上最后的瑶水破坏，让白泽令再无修复的可能。

文潇沉着脸，从袖口拿出一个白玉瓶子，小心将那血水倒入其中：

"先收起来再说,也许可以找到净化之法。"

卓翼宸还是有些忧心:"就算可以净化瑶水,但离仑说世间已无神木,那我们要如何修复白泽令……"

赵远舟倒是很淡定:"小卓大人无须担忧,一个月后,若我们还没有修复白泽令,你直接把我杀了就行。"

卓翼宸握紧了手中的云光剑,低垂着眼,令人看不出他的神情。

文潇看了看两人:"刚刚才一起并肩作战,转头就让别人杀你,你们妖真的没有心。"

赵远舟想到刚才的情境,心中生出怅然:"我希望你们也没有心。有心的人,活得都痛苦。"

卓翼宸看着赵远舟,有些触动:"你没有心,不也活得很痛苦吗?天地不仁,众生皆苦。既然在这天地间诞生了,那就好好活着。"

文潇立即附和道:"小卓说得没错,不要总是想着一死了之。你忘了我们的契约吗?你还要继续给缉妖司办事呢。白泽令还未修复,大荒还待拯救,你欠的债还没还清,想死,可没那么容易。"

赵远舟见两人这副模样,无奈笑笑:"好好好。"

临走前,赵远舟又深深望了一眼身后的槐江谷。

第十三章
人心惑

昆仑山顶，寒风凛冽。

黑压压的两队人马集结于此，分别是以范瑛为首的缉妖司和以甄枚为首的崇武营。这两股人间势力历来不合，但这次都是为了捉拿赵远舟而来。两队人马已经在寒风中僵持了许久。

神庙门口，山神英磊威风凛凛，他身旁的裴思婧手握猎影弓，目光冷如冰。二人守在庙门口，与下方的人马对峙。

"这里是昆仑神山，你们一群凡人，还不速速离去？"英磊说。

甄枚身披狐皮大氅坐于马上，手中还端着一只精致的暖手炉，不紧不慢道："交出赵远舟。"

英磊知道，崇武营的耐心快耗光了，用不了多久就会强攻上山，但眼下，能为赵远舟三人拖多久是多久。

"赵远舟不在这儿！"

甄枚眼中流露出一丝不耐，抬起手指挥了挥，身后弓箭手立即就位。

"谁说我不在啦？"

文潇、卓翼宸和赵远舟三人从神庙里缓缓走出。赵远舟背着手闲庭信步，目光扫过门口聚集的一群人："哟，这么大的迎接排场吗？"

甄枚直起了身子，阴笑道："来人，将赵远舟带走！"

与此同时，范瑛也悠悠地下达命令："来人，把赵远舟带走。"

崇武营士兵和缉妖司护卫盯着对方，互不相让，又是一阵僵持。

文潇眼睛一转，开口道："甄枚大人，你和我义父范瑛大人，官职平级，崇武营和缉妖司也不是从属关系，不如交给办事公平、公正、公开的第三方——"文潇的手指向裴思婧，"丞相大人的代表来决定吧。"

众人一愣，崇武营的士兵很不满，谁都知道文潇在打什么主意，裴思婧和缉妖司众人天天厮混在一起，算什么公正的第三方？裴思婧肯定会让缉妖司带走赵远舟，崇武营绝不能同意这个提议！

但意外的是，甄枚表情玩味，似笑非笑地同意了文潇的提议。

文潇笑容满面地看着裴思婧。裴思婧的目光却越过文潇，她看了眼她身后的赵远舟，而后上前一步，高声道："那赵远舟就交由——崇武营处置。"

众人均是惊骇，唯有甄枚不易令人察觉地勾了勾嘴角。

文潇愣愣地站在原地，她难以相信地看着裴思婧："裴大人，你还在为他们卖命？你说你已经离开崇武营，是骗我们的吗？"

裴思婧没有看文潇的眼睛，只冷声道："是你让我以丞相的立场做决定的啊。"

文潇愣愣地看着面容冷峻的裴思婧，生出些心酸和委屈，她不愿意相信。

倒是赵远舟无所谓地笑笑："无妨，我正好试试，到底是缉妖司的牢房舒服还是崇武营的牢房更舒服。甄枚大人，听候发落。"

卓翼宸伸手一拦，压低音量道："你疯了？"

崇武营大张旗鼓地来捉拿赵远舟，定是做足了准备。赵远舟一旦落入崇武营手里，缉妖司想要向崇武营要人就不容易了。而且崇武营对待妖的态度一贯狠辣，其地牢里面不知布下了多少机关。恐怕，就算赵远舟想私下逃出来，也非易事。

赵远舟看向满面担心的文潇和卓翼宸："放心。"

说完，赵远舟挤眉弄眼地小声又补充了句："天都见。"

文潇不知道赵远舟是为了安抚她，还是有了计划，只能担忧地看着裴思婧押着赵远舟走向崇武营。崇武营的人立即将赵远舟团团围住，把他押进特质的囚车。

崇武营的队伍离开后，文潇和卓翼宸也要随着缉妖司的队伍回去。临行前，文潇私下将被污染的瑶水交给了英磊。昆仑山的山神通晓大荒与人间的一切事物，她想，英磊兴许能有办法。英磊郑重接过，承诺他一定会想尽办法净化瑶水……如果实想不出办法，他就去求问资历更深的山神陆吾。总之，他一定会带着净化好的瑶水去找缉妖司找大家。

文潇和卓翼宸随缉妖司的队伍一同先回了缉妖司。两人一进缉妖司，卓翼宸就被范瑛单独叫到了议事厅。

范瑛神色严肃地将一封书函交给卓翼宸，卓翼宸越读眉头越发紧蹙。而后，他竟有些情绪失控地将那密信摔在桌上："丞相大人为什么要处决赵远舟？理由是什么？"

卓翼宸本以为缉妖司与崇武营在昆仑山抢夺赵远舟，是为了保赵远舟，不承想，缉妖司也是奉了处决赵远舟的命令才前去捉拿远舟。可这实在荒谬！于情，卓翼宸无法接受让他用云光剑杀掉上一秒还同他并肩作战的战友。于理，这一路，赵远舟所作所为，他都看在眼里。赵远舟也算是在为缉妖司卖命，丞相哪有卸磨杀驴的道理！

范瑛见他如此，立即屏退了两侧护卫，而后又将那密信收好："丞相大人认为赵远舟随时都有可能再次为戾气所控，为了天下百姓的安危，不能冒险，必须立刻将其处决。"

卓翼宸深吸一口气，平复有些激动的情绪，但开口仍是气话："那让他们处决好了，反正他们也杀不死赵远舟，顶多让他受点皮肉之苦。"

范瑛叹息一声，道："这就是我深夜叫你来的原因……丞相知道只有你的云光剑能杀他，特地派人传令，让你亲自处决赵远舟……"

卓翼宸咬了咬牙，没有说话。

范瑛知道，他这便是心中不愿接受丞相的命令，又耐心劝道："小卓，大局为重……"

卓翼宸反驳道："正因大局为重，赵远舟才不该杀……至少现在不能杀。"

范瑛深深看了卓翼宸一眼："卓统领，你不是一直都想杀了他，为父兄报仇吗？"

卓翼宸怔了怔，发觉自己太过失态，又正色道："赵远舟杀我父兄，是为戾气所控，真正凶手是天地间暴走的戾气，赵远舟只是那把'刀'……这些年，他也有心忏悔，一直在惩罚自己。这些日子一路同行，我看到了他的另一面，他确实是一个有情有义的妖……"

"没想到有一天，可以从小卓嘴里说出赵远舟'有情有义'四个字……所以你不愿杀他了？"

卓翼宸眼神动了动："一把刀，是善是恶，取决于握刀之人。现如今两界不宁，大荒岌岌可危，必须修复损毁的白泽令，我们需要赵远舟的协助。"

范瑛闻言却是一惊："白泽令损毁了？"

卓翼宸闭口沉默。

范瑛来回踱步，而后坚决道："那就更应该立刻处决赵远舟！若是白泽令修复不了，赵远舟身上的戾气将再也没人可以压制，那时就算你有云光剑，也杀不了他了！难怪丞相不愿冒险，本官也不敢冒险。"

卓翼宸急切道："范大人！"

范瑛制止："别再说了，这是丞相的命令，你必须照做。"

话音刚落，大门就被人猛地推开，文潇站在门口："爹，丞相不讲理，你也不讲理吗？"

范瑛语塞："我……你……不许妄言丞相！丞相心系天下，总不能罔顾百姓安危，留下无穷后患吧。"

文潇眼神坚定："好，既然这样，我自己去跟丞相理论。"

范瑛急得忙叫她:"潇儿……文潇!"

文潇头也不回地往外走。

赵远舟被崇武营从昆仑山一路带进了崇武营,关进地牢。赵远舟的手脚都戴上了沉重的镣铐,被困在刑椅上。裴思婧领着崇武营的士兵看守在地牢外。赵远舟抬头观察了关押他的牢房,只见头顶上方画着诸犍的圆形兽纹咒印。这个咒印,赵远舟再熟悉不过了。

当年知情的人全被离仑一怒之下杀了个干净,如今在崇武营中再见到这咒印,一切再明晰不过,当年与济心堂有所勾结的人便是崇武营。赵远舟的眸光越发冰冷。

裴思婧走近赵远舟,隔着牢笼,审视着笼内的赵远舟:"现在你落到了崇武营手里,恐怕很难有命活着出去,你打算怎么做?"

赵远舟紧盯着裴思婧:"这不是裴大人给我选的吗?"

两人视线交织,片刻后,裴思婧神色动了一下:"这不是你让我给你选的吗?"

赵远舟嘴角缓缓绽出一个微笑。

赵远舟联合裴思婧布这个局,要追溯到众人准备去昆仑山之前。

裴思婧竟然接到了一封来自崇武营的密信,她按照信中所写去见了一个人。那人正是甄枚。甄枚命她想办法将一行人拖在思南水镇,时间不能早,也不能晚,要确保一行人在十五之前能到达昆仑山。裴思婧追问原因,甄枚却并不与她多说,只吩咐她依命令行事。

甄枚走后,裴思婧的耳朵就听到了窸窣的响动……有人在跟踪她。裴思婧满身戒备,不动声色,故意转过小巷转角,拔出猎影箭,拉弓搭箭。结果她一转头,赵远舟就出现在她面前。

第一次私下见崇武营的人就被抓了个正着,看来没什么能躲得过这只敏锐的大妖。这么想着,裴思婧心中反倒觉出这只大妖有几分靠谱。

赵远舟此时似笑非笑地看着裴思婧，眼眸冰冷："甄枚用什么作为交易，让你同意当内应？"

赵远舟自然也知道，这是裴思婧第一次私下见崇武营的人，所以他更加好奇崇武营开出的条件。

裴思婧放下弓箭，垂眸，坦言道："我弟弟……阿恒的尸体被崇武营带走了，说是统一烧了，但我并未亲眼看见。刚刚甄枚找到我，告诉我阿恒其实还没死，在他们手里，如果我想见他，就要帮他们做事。"

"但你心里清楚，你弟弟确实死了……"

"我知道。"

裴思婧不信，却不肯放弃一丝可能，至于接下来要怎么做，她本也没想好。

赵远舟心中了然，话锋一转："我用混沌之术让你还有机会见到弟弟，虽然是木偶，但也算你欠我一个人情……那裴大人是不是也应该帮我做事呢？"

裴思婧直接问道："你想要我做什么？"

赵远舟笑："继续假装做他的内应，让我可以反过来，探一探崇武营的秘密。"

裴思婧答得痛快："好。要告诉文潇和小卓大人吗？"

赵远舟思考了一下："不用。"

裴思婧疑惑："你连文潇都不信任？"

"我是不想让她卷入任何的危险。"赵远舟一想到之前文潇不顾自身冲上去抱住拨浪鼓的样子，便觉得心疼，面色也变得严肃，但很快就又恢复了戏谑的微笑，"更何况，让文潇和小卓被骗、生气，才会让我们的计划显得更加真实可信。"

裴思婧见他这个样子，感慨道："你这个妖，真的坏透了。"

此时，赵远舟慵懒地伸了个懒腰，从刑椅上站起身，与裴思婧交换了一个眼神——

"裴大人，该收网了。"

裴思婧转身朝外走去，走到门口，突然回身射箭，箭法精准无比，铁锁应声而落。众守卫震惊，朝裴思婧拥来，突然——

"梦。"

所有士兵齐齐跪下，入梦。

他们身后，赵远舟已从牢笼里走了出来，抬指微笑："多谢裴大人，不然在这涂满诸犍兽血的牢笼里，我还真不知道该怎么解脱这镣铐啊……"

之后，赵远舟与裴思婧趁机探索了一番崇武营的地牢究竟还藏着什么秘密。他们一路向里。路越来越狭窄，墙上的火把透着些许昏暗的光，照出两侧墙上的很多符咒，黄纸红字，红如鲜血，阴森森的。

地牢深处，空间才变得空旷，两侧的铁笼中关着不少人形妖兽，铁笼上画着诸犍的圆形兽纹咒印，笼中兽类只能不断挣扎，呻吟着，嘶吼着。

赵远舟紧紧皱眉，这一幕，他将永世难忘。

地牢尽头靠墙一侧还站着几个看起来正常的人，他们穿着黑衣，肤色暗沉得不像活人，均是闭着眼一动不动，仿佛正在沉睡。而他们的后颈都扎着一根针。

眼前的奇异画面让裴思婧感到毛骨悚然。

"我之前在崇武营时，有传闻说，那些被抓到的妖都被军师用来做研究了，果真不假……"

裴思婧不知道的是，除了妖，以各种由头被抓进崇武营供军师做研究而后被白布抬出去的普通人也有不少。

先遣小队一行人之前与妖化人交过手，那些生物不死不伤，既有妖的能力，却不能称之为妖，因为他们还拥有人的生理体征，但没有人的情感和思考，如同装着妖力的人形空壳或是容器。裴思婧只要一想到，几乎本能地对那些违背天理的生物感到恶心和恐惧。

赵远舟的面色则异常严肃,相比裴思婧眼中流露出厌恶和恐惧,他在努力克制着随时将这一切化为齑粉的怒火:"我和离仑在人间游玩,有一次在济心堂避雨,无意中发现地下藏有一处地牢,和这里的布局极其相似,应该也是出自这位神秘军师的手笔。"

身后突然传来脚步声,赵远舟和裴思婧警觉地回头,正对上军师戴着面具的脸。

军师背着手站在地牢走廊里,昏暗的光线下,那面具十分瘆人:"我这里很少来客人。"

"别装神弄鬼了,温宗瑜大人。"

赵远舟的话让裴思婧一愣,温宗瑜……那个出现在思南水镇的医官?白玖的师父?

军师不语,面具下,他的嘴角缓缓抬起。

"八年前,你是济心堂负责的大夫,济心堂下面秘密地牢里见不得人的肮脏勾当,也是你干的吧?你抓这么多妖,想干什么?"

军师终于脱下面具,露出温宗瑜的脸,确实是同一张脸,气质却与之前判若两人。

"抓起来,自然是要杀的。只是,我的愿望不止于此,我希望有朝一日能把这天下的妖全部杀光。我一直想要你的内丹,没想到你自己送上门来,真是老天开眼,愿意助我。"

温宗瑜语气平缓,似在讲述一件极平常、极理所应当的事。

赵远舟啧了一声,道:"你区区一个凡人,想拿我朱厌的内丹,你也不怕闪了腰……"

温宗瑜哈哈笑着,似在与小辈玩笑,唯眼中精光毕现:"确实很难,不过我听说,只要将妖的五感全部封闭,内丹就会自行脱离身体。你已经被我影响了味、闻、形、声……怎么,还没察觉吗?"

温宗瑜笑着看向赵远舟,笑容诡诈异常。

裴思婧心中一惊，她急忙看向赵远舟，赵远舟的身体看上去没有什么异样，只是他的表情很不好看。

赵远舟低声道："原来是他……"

"什么是他？是谁？"

温宗瑜看着还蒙在鼓中的裴思婧，眼中流露出带着傲慢的怜悯："裴思婧，看来你这一辈子都注定要被弟弟欺骗啊。"

裴思婧不解，只见另一个身影从温宗瑜身后走了出来。

是白玖。

裴思婧心头一震，猛然想起在昆仑山时，她曾经追踪到了军师所藏身的山洞，只是还没问出什么，白玖便将自己暴露了出来。当时她出于本能，担心白玖误闯此处会有危险，接着便觉得自己脖子一阵刺痛。现在想来，当时倒不是白玖误闯，而是她误撞见了白玖私见温宗瑜。裴思婧仍是不敢相信，或者说，不愿意相信。

白玖沉默不语，紧紧咬唇。他卷起袖子，露出光洁的手臂，随后他用手一撕，一块肉色的假人皮被他揭下，手腕上出现崇武营的云纹刺青。

一切了然。

"他是什么时候开始封闭我五感的？"

温宗瑜很乐于解答赵远舟的困惑，将大荒能力最强的妖玩弄于股掌，对他而言，是莫大的乐趣。在他看来，妖不过是会些法术的畜生，既不如人聪慧，又顽固不化，野蛮难驯，约束他们的力量远不如消灭他们来得彻底。

温宗瑜帮赵远舟慢慢回忆。赵远舟的味觉是在思南水镇被剥夺的。白玖以防疫为理由，将药丸分发给众人，赵远舟自是也毫不怀疑地吃了下去。再往前，白玖在缉妖司便以拿赵远舟尝试最新加强版的涣灵散为由，朝他脸上吹了药粉，他的嗅觉便被剥夺了。在那假缉妖司里，白玖从药箱里拿出纱布，分给众人用纱布塞进耳朵，赵远舟的听觉被剥夺了。而在灵犀山庄的密道里,白玖借害怕为由,跳到赵远舟背上,捂着他的眼睛吱哇乱叫,赵远舟还曾经打趣他,若是害怕,该捂着自己的眼睛,而不是捂别人的。如今想来……那时,赵远舟的视觉便被剥夺了。

赵远舟的眼睛微眯,白玖果真是一个好内奸,当时一出苦肉计,反倒让他仅有的疑心尽数打消。他再看向白玖,目光复杂:"没想到小白兔看起来人畜无害,心思却如此缜密,我竟然都察觉不到四感出了问题。"

温宗瑜眉眼中的得意之情更盛,他哈哈大笑着,自顾自地缓步走到桌前,耐心地收拾起了凌乱的桌面:"哈哈哈哈,这就是白玖天才之处:先分开下手,慢慢影响你的四感,但不会彻底封闭,只是略微钝化,待到最后一步完成,才会彻底剥夺五感。"

白玖始终低垂着视线,没有一点被夸奖的喜悦。

"要成大事,不仅要深谋远虑,还要有耐心,慢慢布好棋局。赵远舟,从你进入天都城的那一刻起,就已经在我的棋盘之中。你们缉妖司建立的这个先遣小队,这五个人的名单,你以为从何而来?要夺取你的内丹,就要封闭你的五感,这一点,白玖能替我做到。只不过白玖经验不足,能力也不够,所以还需要有人来保护他。"

温宗瑜细心擦拭银针上的血迹:"裴大人,你该不会以为,崇武营是你想进就进、想退就退的吧?若非你对我有利用价值,想要离开崇武营,就只有一种情况,那就是死了,被抬着出去。"

裴思婧握紧手中的猎影弓,眼中杀意迸发:"你故意让我退出崇武营,然后安排我被缉妖司看中?"

"裴大人不仅箭术高超,是丞相侍卫,又跟崇武营有仇,深知崇武营内部信息,缉妖司放着你这么优秀的人物不选,他们不是有病吗?"温宗瑜话锋一转,"何况你刚失去亲弟,所以对待如同你弟弟一般的白玖,自然会有情感投射,日久情重,必定会舍身相护。白玖每天'裴姐姐''裴姐姐'地叫着,很受用吧?"

温宗瑜笑着看向裴思婧，傲慢、轻蔑之情溢于言表。布局者自然要将人心考虑进去，温宗瑜理所当然地将裴思婧和白玖的情感也当作筹码，任意愚弄。

裴思婧气得声音颤抖："卑鄙。"

温宗瑜毫不在意失败者无能的宣泄。他自顾自地分享他的谋划，这谋划实在精彩，他太想与人分享了，尤其是和赵远舟这样聪明的对手分享，趣味更甚。

"若是白玖不能成功得手，还有后招。卓翼宸是缉妖司统领，进入先遣小队无可厚非，而且他手握云光剑，是唯一能杀你的人。若是白玖失败，那就等卓翼宸杀你，我一样可以抢夺你的内丹。至于白泽神女，我要跟离仑合作，帮助他毁掉白泽令，自然要将你们捆在一起，经历磨难，方可心意相通。"

温宗瑜举起一根小小的银针："赵远舟，现在只差最后一步，只要用银针封闭你的触觉，一切就大功告成。"

"你一个凡人，要我朱厌的内丹干什么？"

温宗瑜神色微变，声音中隐有被赵远舟误解的不满："谁要你那恶臭的内丹？我所要的，从头到尾，都是不烬木！八年前，你阴差阳错将我千辛万苦找寻到的这世间最后一枝不烬木吸纳进了体内……我找了你八年……"

温宗瑜敛起愠怒之色，将银针递给白玖，语气十分温和："好徒儿，去吧。"

白玖颤抖着手，接过银针。

裴思婧喝止："白玖，我们不是你的朋友吗？"

白玖咬着牙沉默不语，双眼发红。他走得很慢，脚步似有千斤重。

赵远舟眼神一凛："你都说了这么多了，我怎么可能乖乖让小白兔扎针？"他抬指念咒……不对！他的法术竟完全无法施展。

"哦？怎么了吗？赵远舟大人，是法术施展不出来了吗？"温宗瑜看戏般笑着,他好心地抬手指了指头顶。

赵远舟抬头望,只见地牢上方同样画着诸犍的圆形兽纹咒印。四处突然隐隐现出几道红光,整个地牢在咒印的包围下,宛若一只巨大的牢笼。赵远舟脸色变了。

周围包围过来的崇武营士兵持箭向内,指着赵远舟和裴思婧。

裴思婧难过地搭起弓箭,瞄准白玖:"白玖,我不想伤你。"

白玖微微一滞,还是垂着头拿着那根银针继续往前走。

裴思婧握着箭,不知如何是好。赵远舟抬指压下她的箭,带着裴思婧往后退,同时凑近裴思婧低语:"英磊的香炉,带了吗?"

裴思婧立即会意,反手从腰间拿出那香炉。突然,旋转的白光拔地而起,将两人卷入其中。

温宗瑜神色大变,立即冲了过来,但原地已空无一人。

白玖暗暗松了一口气。

文潇本打算要去找丞相理论一番,可她连缉妖司的大门都没走出去,就被范瑛命人拦住。范瑛怕她再做出什么傻事,便将她软禁在卷藏馆中。卓翼宸一直陪她静坐着。

桌上摆着许多吃食,有卓翼宸带来的,也有范瑛差人送来的,都是文潇爱吃的。文潇一口没动,也睡不着,她心中有事,如有一块巨石悬在心头,异常不安。

卓翼宸看着她的模样,叹息一声,道:"果然,生死关头,你还是盼着他生,不想他死。"

文潇自然知道卓翼宸说的他是指赵远舟,没有应声。

卓翼宸不忍,想了想,还是说道:"放心,不管是范大人的命令还是丞相的命令,都压不了我。能杀赵远舟的人,只能是我。我不会成为任何人的刽子手。"

文潇这才有了反应,她问卓翼宸:"那如果我们修复了白泽令,最终可以压制赵远舟的戾气了,那时候,你还会杀他吗?"

卓翼宸不去看文潇的眼睛:"瑶水污染,神木无踪……你所说的如果,希望渺茫……我不回答这种虚无的假设。"

"但如果希望并不渺茫呢?赵远舟跟我提过,神木的线索,在司徒府。"

文潇话音刚落,司徒鸣就行色匆匆跑进房内。

"司徒大人……这么巧?"

司徒鸣气还没喘匀,他急得拉过卓翼宸,往他手中塞了个包袱:"巧什么啊……卓统领,快带文潇从后门先走!"

见两人面面相觑,动也不动,司徒鸣急得"哎呀"一声,而后快速解释道:"丞相遇害,范大人得了信儿,说崇武营正在来抓文潇的路上。"

文潇更是满头雾水:"抓我?为何?"

"说是你当街拦住了丞相大人的马车,残忍地杀害了丞相大人,丞相尸骨不全,而你满身鲜血,逃之夭夭……这是所有护送侍卫亲眼所见,言之凿凿。"

文潇睁大了眼睛,难以置信:"我整晚都待在这里,被我爹爹责罚软禁,崇武营摆明了是栽赃陷害!"

卓翼宸脸色十分凝重,他看向文潇:"但杀害丞相大人这么大的罪名,他们如果没有十足把握,应该不敢随便栽赃。其中一定有什么蹊跷。"

司徒鸣忙点了点头,附和道:"眼下情况未明,两边都有大量目击者,无法自证清白。小卓大人,你还是先带文潇走吧!回头我们再细查!但要是文潇落在崇武营手里——"

卓翼宸毫不犹豫地应下,立即拉过文潇:"趁崇武营关闭城门之前,我带文潇尽快出城。"

卓翼宸清楚,要是文潇落到崇武营手里,真相如何就不重要了,崇武营只会给出一个他们想给出的真相,而且……文潇定然会吃些苦头。

文潇按住卓翼宸的手,她冷静下来,摇了摇头:"不,我不要出城……他们认定我一定会逃,所以此刻的天都城才是最安全的地方。"

司徒鸣将天都大街小巷快速在脑中过了一圈,面露难色:"话是如此,可天都城说大也不大,崇武营在天都兵力十足,两三天就能搜个底朝天,等他们回过神来——"

文潇看向司徒鸣:"所以,还请司徒大人收留。"

"啊……啊?"

司徒鸣还没反应过来,卓翼宸已将文潇的包袱又塞给司徒鸣。就按文潇说的办,他留下与崇武营周旋,一来可免去两人同时不在,牵连缉妖司,二来也可应付突发情况,为文潇争取更多时间。

文潇前脚刚走,甄枚就带人将缉妖司围了个水泄不通。甄枚将缉妖司搜了个遍,不见文潇,便愤恨地下令,全城悬赏缉拿文潇。

司徒鸣撑着船一刻不敢停,船上被油布麻布遮了个严实。待船靠岸,司徒鸣四处张望了一下,才用船桨敲了敲船底。油布被掀开,文潇起身,快步和司徒鸣一起下船上岸。

文潇走进院落,想起大妖说的话,忍不住四处张望,只见院落深处一间房间房门紧闭,就连窗户都用厚厚的木板封上了。

文潇奇怪地一指:"那个房间怎么了,为何要封起来?"

司徒鸣顿了片刻才回答:"哦,那是拙荆的卧房,她常年卧病在床,怕光怕风,唉,好多年了……"

司徒鸣不擅说谎。

文潇立即起了疑心:"原来如此,那我需要跟司徒夫人打个招呼吗,不然太失礼了。"

司徒鸣慌忙拦住:"无妨无妨。病榻之人,哪还有礼节可讲啊……文潇小姐,跟我来吧。"

文潇在一间房内坐下,环顾四周,只见房内干净、整洁,看得出时常有人打扫。墙角有一个老旧破损的柜子,房间中央有一张桌子,桌上放着一些医书和药方,药方用一块日晷形状的镇纸压着。文潇认出这是白玖的东西。

文潇与卓翼宸都知道白玖是司徒鸣的儿子,只是之前未曾见过。听闻白玖与司徒鸣父子不和,很小就离了家,在外求医,连姓氏也改了,可见父子二人隔阂之深。此次选中白玖进入缉妖司先遣小队,文潇本以为白玖会因为司徒鸣而拒绝加入,不料他当时答应得爽快。白玖加入后,司徒鸣私下嘱托过文潇和卓翼宸,要对白玖多加照拂。

文潇好奇地拿起那块形为日晷的镇纸打量。正打量着,她便察觉到一丝异样,只见屏风底下露出一道虚影。文潇手持镇纸,绕到屏风后,举起镇纸正要砸下,手腕却被人一把抓住。

赵远舟看着她,笑眼弯弯:"这么巧。"

文潇怔怔地看着赵远舟,忽而觉得心中的巨石平稳地落了地,踏实了。她眼眶一酸,却见裴思婧从赵远舟身后走了出来,文潇顿时露出困惑之色。

三人围坐桌边,互通了消息。

文潇听后心中难受,她没想到竟然真有内奸,更没想到内奸是白玖。裴思婧也沉默了。

赵远舟将话题转移到文潇身上:"我也没想到,你竟然被全城追捕!"

文潇笑笑:"我跑了,你也跑了,崇武营现在恐怕已经气炸了。"

赵远舟也笑着答她:"崇武营之前忙着拿妖做研究,给他们捅点娄子,正好转移一下注意力。"

文潇露出一丝担心的神色,转而又故作轻松地对着赵远舟说:"你现在已被影响了四感,万一再被温宗瑜用银针刺破你最后一感,那你岂不是——"

"我堂堂大妖,哪有那么容易被取内丹?你还是先担心自己怎么洗脱这个残杀丞相的罪名吧。"

裴思婧看了看赵远舟,又看了看文潇,这两人……各自处境都没好到哪儿去,还惦念着对方,这嘴硬的样子倒是挺像。

丞相遇害时的马车此刻就停在缉妖司院中。

缉妖司侍卫恭敬地向卓翼宸行礼:"卓统领,这是丞相遇害时乘坐的马车,刚刚送过来。"

卓翼宸掀开马车的门帘,一股异味扑面而来,轿厢内满地鲜血,散落着一些衣物残片,十分骇人。

范瑛在一旁补充道:"听随车侍卫说,凶徒身手了得,无声无息之间就将丞相一击毙命。"

卓翼宸捡起地上一本沾了血的《礼记》。

范瑛见此物,心生疑惑:"《礼记》?这种经典之书,丞相大人早就熟识于心,为何还在看?"

卓翼宸想起了烛阴讲的故事,只是他故事中曾经吃不起饭的穷书生成了位高权重的当朝丞相,可惜……卓翼宸收回思绪,道:"这本《礼记》纸张泛黄,应该有些年头了;边缘磨损,定是常常翻阅;但装订的线都是新的,说明主人很是珍视,也许丞相大人只是在怀念什么吧……"

范瑛感慨不已。

卓翼宸又捡起一片衣物残片细细打量。眼下事态紧急,先是裴思婧配合崇武营将赵远舟押走,接着是丞相写密信要取赵远舟性命,而缉妖司刚拿到密信,文潇就被冤枉在众目睽睽之下杀了丞相。似有一只无形的手在暗处谋划这一切,一环接一环,借由人间势力的复杂,将先遣小队众人拆散,又将缉妖司逼入困境。无论如何,还文潇清白都是极重要的,只有文潇清白,她才能行动自如,寻找神木的下落,修复白泽令。

只要白泽令修复了,赵远舟也就不必死了。

卓翼宸必须尽快查清此案。

"眼下满城都是流言蜚语,女妖食人的传闻不绝于耳,都说丞相大人被女妖吃掉了,只剩一堆白骨——"

范瑛的话还没说完,卓翼宸便压着怒火打断了:"范大人!你从小带义潇长人,她是人是妖,你自己不清楚吗?"

范瑛揉了揉发胀的眉间。他理解卓翼宸心疼文潇凭空背上了杀人罪名,绝不允许缉妖司内任何人对文潇有所怀疑,尤其不该是他这个做父亲的说出此话。但他话都还没说完,卓翼宸这是关心则乱。

范瑛拍了拍卓翼宸的肩膀,继续道:"我当然知道不是文潇,女妖肯定另有其人。可怪就怪在,当时在场的所有人都声称,是文潇拦了马车……"

范瑛的意思是,这案子麻烦就麻烦在此,那么多人亲眼所见,要想破此案,得想办法从这处下手。

卓翼宸抿紧双唇,突然眼睛亮起,脑海里一张人脸飞速闪过……那个长着利爪、可变幻为文潇模样的女妖!他沉默片刻,急着道:"丞相尸首在哪儿?"

议事厅的桌上摆放着一堆裹起来的白布,白布上透着血迹。

范瑛叹道:"丞相夫人悲伤过度,一病不起。丞相膝下只有一位千金,远嫁在外。我派人过去要求检验尸骨,才知道崇武营已经趁乱将丞相的尸骨带走了。"

又是崇武营。

卓翼宸掀开白布看了看,有些疑惑:"那这些白骨又是……"

"这是最近天都城内另一起凶案的。一个樵夫在林中砍柴回家,半路上遇害,也是只剩下一堆白骨……亲人怀疑是妖杀人,所以移交缉妖司处理。这死者的尸骨与丞相的颇为相似。我在想……或许是同一凶手所为。"

范瑛说完，转过身轻咳了几声。文潇出事后，他一刻未歇，才查出了这么多，眼下面色有些不好。

卓翼宸脑中绷着一根弦，不见疲态，他凑过去细查了几遍白骨，又嗅了嗅，果真与丞相马车中的那股异味相同。

"……硫黄？方才马车中也残留硫黄的气味。"

范瑛立即翻阅起手边的记载："硫黄？……什么妖怪，会带着硫黄的气味？"

"如果我猜得没错，应该是傲因。"

两人齐齐向门外看去，只见英磊匆匆迈步走了进来。卓翼宸十分意外，急忙问是不是昆仑山出了事。

英磊忙摆摆手解释："昆仑山暂时没事，山神陆吾联合其他山神镇守着石柱呢。我来，是因为我成功净化了瑶水，想送还给神女大人，没想到刚进天都城就发现神女大人被通缉了……原来竟是傲因陷害！这可恶的傲因，本是盘踞在西荒火山之地、手为利爪的嗜血凶兽，还最喜欢吃人脑人心，行动迅捷，善于隐藏行踪，最爱暗夜独行，难缠得很。"

卓翼宸若有所思："火山之地，正巧遍布硫黄，所以才会留有硫黄的味道。那有什么办法找到她吗？"

英磊点点头："当然！"

英磊还来不及说下去，一名缉妖司的士兵匆匆走进来，向范瑛行礼禀报："禀告大人，我们查探到甄枚正在集结崇武营的士兵，准备行动。"

卓翼宸对英磊道："我去找文潇，傲因的事就拜托你了！"

英磊一拍胸脯："放心吧！"

卓翼宸一路避开所有耳目，他刚进入司徒鸣家的院落，白玖便推开家门走了进来。

白玖先是怯怯地看了卓翼宸一眼，才转向司徒鸣："我是来见我娘的，你不是说，等我回了天都，就能见娘亲了吗？"

司徒鸣殷切地看着白玖："好，好……小玖，你吃过饭了吗？你想吃什么，我去准备些你喜欢吃的——"

司徒鸣正说着，身后赵远舟的声音传来。

"麻烦司徒大人多备二副碗筷，这里还有二个人呢。"

卓翼宸一见赵远舟和裴思婧一同出现，心中便松了口气。他知道，如果没有裴思婧帮忙，恐怕赵远舟一个人逃不出崇武营的地牢。虽不知二人具体谋划了什么，但眼下看来，去一趟崇武营的地牢本就是赵远舟顺水推舟的计划。

倒是司徒鸣看见家里凭空多出两个本该在崇武营地牢中的人，吓得不轻："赵远舟，裴大人，你们怎么在这里？"

白玖见到三人，转身就跑，可没跑出两步，就撞到一个人身上。白玖抬起头，看见面前笑眯眯的大妖。

"怎么说着说着就跑啦？怎么，要去跟崇武营报信吗？"

白玖无话可说，只垂着头，手指紧张地攥紧衣袖。

卓翼宸蹙紧眉头："赵远舟，你在胡言乱语什么？"

司徒鸣似想通了，忙笑着出来解释："我想，各位误会了，上次那封信是我故意那么写的，是怕小玖有危险，才出此下策——"

不等司徒鸣说完，裴思婧便打断了："不是误会，白玖的确是崇武营的细作。"

"细……细作？"

司徒鸣不可思议地看向自己的儿子，又看了看文潇、裴思婧和赵远舟。此事不是误会，也不是玩笑，司徒鸣一时有些蒙。

白玖咬着唇，抬眼偷看了一眼卓翼宸，正对上他的眼神。白玖很快低下了头，不敢直视卓翼宸。

卓翼宸开口，语气不复平日柔和，多了几分压迫感："你为什么要帮崇武营?"

白玖敏锐地捕捉了语气中的疏离,他知道这是自己该承受的,可他心中太难受了。白玖眼眶微红,他抬头看着卓翼宸,声音有些哽咽:"小卓大人,你们还会相信我的话吗?"

卓翼宸盯着白玖:"还记得你被槐树精绑住时我说的话吗?"

白玖用力点了点头。

"我再认真问你一次,你是不是有事瞒着我们?只要你说,我就信你。"

白玖垂着头,眼泪啪嗒啪嗒地往下掉。他抬手一抹,泪眼看向那个始终紧闭着房门的厢房:"我所做的一切,都是为了救我娘。"

白玖从记事起就喜欢和娘亲在院子里玩捉迷藏。他的娘亲叫白颜,在他的印象中,娘亲衣着素雅,即便不施粉黛,也是这天下最美的人。

捉迷藏时,白玖喜欢躲进一个木柜里,每次躲进去时,都会发出闷闷的关门声。白颜蒙着眼睛,听到这声响时,总忍不住轻笑。倒数结束后,白颜摘下布条,一眼就看到柜子边缘夹着白色的衣角,她便笑得更开心了,可还是要想法子故意装作找不到。

"娘开始来找咯,我们家小玖藏在哪里啊,娘找不到呀。"

柜子里,白玖用手挡住自己的脸,听到外面没有了动静,便用耳朵贴紧柜门去听。等了许久,外面还是没有动静,白玖有些着急,便故意用腿踢了踢柜门,发出一些动静。白颜这才去拉开柜子,白玖就从柜子里钻出来,一下子扑进白颜的怀抱,哈哈笑着。白颜也笑,将怀里的小家伙抱得更紧些。

白玖不免得意:"娘亲,你怎么都找不到我啊,我等得急死了。"

白颜摸着白玖的头,称赞着:"是小玖太会藏啦。不过啊,无论小玖躲在哪里,娘亲花再多的时间,都会找到你的。"

司徒鸣虽公务繁忙,但也是一个温和的父亲和贴心的丈夫,每日回家路上，他总要顺手带回些东西，娘子一份，小玖一份。

司徒鸣趁着公休，将家中陈旧的家具都搬到院子中，准备再打些新家具，其中就包括小白玖和白颜玩捉迷藏的那个柜子。

白玖见到自己的衣柜要被扔掉，气得一整个晚膳期间都噘着嘴闹脾气。

白颜递过去一碗杏仁酪乳，轻声叫着："小玖，别不开心了，给你最喜欢的杏仁酪乳。"

司徒鸣也笑呵呵地说道："这是你娘亲手做的，快尝尝。"

白玖还是眼眶通红，一副委屈巴巴的样子："为什么要把柜子扔掉啊……没有柜子就不能再玩捉迷藏了，呜呜……"

司徒鸣哭笑不得："这柜子太旧了，已经坏了啊，而且，你也可以躲去其他地方嘛。"

"不行，那万一娘亲找不到我了怎么办？"

白玖丢下筷子，一边哭一边跑开了。

司徒鸣无奈地看向白颜，白颜只笑着看他，司徒鸣试探着开口："我看，明日我还是先找人修一修吧。"

司徒鸣说完又看了眼白颜，似在询问娘子这样处理是否妥当。

白颜见他这个模样，笑得更开心："早与你说过行不通，你啊，不懂小玖。"

司徒鸣挠了挠头，只憨厚笑着，他是不比白颜同小玖亲密。但也无妨……儿子与娘亲，他与娘子亲。

日子原本就这样重复着，这个家平静、平安、平凡。

一日，入夜，白玖一个人溜到庭院，躲进了那个陈旧的柜子，关紧柜门。他嘟哝着："哼，你们要扔就连我一起扔吧！"

白玖静静依靠在柜子里，不知不觉睡了过去。

天黑得深沉，原本无星无月的天幕突然泛着奇异的红光。白玖迷迷糊糊地醒来，慢慢推开柜门，露出一道缝隙，只见庭院被诡异的红色光华笼罩着。他抬起头,看见天上有一轮巨大的红月,那景色并不美,只令人心生恐惧。

白玖有些害怕,哭着喊:"娘……娘……"

但娘亲房间的门紧紧关着,白玖推不开,于是贴着门,透过木板缝隙,看见窗台上坐着一个人,那人影四周却仿佛布满巨大的触须,围着那个人影张牙舞爪。

白玖尖叫,突然被身后一只手捂住了嘴巴。司徒鸣拦腰抱起小白玖就朝外面走。白玖宛如抓住了救命稻草,哀求司徒鸣:"娘亲……娘亲有危险!娘亲房间里面有怪物!"

司徒鸣压抑着心中的悲恸,只道:"娘亲没事,别过去。"

白玖不理解爹为何袖手旁观,他不断挣扎,但力气太小,挣脱不开司徒鸣的束缚。白玖急得大哭:"妖怪要伤害娘亲!爹,你快去救娘亲啊!爹!快去救娘!"

司徒鸣沉默了,仍抱着小白玖继续往外面走。

白玖突然用力咬了司徒鸣的手。司徒鸣吃痛,白玖摔了下来。他哭喊着回头朝娘亲的房间跑去:"你怕妖怪!你见死不救!我不怕!我要去救娘亲!"

白玖冲到白颜房门前,突然一根树藤从地底下钻出来,缠住了他的脚。白玖惊骇不已,而后脖子后面被人一捏,他脑袋一晕,往后躺倒,耳边是爹的声音。

"小玖别怕,你只是在做梦而已,睡一觉就好了。"

司徒鸣抱住白玖倒下的身体,他浑身如被抽光了力气,颓然地坐着,眼眶通红地看着那扇门,心如刀割。

白玖满头大汗地从噩梦中惊醒:"娘亲!"

白玖飞快地跳下床,朝门外跑去。但白颜的房门已经被锁了起来,就连窗户也被糊了厚厚的窗纸,密不透光。他拼命捶门,不断哭泣:

"娘亲！开门！快开门啊娘亲！娘亲，我错了，我听话，我不要玩捉迷藏了，我把柜子扔掉，你开开门，娘亲！"

可房间门依然紧闭。

过了很久，白玖呆坐在门口等候，直到天下起了大雨，司徒鸣给白玖撑伞。

"小玖，你娘她只是……生病了，她怕传染给你，所以不能见你。你乖，等娘身体好了，就能开门见你了。"

"你骗人！如果娘亲只是生病了，她为什么不跟我说话，为什么不理我？娘是不是已经被妖怪吃掉了？"

司徒鸣收起伞，整个人淋在雨里，默默垂泪。

之后，每日，白玖都会在那个房间门口坐着，等着。

司徒鸣一夜之间也苍老了许多，不再意气风发。他内心很矛盾，不敢待在家，不然他也会难过。于是他待在缉妖司的时间越来越久。可只要进了家，司徒鸣又会殷切地找儿子，笨拙地想要拉近同儿子的距离。但白玖不愿意多与他这个父亲说一句话。司徒鸣感觉到他失去了娘子，好像也失去了儿子……

一天，白玖拿来一碗杏仁酪乳摆在门口："娘亲，今天是我的生辰。我长高了，也晒黑了，我还学了好多医书。我一定能治好你的病的。你真的不出来看看我吗？娘亲，我好想你，我每一年的生辰愿望就是想看看你。你开门，好不好？"

风将白颜窗口插着的风车吹得不停转动。白玖看着那风车，泪便落了下来，他小心翼翼地问："娘亲，是你吗？"

再后来，白颜窗户的窗纸泛了黄，风车旧了，风吹过时，那风车不再转动了，而白玖也长大了。司徒鸣哄孩子的话再也哄不住他，他也不再相信司徒鸣。

一天，白玖背着包袱对着那扇紧闭的大门，跪在地上磕头三次："娘亲，家里的医书，我看完了，我出去找最好的师父拜师求学，终有一天,我一定会治好你的。"

白玖背着行囊离开了家。

白玖到济心堂学习时,房间里站着一群前来拜师的徒弟,均是成年男子,只有他一个小孩儿。所有人都好奇地打量他,目光算不上友善。

温宗瑜一脸和善,他全然不介意白玖的年龄,笑着询问他的名字。

"我……我是新来的学徒,我叫司徒……我叫白玖……"

白玖肯吃苦,又极具天赋,很快便在温宗瑜的一众徒弟中脱颖而出。白玖很信任他的师父,同师父讲了关于他娘亲的事。温宗瑜断定白颜是为妖所害,人间草药救不了,而他有办法可以治好白玖的娘亲。

白玖着急地问:"什么办法?"

温宗瑜背过身去,眼中流露精光:"你帮师父做件事,做成了,师父一定救回你娘……你需要先加入缉妖司先遣小队……你放心,师父将一切都打点好了。只要你能封闭朱厌的五感……"

白玖犹豫了。

"师父知道你心善,不会逼你做伤天害理之事。朱厌是天地间最大最凶的妖,你母亲就是为妖所害,如果朱厌不除,天下就会有更多像你一样失去母亲的小孩儿……人间悲剧,将源源不断……"

温宗瑜的这番话让白玖心有触动,然后……他便答应了。

这便是全部。

白玖不敢隐瞒。他隐隐觉得这或许是自己最后一次能同大家好好说话的机会,今日之后,恐怕……白玖神情落寞。

赵远舟惋惜道:"你被温宗瑜骗了。"

赵远舟说完便看向司徒鸣。

司徒鸣沉默了许久,长叹一口气,总要面临这么一日。终于,他走向那扇门,从怀中掏出钥匙。

门开了，白玖怯生生地走了进去："娘亲……"

无人回应。

白玖被脚下的树藤一绊，跟跄了一下。他震惊地看着这屋子，只见房间内以中央的树干为中心向周围延伸，满目的树藤，就连床上也都被树藤爬满，并无人影。满屋死气沉沉，毫无生机，唯有浮尘。

白玖立即红了眼眶，质问司徒鸣："我娘呢？"

司徒鸣沉默。

白玖嘶吼着："我娘呢？！"

司徒鸣看着满地的藤蔓："这就是你娘。"

白玖愣了一下，歇斯底里道："你胡说！"

"你爹没有胡说，你娘本就不是人。"

"难道我娘是妖……是妖……"

赵远舟摇摇头："你娘和英磊一样，是半神半妖的血统。我从来没有见过她，但据说，她诞生于上古时期，是白帝少昊和建木神树的后人，与众神同龄。"

司徒鸣没有反驳。

赵远舟继续道："你娘的真身与化为白泽之力的神木同源，灵脉相承，所以白泽令的消失让她受到了重创，被迫化出真身法相。"

白玖小心翼翼地走上前，跪地，难受地抚摸着树干。眼泪自他的眼中滑落，滴落在树干上。他喃喃道："娘……就算我娘现出了真身，变成了树，那她为何一直不和我说话，不愿回应我……"

白玖像小时候抱母亲那样抱住树干，用脸颊贴着树皮喊了两声："娘……娘亲……你能听到吗……我是白玖，我回来了……"

白玖哭得泣不成声，泪眼看向赵远舟："我娘还能变回原来的样子吗？"

"白泽令丢失，神女不在其位，大荒分崩离析，所以白颜大人也丧失了神识，不得已以真身维系于世间。只要白泽令修复，重整大荒，你娘就能回来……"

"为什么都不告诉我……"

司徒鸣心中愧疚:"那时你年纪太小,我不知道该如何让你接受这一切……"

裴思婧似有同感:"若非经历过一切,寻常人的确很难接受。"

卓翼宸却不认同:"白玖有权得知真相,他虽然年少,但他远比同龄的孩子成熟。我相信,如果当年司徒大人如实相告,白玖会理解的。"

白玖听了卓翼宸的话,眼睛发亮地看着他:"小卓大人……"

司徒鸣低下头,暗自垂泪:"是我错了……小玖,是爹对不起你,这么多年来,我都没有告诉你实情。你要恨,就恨我吧……"

白玖摇摇头,太晚了,如果能早一点将真相告诉他,或许他就不会被温宗瑜利用了……白玖泪眼看向众人:"对不起,是我伤害了你们,你们都真心待我,我却辜负了你们的信任……"

卓翼宸走过去,摸了摸白玖的头:"小玖,你长大了,父子之亲、朋友之义、是非得失,你可以靠自己体悟、分辨。错了没事,只要今后承担起这些成长的代价,尽力弥补。苦海无涯,及时回舟,依然是一片灿烂晚霞。"

文潇叹道:"其实,真正的罪魁祸首,也不是你这个容易被忽悠的小白兔——"

赵远舟眯着眼接话:"而是真正阴险狡诈的狼。"

话音刚落,门外传来温宗瑜的声音:"别躲了,出来吧。"

第十四章
傲因妖

屋内的几人走出来时，只见院子已经被甄枚和温宗瑜带领的崇武营士兵包围了。温宗瑜本是追踪赵远舟的妖气而来，不料，却意外发现文潇和卓翼宸也在此处，可算是意外的收获。温宗瑜心情很好，今日，他便要将这些阻碍他的人和妖一网打尽。

温宗瑜笑笑："赵远舟，无论你躲到哪里，都是徒劳。你们也太小瞧崇武营的妖气追踪之术了。"

赵远舟十分认同："的确，你们真的是狗。"

温宗瑜不动声色，甄枚已压不住怒火："死到临头还逞口舌之快。本座奉向王之命，拘捕文潇、赵远舟，如有违抗者，可立即斩杀。至于你们其他人，司徒鸣、卓翼宸包庇犯人，裴思婧私放赵远舟，一并处决。"

说着，甄枚手一挥，崇武营全部张弓搭箭，裴思婧也举起猎影弓，弓弦绷紧。

甄枚瞥向裴思婧，不禁嘲笑道："以卵击石。"

白玖突然上前，张开双臂挡住身后的所有人。

甄枚神色一动，忙做出待命的手势。

白玖直视温宗瑜："住手！师父，我不会再任由你伤害我的朋友了！"

"你既还知道喊我一声'师父'，那为报答师恩，你现在就应该帮师父取了赵远舟的内丹。"

白玖一时无言。

温宗瑜厉声质问："难道你忘了吗，是谁在你最困难无助的时候帮你,是谁收留你,教你医术本领,你竟然要恩将仇报?"

温宗瑜的质问让白玖的眼神再次胆怯起来。

他是谁?他该怎么做?小卓大人说,朋友之义、是非得失,可以靠自己体悟、分辨。在白玖看来,是非之间怎么处处是矛盾,若一个人做尽恶事,但于你有恩,你当如何?若要报恩,是否可以违背本心?若一个人,世人皆说他万恶不赦,唯你曾与他出生入死,知他有苦衷,又当如何?若为保护朋友,是否要与世人为敌?与天道为敌?

白玖沉默着,这些问题的答案好似正与什么一同破茧而出。他深吸一口气,重新看向温宗瑜,依旧一动不动地拦在所有人前面,目光坚定。他是白玖,他知道是与非,更知道该怎么做。

"我不会再敬重你,也不会再怕你了!我感激你曾帮助我,传授我医术,但我长大了,我可以判断是非曲直。我之前欺骗和伤害了我的朋友,我对不起他们……我错了,我认。我也会自己弥补。"

白玖朝裴思婧伸出手:"裴姐姐,把箭给我。"

裴思婧虽不解,但还是无条件照做,把手里的箭递给了他。

白玖举起自己的手腕,忍着痛,用箭用力划去上面崇武营的刺青,手臂上顿时鲜血直流。

赵远舟望着白玖的背影,内心深受触动:"小白兔不是最胆小怕疼吗?"

白玖举着流血的手臂,回头看向身后的朋友们:"我是很怕疼,胆子也很小,但我更怕善恶不分,更怕失去你们。"

众人神色动容,眼前的白玖不再是那个需要大家哄着的孩子,而是一个小男子汉,也会是他们今后并肩的战友。

司徒鸣眼眶湿润,回首望向白颜的房间:"娘子,我们的儿子长大了。"

白玖捂住流血的伤口,看向温宗瑜:"从今以后,我再也不是崇武营的人,我再也不会任由你摆布,当你的傀儡了!"

温宗瑜脸色黑沉:"白玖啊,师父是不是跟你说过,崇武营不是你想走就走的?要走可以,只能横着被抬出去。既然这是你的选择,那就不要怪为师心狠了。"

站在温宗瑜身侧的甄枚眼神一动,他不忍看到接下来的画面,也不想发出号令,便悄然背过身去,将仅有的那一抹柔软藏起。

温宗瑜抬手,一声令下:"放箭!"

崇武营的诛妖箭顿时齐齐飞来。裴思婧护着司徒鸣,挥舞手中的弓,连连打掉射来的箭矢。卓翼宸护着白玖,张开光盾,箭击打在光盾上,纷纷掉落。赵远舟撑开纸伞,伞面朝外,护住文潇,箭矢打在伞面上,被法力震开。

与此同时,裴思婧朝崇武营士兵射出一箭,正中其心口,然而那士兵不为所动,像没事人一样继续搭弓攻击。

"杀不死……又是妖化人?"

赵远舟施法,对着那群士兵念咒:"止!"

然而,那群士兵不受赵远舟法术的影响,一波飞箭再次袭来。

文潇靠着赵远舟,藏身于他的伞下,躲过箭矢:"你的妖法对这些妖化人和箭怎么都没用?"

温宗瑜从身边士兵手里拿过弓和一支诛妖箭,用手指摸了摸箭身:"这可不是一般的箭,这是诛妖箭,专门诛妖歼邪,又怎么会被你控制?"

温宗瑜看准时机拉弓,瞄准的却是文潇,径直射了出去。

赵远舟伸手接住那支箭,冷然一笑。很快,他的手一麻,握住箭的手松开,箭掉在地上。赵远舟低头看自己的手掌,上面有几个细小的孔,冒出血珠。

赵远舟眉头一紧,白玖跟着心里一沉:"不好,大妖,箭上有银针!他封了你的触感!"

温宗瑜终于满意地大笑起来:"哈哈哈,这最后一针,总算是完成了。赵远舟，你五感即刻封闭，快点吐出你的内丹吧。"

文潇急忙扶住赵远舟，赵远舟开口，却说不出话。他抬手捂住耳朵，耳朵里只剩下金属的嗡鸣，紧接着视线里的文潇突然消失，眼前一黑，最后，所有感知都不见了。赵远舟轰然倒地。

卓翼宸回头，看着他，喊他的名字，赵远舟已经听不见了。崇武军士兵将剩余几人围成了一个圈，拉弓瞄准。温宗瑜等待着，眼里兴奋异常。

突然，温宗瑜脸上的笑意一僵，他没有等到赵远舟的内丹被逼出，却见赵远舟竟又站了起来。只是他浑身燃起红色的戾气，宛如在昆仑山顶那一次被戾气控制的样子，他的眼神从清明变成两团空洞的红光。

"老师，这是怎么回事？要不要直接拿下，强取内丹？"

温宗瑜正在迟疑，赵远舟的瞳孔已然变得如炭火般越来越红。突然，他爆发一阵气浪，将围着他们的崇武军全部击倒。然后赵远舟飞身上前，直击温宗瑜面门。

甄枚大惊，直接冲到温宗瑜前面，替他接了赵远舟一掌。甄枚心口被掌击，直接吐血："老师……小心……"

甄枚倒地，昏死过去。

温宗瑜急忙探了探他的颈部，又看向赵远舟，咬牙切齿。赵远舟头发飞舞，瞳孔猩红。温宗瑜本以为赵远舟要大开杀戒，结果赵远舟却拧着眉心，身形一闪，飞出围墙，消失了。

文潇和卓翼宸刚想去追，便被崇武军士兵包团团围住。卓翼宸趁机冲出重围，裴思婧本也可以脱身，但顾及文潇，默契地与卓翼宸分头行动。

卓翼宸带着白玖突出重围，继续查案。赵远舟失控逃走后下落不明。裴思婧与文潇则被关进了崇武营地牢。

地牢里负责看守的士兵端来一个窝头、一碗不见米的米汤，放在牢房外边。

文潇走到牢房边,隔着铁栅栏看了眼地上的饭菜:"这么清淡?我可是吃人的女妖,新鲜的人肉可比大鱼大肉好吃多了。"

看守士兵冷哼一声,道:"少废话,崇武军什么妖魔鬼怪没见过,你抬头看看,这兽血咒印就是用来镇你这种邪恶鬼祟的!"

角落盘腿而坐的裴思婧打量着文潇的神色:"都这个时候了,你还有心情开玩笑?你一点都不担心赵远舟吗?若他再次失控,这天下就完了……"

文潇将那可怜的吃食端起,坐到裴思婧身旁,将窝头递给了裴思婧:"我捡起了他的水壶,里面是空的,他喝了很多,应该暂时可以压制戾气。他选择逃跑,也是因为意识还算清醒,知道不能再久留……他应该会逃回桃园居。那里有赵远舟设下的结界,外人不能随意进出。他曾经和我说,如果有一天,他感觉自己快要失控了,就一定会把自己关在里面,这样即使失控,也暂时伤不到人。"

裴思婧嗯了一声,难怪不见文潇面露愁色。只不过,这听起来只是权宜之计,眼下只能期望卓翼宸那边能尽快找到神木,修复白泽令。

文潇捧着那碗米汤喝,两口便见了底,显然不足果腹。裴思婧把手里的半个窝头递给文潇,文潇接过,又一分为二,递给裴思婧。裴思婧笑了笑,接了过来。

文潇细细嚼着窝头:"在这个时间点栽赃嫁祸于我,应该是为了阻止我修复白泽令。这个案子错漏百出,缉拿、破案、审讯程序一片混乱……背后肯定有指使之人。"

文潇想不出是谁,她能想到的只能是温宗瑜,却又觉得哪里不对劲。丞相明显是死于妖物之手,温宗瑜一介凡人,未必能让妖物对他言听计从。而且,温宗瑜的目的始终是取赵远舟内丹,丞相遇害一事中,崇武营的确起到了推波助澜的作用,但真正想要阻止文潇修复白泽令的,另有其人。

裴思婧似是想到了什么："其实之前在离仑的幻境里,我见过一个和你长得一模一样的女妖,她似乎是离仑的手下。"

文潇一愣："离仑?"

如果是离仑,那便合理了,他一直想要毁掉白泽令。

裴思婧又摇了摇头："但离仑已经死了,在你们面前被烧成了灰烬。"

文潇细细回想起离仑死时的场景,表情微妙："我们当时始终没有找到离仑的内丹……"

文潇沉思片刻,又想起赵远舟曾经说过离仑是槐妖,本体是一棵喜阴的上古槐树,精魄可存于任何一片槐叶之上。飞叶沾身,精魂附体,从而寄生于其他活物身上,控制其行为。加之离仑为不烬木所伤,本体保不住,若文潇是他,会再寻一个肉身……可如果离仑没死,那他一定是在死前就附身在某个人身上,而离仑死时,在场的只有三个人,文潇自己、赵远舟,还有……小卓。

文潇摇摇头,没有继续深想这个大胆的猜测,但她隐隐觉出外面的局势越发不可控,得尽快脱身才行。

另一边,白玖同卓翼宸一起走在树林里,两人打算去查探那个樵夫遇害的案发现场,看看会不会有新的发现。

树林中的雾气越来越浓,能见度也随之越来越低。白玖有些害怕,他看着走在自己前面沉默不语的卓翼宸,小心翼翼地叫道："小卓大人……小卓大人……"

卓翼宸没有回头,沉默,继续走着。

"……对不起,是我害了大家,谢谢你还愿意给我机会,让我跟着你……"

卓翼宸仍没有回头,只是突然停下来,在浓雾里看起来异常高大。他淡淡地问："害怕吗?"

白玖点点头,又摇摇头："只要能救文姐姐,我就不怕。"

卓翼宸应了一声："那你跟紧我。"

白玖走上前。他下意识地伸手想拉卓翼宸头发上的铃铛，又有些不敢，最后还是放下了手。

下一刻，卓翼宸主动把发上的坠子递给白玖："拉着吧，我也怕你走丢。"

白玖眼睛涌出泪水，他伸手抓住他头发上的铃铛。

突然，一个人影出现在浓雾中，飞快靠近两人。卓翼宸定睛一看，竟然是英磊。只见眼前的英磊眼神阴郁，神情冷漠。

卓翼宸眸光一沉："他不是英磊。她是傲因！"

云光剑顿时出鞘，傲因的身影一闪就蹿进树林里，卓翼宸飞身追去。白玖看着远去的卓翼宸隐匿在浓雾里，只剩下一个虚影，立即慌张地大喊："小卓大人！你慢点，我跟不上你！你等等我！"

英磊的身影又一次从卓翼宸身后冲了过来，卓翼宸再次警觉，云光剑直接朝后一挥，对方显然反应得很快，立即拿起菜刀回击。云光剑与菜刀交锋，碰撞出火星，英磊和卓翼宸的脸靠近，两人抵着武器对峙。

追来的白玖看清楚眼前的状况，惊叫："小卓大人当心！"

英磊和卓翼宸同时转头向白玖喊："她是傲因！"

英磊和卓翼宸又回头对看："你才是傲因！"

两人愣住。

卓翼宸道："我拿着云光剑，我怎么可能会是傲因！"

英磊不满道："那我也拿着菜刀，我也不可能是傲因！"

卓翼宸皱眉："菜刀，街上可以随便买！但云光剑做不了假。"

"有点道理……"英磊松手后撤，但还是没有放松警惕。

卓翼宸提剑指着英磊，问："昆仑山顶法阵星空图上，靠近大门的第一个是什么星宿？"

英磊愣住的这片刻，云光剑瞬间架在他的脖子上。

"你果然是傲因！"

"等等等等……这个问题也太难了吧？我从小就不务正业啊！"

"有点道理……"

白玖冲上前，叉着腰问道："说出你的梦想！"

英磊答得干脆："当厨子！"

白玖又问："是谁留下了你三百多岁最帅的样子！"

英磊答得利落："赵远舟家的镜子！"

卓翼宸终于收剑，英磊松了一口气。

英磊解释，他刚刚正在樵夫被害现场探查，就看见了假扮成卓翼宸的傲因，幸好他鼻子灵敏，认了出来。只是傲因狡猾，一溜烟就又跑进雾里了。于是雾影模糊中，英磊一见卓翼宸，还以为又是傲因作祟。

英磊解释完，看向白玖，气呼呼地质问："你刚冲过来第一声竟然是喊'小卓大人当心'，你怎么不叫我当心？我看起来这么面目可憎吗？"

白玖一脸坦然："嗯……确定了，他绝对是英磊。"

英磊哼了一声。

白玖站到两人面前，兴致勃勃地指着自己："你们怎么不怀疑怀疑我？"

英磊抽了抽鼻子："你就是小玖。"

卓翼宸附和道："你身上有草药的味道。"

英磊奇怪："卓大人，你也闻得到啊。"

卓翼宸点头："因为我从小就很喜欢草药的气味，让我觉得心静、心安。"

白玖听得心里怪高兴的，脸上也喜滋滋的。

英磊见状，立即跟着说道："我也喜欢草药的味道……还有大蒜的味道，洋葱、青椒以及香菜，都还不错……"

白玖不喜滋滋了，顺带翻了个大白眼。

天色渐暗，卓翼宸、白玖和英磊在溪流边点燃了篝火，篝火上煮着一锅粥，里面还有英磊打到的山鸡。白玖从箱子里抓出一些药材，丢进锅里当佐料。

英磊嘴里叼着一根草，长叹道："这个傲因，可以随意化形，真是难对付。要是她知道了我们的秘密和习惯，她就更难辨别了。而且她身形速度极快，很难抓捕。"

卓翼宸往火中添柴，火光映在他的脸上，看起来愁眉不展。文潇和裴思婧还关在牢中，情况未知，赵远舟也下落不明，留给自己的时间不多，只是……

"这山林空旷，水汽重，硫黄味道也已经淡不可循——"

英磊突然得意地开口："这个时候，就需要我小山神出来力挽狂澜啦。哈哈，刚刚傲因逃跑的时候，我已经在她身上撒了一把我特制的香料，味道独特，极易追踪。"

英磊神思一转："哎，小玖，你不是也有一种料吗？也撒撒料嘛，我看她还怎么跑。"

白玖看着英磊冲自己挤眉弄眼，有些不明白："料？"

卓翼宸反应过来，他的眉头渐渐舒展开："涣灵散。"

白玖立即会意，激动起来："对对对！涣灵散，我那儿多的是！只不过对付傲因，好像还不太够……缺一味草乌！草乌，可使人麻痹，对妖也有作用，能大大削减傲因的速度！"

英磊赞许地伸出手，准备摸摸白玖的脑袋。但白玖已经屁颠颠地跑去卓翼宸面前邀功领赏了："小卓大人，我厉害吧！"

卓翼宸抬起手，摸了摸他的脑袋："不愧是天都城第一名医。"

英磊看得面目狰狞……同人不同命，小孩儿缘是门玄学。

崇武营地牢的牢门嘎吱一响，被一个崇武军士兵打开了。

"裴思婧，有人要见你。"

崇武军士兵给裴思婧的手脚锁上了镣铐。

文潇紧张地拉住了她："裴姐姐……"

裴思婧低声安抚文潇："没事，你自己小心。"

说完，裴思婧被带离了地牢。

裴思婧被崇武军士兵一路带进了佛堂。

温宗瑜和颜悦色地吩咐道："给她解开。"

裴思婧有些意外，不解地盯着温宗瑜。

"我请裴大人是来商谈合作的，镣铐冰冷无情，削减了我的诚意。"

崇武军士兵立即用钥匙解开了镣铐。裴思婧松解了下手腕，冷笑道："你的'诚意'，我不感兴趣。"

温宗瑜态度更加温和，眼下他这副嘴脸又与之前不同，此人变脸之快、之彻底，令裴思婧佩服。

"裴大人，不急，先听听看，再做决定也不迟。甄枚被赵远舟重伤，生死未定。他的位置一旦空缺，我可以让你顶替他。"

裴思婧冷笑一声，言语间毫不客气："顶替他来继续做你的挡箭牌吗？你为什么会觉得，全天下所有人都愿意为你去死啊？"

温宗瑜全然不恼。对他而言，甄枚受伤前，裴思婧是一颗普通棋子，但眼下她是一颗有用的棋子。棋子与棋子不同，对待之道自然也不同，凡事只要有利于他，他就放得下姿态。

"大荒将倾，妖邪蜂拥而至，人间邪祟当道，裴大人的弟弟正是为妖所害。如此惨痛的经历，我感同身受，所以才觉得你我一样，对妖邪深恶痛绝。但裴大人一直与妖为伍，令人费解。崇武营指挥使一职，举足轻重，除去高官厚禄不提，还能够独揽大权，对妖邪生杀予夺，随意支配，这种权力，裴大人不想要吗？"

裴思婧顿了顿，没有正面回答他的问题，反而借机说起了别的话题："很早就听说过你的传闻，你十年前加入崇武营，最初只是普通小卒，短短十年平步青云，成为军师。这崇武营，看起来是甄枚领导，但其实，他只是你的傀儡。"

温宗瑜笑笑，他不避讳地顺着裴思婧的话说下去："自然是我有本事，功劳太多，自然晋升迅速。崇武营如今所用的诛妖箭，以及其他厉害的猎妖武器，都是出自我手。只是我行事低调，不喜欢张扬于人前。"

裴思婧嘲讽道："低调？是见不得光吧？"

温宗瑜仍是一副笑模样，继续说道："至于甄枚，他是个孤儿，我收养他，抚养到大，他对我自是言听计从。"

"但你对他如此无情。他为救你，身负重伤，生死难测，此刻你却在用他的官职和我谈论交易。"

温宗瑜不予置评，也不露任何破绽。

裴思婧继续试探，眼下话题由她主导，她便要抓住机会打探到更多消息，了解温宗瑜的弱点。裴思婧微眯眼睛，仔细地打量着温宗瑜脸上任何一丝情绪的波动："你说和我惺惺相惜，对妖恨之入骨，你的重要之人也是为妖所害？"

温宗瑜听到此处，脸色微变，很快又恢复如常："无须多问，裴大人，这笔交易，有兴趣吗？"

找到了，温宗瑜情绪有波动。此时裴思婧才幽幽地回答起温宗瑜最初的问题："我弟弟的确为妖所害，但我不会像你一样丧心病狂，别把我们相提并论。"

温宗瑜的耐心有限，他很清楚好言相劝对裴思婧不奏效，那就只好试试另一个法子："看来裴大人是不同意了……"

温宗瑜一边说，一边从旁边拿出一根银针，缓缓朝裴思婧走去："你私放赵远舟，按照罪名，理应处死。活着当上指挥使，还是死了变成妖的口粮，你选。"

裴思婧不慌不忙："我死了，你研究妖化人的秘密就藏不住了。你应该知道乘黄的那个法器日晷吧，可用来存储记忆。在我们封印乘黄后，日晷就到了我们手里。我和赵远舟已将在密室里的记忆都存放进了日晷，交给了司徒大人。只要我死了，司徒大人就会把日晷呈给向王。若是向王知道你私下在研究妖化人，拥有这样一股只受你控制的力量，你猜，向王会不会觉得你意图谋反？向王会不会放过你？"

　　裴思婧的话倒是出乎温宗瑜的意料，向王是崇武营的靠山，但也是皇室的人，他所谋之事或许会颠覆一切秩序，未成之时，还见不得光。他盯着裴思婧，判断她话中的真假。裴思婧也直视着他，毫不退缩，目光交锋，无声较量。

　　温宗瑜利用人间势力的复杂设下这一局，虽局势千变万化，但万般不利皆能化为有利于自己的局面。就如赵远舟虽然跑了，但若能策反裴思婧，就算开启了下一盘棋，不料，棋子却成了对手，裴思婧也利用起人间权力，从旁掣肘。温宗瑜忽而一笑，一开始，倒是他小瞧了这位裴大人。

　　文潇在监牢中忐忑得不行，一听到脚步声，她就立即冲了过去，只见裴思婧不仅毫发无伤地被送了回来，连去时身上的镣铐也没有了。

　　牢门打开，文潇立即迎上去，检查裴思婧身上有无伤痕。

　　"怎么样？他们有没有对你做什么？那个温宗瑜老谋深算，手段毒辣，我担心你——"

　　裴思婧笑笑："我没事。你对我这么没信心？"

　　文潇急忙寻了个理由："也不是对你没信心，就是有点拿不定主意，这马上就要放饭了，我是等你吃，还是不等你吃呢？"

　　裴思婧被她的样子逗笑："怎么，一个窝头和米汤，还需要人作陪吗？"

　　文潇被人戳破心思，似有撒娇之意，笑着看向裴思婧："随遇而安，苦中作乐嘛。挚友相伴，清汤亦是盛宴。形单影只，金杯玉盏也是空置。"

裴思婧看着文潇亮亮的眼睛，心里柔软了一块。

英磊一路细嗅着他撒在傲因身上香料的味道，最后停在长街上。他很肯定地搓了搓鼻子，然后抬手一指："香料的味道就断在这里，她一定在里面！"

白玖和卓翼宸同时抬头，看着面前的天香阁，有些咂舌。

英磊学着白玖的样子，把一头黄毛凑到卓翼宸面前邀功。

卓翼宸脸色尴尬，伸出指尖，仿佛碰到开水一样，在英磊头上蜻蜓点水般点了几下。

英磊嘴角一咧，故意挑着眉看着白玖，扬扬得意。

白玖生气道："你几岁啊，真不害臊。"

卓翼宸有些犹豫："此地是你们未成年人不应该来的地方。"

英磊顿时来了劲头："哎哟呵，我三百二十七岁零三个月，这位小卓大人，您高寿啊？"

"虚岁二……二十四……"卓翼宸说得有些心虚。

卓翼宸抬腿朝着天香阁走，身后英磊和白玖七嘴八舌地讨论起来。

"天香阁脂粉味重，为了掩盖自己身上的味道，傲因确实很有可能会选择躲在这里。"

"那她为什么不躲在地下水道的垃圾堆里啊，那不是更能掩盖？"

"傲因毕竟是个女孩子啊……我爷爷说——"

白玖兴冲冲地往里进，英磊胳膊一伸，将他拦住："哎哎哎，你不是最听小卓大人的话吗，他说了，这是未成年不该来的地方。而且万一傲因真在里面，可能会有危险，你在外面等我们咯。"

"好的。"白玖乖巧地答应。

英磊有些诧异地看着白玖："嗯？这么听话？"

白玖可爱地点点头。

英磊看他这么听话,将信将疑地一步三回头,然后进了天香阁。

白玖看英磊走远了,乖巧的脸上绽出狡黠的笑,抬脚就偷偷跟了进去。

天香阁内,仍是一派旖旎风光,各色美人儿挥着软帕,舞着轻纱,如云般在宾客间绕来绕去。迎客妈妈忽地眼睛瞪得老大,见一蓝衣少年身姿挺拔,相貌堂堂,气质出尘,手持一柄长剑混在其他宾客中间,实在是过分显眼。

迎客妈妈立即迎了过去,靠近看着眼前的人:少年郎,剑眉星目,好生俊俏,偏偏气质冰冷,更惹人着迷,再看那手中的宝剑……她登时笑得眯成了一道缝,虽有些不合常理,但她准没认错人!她顺势将手往卓翼宸结实的胸膛一拍:"哎哟,天哪,这不是天都城万千少女的梦嘛,真的是小卓大人啊!什么风能把您吹来啊……我今天没喝醉啊……姑娘们,快来啊,卓翼宸来逛天香阁啦!"

卓翼宸满脸通红,支支吾吾道:"你……你别这么大声,我不是来逛的,我是来找人的……"

迎客妈妈那双手还不舍地在卓翼宸的胸膛上打转:"我懂,我懂,小声,小声,低调,低调……"

继而她转身,突然亮起大嗓门喊道:"姑娘们,荣华富贵就在眼前,爱拼才会赢啊!快过来!卓大人来找人啦!"

这种天上掉馅饼的好事,傻子才低调!

转眼间,卓翼宸身边就被姑娘们围了个水泄不通,英磊被隔绝在外,每每想要靠近,就被人一把推开。

此次不比上次,不是幻境,卓翼宸切实地感觉到似有许多手在他身上摸索,顿时脸红如火烧,推也推不开。

"卓大人要找什么样的啊?我琴棋书画、吹拉弹唱,样样精通。"

"卓大人果然和传说中一样俊俏,生得唇红齿白,尤其这唇看着十分软嫩……"

"卓大人不愧是习武之人，这身材……果真与常人不同呢。"

"都说卓大人长了一张冷美人脸，我看，分明是俊俏小郎君。陪姐姐喝杯酒吧？"

卓翼宸不习惯这场面，他越推，姑娘们便越往上贴。既不好出手伤她们，又不能惹出太大动静，卓翼宸进退两难，恨不得找条地缝钻下去。

这时，突然一只手伸了过来，把他拉走了。

英磊忙推开挡住自己的姑娘们，追了过去。

卓翼宸被拉着躲进了二楼雅间。见带走他的人是白玖，卓翼宸松了口气："还好你来了……"

下一秒，卓翼宸刚松下去的那口气又提了上来："你怎么来了？！"

白玖还没说话，英磊追了进来，一见白玖，就怒目而视："对啊！你怎么来了？"

楼下，舞乐奏响，一名戴着面纱的女子正在台上跳舞。

英磊嗅了嗅鼻子。

白玖低声问："怎么样？闻到什么吗？"

英磊打了个喷嚏，摇了摇头："不行，脂粉味太呛了，啥都闻不出……"

迎客妈妈端着美酒进了雅间，笑容满面："卓大人如果觉得楼下嘈杂，没关系，这雅间正合适，既能听曲儿，还有好酒好菜。"

卓翼宸突然伸手指向舞台："那位跳舞的姑娘是？"

迎客妈妈愣了下："您说竹知姑娘呀，卓大人真有眼光，她是眼下最当红的舞娘。只不过，竹知姑娘可是卖艺不卖身的……这可有点为难我了……"

卓翼宸正在喝茶，冷不丁听妈妈这么说，一时呛到几乎晕厥，尴尬得满脸通红。英磊则抬手捂住白玖的耳朵，少儿不宜的话题，少听为妙。

突然，丝竹管弦声停止，竹知一舞完毕，上前欠身行礼。她露出面纱的眼睛扫向楼上卓翼宸三人，神色有些异样。

英磊再次嗅了嗅鼻子："是我的香料味……"

他看了卓翼宸一眼，卓翼宸从腰间拿出一大锭银子，递给迎客妈妈。

迎客妈妈笑得合不拢嘴："啊，这么多，那我去问问竹知姑娘——"

卓翼宸忙忙制止："不是这个意思！这锭银子是给你的，让你不要再来打扰我了，我自己逛逛！"

迎客妈妈笑容灿烂："好的，好的，我懂，我懂，低调，低调……"

说话间，那个竹知姑娘已经离场，转身上了二楼。

三人对视一眼，分头行动，东西合围。

卓翼宸一进入走廊，就看见了前面的竹知，立即追了上去："竹知姑娘……"

女子没有停步。

卓翼宸加快几步上前："竹知姑娘，请留步。"

他的手搭在那姑娘肩膀上，那姑娘转身，竟然不是竹知。那姑娘看见来人是卓翼宸，立刻有些羞涩。

卓翼宸急忙道歉："啊……在下失礼了。"

那姑娘转身，面容再次变成了傲因，她微笑着，变了个方向，往走廊尽头快步走去。

卓翼宸也露出了笑容，那姑娘此时走去的方向，正是白玖和英磊埋伏的地方。

傲因以为卓翼宸刚才没认出自己，便放松了警惕，一转弯，白玖突然冲出来，撒出配了草乌的涣灵散。

傲因发出痛苦的惨叫声，飞快逃窜。英磊和白玖紧追在后，追进了大堂。

此时，白玖已经看不见傲因的身影。他飞快在大堂寻找，终于发现面前有个疑似傲因的跌跌撞撞的背影。白玖一把抓住她的手臂，那人转过头，竟然是裴思婧的脸。只见她发丝有些凌乱，嘴角流着血迹，脸上也有血痕，仿佛受了重伤。

白玖一愣，有些意外："裴姐姐？你怎么会在这里？你不是……"

英磊同样惊讶。

白玖下意识抓紧裴思婧的手，裴思婧一下子挣脱，面露恨意："你还敢问我，若不是因为你当了崇武军的细作，又怎么会把我们害成这样？我又岂会被崇武军抓走！"

白玖痛苦，眼眶一红，有些恍惚："对不起……是我的错，都是我的错……裴姐姐，你受伤了，让我看看你的伤，我——"

裴思婧一把推开白玖："滚！别碰我！骗子！叛徒！我绝不会原谅你，我再也不想看到你！"

英磊拍拍白玖的脸："她根本就不是裴大人，裴大人不会说这种话。她明知你是被坏人骗的，知道你有苦衷，她一定会理解你。她是傲因！……白玖，你醒醒！"

白玖的眼神依然涣散。英磊顿时明白，傲因的话掺杂了蛊惑人心的妖力。

假裴思婧忽然冷笑一声，艰难地起身想走，结果被英磊拉住了。两人交手间，惊动了其他客人，他们忙四散开，躲了起来。

假裴思婧爬起来，很快再次变脸。英磊定睛一看，傲因突然幻化成了暴走的赵远舟的脸，头发乱飞，浑身戾气，瞳孔冒出红光。

"区区小妖，敢拦本大妖的去路，让开！"

英磊直接捂住耳朵，晃了晃头。他提醒自己："别被催眠！假的！假的！……假的……"

然而英磊越说，眼神越涣散。

傲因得意，转头离开，刚转身，迎面又是一把白色粉末撒向她。白色粉尘中，露出卓翼宸坚定的面容。

"雕虫小技。"

傲因摔在地上，低头间，她幻化为一身黑衣的文潇，学着文潇的样子，收敛起杀气腾腾的眼神，柔声叫道："小卓，是我呀！"

眼前的文潇浑身破布，半遮半掩，露着光滑的肩，一双长腿在薄纱之下若隐若现，目含水波，楚楚可怜。她起身，身体贴近卓翼宸，手抚摸着他的脸，顺着他的脸颊，一路向下轻滑动，滑过他的唇、他的颈、他的胸膛……

卓翼宸紧紧抿唇，耳旁什么声音都消失了，唯有文潇的呼吸声。他强定心神，一把推开傲因，他大声怒斥："无耻！"

傲因没想到她已经刻意模仿得更像文潇，却还是被卓翼宸如此快地识破了。她立即转身翻窗而逃，卓翼宸飞身追上。

白玖和英磊随后追到巷子里时，就看见长长的巷子里只有卓翼宸一人。

白玖十分着急："没想到加了草乌的涣灵散还是没用！这可怎么办啊！"

"虽然没抓到傲因，但我们成功把她逼得当众多次化形，天香阁里这么多人，都亲眼看见咯，傲因是个会幻化人脸、蛊惑人心的妖怪！"

白玖悬着的心落了一些："对，她最傻的就是还露出了文姐姐的样子，这下所有人都能做证了。本来丞相的死状就非人力能做到，凭这几点，应该能替文姐姐洗脱嫌疑了吧。"

缉妖司的办事速度也很快，天香阁一事被范瑛拿来给崇武营施压。终于，文潇暂时被放，回到了缉妖司。

但裴思婧还被扣在温宗瑜手上。温宗瑜提出条件，让卓翼宸带日晷前去见他。直到卓翼宸当着温宗瑜的面将日晷毁掉，裴思婧才被释放。

除赵远舟外，其余几人终于再度重聚。文潇担心赵远舟。在狱中，得不到赵远舟的消息，她还可以安慰自己是消息闭塞。但回到缉妖司后，还是没有任何关于赵远舟的消息，她不知道大妖此时难不难受、清不清醒……又或许没有消息就是好消息。

文潇刻意忽略心中的不安。眼下瑶水已被英磊净化，她还需要尽快找到神木修复白泽令。如果没有白泽令，赵远舟的戾气无法控制，就只能由卓翼宸用云光剑杀死赵远舟。文潇不愿让事态往这个方向发展，她苦思冥想关于神木的下落。

大妖曾经说过，白颜是建木神树的后人，她的真身也是神木，与承载白泽之力的神木同根同源，并且灵脉相承。既然白泽令是神木所化，那么白颜的真身说不定同样能够修复白泽令。

英磊听闻文潇的猜测，却陷入了沉思。

建木神树与白帝塔曾在五百年前被九足金乌摧毁，后来，朱厌与离仑以自身妖力和血誓修复了建木神树与白帝塔。但眼下神木枯死，无力回天，如今只是死而不朽的存在。所以要白颜从真身之木变回白玖的娘，需要白泽令的神力……但要修复白泽令，又需要白颜的真身神木。两者成了死局。

众人一筹莫展时，卓翼宸提及白玖的身份特殊，或许是破局之法。

英磊也想起了灵犀山庄那棵机柏早已枯萎，白玖的血却让枯木长出了新的枝丫。

文潇的眼中顿时重新燃起希望。

白玖试着划开了自己的手心，鲜血滴落到地板上的一截树藤上，果然血瞬间就被吸收了。一时间，每个人都全神贯注地盯着那棵树，紧张地等待着。

很快，吸收血的地方发出幽微的光亮，闪烁一下后，竟然破出一个小芽，嫩绿色的，然后慢慢长出一根新枝……枝丫最后变成一枝三寸长的小枝条，开出两片小小的嫩绿叶子。

众人兴奋地欢呼,唯独文潇沉默,没有出声。她蹲下,看着那根小小的枝丫,一言不发。

裴思婧注意到了文潇颓丧的背影,轻声唤她:"文潇……"

文潇仍旧呆呆地看着那根小枝丫,刚刚她眼中燃起的希望,此刻已熄灭无踪,只剩下如死水般的沉寂。文潇叹息一声,摇了摇头:"神木若水,生灵之源,落地生根,一百年长叶,一百年开花,一百年结果。能修复白泽令的神木,须是三百年以上的神木树干。这样一枝刚长出来的新芽,并无作用。"

可是三百年……他等不到三百年。

赵远舟自司徒鸣家逃走后,的确如文潇推测的一样,躲进了桃园居。此时,桃园居的院子里点着一只香炉,轻烟袅袅,四周死一般寂静。

赵远舟在院子中间的蒲团上闭眼打坐,他发丝凌乱,额头上全是冷汗,一张脸白得毫无血色,他的眼皮轻颤,似在压抑着痛苦。

突然,赵远舟睁开了双眼,瞳孔依然猩红如血,周身红光似已被暂时压制,又不安分地不断冲撞,在失控的边缘。赵远舟看见面前有另一个自己悬在空中,那是被戾气控制的真身。

结界内无风,花瓣却如被风吹落,漫天落下。赵远舟的真身轻抬手指,接住了一片粉嫩的花瓣。瞬间,他身后万千花瓣同时被这戾气点燃,漫天火星,如同地狱,火焰燃烧的声响充斥在赵远舟耳边。

那真身笑得张狂:"为何还要苦苦挣扎?这是天地间最强大的力量,你可以毁天灭地,无所不能……为何拒绝?"

赵远舟艰难地开口:"因为我根本就不想毁天灭地。我只想要我所珍视的人平安无事,不希望她失望、悲伤。"

"你又能坚持多久?不如和之前一样,乖乖地把自己交给我吧……对抗自己只是逆水行舟,徒劳之苦,烈火灼心,何必忍受……"

赵远舟突然轻轻地笑了:"原来你根本就不懂……"

"什么……"

赵远舟强压住内里那股冲撞的力量,他的手颤抖着伸出,指尖凝聚法力,一晃,耳边那个混沌的声音骤然消失了,四周归于平静。眼前的景象恢复如初,漫天火星变为落花,纷纷扬扬地飘散。

赵远舟看向小院里的秋千,手拂过,心中所想随之化作幻象。

他看见文潇坐在秋千上,而他站在秋千后推秋千,秋千荡得很高,文潇笑得很快乐。他贪恋地看着文潇的笑,那是他一直想要守护的。

赵远舟感觉到心口疼痛,他伸手捂住胸口,继续看向院中的空地。

文潇挽起袖子,旁边放着水桶和一盆洗完的衣服,他在帮忙晾晒。日光和煦,落叶缤纷,他隔着晾晒的衣服空隙,看着文潇恬静的面容出神。

赵远舟吐出了一口血,他强忍着,笑着擦了擦嘴角,又看向屋内。

冬日,房间外细雪纷飞,屋内桌边,文潇和他围炉烹茶,炉上还烤着柿子。文潇想用手拿,结果被烫了一下,立马摸着自己的耳朵。他只觉得那样子可爱,心也随之一软,他宠溺地笑了笑,替她从炉上拿过柿子,剥开,放在她的碗里。

赵远舟喃喃自语:"若真能过上四时静好、年岁无忧的日子,那任何痛苦都可以忍受,也值得忍受。"

赵远舟闭上眼睛,一滴眼泪掉了下来。

一生所求,不过相守。

第十五章
云光断

夜已深，卷藏馆中烛火闪动，一堆藏书垒得很高，文潇坐在其中，正专心致志地翻阅各种藏书。她脸色苍白，眼睛布满血丝。

赵远舟每一刻都在承受着折磨。一想到此，文潇便吃不下饭，睡不着觉，她只想早些找到办法，就能早些免他受折磨。

天渐亮，文潇不知不觉中靠着书架睡着了。一只手伸过来，给文潇披上了一件外衣。文潇睁开了眼，忙看天色，又继续翻看书籍。

卓翼宸打开桌上的食盒，里面是炖的雪梨汤。他担心文潇的身体，又找白玖加入了些补身体的药材。

文潇没睡，他也未睡。

卓翼宸低声劝道："听裴思婧说，你连晚膳都没吃，所以我帮你炖了雪梨，你趁热吃几口。"

卓翼宸递给文潇热汤，文潇捧着碗，看着冒出的白气发呆，心神不定。卓翼宸也没有说话。两人就这样安静坐着。

隔了一会儿，卓翼宸突然起身。

文潇紧张地叫住他："你去哪儿？"

卓翼宸愣了愣，然后继续走向一旁，在快烧完的蜡烛上面，重新点起一根蜡烛。他重新回到之前的位置坐好。

"蜡烛快要烧光了，再帮你点一根，我怕你看不清楚。"卓翼宸顿了顿，说，"你呢？"

文潇勉强笑笑："什么？"

"你在怕什么？"

文潇沉默。

卓翼宸替她回答:"你怕我杀了他。"

文潇抬眸看向卓翼宸,试探着说:"怕也没有用。我知道最后你一定会这么做。"

卓翼宸神情黯然:"嗯,如果真到了最后时刻,他戾气失控,无法抑制……我一定会。"

文潇手一抖,汤洒出了一些,她忙拿起旁边的手帕,擦掉桌上的汤水。

"我曾经也像你一样坚定,但事到如今,我发现我做不到,我还是想救他,不想让他死。"

卓翼宸递给文潇一条干净的手帕。

文潇茫然地看着他:"弄脏的,都已经擦干净了,没事了。"

卓翼宸看着文潇的眼睛,无奈地叹息。

"你脸上还有。"

文潇愣住,原来脸上不知道何时有了泪水。她本不想这样让小卓为难,忙抹了去。卓翼宸的心也跟着疼,他将手帕轻放在桌上后便起身离开了。

天光大亮,崇武营将赵远舟失控逃跑的事报告给了向王。向王大怒,下令给范瑛立即抓捕赵远舟,否则缉妖司上下都要人头落地。

文潇担心的事还是发生了。卓翼宸奉命去杀赵远舟。

卓翼宸走出缉妖司时,听见院子里有人叫他。

英磊手里拎着坛酒急匆匆跑来:"卓大人,我来送你咯。"

"小山神在人间待久了,果然对我们的习俗礼节越发熟悉了。"

"你们的习俗?"

"对啊,军人出征作战之前都会饮酒,一来是为鼓舞英雄,早日凯旋……"卓翼宸一顿,没有继续说下去。

英磊不明情况，催促道："那二来呢？"

"二来则是，若英雄一去不返，这便是最后的道别之饮。他年祭日，洒酒为念。"

"我呸呸呸……就当我没问。小卓大人，这是我亲手酿的石榴酒，注入了山神的祝福，可以强身健体、补充灵力，送给你和大妖吧。不知道他现在情形如何，身体难不难受……希望他还能保持清醒……"英磊不忍心地顿了顿，没有说下去。

卓翼宸看着英磊，突然说："那我们先喝一杯。"

英磊闻言，立即倒出一碗酒，递给卓翼宸："从来没有和卓大人一起喝过酒，没想到第一次竟是这种光景。只希望那只大妖还清醒，如果他清醒，一定不愿和你动手，世人都说朱厌集天地之大恶于一身，但我看到的他只是一个重情重义、无法自救的可怜人。"

如果那大妖不清醒，小卓大人就危险了。英磊想着，心情更加复杂。他看向卓翼宸，只见卓翼宸不舍地看着缉妖司，似在同这里的一草一木告别。卓翼宸从身后拿出一个长盒子给英磊。

"如果我没回来，麻烦你帮我把这个交给文潇。"

英磊心中不安的感觉更强烈，他摆摆手："不行不行，卓大人，你一定要平安回来，到时候你自己交给神女大人。这个忙，我帮不了。"

卓翼宸无奈地笑笑，只好把盒子又收了起来。他又嘱咐道："照顾好白玖……刚刚找了一圈，没看到他，你替我说声再见吧。"

说完，卓翼宸便起身离开了。

英磊目送着卓翼宸的背影离开，他总觉得那背影有些孤单。

文潇没有去送卓翼宸，她独坐在卷藏馆门口。又下雨了，这场雨来得及急，也会快些停吧？

文潇想，此时小卓应该已经出发了。她伸手接住了一点雨。赵远舟曾经跟她说，死去的妖会变成天上的日月星辰。他还说，如果他死了，就会化成雨，以后只要是下雨天，就是他来陪她了……文潇心中泛酸，苦笑地看着大雨，这大妖天天都把死不死的挂在嘴边，看吧，好的不灵坏的灵，老天也不高兴了。

白玖走了过来，蹲在文潇面前："文姐姐……大妖是不是真的……"

文潇眼神呆滞地望着天上雨，淡淡地嗯了一声。

"虽然大妖以前老是吓唬我，欺负我，可是这些日子天天在一起，好像也习惯了有他在身边……"

文潇轻轻应着："所以这世上，最可怕的，就是习惯。"

命运总是会让人失去一些很重要的东西，每失去一次，就像在这扇叫作"习惯"的窗户上戳一个洞，最终千疮百孔，风雨难避。

白玖坐在文潇身旁，难过地把头埋进了臂弯里："若是能把跟大妖发生的事都存进乘黄的日晷里就好了，这样，想他的时候，就有回忆可以看了。"

文潇神情一动，立即翻出她的小册子确认内心的想法："上古神器日晷，可藏往昔之忆，启动后带人进入回忆之境，境中次元混沌，时空止息。"

"有法子了，日晷……日晷！"

"啊？可是……日晷不是早就被毁了吗？"

"被毁的那个是假的，是你家那个日晷模样的镇纸。走，去找英磊！"

白玖还不明所以，文潇已飞奔而出。

白玖、裴思婧和英磊一同陪着文潇赶到神庙，文潇急忙向陆吾询问自己的想法是否可行。

陆吾答，可行，日晷不仅可以储藏回忆，还有一个特性，便是日晷中的时间与外界时间流速不同，境中三百年沧海桑田，于人间而言，不过是片刻之间。过去之事，不可逆转，故而，时间对回忆之人不会有任何改变和影响,但境中的时间又切实地流走,的确可尝试将此特性用于造物。所以,如果有人带着神木的枝芽进入时光山谷,待到神木自己开花结果,三百年后,再将其枝取下,带出时光山谷,就可以修复白泽令了!

但陆吾还是忍不住提醒道:"时空止息,度日如年,无尽煎熬,里面没有日月星辰,没有春夏秋冬,只有无尽的空寂,其中之苦——"

等不及陆吾说完,文潇便坚定地说,她想做一件事,什么苦都吃得。

陆吾只好催动法力,将日晷变大,日晷上的法阵开启,泛起金光。文潇捧着一个陶盆,里面栽种着那根神木的新枝丫。

白玖叫住了文潇,将赵远舟的水壶递给文潇:"这是上次大妖掉的,我收起来了,你拿着。文姐姐,务必保重……"

"神女大人放心,我会一直守在这里咯。"

"我等你出来。"

文潇收好水壶,摸了摸白玖的头,又笑着同大家告别。

进入日晷前,文潇最后抬头看了一眼放晴的天空。看吧,来得急的雨,停得也快,一切都会恢复如初。

另一边,赵远舟依旧在闭眼打坐,他心中莫名不安,面色也更苍白了,嘴角渗出深色的血,额上布满冷汗。他耳边再次听到那混沌的声音。

"是不是很痛苦……"

"我乐意。"

"妖都想变成人,人都想修成仙,可神仙不动心不动情。所以这天地,只有人和妖会痛苦。因为你们总是动心,总是动情……"

赵远舟这次没有回答,紧紧咬着牙关。

"别再想着她了,你没有这个资格……你亲手杀了她的师父,难道你还妄想能跟她在一起吗？你亲手杀了卓翼宸的父亲、兄长，难道你还指望他对你剑下留情吗？天下没有人在乎你，哦，不，曾经有一个，但已经死了……你看看你自己，你看看我，你是朱厌，你是凶兽，是这天地间最凶煞的极恶之妖，她恐惧你，他想杀你，你还在奢望什么——"

"闭嘴！"

赵远舟额上的冷汗越来越细密，身体颤抖得越来越厉害，他身上的戾气渐渐燃烧，红色的光芒越发明亮，不断侵蚀着他。

"放弃吧，不要再为那些无知又无情的凡人痛苦，拥抱我，我帮你灭掉这世间一切令你不满之事……"

赵远舟终于发出一阵嘶吼，猛地睁开双眼，瞳孔红得似烈焰，发丝疯狂披散着，表情慢慢从狰狞变成傲慢，最终变成目空一切的麻木不仁。

红光大作，溢满整个小院。

三百年，日月不变，时间漫长得仿佛不存在。

睡去，或者醒来，什么都不曾改变。

文潇守着神木，日日为它吹奏大荒的曲调。神木长得慢，十年过去了，那树苗不见任何变化，那是最难熬的一段时间。文潇不怕要守三百年，但她怕神木不长，怕希望破灭。于是，只要睁开眼，她就先去看树苗有没有长。在日复一日的焦虑与忐忑中，她又过了四十年。

某一日醒来，文潇惊觉树苗长高了，那一瞬间的喜悦似冲淡了一切，时间也变得快了些。

当时间到一百年时，她切实地几度熬不下去。快熬不下去时，她便看着赵远舟的水壶，自言自语，有时候骂他，有时候想他……

真是难挨。

文潇用手在树苗上比画着，自顾自念着，再有三十年，就能长到这里了。

文潇说完也会苦笑。三十年，人生短短数十载，能有几个三十年？她自己在人间不曾活到三十年，如今竟然张口就说出了。

文潇笑话自己，认识赵远舟都不足三十年，要守住他不死，如今要用三百年去换，可真亏啊。

满两百年时，文潇已过得浑浑噩噩，神志也变得恍惚，她不再与时间斗争，她的敌人变成了她自己。她无时无刻不想逃出去，又会无时无刻不想法子困住自己。体内像有两个自己在斗争，她开始恨一成不变的天，恨不见长大的神木，更恨自己……文潇躺在地上缩成一团，抱着那水壶，嘴里喃喃重复着从小到大的每件她还能记起的事，默念她曾见过的人、见过的妖。她真怕忘了自己是谁，一旦忘了，她便打不败体内那个一心求死的自己了。

真是难挨。

混混沌沌中，文潇也不知道时间过了多久。她只记得，某一日醒来，神木开花了，那花飘落一瓣，落在她空洞的眼睛上，像神木抚过她的眼，为她拭去眼泪。文潇便从那混沌中清醒过来，她继续坐在树下，为神木吹奏大荒的曲调。

在文潇的守护下，神木就这样从一棵树苗渐渐长成了一棵参天大树，开花，结果。

三百年，时间没了踪迹，思念有了厚度。

日晷外，不过弹指间，日晷上光芒一闪，一个人影走了出来。

"出来了！文姐姐！"

裴思婧忙上前扶住了文潇，关心地问道："你怎么样？难过吗？"

文潇回头看向那日晷，过去那三百年恍然如梦。她只笑笑："三百年，挺难过的……我算是懂了陆吾山神所说的无尽煎熬。"她举起手中一截神木，"但我还是拿到了。"

白玖惊喜道："太好了！能修复白泽令了！走走走，我们现在赶紧去救大妖吧!"

英磊则有些不安:"可卓大人出发已经大半天了……"

文潇点头,淡淡道:"来得及,其实我已经和小卓计划好了。"

在文潇进入日暮前一夜,卓翼宸从腰间拿出一块布,拆开,里面包着一根较为粗长的银针。他递给文潇:"这是小玖昨晚给我的,名为落魂针。小玖说,他因为之前当了细作,一直感到内疚、亏欠,所以他特地研制了此针。这根银针用尸参和草乌配制的假死药浸泡而成,可令人生状全无,进入假死。只要用这根针打入赵远舟的眉心,他就会麻痹、昏迷,进入假死,同样,身上的戾气也能暂时得到控制。我们也能勉强给向王一个交代。等到白泽令修复,再将这银针取出,让赵远舟苏醒。"

文潇稍稍松了一口气:"白玖有心了。小卓,你也是。"

卓翼宸低头:"还有时间,还不是做选择的时候。总之,我答应你,不到最后一刻,我绝不动手。"

听文潇说完,其他人都松了一口气。

唯独白玖瞪大眼睛,呆若木鸡:"文潇姐姐,你到底在说什么啊?落魂针?什么落魂针啊?我昨晚一直在家中睡觉,没有去找过小卓大人,更没有研制过你说的这种东西!"

英磊不明情况:"什么?不是你做的?那是怎么回事?是卓大人说谎了?还是——"

白玖举手发誓:"我保证,我发誓,真的不是我!卓大人为什么要骗人说是我啊!"

英磊凑近白玖,仔细闻味道:"没有硫黄的气味,看来你是真的小玖……这么想来,卓大人好像是有一些问题……"

白玖立即反驳:"啊?小卓大人怎么会有问题,你脑子有问题!"

英磊道:"你想想,抓傲因的时候,明明傲因中了混有草乌的涣灵散,减弱了她的速度,以卓大人矫健的身手,竟然没有抓住她……"

裴思婧与文潇对视一眼,两人面色苍白。

英磊看着两人的神情,似也猜出了几分。他问道:"离仑死的时候,你们有没有看见离仑的内丹?"

文潇摇头,英磊恍悟:"那就对了!"

白玖急了:"哎呀,你们打什么哑谜啊,到底怎样?"

"离仑没死。离仑本来就有寄附生灵的能力,很可能他在死之前就已经将内丹放入在场某个人的体内,从而在他被不烬木烧得魂飞魄散之际寄生在那个人身上!"

"卓翼宸被离仑寄生了!快走!再不赶过去,离仑就要把赵远舟杀了!"

卓翼宸从缉妖司出发后,一路走得很慢,心中也想了许多。纵使脚步再慢,他还是走到了桃园居。

卓翼宸站在桃园居外,伸出手触碰到了桃园外的结界。这道结界被注入的法力很强,赵远舟为困住自己,倒是下了狠心。卓翼宸用云光剑划开自己的手心,血流过剑身,剑身闪闪发亮。云光剑轻易地刺进面前的桃园结界,透明的气壁上由云光剑身蔓延出蓝色的血管状光线。卓翼宸将剑柄一拧,整面结界仿佛碎裂,炫光碎片轰然破碎。

卓翼宸提着酒,走过空无一人的走廊。天边最后一抹余晖将他的影子投到墙上。他走进房间,里面没有灯,没有火,唯有红光如呼吸般明明灭灭,四处游走,像活物。

榻上,赵远舟低头静坐,卓翼宸将手里的两坛酒放在桌上,眼神晦暗:"我带了酒来,但看样子,你喝不上了。"

赵远舟听到声音,终于抬起头来,露出一双猩红的眼眸。他好奇地偏了偏头,打量着面前的卓翼宸,眼中不见丝毫熟悉之色,嗜血的疯狂念头充斥着他的大脑。

卓翼宸见到赵远舟此刻的模样,心终于一沉到底。他曾经立下誓言,一定亲手了结和赵远舟的恩怨,这一路走来,点滴过往都让他错觉,也许誓言可破,也许天命可改……但这一天终究还是来了。好像一本已经写好结局的书,不管翻看多少遍,结尾都是一样的。

赵远舟感知到了面前人冰冷眼眸中迸发的杀意,他抬了抬嘴角,笑容扭曲而诡异,四周游走的红光不安分地跃动。随着赵远舟抬手念诀,红光如游鱼瞬间汇聚于他的指尖,凝聚成为一团耀眼的红光。赵远舟的唇轻轻张合,那红光瞬间爆发出气浪,将桃园木屋所有的窗户全部震为碎屑。

卓翼宸举起手臂撑起护盾,勉强抵挡住那有毁天灭地力量的气浪。他转身跃出木屋,被戾气控制的赵远舟紧随其后。

月光笼罩的山谷里,一道蓝光和红光交错碰撞。

赵远舟一身红衣,手持纸伞,周身戾气环绕,如地狱业火。卓翼宸手持云光剑,蓝色剑光萦绕,与清冷的月光辉映。云光剑与纸伞交锋,铮铮作响,激荡出的气浪令山谷中树木尽摧。

桃园小院外,文潇一行人刚赶来便见到了空中两道光芒相撞的景象。文潇立即拿出神木和装着瑶水的瓶子,将瑶水轻轻浇在神木上。神木似有感应,身上发出金色光芒,随后光芒流转,渐渐变成白泽敕令的纹样,神木缓缓升起,悬浮在半空中。

就在白泽令修复成功时,树丛中突然有人影袭来,是傲因。她伸出利爪,抓向半空中的神木。

文潇惊骇地想挡,但被傲因打了一掌,神木已经落入傲因手中。

英磊提起菜刀攻击傲因,想抢回神木。傲因却不跟他打,只飞快地闪躲着。裴思婧连射数箭,傲因趁势节节退后,突然反身冲向一旁的白玖。白玖看着傲因朝自己扑来,刚转身想躲,就被傲因从背后一掌打晕了。

英磊跑过去扶起白玖，紧张地喊："小玖！"

文潇连忙查看，好在白玖只是晕了过去。

那边，裴思婧继续朝着傲因射箭，傲因身形太快，轻巧躲过了射来的箭，一路扑到裴思婧面前。裴思婧只能扔下弓箭，拔出短刀与傲因肉搏。

英磊和文潇正想加入战局帮助裴思婧，抬头一看，只见面前竟然有两个裴思婧打在一起。

"糟了！"

一时间，文潇也不辨真假，不知道帮谁，她立即给了英磊一个眼神："一起上，一人对付一个，总会露出破绽！"

说着，两人一起上前攻击，分开了正在对打的两个裴思婧。其中一个裴思婧只是攥住了文潇的手腕，没有回击，而另一个裴思婧与英磊对打起来。

文潇清楚自己面前的人是真的裴思婧，裴思婧也很快松开了文潇的手："英磊，那个是假的！"

文潇和裴思婧正要转身去帮英磊，结果身后又是两个英磊对打。只不过这次，一个英磊手里有菜刀，另一个没有。

"有菜刀的英磊才是真的！上！"

没有菜刀的英磊急了："什么啊！她刚刚把我的菜刀夺走了！你们别闹啊！"

裴思婧动摇，束手无策。

文潇皱眉："傲因诡计多端，会一直化形，夜色昏暗，更加难以分辨。我们去帮忙，反而会让所有人都分不清谁是谁，难以提防也容易误伤。"

突然，英磊夺回菜刀，猛然加强攻势："不用帮我，我自己来！"

很快，拿着刀的英磊挥刀砍中了另一个英磊的肩膀，傲因变回了原本的样子。裴思婧立即上前，加入战局。傲因被前后夹击，很快不敌。

英磊一掌打飞傲因，傲因衣襟内的神木掉落在地。文潇急忙去捡，再次被傲因攻击，几人打得胶着。

一旁的白玖突然醒了过来，瞪了瞪眼睛，发现那截神木就在离他不远的地上。于是白玖爬了过去，捡起神木。傲因看到后，一个飞身逃离战圈，落在白玖身后。

众人一惊，刚要提醒白玖，只见傲因没有任何动作，只乖乖地站在白玖身后。而白玖更是透着说不出的奇怪，他一手背着，一手握紧神木，姿态不像一个孩子。突然，白玖的手中法光一闪，神木消失了。他的眼神也有别于之前的清澈，变得晦暗不明，盯着面前的几人，露出诡异的微笑。

文潇和英磊不约而同地对视了一眼，已经察觉到了不对劲。

"你……你不是白玖！你才是离仑！"

离仑幽幽开口："我真是失望，到现在，你们才发现。早在槐江谷时，我就已将内丹放入白玖体内，随时准备附身于他。"

"你竟然能做得毫无破绽……"

离仑哈哈一笑："槐鬼精魄附体，寄生者身上会出现被寄生的印记……而内丹入体则痕迹全无，你们根本无法察觉。"

只是离仑刚寄生，力量微弱，还不能完全掌控这具身体，只有在白玖没有意识的时候才能暂时出来。等到内丹彻底与这具身体融合，他就能完全占据这具身体了。

"那白玖呢，白玖会怎么样？"

离仑眼神阴恻恻的，笑容越发阴森："当我的神识出来的时候，他便只能被封禁，沉睡，对外界之事一无所知。待到我的神识完全压制他，他便只能永远沉睡下去……"

文潇明白落魂针是离仑趁着白玖睡着或是晕倒时，借着白玖的身体，利用小卓给赵远舟设下的陷阱。她急切地问道："那落魂针到底是什么？"

"我以自身一半的精魄之力凝结为针,落魂夺魄,可控神识。只要这根针成功打入赵远舟的眉心,他就会为我所用,他再也不会记得自己是谁,自然,也不会记得你们。从今往后,他只会乖乖听命,成为永远不会背弃我的朋友,而他那一身戾气,不再是他的诅咒,而是他纵横天地的锋芒……"

文潇听得心凉了半截。

裴思婧握紧手中的猎影弓,目光一凛,多说无益,眼下最重要的是直接抢回离仑手中的神木。她飞快地连射几箭掩护自己,而后飞身上前,直奔离仑。

眼见她就要碰到了离仑,傲因出手拦住裴思婧。裴思婧身形一翻,凌空瞄准傲因射出一箭,但裴思婧擅长的远攻对上身形极快的傲因总是吃亏。傲因连连避过,裴思婧递眼神给英磊,而后抽出短刃与傲因缠斗起来。

英磊立即会意,那边裴思婧困住了傲因,这边他负责对付离仑。英磊抓着菜刀想劈向离仑,很快又堪堪收住。

"舍不得动手了?你多砍几刀,我不一定会死,但白玖一定会死。"

英磊打得畏首畏尾。离仑抓住了他的弱点,手中飞出树藤,紧紧缠上英磊的手。离仑刚运用法力,顿感胸口灼痛,身体支撑不住,跪倒在地。文潇趁机从地上抓起叶片放在嘴边,用叶片吹奏起一首曲调。正是那首大荒歌谣。藏在离仑身上的神木如同感应到一般,从他后腰带中飞出,飞向文潇。文潇重新握住。

离仑的脸色立即阴沉下来。他不明白这截神木是文潇亲手养大的,被困在日晷里的三百年里,文潇日日吹奏这首曲子,它自然能和文潇感应。

英磊立即冲了上去,困住离仑:"神女大人,你去找赵远舟,这里交给我们!"

文潇咬牙,转身直接冲入了桃园小院。

此刻的桃园小院里，卓翼宸与赵远舟还在对打。卓翼宸有些难以招架，但他答应过文潇，不到最后时刻，不会对赵远舟下杀手，所以他必须继续支撑。卓翼宸一边用护臂抵挡，一边伸手进衣襟，两指反夹着那根银针，再次挥剑朝赵远舟攻击。

又是一次兵刃相接，卓翼宸用云光剑抵住纸伞，脸逼近赵远舟。趁着赵远舟在留意他的剑势，卓翼宸的护臂光芒大作，刺得赵远舟视线模糊。然后卓翼宸忽然伸手，赵远舟眼前银针一晃，眼看那根银针就要扎进赵远舟的眉心，赵远舟抽出伞中短刃，抵住那根银针。

忽然，赵远舟身上的戾气暴涨，卓翼宸张开护臂抵挡，却依旧被气浪击飞，撞到身后的桃树，倒在地上。

卓翼宸嘴角渗出血迹，抬头看向赵远舟。赵远舟被红光戾气包裹，血红的眼睛冒出火焰般的红光。卓翼宸从地上爬起来，看着手里夹着的那根银针，面色坚毅。

"我不想用云光剑杀你，所以，我一定要做到。"

卓翼宸挥剑，在左手腕上用力一划，鲜血不断滴落。

赵远舟曾经调侃过他，日后如果想保护别人，不一定要用放血这种最坑自己的方式，可这次……为了赵远舟，且再放一次血。

卓翼宸一挥手，血滴飞了过去，赵远舟用手临空一挡，血滴落在他的掌心，掌心被灼烧，冒出一阵白烟，留下了伤痕。

同时，卓翼宸右手挥剑朝赵远舟攻去，赵远舟被逼得往后退去。卓翼宸俯身冲上前，与此同时，云光剑扑哧一声破肉，刺入了赵远舟的腹部。

赵远舟动弹不得，暴怒着挣扎，戾气如同大火，疯狂地在他周身燃烧，也同样萦绕着云光剑。赵远舟想用戾气逼出云光剑，卓翼宸又往前一推，再刺入一寸。而卓翼宸没有发现，云光剑发出咔嚓的轻响，剑身与戾气抗击，竟然出现一条断裂的痕迹。

卓翼宸暂时控制住了赵远舟，他抬起手，正要将手里的银针扎向赵远舟的眉心，那针尖已经到了皮肤表面，身后传来文潇喝止的声音。

"小卓！住手！那根银针是假的！"

卓翼宸闻声，堪堪收住那根银针，然后被赵远舟挡开，那根银针落到地上。赵远舟狂暴地抓住卓翼宸的肩膀，用力把他往后一推，结果卓翼宸连人带剑飞了出去，云光剑也抽离了赵远舟的腹部。

文潇立即扶起倒地吐血的卓翼宸，轻声道："白玖已被离仑寄生，你快先出去帮他们，大妖交给我。"

卓翼宸强撑着身体，刚想说话，一口血先喷了出来。他摇摇头，他不可能任由文潇一个人在这里面对失控的赵远舟。文潇拍了拍他的肩膀，告诉他，放心。

文潇上前一步，手里拿着神木化作的木箫，调动白泽令的力量。她的眉间印记闪烁，双眼变为金瞳，金色的光萦绕着她，那力量看似柔和，却是铺天盖地。

卓翼宸见文潇已经修复白泽令，心中松了口气，这才拿起云光剑转身离开。

赵远舟奇怪地打量着文潇，然后朝她冲了过去，红色戾气仿佛如滔天怒浪，朝文潇汹涌而去，誓要侵蚀文潇。

突然，那戾气被降下的金色光幕挡住，这股力量看似柔和，却足以将所有戾气裹挟，那蛮横的戾气转瞬便如火遇水，消了下去。赵远舟耳后的白泽印记也开始闪烁，红色的瞳孔开始慢慢褪色。随后，一串金色的小篆文字从木箫上飞出，围着赵远舟转了一圈，变成一个符环缠绕在他手腕上，赵远舟身上最后的戾气也被平息，红光消散，神色变得清明，瞳孔恢复正常的颜色。

文潇停止吹奏。她看向赵远舟，恍如隔着无数山海般怅然。赵远舟也看到了远处的文潇，神色茫然。文潇怔愣片刻，而后踏过满地桃花，大步朝赵远舟走过去。这样的距离，她走了三百年。

等到走到近前，文潇缓缓伸手抚摸着他苍白的脸，泪眼中盛满了深情。她心疼他，这个感受切实地提醒着她，这就是对大妖的情感变为爱的开始。

文潇见赵远舟的神色仍是茫然，刚要开口询问，忽地，赵远舟的身子倾来，一个吻猝不及防落了下来。呼吸间都是赵远舟的气息，文潇心跳得发急，一时像被法术定在了原地，忘了拒绝，忘了回应，什么都忘了。她只感受到赵远舟的呼吸也很急促，他的手捧着她的脸，霸道地不肯让她离开，他的唇轻轻地吮吸，一遍又一遍，恋恋不舍。

突然，赵远舟感到心口传来剧烈的疼痛，忙松开了文潇，捂着心口。他神色仍是茫然，心道，这个禁制真是烦啊，连想想都不许啊。

赵远舟捂着胸口，看着面前的文潇，遗憾地开口："如果你是真的就好了，可惜只是我的想象。"

文潇这才明白他眼中的茫然是怎么一回事，气得伸出手指在赵远舟额头上用力弹了一下，赵远舟吃痛地嘶了一声。

"在你的想象中，我也会这样打你吗？"

赵远舟先是一怔，接着面露惊喜："会啊……但不会这么痛，所以，我不是在做梦。"

赵远舟明亮的眼睛就那么盯着文潇，开心得毫不掩饰。

文潇恼得很，这大妖怎么不知道害羞呢，倒是她的脸都快烧着了。

"你说呢？"

赵远舟的目光从文潇脸上挪开时，才注意到文潇手中完好的短箫："白泽令，修好了……"

文潇笑笑："新任白泽神女大显身手，大发慈悲，救了你一命。"

赵远舟调侃道："但神女大人以前也说过不会救我，早晚要杀了我呢。"

文潇没有顶嘴，笑容中有些苦涩，她现在不允许他轻易死。

赵远舟定定打量着面前的文潇，她似乎和以前不同了，仿佛多了一份超然、成熟和稳重:"你怎么好像……有点变了?"

"是吗,分别了这么久,总会变的。"

赵远舟挑眉,笑得有些得意:"久吗?一日不见如隔三秋吧?"

文潇也轻笑出声,眼眶却微红:"你说是就是吧,一日不见……如隔三秋。"

被离仑夺走身体的白玖感觉自己睡了好久,他睁开眼时,发现自己被关在一个狭窄的柜子中,周围黑暗。他惊慌地拍打着紧闭的柜门:"放我出去!开门!为什么关着我?!"

柜门始终无法打开,白玖无力地在柜子里挣扎,带着哭腔:"这是哪里,快放我出去!"

柜子外,三根槐树树藤慢慢缠绕柜子,越缠越紧。白玖不知道这是哪里,也不知道时间过了多久,他隐隐约约听到了卓翼宸的声音,立即起身大喊:"小卓大人!救我!"

白玖使劲捶打着柜门,试图破门出去……

卓翼宸与赵远舟缠斗太久,力气消耗得所剩无几,又受了伤,加之不敢对白玖的身体下死手,处处受制,与离仑对战完全不讨好。

离仑故意把卓翼宸踩在脚下,一脸玩味地看着卓翼宸脸上的表情。

卓翼宸声音含糊地喊着:"小玖……小玖……"

白玖趴在柜门上细听,的确是小卓大人的声音,但他的声音很弱,似是受了伤:"开门!我要出去!你们把小卓大人怎么了?!"

白玖用肩膀顶着柜门,双脚用力一蹬,想把门顶开。终于,门似乎被顶开了一道缝隙,柜门动了动,白玖的手指立即紧紧地扒住那道门缝,抠得关节都发白,试图将缝隙抠得更大。柜门开始渐渐松动。

离仑身形一顿,脚步竟有些不稳,头晕目眩,耳边传来一阵金属的嗡鸣。卓翼宸趁势而上,用头狠撞离仑的头,近身肉搏。离仑被卓翼宸的打法弄得有些狼狈。他重新凝神聚意，压制住体内不安分的白玖的意识。离仑后撤几步，躲过卓翼宸不顾死活的攻击，他只冷冷地看着卓翼宸。

"别白费力气了，我的内丹已经进入白玖身体多日，元神早已凝固，强过白玖数倍。他的神识和我相比，只是弱小蝼蚁，任我碾压。快了，最后残留的几个时辰之后，他的神识，就再也出不来了。"

卓翼宸捡起云光剑，跌跌撞撞地朝他走去："我不信！我不信！"

卓翼宸发疯似的冲离仑挥舞云光剑。他再次划开自己的胳膊，让鲜血淋到剑身之上。英磊已经重伤躺在地上，他看到本就虚弱的卓翼宸竟然还在放血。

"小卓大人，你的身体已经吃不消了！别再消耗你的冰夷之血了……"

卓翼宸不听，他挣扎着站起来，怒吼，刺出云光剑。离仑空手抓住剑身，他的手变成了木藤，将云光剑卡住，使它无法更近一步。离仑迅速抬起另一只手，出其不意地甩出三根银针。三根银针击打在云光剑剑身上，伴随着断裂的咔嚓声，云光剑剑身原本的裂痕扩大，剑身竟然直接断裂，咔嚓分成两半，落在地上。

卓翼宸见状惊骇地瞪大了双眼，与此同时，他吐出一口鲜血，重伤倒地。他的眼睛充着血，望着天空，心中疑惑，怎么天空又变成了血色，可是文潇那边出了什么问题？卓翼宸的呼吸渐渐弱了下去，他身上的蓝衣已被鲜血浸透，白皙的脸上满是血污，眉头紧蹙，似还有不放心的事。

英磊挣扎着起来，替卓翼宸捡起云光剑的碎片，抱在怀里，跌跌撞撞地走到卓翼宸身边："小卓大人……小卓大人！你醒醒啊，我再也不和你斗嘴了……"

一股蛮横的妖力直冲离仑，离仑被撞得飞出好远，抬头只见到赵远舟面色如冰，悬在空中，怒视着他。

离仑狼狈地爬起，冷笑着道："你命真硬，又逃过一劫。"

"我怎么可能死在你前面？"

"赵远舟，我其实很感谢你，要不是你把这小子带到我面前，我怎能得到一具如此完美、如此匹配我槐鬼之躯的肉身。你终于做了一件让我高兴的事。"

离仑笑得有些病态，他故意刺激赵远舟，想看他难受。

可赵远舟不上当，只冷冷地拆穿他的谎言："你跟温宗瑜合作，不就是为了这具肉身吗？"

离仑笑笑："还是你了解我……但要怪，只怪温宗瑜够狠，连自己的徒弟都可以牺牲。我一直和你说，弱小人类远比强大妖物更加狠毒。你总是不信。"

文潇抱起遍体鳞伤的卓翼宸，抬头恨恨地盯着离仑，声音因怒极而打战："温宗瑜连徒弟都能牺牲，你和他非亲非故，同样是牺牲品。你连这一点都看不明白吗？"

"我当然明白。我和他，只是各取所需罢了。哎……天下之人，熙熙攘攘，利欲熏心。温宗瑜贪恋权位，想毁掉白泽令，让大荒众妖来到人间作乱，他才能借此重现崇武营权倾天下的盛景。只是他太过天真，若真是群妖现世，小小的崇武营如何抵抗——"

赵远舟冷声打断："天真的人是你，离仑。你从小在大荒长大，单纯、幼稚，只认死理。你活了几万年，却不如人间一个十岁孩童。温宗瑜城府之深，怎么可能不知道凡人之姿难挡众妖，人间变成炼狱，权位又有何用？温宗瑜一直猎捕妖兽，暗地里研究，想要制造出比妖更强大的妖化人，借此消灭世间所有妖怪，彻底让大荒变成空无。这才是他真正的目的。"

离仑得意之色尽散，唯有满面的震惊："你说什么？"

"八年前，我和你在人间看到的那些被关在地牢里受尽折磨的小妖，就是温宗瑜派人猎捕、囚禁的。当年你我正是因此反目，但你现在在帮助那个罪魁祸首。你曾经歃血饮誓,说要守护大荒,你忘记了吗?"

离仑难以置信:"我没忘,是你骗我!你又骗我!"

"你若不信,就去崇武营的密室看看,那里有你想要的答案。"

离仑瞳孔颤动,瞬间化成一堆槐叶,随风而去。

崇武营最深处的地牢中,槐叶拔地而起,离仑的身形出现。温宗瑜见到他,先是一怔,而后气定神闲地继续低头作画。

离仑看着被关在笼中的妖、血迹斑斑的器皿,立即明白赵远舟所言为真,顿时怒不可遏,周身妖气磅礴,怒火烧红了他的眼睛。离仑与温宗瑜合作是因二人都要毁掉白泽令。离仑也知道温宗瑜还觊觎着赵远舟的内丹,他只当那是无知的人类对力量的渴望。离仑说过,赵远舟只能由他杀,至于他杀不杀、什么时候杀,温宗瑜一个凡人不敢置喙。

他们的合作表面上离仑是那个居高临下的指挥者,但实际上他被温宗瑜这样一个凡人耍得团团转,温宗瑜的目的从来都是拿到融入赵远舟内丹的不烬木,还有制出更多的妖化人,消灭大荒所有的妖。离仑惊觉自己竟只是温宗瑜棋盘上一枚力量强大的棋子。他又被奸诈的人骗了!他要将温宗瑜大卸八块以解心头之恨!

"温宗瑜!我要杀了你!"

温宗瑜不躲不避,不露惧意。他看也不看离仑,淡淡道:"你若杀了我,你也要死。你难道没有感觉到胸口一直传来烧灼之痛吗?不管是人是妖,毒,永远是最有用的武器。若想活命,就乖乖听话。"

离仑的确感到胸口一直灼烧得厉害,他还以为是因为自己还不适应这具身体,没想到是被温宗瑜下了毒。他强忍着不适,冷眼看着温宗瑜:"我离仑永远不会受制于人!"

离仑掌中凝聚妖力,正要抬脚朝温宗瑜攻去时,温宗瑜放下了手中的画笔,笑着抬手指了指上方。离仑抬头,只见他再往前一步,便会踏入用兽血画出的符咒范围，妖力尽失。离仑恨恨地咬牙，化成一圈槐树叶飞走了。

一个人影在温宗瑜面前单膝跪下，抬起头。正是甄枚。

"老师。"

"回来了？感觉如何？"

"多亏老师尽心医治，我现在身轻自如，比受伤之前更好。"

温宗瑜拍拍甄枚的肩膀，拉他起身："未来大业，靠你了。"

甄枚犹豫了一下："老师……白玖……他真的被离仑寄生了吗？他会怎么样？"

温宗瑜没有正面回答，反问道："你是不是觉得我太狠心了……"

甄枚垂下眼睛，恭敬回答："也许白玖的命数应该如此，我们所有的牺牲，都是为了成就大业。"

温宗瑜闻言十分欣慰："甄枚，你比白玖，更加懂我。"

甄枚踌躇片刻，又小心地问道："老师，云光剑真的可以剥离白玖和离仑的神识吗？"

温宗瑜看着甄枚，目光一沉，正巧一个崇武营将领匆匆来报："禀告指挥使，据探子回报，缉妖司的卓翼宸快要病故身亡了……"

温宗瑜脸色黑下来："只有卓翼宸能够杀死赵远舟，他现在还不能死……"

天香阁的雅间中，忽地卷入一堆槐叶。待槐叶散去，离仑已坐下，为自己倒满了一杯酒。傲因随侍在旁。

离仑心口灼痛，忍不住凝起眉头，捂住胸口。

傲因紧张地问道："你怎么了？"

离仑抓着案几的手骨节发白，咬牙切齿："温宗瑜的毒！"

傲因震惊："毒？"

离仑摆摆手："我没事，此事不急。当务之急是云光剑，它可以将我的元神从白玖体内剥离，是此刻这个天地间我唯一忌惮之物。云光剑眼下虽毁，但这等宝贵之物定有修复的法子。"

离仑饮下手中那杯酒。白玖的身体并不适应酒的口感，让他咳个不停。他迟早要杀了温宗瑜！但前提是，他得用这具肉身活在这世上。

相比阻止赵远舟一行人修复云光剑，离仑已经想到了一个更好的法子。

与离仑和傲因在桃园小院一战后，英磊和裴思婧都受了伤，外伤有太医照料，内伤有赵远舟的妖力帮助，两人的身体很快就恢复如初，唯独卓翼宸始终昏迷不醒。

太医来看过，找不到症结所在，只能先用汤药吊着，每日以金针给卓翼宸续命。赵远舟对卓翼宸的病情也束手无策。

冰夷后人众多，能被云光剑认可的极少，这一百五十年来，只有卓翼宸是被云光剑认可之人，唯独他与云光剑共感共鸣，云光剑成为他的命格武器。而所谓命格武器，就是剑在人在，剑毁人亡。就像离仑的拨浪鼓，文潇的短箫扎穿拨浪鼓的时候，离仑也随之被重创。所以，只要云光剑没有修复，世间名医良药根本无法治好卓翼宸。

除了身受重伤的卓翼宸，白玖的情况也不乐观。英磊和裴思婧待伤一好就马不停蹄地去了昆仑山神庙，问陆吾能否有法子救回白玖。

陆吾说，离仑以内丹寄生于白玖体内，其强度远超法术附体，难以驱离，轻举妄动容易导致二者一损俱损，只有冰夷后人用云光剑才能对寄生的元神进行剥离。只是……云光剑已经毁了。又是死局。

陆吾见二人神色凝重，便提到大荒有欙木，食其果实可恢复气力，虽无法完全治愈重伤，但至少可以替卓翼宸延缓生命衰竭之势。只是欙木长在大荒海边的黑岩裂隙之中，而山石中到处都是海蝎子，还有赤蝮蛇，异常危险。

英磊立即拿出山海寸境要前往，裴思婧坚持要同英磊一起去。

英磊只摆摆手，说："大荒，你不熟，而且遍地是妖怪，还是交给我吧。我一定能拿到檰木。卓大人可是小玖最崇拜的人，他一定最不想卓大人出事，我必须救醒卓大人！"

文潇日日守着卓翼宸，赵远舟也陪她一同照顾卓翼宸。

一日，风将烛火吹得摇曳，文潇因忧思过度，脸色很差。

赵远舟开口道："有句老话是怎么说的来着……"

文潇回应着他，声音有些倦意："吉人自有天相？你是想说，小卓一定会好起来的，是吧？"

赵远舟开玩笑道："不是这句，是我从一个村子里听来的，说……'姑侄亲，姑侄亲，打断骨头连着筋'。"

文潇无力地笑笑，声音在夜色中有些沙哑："别看我平日里有时候拿小姑姑的身份逗小卓，但其实，从小到大，都是他在照顾我，保护我。有一年，我感染了风寒，我爹正好外出公干，他便一个人替我请大夫、熬药、守夜……小卓平日看着舞刀弄剑，但他心思细腻，照顾人时无微不至……"

赵远舟轻声应和："当然能看出来。长大了的小卓，不也是这样吗？那年他几岁？"

"十五……后来我好了，他自己却病倒了。我很内疚，可是他跟我说，他很高兴，因为把风寒传染了给他，我才能好……你说，他这人，傻不傻？"

赵远舟忍不住轻笑："十五岁的小卓大人，还这么幼稚。"

"虽然幼稚，但也懂事、坚强。他父兄去世之后的那一年，他意志消沉，但很快，他就重新振作，变得坚强、果敢，独当一面，成为天都城里众人敬仰的天才剑术少年……好像任何事情都不需要别人担心，我虽然从小和他一起长大，却没什么机会照顾他。"

突然，卓翼宸的眼皮微动，似乎梦见了什么。文潇看到了，立即试探着喊卓翼宸的名字,卓翼宸的表情却越发痛苦,不见苏醒的迹象。

梦中,卓翼轩正在花园里练剑,剑招华丽、流畅。

待他练完,一旁的卓翼宸忍不住赞叹:"哥,你好厉害!这套剑招,哥哥耍得好看!"

卓翼轩收起手里的云光剑,眼神有些暗淡:"可惜,在我手中的云光剑,只是一块人间凡铁。我唤不醒它,发挥不出它真正的力量。觉醒后的云光剑,可撼日月,可动天地,斩流云,散微光,诛佞歼邪,杀尽天下极恶之妖。"

卓翼宸听哥哥说着,眼睛发亮地看向云光剑,露出向往的神情:"那要如何唤醒它?"

"只要握剑之人够强,云光剑自己就会觉醒。"

卓翼宸立即又变得灰心:"哥哥这么厉害都不行,那我更没希望了……"

卓翼轩宠溺地看着卓翼宸,开口鼓励道:"小宸要对自己有信心,你以后一定比哥哥厉害。"

卓翼宸笑了起来:"那我要先努力追上哥哥!"

卓翼轩将云光剑收入鞘中:"好。不过,哥哥马上要和爹爹一起出门,去抓个大妖。等我回来,就教你这套剑招。"

"一言为定!"

卓翼宸再次看到云光剑时,是在士兵送回的白布里包裹着的带血的云光剑。

大雪纷飞,卓翼宸手持云光剑,一直从白天练到晚上。云光剑剑身始终暗淡,与普通的剑无异。卓翼宸张开自己的手掌,发现掌心被磨出了大量血泡,云光剑的手柄上也鲜血淋漓。

"还是不行……哥哥……怎么才能变强……才能为你和父亲

报仇？"

卓翼宸落下泪来，大颗的眼泪滴在云光剑剑身上。他紧紧咬着牙，然后用力合掌握拳，让掌心那些血泡都被碾破，鲜血直流。钻心的痛楚让卓翼宸清醒，也让他从信念崩塌中重拾信心。他抹掉眼泪，重新握着云光剑站起。卓翼宸一遍遍坚定地挥出剑招。

灰暗的庭院里，云光剑渐渐亮起，划出一道道蓝光，终于剑身发出响亮的铮鸣……

床上昏迷中的卓翼宸突然表情痛苦，从昏迷中挣扎着醒来。

文潇赶忙扶住卓翼宸的肩膀："小卓！"

"云光剑……云光剑……"卓翼宸声音虚弱，挣扎着起身。

云光剑碎片仿佛感应到了他的呼唤，震动起来。卓翼宸看到了云光剑碎片，面露痛苦，吐出一口鲜血，再度晕了过去。

与此同时，房门外传来奇异的声响。

赵远舟和文潇循声赶到了缉妖司后院。

池水剧烈沸腾，水中浮起一块色彩斑斓的石头，散发着莹润的光。

"这是什么？"

"冰夷族世代相传的秘宝，当年女娲用来补天的五色石，可以修复万物。"

文潇曾在古籍中看过。传说，共工与颛顼不和，相争为帝，引发战争。后来，共工落败，一怒之下撞断了不周山，导致天倾西北，日月停滞，半数星辰陨落，因此时序崩塌，人间洪水泛滥。幸得女娲炼五色石以补苍天，断鳌足以立四极，才得以修复时序，还人间安宁。而女娲补天用的五色石有剩余，其中一块由冰夷族世代相传。卓家世代守护五色石，将其藏在卓府后院池底。现在的缉妖司从前就是卓府。

那块五色石刚才应当是感应到了云光剑断裂，所以主动现身了。

文潇完全没注意到赵远舟眉宇间的愁云，她正满心为五色石可以修复万物而感到欣喜，立即伸手去拿那块浮在半空的五色石。

突然，一根槐树树藤迅速飞来，先文潇一步卷住了那块五色石。赵远舟立即抽出伞中短刃，狠狠地斩断了那根槐树树藤，那根树藤连着那块五色石跌落到地上。

离仑的手滴着血，他怒视着赵远舟，却没有下一步动作，而是化成槐叶飞走了。

文潇连忙捧起那块五色石，松了口气："好在五色石没有被离仑抢走。"

话音未落，文潇手中的五色石突然出现一道道细小的裂痕，接着四分五裂，很快彻底碎裂，一滴血珠从五色石的碎片里升空，而后飞速朝卓翼宸的房间飞去。

赵远舟顿时脸色凝重，心中感到不妙，立即冲回卓翼宸的房间。

两人刚冲进房间，就见那滴血珠正飞入卓翼宸眉心，而后消失了。

卓翼宸的脑中立即闯入无数陌生的景象：冰夷族禁地，崎卷洞，冰雪堆积，耳边还有陌生的声音。

"冰夷……"

此时，英磊和裴思婧赶了回来，只见英磊灰头土脸，脸上都是擦伤，浑身尘土。他从怀里掏出檓木，兴奋地大喊："檓木！檓木，我拿回来了！"他急忙将檓木交给赵远舟，让他快给卓翼宸用。

赵远舟知道英磊取檓木十分不易，但……已经晚了。

五色石是冰夷族世代相传的神物，除了可以修复云光剑，它还是一个非常重要的……容器。准确来说，是用来封印、镇压的容器，它封印、镇压的便是一滴妖血，而那滴妖血已经进入卓翼宸的身体。

文潇先前还为卓翼宸有救了而兴奋，眼下又听闻妖血进了他的身体，悲喜冲击之下，身形一歪，急忙扶住一旁的东西，勉强站着。

她强定心神，问赵远舟："既是冰夷一族世代相传的神物，那里面的血可是冰夷族人的？为何说是妖血？"

赵远舟解释道:"当年颛顼和共工大战,应龙和冰夷都被卷入其中,并肩作战。但在共工撞不周山后,原本天地已经时序混乱,应龙还继续兴云布雨,毁天灭地,甚至企图破坏女娲炼石补天。好在冰夷及时醒悟,迷途知返,诛杀了应龙。因为冰夷一直以来负责诛杀当世极恶之妖,所以人们一直尊他为神。但实际上,冰夷也是诞生于大荒的大妖。"

文潇愣了愣:"所以……小卓也是妖?"

赵远舟摇头:"那倒不是,冰夷虽然是妖,但小卓……是人。不周山大战之后,冰夷心生退隐之意,女娲感念其斩杀应龙的功德,将补天剩下的最后一块五色石赠予了他,并且按照冰夷的心愿,为他化去内丹,净化妖气,将他变成凡人。从此,冰夷常住人间,避世而居。冰夷的后代,自然也就不是妖,而是人。不过……女娲虽然尊重冰夷化身为凡人的心愿,但又不舍冰夷世间罕有的强大妖力就此消散、失传,于是用五色石封印,保留了冰夷的一滴血,存留至今。千万年过去了,冰夷的身体发肤、骨血肉身都已经化为灰烬……这滴血,是冰夷在这个世上留存的唯一之物。对冰夷后人来说,这算是某种意义上的'后悔药'吧,可以让冰夷后人重新选择身份……"

所以,那滴血,也就是可以从人变回妖的后悔药,现在进入了卓翼宸的身体。

赵远舟看着卓翼宸的脖子到下颌已经隐隐蔓延出了浅浅的冰蓝色纹路。

"滴墨入池,再难分离……妖化一旦开始,就无法逆转……"

第十六章
孤翼难

英磊一时思绪有些乱:"不对不对,你们可能想多了啊,小卓大人是凡人之躯,根本没有内丹,就算有妖力,也不会怎么样啊,变不成妖的。"

"你说得没错,没有内丹的凡人之躯根本无法凝聚、承载妖力,冰夷觉醒后的强大妖力最终会在小卓体内狂暴地游走,直至筋脉爆裂,五脏六腑全部被撕碎……所以妖血彻底侵蚀小卓之时,就是他的死期……"

卓翼宸若是真成了妖,顶多难以适应,眼下更坏的情况是,他会丢了性命。

文潇此时才想通,为何离仑方才并没有非要抢走那块五色石,因为他的目的本就是让这滴血进入小卓体内……他要小卓死。如此,没了能用云光剑的人,云光剑对他而言,永远不再是威胁。

一时间,众人沉默不语。

赵远舟又思索了片刻,他其实不太确定,但眼下也没有别的办法。

"冰夷族禁地是冰夷族人的墓穴……封存着冰夷族所有往事和秘密,说不定还能在那里找到一线生机……"

卓翼宸的手指动了动,表情突然痛苦起来,他脖子及下颌上幽幽的蓝色纹路越发明显。突然,他睁开眼,眼泛蓝光,抓住了文潇的手。文潇忙俯身安抚。不料,下一秒,卓翼宸伸手狠狠掐住文潇的脖子,文潇的脸顿时涨得通红,卓翼宸一把将手中的文潇用力甩出。

赵远舟飞身接住了文潇,此时文潇已经晕了过去。而卓翼宸已飞身而出。

一切发生得过快，没人预料得到。

轰隆一声，暴雨倾盆。英磊和裴思婧追出去时，四处已不见卓翼宸的身影。天空中，闪电过后，英磊看见雨幕中卓翼宸的身影正往外走去。

英磊立即飞身过去："小卓大人！"

英磊还没靠近卓翼宸，卓翼宸就已回身，轻轻抬起手，一股冰蓝色气浪直接将英磊震飞，英磊落地后满口鲜血。卓翼宸的眼睛已经变为冰蓝色，他继续一步一步朝外面走去，大风吹起他的长袍，使他像一个午夜鬼魅。

夜已深，又下着雨，街道寂静，几乎空无一人。

唯有一衣着华贵的富家公子喝醉了酒，正扶着墙低头呕吐。另有一个头戴斗笠、身披雨蓑的打更人在街上打更。

打更人看见一个人影站在路中央，任由雨浇在身上也不动，十分诡异。

打更人小心地走近查看，认出是缉妖司的卓统领后，他便松了口气，立即露出热情的笑容："原来是缉妖司的卓统领啊，这么晚了，您还在出公务吗？真是太辛苦了。"

打更人看见卓翼宸一身湿漉漉的，便走到他身边，关心道："卓大人，夜雨风寒，当心受凉啊。"

下一秒，随着一声血肉被割破的声音，打更人的笑容僵住。他低头看去，只见卓翼宸的手变成了一只爪子，刺进了他的身体，鲜血沿着他的手臂汩汩流出。打更人张大了嘴，喉咙里发出含糊不清的声音，浑身剧痛颤抖，倒下了下去。

角落里，原本醉酒呕吐的富家公子顿时清醒过来，他捂紧嘴巴，瑟瑟发抖。

不远处，赵远舟、裴思婧、英磊正四处寻找卓翼宸的踪影。赵远舟捕捉到了雨声中这一丝怪异的动静。三人赶来时，正撞见了这一幕。

卓翼宸听到身后的动静，回过头，只见他满手是血，转头又逃了。

裴思婧与英磊怔愣片刻后立即追了上去。

赵远舟蹲下，用妖法将那打更人的伤口封住。他听见暗处有动静，转眼看去，竟是一个富家公子。富家公子瞪大了眼睛，明显是看到了刚刚发生的一切，受到了惊吓。

"别留在这里，快走！"

赵远舟交代完，继续去追卓翼宸他们。

待到追上卓翼宸时，赵远舟见他倒在小巷里，浑身被大雨冲刷，完全湿透，而他脖子上的纹路更加清晰。

赵远舟将卓翼宸扶起来，拍了拍他的脸。

卓翼宸缓缓睁开眼睛，露出已经完全变为蓝色的瞳孔。他的体内忽地多了一股异常强大的力量，却不受他控制，那股力量在他的体内横冲直撞，就要将他的五脏六腑击碎，将他从内撕裂。卓翼宸感觉连意识也在不断被那股力量击溃、重聚、再击溃……身体已不再受他的意识控制，卓翼宸痛苦异常，表情扭曲，几近失控。裴思婧心怀戒备，已经张弓搭箭，瞄准了卓翼宸。

英磊眼圈一红，抓着裴思婧的箭矢，有些哽咽："裴姐姐……"

赵远舟的指尖落在卓翼宸的额头上，金色光芒缓缓流淌进卓翼宸眉间。卓翼宸随之安静下来，他的眼神清澈了一些，看着自己面前的赵远舟。

赵远舟开口念起来："静行百脉，妖气自调，固力化尘，运行全身……这是运转妖力的口诀，你快控制一下自己……"

随着赵远舟的声音，卓翼宸闭眼调整呼吸，体内那股蛮横冲撞的力量似被一双手拨回各条经脉之中，随着呼吸，规律地运行。几息之间，他的瞳孔渐渐变成了平常的颜色，表情也恢复正常。

随后，卓翼宸捂着额头，他被击散的意识渐渐聚拢，重新凝为一团。脑内的雾障散尽，头脑恢复清明。卓翼宸紧皱眉头，在意识被击溃的那段时间，他什么都不记得了，他迷茫地看向众人："我……我怎么在这里……我昏睡了多久？我只记得，云光剑断了，然后我……"

"你杀人了。"

英磊张大了嘴巴，惊讶地看着裴思婧，他没想到裴思婧就这么直接说了出来。英磊又急忙担心地看向卓翼宸。

只见卓翼宸惊愕不已，浑身战栗，他的目光从裴思婧对准自己的弓箭移到伤痕累累的英磊，最后落在异常严肃的赵远舟身上。直觉告诉他，有更怕的事情发生在他失去意识这段时间。他强压着心中的恐惧和无措，问道："告诉我，到底发生了什么……"

赵远舟迟疑了。

卓翼宸声音拔高，他的眼睛通红："赵远舟！"

"云光剑断裂，能修复云光剑的五色石感应到了，从缉妖司的水池里浮现出来……但离仑突然出现，用妖力破坏了五色石，而五色石里保留的这世间最后一滴冰夷的血，进入你的体内，你开始妖化……"

卓翼宸迷茫地跟着呢喃："妖……妖化……"

裴思婧冷声道："方才在缉妖司，你想掐死文潇。"

卓翼宸愕然，浑身骤然冷透："文潇……我杀了文潇？！"

赵远舟急忙道："她没事，我救下她了。"

裴思婧接着道："然后你从缉妖司跑出来，袭击了一个打更人。你真的一点都不记得了？"

这一句句像晴天霹雳，砸到卓翼宸身上，他下意识低下头，看向自己的双手。卓翼宸双手颤抖，忍不住剧烈地干呕起来。他不停地摇头，浑身剧烈地颤抖，喉结滑动，声音带着无助和颤抖，他不知道是因为寒冷还是恐惧。

"我一点都想不起来，但我感觉……确实是我做的……我……"

卓翼宸的神色从震惊到恐惧，最终变为自责。

赵远舟脱下自己的外袍，给他披上："我知道这种感觉……每一次，我被戾气控制的时候……都是这样……"

裴思婧犹豫片刻，还是开口道："卓统领，你危害百姓，我必须公事公办，现在将你羁押，关进缉妖司大牢。"

英磊突然打断她的话："等一下！或许卓大人确实袭击了神女，但那个打更人……不一定是卓大人杀的，你们看他手上和身上都没有血！而且，我刚刚闻到了一股硫黄的味道，一定是傲因！"

裴思婧盯着英磊的眼睛，问道："你确定你闻到了硫黄味，而不是偏帮卓翼宸？"

英磊目光闪躲，没有了刚才的坚定，迟疑起来："但我好像真的闻到了硫黄味……"

裴思婧重复道："好像？"

英磊的声音更弱了："似……似乎是的……好……好像……"

"这么大的雨，就算有什么味道，也早就被冲散了，你根本不可能闻到硫黄味。"

裴思婧的语气变得十分严肃。私下交情是一回事，人命关天是另一回事。如果此事不是卓翼宸所为，她定然会还他清白，但不能因为私下交情好，便任由他再失控。一时心软，一时纵容，会有无辜的人为这一时的念头付出生命的代价。

英磊用求助的目光看向赵远舟，裴思婧也看向赵远舟。

"大妖，你倒是说句话啊！"

赵远舟沉默片刻后，终于开口："我被戾气控制的时候，我连文潇的师父都杀了……"

卓翼宸崩溃了，眼泪滚出眼眶："我连文潇都认不出了，还有什么不可能？……裴大人，不能让我再杀人了，把我抓进大牢吧。"

卓翼宸被带回了缉妖司。

"卓统领……有什么需要随时和我说，冒犯了。"

护卫低着头，按规矩给卓翼宸戴上了镣铐。他被带入地牢，一路上，看守的护卫们还是照例恭敬地行礼，称他"卓统领"。卓翼宸不言不语，他将不安、无助和恐惧强压在心底。

牢门关上，曾经威风凛凛的卓统领成了阶下囚。卓翼宸如孩子般无助，他的世界似乎在片刻间天翻地覆。

文潇躺在床上，脸色苍白，脖子上还有刚刚青红的掐痕。

赵远舟坐在床边，眼中满是心疼，心口又因情动，传来微微的疼痛。他摸了摸胸口，小声抱怨："都什么时候了，这该死的契约……还在痛呢……"

他抬手温柔地替文潇理了理头发，又抚过文潇的额头，温热的光亮让文潇皱起的眉头渐渐舒展开。

赵远舟轻道了声："好梦。"

次日一大早，缉妖司门口传来了吵闹的声音。

竟是昨夜那个醉酒的富家公子，他身后跟着一群民众，站在缉妖司门口带头叫嚣："我昨晚可是看得清清楚楚，就是你们缉妖司的那个卓翼宸当街杀人！太凶残了……"

身后站着的民众随着他发泄心中的愤怒。

"快把卓翼宸交出来！"

"对，必须给我们一个说法！缉妖司的人就可以为所欲为吗？"

"杀人要偿命的！"

"就说你们缉妖司整日与妖为伍，人也变得跟妖一样凶残了！"

"卓翼宸到底在哪里？"

今日一早，昨夜的事就跟长了腿一样，传遍了天都。除去有心人推波助澜，这消息本身也足够令人恐惧：缉妖司的人，当街，杀人。

若此事是真的，天都城内恐怕要人心惶惶。眼下真相还未明了，百姓心中就已有了恐惧的火苗，被有心人一煽动，火苗就成了怒火，人一多，怒火也成倍数增长，一时也说不清百姓们聚集在此，是为了讨个真相，还是为了安抚那潜在的恐惧。

外面人声嘈杂，文潇被吵醒了。

等文潇走到院子里时，外面已经没有了人声，只见裴思婧和英磊十分狼狈地从大门口走了回来。英磊脸上、身上都是烂菜叶子，还有臭鸡蛋壳。他摘下脸上的菜叶子和蛋壳，扔到地上，不停干呕。

"臭死咯，臭死咯，我这鼻子对气味最敏感了，我会不会再也闻不出饭菜香味了……不行，我要立刻去洗澡，不然要一臭万年了！"

英磊正哭丧着脸，一抬头看见文潇，立刻又打起精神强撑起笑容："神女大人，你醒啦！没事了吧？"

"发生什么事了？为何刚才这么吵闹？是谁把你们弄成这样的？你们怎么都不还手啊？"

裴思婧和英磊对视一眼，都有些不知如何开口，支支吾吾起来。

"唉，不敢还手，还不了手……"

文潇这一觉睡得格外沉，她揉了揉眉心，才慢慢回想起昨日的情形："大妖和小卓呢？怎么不见他们？"

裴思婧答："卓大人……被关押在地牢里。"

文潇吃惊道："地牢？"

"卓大人昨天晚上控制不住妖力，伤了你……之后，卓大人又跑出了缉妖司，重伤了一个打更人。"

文潇想了起来，不由得摸了摸自己的脖子。

英磊小声嘟囔："……仅代表她个人言论哦……我觉得不是卓大人干的。"

裴思婧对着英磊正色道:"是与不是,你说了不算,得有证据。就算我们相信小卓,可是别人呢?刚刚外面那些来闹事的百姓,你也看到了,总要给他们一个交代,如果小卓真的杀了人,自然要依法受刑。"

文潇又问:"赵远舟呢?"

英磊指了指议事厅。刚才他们可不敢让赵远舟出来面对百姓,不然更要被骂缉妖司和妖为伍了。

众人齐聚议事厅。

赵远舟带来了两个好消息。一是昨夜那个打更人虽伤势不轻,差点伤到肝脏,但万幸捡回了一条性命。二是赵远舟仔细询问了那个打更人,又吸取他身上残留的戾气查看。昨晚伤他的那个人,虽然长得与卓翼宸一模一样,但是少了卓翼宸身上一个难以模仿的特征。那个特征便是卓翼宸身上昨晚出现的冰纹。那个人虽然模仿得天衣无缝,却不知道卓翼宸因为妖化,在脖子及下颌上出现了蓝色冰纹,而暴露了自己。真凶是谁,不言而喻。

眼下虽可以私下先把卓翼宸接出地牢,但因为还没有抓到傲因,不算彻底洗清卓翼宸的嫌疑。在没有给天都百姓一个彻底的交代之前,卓翼宸还不能高调出现在众人面前。

眼下情况明了,众人终于松了口气。

文潇提出,她先去地牢接卓翼宸。她脚步匆匆地离开,接着听到身后另一个脚步声跟了上来。文潇回首,见是裴思婧。

裴思婧面容迟疑,似有话要说。她犹豫片刻,问道:"你会不会怪我不相信卓大人,执意把他关进地牢?"

裴思婧有她信奉的行事准则,但她也清楚,很多时候,这个准则会让她看起来不近人情。原本她不在乎别人怎么看她,可现在她忍不住会向不懂她的英磊解释,也会如现在这般不确定文潇是否理解……

文潇问:"裴大人把我们当朋友吗?"

裴思婧没有犹豫："当然，你们是我最重要的朋友。"

文潇认真答道："不是所有人都可以为了坚持心中的正义而发出不同的声音。我们往往会因为害怕失去情义，而不顾法理，选择偏爱，放弃正义。我欣赏裴大人，就是因为你公正无私。你当年为了保护天都百姓，而斩断了自己和亲弟弟的血缘情感……你选择自己承受痛苦，而让法理在人世间公正、存续……其实裴大人这么做，不只保护了天都的百姓，也保护了小卓。"

裴思婧眼神触动，微微扬起笑容："你真的是个很好的朋友。"

文潇伸出手："那现在陪我去接我们另一个朋友吧。"

裴思婧与文潇走进缉妖司的地牢。

地牢中的卓翼宸静静地坐在那里，身形单薄，不似以往那般神采飞扬。文潇声音哽咽着叫了一声"小卓"。

卓翼宸愣了片刻，抬起头，目光如星辰坠落般暗淡，他一脸歉疚地看着文潇："文潇，对不起……"

"小卓，不要抱歉，你只是被妖力控制，就像赵远舟被戾气控制一样……"

卓翼宸突然微张着嘴，吐了口血。

文潇立刻扶住卓翼宸，搭上他的脉搏："我们必须尽快出发去冰夷禁地，再拖延下去，小卓体内的妖力就要撕裂他了……"

裴思婧有些迟疑："可是还没抓到傲因，如果不能洗清小卓大人的冤屈就将他放走，天都百姓再也不会相信缉妖司了……这不就是温宗瑜的目的吗？"

文潇看着满口鲜血、脸色苍白的卓翼宸，沉默片刻，而后目光坚定道："那就尽快抓住傲因。"

入夜。

文潇一行人走进了天香阁。卓翼宸头上戴着斗篷兜帽，黑纱遮面，遮挡住他的脸和冰纹，他眼眸低垂，隐藏起他的冰蓝眼眸。

二楼走廊上，悄然站着戴着面具的温宗瑜和甄枚。

"老师，你猜得没错，他们果然来天香阁找傲因了。"

"能化成卓翼宸样子行凶的，只能是傲因。他们又不傻，必定会追着这条线索查过来。"

甄枚有些疑惑："但傲因为什么要杀人？"

"那个打更人不是被伤了肝脏吗？妖兽中毒，吃人肝可以缓解毒发，傲因应该是要挖取那个人的肝脏。离仑中了我的毒，没有解药，只能挖食人肝，暂时压抑毒性。但这也不是长久之计……到最后，他还是只能来求我。"

温宗瑜低声笑着。天都势力间的这盘棋，还有人与妖之间这盘棋，他都胜券在握。

楼下，赵远舟向迎客妈妈问话："竹知姑娘在吗？"

迎客妈妈张望了一圈："哟，竹知啊，今日都未见到她呢，许是练舞去了吧。"

几人对视一眼。

迎客妈妈急忙补充道："没关系，竹知不在，我们还有沁兰和春桃……"

此时，甄枚从楼梯走下来，故意朝着卓翼宸几人高喊："卓统领，这么巧，都这种时候了，还有如此雅兴啊？"

几桌客人都听到了这句话，纷纷停了动静，交头接耳地议论起来。

"卓统领？是缉妖司那个卓翼宸吗？有点吓人，不是关着吗，怎么就放出来了？"

"戴着面罩呢，不确定是不是他，但缉妖司一向保护百姓，不至于让这种疯狗出来害人吧？"

"戴个兜帽鬼鬼祟祟，不敢见人，一定有问题……"

四下议论纷纷，声音一字不落地传进卓翼宸耳朵。文潇看不到卓翼宸此时的表情，但她能感觉到他身体的僵硬。

卓翼宸的头不自觉地垂得更低，他怕被认出，怕自己影响缉妖司的名声。

文潇冷着脸回应甄枚："甄枚大人也很巧啊，巧得有点阴魂不散了。"

甄枚阴笑："文潇大人言重了，换个词，如影随形，是不是好点？我不过是碰到熟人，打个招呼不是做人基本的礼数吗？这也能惹神女大人生气？那我跟你们赔个不是……不好意思了，卓——统——领！"

甄枚故意拔高音量，着重在"卓统领"三个字上。

丝竹声停，天香阁静了一瞬，所有人都朝此处看了过来，议论纷纷。谁人不知这件天都城的大事。缉妖司的卓统领当街杀人，实在可怕。如今他来天香阁做什么，谁也不知道。一股恐惧和不安的气息涌动在天香阁中。

英磊见甄枚一脸奸笑，气得拔出了菜刀："你就是大马路上扎篱笆，成心让人过不去！你故意的！"

当啷一声，酒杯被摔在地上。一个醉醺醺的身影站了起来，摇摇晃晃地走了过来，他抬起手指着卓翼宸，大笑着："卓统领？什么统领，他就是那个妖怪！还是个杀人的妖怪！"

"妖怪"两个字，猛地刺痛了卓翼宸，他清楚地感到无数目光正聚集在他身上，那目光令他有些不安。

说话的人，正是那夜躲在现场的那个富家公子，如今几杯酒下肚，加之早晨的成功经验，他的胆子更壮了。最重要的是，被他抓住把柄的人可是卓翼宸，全天都谁不认识卓翼宸？人人眼中的少年英雄，平日里看着高傲得不行，他早就看不惯了。如今，他要把这高岭之花踩在脚下，再蹴上一蹴，才够解恨。

"我就说缉妖司的人都是怪胎,都很可怕,这回大伙儿信了吧?他们整日与妖怪为伍,偏帮妖怪,你看,自己也成妖怪了不是?还说什么缉妖歼邪,自己就是个祸害!邪物!"

卓翼宸垂下的手紧握着,骨节发白。

文潇轻轻握住他冰凉的手,安抚:"小卓,这种鬼话,你别在意……"

半晌,卓翼宸僵硬地点了点头。

文潇转头神色严肃地同那人理论:"与妖怪为伍就会变成妖怪?那你们吃猪吃羊,岂不是也要变成猪、羊?"

英磊握着菜刀威胁道:"你说谁是怪胎咯?!"

那富家公子抬手指着英磊:"你这一头黄色头发,一看就不是人,你也是妖怪!邪物!"

赵远舟眼神冰冷,周身压迫人的气息骤起:"想知道什么是真正的邪物吗?"

那富家公子有些瑟缩,转念一想,大庭广众之下,他们不敢怎么样,何况崇武营的人在这儿呢。他清楚崇武营与缉妖司的关系,他就不信缉妖司的人敢当着崇武营的面递上把柄。

"怎么?你们还想动手?别忘了,你们可是要保护百姓的人!百姓缴纳税银,不是养你们这群正邪不分的人!"

这话一出,无形中将其他人也拉入了他的阵营。

裴思婧冷言道:"是要保护百姓,但遇到是非不分的百姓,也不能坐视不理。"

"什么是非不分,他难道不是妖怪?"

此时,那个富家公子俨然成了中心人物,他情绪激动,趁着众人不备,上前一把扯下了卓翼宸的面罩。

这下,原本热闹的天香阁顿时安静下来。所有客人都看见了,卓翼宸脸色苍白如纸,像个没有血的怪物,脖子上的冰纹清晰,就连那个富家公子也被吓了一跳。

众人哗然,天香阁的姑娘们尖叫着跑开。

那富家公子定了定神,指着卓翼宸大喝:"看!铁证如山!大家快看看,他是不是妖怪?"

卓翼宸低着头,不说话。他极力守着的阴暗秘密就这样被曝光在众人面前,一览无余,他像被浑身赤裸地架在了烈焰之上,每寸肌肤都感到耻辱。害怕、怀疑、愤怒……一道道灼热的视线让他感到剧烈的不安,他从未如此害怕,他也不知道自己在害怕什么,那恐惧的感觉令他失去了所有思考,只低着那张他厌恶的脸,呆笨而又僵硬地站在原地。

文潇愤怒地冲着那富家公子道:"你别太过分!再动手,我们可就不客气了!"

赵远舟上前,挡在卓翼宸面前,他的气场吓人,令人不再敢上前。

突然,甄枚开口,抬手指了指二楼:"你们要找的人,是不是在那里啊?"

傲因的脸在二楼一晃而过。

"英磊,你先带小卓大人离开。"

赵远舟说完,和文潇直接冲上二楼,裴思婧紧跟着也追上了二楼,他们急着抓傲因,彻底还卓翼宸清白。

英磊拉着卓翼宸要离开,刚转身,却被人群围住了。人群越缩越小,拥挤着,让人喘不过气来。每一个人都情绪激动,他们恨妖,更恨曾经的英雄成了妖,他们恐惧,但还有一种比恐惧更深的情感……是对背叛的愤怒。

卓翼宸背叛了他们,那么之前他所做的一切就都不作数了。

卓翼宸背叛了他们,那么今日他们所做的一切都是合理的。

"妖!那个白头发的肯定也是妖!"

"怎么这么多妖?我最讨厌妖了!"

"缉妖司与妖为伍,助纣为虐啦!"

"想走？杀人凶手，应该被关进地牢！我已经叫人去请崇武营的猎妖师过来了！你们别想逃！"

英磊拔出菜刀："让开，你们再为难小卓大人，就别怪我不客气啦！"

富家公子继续煽风点火，他喊得大声，故作惊恐，心中却笑得猖狂："妖怪拔刀杀人啦！缉妖司的人帮杀人妖怪，却不帮人啦！"

英磊举起手里的菜刀："卓大人根本不是凶手！"

"你说不是就不是啊？你样子也古古怪怪，还拿着把菜刀，想砍人，是不是？你肯定也是妖！"

英磊把菜刀收在身后，气红了脸。

人群里不知道谁扔出了一个熟烂的番茄，砸在卓翼宸脸上。红色的汁水滴滴答答，弄脏了卓翼宸的脸。

卓翼宸猛地被砸，痛苦地闭了下眼睛，再不知该做何反应。

见他没有反应，其他人也开始效仿，朝卓翼宸砸东西，剩菜、酒水一股脑地往卓翼宸身上泼。曾经被捧上神坛的少年，如今被他们踩在脚下肆意践踏。

"把他抓去坐牢！这个吃人的东西！"

"该死的妖怪！"

更多的人开始扔东西，卓翼宸满身狼藉。他的额头被砸出血，鲜血顺着流下。

英磊含着眼泪，怒吼道："妖又怎么了，妖难道就该死吗？！"

英磊挡在卓翼宸身前，但群情激昂，他根本拦不住。很快，英磊全身也一片狼藉。

卓翼宸抬眼，看着面前护着自己的英磊，又看了看面前朝他扔东西的人。那些人的脸变得狰狞、扭曲，似对卓翼宸有着滔天的恨，可他明明……什么都没做。若要说他做了什么，那就是在成为妖之前，他一直为守护天都的百姓而活。

曾经的天都长街上,他意气风发,斩妖归来,也是百姓围绕在他身边。他们端着好吃的,拿着礼物、锦缎、水果,包围着他,欢呼他的名字。

"救人性命卓统领!"

"斩妖除魔卓统领!"

"天都英豪卓统领!"

卓翼宸想不通这是怎么了。他红着眼眶,跌跌撞撞地冲出人群,冲出了天香阁。

"小卓大人!"英磊刚要跟过去,却被众人拉扯住,寸步难移。

卓翼宸一直朝着人少的地方走。他躲着人,钻进最黑的小巷,像一只过街老鼠一样。直到周围再没有人,他躲进最不起眼的角落,无力地瘫坐地上。他垂着头,沉默地将额头的血渍抹去,清理着身上的污秽。

突然,一个人影靠近。卓翼宸抬起头,对上一双金眸。卓翼宸双眼如被灼烧,眼前显出离仑的模样。

"是你?"

"是我。"

卓翼宸坐着,一动不动。

离仑有些意外:"哦?现在不杀我了?"

"我现在也是妖……我没有资格杀你,我要杀的应该是我自己……"

离仑见他这般自暴自弃,笑了:"你知道朱厌最讨厌什么吗?"

卓翼宸不语。

"他最讨厌,杀人的妖。"

卓翼宸双眼欲裂:"这都是你计划好的,是吗?让傲因变成我行凶,诬陷我,让世人唾弃我。"

离仑不怀好意地笑:"你现在懂了吗?"

"懂什么?"

"懂我。"

卓翼宸吐掉嘴里的血，恶狠狠地看着离仑，没有说话。

离仑继续道："你一定也感受到了吧？拥有毁天灭地的力量，却被无知软弱的蝼蚁唾弃。他们的鄙夷、践踏、咒骂，都只是因为非我族类、与我不同……这个滋味如何？是不是很恨，很委屈？"

是！这多可笑，明明他什么都没变，唯一变了的只是从人变为妖，为什么人人都恨他，都想他死？

卓翼宸的手握成了拳，握紧，松开，又握紧，再松开……

卓翼宸蓝色的眼睛里涌出泪水，他却突然温柔地笑了："世人鄙夷的不是妖，而是残忍、冷血、杀人如麻的妖……人们痛恨的是带来血腥的罪者，不管这罪者是人是妖，都应该被痛恨。"

离仑皱眉："但你不是罪者，他们也一样痛恨你。"

卓翼宸有些动摇，声音不稳："他们只是不知道真相而已。"

"是吗？……就算他们知道了真相，下次见到你，是会继续尊称你一声'卓大人'，还是继续叫你'妖怪'呢？"

卓翼宸颓然，他无法说服自己，他知道人们更恨他妖的身份，因为他也恨自己变成了妖。

离仑突然起身，抬起脚踩在卓翼宸的肩膀上，狠狠地将他踩压在墙壁上。

"人们推倒一座神像，践踏、唾弃之后，就不可能再把它扶起来跪拜、供奉，因为这座神像曾经映照出了他们内心丑陋的恶念……他们砸你，辱骂你，只是在宣泄内心的恶罢了……和你杀不杀人，没有关系……"

卓翼宸握紧拳头，脖子上的冰纹发出更耀眼的光，像要把他整个人撕裂。卓翼宸想让离仑闭嘴，这个念头越发强烈。

"怎么？想对我动手吗？体内汹涌的妖力控制不住了，对吧？用啊，这毁天灭地的力量，干吗浪费？一旦尝试过，你就再也摆脱不掉对它的依赖了……彻底变成妖吧，你还在等什么？"离仑嘲笑道，"你已经从人变成了妖,再难容于这人间。但你杀过那么多妖,你也不可能被大荒接受,你才是真正的异类。可笑吗?孤独吗?绝望吗?"

离仑抬起卓翼宸的下巴,逼迫他看着自己。卓翼宸被离仑说中了内心最深的恐惧,神情惶然。他脑海里闪现小时候被排挤、被孤立的阴影,不由得咬牙,泪眼直视离仑。

"你觉得我说的不对,还是觉得我可恨?"离仑问道。

卓翼宸坦言道:"后者。"

离仑阴笑:"我的确可恨,但你也承认,我说中你的心声了。"

卓翼宸沉默。

"我之所以可恨……是因为我看过太多的妖,他们都像今晚的你,承受着刺耳的辱骂、暴力的打砸……扔向他们的不只是酒杯、烂菜,还有刀刃、箭矢。"

卓翼宸定定地看着离仑的样子,他在离仑的眼中看见了无边的暗夜、不见底的深渊,离仑的眼底跃动着愤怒的火焰,那火焰正炙烤着黑暗,是一幅炼狱景象。卓翼宸此刻也身处这样的炼狱中,他是孤独行走的异类,耳边嘈杂声不断,那是人们最恶毒的骂声,只要他去听那声音,一个不留神就会跌进深渊,丢失在黑暗中。

卓翼宸在心中咀嚼着离仑的话:"他们砸你,辱骂你,只是在宣泄内心的恶罢了……和你杀不杀人,没有关系……"然后,卓翼宸的眼里露出了释然之色:"你说得很对……"

离仑有些意外:"哦?顽石般的卓大人,终于认同我了?"

卓翼宸的声音中少了许多汹涌的情绪,而是像一条平缓的河流,流过这条暗巷:"那些烂菜、辱骂和打砸,都只是放纵内心恶念的行为。借口永远是胆小鬼和卑劣者的护盾,借口不会让你变强,只会让你心安理得地怀着恶意苟然行走于世。我不想变得像你一样。"

离仑不甘,他继续用力刺激卓翼宸的情绪,他要在卓翼宸的思想中掀起滔天巨浪,让他体内的妖力在愤怒中爆发。

"你永远都不会变得像我一样,因为你太懦弱,你不够强。你和赵远舟一样——懦弱。"

卓翼宸突然浑身一震,气浪和蓝色光芒将离仑震开,重重地撞在墙上。离仑嘴角流血,但他笑得很开心。卓翼宸起身,低着头走向离仑。接着,他慢慢地抬起头,却露出一张平静的脸。

离仑脸上疯狂、兴奋和充满期待的笑容顿时僵在脸上。他的笑,变成了恨,然后又变得有些恐惧。

卓翼宸平静地看着离仑,目光如水,充满神性:"你知道此刻的你像什么吗?"

离仑不解:"像什么?"

"像一面镜子……我看到你,就像看到一道深渊……"

"深渊有底,人心难测。人心,才是这世上最大的深渊、最大的恶念。"

卓翼宸摇摇头:"只要我不往下跳,就不叫深渊。"

离仑不可思议地看着卓翼宸,卓翼宸的灰蓝长发因施展妖力的缘故,无风自动,他垂下一双蓝眸,怜悯地看向自己,不似妖,不似人……倒像神祇。为什么会这样?凭什么他没有被恨意吞没?

卓翼宸突然笑了,那笑也似一个长者般宽容:"你就是想看着我往下跳,跳下去,就会变成你……你要失望了。谢谢你,你说得对,我和赵远舟,的确和你不一样,我们不是软弱。我们是心中有善,对这世界、对这人间有善。黑夜再长,也压不住破晓。寒冬再重,也压不毁绿色的新芽。一切都会过去,这世界不会永远都是至暗之时,一点星光、一朵烛火、一盏留给旅人的路灯,都可以刺破黑暗……刺破你。"

说完,卓翼宸准备离开。

离仑喊道:"你要去找赵远舟?"

"你很羡慕我,对不对?因为你也想找赵远舟——这个世界上,也许唯一还能原谅你、理解你、将你视为故友的人。"

离仑沉默了。

卓翼宸回头,看向他的目光中流露出一丝悲悯:"可怜的人是你,你才是这个世界上最孤独的人。你刚刚问我那个问题,你再问一次。"

"什么问题?"

"你问我现在是不是懂你了。"

"问了,答吧。"

"我永远都不会懂你。但现在,我懂赵远舟了。我应该谢谢你。"

卓翼宸再次转身离开。

"卓翼宸。"

离仑变回白玖的样子,叫住卓翼宸。

卓翼宸听见白玖的声音,背影停留了一瞬,但他没有回头,继续往前走。

空空荡荡的暗巷里,只剩离仑一个人。他小小的身体,低头站在巷子里沉默不语。

这该死的天气又下起了雨,将他淋湿了。

一把伞出现在离仑头顶。离仑突然涌起一股熟悉的感觉。他抬起头,脸上是期待的笑容,但在看到傲因的时候,那笑僵在脸上,眼中有化不开的失落。

离仑又捂住了心口。

傲因急忙问道:"你没事吧?"

"还可以再撑。"

"那个卓翼宸真的变成妖了吗?他会死吗?"

离仑的声音有些疲惫:"赵远舟不会让他死。"

"不如我现在立刻去杀了他,免得夜长梦多。"

离仑沉默了一会儿,摇了摇头:"先留着,只要阻止他修复云光剑就好。"

傲因的表情有些困惑："为什么？"

离仑沉默，没有回答，转身离开，背影孤独。

天香阁里，人群依然围绕着英磊，乱成一团。

忽地，旁边传来甄枚的声音。

"各位，崇武营抓到昨晚行凶的妖了！"

众人朝着发声处看去，只见甄枚拨开人群走来，他的身后跟着一名崇武营士兵并押解着一名神情木然的妖化人。

二楼的赵远舟、文潇、裴思婧也追了下来，只看见英磊一人。

文潇急忙问道："小卓呢？"

英磊道："小卓大人自己跑掉了……"

那边，甄枚扫视众人，拔高音量，自信地说道："他就是我们崇武营抓获的妖兽——傲因。"

话落，只见妖化人立刻变成卓翼宸的脸，又迅速变回自己原来的脸。宾客们大吃一惊。议论声四起，众人惊于竟还有这种妖，若非亲眼所见，实难相信，妖真是天生狡诈……就说嘛，卓统领怎么会变成妖，原来是妖变成了卓统领……

甄枚继续道："傲因，是生长于大荒西荒的妖兽，最擅化形，可以变成任何人的样子。之前杀害丞相的也是他。这次他终于被我们崇武营抓住了。"

"还是崇武营厉害啊！"

"是啊，是啊，连这么厉害的妖都能抓住。"

"我们可全靠崇武营保护了！缉妖司包庇妖怪，还是取缔了好！"

英磊皱眉，小声说："不对……这个妖身上没有硫黄味，她不是傲因。"

赵远舟感应到了什么，突然抬头。果然，二楼的温宗瑜正对他们微笑，举酒杯示意。

赵远舟冷笑："是温宗瑜做的傲因妖化人，他帮我们这一局，是惦记着卓大人的云光剑，不然就没法儿杀我，取我内丹。所以，他不能让小卓有事。"

离仑要毁掉云光剑，而温宗瑜要保住云光剑，所以他帮卓翼宸脱困，同时，又借此事顺势打压缉妖司，抬高了崇武营。先前温宗瑜借傲因之手，以缉妖司的名义，杀了丞相。缉妖司背后的靠山没了，如今又失了民心，缉妖司败局已定。温宗瑜大笑着离开，他这两手棋盘都没落下。

英磊啐了一口，道："算来算去，还是为了你的内丹！可恶！这算盘珠子都快砸我脸上了！不过，他可要失望了，卓大人现在怎么可能还会杀你，我们可是并肩作战的好朋友！"

赵远舟沉默了。

众人本还担心卓翼宸，万幸回到缉妖司便找到了卓翼宸，他没什么大碍，似乎心情不好，只静静地坐在房间里，也不点烛火。

赵远舟进了房间，走到卓翼宸身边坐下，先开了口："很难受，对吧？"

卓翼宸点点头。

赵远舟继续说："也很难接受，对吧？"

卓翼宸的表情却没有之前痛苦，面色轻松不少，看着赵远舟："原来你失控的时候是这样的感觉……"

"你感觉到了什么？"

卓翼宸看着赵远舟，淡淡答道："恐惧。那种无能为力、人不由心的恐惧，仿佛陷入一个很深很深的梦，不管如何挣扎，都无法醒来……我还是第一次感到如此害怕。"

赵远舟当然明白那种感觉，每次醒来时，要面临的是未知，可能是亲近的人、无辜的人因自己而死。所幸，卓翼宸不用体会这种绝望。

赵远舟安慰道："没事了，都过去了。只要按我教你的口诀运转妖力，就不会再失控。"

"赵远舟，我现在懂你了……"

赵远舟一挑眉，调侃他："这么久了你才懂我，白对你那么好了。"

但卓翼宸这次没有凶他，目光平静而柔和："很多次，我握着云光剑，心里都在问自己：杀你，还是不杀？每一种抉择，好像都说服不了另一部分的自己。过去这段日子里，我总是困惑，朝夕相处的你明明心怀善念，照顾周全，对人、对妖都怜悯、共情，但这样的你也是杀害我至亲的极恶之妖……直到，我变成了你……我才懂了。你因戾气失控，杀了自己至亲之人，之后一直自责、恐惧，不知下一次失控何时会来，这个阴影一直压着你，让你无处可逃……若我能早点感受这些……也许就已经放下手中的云光剑了……不过现在剑碎了，可能是老天看我太固执、太纠结，帮我做了决定吧。不然，真杀了你，我一定会后悔。"

赵远舟看着他，神情恍惚。初次见面时，那个一直要取他性命的小卓大人，如今却成了这世上为数不多懂他的人。

卓翼宸看赵远舟沉默，有些不好意思，脸红了："我好像说得有点多了……我平时话没这么多的……应该是怪冰夷的血。他肯定是一个话很多的妖怪。"

赵远舟回过神来，扬起嘴角："早点理解，也算心安，但这并不会改变我们的结局。小卓，父兄之仇，还是要报的，无论如何，杀人的是我，命中注定，该我偿命。"赵远舟顿了顿，又把安慰的话语说得漫不经心，"有句话，你听过吗？生而为人，自然为人；生而为妖，苦修成人。"

卓翼宸抬头，静静听他讲。

"妖兽单纯，却本能嗜血，我们更像动物，凭本能在这世间生存……所以，人，是因为做了很多很多只有人会做的事情才被称为人，就像冰夷。一个人做了很多好事，就被称为好人；做了很多坏事，就被称为恶人。所以，想成为什么，就去做什么……"

卓翼宸呢喃着那句话："想成为什么……就去做什么……"

赵远舟点点头，笑容有些得意。

卓翼宸狐疑地看着赵远舟："你怎么突然这么有学问？"

赵远舟笑道："哈哈，还是你了解我。这些话，其实是文潇对我说的，只是突然想起来，觉得现在也可以对你说。所以，就算成了妖，也没什么，一样心有所向，享受天地，珍惜岁月。如果有人会因为你的身份转变而离开你，那代表他从未真正站在你身边。"

卓翼宸心里轻松了许多，他看着赵远舟，问道："那你呢？你想做妖，还是做人？"

"我啊，从头到尾，就没有变过，一直都是一个一心求死的大妖。"

卓翼宸笑笑："所有妖怪都努力长修为，希望长生不老，你真是个异类……"

说完这句，卓翼宸突然有些恍惚，他想起了哥哥曾对他说过的话。

"所谓异类，只是心胸狭窄之人用来抱团抨击打压别人的说辞。他们借此彰显自己的正确，或者掩盖内心的自卑。我们肩负着常人所不解的责任，注定就要承担常人的排挤和偏见。追求卓越，拒绝乌合，远离平庸。你身上的与众不同，也正是你出类拔萃的原因。不要害怕和别人不一样，做你自己。人的一生，总会遇到很多看起来像异类的人，你要自己去判断……眼睛会骗你，但心会告诉你答案。你一定会有一群志同道合的伙伴，那时你就不会孤单了……记得，孤翼难飞，双翅翱翔。"

赵远舟见卓翼宸出神，伸手在他眼前晃了晃："想什么呢？"

卓翼宸笑了笑："想起了我哥哥说的话，他说父亲坚持用'宸'字给我命名，是因为'宸'字代表庇佑众人的屋檐：有屋檐，就能挡风遮雨；有屋檐，才有家。"

赵远舟认同地点点头："被当成异类也无所谓……我们都会一直陪着你……用英磊的话来说，就是我们一群人、神、妖，半神半妖，组成了一个家，我们都是家人。"

说着，赵远舟又笑了："不过，小卓大人，你也别忘了，你发过誓，一定要杀我哦。只有你能完成我的心愿，拜托了。"

卓翼宸露出一丝苦笑："我可能要失信于你了，我没有内丹，冰夷妖力越来越强，我身上的冰纹也越来越多……等到我的身体装不下那些汹涌的妖力时，身体就会被彻底撕裂……我可能撑不到完成你心愿的时候了。"

"你一定不会死的……"赵远舟说得肯定。

卓翼宸只当他是在安慰自己，心中感激："我其实不怕死，只希望能在死之前重铸云光剑，这样至少还能救回小玖……有件事，你能不能答应我？"

赵远舟随口一问："什么？"

卓翼宸认真道："我死之后，你记得替我好好照顾——"

赵远舟立即打断："哎，打住，临终遗愿什么的最烦了，我是不会答应的。你还是自己活下来，自己去做吧。"

"我只是说如果——"

"如果你相信我，就不要说'如果'。你的路还没到终点，还要继续往前走，我们一起，因为……"

赵远舟握住卓翼宸的肩膀，盯着他的眼睛，深吸一口气，十分认真，卓翼宸不由地神色一敛，等着赵远舟接下来的话。

"因为……都说祸害遗千年，你现在变成了妖，也不大不小是个祸害了。"

卓翼宸无语地白了他一眼，他真是随时随地都能演。卓翼宸不禁笑了出来。

夜色沉沉。

文潇一直在花园里等着，终于看见赵远舟从卓翼宸的房间里走了出来。

"待了那么久,你们有那么多话说吗?"

赵远舟凑近文潇,一脸认真道:"他说把你托付给我,不知道是不是让我娶你的意思。"

文潇顿时睁大了眼睛,脸也红了起来:"胡说八道!托付有很多种,你鬼扯什么……还有这个小卓,也真是的,哪有晚辈托付长辈的。"

赵远舟憋笑:"可不是嘛,所以我没答应。"

文潇气得瞪了赵远舟一眼,一时语塞,别过脸去。

赵远舟轻笑出声,声音变得有些低:"骗你的,他没这么说,只是我知道他这样想。他希望我能照顾你、保护你,或许对他来说,最在乎的、最放心不下的,只有你……"

文潇眼神动了动,沉默了片刻才开口:"你俩能不能聊点好的,现在又还没……没到最糟糕的情况。"

赵远舟笑笑:"当然,我不会允许出现最糟糕的情况。你也别太担心小卓大人了。来,坐下。"他说着,将文潇拉到一边坐好,从怀里拿出一罐药膏,"你还是关心关心自己的伤吧。"

赵远舟的指腹轻柔地将药涂在文潇脖子上依然可见的瘀青上。文潇感受到清凉的药膏和赵远舟温热的指尖,心弦一动,浑身不自在起来。她默默地看着赵远舟的脸。赵远舟此时垂眸,神色专注地为她擦药。

"是不是从来没有人替你擦过药?"

"我是大妖,受伤立刻就能愈合,不用擦药。"

"有些伤不能。"

赵远舟点点头:"哦,你说我背上的那些啊……"

"不是,是你心上的那些。"

赵远舟的手指微微颤抖,然后停下了动作,默默收起药罐。

文潇看着赵远舟的侧脸,赵远舟还是低垂眉眼。

"和别人说话的时候,要看着别人,才够真诚。教书先生没有教过你吗?"

赵远舟终于转过头,明亮的眼睛迎上文潇的视线。

"大荒哪有教书先生……而且,我这不是不敢看嘛……"说着,赵远舟心口一窒,他伸手捂住,然后急忙别开脸,看着远处撇撇嘴,一脸"果然如此"的表情。

"看吧,现世报,来得真快。"赵远舟开始默念,"色即是空……空即是色……色即是空……"

然而赵远舟越念,眉头皱得越紧。

文潇忍俊不禁,她趁机放肆地细看赵远舟的眉眼,最好刻入心间,珍藏起来。

第十七章
应龙骨

众人打算在卓翼宸身体状况更差之前,尽快赶去冰夷族禁地。

只是此行危险重重,在这之前,文潇和赵远舟还需要完成一件之前没有完成的事——去昆仑山,启动星辰法阵,修复大荒。

昆仑山顶神庙内,法阵再次启动,头顶上星空图璀璨,投射下一片澄澈的光芒。法阵之下,文潇和赵远舟互为臂助,白泽令光团悬浮在两人上空。英磊和陆吾在一旁护阵,山神之力源源不绝,化成一个结界光圈。

卓翼宸脸色还很苍白,手中剑已经换成了一把普通的剑。他与裴思婧守在门外,全神贯注地盯着周围。

二十八颗星宿终于全被点亮,柔和、纯净的星芒瞬间充斥在神庙中。断裂倒塌的石柱重新竖起,墙面开裂的纹路消失,昆仑之门恢复了昔日模样,破败的神庙重新熠熠生辉。随着星芒飘散的轨迹,星辰之力笼罩整个昆仑山和大荒,目之所及,皆是生机勃勃。

天都。

司徒鸣正匆匆朝大门口走去,准备早点赶往缉妖司。勤能补拙,他自觉比起范瑛大人在谋略上还差得远,得多下功夫。司徒鸣正想着,余光瞥见厢房里耀眼的光芒一闪,他的脚步一顿,随即又自嘲地笑了笑,应当是错觉,这错觉也不是头一次了。

司徒鸣又走了两步,突然转头朝着厢房跑过去。错觉也好,失望也罢,人活着总得有个盼头,若失去了她能回来这个盼头,就像她真的回不来了一样，太过悲凉。

司徒鸣大步跑进了厢房，气还没喘匀，抬头间，他呼吸一窒，房内已不见树藤的半点痕迹，白颜正背对着他站在房内。他激动得想开口唤一声，喉咙里却哽住了，两行热泪流下。

白颜一回身，就看见司徒鸣僵站在那里又哭又笑的模样，她不由得笑了起来，而后眼中蓄满了泪。人的生命如夏虫朝菌，谁也不知道那次分开是否就是永别。

所幸，久别重逢的人可以再次相拥。

赵远舟一行人穿过恢复如初的昆仑之门，小心翼翼地走进冰夷族的禁地崎卷洞。

崎卷洞是一个万年形成的天然溶洞，从外面乍看，它并不起眼，唯一片漆黑中似有幽蓝色光亮透出。他们刚踏入洞口，刺骨的寒风便从洞中一股股袭来，让人不禁打寒战。

卓翼宸背着包袱，里面似装着一个盒子。他抬头打量着洞穴，这个陌生的地方和他的族人有着莫大的关联，这种感觉十分奇怪。突然，他脚下被什么东西绊了一下，发出叮当的声响，他身子一歪。赵远舟反应很快，及时扶住他。

几人低头，定睛一看，卓翼宸脚边竟是一副骸骨上的头骨。文潇没有心理准备，吓得后退了半步，结果不知道她踩到了什么，那东西在洞里骨碌碌响个不停，在洞内阵阵寒风中显得格外诡异。

借着微弱的光线，众人才发现地上遍布枯骨，隐约能辨出是妖兽的尸骨。卓翼宸抬头向前看，远处地面上影影绰绰，俨然是更多的尸骨，已堆积如一座座小山。

裴思婧忍不住问："为何这么多妖都想闯进冰夷禁地？这里面到底有什么？"

越往里走，迷雾越浓。赵远舟抬指，一团火光悬于空中，照亮了众人脚下的路。

赵远舟淡淡道:"大荒一直有个传说,说冰夷族的禁地藏着一个上古至宝。有人说是可以延寿续命的冰泉圣水,也有人说是能提升千年修为的神奇仙草,还有传说里面藏着是能让妖长出人心、彻底化身为人的神秘法器。当然,还有一种最极致的说法……"

裴思婧好奇地追问:"是什么?"

赵远舟答:"愿望。里面藏着一个宝物,可以满足你任何愿望。"

裴思婧了然,怪不得有这么多妖兽前仆后继,不过……既有这么多妖兽来此地寻宝,又皆殒命于此,足以说明此地凶险。

卓翼宸低头沉思,沉默不语。他忽而站住:"等等。"他的神色在火光下显得有些凝重,"修复云光剑是我的使命,剩下的路,我想自己走。我不希望你们跟我一起冒险,你们回去吧。外面那么多尸骸,你们也看到了……我本就是将死之人,背水一战,无所畏惧,可是你们不一样,人间还有很多很多事等着你们去做——"

文潇闻言,又急又气:"胡说,修复云光剑,怎么就变成你一个人的事了?"

裴思婧握紧手中的弓箭:"卓大人这么说,未免有些小瞧人了。"

赵远舟柔声叹息,道:"小卓大人,进退两难了,对吧?"

卓翼宸避开众人的目光,背过身去。他想修好云光剑,但如果代价是这里任何一个人为此身亡,他余生都会不安。卓翼宸背对着众人,轻声说:"这云光剑,不修了吧……"

赵远舟朝卓翼宸走过去:"修不好,你死,而我活。我活下来随时可能失控,全天下跟着一起遭殃。修好了,我死,你活着,全世界都活着。怎么想,都是修好了比较划算吧?"

赵远舟的脸忽地凑到卓翼宸面前,他笑嘻嘻地看着卓翼宸,却冷不丁对上卓翼宸泛红的眼圈。赵远舟一愣。

卓翼宸看着赵远舟:"修好了,你也别死。赵远舟,如果你答应我这个,我就和你们一起进去。"

赵远舟印象中的卓翼宸意志力超出常人,连他也自叹不如。那双眼睛似有某种信念支撑,坚不可摧,有时他觉得这人正得发邪,否则怎会如此密不透风。但现在,他第一次见到这般破碎、脆弱的神情出现在卓翼宸脸上,心中不自觉也跟着难受。他低头思考了一下,笑了:"我答应不了这个,因为我死不死其实取决于你。我只能答应你,我不再自己寻死。这样可以吗?"

卓翼宸露出了疲倦的笑容:"嗯,可以,那我和你进去。文潇,你和裴思婧在这里等我们。等不到……就回缉妖司去——"

文潇突然提高声量:"卓翼宸!"

卓翼宸回头看向文潇。

"叫'小姑姑'!"

卓翼宸:"嗯?"

赵远舟:"啊?"

文潇气得脸色泛红,语速也不自觉地快了起来:"我告诉你,算起来我跟你爹同辈,我是你姑姑,是长辈。长辈说什么,你就得听什么,不许反驳。这件事情没的商量。"

"我……"

赵远舟在一旁看热闹:"人间血脉压制,比大荒妖力碾压更可怕啊——"

"你闭嘴。"

赵远舟和卓翼宸同时被训,两人乖乖低头。

文潇拉过裴思婧,头也不回地朝里面走去。

赵远舟看着她们的背影,叹了口气,道:"你又不是第一天认识她们两个,怎么可能甩得掉她们呢?走吧。"

"记得你答应我的话。"说完,卓翼宸追上去了。

赵远舟留在原地,露出有些苦涩的笑容:"我答应你的事情,可太多了,我一件一件做,做不完的话,小卓大人不要怪我咯……"

四人继续往前走,前方变得开阔许多,周围垂下的钟乳石形态各异,脚下的地面也结了一层薄冰。迎面一团巨大的迷雾袭来,迷雾中传来一个混沌而空灵、幽远的声音。

"何人来此?"

卓翼宸抬着头,反问道:"何人问话?"

赵远舟神色一惊,拉拉卓翼宸的袖子,冲他挤眉弄眼。

卓翼宸不理会:"厎什么!再吓人也是我祖宗!你上坟会害怕吗?"

赵远舟低声嘟囔:"我一个大妖,我上什么坟……"

浓雾中,那个声音再次响起,并未有愠怒之意:"我是谁不重要,只是你……你的眼睛长得和他可真像……冰夷后人,为何来此?"

卓翼宸答:"我的云光剑被毁,想来这里碰碰运气,看有没有重铸之法。云光剑在我手上被毁,我有负祖辈之托。晚辈特来这里寻求帮助。"

那声音似有些惊讶:"哦?哈哈……没想到,云光剑竟有被毁的一天。原本五色石可以修补,只可惜,你们把五色石毁了……"

文潇疑惑:"你为何知道?"

那声音隐有笑意:"他身上的冰夷妖纹,足以说明他吸收了原本封印在五色石里的冰夷之血,这小子很快就会变成妖了。不过嘛,倒是还有一个法子。"

卓翼宸立即抱拳行礼:"求前辈指点。"

"指点可以,但我有一个条件。冰夷走后,我独自留在这里过了很多年,很多很多年……这里清冷、孤寂,无人做伴,岁月难熬……冰夷小子,你听好了,我的条件是,选一个人留下来陪我,我就告诉你修复云光剑的办法。"

卓翼宸愣住:"留下来陪你……前辈这是何意?"

"你既是冰夷后人,自是会用凝冰冻结之术。你将一人凝固成冰,留在此地，永远地陪伴我，我就告诉你修复之法，如何？"

"没有如何。这云光剑，我不修了。"卓翼宸话落，雾气中一阵寒风袭来，将文潇、赵远舟、裴思婧的双脚牢牢地冻在地上。

"那就都留下。留一个，还是留三个，你选。"

卓翼宸震惊地看去，只见他们脚上的冰开始慢慢地往上蔓延，很快就到了膝盖。

时间紧迫，卓翼宸呼吸急促。他强忍下，深吸口气，抬步走到裴思婧面前，裴思婧一直肃目看着卓翼宸。

"裴大人，我一直没有好好对你说一声'谢谢'。一路走来，我们交集不多，说话也少，但谢谢你一直保护文潇，默默守护所有人。"

裴思婧笑了，很坦荡，脸上没有畏惧，她淡淡地回答："不用你谢。我保护文潇，不是为了你。"

文潇太了解卓翼宸了，她急得大喊："卓翼宸，你要干什么？"

卓翼宸转身走到文潇面前，将身上的一个包袱交到文潇手里："我想对你说的话，都在里面了，你看了就能明白。"

文潇哭着摇头，卓翼宸冲她笑笑。

最后，卓翼宸走到赵远舟面前："之前我跟你说的话，你还记得吗？"

赵远舟笑着道："小卓大人骂我的话吗？我早就不记得了，本大妖心胸宽广，不记仇。"

"赵远舟，每次你胡闹的时候，我瞪你，你都是一副害怕的样子认怂。但我知道，你其实从来都不怕我，你连死都不怕。我只要你记住答应过我的话，替我好好照顾文潇……她喜欢冒险，闯祸，常常不计后果，多拦着她——"

赵远舟接话："不用你说，我也会照顾好文潇。而且，也不是为了你。"

卓翼宸突然感到有些孤单，他抬起长满冰纹的手，擦掉不知怎的就流出来的泪，一脸茫然："那就好……"

卓翼宸转身，对着浓雾深处道："我选我自己。"

卓翼宸抬手念诀，瞳色变成了幽蓝色，脖颈隐隐露出的冰纹透着蓝光。他在运用妖力，周围白色的水汽仿佛一条白色巨蟒朝他包裹而去，他全身迅速凝固起冰碴儿，小腿、大腿、腰身……他扭转渐渐僵硬的脖子，回头尽力看向文潇三人。

"修复云光剑之后，它自会在人间寻找到新的主人，找到他，让他救回小玖……这样，我就没有遗憾了。"

"小卓！"

文潇拼命挣扎着想去阻止卓翼宸，但她用尽全力，双腿仍旧被牢牢冻住，无法动弹。文潇绝望地看着卓翼宸。

一支利箭射出。裴思婧拉弓射箭，想要击碎卓翼宸身上的凝冰，可箭矢瞬间被包围卓翼宸的极寒气旋搅碎。裴思婧不甘心，利落地再拿出一支箭，拉弓，失败，再继续！

冰晶逐渐覆盖卓翼宸的脖子，眼看就要彻底包裹卓翼宸。突然，卓翼宸眼前出现红色气浪，那冰晶蔓延的速度暂停。

是赵远舟的红色戾气。

红色戾气渗透进白色极寒旋风，和冰晶对抗。与此同时，赵远舟的双腿爆发出红色戾气，将冻结自己的冰震碎。他迎着极冷的寒风，艰难地朝着卓翼宸走去，每走一步，身体都被冻结一点，然后他身体爆发出的红色戾气将冰晶震碎……一步……一步……

卓翼宸感受到身后的赵远舟在朝自己靠拢，他大喊："赵远舟！带她们走！你滚蛋！"

"我本就一心求死，死在这里，皆大欢喜。"

赵远舟不理会他，继续顶着那寒风艰难地向前走，寒风从骨缝刮过，瞬间带走了全部知觉，赵远舟开始感受不到法力的流动，似都被这万年寒冰般的风冻在体内，他只能消耗成倍的法力震碎结在体内的寒冰，可他爆发出的戾气都如一团团火坠入了冰窟……

赵远舟离卓翼宸只剩下一步距离时,他抬起手念咒,指尖发光:"我就不信,我毕生法力,再加上这天地间所有的戾气,破不了这寒冰。"

他伸手,指尖红光、金光交错缠绕、飞旋,顶着白色的寒气朝前伸向卓翼宸。指尖一寸一寸,终于触碰到了卓翼宸!

赵远舟笑了,念咒:"破!"

一字诀不对卓翼宸生效。

瞬间,汹涌的冰晶疯狂包裹,两人瞬间被冻住,变成两座冰雕。

天地间的一切都停止了,万籁俱寂。

让人失明的耀眼白光渐渐消失,视线渐渐清晰起来,细如尘埃的冰屑缓缓飘落在文潇眼前。文潇和裴思婧腿上的冰消失了。

她们耳边重新响起那个声音:"可笑的闹剧。我知道世人荒唐,却没想到妖也如此可笑。冰夷后人选择牺牲自己本就愚蠢至极,而命中注定被他诛杀的极恶之妖竟然也愿意与他一起冻骨于此。"

文潇跌坐到地上,如果可以,她也愿意,可她不够强。她恨她自己永远不够强,拥有白泽令之前,她看着需要帮助的人和妖时束手无策,她在他们的眼中最常见到的神情便是失望。她对镜时,也是如此。所以她一心想要找回白泽神力,可结果呢?她根本没有能力守护白泽令,也依然护不住任何人,只能看着挚友、心爱之人……全部死在她面前,除了看着,她什么都做不了。

文潇浑身的力气仿佛随着风暴一起被抽了个干净,她恨透了这样没用的自己……她突然拔出短刀,朝脖子上抹去。

一双手用力握住她纤细的手腕。裴思婧一把拉起文潇,夺去她的短刀,抬手给了她一个响亮的耳光。文潇的脸颊留下了红印,双眼只空洞地看着被冻住的赵远舟和卓翼宸。

裴思婧忍不住哭了,她后怕,怕自己慢一步,文潇就真的做了傻事。她颤抖地伸出手,犹豫了一瞬,坚定地抱住了文潇。现在只剩下文潇了，只有文潇了……

裴思婧捡起地上的包袱，递给文潇："打开。"

文潇似才回过神来，忙打开手里的包袱。只见里面装着断裂的云光剑，还有一只锦盒。文潇打开了那只锦盒，只见盒子放着一簇蓝色的干花。

"干花？小卓专门留下来给你，一定是很有用的线索吧……"

文潇看着干花，愣住了。

她记得这束花。卓家发生变故，卓翼宸暂时住进范瑛府。文潇总是暗中观察着卓翼宸。入府的一个月，除了为卓家人安顿后事时，文潇见过他哭，其他时间，这个少年总是套着一身丧服一个人沉默地坐着。文潇便只静静地、远远地陪他坐着。文潇说不上为什么，就是觉得他们两个同病相怜，她懂他的感受——世上孤单一人的感受，所以不想让他孤单。

一日，夜色深沉，屋内没有一丝光亮，卓翼宸仍一身丧服坐在房间里发呆。窗户开着，冷风灌入，吹过他单薄的身躯。他看向窗外，下雪了。

万籁俱寂。

文潇提着一盏灯走进这个漆黑的房间。卓翼宸认得这个脚步声，是日日陪他坐着的那个小姑娘，但他不知道她是谁。

文潇蹲在他面前，粲然一笑："我叫文潇，我的义父是你父亲的师叔，论辈分，你就叫我一声'小姑姑'吧。"

卓翼宸没有动作。

文潇放下灯，伸出左手，从身后拿出一束蓝色的小花递给卓翼宸："听他们说今天是你的生辰，但你还在守孝，不宜喧哗庆祝，那作为长辈，就送一个小小的礼物给你好了。"

卓翼宸终于有反应了，抬眼看着那束花："野花吗？"

这是文潇第一次听到他开口说话,她的嘴角有些压不住。他的声音和她想象中一样,冷冷的,但又不太一样,语气更温柔些,他应该是个外冷内热的人吧。文潇又故作嫌弃地啧了一声。

"什么啊,真没礼貌,这可是大荒的神花,可以开很久,叫植楮,可以让人忘忧,没听过吗?"

卓翼宸呢喃道:"植楮……真的可以让人忘记忧愁和烦恼吗?"

文潇摇了摇头,故作老成地说话:"真正能让人无忧的,只有自己。师父……书上说,万般皆苦,唯有自渡……"

卓翼宸伸出手,郑重地接过那束花。他重复着文潇的话:"万般皆苦,唯有……自渡……"

文潇看到他的样子,忍不住轻笑:"嗯,所以我这个长辈呢,希望你不要再沉溺于悲伤和难过了。"

卓翼宸抬眸,看见文潇的眼睛在灯光下璀璨、生动。他心口像落了一只蝴蝶,微微颤动着翅膀。

文潇顺势坐到卓翼宸身边,继续介绍她的花束:"而且,我看你总爱穿深蓝色的衣服,这个花的颜色正好和你相配,多好看啊。"

卓翼宸低头看看自己的丧服:"可我现在的衣服是白色的……"

"不会永远是白色的,就像此刻窗外的雪,总会停的,也总会化的。山花烂漫时,窗外一定五彩缤纷。"

文潇与他约定,明年春天一起去看花。卓翼宸看着窗外的雪,似乎有了一点期待……

一切似命中注定,在卓翼宸看来,是文潇提着灯走进那个漆黑的房间,将他拉出了黑暗。但在文潇看来,也是因为有了小卓,她才不觉得自己被这个世界抛弃,好像不作为白泽神女,只作为文潇,她的存在也是有意义的。

文潇的手抚过盒中的干花:"没用……这些没用的花。有一年他生辰，我没有准备什么礼物，于是随手胡乱在缉妖司围墙外摘了一些送他，没想到他还留着。"

文潇合上锦盒的盖子，眼泪止不住。她将锦盒抱在怀里，喃喃道："小卓……他太傻了……他是个傻子！我那个时候和他说，雪总会停，总会化，这个世界不会永远都是白色……但现在，你看他……"

文潇看着冻结成似冰雪的卓翼宸，哽咽着，无法再说下去。

风中的声音停歇了，似发出低声的叹息。

那雾中的声音是应龙弥留之际留下来的一缕神识，千万年过去，已如风中残烛，似是许久没有见到人与妖之间这般奇怪的情谊，倒让这缕残念对鲜活的人世间生出些怀念。

应龙的声音似有动容："我愿意再给那小子和那只大妖一个机会。在我的神识里，还残留着一个虚妄之境，若他能过，我就救他。幻境之中，可以窥探过去，知晓未来……不过，凡事有得有失，一入虚妄之境，若无坚定的意念，便会被虚妄吞噬，永生永世，魂飞魄散……"

文潇和裴思婧怔在原地。

虚妄之境。

赵远舟睁开眼睛。远古的天，暗淡无星，只有如燃烧殆尽的星火持续从天空陨落。

有两个身影和他一样抬头凝望夜空。赵远舟认出那是应龙与冰夷。但不同的是，在过去之境，赵远舟就是应龙，而卓翼宸成了冰夷，他们在重复着应龙与冰夷的过去。

应龙看着夜空，叹息道："大战之后，时序错乱，天地崩塌，女娲娘娘舍身补天，才得以拯救苍生。可你看这夜空，暗淡无光，无星无月……这样的天地，真让人难过，我也该贡献自己最后一份力量……"

而后，应龙笑着问一旁的冰夷："冰夷，你已经思考七天了，有结果了吗？"

冰夷不似应龙那般轻松，面色凝重："为什么必须是我？"

应龙仍是笑嘻嘻的模样："因为天地间只有你做得到。若为天地，我自甘愿，虽死无悔。"

冰夷摇摇头："你忍受断角挖骨之痛，用自己的龙角、龙骨铸就此剑，将此剑赠我，是为与我并肩作战，诛杀妖邪。现在，你要我用这把剑杀你，我做不到。"

应龙看着冰夷手中的云光剑蓝光在夜色中浮动，他笑笑："记得我教你的剑招吗？可斩流云，能散微光，所以此剑取名云光。云剑为骨，附于左臂，护你周全。光剑为角，锐不可当，替你杀敌。你的妖力，加上我的剑招，足够了，足以让我的肉身散于天地之间了。"

冰夷盯着应龙的眼睛，认真地摇了摇头："可你不是敌。如果持剑者必须是我……那大荒的妖那么多，我不明白，为什么……非要是你？"

应龙笑而不语。他挥了挥袖子，眼前的景色变换。一片漆黑中，应龙抬指，有星星点点的微光聚集，组成一幅幅画卷，讲述一个故事。

首生盘古，垂死化身为四极五岳、江河湖海、日月星辰。故而，大荒二十八山与二十八星宿相呼应，唯有天地力量平衡，方能护佑世间风调雨顺，远离灾祸。

共工与祝融之战，导致不周山倒塌，星辰坠落，天地力量失衡，这场惨烈的大战，无人胜出，只留下满目疮痍。如果不能恢复，大荒与人间都将迎来覆灭之祸。

冰夷看着那微光组成的大荒覆灭之景与人间悲惨之象，内心悲恸："可这漆黑夜空，如何才能重现星辰盛景？"

应龙望着漆黑的夜空，似畅想着繁星点缀时的情景："一星亮起，众星跟随，我身负创世之力，自当以身献祭，就让我来做这第一颗星……"

冰夷和应龙两人面对面凌空悬浮，他们脚下是黑色的水面，水面纹丝不动，如同镜子。冰夷手拿云光剑，伸出两指，轻点自己眉心，从眉心拉出蓝色光芒，两指再朝着剑刃一划，一抹蓝光亮起，云光剑发出光芒。

应龙在他对面，目光决绝，面带微笑，等待着他选择的结局。

冰夷划出剑招，如行云流水，水花飞溅，寒气萦绕。剑尖即将没入应龙胸口的时候还是停住了，剑刃微微不稳，颤抖着，发出铮鸣。冰夷还是下不了手，表情痛苦。

应龙眉间的红色神识闪了闪。他的表情突然变得和赵远舟一样，戏谑地开玩笑说："抉择由心，但逼着挚友对自己动手还是太残忍了，我自己来吧。"

应龙微微一笑，身体一倾，直接撞向云光剑剑尖，云光剑没入应龙的胸膛。

冰夷错愕间还保持着持剑的动作。应龙失去了意识，握着剑刃，头抵着冰夷胸口，一动不动。

应龙后背穿出的剑尖上散出一朵一朵红色光晕，围绕二人游动，周围的风雪也随之卷动而来，将两人包裹。

冰夷泪流满面，眼神悲痛。应龙伸手抓住冰夷的手，喉咙里的血让他哽咽难言，声音断断续续："云光剑是守护，也是杀戮……用它杀我，才能守住天下苍生……可我还是不忍心逼你，让你背负歉疚和罪恶，所以我选择了自戕……记得，这是我的选择，不是你……你无须承受任何罪责和愧疚……"

冰夷抬起头，漆黑的空间里，曾经那些一个又一个浮动的亮光再次出现了。应龙的尸体缓缓升空，变成白色的细沙洒落下来，有一些洒落在冰夷身上。

冰夷摊开手掌，白沙簌簌落下，掌中出现了一截龙骨。他抬起手，在龙骨上抹上一滴鲜血，一滴眼泪掉在龙骨上。

赵远舟再次睁开眼，只有他一个人站在海边。应龙和冰夷的身影都不见了，空旷天地间，他独自一人。

应龙的声音在周围回荡："没想到，你竟能通过我的考验。你的选择，和我当年的选择一样。"

"如果我选错了呢？"

应龙笑着答："那你就要一直留在这虚妄之境了。"

一缕应龙的残影出现在赵远舟面前："我选择自戕，化身星辰，挽救天地，是我的命运，而守护苍生、执剑终老是他的命运。我和他，好像都很惨，但都很甘愿。"

赵远舟坦然一笑："那我们确实很像，都一心求死，却不想朋友为我们而死。"

"但冰夷还是心软，他用他眉间的一滴冰夷血，将我的一缕神识剥离，附在那块龙骨之上，封存在冰夷族的禁地之中。"

赵远舟深有感触，点了点头："嗯，他们族的人，都心软。"

应龙突然叹了一声，道："只是可惜了……你刚才应该也看到了你们的未来……"

"未来？"

应龙见赵远舟满脸疑惑，了然道："哦，看来是卓翼宸看见了未来，你看见的是过去。"

赵远舟苦笑道："虽然我没看见未来如何，但我大概也能猜到。"

"虽非你们所愿，但终会迎来这一天，就像我和冰夷的命运……你们和我们，真的很像……"

身后传来脚步声，赵远舟回头，看见了卓翼宸。

卓翼宸面色凝重，赵远舟热情地走过去，揽着他的肩膀问道："小卓大人，方才的幻境，你看明白了吗？"

"看懂了……应龙大人并不是被冰夷诛杀，而是自愿赴死……"卓翼宸顿了顿，又说道，"但千万年来，人间传说都是应龙执迷不悟，毁天灭地，冰夷杀之，应龙死有余辜。可见世间一直是谎言和真相并存，就像善恶交替、昼夜更迭。人们总说，妖兽无心。可是应龙明白天地大义。他无须世人铭记恩德，也不必称颂，只愿以身化作微弱星光，刺破黑夜。"

赵远舟听到了他想听的答案，笑道："所以啊，是妖如何，是人又如何？只是一个称呼、一个身份罢了。"

想成为什么，就去做什么。

应龙的残像消散，声音似从遥远的海面传来："你身为冰夷后人，有为朋友牺牲的勇气，这很好。但既然继承了冰夷之力，就应当身负其责，时刻牢记，云光剑并非杀戮，而是守护。不论以后你是人是妖，守护之心不变，才能庇佑天下。往大荒之东龙鱼之岛，求取一片龙鳞。龙鳞可令人死而复生，自然也可修复万物。不过，求取龙鳞，并不容易。"

卓翼宸对着海面行礼道："多谢应龙大人，虽有千难万险，但有朋友们一同前往，可不必担心。"

赵远舟调侃道："这次，不会再让我滚蛋了吧……"

卓翼宸瞪了他一眼："赵远舟！"

赵远舟立刻又怂了："好好好……"

应龙感慨道："一生能遇一知己，死而无憾。我也一直期待着能等到故人归来。冰夷曾说，世间最美的两个词语，叫作'虚惊一场'和'久别重逢'，可惜……你身上有他的妖血，你我相遇，也算另一种久别重逢，让我在生命的最后还可以见证你们四人的深厚情谊。希望日后，你们还能一起在日月星辰之下，同游江河湖海，四方闯荡，也不枉我当年献身一场重塑的这方天地……"

卓翼宸的眼神突然暗了："我们其实不是四人，而是五人……我们所做一切，都是为了救那第五个人……"

"那就希望你们所有的苦难到终点时都是虚惊一场，大梦归离……"

耀眼的白光自海面席卷而来。

禁地内,赵远舟和卓翼宸身上的冰瞬时崩裂、消失,两人恢复如常。赵远舟看向文潇,目光交接间,文潇一怔,喜极而泣。裴思婧也松了口气,眼中泛泪。

浓雾已经散去,露出了一块石碑,石碑上镶嵌着一截龙骨。

卓翼宸突然感到眉心剧痛,一滴妖血飞出,落到龙骨之上,两者相融。

应龙的声音在周围回荡:"你身为凡人之躯,难以承载冰夷妖血,我无力改变这一切,唯有赠你最后这一截龙骨,助你化出内丹,锻造妖身。但从今往后,你只能做妖,无法为人。你可想好了。"

卓翼宸坦言道:"经历了刚刚幻境里的一切,我已经不在乎这个了。不过……应龙大人,你最后一丝神识留在龙骨里,你把龙骨给我,那你是不是就……彻底消散了?"

应龙笑笑:"应龙早已顺应天道,化身日月星辰,融入世间万物,这最后一抹元神只是因为当年冰夷对我的不舍,才留存至今。他啊,真是个顽固的人。只是没想到千万年来困在这里,却等来和你相逢的一天。也许,这就是冰夷祖先对你的眷顾吧。"

那截龙骨突然变成蓝色的粉末,随风卷起,钻入卓翼宸胸口。卓翼宸朝那块石碑跪下,叩头三次。而后,那块石碑逐渐化成点点星光,随风而逝。

卓翼宸刚起身,连忙又佝偻起身子,捂住小腹,发出痛苦的呻吟。

"小卓,小卓?"

卓翼宸忍着剧痛,哽咽着说:"我……我好像有了……"

裴思婧的目光有些微妙:"你俩刚刚在幻境里发生了什么……"

赵远舟一脸无辜:"卓翼宸,你把话说清楚!"

卓翼宸暴跳如雷:"内丹!我说我好像有了内丹!"

赵远舟这才咂咂嘴:"这下好了,彻底变成我的同类了。"

文潇立即拿出发髻上的笔,掏出本子:"小卓,恭喜你,变成了真正的妖。作为崭新的妖种,请问,你的真身是什么呢?"

卓翼宸有些茫然地摇摇头:"也许是冰夷和应龙的结合体……"

裴思婧总结道:"四舍五入,你就是龙。"

文潇惊呼:"哇,太帅了!"

赵远舟嗤笑了一声,道:"也许是驴,倔驴。"

卓翼宸起身,朝洞外走去:"总比某些大猴子好。"

赵远舟追上去:"白猿!是白猿!说了一万次了!"

众人嬉笑怒骂着离开了禁地。

白颜一直在昆仑山的神庙里等着,终于等到几人平安归来。她对着文潇行礼:"多谢白泽神女找回白泽令,修复大荒,我才得以恢复真身。还好你们平安从冰夷禁地回来,否则,我的感谢都无法表达了。"

文潇连忙朝着白颜回礼。

白颜扫了一眼众人,脸上带着和煦的笑容:"英磊说,你们都是小玖的朋友,特别是小玖最崇拜的卓翼宸大人,他和你最为亲近,谢谢你们照顾他。"

卓翼宸眼神一暗:"我并没有照顾好他……不然他不会被离仑附身。"

白颜的眼神变得有些暗淡:"……白玖和离仑的元神融合了太久,如果不尽快将云光剑修复,等到神识彻底融合,就再难剥离了……"

文潇安慰白颜,只要拿到龙鳞,就能修复云光剑,自然也能将白玖与离仑的元神剥离。可白颜听后仍是面露难色。她说出了自己的担心。

龙鱼族一直独来独往,与世隔绝,千百年来始终不肯接受白泽令的管束。大荒崩塌之后,龙鱼族更是销声匿迹,不知所在。

文潇却坚称，她能找到。

此言一出，众人皆诧异地看向她，唯有卓翼宸露出复杂的神色，担忧地看向文潇。

文潇继续道："当年龙鱼公主违背家族禁止踏足人间的禁令，在人间杀了人……我师父将她封禁在大荒某处，非白泽神女召唤，不得离囚。"

白颜闻言便松了口气，既然只要文潇召唤，便能见到龙鱼公主，事情就好办多了。

赵远舟察觉文潇言谈中透露隐隐的悲伤，有些不解，紧紧地盯着她瞧。文潇发现赵远舟盯着自己，假装无事地冲着他一笑。

卓翼宸看到文潇与赵远舟注视着彼此，眼神缱绻，他眼神一暗，转开目光，默不作声。

文潇拉过白颜，又悄悄和她说了另一件事。文潇将短箫递给白颜，问白颜白泽令是不是有什么异常，因为她每次吹奏完木箫，都觉得心口像灼烧一样难受，而且一次比一次严重……白颜应下会去查查这件事，神色却凝重起来。

赵远舟察觉到异样，似有人在偷听，他回头看了一眼，身后空空如也。

赵远舟那一丝敏锐的察觉没有出错，一个崇武营士兵打扮的妖化人最擅追捕与隐匿行踪。那妖化人偷听到几人的计划后，立即来寻甄枚，将缉妖司众人下一步要找龙鳞的计划告知甄枚。

突然，甄枚听见身后传来脚步声，看来有比这妖化人更擅隐匿追踪的妖，一路跟踪这妖化人来了此地。甄枚警惕地回头，看见的却是离仑和傲因。甄枚一时间定定地看着离仑，眼中的杀意消散，这一变化倒让离仑觉得很有意思。

"你不怕我？"

甄枚回过神来，冷笑一声，道："堂堂大妖离仑，却只能躲藏在一个小孩子的身体里，如此贪生怕死之徒，有何可畏惧的？"

离仑不恼："很好。没有畏惧，就更方便我们合作。"

甄枚只觉得离仑的想法太过好笑，他没有任何理由跟妖合作。

离仑继续道："你看着白玖长大，待他亲如弟弟，不想救回他吗？"

甄枚脸色变了："你调查我？"

离仑笑笑："妖怪善于洞识人心。"

甄枚冷哼一声，道："不要装神弄鬼了，我虽然看着白玖长大，但老师的命令在我心里，永远都是首位。"

"那你可以看着白玖死吗？"

甄枚不语。

红色的毕方羽毛连同一张字条飘落到崇武营，落在温宗瑜的桌子上。温宗瑜放下手札，打开甄枚传来的字条，只见字条上写着"缉妖小队欲寻龙鱼公主求取龙鳞"。

温宗瑜似有些意外："竟然找她……没想到啊，这么多年过去了，又有机会跟老熟人打交道了……"

温宗瑜将一封信的后三分之一撕了下来，只留下最后一行字："此情难待，虽悔已迟。孟玄。"

赵远舟、文潇按照约定等在白帝塔门口。文潇已经召唤过龙鱼公主约她此时在此处见面。但约定时间过了许久，龙鱼公主的身影始终没出现。

赵远舟一只手挡着眼睛抬头看太阳，一只手伸着帮文潇挡住太阳，嘴里抱怨着："这个龙鱼公主，很爱迟到吗？"

文潇耐心道："再等等吧。她脾气乖戾，而且特别讨厌见人，尤其是男人和凡人。只能让小卓他们留在白帝塔内回避一下了。"

赵远舟指了指自己:"我不是男人吗?"

文潇笑道:"你是只猿。"

赵远舟故作娇羞地贴着文潇:"哎呀,只听过姻缘、孽缘,我还第一次听说'只猿'……不过这种情话还是只有我们两个人的时候你再说给我听吧。本来是为了监听龙鱼公主,所以才在小卓大人他们身上施了传音入耳的法术,这下好了,他们在里面也都听到我们在说什么了……怪不好意思的。"

文潇瞪了他一眼:"骂人有什么不好意思的?只有你被骂了还笑嘻嘻的。"

赵远舟笑嘻嘻地看着文潇:"我只有被你骂才笑嘻嘻的。"

文潇故意打趣:"是吗?小卓每次骂你,你不也是一脸傻笑吗?"

赵远舟疑惑道:"有吗?"

卓翼宸、裴思婧、英磊三人待在石室内,听着赵远舟恬不知耻的话。

卓翼宸气得青筋暴起:"狗东西!满嘴胡说八道!"

英磊忙劝解道:"卓大人成妖以后,不仅气息比以前沉稳,连骂起人来都更铿锵有力了。但你悠着点,"英磊指了指卓翼宸脖子上的冰纹,"我感觉你要裂开了。"

赵远舟突然敛神,目视前方:"来了。"

第十八章 龙鱼鳞

龙鱼公主徐徐踱步走到两人面前。她一身蓝色衣裙，光照在衣裙的丝线上，如水波。龙鱼公主看起来二十出头，一双眼睛似潋滟秋水，很美。但美目中满是冷意。

龙鱼公主看到文潇，神色复杂，似不敢看向文潇的眼睛，垂眸，而后行礼："白泽神女……"

龙鱼公主突然看向赵远舟："你是朱厌？"

赵远舟得意，急忙冲文潇显摆："你看，我就说，大荒的人都知道我吧。"

龙鱼公主悠悠地加了个前缀："臭名昭著的朱厌？"

赵远舟脸色一僵，声音从齿缝中挤出："能把话一次说完吗？"

龙鱼公主奇怪地来回扫视文潇和赵远舟："你们两个，喜欢对方？我真是被关得久了，没想到外面世道变了，白泽神女竟然和朱厌——"

赵远舟打断她："你眼界不行，井底之蛙，池中之鱼。"

龙鱼公主不理会赵远舟，只看向文潇："白泽神女解了我的禁制，召唤我前来，所谓何事？"

"我想要求取你的龙鳞。"

龙鱼公主忽地笑了："真有意思，怎么这么多人想要我的龙鳞。"

赵远舟听了，脸上不羁的笑容收敛起来，他认真问道："还有谁问你索取龙鳞？"

龙鱼公主没有回答，只是问："你要龙鳞做什么？"

"我中毒了，需要解毒。求取龙鳞，只为活命，我才能与他长相厮守。"

塔内三人对视一眼。

英磊佩服道:"神女大人可真能编!"

卓翼宸点点头:"卷藏馆里除了妖怪册子,还有很多话本,她看了老多。"

英磊挠挠头:"话本?我爷爷从小都不准我看那种东西,说是伤风败俗。我不是很懂……"

卓翼宸耳朵通红:"文潇看的,和你爷爷说的话本,可能不是同一种……"

"开卷有益,能达到目的就行。"裴思婧认真地为文潇挽回尊严。

文潇的临场发挥让赵远舟倒吸一口冷气,反应不及,文潇从背后掐住了他的腰。赵远舟吃痛,演技立即回归,他看向文潇,眼中满是恋恋不舍。

龙鱼公主打量着文潇和赵远舟,忽然冷笑起来:"人、妖相恋,注定悲剧一场。凡人百年寿数,凶兽存活万年,命运殊途,还妄想长相厮守?"

文潇装作伤感,以假乱真道:"唉,世人都说情深缘浅、物是人非、兰因絮果,却不知道其实也有背弃一切、矢志不渝的爱。"

赵远舟假惺惺地握住文潇的手,满目柔情:"正是我们。"

龙鱼公主看向二人,心有触动:"矢志不渝……背弃一切?我曾经也这样想过,只可惜,痴梦一场。"

龙鱼公主当然能看出文潇与赵远舟眼中是真的对彼此有情。那样的目光,她很熟悉,她也曾用那般饱含爱意的目光望向她的爱人。可惜,人间情爱,虚无缥缈,是妖最碰不得的东西。

龙鱼族的族长禁止龙鱼族人去人间,身为龙鱼族的公主,被管得更为严格。他们都说人间险恶,龙鱼公主不以为意。她私下看过许多人间的话本，自认对人已经很了解了。

唯有人间情爱她不懂。她问侍女阿珠："可懂人间情爱吗？"阿珠摇摇头，凑过去也细读那话本。不多时，主仆二人惊讶得捂住嘴巴——那话本中的人竟然为了情爱，舍弃了生命。阿珠急忙合上了那话本，笃定人间情爱是一种可怕的邪术，万不能对它好奇。她急忙将公主手中剩下的话本一口气收走，吹灭了蜡烛。

阿珠走后，龙鱼公主笑嘻嘻地又从枕头下拿出一本。她悄悄拿起夜明珠照亮，继续研究，龙女公主的心随着那跌宕起伏的爱情故事，起起伏伏。最终，她得出结论，那不是邪术，分明是极厉害的法术，能让人哭，让人笑，甚至让人心甘情愿舍弃生命。

龙鱼公主还是偷溜去了人间。她玩了几次，并未遇到什么危险，心中更加笃定，那些说人间险恶的话都是年长的人说来吓唬孩子的话罢了。

有一次，龙鱼公主玩了太久，忘了时间，她着急往回赶，无意间撞上了一个行人。

那人连连道歉："对不起，姑娘，没撞伤你吧？……我急着出诊，就没注意行人，失礼了……"

龙鱼公主边跑边回头看，只见那公子也在回头看她。那公子一身大夫的装扮，年轻，相貌端方，温文尔雅。他朝她笑时，龙鱼公主只觉得有些怪，她很喜悦，便冲着那位公子笑得明艳："我叫龙鱼……龙玉，公子怎么称呼？"

那人温尔一笑："孟玄。"

孟玄……龙鱼夜半躺在床上，将这个名字刻在夜明珠上，那名字便在夜色中闪着光。龙鱼公主一边看一边笑得娇羞，而后又猛然坐起来，惊觉自己这样好似……书中所写，定是……中了那凡人的法术！难怪书上总说"人间多情事，遇见方知有"，竟真有这般神奇。

龙鱼公主开始频繁偷溜去人间找孟玄。起初，她只要看见他便觉得高兴，她远远地坐在医馆对面的亭子中看着他，看他耐心地与老人家问诊，看他将本就不多的吃食分给路边的黄狗。他的一举一动，在龙鱼公主的眼里，都和其他人那么不同。

　　很快，龙鱼公主就不满足于只是远远地看着他。她想在他的生活中留下一些痕迹，她开始每日在医馆门口偷偷放两条新鲜的海鱼。那医馆的伙计欢喜地将鱼拿进去，说是不知道哪个病人放的，还有人笑称是大黄狗抓来的鱼，是报恩的！龙鱼公主听得生气。

　　这种感觉很微妙，有时他打开窗朝这边看来时，龙鱼公主就会立即躲起来，可她心里期盼着他能发现自己。

　　再后来，医馆门口每日的两条鱼变成了各种海鲜。龙鱼公主想，这可不是黄狗能捉到的，寻常人也寻不到，他应该能发现异常吧。于是，那伙计开始满面愁容地将那海鲜带进了医馆，谁也不认得这些东西。

　　一日，龙鱼公主如往常一般，拎着一兜海鲜准备趁医馆开门前，悄悄地放下，只是一转身就撞见了孟玄。晨光熹微，孟玄一身白衫，正看着她。从来都是远观，如今忽地这么近看着孟玄，龙鱼公主想，是那法术起了作用，让她的心跳加速。她想跑走，腿却也不听使唤，心中直呼"完了"。

　　可孟玄笑得温和，他说她日日为医馆送来海鲜，理应感谢一番，于是带龙鱼公主去了附近的酒楼。店小二问吃点什么，孟玄也问她喜欢吃什么。她说不出，只觉得自己笨拙异常，似中了封住口的法术，连话也不知该如何说了。

　　于是孟玄与店家耳语几句，店小二点了点头，便离开了。龙鱼好奇地问孟玄，怎么知道自己喜欢吃什么？孟玄笑笑，说他也不知道，看姑娘对此处也不熟悉，便叫店家将旁人常点的菜肴都上一份，这样姑娘以后再来此处，便知道自己喜欢吃什么了。

龙鱼公主想到他平日的吃食寡淡，如今却肯为自己花这么多银钱，不觉脸颊发热。

两人渐渐敞开话匣。龙鱼公主谎称自己家住附近的渔村，是偷溜出来玩的，对这里很不熟悉。孟玄便提出之后不忙时可带她四处转转。孟玄又问起那些从未见过的海鲜。龙鱼公主细细地讲述，哪些可入药，哪些可食用，还有些是海中难寻的，兴许能卖上价钱。她说得出神，停下时才注意到孟玄正盯着自己看，一时间，脸颊更烫。

之后，龙鱼公主再溜来人间时，便乖巧地在亭中等着孟玄忙完，等他带自己游览人间的繁华。人间琳琅，处处热闹，得一心人，再不孤寂。

龙鱼公主对孟玄毫无保留，除了……她的身份。

后来，龙鱼公主撩开自己耳后的鳞片，将自己最后的秘密也向孟玄坦陈。

孟玄眼中难掩震惊之色，眼中竟泛起些泪光："龙鱼……公主？"

龙鱼公主小心翼翼地问道："嗯……你会怕我吗？"

孟玄淡淡一笑："有一点……但我不在乎。"

"那你在乎什么？"

孟玄看着她，没有回答，但一切答案都在他的眼中。

"龙鱼岛的生活，日复一日，无聊、乏味，我便喜欢自己整理和记载大荒的奇闻逸事……你看……"

孟玄接过她手上的《大荒奇闻逸事》，然后，他拿出一封信，递给龙鱼公主。

龙鱼公主打开信，念道："吾愿与卿共携手，一生一世一双人……孟玄。"

龙鱼公主泪光闪烁，定定注视着眼前人。随后，她从怀中拿出一对宝珠:"这是凤珠和凰珠。凤凰乃应龙后代,当年应龙死后,凤凰感其悲悯,念其哀痛,最终忧伤过度,泣血陨化成珠。这是龙鱼族的秘宝。现在,我把其中的凤珠给你。"

龙鱼公主的话语郑重而真挚:"凤凰出双入对,恩爱无绝。若君不欺,我亦死生相随。"

孟玄怔着接过那颗凤珠,目光有些闪躲:"我……定不负你……"

龙鱼公主不知道怎么表达爱,她只知道她要将所有她认为好的东西,一股脑儿地献给自己珍重的人,矢志不渝,背弃一切……

龙鱼公主觉得自己极幸运,遇见了孟玄,如凤求凰,是一生之幸……不承想……这世间哪有一帆风顺,如果处处般配,全然顺着心意,多半是另有所图。

孟玄与龙鱼公主的缠绵悱恻便是一场精心谋划。

他一早便察觉到有个姑娘一直站在医馆外的凉亭之中偷偷看他。起初,他不甚在意。直到门外开始出现一些深海中才有的海鲜时,孟玄能感觉自己的心快要跳出胸腔,自然不是因为情爱,而是因为他一直在寻找龙鱼公主。原以为这个念头是天方夜谭,不料上天竟把龙鱼族人送到了他面前。当然,一切都只是猜测,他必须打探一番。

他请那姑娘吃饭时,眼睛时刻盯着那姑娘,不带爱意,只有盘算和打量。那姑娘无论是谈吐还是行为,都不似人,应当如他猜测得一般,是龙鱼一族。他与之虚与委蛇,假情假意,只希望能尽快让对方卸下防备。那龙鱼族姑娘心性单纯,又倾心于他,没过多久,便与他坦白身份,原来那姑娘就是龙鱼公主。

孟玄一时喜极,竟要哭了出来,好在这样的失态落在龙鱼公主的眼中,也只是表达情意的一部分。

他终于找到了龙鱼公主。

孟玄怀揣着跳动不安的心,回到了家。

他的家中，一个长相温婉的女人躺在床上，她手腕处发黑的伤口触目惊心，脸色也十分苍白，肚子隆起，看着约有六个月的身孕。孟玄拿着一碗药扶着她，细心地吹散热气，喂给她喝。

"相公，别费心了，我是为玄蜂所咬，伤口溃烂，无法愈合。妖兽之毒，人间草药治不好的。"

孟玄眼眶泛红："我已经有法子了，我今日遇到了龙鱼族公主，她身上的逆鳞可治百病，你和孩子都会平安无事的。"

"她如果肯施舍鳞片，救我和腹中孩儿性命，我们可真要好好谢她。"

孟玄温柔地应着，眸光晦暗不明。

孟玄幼时被人遗弃，沿路乞讨，朝不保夕。一个小姑娘将满身恶臭、奄奄一息的他捡回了家去，从那时起，这条命，理应归她。他们青梅竹马，相互依偎着活在这世上，他们只有彼此。

成年后，他们一起组建了这个小家，夫人还怀了孩子。他们规划着日后要开一家自己的医馆……

乱世妖兽横行，手无缚鸡之力的凡人面对妖时，毫无防备之力。玄蜂咬伤了她，让她日日受折磨，他也受折磨。他的医术再高明也无用，他救不了心爱之人。

幸有上天垂怜，他遇到了龙鱼公主。她脖颈下的逆鳞可治百病，起死回生，只是要取其逆鳞，就得取她性命。

他没有同夫人细讲，他的夫人善良，定不忍心以龙鱼公主的命来换自己的命。可在孟玄心里，这世间什么都比不上他夫人的命珍贵。

两人依偎在一起。孟玄满目含情，他的夫人拉起他的手，抚摸自己的肚子："瞧，孩子在踢我。"

孟玄笑笑，只要能救回妻儿，他所做的一切都值得。只是他想起龙鱼公主那张明媚而单纯的脸庞，心中总有一丝不忍。

烛火摇曳，孟玄心中百般滋味。

窗外小河流过，哗啦啦作响，几尾鲤鱼摆着尾巴迅速游走。

龙鱼公主坐在水边，她的面前游动着几尾鲤鱼。龙鱼公主的神情逐渐从难以置信变成崩溃、愤恨。她扯断脖子上的绳子，那上面系着一颗凰珠。她将凰珠捏在手里，妖力一闪，凰珠瞬间变成粉末。

孟玄并不知道，河中万物、海中生灵，都能与龙鱼公主对话……知道真相的龙鱼公主，心中的恶念疯狂滋生，难以压抑……原来那些甜蜜、那些誓言竟都是包了糖衣的砒霜，只为要她的命。假的！一切都是假的！人间情爱，虚伪至极！既然孟玄如此费尽周折要救下他的妻儿，她偏要把他妻儿杀了，让他也饱尝爱而不得的滋味！

龙鱼公主说不清这个决定真的只是为了报复，还是她仍然不忍心杀孟玄。或者说，她赌了一把。龙鱼公主故意约孟玄在城外见面，想引开他，好对他妻儿下手。如果他去赴约，他就能活；如果他没有赴约，那就是天命。

龙鱼公主最不愿意看到的一幕还是发生了——他没有赴约，提前回了家。

龙鱼公主遥遥看见孟玄的背影拎着药材进入院落，那院中不知为何还有一个陌生男子。

"文和兄，你怎么来了？"

文和眉开眼笑道："温大夫让我送些梅子来，说是夫人食欲不佳。孟大夫，许久没见你了啊。"

"前些时日，家中有事，回了一趟老家。"

文和刚进房门就闻到了异常的香味，吸了吸鼻子："好香啊……什么味道？"

两人来到床边，只见床上躺着的女子全身溃烂，已经死了。床头案几上放着一个打开的贝壳，里面有一颗红色的珍珠，异香便是这珍珠飘散出来的。

这香气有剧毒，文和忽然一窒，捂着脸痛苦地倒下。孟玄也倒下了……

文潇寻到父亲时，父亲的尸体全身溃烂，她崩溃得大哭。悲痛中，她突然看见前方发出亮光。

来人是赵婉儿，她腰际的白泽令短箫正发出闪烁的光亮。

赵婉儿温柔地说："我被短箫指引而来。很高兴找到你了，我一直在寻找的下任白泽神女。"

文潇深吸一口气，抬起头看向眼前的龙鱼公主。

龙鱼公主继续道："我偷偷在孟玄家里放了龙鱼族特有的剧毒销骨香。用红鲛珠炼制而成的扩散性剧毒香味浓郁，闻者即刻全身溃烂而死……是绝对禁止带入人间的一种妖毒。我本来只想杀他妻子，却不想孟玄没有赴约，回了家，也一同被毒死了。可能是老天也觉得他可恨，自作自受……"

但说着，龙鱼公主的眼泪还是流了下来。

文潇的眼眶已经通红，神色痛楚："孟玄可恨，但你也该死，为了一己私仇，如此狠毒，不留余地。孟玄妻子怀有身孕，你竟然也下得了手！而且你还害死了我的父亲！"

世事无常，文潇的父亲文和原本只是去送梅子，他与龙鱼公主和孟玄的纠葛无关，却因龙鱼公主被愤怒冲昏了头脑，用了销骨香，而被误害了性命。

龙鱼公主低头，无言以对。

文潇正色道："龙鳞是你欠我的，你欠我一条命，没忘吧？"

龙鱼公主露出悲伤的笑容："忘不了。欠你的，我自然会还，但我有一个要求。"她的手指向赵远舟，"想要我的龙鳞，拿他的内丹来换。"

文潇脸色一变。

赵远舟看着龙鱼公主,笑了:"你也想要我的内丹?有趣……"

龙鱼公主不看赵远舟,只看着文潇:"你是白泽神女,有护佑两界的使命在身,我理应献出龙鳞。那同样,一个恶妖,为神女献祭,又有何不可?要不要交出朱厌的内丹,你想好了再召我来吧。"

龙鱼公主转身便要离开。

赵远舟手中妖力凝聚:"想走?"

龙鱼公主笑了:"若想龙鳞生效,必须主人自愿。这就是龙鱼族最厉害的地方。朱厌,你应该很羡慕我吧?'自愿'二字,对你来说,不奢侈吗?你这一辈子,有多少次情非得已、身不由己、事与愿违……你自己数。"

赵远舟沉默了。

"朱厌,献出内丹,对你来说,难道不是解脱吗?"

龙鱼公主笑着,飞身回到囚身之处。

龙鱼公主走后,白帝塔内的三人赶了出来。文潇颓然坐在水边,看着水里的游鱼发呆。

"原本以为利用龙鱼公主对我的愧疚,就可以让她交出龙鳞,却没想到……"

裴思婧安慰道:"文潇,不用自责,不是所有人都像你一样善良。不要因为别人的恶,而动摇自己的善。"

所有人都沉默下来。

文潇紧抿着唇,卓翼宸脸色黑沉,裴思婧沉思着,英磊看着别处发呆,唯有赵远舟的表情尚算轻松。

卓翼宸道:"这个路子行不通,另寻他法吧。"

文潇忽然背对岸边,面朝众人,从怀里拿出了一个东西。裴思婧、英磊和赵远舟看着文潇,神色微变,没有说话。

文潇身后的卓翼宸见几人的神色有些奇怪,刚想上前开口,被赵远舟打断了:"怎么行不通?路子不是已经很清晰了吗?交出我的内丹,就能换得龙鳞,修复你的云光剑。"

卓翼宸神色变冷:"赵远舟,你的内丹,你自己收好,我不会用你的性命来换任何东西,云光剑也不行。"

赵远舟笑了:"我对你这么重要吗?比云光剑还重要?"

卓翼宸答:"你对别人很重要。"

卓翼宸没有看文潇,但文潇低下了头。赵远舟意识到后,转眼看向文潇。

卓翼宸道:"你看他们也没用,剑是我的,我说了算。"

"可内丹是我的,我说了算。"

卓翼宸冷声道:"赵远舟,你别逼我。"

赵远舟异常认真:"我没有逼你,我只是不想把你推到这种艰难的抉择面前,所以我替你选……而且看起来裴思婧和英磊好像也比较赞同我……"

卓翼宸的目光锐利地扫过裴思婧和英磊:"我知道你们想救白玖。但赵远舟也是我们的朋友……朋友难道还要分轻重吗?"

英磊的眼睛红红的:"怎么不能分?你自己厌,自己想要端水,不代表所有人都这样。你不敢选,我敢,小玖就是更重!今天,如果大家都没事,我不会逼赵远舟。如果人鱼公主要的是我的内丹,我二话不说就献出去,不会伤害赵远舟。但今天他和小玖两个人里必须死一个,那我会毫不犹豫地说,死赵远舟。你们每个人嘴上说得冠冕堂皇、漂漂亮亮,但心里难道不想被偏爱,不想被坚定地选择吗?你们不选小玖,我选。"

文潇难以置信地看着英磊,情绪激动:"赵远舟不想被偏爱,不想被坚定地选择吗?他一辈子都没有被人坚定地选择过。哦,不对,有,庾气选择了他,于是所有人都放弃了他。"

英磊转向卓翼宸,小山神眼里第一次出现泪光:"卓大人,你不想救小玖了吗?……他被困在那个黑暗的地方,他肯定很无助,很害怕……他每一次最害怕的时候,最想要求助的人都是你啊。"

裴思婧也看向卓翼宸:"卓统领,白玖需要你。"

文潇坚持:"无论如何,我站小卓这边,我们不会同意牺牲赵远舟来换龙鳞。"

裴思婧冷声道:"没有'我们',只有你和卓翼宸。我同意赵远舟的决定,用他的内丹换取龙鳞修云光剑。"

英磊表态:"我也同意。"

文潇怔忡一秒,心如坠冰窟,她的眸色越发深沉,忽然冷笑道:"你们一开始就……选好了,对吧?没有任何犹豫,就决定送赵远舟去死……"

卓翼宸目中流露出失望和受伤:"我本以为你们与我志同道合,是我错了。今日谁想取走赵远舟的内丹,先踏过我再说。"

裴思婧落箭在手,指向卓翼宸,英磊提起了菜刀,文潇将短刃握在手上。

就在两边要起冲突时,赵远舟扬声道:"不用这么麻烦,别动刀动剑的,我的内丹,我自己来。"说着,赵远舟抬手运气,仿佛马上要逼出内丹。

文潇和卓翼宸同时传来喊声。

"大妖!不要!"

"赵远舟!"

文潇再次召来龙鱼公主,她将一颗红色的内丹交到龙鱼公主手上。龙鱼公主则将一只匣子递给文潇。文潇打开匣子,里面是一枚泛着彩光的龙鳞。

龙鱼公主拿到内丹后,去见了甄枚。在她见文潇之前,傲因和离仑还有甄枚先一步找到了她。甄枚拿着温宗瑜给他的那封落款为孟玄的信。

龙鱼公主看着手中的残片,提出,她要拿到整封信。甄枚开出条件,让她拿赵远舟的内丹来换。龙鱼公主顺利拿到了内丹,但她要求见甄枚的主人,亲手用内丹交换那封信。甄枚立即引路。

思南水镇的棺材铺里,一个戴着草帽的仆人正在院落里烧纸钱,收拾法事器皿。

温宗瑜戴着面具走了进来。

龙鱼公主伸出手,掌心一颗红色内丹:"赵远舟的内丹,我带来了,信呢?"

温宗瑜从腰间拿出一封信,递给龙鱼公主。龙鱼公主同时交出内丹,以此交换。龙鱼公主接过信,并没有看信,而是直接撕成碎片,撒进了水里。

温宗瑜仿佛有些意外,愣了一下。

龙鱼公主冷笑道:"这封信对我而言,已经没有意义了。你戴着面具,是因为还想继续骗我,还是无颜见我?"

温宗瑜没有吃惊,缓缓摘下面具。

龙鱼公主时隔多年再次见到这张脸,正是她记忆中熟悉的样子,她心中有些凄楚,又有些释然:"你果然没死。事到如今,你还想着利用我……你根本没有爱过我,对吧,孟玄?"

"你知道我没死?"

龙鱼公主的面容看起来有些疲倦:"这么多年过去了,你给我的那片信纸是新的,墨迹也是新的,但信上确实是孟玄的字迹,我不会认错……你现在连骗我都这么敷衍了吗?"

温宗瑜笑笑,似乎也很淡然:"当年中了你的销骨香全身溃烂而死的人,是我师弟,他才是真正的孟玄。那一日,我的确按照你的约定去了树林，托我师弟去照料我的夫人……我从白天等到黑夜，但你并没有赴约……现在想来，我对你还是有情，这份情，救了我……"温宗瑜说着，目光中不自觉含着凛冽的杀意，"却害了我心爱之人……"

他压抑不住那滔天的恨意，他仍然清楚记得当他赶回到家中看见心爱之人变得面目全非时那种绝望和无力，他此生都不想再体验第二次。妖总能轻而易举地夺走他最珍重的一切，就因为他们天生拥有强大的妖力，可妖凭什么拥有那么强大的力量？妖根本就是一群不受控的野兽！他要杀尽大荒的妖，要让妖的力量为他所用，这世间再没比他更强大的力量！

龙鱼公主冷笑："你不配提'情'字、'爱'字。你不配。"

温宗瑜怒极："对，我不配，我恨自己凡人之躯不敢踏足遍地凶兽的大荒……更不知你躲在大荒何处，杀不了你！心爱之人为妖所杀，我却不能报仇。我不配活着。这些年，我苦心布局，只为找到你，将你千刀万剐，再踏平大荒，除尽妖兽。"

"呵呵……心爱之人？在你欺骗我感情、骗我龙鳞的时候，没想过有报应吗？"

温宗瑜深吸一口气，敛起神色："也不尽然，老天爷也许觉得我此生可怜，所以如我所愿，又让你自己送上门了。"

龙鱼公主抬起头看他，眼里含着泪，嘴角却露出了悲凉的微笑。

"既然来了，那我就要你死！我苦心研究这么多年，就为了这一天，替我夫人和未出世的孩儿报仇！"

话音刚落，院落里的仆人扔掉草帽，转身露出真容，是一名崇武营猎妖人。只是他眼睛纯白，没有眼瞳，手上有锋利的指甲，宛如利爪，显然已经妖化。

就在妖化人走过来时，天井上方飞来一支箭。正是裴思婧的箭，直接射进妖化人的胸口，将之对穿。妖化人被箭的力量带着朝后倒，跌出门外。

温宗瑜蹙眉："裴思婧的猎影箭？看来……你是和缉妖司那群人合作了？"

龙鱼公主眼中闪过疑惑，她并不清楚。

时间回到昨日，文潇背对岸边，面朝众人，除了站在她身后的卓翼宸，其他人都看见文潇从怀里拿出她平时用来记录东西的小册子。

文潇翻开一页，上面写着："水里有鱼。"

众人疑惑，文潇翻开第二页："龙鱼公主，可与水中万物通灵。"

赵远舟挑挑眉，不明用意。

文潇翻开最后一页，上面写着："一字诀：演。"

赵远舟笑了。

文潇身后的卓翼宸刚想上前开口，被赵远舟打断了，大家合力演了一出戏，情感大开大合，酣畅淋漓，除了没有看到文潇本子上字迹的卓翼宸。

计划顺利，龙鱼公主被蒙骗过关，众人跟着她来到此处。

一炷香前，众人便埋伏在二楼，唯独卓翼宸抱着剑坐在远处生闷气。

赵远舟走过去："小卓……"

卓翼宸铁着一张脸："走开……"

赵远舟一秒都没有犹豫，立刻转身："好的好的……"

英磊啧啧道："我要是小卓大人，肯定气炸了。关键是小卓大人平日里一本正经，一群戏精互相飙戏，就他一个人真情流露，太羞耻了……"

众人窃笑，又心疼又觉得好笑。

文潇复盘昨日的大戏，遗憾道："关键是小卓那个站位有问题，我要是让他看到了，水里的鱼也就看到了。"

英磊锐评道:"和站位没关系,小卓大人刚正不阿,光明磊落,他平日里撒个谎,耳朵都红得像要滴血。真要让他演,水里的鱼都能笑得肚子翻起来,笑死……"

卓翼宸听到几人的对话后,脸更黑了。

温宗瑜一向狡诈,所以,他们给出去的那颗假内丹外面涂了迷药,温宗瑜拿到还来不及细看,就会被迷晕。

此时,屋内,龙鱼公主开口:"内丹上面已经抹了龙鱼族的剧毒,你很快就会死。"

温宗瑜抬手,看向手指捏住的内丹。

龙鱼公主面目一凝,口吐鲜血,却笑了:"你不是很想念你的妻儿吗,那就下去陪他们吧……我也陪你一起……"

温宗瑜怔住:"……你交出了逆鳞?"

龙鱼公主点头:"是……文潇并不知道,龙鱼族一旦交出逆鳞,就会死……"

躲在二楼阴影里的文潇听到这里,面色震惊,眼眶发红,她本意只是想要一枚龙鱼鳞,却不想龙鱼公主交给她的是逆鳞。

赵远舟轻轻抚上她的肩膀,握了握。

龙鱼公主目光变冷:"而你是知道的,我告诉过你……我因为爱你,相信你,把所有的秘密都告诉你。你知晓一切,却依然想要用我的命换你妻儿的命!该死的人,是你。"

温宗瑜不语,他只是冷冷地看着龙鱼公主,眼中没有丝毫的柔情和波澜。

龙鱼公主嘴角带着血迹,决然地冷笑道:"你曾说,一生一世一双人……孟玄,你既然没有和你妻儿同生共死,那便和我同年同月同日死吧……为你所造的孽,也为我所赎的罪……"

龙鱼公主盯着温宗瑜。结果温宗瑜哈哈大笑起来,他的手指一捏,假内丹被捏得粉碎。

"你到现在还在叫错名字,不可悲吗?孟玄早就死了,你们没法儿同年同月同日死,今天,死的只有你自己。"

龙鱼公主一时间错愕。

温宗瑜撕开了手上肉色的假人皮,那是由妖兽皮特制而成的一副手套,无比贴合,可隔绝毒性。

龙鱼公主难以置信,狠狠地看着温宗瑜,一时间气血攻心,又吐出一口血。

温宗瑜看着她的样子,冷笑道:"我早知会有诈,所以提前防备。果然,你们真是没有让我失望……但你还是不够狠心,怕再次伤害到水镇上无辜的人,你要是够狠,就应该再次用当年害死我妻子的那种扩散性剧毒……不过,那也难令我中毒,我放了个侍卫在这里,就是为了试探空气里有没有毒……"

温宗瑜看了看身后中箭但依然起身的妖化人:"你现在知道了吧?善良,没有用。"

龙鱼公主听着他略微得意地讲着如何对自己处处设防,只觉得心寒。她脸色惨白,气若游丝,支撑不住,倒在地上。她的视线里,只剩下温宗瑜斜着眼蔑视的眼神。

龙鱼公主咬牙切齿道:"孟……玄……"

温宗瑜怒极:"我不叫孟玄。是你害死了我妻儿,都是妖的错……"

龙鱼公主无法动弹,弥留之际,她眼前闪过那个温润如玉的郎中孟玄,那个待她温柔体贴的孟玄,那个与她说一生一世一双人的孟玄……她真希望他只是孟玄。龙鱼公主伸出颤抖的手,挣扎着拉住温宗瑜的衣摆,像在努力抓住濒死前最后的幻梦。

温宗瑜面色阴冷:"……你放心,很快,我就会送上整个大荒的妖,给你陪葬。"

龙鱼公主眼角滑下一滴泪。她不甘心地看着温宗瑜,却嘶哑着再也说不出话来。她懂了，感情，真是极厉害的法术，让人身不由己，搭上性命，早知如此……不如不懂。龙鱼公主缓缓闭上眼睛，至死都没有松手，紧紧攥着温宗瑜的衣摆。她的耳边仿佛又响起了龙鱼族的凄怆歌声。

温宗瑜眼神晦暗不明，最终，转身，从龙鱼公主手中扯走了自己的衣摆。

卓翼宸盯着温宗瑜，问赵远舟："让他走吗？"

赵远舟摇摇头："院落里有十几个妖化人，我的一字诀对他们不起作用，你的云光剑还没修复……现在硬碰硬，我们吃亏……先不要打草惊蛇，看看温宗瑜到底想要干什么。"

金色的光点冉冉升空，飘到二楼。

众人探头看去，龙鱼公主的尸体已经化成星光，慢慢飘散，消失。

一行人回到了白帝塔。

赵远舟笑嘻嘻地凑近卓翼宸。

卓翼宸身形一躲，瞥了赵远舟一眼："哼。"

赵远舟无奈道："还在气。"

文潇笑着哄卓翼宸："小卓，别气了，下次我和你一起骗赵远舟，好吗？"

卓翼宸没有说话，脸色却柔和了许多。

倒是裴思婧一听文潇的话，脸色变得僵硬起来，低声说："别有下一次了，吵架、演戏这种事情，真的不适合我。"

文潇笑笑，拿出龙鱼公主给的匣子。匣子一打开，众人都看见了里面泛着彩光的龙鳞。文潇合上匣子，交给卓翼宸："龙鳞给你，可以用来修复云光剑了。"

卓翼宸刚要伸手，却被赵远舟抢先接过。文潇打量赵远舟一眼，赵远舟眼里微不可察地闪过一丝异样,转瞬即逝,然后变为笑意。

赵远舟说道:"不急,龙鳞只此一枚,而且我们也不会修剑,还是等白颜大人回来问清楚她该怎么修,比较稳妥。"

裴思婧点头:"也是,事关成败,不能草率。"

赵远舟顺势说道:"那这段时间龙鳞不如就由——"

英磊举手,声音洪亮:"交给我保管吧!"

赵远舟迟疑一秒,道:"你?"

英磊叉着腰:"我怎么了?你这个表情,侮辱性极强。放心好了,我一定寸步不离,牢牢盯好,泰山崩于眼前,我也不会眨一下眼睛!"

"你一个山神,说泰山崩了……这样真的好吗?"

卓翼宸点头:"嗯,交给英磊,我放心。事关小玖,他一定看得比自己还重。"

赵远舟无奈道:"行。"说着正要把匣子递过去,又不安心地收了回来,"不过,离仑那么想阻止我们修剑,一定会来抢夺龙鳞。"

英磊拍胸脯:"那我就跟他拼命!"

赵远舟合上匣子,握拳伸出两指,轻轻点了点盒子,盒子表面金光波动了一圈,他下了个咒:"封。"

然后赵远舟把匣子交给英磊:"为保安全,我用法术设了限制,谁都无法打开。"

英磊郑重接过:"这样就万无一失咯。"

赵远舟和文潇并肩坐在海边。

文潇安安静静地目视远处,赵远舟侧头看她:"神女大人,在想什么?"

文潇长叹一声,道:"想修好云光剑,让小卓不死。想打败离仑,让小玖不死。想保护好大荒,让众妖不死……让英磊能做个逍遥快乐的小山神,还有裴姐姐……"

赵远舟凑近她耳畔,声音充满柔情又似在撒娇:"那我呢?不想想我吗?"

文潇脸一红,别过脸去:"谁说我没想?"

赵远舟灼热的眼神注视着文潇:"那你是想我死,还是不死?"

文潇无言以对,顿了顿,道:"文潇不想你死,但白泽神女希望你不再被折磨……"

文潇看向无边的海面:"你知道我为什么想当神女吗?我出生的时候,娘亲难产而死。爹爹独自将我带大。他一生与人为善,却不得善终。我跟随师父回到昆仑学习,一开始只是为了有个安身之所,但跟随师父学得越多,越清楚地知道白泽神女肩负的重任。"

赵远舟笑笑:"我那时还以为你就是个不谙世事的小姑娘呢,没想到你心里装了这么多。"

文潇淡淡一笑:"我从师父身上学到了大爱、大义,认识你这个极恶大妖之后,明白了更多。"

赵远舟挑眉看着文潇,饶有兴致道:"哦?从我身上能学到什么?厌世吗?"

文潇笑着看他:"人们无法选择自己的出身,但可以选择自己的人生。"

赵远舟的心突然被轻轻触碰了一下,又痛了。

文潇继续说道:"你从诞生起就注定是一个悲剧的容器,戾气寻迹而来,你无处可躲。一切都是因温宗瑜而起,是不烬木激化了你的戾气,你才失控杀死了师父……生为极恶之妖,但你选择了与恶为敌。"

赵远舟神色黯然:"没想到,我们的命运,皆是因温宗瑜而变。"

"是啊,我爹因妖而亡,我却仍然相信妖并非都是邪恶的。你和离仑亲眼见到温宗瑜残害小妖,离仑选择非我族类皆尽杀之……而你愿意相信人性本善,天地生灵都值得守护和珍惜……"

赵远舟点点头:"我们虽然命起殊途,但大梦同归,挺好。"

文潇心中有些不安："人间山河万里，繁花似锦，大荒也二十八山，奇珍遍野……其实我们所有人都走在同一片名为'命运'的大地上，生命就像飘零的落叶，被八面来风吹到一起，相聚，再离散……但风永远无常，我总是害怕，说不定哪天就把我们吹散，碾碎。我怕离散，怕追悔，怕得而复失，怕大梦醒来，天地间只剩白茫茫一片空寂……"

赵远舟认真地看着她的眼睛，说："再漫长的梦，都会醒来。再长久的相遇，都会离散。但也正是因为这样，世间时时刻刻才更值得珍惜。'大梦归离，唯心永记'，你在世间留下传奇，世界就永远不会遗忘你。所以，不要怕。"

文潇的眼泪掉下来，但她露出了笑容。

赵远舟也笑了，很温柔。

文潇第一次在他脸上看见如此温暖而安心的笑。

"也是，有你这个称霸两界的大妖保护我，我有什么好害怕的？"

赵远舟坏笑道："怪不得那时候非拉着我签卖身契。"

文潇顺着他打趣道："是啊，总要找个厉害的打手。"

"你现在可是白泽神女大人，多少大妖、小妖都看着你，你可得好好地活下去，他们都指望着白泽神女大人的保护呢。"

文潇看着赵远舟，认真说："我们一起活下去。"

夜风微凉，吹得人莫名惆怅。

赵远舟突然将自己的额头贴向文潇的额头。

文潇愣了下："你干吗？"她脸红了，但她不想推开赵远舟。

"既然我们约定活下去，那就盖个印。"

夜空下的大海，海浪温柔。

英磊抱着怀里的匣子警惕地坐在神庙内。一个脚步声由远及近。英磊立即警觉，抬眼一看，竟然是卓翼宸。

"卓大人，你怎么来了？"

卓翼宸点头："我不放心，怕离仑来抢龙鳞。"

英磊嗅到空气里有异样，微不可察地吸了吸鼻子，眼神忽然变了："龙鳞没事啊，我看着呢。"

卓翼宸伸出手，摊开手掌："给我看看。"

英磊缓声道："好啊。"接着，一把菜刀直接砍向卓翼宸的手，卓翼宸立即收回手闪躲。

英磊怒喝道："哼，你根本不是小卓大人！你味道不对！"

傲因变回了原本的模样，魅笑道："那你说说，卓大人是什么味道？"

说着，她上前抢夺匣子。英磊与她过了两招，占据上风，眼看菜刀要向傲因劈下，傲因竟直接用右手生生接下了刀刃，刀刃入骨。英磊一惊。傲因趁着英磊分神的片刻，另一只手迅速打落他手中的匣子，接着瞬间蹿到匣子旁边，拾起匣子逃窜。

英磊面色惊惶，挥手用法术在墙上留下"傲因"两个金色大字后，立即去追傲因。

傲因一刻不停地抱着匣子跑回了槐江谷。

"老大，我把龙鳞抢到了！"

离仑脸色苍白，正在打坐。他听到傲因兴奋的声音，才睁开了眼睛，只见傲因正试图打开那只匣子。但匣子被设了禁制，傲因打不开，急得满头大汗。

离仑目光落在傲因血肉模糊的手上，他伸出手，傲因立即恭敬地双手递上那只匣子。

离仑摇摇头："我不要盒子，给我你的手。"

见傲因仍在发愣，离仑抓过傲因的右手，抬眼和傲因对视，金色瞳孔照进傲因眼中。她久违地见到了离仑真身，一时间热泪盈眶。傲因的手上传来温热的感觉,她低头,只见自己那血肉模糊的手正在长出新的血肉。

但傲因脸上不见喜色,只有担忧:"我这点小伤,没事,你的妖力已经所剩无几了,别浪费在我身上。"

"留在我这个将死之人身上才是浪费。我如果死了,妖力都给你。"

离仑的话让傲因神色更加落寞。

离仑接过匣子,两指施法,点向匣子,匣子发出轻微的声响,打开了。

"区区禁制。看来赵远舟已经完全忘记了,忘了他曾经教过我他那些唬人的小把戏。"

话音刚落,他就因刚刚施法,一阵轻咳。

傲因急忙劝道:"大人,你中毒很深,勿要再随意施法了。"

离仑嗯了一声。

匣子刚刚打开,英磊的身形就横冲直撞地飞了过来,口中还怒喊着:"把龙鳞还我!"

离仑冷不丁被英磊用力一撞,手一松,匣子落在地上,碎成两半。匣子里空空如也,并没有龙鳞。

傲因震惊地拿起摔成两半的匣子,仔细检查:"龙鳞呢?!"

英磊显然也十分意外,瞪大了眼睛,问出了同样的问题。

离仑蹙眉,知道又中了赵远舟的计。他转过身吩咐道:"这毒真让人难受,我进去歇会儿。至于这个人……你送他出去。"

傲因有些意外,但乖乖照做。她架着英磊,想把他推到外面,英磊却不肯走。

傲因亮出爪子:"不肯走,是吗?既然这样……不知道半妖半神的肝脏会不会比人肝有用。"

英磊举起了菜刀,刚准备和傲因拼命,突然发现自己的手脚无法动弹。

离仑的身形忽地闪至英磊身后，他闭目掐指念诀，用定身术定住了英磊。

"解开我！快解开你的定身之术！把我定着算什么本事！小玖！你快点把小玖还给我！你给我等着！哼，你没拿到龙鳞，等着被剥离吧！"

离仑脸色黑沉，睁开眼睛，瞪向英磊。

"我一定会救回小玖的！我……呜……"

英磊话未说完，嘴就被法术封住了，再发不出声音，只有眼珠子能动。英磊的眼珠子不停乱转，骂得很脏。

"吵死了。"

离仑又重新闭眼，继续打坐。

傲因跪伏在他身边，绝望地看着离仑毫无血色的脸，流下了眼泪："大人，是我没用……没有抢到龙鳞……"

离仑抬手替傲因擦去眼泪："别难过……是赵远舟狡猾算计。但若我真的死了，我也会要让这人间给我陪葬……"

傲因眼中流露的恐惧被离仑尽收眼底。他看着傲因："你会害怕吗？"

"我不怕死！我随时可以为大人死！"

离仑微微笑着道："我是问，你害怕我死吗？"

"怕……如果大人死了，我也去死，无论生死，我都跟着你。"

离仑视线从傲因转向四周："……之前被囚禁时，日日夜夜看着这周遭的景色，心生厌烦，天天想着出去。虽然每次附身别人一次，我的寿命就会减少一半……但还是忍不住，就像贪恋甜美的毒药一样，不断附身于他人……在他们身上，我也感受过了人间百态，七情六欲、江河湖海、山来水来……但到现在，我还是没有找到自己真正的容身之所。流浪的丧家之犬也会有一个躲雨的屋檐，风雪中夜行的旅人也知道自己在奔往一盏为自己留的灯……但我来来去去，只有这里……真是可怜啊……"

离仑眼里泛起些泪光，他真的有些疲倦了。

傲因听出来了，她垂下眼眸，看着比离仑还要难过。

离仑瞧她这副模样，笑了笑："如果真要死了，要找人陪葬，我也得找个最盛大的舞台才行。"

文潇一行人走进神庙时，只见英磊留下的那两个金色的字，不见英磊的身影。

赵远舟故作夸张地惊讶道："啊，龙鳞被抢了。英磊一个人追傲因去了……我们快去救他，抢回龙鳞！"

赵远舟转身就要走，卓翼宸却一挥剑拦在他身前："你有事瞒着我们。龙鳞真的被傲因抢走了吗？"

赵远舟指了指墙上的字，一脸无辜："小卓大人，何出此言？白墙金字，铁证如山啊。"

"那是因为英磊相信你，他没想到你会骗他。"

裴思婧和文潇不明所以。

先前卓翼宸清楚地看见赵远舟握拳伸出两指捏诀下咒时，将那枚龙鳞握进掌心藏了起来。

卓翼宸又道："你和离仑对彼此了如指掌，如此简单的法术，怎么可能防住离仑？你是为了防我们，怕我们发现里面没有龙鳞。我原以为，你拿走龙鳞，是不放心英磊看管，怕他怀璧有罪，引火上身，陷入危险。我也就按下不提。但刚才你的反应明显是想误导我们。现在毫不知情的英磊为了个空盒子，追着傲因深入险境，你还不打算说实话吗？"

赵远舟见瞒不过，答得坦诚："确实是我拿走了龙鳞。"

文潇不解地看着赵远舟："龙鳞对你无用，你拿来干吗？"

赵远舟心虚地转过身去，只含糊道："我自有原因，只是现在还不能告诉你们。英磊是英招的孙子，离仑、英招是相识多年的旧友，不会对他怎么样的。"

接着，赵远舟不顾卓翼宸的剑，径直走了出去。

文潇与卓翼宸对视一眼，迅速跟上赵远舟。裴思婧则留下来等英磊。

一出神庙，赵远舟便立即掐指传信，急匆匆地约见白颜。

昨夜，赵远舟将自己的额头贴向文潇的额头时，用神识之海探过文潇的身体，确认她已经身中剧毒。他必须尽快见到白颜，搞清楚此事。

白颜如约出现。她知道赵远舟已查明，只得坦言，文潇的确身中剧毒，那毒被下在木箫上，只要文潇发动白泽令，毒便可侵入她的身体，如今毒已侵入文潇的心脉，神仙难救。白颜离开这些日子，正是试着去寻饕餮，看是否能够净化白泽令上的剧毒，最终无果。

赵远舟思忖这毒是何时何人下的，想来想去，最有可能的也只是当初离仑抢走神木时暗中动了手脚。

白颜的话音刚落，目光就落向赵远舟身后。有两个人跟踪赵远舟而来，但他似全然没有察觉，可见是关心则乱。

赵远舟也回头看。

文潇和卓翼宸从暗中走了出来。

卓翼宸急着问白颜："这毒能解吗？"

白颜坦言："很难。"

文潇低垂着眼睫："白颜大人，你为何要瞒着我，不告诉我真相？"

赵远舟替白颜回答："她怕我们会用龙鳞来救你，而不用来修复云光剑救白玖。"

文潇惨淡地笑道："我可以理解……身为一个母亲，这么多年来没有尽过做母亲的责任，现在好不容易有了机会，当然不想看着儿子出事……"

白颜看向远处，目色怆然："不，这都是次要的。我身为神族后人，儿子和天下，我必须选择天下。"

几人更是不解，她做的明明是相悖之事，若白泽神女死了，大荒将会重新动荡不安，两界再次大乱，不得安宁，这叫什么选天下？

白颜继续道："如果文潇死了，就会有新的白泽神女在人间现世，白泽令自会重新择主。但若是离仑与白玖元神融合，两界必定动荡，生灵涂炭。我们神木一族，既有生机，亦有死气……除了能够让万物复苏，同时还有吸取大地生气，让万物寂灭、寸草不生的能力，若是这种力量被离仑或温宗瑜掌控……"

白颜没有说下去，但文潇也想得到，到时两界所有植被都会消亡，没有粮食瓜果，没有花草甘露，天下饥荒，那才是真正的大乱。

卓翼宸不确定白颜说的是真话还是她为私心找的说辞。

白颜坦言，他们如果不信，可以去问问其他老山神，自有答案。

白颜走到文潇面前，平静地看着她："我知道你肩负白泽令使命，尽心竭力，可我即便有心，也无力为你做更多。天数使然，每一任白泽神女都是为了救世而死。初代神女为了阻止乘黄为祸大荒而自戕。五百年前，凶兽九足金乌以雷霆之力劈毁了白帝塔与建木神树，当世白泽神女也是以身献祭，与九足金乌同归于尽……你身为白泽神女，命运或许早已注定，这就是你的终点……"

白颜的话，像是对文潇进行了宣判，告诉她，此处就是终点。

文潇张着嘴，却只能呢喃："所以……不是大妖，不是小卓，也不是小玖，而是我……我才是需要牺牲的那个人……"

文潇坐在桥上，望着恢复热闹的思南水镇出神。

赵远舟坐在她旁边，同她一起看向两岸的贩夫走卒、游船花灯，感慨道："白泽令归位，众妖得到管束，天下太平。听说，喜欢人间的妖大多都会选择来这里生活，很快，这里应该就会像几十年前一样，人和妖和谐，繁荣，热闹。当时你师父管理严格，赏罚分明，妖兽们乐意用大荒的仙草灵药交换人间的巧物，这里的人们也都包容、欢迎。可惜后来崇武营执着于杀尽天下妖兽，挑起两族矛盾……不然，现在人间很多地方也许都能像这里一样和谐。"

文潇眼中有怀念，有伤感："嗯，那应该就是所有白泽神女的期望吧。"文潇说完，心口一窒，吐出一口血。

赵远舟惊慌道："毒性发作这么快？"

文潇擦掉嘴角的血迹，笑容有些勉强："我设想过自己各种各样的命运，可是没想到，结局早就注定了……可我还有多事没有做哪……"

文潇哽住了，没有继续说下去，眸光黯淡。

赵远舟把自己的外袍脱下，披在文潇身上："不要灰心……不是还有龙鳞可以解毒吗？"

"但龙鳞只有一片，我是白泽神女，我必须做出正确的选择……"

"蝼蚁尚且偷生，想活着，怎么就不是正确的选择了？"

"这句话，你也可以问问自己啊。为什么不想要好好活着？一心寻死的你，所谓何求？"

赵远舟沉默了。

文潇的眼中映着思南水镇的花灯，她畅想着赵远舟刚刚形容的景象，人、妖和谐，世间繁荣、热闹，那正是她所期待的。

"也许命运不是天数既定，而是性情使然。心里认定的是非对错，就是我们的命运。"

文潇所追求的，注定了她会做出怎样的选择，而她的选择就是她的命运。

白泽神女的命运，不是救世，而是为救世付出代价。

赵远舟知道文潇已经接受了牺牲自己，准确地说，是她做好了选择。心里的痛苦化不开，他便苦笑着抱怨："我不想苟活，却也无法赴死，而你对生命热情、珍惜，却必须牺牲……老天真不公平……难怪白泽令从来都是选择至善至纯之人，只有她们才会自愿为天下牺牲。明明都是凡人，却注定有着近乎神祇一样的归宿……"

文潇笑笑，闭着眼睛感受夜风，轻哼着那首大荒的曲调。

赵远舟静静地听着，心口再次剧烈疼痛起来。他闷哼一声，捂住胸口。他已分不清这种疼痛究竟是因为那纸契约，还是因为他将失去文潇——他所爱之人——而揪心刺骨的疼。

赵远舟耳边传来纸片被撕裂的声音。

文潇拿着那张他们曾经在缉妖司地牢里签订的契约，那纸契约已被撕成两半。文潇手一扬，那纸片便随夜风飘远了。

赵远舟一怔，他笑了，却是一抹苦笑："撕掉了契约，好像没什么用……还是很痛……"

文潇的眼底有些无奈："大妖，希望你好好活下去，不再受契约束缚，也不要再背负不该属于你的罪恶。即便我不在了，你也要活下去。"

赵远舟轻轻地问："契约既然撕了，那我们以后还是同僚关系吗？"

文潇看着天上明月，笑着，没有回答。

赵远舟轻声道："我一定会想办法的。"

卓翼宸独自坐在吊桥前。他倒了两杯酒，自己拿起一杯喝，另一杯放着。月光把他勾勒出一个落寞的剪影，他抬眼看向同样孤独、清冷的月亮。

卓翼宸回想起一次他中毒时的情景。当时，他回缉妖司，刻意避开了文潇，躲进房中。他悄悄对镜给自己疗伤。锁骨上有一个触目惊心的血洞，颜色乌黑，毒发时，像滚烫的烙铁贴着肌肤一样生疼。他往伤口上抹药，疼痛让他闷哼出声，额上全是冷汗。

很快，身后传来熟悉的脚步声，卓翼宸慌忙拉上衣服。但中毒的事没瞒住。

"怎么才没过几天,又添新伤?"

"小伤而已,没事。"

文潇拿出她带来的药。她之前做过功课,知道毒发时的感受。帮卓翼宸涂好药后,文潇又用冰帮他缓解毒发时的疼痛。

文潇语气中满是责备,眼中却透着关心:"勾蛇毒性剧烈,怎么会没事?你干吗无缘无故去惹它?"

"我听说他有白泽令的线索。"

文潇一愣,叹了一口气,继续道:"这些小妖怎么可能知道白泽令的下落?"

"只要有万分之一的机会,我都不会放弃。你的身体越来越弱……"他担心地看着文潇,低声道,"我不想你有事,我想要你好好活着……"

卓翼宸将杯中酒饮尽,眼神坚定。他希望文潇平安无事,顺心意而活,一直如此。

"我一定会想办法的。"

卓翼宸起身,独自朝黑夜中行去。

济心堂中,一个十二三岁的小男孩儿躺在病榻上,他的小腿上有一片红疹,痛得他脸色惨白。

温宗瑜正拿着药膏细心替他处理伤口,那特制的膏药涂抹上去,椎心的刺痛便立即削弱了许多。

伤口处理完后,小男孩儿坐起来,露出为难的神色:"温大夫……这个药是不是很贵?……我娘亲也同样被妖咬了,但我们没钱医治……我可以跟你再要一点吗?"

"傻孩子,没事,药尽管拿去,不用钱。"

"真的吗?谢谢温大夫,你真是好人……"

看着稚嫩的脸庞,温宗瑜面色一软,忍不住摸了摸他的头:"你很像我当年收的那个小徒弟,那时他与你差不多大……以后有什么困难,尽管来找我……"

小男孩儿重重地点头。

温宗瑜将方才的药瓶递给小男孩儿,然后又从怀里拿出一个香囊,送给他。

"这是什么?好香啊。"

温宗瑜语重心长道:"这是平安符,平时带在身边,它会保护你的。"

小男孩儿笑颜纯真:"知道啦,我会好好带着的,再也不怕妖怪啦!谢谢温大夫!"

温宗瑜目送小男孩儿蹦蹦跳跳的背影消失,神色复杂:"很快,你们就再也不用害怕妖兽,也不会被他们伤害了……"

温宗瑜转身之际便发现屋子里多了一个人影。

卓翼宸于暗影中抱剑而立,身姿如竹。

温宗瑜微微一笑:"卓大人,又见面了。"

卓翼宸不愿多费口舌,开门见山道:"文潇身上的毒,是你下的,对吧?"

"没错。"

"你到底有什么目的?"

卓翼宸说话没有任何拖沓,温宗瑜也乐得直接讲明。

"我想要什么,卓大人难道不清楚吗?给我赵远舟的内丹,我就给你解药。"

卓翼宸沉默了。

"卓大人不是最痛恨杀父杀兄的朱厌吗?用极恶之妖的内丹来交换白泽神女之命,有何不可?文潇和你是从小一起长大的青梅竹马,赵远舟算什么东西,值得你犹豫吗?"

卓翼宸抬眼,一双蓝眸盯着温宗瑜,异常犀利:"交换的地点,我来定。"

温宗瑜面露笑容："可以。"

卓翼宸说完便翻身跃上屋檐，身影消失于暗夜之中。

温宗瑜只觉有趣，缉妖司的这几个人，真是各有各的趣味。

见卓翼宸走远，甄枚才从阴影中走出："老师，他与赵远舟的情谊已不同往日，信得过吗？"

"一边是一路同行、生死并肩的兄弟，另一边是从小就放在心上的女子……世间难得双全法。呵呵，我也想知道，他会怎么选。妖怪总说，自己没的选。但他们不明白，有时候，没的选也是一种解脱。仓促抉择，才容易追悔莫及。"

温宗瑜突然回头看向甄枚，拍了拍他的肩，话里有话一般说道："你也是，千万别选错了。"

甄枚面色一滞，立刻低头恭敬答道："学生一心只为老师，肝脑涂地。"

温宗瑜深深地看了一眼甄枚，没再说什么。

文潇托白颜用龙鳞尽快修复云光剑。白颜应下，安排好了一切，将卓翼宸和赵远舟召到白帝塔。但在开始修复云光剑之前，白颜还有一件事需要告知卓翼宸和赵远舟二人。

"云光剑是冰夷族神器，并非凡铁，人间之火难以锻造。所以，除了龙鳞，还需要借助赵远舟体内的不烬木，才可以将其熔炼。"

赵远舟笑笑："拿去。"

赵远舟答得太轻易，让白颜一时怀疑他并不清楚其中的危害，便又耐心解释道："赵远舟，一旦使用你体内不烬木的力量，就会使你的内丹受损，妖力大幅消耗，短期内难以恢复，你可知道？"

卓翼宸听后不免担忧地看了赵远舟一眼，赵远舟却不在意地笑了笑："当然知道，所以，恢复妖力之前，就有劳小卓大人好好贴身保护我咯。"

白颜叹了口气，开始催动法术。只见一道红色光柱同一道蓝色光柱纠缠在一起，冲出白帝塔，冲向天际，一时间，漫天厚云被震得粉碎。

赵远舟的衣袖已经破碎，被烧毁，他的小臂被灼烧得发黑，遍布烧伤。他忙抬起头看，前方空气里悬浮的云光剑之前暗淡的剑身和剑柄，再次发出熠熠之光。

卓翼宸上前，握住剑柄，瞬间气浪爆开，吹开他的长发衣袍，他的瞳孔变蓝，映着剑光。

赵远舟看着卓翼宸，咧嘴笑了笑，下一秒，吐出一口鲜血。他虚弱地扶着那块石碑。卓翼宸立刻上前，一把扶住赵远舟。赵远舟抬头时，正看到卓翼宸随意撑在石碑上的手，恍惚间，就像看到当初他和离仑两只流血的手按在石碑上方共同起誓。

赵远舟内心五味杂陈："小卓大人，以后，我们就要共同守护大荒、守护人间了。"说完，他眼前一黑，晕了过去。

白颜提醒卓翼宸，先让赵远舟躺在石室里休息一会儿，刚刚他的消耗太大。

文潇等到里面没了动静，才冲进来。卓翼宸见有文潇照顾赵远舟，便默默走了出去，给二人留出空间。

文潇伸出手，心疼地抚摸着赵远舟被烧焦的小臂："不是说过，几万岁的大妖吗？上天入地、不灭不死的大妖……说好了不逞强的……"

天黑时，赵远舟才醒过来。他一走出白帝塔，就看到卓翼宸一人坐在塔外，正自斟自饮。

赵远舟走近卓翼宸："等我呢？"

卓翼宸回头，看了看他身后："文潇呢？"

"你不是应该关心我吗，关心文潇干什么？我告诉你，不要乱打文潇的主意。"

卓翼宸瞬间耳朵通红："赵远舟！"

赵远舟憋着笑在卓翼宸对面坐下，看着面前的酒杯："不请我喝一杯吗?"

卓翼宸斜了他一眼:"没听过病人还能喝酒。"

赵远舟笑了笑,看着十分疲倦、虚弱,剩下九十分是做作。他故意唉声叹气道:"不烬木的折磨,让我体内的戾气翻涌,有些难受,本想喝一些玉膏缓解一下……你说不喝就不喝吧,听你的……"

卓翼宸白了赵远舟一眼:"你真的很爱演。一出拙劣的苦肉计。"他嘴上嫌弃,心里也知道赵远舟在演戏,可还是取下自己腰间的玉佩,捏碎,把玉石粉末撒到赵远舟面前的酒杯里。

赵远舟见状,顿时恢复了些精力,又是一副嬉笑的模样:"认识这么久,竟然一直没有机会和小卓大人喝酒。"

卓翼宸想了想,回道:"原本差点有机会。当时你为戾气所控,把自己关在桃园小院。我要去杀你,临行前,英磊给了我两坛石榴酒送行,希望我动手之前可以和你最后共饮一杯,吃一餐断头饭。"

卓翼宸把自己说笑了。赵远舟听着也觉得好笑,这的确像英磊的主意。

赵远舟给卓翼宸倒好酒,端起了酒杯:"那种机会,不要也罢。"

酒杯相碰,两人对饮,利落地喝了个干净。

赵远舟感慨道:"记得我们第一次见面,你连杯酒都不请我喝,还要拿剑刺我,真是令妖伤心。"

卓翼宸苦笑了下,可今日喝了又如何,也许未来自己还是要拿剑刺他。

赵远舟又给自己斟满了,端起酒杯,举向卓翼宸:"这一杯,敬你我之间有深仇大恨,却还能一起饮酒。"

卓翼宸用酒杯碰了碰,一饮而尽:"曾经,我们的确有着血海深仇……但一路走来,你已经还清了。"

赵远舟有些意外:"曾经你和我说,即便我死在你的剑下,仍不足以偿还我的罪孽……英招的牺牲,婉儿的惨烈,你父兄的性命……这些如何能够还清……"

卓翼宸释然道："我曾经恨你入骨，所以即便知道你是被戾气控制，我仍旧无法原谅……后来我成了妖，我才真正理解何谓'身不由己'。你与我有仇，亦有恩，我对你有恨，也有义。百般滋味，难以详述。不过，既然选择做你的挚友，这一切，也就无须再提……"

赵远舟眸光微动，卓翼宸这话听着让妖……怪想落泪的。

"得一知己，不枉此生。希望将来，天大地大，我们这群人，永远并肩而行。"

卓翼宸怅然若失，也学着赵远舟的样子给自己倒了一杯酒，朝赵远舟举起。

"第一杯，谢你肝胆相照，帮我一起找到龙骨，锻身成妖，救我一命。"

卓翼宸仰头喝下，继续倒酒。

"第二杯，谢你倾其所能，耗费妖力，替我重铸云光剑。"

斟满第三杯酒时，卓翼宸顿了顿，抬眼，目光意味不明。

"第三杯，还是谢你救命之恩……"

赵远舟有些不解："救命之恩？"他低头倒酒，再抬头时，卓翼宸已经拔出云光剑，指向他。

"不是我的，是文潇的……对不起，为了救她，我必须刺你这一剑。我去见了温宗瑜，他说，我把你的内丹交给他，他就会给我解药。"

赵远舟看着云光剑剑尖，放下了酒。

文潇不知道自己什么时候迷迷糊糊睡了过去，醒来时，赵远舟不见了，她身上披着赵远舟的衣服。她忙出来寻，远远地看见了卓翼宸和赵远舟的身影，便急忙跑了过去。

她刚松口气，却见卓翼宸握着云光剑刺入赵远舟的腹部。赵远舟吐出一口血，闭上眼睛，朝后倒退一步。

"赵远舟！"

第十九章 天都劫

文潇大惊失色,急忙冲上前,要去接赵远舟即将落地的身体。下一秒,一只手伸向赵远舟,赵远舟抬起头,看着冲自己伸手的卓翼宸,笑了笑,伸手握住卓翼宸的手,让他把自己拉了起来。

赵远舟看见愣住的文潇,忙安慰文潇:"别担心……我没事。"

文潇不明情况,只知道此时赵远舟的嘴角还有血迹,她急切道:"怎么可能没事?我刚才明明看见——"

赵远舟扯嘴一笑,又忍不住咳了一声:"刚才是很凶险,如果小卓大人的剑招使得不好,或者歪了一寸,我可能命就没了。但好在,小卓大人的剑法独步天下……"

文潇随着赵远舟的视线看去,只见卓翼宸的云光剑剑芒是红色的,剑尖处跳动着一朵赤红星火。

"这是……"

赵远舟如释重负:"不烬木……"

卓翼宸将剑尖跳动的赤红火星放进一只盒子里,那火星凝结成一截猩红的树枝。

"流云引渡——冰夷的剑招,既然能剥离元神,或许也能剥离我内丹中的不烬木。所以就一起试了试。"

赵远舟说得轻松,文潇听得后怕。

"这是能随便试的事情吗?没有把握,不就是在拿命开玩笑吗?"

赵远舟看了眼卓翼宸:"其实还是有五分把握的……"

卓翼宸低头,小声诚实地回答:"三分……"

三分？文潇生气地盯着赵远舟。

赵远舟嬉皮笑脸地哄着文潇："我错了我错了……"

文潇看向卓翼宸。

卓翼宸一脸悲痛，老实巴交地低头："错了。"

赵远舟见文潇还没消气，又卖乖又讨饶地继续哄着文潇："但是只要能救你，哪怕只有一分可能，我也要试。反正捅死了我，你肯定会找他算账的，我也不亏。"

卓翼宸白了赵远舟一眼，转头却看见文潇似很受用，她的目光柔和下来。卓翼宸一时心中如被闷住，他抿了抿唇，难受得紧。

不远处，傲因潜伏在水边，她借着水流掩盖气息，水将她冲得周身冰冷、发麻，但她不敢乱动，生怕被赵远舟察觉。直到几人走远后，傲因才悄悄离去。

卓翼宸拿到不烬木后，便写信给温宗瑜，约定了交换解药的地点。温宗瑜一接到卓翼宸的信，立即赶来赴约。不过，这次他十分谨慎，带着甄枚一同前来。

等卓翼宸如约到约定地点时，温宗瑜早已等候多时，一见卓翼宸，他迫不及待地问道："赵远舟的内丹，你真的带来了？"

卓翼宸答得干脆："没有。"

温宗瑜刚有些愠色，卓翼宸打开手里的盒子，里面躺着一截红色的树枝："但你真正想要的东西，我带来了。"

温宗瑜盯着不烬木，难掩兴奋，呼吸顿时急促起来："不烬木……"

温宗瑜脚下一动，卓翼宸便开口制止："解药。"

温宗瑜停步，从怀里拿出一个瓷瓶，然后指了指不远处的一块石头："你把不烬木放在那边，然后退回原处。我把药瓶抛给你。"

卓翼宸按照温宗瑜所说，把不烬木放到指定位置，然后退开。温宗瑜也如约把那个瓷瓶抛向他。与此同时，一个身影迅速移动，从空中抢走了那个瓷瓶。

卓翼宸和温宗瑜同时一惊。

傲因拿住解药，内心激动，转身要逃。卓翼宸冲上前，拦下傲因，与傲因过招。傲因不是卓翼宸的对手，几番打斗下来，傲因手里的瓷瓶掉落在地。

卓翼宸余光注意到，温宗瑜正走向不烬木。他挥动云光剑，直接从背心刺向温宗瑜。温宗瑜却只是目光痴狂地朝着他梦寐以求的不烬木走去，完全没有躲避。云光剑直接刺穿温宗瑜的身体，温宗瑜立刻吐血。

甄枚见到这一幕，大骇道："老师！"

温宗瑜捂着胸口踉跄，神色癫狂，嘴角渗血，看起来如走火入魔了一般，他听不见任何人的喊声，似有一团贪欲之火映在他的眼中，引着他执拗地伸手去触碰不烬木。他的面容越发扭曲，疯狂地大笑："我终于……拿到不烬木了！哈哈哈哈！"

就在温宗瑜抓住不烬木的瞬间，一阵星火亮起。

卓翼宸大喊道："你肉体凡胎，不可直接触碰！"

然而迟了……不烬木瞬间进入温宗瑜的身体，他的皮肤突然出现红色光点，大火在他体内灼烧得他疯狂嘶吼，夹杂着狂笑。

"哈哈哈！啊啊啊！"

甄枚悲痛地跪倒在地："老师……"

温宗瑜倒下了，在不烬木的火焰中被烧成灰烬，灰飞烟灭，而不烬木也一起消失了。

卓翼宸哑然，他没想到温宗瑜对不烬木的执念竟到了如此的地步。

傲因捡起地上的瓶子，却发现里面是空的。她愤怒地质问甄枚："解药呢？！把解药给我！"

甄枚跪在地上，仍是悲恸不已："根本就没有解药，离仑中的毒，无药可解。"

甄枚抬眸，看向傲因，冷笑道："除非有人自愿用妖力将毒转到自己身上……"

狡诈的温宗瑜，竟用空药瓶诓骗了他们，原来根本没有解药……

卓翼宸与傲因均是心如死灰。

等不及傲因寻回解药，离仑感觉到体内的毒越发难以抑制，他恐怕活不过今日。他一挥手，化成一团槐叶，自封印处飞出。离仑走后，定住英磊的法术随之消失，英磊看着朝昆仑山方向去的离仑，暗道，糟了。他还记得昨天这个离仑和那个傲因说的话，什么……找人陪葬！英磊立即追了过去。

离仑出现在昆仑山神庙，脸色惨白，嘴唇已变为深紫。他身后，英磊追随而至。只是可惜，除了裴思婧与英磊，离仑没有看到赵远舟的身影。

裴思婧打量着离仑："你中毒了？白玖会有事吗？"

离仑冷笑道："你还是先担心担心自己吧。"

裴思婧冷声答道："你现在如此虚弱，我有什么好担心的？"

离仑突然吐出大口黑血。

"大人！"

傲因的身形忽至，她上前扶住离仑。离仑看着傲因满面泪痕，便知道解药一事无望了。离仑的眼睛已经变成金瞳幻真眼。他虚弱地笑笑："这最后一程，还是让你看着我真正的样子，送我吧……"

傲因悲痛不已："不，不……"她想到了甄枚的话，可人最擅欺骗，她也不知道甄枚说的那个法子是真的，还又是一个谎言。傲因祈求这最后一次人说的是真话。傲因下定决心，抬手一掌拍向离仑胸口。

"你在做什么……"

傲因悲凉地朝着离仑笑道："替你解毒。"

傲因用自己的妖力从离仑身上将毒转移，毒已侵入离仑五脏六腑，她只能不遗余力地将妖力注入离仑体内，那力量在离仑体内游走一圈，裹挟着剧毒,再由傲因转移回自己体内。毒侵入体内,翻江倒海,似能溶解她每一根骨头。傲因疼得额头汗如雨下,但她可以忍。当年在地牢,再疼也忍过来了,如今为了大人,她咬碎了牙也要忍住!一轮又一轮,傲因愣是将离仑体内的毒都转移到了自己身上。

离仑见傲因的手上溢出黑气,黑气慢慢从她的手臂向上蔓延,进入她的体内,才明白她是用自杀的方式为自己解毒,离仑急得朝她吼道:"你停手……我不需要你为我做这些……"

离仑奋力挣扎,然而他中毒已久,浑身无力,只能眼睁睁地任由傲因吸尽他身上的毒。傲因闭目,她全凭意志在坚持,傲因努力地回想着那日离仑如神明般出现在地牢中,他说会带他们回大荒。傲因只是想到那画面,便觉得她还能撑住,她希望大人如之前那般强大、肆意、自由。

傲因嘴角有了一丝笑意,终于干净了,大人再不会为毒所困了。傲因立即瘫倒在地,吐了一大口黑血,再没了任何力气。她已经变回离仑初次见她时的样子。离仑抱起傲因,心中难受。

傲因眼角有泪,深紫色的嘴角不停流出黑血,她仍然努力地微笑:"当初若不是你救我出牢笼,我早就没命了……现在,只当是我把命还给你了……"

离仑伸手替傲因擦去眼泪:"你从来都不欠我的。"

"那就当你欠我的……答应我一件事……"

"你说。"

"我一直……不停地变成别人的样子……希望你可以……记得……真正的我……"

没等到离仑回答,傲因已化作星点飘散。

离仑看着空空的手心,低声说:"好……"他抬头看天,只觉那天旋转个不停,很快晕倒在地。

英磊看着随风消散的傲因,一时间内心复杂。傲因的举动让他有所触动，为了守护自己想要守护的人，竟然甘愿做到这种地步。

"没想到她对离仑如此忠心……"

裴思婧没有说话，傲因看离仑的眼神，不像单纯地看一个主人，用忠心概括，有些辜负她的情意。

裴思婧同英磊一起将晕倒的离仑带回白帝塔石室内，又叫来赵远舟，验证刚才傲因所做的事是否真的起效。

离仑仍旧昏迷不醒，但他身上的毒的确解了。准确地说，这种毒无法虽然解开，但确实可以转移。

赵远舟看了一眼英磊和裴思婧，提醒道："这件事，不要告诉小卓大人。"

英磊和裴思婧仿佛知道他是怎么想的。

英磊点了点头："我明白了。"

裴思婧有些迟疑："但文潇一定不愿意让你这么做。"

离仑躺在石榻之上，眉头轻蹙，表情挣扎。他的眼皮动了动，漫长妖生中，许多印象深刻的瞬间在他脑海中快速闪过，似乎梦来梦去，无论好的坏的，大多都与朱厌有关。朱厌说过的话、卓翼宸说过的话、傲因说过的话，好多声音不断交织，嘈杂声在他耳畔回荡。

突然，离仑睁开眼睛，坐了起来。他打量四周，空无一人。刚刚的梦境渐渐消散，离仑长叹一口气。接着，他想到了傲因，试着运行妖力，发觉体内的毒已清干净，身体再没有不适。

离仑走出石室，看见了门口坐着的赵远舟，赵远舟面前摆着一盘围棋。昆仑山顶下了雪，雪花飘飘洒洒，空气尽是凉意。离仑拢了拢衣袍，在赵远舟对面坐下来。他抬头时，眼睛变成了金色的，赵远舟的眼睛也随之变成了金色的。

赵远舟挑眉疑惑道："都送给你了……干吗还给我……"

"没有还给你，借给你用一会儿而已，让你看清楚眼前的人是谁。"

赵远舟漫不经心，举着白色的棋子，专心致志看棋局："不用，无论你化成什么样子，我都知道是你。"

离仑打量起赵远舟，他眉宇之间和以前一样，又有些微妙的变化，似乎更成熟了。离仑拿起黑色棋子，细看棋局。偶尔凛冽寒风吹过，除此外，这山顶静得出奇。

"有多久了……没像现在这样，相安无事地下棋。"

赵远舟笑了笑："记不清了，你老爱记一些无聊的小事。"

离仑也笑了，朱厌说话的语调，还似从前一般。离仑侧头看向一旁，不远处，卓翼宸与文潇守在一边。

离仑收回目光，眼神一沉："在你看来，是小事。在我看来……的确，有些事，记得却不如忘了。"他面不改色，放下一颗黑子，吃掉赵远舟一颗白棋。

赵远舟看着棋局，叹息道："看似杀伐决断，弃子争先，步步为营，最终却只吃了一子，有意思吗？"

"你在说我？"

"我在说棋。"

说完，赵远舟放下白子，吃掉几颗离仑的黑子。

离仑放下黑子，也吃了赵远舟几个白子。

"棋逢对手，须有耐心，何况当局者迷，不下到最后一刻，胜负难料。只吃一子的人，未必不能绝处逢生。"

赵远舟话锋一转："值得吗？"

离仑嗤笑："果然跟人待在一起久了，就连说话都变得拐弯抹角。"

赵远舟一语道破："人生如棋，你现在也理应明白，做了这么多事，若是一开始就错了，那你之后每下一步都会越发彷徨。"

离仑喃喃重复道："人生如棋……可我又不想做人。想做人的是你。"

"人生的精妙之处，就和棋局一样，千古无同局，每一步该怎么走，有时候，自己说了都不算。当初，所有的一切，皆因温宗瑜而起。

现在，他已经死了，我们是不是也应该让这一切尘埃落定了？"

离仑依然执着那颗棋子，不置可否："一步错，满盘皆落索。落子无悔，苦海难回舟。我和你之间，必有一人输，一人赢。"

"还可以和局。"

离仑看向赵远舟，疑惑地问道："和局？"

赵远舟笑了笑："你自己说的。"

离仑想起年少时两人闹着玩时对打的情景。

赵远舟说："你比我勤奋，将来一定可以超过我，成为大荒第一。"

离仑回应道："跟你平手也行。我不介意和你一起当第一。"

离仑原本波澜不惊的眼瞳颤动了一下，泛着泪光。

赵远舟手执白字，悬久未落："你之前作恶多端，杀人无数，还害死英招，但现在可以给你一个机会将功赎罪。"

离仑垂眸："说说看。"

"离开白玖的身体，让他活下去。"

离仑闻言怔了怔，然后冷笑，眼睛里是满是绝望的恨意："呵呵，朱厌，我曾经想过，与你平手是我们之间最好的结局，却不想你的和平解决是让我去死……他是你朋友，我曾经也是你朋友。我的命，不是命吗？"

赵远舟认真道："不是你的，是你抢的。"

离仑冷笑道："我只是想活着。不是每一个人都像你一样，一心求死。"

赵远舟叹了口气，道："唉，既然软的不行，那就只能来硬的了。"

离仑不屑，阴狠地打量赵远舟："凭你现在？"他突然打翻棋盘，棋子飞散，他一掌打向赵远舟。

凌空飞来一支猎影箭，离仑侧头避开，回头便看见了裴思婧、英磊和白颜。

英磊担心地喊道:"大妖……"

离仑听到后笑了:"大妖?他现在几乎妖力尽失,和凡人没有区别。"

妖力尽失?卓翼宸这才明白过来,重铸云光剑对赵远舟而言,付出的代价有多大。卓翼宸目光一凛,今日无论如何,他都要救出白玖,否则便对不起赵远舟的牺牲。

那边,离仑又一掌将赵远舟打得飞出好远,赵远舟狠狠地撞在柱子上,毫无招架之力。

"赵远舟,你把自己变得如此狼狈,已经不配再做我的对手了。"

卓翼宸提着云光剑飞身而上,眼神凌厉:"离仑,你的对手是我!"

离仑眼前掠过一道寒光,卓翼宸已飞身而至。云光剑剑气纵横,裹挟极寒之息,如潮水涌去。这剑招很是厉害,用剑之人克制了杀意,没有直击要害。离仑才得以轻松躲过,脸颊传来微微刺痛,他伸指一模,竟是一道血痕。

如果刚才卓翼宸再果决一些,恐怕他早已负伤。但卓翼宸不敢真伤了白玖的身体。

离仑冷笑一声,道:"冰夷剑招确实厉害……但你处处避开要害,不敢真的伤我……那你注定会输。"

顿时,不计其数的槐叶拔地而起,朝卓翼宸飞射而去,趁卓翼宸应付之时,离仑澎湃的妖力翻滚袭来,卓翼宸以护臂形成气盾,他挡得住离仑,却挡不住那无孔不入的叶片,片片飞叶划过他的身体,如刀割肉,鲜血淋漓。离仑的招数百无禁忌,步步紧逼,卓翼宸仍不能下杀招。

裴思婧见卓翼宸和离仑纠缠在一起,无法瞄准。

照着这样的打法,卓翼宸渐渐吃力。裴思婧只好飞身上前,近身与离仑对抗。

离仑目光一冷,掌心冒出黑色妖气:"凡人之躯,自寻死路。"

眼看离仑这一掌就要重重地落在裴思婧身上，突然，裴思恒出现在裴思婧面前，用肩膀替裴思婧接下了这一掌。离仑直接抓住裴思恒的手臂，手下用力，直接将裴思恒的一条手臂整个撕下来，碎裂的木屑在空中飞舞。

"阿恒！"

裴思恒看向裴思婧，摇摇头，又很快消失。

文潇与白颜已将昏迷的赵远舟拖进了白帝塔。而后，文潇眉间的白泽印记出现，她念动咒语，白泽敕令旋转着飞出，将离仑的双手和身体锁住。但文潇立刻吐出一口鲜血。她的毒还没有解，此时她咬牙拼着全力念咒，她不知道自己还能撑多久，拖一阵，是一阵。

离仑的身体虽然被锁住了，但手腕的藤蔓依然可以自由变化，攻击众人。

英磊提起菜刀，和卓翼宸联手进攻那些藤蔓，那些藤蔓接连被砍断，英磊和卓翼宸渐渐逼近离仑。离仑的面色渐渐紧张，神色也有些狂暴。

离仑的妖力不停冲撞着白泽敕令的束缚，文潇越想用力，那毒发作得越猛烈，她撑不住了，倒了下去。

离仑身上的白泽敕令束缚瞬间破碎，他身上爆发出的气浪瞬间将卓翼宸和英磊击飞。

裴思婧扶起文潇。

文潇嘴里满是鲜血，挣扎着说道："必须控制住他，否则小卓没法儿剥离离仑元神，稍有差池，小玖和离仑都会元神俱灭……"

英磊听到了文潇的话，又看了看离仑，他咬了咬牙，下定决心。

离仑化出槐树树藤，正刺向卓翼宸，英磊飞身直冲上前，推开卓翼宸，锋利的树藤直接插进他的身体，穿胸而过。扑哧一声，血肉破裂。

卓翼宸、文潇、裴思婧俱是惊骇，唯有英磊眼眶通红。他看向众人，带着壮烈而决绝的笑意。而后，英磊猛地顺着那插入血肉的树藤，继续飞身冲到离仑身前，他紧紧抱住离仑。离仑被他束缚住，十分不安，他变化出更多的树藤，扎进英磊的身体，想逼他松手。

英磊口吐鲜血，却丝毫没有松手："小玖，别怕，我马上救你出来……"

英磊牢牢抱住离仑，彻底将他锁住。英磊口中的鲜血触目惊心，他用尽全力咆哮着："卓大人！快！"

卓翼宸双指轻点眉心，从眉心拉出红色血丝，两指再朝着剑刃一划，一抹红光亮起，云光剑发出耀眼的红色光芒。

英磊突然发力，抱住离仑转身，让离仑背对卓翼宸。

离仑感觉到危险，他预感到了卓翼宸要干什么，他发狂了一样，不断将树藤刺进英磊的后背，可英磊就如长在他身上一般，死死地抓着他，眼神发狠，口中的鲜血流个不停，就是不肯撒手。

卓翼宸使出可剥离原神的剑招——流云引渡。剑芒冲向离仑，剑尖朝离仑的腰腹部刺去。

文潇立即配合卓翼宸，取出槐树之根。

离仑看到她手中的槐树之根，似忘了挣扎，他急着质问文潇："你怎么会有这个东西……"

文潇冷声道："你拿着赵远舟送你的破幻真眼来嘲弄我们，赵远舟自然也可以把你送他的东西用来对付你……不过，他从来没有拿走，一直放在你的封印之地……槐树是你的本命之树，若将你的内丹从白玖身上剥离，引到槐树之根上，待你修炼百年后，依然可以重新化成人形。"

云光剑红光毕现，如流云微光，四散开来。与此同时，黑气从剑刃处散出。

卓翼宸道："赵远舟还是不忍你魂飞魄散，我答应了他，会给你留一线生机，这是他对你最后的仁慈。"

离仑眼神复杂地看着卓翼宸，托他给赵远舟带一句话。

离仑说完，黑气朝着槐树之根飞去。黑气全部进入槐树之根后，槐树之根散发出金色的光芒。很快，那光芒又消失了。

插入英磊胸口的树藤全部消失，白玖晕了过去，倒在面前英磊的身上，英磊顺势用双手接住了他。

"成功了……"

英磊看着白玖安静睡着的面容，终于力竭跌倒，靠在柱子上，口吐大量鲜血，目光涣散。

一片朦胧中，英磊好像看见他的朋友们正朝这里跑过来，他们似乎在喊他的名字。但英磊的耳边只剩下空茫的耳鸣，嘈杂和喊声都停止了，英磊只听见自己微弱的呼吸声。

卓翼宸想要抱过白玖，英磊却不松手，他直勾勾地盯着某一处，没有任何反应。

"英磊！"

"小玖没事了，英磊，小玖已经没事了，把他交给我。"

英磊清醒过来，这才放手。裴思婧接过白玖。卓翼宸扶起英磊，靠在岩石上。他急忙查看英磊的伤势，无论如何，他要尽全力救下英磊……但当他们大家看到英磊胸前的伤势时，顿时安静下来。

文潇用力捂住嘴，但啜泣的声音还是控制不住，她的身体颤抖个不停，泪水止不住地流了下来。裴思婧背过身去，不忍再看，她握紧了手中的猎影弓。她的猎影弓射不中法力高深的妖，肉体凡胎与妖近身战斗，如离仑所说，根本就是螳臂当车。这一刻，她痛恨自己，如果自己再有用一些，阿恒就不会被扯断胳膊，英磊也不会……

卓翼宸的手还僵在那里，他眼眶通红，呼吸仿佛滞住了。

英磊已经看不清大家此时的神情了，他感受到了此刻的安静，还有小卓大人颤抖的手。他朝着朋友们的方向有些孩子气地笑了："小卓大人，小玖他……最崇拜你了……但这一次是我……是我救了他哦……"

卓翼宸的眼泪涌出，他笑着点点头，但笑容勉强维持了片刻就消失了。

英磊心中觉得可惜,他不能看到小玖平安醒过来了。正想着,他好像听到了白玖的声音。

"妖怪!"

"小山神?"

"英磊……英磊?"

英磊的眼睛快要闭上了,他没有力气回应小玖,他得尽快告诉小玖一句话,很重要的话……英磊开口,声音含糊而微弱:"白玖,你一定会成为……天下最好的……大夫……"

英磊周身慢慢散发出纯净、洁白的星芒,开始随风飘散。

这一路他都在帮神女恢复人、妖两界的安稳,也一直在守护同伴。可他的能力有限,只能走到这里了,他尽力了,就让他用生命,最后一次守护这个世界吧。

"爷爷,我在努力做好一个山神,你会为我感到骄傲吗?"

一阵阵痛彻心扉的哭声,回响在白帝塔门口。

英磊死后,裴思婧一直坐在石桥边,垂头擦拭着自己的猎影弓,一遍又一遍。

文潇走过来,将裴思恒的木偶人还给裴思婧:"白颜大人将他修复好了。"

裴思婧接过木偶:"谢谢。"她没有抬头,仍在继续用力地擦拭弓箭。忽地,她的手被另一只手握住,文潇唤了她一声,裴思婧垂着头,没有回答。

"裴大人,你在为英磊的死难过吗?"

裴思婧神色黯然,声音有些哽咽:"我不是难过,我是自责。如果我可以更强,更有力量,不只是一具普通的血肉之躯,或许英磊就不用牺牲了。"

文潇轻声道:"我也是凡人之躯,小卓也是,但我们这几个人都是缺一不可的。"

"你是白泽神女,统御众妖。卓大人是冰夷血脉、天下战神,白玖是人、神、妖三族血脉,连我弟弟现在也是有法术之躯……只剩下我,一个最无用的凡人,缺了你们,肯定不行,但有没有我好像都差不多,甚至没有我,可能更好。"

裴思婧握着弓的手有些颤抖,她转过头,不让文潇看清她脸上的泪痕。

"从前,我在战场上杀敌、猎妖,苦练箭术,在普通人眼里,我出类拔萃。与你们一路闯荡,并肩作战,我也不觉得自己逊色……直到遇到越来越强大的敌人,我才明白我的弱小、可笑……我救不了小玖,救不了英磊,还要靠弟弟的人偶保护我……"

文潇听得心中难受,她用力握住裴思婧的手:"弱小?若不是因为你一直保护我,我早就死了。没有人可以保护所有人,也不需要保护所有人,大妖这么强,也有需要我们的时候,不是吗?"

裴思婧苦笑一声,道:"大妖可不需要我。"

"但我需要你。"

裴思婧怔了怔,文潇盯着她的眼睛,认真且坚定地重复道:"我需要。"

裴思婧隐忍许久的泪水决堤。裴思婧恨自己力量的渺小,这恨在看见英磊的伤口那一刻就已经扎根在了她的心中,眼下没有动静,但她不知何时会疯长……

裴思婧问了白玖的情况,文潇说白玖被离仑寄生了太久,即便已与离仑分离,他也需要一些时日休养,才能苏醒。

接下来一段时间里,每个人都在自行疗伤,互相疗伤,有些伤用药物、用内力便可以修复,但有些伤只能交给时间来治愈。

赵远舟昏迷了一天一夜,醒来后看似没什么大碍,但他出门时穿得比以往多了些，也更畏寒，在厚披风的衬托下，身形看着更单薄了。

卓翼宸将槐树之根交给了赵远舟。赵远舟看着槐树之根，神情悲戚。他将槐树之根放回槐江谷——离仑一直很喜欢那里。赵远舟在槐江谷坐着发呆，卓翼宸便靠在一旁静静候着。

"离仑最后留了一句话，让我带给你。"

赵远舟看向卓翼宸。

卓翼宸道："他让我告诉你，这一次，你们算和局。"

赵远舟心里百感交集，只是沉默着。一阵风过，赵远舟身形摇晃，一阵轻咳。

卓翼宸伸手扶住了他："为什么不告诉我们，你用不烬木铸剑后，已经妖力尽失……"

"说与不说，有区别吗？这剑非修不可，文潇为此连命都可不要，我这一身妖力，散就散了吧。"

他总是有本事把这种天大的事轻飘飘地带过，卓翼宸听得揪心。

"可你现在变成了……"

"变成和你们一样了啊，不是挺好吗？多少妖都想修成人，我也算得偿所愿。"

"正常人不会像你这么虚弱，风吹就倒。"

赵远舟轻轻一笑："风吹就倒？没想到有一天这个词竟然用来形容我这个极恶之妖，也是新鲜。"

卓翼宸神色难受："赵远舟……"

赵远舟指着卓翼宸，一副"我就知道会这样"的神情："你看你看……我之所以不让你们知道，就是不想看到你们这个样子。冰夷族每一代都是战神，但你现在的眼神如此幽怨，冰夷祖宗要是看到，估计要把你打死。"

"你胡说八道什么！"

赵远舟这才真的笑了："果然还是听你骂人比较习惯。"他似是不经意又问起,"文潇身上的毒,真的无解吗?"

卓翼宸眼神闪烁,又复述了一遍见温宗瑜时的经历。但他把甄枚所说的唯一解法——用妖力将毒引到自己身上,一命换一命——藏在心里,没有同赵远舟讲。卓翼宸心中有了一个决定。

赵远舟淡淡应道:"那看来只能再寻找别的办法了。走吧。"

赵远舟从傲因的做法中已经知道解毒的法子,确定卓翼宸不知道解毒的法子,他松了口气,心中也有了一个决定。

白玖陷入昏迷的第五日,在幻境之中,白玖从恍惚中醒了过来,他不知道自己睡了多久。他试着推了下柜子的门,柜子上的槐树树藤都不见了,那柜门竟然轻易地就被他推开了。白玖探出了脑袋,然后慢慢地从柜子里走出来。他仰起脸,终于再一次站到阳光下,温暖和明亮渐渐笼罩着他。

白玖终于睁开了眼睛,白颜正在用毛巾擦拭他的脸,母子俩猛然间四目相对,白颜的手停在空中。下一秒,白颜立刻紧紧地搂住了白玖:"小玖,娘终于找回你了。"

白玖怔住。娘?他不敢相信眼前的一切,直到他的手也回抱住白颜,体会到久违的触感和温度。他立刻一头扎进白颜怀里。

娘回来了,那意味着文姐姐的白泽令修复好了。然后呢,还发生了什么,时间过了多久,大家都还好吗?

"娘亲,小卓大人呢?文潇和大妖,还有裴姐姐呢?"

白颜笑笑:"他们都没事。"

白玖松了口气,道:"那就好,那真是太好了!英磊呢?我好饿啊,我要去找他给我做好吃的。"

白颜没有回答。

白玖回头,奇怪地问:"怎么了,娘亲?"

白玖的笑容渐渐消失了,眼中蓄满了眼泪。

英磊为他而死了。

白颜讲起那件事，刻意避开了英磊惨烈的死状，可白玖还是哭得停不下来，他只要一想便知道英磊当时有多疼，可是那么疼，为了自己他都没有撒手。

白玖没日没夜地哭，直到感觉泪流尽了，他才有勇气来神庙，一踏入神庙，心口又是一阵阵痛。没有了英磊聒噪声音的神庙，安静得太过悲伤。白玖静静地坐着，他没能见到英磊最后一面，只能以这样的方式为他送别。他好想英磊。

只要英磊能回来，他再也不会和英磊拌嘴了，他有好多要夸英磊的话都没有认真说出口……

可小山神再回不来了。

卓翼宸手里抱着一个坛子走进了神庙。他轻轻唤道："小玖？"

白玖抬起头，只见他已经哭得眼睛红肿，满脸泪痕，原来眼泪是流不尽的，他只要一想到英磊，眼泪自己就流了出来。

"卓大人，我不喜欢哭，但我的眼泪就是停不下来……怎么办？"

"那就不用停下来，想哭就哭，我陪着你。"

"眼泪真的好苦……小卓大人，什么时候我才可以像你一样坚强呢？等我变强了，就不会再胆小害怕，再这么难过了。"

卓翼宸摸了摸白玖的头："还是会哭的。我也会哭。眼泪与年纪无关，与强弱无关，只与我们的心有关。人心很软，不是钢铁石头，柔软的东西，总是会被坚硬、冰冷的东西刺痛。死亡，就是这个世界上最坚硬、冰冷的东西。而且流眼泪不一定都是坏事。有悲伤的眼泪，也有快乐的眼泪。"

"小卓大人，你说，英磊会怪我吗？"

"当然不会。他是为了保护你。等有一天，你也会有想要保护的人。"

卓翼宸拿起手边的坛子:"这是英磊要给你的东西,我带来了。"

白玖拿起坛子,把盖子掀开,奶香四溢。白玖愣了一下。这是一坛子杏仁酪乳。他想起来,他曾经和英磊提过他娘做的杏仁酪乳最好吃。白玖红了眼眶。

几日前,神庙,英磊正在封存一个坛子。

陆吾路过,笑着问英磊:"又在做石榴酒吗?"

英磊边用心封存边回答:"不是,我做的是杏仁酪乳。"

陆吾笑笑:"傻孩子,做这么大一坛,过几天就坏啦。"

英磊得意地回答他:"用点法术就行了,我研究清楚了!"

陆吾听后撇撇嘴,叹了口气,道:"你这个孩子,怪不得你爷爷老骂你,不好好做山神,净把法术浪费在这些不重要的东西上。"

英磊笑笑:"谁说不重要了?这很重要。爷爷总是不懂我为什么想做厨子,那是因为他去人间去得少。每一道最喜欢的菜肴背后,都住着一个最在乎你的人。因为只有最珍视你的人才会一直做同一道菜给你吃。我听人说,所有的乡愁,都可以化成一道菜,牵着你的胃,也牵着你的心,让你漂泊四海的时候总想回家。幸福的人生里,必须有一个一直为我们做菜的人。娘亲、哥哥、爱人、朋友……老神仙们说,世间百年,千种滋味。"

英磊学着他爷爷的口吻和姿态,对陆吾说道:"我爷爷说过,英磊啊,你想要做天下最好的厨子,就要懂得各种滋味。可这滋味呢……呵呵,人身上只有两个地方可以品尝出滋味,一个是舌头,另一个是心。"

陆吾笑笑,背着手离开了,若真能参透千般滋味,何尝不是一种道呢?

英磊封好坛子,便把卓翼宸约了出来。昆仑山神庙吊桥边,夕阳绚烂，英磊把坛子郑重地交给卓翼宸，嘱咐道："等小玖回来了，吃到小时候娘亲最爱做给他吃的杏仁酪乳，一定很开心。"

卓翼宸有些疑惑："那你给我干吗，自己拿给他啊。"

英磊不好意思地笑了："放我这里，我可忍不住，第二天就吃光光咯。"

这滋味是白玖记忆中快乐的滋味，英磊猜测，白玖醒来时说不定会迷茫、害怕、孤独……但只要吃下这快乐的滋味，心情也就变好了。

少年想到此，心中得意，笑得眼睛弯弯，灿烂如天边晚霞。

白玖听得眼眶通红，他低着头，用勺子挖着杏仁酪乳，一大口又一大口，眼泪一滴一滴，掉进坛子里。白玖用心、用舌头，将这个味道牢牢记住，和小山神完成最后的告别。

白玖在心里答应英磊，他会成为全天下最好的大夫。

卓翼宸陪在他身边，没有说话。

许久，白玖终于擦干了眼泪。

卓翼宸才淡淡地道："在懂得保护别人之前，你也要学会保护自己，知道吗？"

白玖神色疲惫，轻声回答："我有小卓大人保护啊。"

卓翼宸眼神一暗，低声喃喃："但也许之后，我……"

白玖没听清："小卓大人，你说什么？"

"我说……你医术高明，更应该照顾保护身边这群生死与共的朋友……"

"当然，这一点，我还是很有信心的！以后你们的健康交给我来照顾！"

卓翼宸有些不放心，不自觉地唠叨起来："特别是你文姐姐，她运气不好，总是三灾五病的，你要多照看她的身体。至于裴大人，她虽能独当一面，但偶尔也会逞强，也会自卑。你多劝她，不要总是受伤。还有赵远舟——"

白玖见卓翼宸越说越多,不由得傻眼,忍不住打断:"等等等等!卓大人,我只是一个大夫,你别给我这么大压力啊……"

白玖用奇怪的目光打量卓翼宸,卓翼宸沉默下来。

"小卓大人,你今天怎么怪怪的……"

"可能小山神的离开让我更珍惜你们了吧。"说完,卓翼宸神色黯然。

文潇这几日越发虚弱,白玖结束了给文潇诊脉,神色沉重,眼眶发红。

文潇见到白玖的表情,心中了然:"我也知道,应该是解不了了,就是不死心想试试。我也是可笑,明明早就做好了准备,还是害怕……"

白玖内疚得哭了出来:"是我的错,文姐姐,你是为了救我才把龙鳞让给我。"

文潇摸了摸白玖的头,安慰他:"傻瓜,怎么会是你的错?能把你救回来,我很高兴,因为对我而言,这天下很重要,小玖也很重要。我死了,天下会出现第二个白泽神女。但小玖,就只有一个哦。"

白玖哭着摇头:"可这个世界上也只有一个文潇啊……"

文潇愣住了,无言以对。

白玖给文潇开了许多补身体的药,又嘱咐了许多,才哭着离开。文潇叹气,白玖这两日眼睛都肿成核桃了。他刚接受了英磊离世的事实,现在又要看自己毒发身亡,对一个孩子来说,确实太过残酷。

文潇乖乖地把白玖端来的药喝了个干净。见外面天已擦黑,她走出房门,坐在门口等着赵远舟。师父和她说过,所有浪迹天涯、身在旅途的人都很孤独。唯一支撑他们的力量,就是有人在等待他们归来。有人等,是一件很幸福的事。她想尽自己所能再为赵远舟做点什么,让他觉得不那么孤独。

赵远舟的身影出现了,他远远地一笑:"你在等我?"

文潇站起来,笑着走到赵远舟身边:"是啊。"

文潇刚想再次开口,突然轻轻咳嗽起来,然后咳嗽声变得剧烈,嘴角咳出了血。

赵远舟心惊,立即扶住她。

文潇抹掉嘴角的血迹,淡淡一笑:"我没事,只是看着吓人些,其实没那么难受……"

赵远舟心如刀割,紧紧将文潇搂住:"别骗我了。"

文潇也忍不住伸出手,轻轻回抱住赵远舟,她贪恋着这个拥抱,贪恋地将头埋在大妖的胸前。她注定无法与他相守,那就记住这个温暖的怀抱吧,离开时也不会觉得孤独了。文潇眼眶发酸,抱得更紧了些。

赵远舟也更加用力地将她搂在怀里。

白颜收到了司徒鸣的传信,立即召集了众人……天都出了大事。

司徒鸣在信中说,天都几日前出现了瘟疫,已经关闭城门,封城戒严。疫病来势凶猛,天都城的大夫都束手无策。

文潇听后心里有些沉重:"难道又是妖兽所为?那向王定会给我爹施压。"

白颜担忧地看向文潇:"范大人……失踪了。"

文潇脸上立刻现出了慌张的神色,她的脸色也越发苍白:"我马上回天都!"

赵远舟牵住文潇的手:"别着急,我们一起回去。"

一行人马不停蹄地回到了天都城。

天都的街道上不见几个行人,倒是装备齐全的官兵不停巡逻,可见形势严峻。城内的空气中浮动着一股怪异的香气,谁也闻不出这是什么味道。

几人先随白玖去了一趟司徒府门口，不等他们进去，就听见司徒鸣的喝止声传来。

"别进来，我中了瘟疫，会传染的！"

"爹！我回来了！你怎么样？"

司徒鸣听到了白玖的声音，怔了怔，而后声音又惊又喜，竟有些哭腔。

"小玖？真的是你！我以为你不会回来了……爹想着，就算要死，也要在离你近一些的地方。"

"爹，别说傻话，你不会有事的！爹，天都城内现在是什么情况？"

按照司徒明所说，几日前，天都城出现瘟疫，疫病传染速度极快，此刻恐怕全城的百姓都染上了。此次瘟疫发病急，但并不凶险，目前还没有人病死，症状都是常见的咳嗽、高热，还有红疹，源头只是一个普通人家的孩子，年纪与白玖相仿。

得到线索后，卓翼宸和赵远舟立即赶往那户人家，拿到了一个奇怪的香囊。那香囊有一股特殊的香气，这种香气弥漫了整个天都，应当就是此次瘟疫的源头。

赵远舟举起那只香囊，凑近闻了闻。是妖血的味道，而且是一个他们很熟悉的妖——蛊。

而根据那个病重的孩子所说，这只香囊也是他们的一位老熟人给的。

是温宗瑜。

没想到这温宗瑜虽烧了个干净，却留下了一个烂摊子。

几人带着香囊回到了缉妖司。缉妖司内同样不见几人，大多感染了瘟疫。白玖将香囊打开，把香粉倒在桌上。

白玖一边翻着书籍，一边道："刚刚小卓大人和大妖去查线索时，我给爹服用了我们在灵犀山庄时用的药，但没有用……这只香囊里的香粉里面除了蛊的妖血，还有两种来自大荒的草，一种是无条，另一种是白芝夷。"

卓翼宸询问："无条和白芝夷？这又是什么？"

白玖拿起手中的那本《大荒珍草录》，解释道："无条是用来毒杀老鼠的，人闻久了就会浑身乏力。白芝夷则奇香无比，常常被大荒中的妖兽们用来吸引或标记猎物，同时也有麻痹的作用。这次的瘟疫很明显靠气味散播，白芝夷是关键。"

说完，白玖紧皱眉头。要怎么去解决这个问题，他还得好好想一想。

白玖留在缉妖司继续试药，文潇和赵远舟去到了观象台，此处地势高，从高处可俯瞰整个天都城，兴许能发现什么。

文潇和赵远舟牵起手催动白泽令，两人的白泽印记闪现，木箫上"白泽敕令"四字也亮起。紧接着，文潇吹奏短箫。赵远舟的手腕上，金色符环显现。他随着文潇的箫声催动符环。很快，从符环中飞出成串的金色小篆文字，笼罩在天都上空。

文潇闭眼再睁眼，已是金瞳。片刻后，一切恢复正常。文潇也恢复正常的瞳色，但因催动白泽令，她剧烈地咳嗽，很快，嘴角渗出了血。

赵远舟关心道："还好吗？"

文潇点点头："还撑得住。不过，整个天都并没有查探到任何妖兽的气息，连蛊的妖气也没有。"

赵远舟皱眉："那就更奇怪了……"

赵远舟和文潇这边一无所获。

白玖那边也没有进展。他一脸倦容，独自坐在书架前的地上翻书。满地书籍散落。

卓翼宸进来时，给白玖带了些吃食。但白玖不肯放下手里的书卷。

"我不饿,我还没找到治疗瘟疫的方法,时间不多了……"

卓翼宸无奈道:"嗯,那我不打扰你了。"

他转身想走,白玖却有些意外,抬起头。

"小卓大人,你不劝我吃点东西吗?"

卓翼宸淡淡一笑:"他们的确是让我过来劝你吃东西的,只不过,我能理解你。我知道这个时候任何劝说都没用。"

白玖垂眸:"小卓大人,其实,我有些害怕……"

卓翼宸开玩笑地拿起自己头发上编着的铃铛,递给他:"那给你抓着,和我说说看,为何害怕。"

白玖有些不好意思地笑了,却特别自然地抓着那铃铛。

"我一直以为是爹爹害了娘亲,所以才离家出走,关于父亲的回忆很少……每次只要我想起他,就会被怨恨淹没……"

卓翼宸认真地听着,而后点了点头:"血缘之爱,深入骨血,岁月和距离都无法磨灭它的存在,这份爱总会在某个不经意的瞬间被唤醒。"

白玖有些懵懂地看着卓翼宸。

卓翼宸又道:"你还记得我跟你说过,我喜欢草药的味道吗?其实,那是因为我娘在我很小很小的时候就病故了,我对她的记忆也模糊了,但我记得她身上的草药味。后来,每当我闻到草药的味道,就会感觉母亲还在抱着我。"

白玖吸了吸鼻子:"我懂了,就像我每次喝酪乳就会想起我娘,吃到好吃的就会想到英磊,听到铃铛的声音就会想到卓大人……不过,虽然我知道了真相,解除了误会,但还是没能和父亲好好吃上一顿饭,把误会和遗憾都说开……万一他治不好……可能再也没有机会了……"

卓翼宸摸了摸白玖的头,笑道:"你要相信自己,能治好的,还有时间。"

"小卓大人,你一定时常想念你父亲和哥哥吧?"

"嗯。我哥哥是一个很厉害的人,从小,他就对我说,君子担当,志不摧折。我敬佩他,更想成为他。"

"卓大人,我也非常敬佩你!我也想成为你这样的人!"

卓翼宸打趣他:"那你说说看,我是怎样的人?"

白玖叹了口气,道:"至少不是像我一样胆小,只能抓着别人抹额后面的坠子才敢前进的人啊……"

卓翼宸手指抚过头上的抹额,想起哥哥同他说过,抹额是束身自爱、克己慎行。除此之外,男子汉行走于世,还当志不摧折。那时,他也想成为哥哥那样志不摧折的人。

卓翼宸怔了怔,眼圈发红,温柔地说道:"从小到大,我都想变成哥哥,保护别人。我一直做不到,但你的出现,让我做到了,你让我变成了哥哥。"

白玖小心翼翼地问道:"卓大人,你这么喜欢你的父兄,他们离开的时候,你一定很难过吧?那你是怎么熬过来的呢?"

卓翼宸笑笑:"遇到一个人,她说,希望我无忧,不要沉溺于悲伤……她陪着我,一起长大,慢慢地,就好了……"

白玖看着卓翼宸,神情变得十分伤感:"你说的是文姐姐吧?"

卓翼宸点头。

白玖小心翼翼地又问道:"卓大人,你喜欢文姐姐,对吗?"

卓翼宸沉默不语。

白玖不解:"你可瞒不过我,我可是很关注小卓大人的。小卓大人,你一直都在默默关心着文姐姐。可你为什么不告诉她呢?"

这个问题很难回答,也很难解释,尤其要解释给一个孩子听。

卓翼宸想了又想,说:"喜欢有很多种。人们喜欢蔷薇,路过的时候夸赞它好香、好美,就摘下来,别在鬓角上、衣襟上。别人看到了,都羡慕不已。你说,这是喜欢吗?也是。但还有一种喜欢,就是每天为它浇水、捉虫,看着它枝繁叶茂,在风中翩跹,越来越美。"

白玖叹道:"小卓大人,我怎么觉得第二种比第一种喜欢还要更加喜欢呢?"

卓翼宸看着白玖:"因为第二种其实是……"

"是什么?"

卓翼宸想了想,摇摇头:"其实我也不是很懂。"

"那我更觉得对不起卓大人了……"

卓翼宸看他:"为什么这样说?"

"为了救我,文姐姐的毒才无法可解——"

卓翼宸打断:"她怪过你吗?"

白玖摇头:"当然没有了,她说,不是我的错——"

"那你就要听她的,因为,我小时候也听她的。"

白玖和卓翼宸相视一笑。

卓翼宸瞄了一眼白玖手中的医书,只见上面的药材名称晦涩难懂。

卓翼宸感慨道:"这上面好多字我都不认识,念不出来。小玖真厉害。"

白玖有点不好意思,笑得十分心虚:"其实我很多字也不认识,所以我都不念出来,怕念错了,别人笑话。"

卓翼宸低声和他一起笑:"嗯嗯,不念,不念。"

文潇自观象台回来后,就一直坐在后院水边忧心忡忡,反复想着天都的情形,一时间心口又灼烧起来。她捂着心口,吐了一口血。她强忍着痛楚。身后响起脚步声,文潇立刻起身,擦去嘴角的血,装作无事的样子。

"夜深露重,水边寒气重,披件外衣吧。"

一件外衣披到了文潇身上。

赵远舟与文潇并肩坐在一起。赵远舟抬起手,擦掉文潇嘴角残留的血迹:"在我面前,不用逞强。"

文潇苦笑道:"痛着痛着就习惯了。你一个大妖,心思这么细腻。"

"大妖生来不拘小节,但对你,格外上心。"

文潇被他逗笑了,赵远舟也笑,眸色温柔。

文潇托着下巴继续想她没想完的事,但又因赵远舟在,她觉得安心了许多。

文潇想着想着,就想到了失踪的范瑛。范瑛身为缉妖司指挥使,听上去威名赫赫,人们都觉得他是个杀伐果决之人,但文潇觉得他其实是一个温柔和蔼、心地善良的人。他对待下属很有耐心,对待百姓也极为和善。他一心为了守护百姓,不曾婚娶,总是有忙不完的公务,也有帮不完的百姓。

当年,赵远舟把她送到缉妖司时,她很惶恐,不知道这个即将要一起生活、要喊"义父"的是一个什么样的人,会不会很凶,会不会嫌弃她……但她看到他第一眼时,没想到他那么年轻,满脸挂着笑,那时她心里所有的惶恐、忐忑一下子都消失了。他把她照顾得很好,给了她家的温暖……他这个父亲,真的很好。

文潇垂眸:"当年我孤苦伶仃,举目无亲,幸得他照顾、养育。可现在轮到他孤身一人,不知去向,我却无能为力……"

赵远舟默默牵起文潇的手:"放心吧,范大人也算是我未来的爹,我一定会帮你找到他的。"

文潇脸红道:"说什么呢……谁是你爹?"

赵远舟笑容狡黠:"情同兄妹也可以叫爹啊。"

"谁想和你做兄妹啊。"

赵远舟得逞,笑得别有深意:"我也不想。"

文潇低头不说话了,赵远舟握紧了文潇的手:"不放弃,就有希望。我还等着找到范大人后就可以……"

"可以什么?"

赵远舟垂下眼睛,改口道:"回大荒。"

文潇神色黯然,她觉得自己没有办法陪赵远舟回大荒了。

赵远舟用手指轻轻擦去她的眼泪,看穿了她心中所想:"你一定可以,我说过会救你,就一定会救你。"

忽地,白玖的一声大喊传遍了缉妖司。

"啊,我知道了!我知道怎么解了!"

第二十章
心永记

天一亮，白玖和裴思婧就出现在药铺里。

白玖打开一个药柜，药柜上写着"瘆果"。他抓出一把，摊开手心，把手里红色圆形球状药果给裴思婧看："既然瘟疫靠香气传染，那我们就封闭嗅感，断绝气息，也许就能解决问题。"

裴思婧奇怪地看着那个药果："这个瘆果就是你之前给赵远舟下的那个封闭五感的药？"

白玖点头："对！这是我师父亲自研制的，对赵远舟这样的大妖都能起作用，对人肯定也有效果！"

裴思婧有些担忧："但人没了五感，岂不是和行尸走肉一样了？"

"放心，封闭五感的效用只是暂时的，最多持续三五天，之后就都能恢复正常了。封闭嗅感只是第一步，还要另外加入薰草，可解无条的毒性。"

掌柜的拿出几麻袋薰草："最近正好新进了一批，之前温先生说会出趟远门，所以连同瘆果也备了许多。"

白玖惊喜道："运气也太好了！就只须加入去病避疫的机柏木来解蜇妖血的疫症了！"

裴思婧听后，眼里也亮起一些光芒。

赵远舟和卓翼宸收到传信，立即赶往灵犀山庄。

此时两人已经站在机柏木前。原本枯萎的机柏木如今重新焕发生机，郁郁葱葱。

赵远舟对着卓翼宸一笑:"有劳卓大人。"

卓翼宸拔剑挥舞,机柏木枝丫、树叶纷纷落下。

赵远舟看着散落在地的枝丫,歪头琢磨着:"好像还是不够。"说完,他抬手念咒:"落。"

头顶大量机柏木枝丫落下,砸了卓翼宸一头一脸。他顶着一头针叶,冷眼看着赵远舟。赵远舟心虚地默默伸出手,把他头上的树叶摘下来……

拿到机柏木后,白玖立即用几味药材制成了一颗颗药丸,又经文潇的手发到百姓手里。然后,他立即拿着解药飞奔回家,将解药给司徒鸣,告诉他,如今缉妖司所有的兵士一起帮忙,在全城给百姓发药,药已经派发得差不多了。

司徒鸣欣慰摸了摸白玖的头,白玖则忽然紧紧地拥抱住父亲。司徒鸣有些怔愣,许久才回抱住白玖,露出笑容。彼此无言,这一个拥抱,隔了太多年。

眼下瘟疫危机虽已暂时解除,但还有蹊跷。白泽令找不到蚩,但瘟疫源头是蚩。可是,蚩不是已经死了吗?那就只有两种可能:一是蚩确实不在天都城内;二是他被关在崇武营的密室里,那里有诸犍的符咒,可以隔绝和压制妖气。所以赵远舟决定赌一赌。

赵远舟、文潇、卓翼宸、裴思婧脚步轻快,悄无声息地探查崇武营。白玖则被留在缉妖司。

崇武营的佛堂正中挂着的一幅祝融画像引起了赵远舟的注意,那通红的火焰并非用颜料绘成,既有人血,也有妖血。赵远舟眸色冰冷,一掌推在画像上祝融身后的墙壁上,那里果真出现了一道暗门。

裴思婧留在门外,随时照应几人,其余三人顺着暗门,摸进了一间密室。此处正是之前赵远舟和裴思婧探查过的地牢深处。

赵远舟赌对了，众人一眼便看到了被绑在房间里架子上的蜚，立刻上前查探。

蜚仍是满身血污，身上裹着披风，头发挡着脸，看不清样子，只露出一只赤色的眼睛。但他垂着头，任由众人与他说话，都没有一丝反应。

卓翼宸忽然看见角落里有一个人影，便上前打量那人的脸，吃惊地发现那人竟然是范瑛，只是范瑛露出的手臂上有青色的纹路。

卓翼宸惊骇道："范……范大人！"

文潇听到，立刻赶过来，震惊地叫道："爹？"

范瑛还是没有一丝反应。

赵远舟叹了口气，道："看范大人这个样子，还有蜚，已经变成温宗瑜炼制的妖化人了……"

文潇崩溃得掉下了眼泪。

缉妖司与崇武营一直是两股对立的力量，范瑛落入温宗瑜手中会经历什么，文潇一想便觉得浑身止不住地发抖。

赵远舟注意到了范瑛手臂上的青色纹路："青苍色……可能是夔牛……"

文潇麻木地说道："夔牛又名雷兽，可掌控雷电……"

赵远舟皱眉抬手探到范瑛腹部时，脸上露出震惊的表情。

文潇急忙问道："怎么了？"

赵远舟神色不妙地看了文潇和卓翼宸一眼："范大人的体内，有内丹……"

文潇不解："人怎么会有内丹……"

"因为我终于制造出了真正的妖化人。"

身后传来温宗瑜的声音，文潇三人起身，戒备地站到一起，回头看向声音源头。

温宗瑜现身，脸上挂着志得意满的笑容，他此时看着已与凡人有很大不同，似有了妖的特征，只是脖颈处似有蛇鳞，手臂上又隐有五色羽毛，一时竟辨不出是什么妖。而他的身边跟着甄枚，甄枚明显也变成了妖化人，半边脸上长着鱼鳞，显然温宗瑜将他炼成了拥有冉遗能力的妖化人。

赵远舟眯眼看着温宗瑜："你果然没死。"

温宗瑜不答，只露出诡异的笑容。

卓翼宸看着二人的样子，眼中带着嫌恶："好好的人不做，非要把自己变成这副鬼样子。"

甄枚冷笑道："这是涅槃新生，你当然不懂。"

涅槃，凤凰涅槃。

赵远舟想起佛堂里高挂的祝融画像身后熊熊燃烧的火焰，温宗瑜亦是被不烬木的火焰灼烧而亡。温宗瑜之前拥有龙鱼公主给他的凤珠，那时他便已经将凤珠炼化，所以他煞费苦心地寻不烬木，就是为了等着在不烬木的火焰中涅槃重生……一切都连了起来。

温宗瑜看向赵远舟，神色中有些埋怨："八年前，我就找到了不烬木，若不是你与离仑突然闯入，偷走了我的不烬木，我早就成功了。"

赵远舟面露不屑："你以为我想要那破玩意儿吗？"

温宗瑜发出诡异的笑声："得到本不属于自己的东西，必然会招引灾厄。我其实应该感谢你，因为你因戾气失控，错杀赵婉儿，令两界大乱，崇武营也才能崛起，否则我很难集中抓来这么多妖兽进行研究。但没有内丹的妖化人始终差了一点。"

温宗瑜说着，抬起手，掌心向上，突然一簇火焰在他的掌心燃烧。

"赵远舟，你亏欠我的，老天终究让你还了。我得到了不烬木，也拥有了凤凰妖力。如今有了这不烬木的火焰，我可以将所有妖怪都炼化成妖丹。很快，我身边就会有越来越多的完美妖化人。"

文潇怒视温宗瑜："我们不会让你得逞！"

温宗瑜却笑了出来："哦？可我已经得逞了……还是你们帮的忙。

你刚刚可是亲手把我做出的妖丹送给全城的百姓服用了。不然你以为我为何要制造这场瘟疫……明日之后,所有人,都会慢慢转变为妖化人。"

赵远舟神思急转,脑中浮现出红色圆球形状的痹果。

"是痹果!你还在利用白玖——"

"我自己的徒弟,我最了解。白玖天资聪颖,一定会想到用痹果来封闭五感,解决香味扩散——"

卓翼宸愤怒道:"你对妖深恶痛绝,最后却选择做妖,不可笑吗?"

温宗瑜眸色一沉,心中的愤怒化作妖气四溢:"卓统领,你也是妖,你觉得自己可笑吗?妖先伤我爱妻,再杀我妻儿、师弟!这世间惨剧,都是因妖而起!所以我要杀妖!杀光全部的妖!但我生而为人,力量渺小,做不到,所以才奋斗一生,终于制造出比妖更强大、更所向披靡的力量。"

他所做之事,亘古未有,千古留名。妖没有智慧,不懂情感,野蛮难驯,强大的力量放在他们身上实在可惜。所以他将妖的力量移到了人的身上,制造出一种新的人——妖化人。从此之后,这世间再不会有妖,只会有拥有强大力量的人!

这样做的意义,妖不懂,人怎么也不懂?人该感激他,感激他让他们不需要生活在对妖恐惧的阴影之下。

温宗瑜看向文潇、卓翼宸,目露失望:"你们的亲人也都是被妖害死,你们为何不懂我?"

文潇冷笑道:"懂你?你不顾全城百姓的意愿,把他们变成半人半妖、失去心智的怪物,如此灭绝人性,你竟然奢望我们懂你?"

温宗瑜道:"我是为他们好,妖化人没有痛苦,也没有烦恼,唯有强大的力量。我将会带领他们斩尽妖兽,踏平大荒,开创新的人世!他们应该感谢我。"

三人看着温宗瑜,均是露出嫌恶之情。他们见过妖化人,那只是承载妖力的空壳，是一具具行尸走肉。温宗瑜说得冠冕堂皇，他要的只是绝对的权力，强大的力量才能满足他膨胀的欲望，安抚他心中的恐惧和愧疚。

赵远舟实在受不了他自我感动式的演讲，直接戳破他的伪装："当年你欺骗龙鱼公主的感情在先，才导致了最终的悲剧。温宗瑜，你是个懦夫，不愿认错，也不敢直面自己，你只能把所有罪责都推卸给妖。"

温宗瑜面露凶光，满眼暴怒："赵远舟，如今你妖力全无，能奈我何？是靠这个身中剧毒、命不久矣的白泽神女，还是靠这个刚刚变妖的冰夷后人？"

卓翼宸从怀中掏出了山海寸境。

温宗瑜不屑道："又是这招？只会逃跑，是吗？"

赵远舟暗暗对文潇道："文潇，带范大人走！"

文潇点点头。

甄枚见状想要上前，忽然脚边飞来一支箭，急忙停住了脚步。

裴思婧赶到了。

下一秒，赵远舟和卓翼宸朝温宗瑜冲去。卓翼宸凌空翻身，越过温宗瑜，却是落在他身后，赵远舟突然出手，搭住温宗瑜。温宗瑜正不解时，三人的身影立刻被山海寸境的烟雾包裹，消失了。

温宗瑜被卓翼宸和赵远舟带走后，裴思婧手握短刃近身攻向甄枚，但她刺向甄枚的每一刀都仿佛刺在铁壁之上，完全伤不到甄枚分毫。甄枚抬脚，一脚踢飞裴思婧。裴思恒突然出现，接住了裴思婧。甄枚立即从手背上抠下一块鳞片，扔向裴思婧。

鳞片飞入心口，裴思婧感到眼前发虚，周围场景一晃，倒下入梦。

裴思婧睁开眼睛时发现竟身处演武场，但周围弥漫着红色的烟雾，亦真亦幻。甄枚依然站在她前面。裴思婧迅速出手，甄枚轻松地接裴思婧的招数。

"裴大人，你曾经也是崇武营的人，何必刀剑相向？"

"道不同不相为谋，你要害人，我就要杀你。"

"区区凡人，没有妖法，血肉之躯，如何杀我？在这梦境里，我的力量无穷无尽……"

是啊，血肉之躯怎么去抵抗强大的妖力？根本不可能。裴思婧心中痛恨自己无能的种子，就快要破土而出，让这个念头疯狂地长满她的大脑。裴思婧摇了摇头，强定心神。甄枚招招紧逼，裴思婧越打越吃力，很快就满头大汗，体力不支。

甄枚冷笑道："快要撑不住了吧？凡人之躯，就是这么弱小无力……"

见裴思婧神色间有所动摇，甄枚趁机一记重掌击去。裴思婧被击飞，撞到身后墙上。但是她挣扎着爬了起来，垂着头，鲜血顺着她的头发滴落。

"我给你一个选择，让你拥有强大的妖力，去保护你要保护之人，如何？"

裴思婧垂着头，没有回答，也没有拒绝。

梦境之外，甄枚想要攻击裴思婧的身体，但裴思恒牢牢地守在裴思婧身前，寸步不移。两人交手，越打越凶。

突然，甄枚一拳击向裴思恒的腹部，直接贯穿他的身体，木头的碎屑四处飞扬。裴思恒负伤，单膝跪地。

甄枚冷声道："你不是我的对手，守不住她的。"

裴思恒抬眸，目光坚定："守不住也要守！"

另一边，赵远舟和卓翼宸将温宗瑜带到了昆仑山，只是一到地方，温宗瑜便消失了。两人警惕地观察四周。

突然，一团流火如流星般坠落，朝赵远舟和卓翼宸砸去。卓翼宸展开护臂，化成光芒结界，挡下这次攻击。赵远舟认出这是凤凰之力，可御业火。接二连三的火球从天空砸下，卓翼宸的云光盾苦苦支撑。

卓翼宸有些担忧："凤凰拥有不死之身，浴火涅槃……业火越大，他灵力越强，在火里，我们打不过他……"

赵远舟笑笑："所以我才把他带到昆仑山冰雪之地，冰夷族的妖力最擅操纵冰雪，正好是业火的克星。小卓大人，快点灭火！"

卓翼宸怔了一下，立即闭上眼睛，脖子上的冰蓝纹路流转。

"剑意既有形，流水则无痕，而源本无形，念则实存……"

卓翼宸睁眼，使出剑招，云光剑芒化出剑意，剑意卷动成风，风卷起周围的冰雪，变成一股一股冰制龙卷风，朝着天空呼啸飞去，把那一个个火球包裹住。空中的火球纷纷变成冰球，砸到地面上碎裂开来，化成无数冰碴儿。

冰碴儿中渐渐升起红色的迷雾，将赵远舟和卓翼宸包裹。

赵远舟立即警觉："这烟……好像有毒？"他抬手念咒"封"，封闭了嗅觉。他刚要回头警告卓翼宸，就看见卓翼宸已经晕倒在地。

烟雾散去，卓翼宸渐渐苏醒，他和赵远舟身在桃园居，赵婉儿笑着递给赵远舟他一个酒杯。

"过来一起喝酒。"

赵远舟随着赵婉儿走了过去，赵婉儿的身边是离仑，两人同时举杯敬他。

离仑笑道："故友相见，不多喝一杯吗？"

卓翼宸转动视线，只见一群人其乐融融，都在桃园居喝酒畅谈。

白玖与英磊在划拳，白玖输了，一脸高兴地捧起酒杯就要喝酒，结果被英磊一把抢过了酒杯。

英磊警告道："小孩子不能喝酒！"

白玖噘起嘴，一脸不高兴。

英磊拿出一个坛子："小玖，来喝杏仁酪乳。"

就在这时，一支箭飞了过来，擦着卓翼宸的耳边而过。他回头看向箭飞来的方向,只见裴思婧正在教裴思恒射箭。

裴思婧心疼地看着弟弟:"你的手都受伤了,今天就先练到这儿吧。"

裴思恒笑了笑,摇头:"一点小伤而已,我可是男子汉!我还可以继续。"

裴思婧宠溺地笑笑:"来日方长,姐姐一定会好好教你箭术,不必急在一时。"

卓翼宸看着眼前和谐的画面,下意识地微笑起来。阳光和煦,温暖的感觉包裹着他,桃园居的气氛将他感染,让他觉得格外安宁。

文潇呢?卓翼宸正要寻找文潇时,身后传来文潇的声音。

"大妖!你在发什么呆!赶紧过来给我推秋千啊。"

文潇正坐在秋千上朝不远处的赵远舟招手。

卓翼宸看见赵远舟愣了愣神,走了过去,给文潇推起了秋千。

文潇回头看着他,笑得开心:"大妖,你就这样永远给我推秋千,好不好?"

赵远舟下意识回答:"好。"

"那你要永远留在这里陪我哦,你看,大家现在多幸福快乐呀。"

赵远舟还未开口,卓翼宸走了过去:"你不是说不喜欢推秋千吗?"

赵远舟笑笑:"若是为喜欢的人,我可以推一辈子。"

卓翼宸看了看眼前的景象,叹道:"若是真的能在这里待一辈子,该多好……"

赵远舟对上卓翼宸的眼睛。

卓翼宸继续道:"但你知道,这是不可能的……"

赵远舟会心一笑:"我自然知道,只不过,想要清醒地沉沦片刻罢了。"

话音刚落,桃园居里面的人忽然都消失了,只剩下赵远舟和卓翼宸。

卓翼宸问:"是梦境吧?"

赵远舟摇摇头:"应该是温宗瑜的火里有沉溺之毒。和冉遗的梦境类似,这毒会勾起我们内心深处最大的渴望,让我们沉溺其中,困在永无止境的大梦里。"

卓翼宸问:"那怎么才能醒来?"

"你还记得冉遗之梦的解法吗?"

卓翼宸点了点头,拿起云光剑,有些犹豫地把剑架在赵远舟脖子上,正要动手。

赵远舟神色一变,突然打断他:"等等……要是这里……不是梦境呢?"

突然,四周再次聚起烟雾,包围一切。待到浓雾散去,赵远舟和卓翼宸发现已经回到昆仑之门前,面前是焦急的白玖。

"小卓大人,大妖,你们没事吧?幸亏我及时赶到!"

卓翼宸还未反应过来:"小玖,你怎么在这里?"

"我不放心你们,就去崇武营找你们,得知你们在这里……我知道我师父有毕方羽毛可日行千里,就偷偷拿了赶紧来找你们!"

卓翼宸松了口气,看来是白玖帮忙解开了沉溺之毒,若是刚才真按照冉遗的梦境解法去解,恐怕正好如了温宗瑜的意。

温宗瑜悬于半空中,长袍随风浮动,他居高临下地看着三人。

"白玖,你也要与我动手吗?"

白玖手中夹起三根银针:"我知道自己不自量力,但我必须与朋友们站在一起。"

温宗瑜遗憾地笑笑:"站在一起?不好说……但我可以帮你们死在一起。"

温宗瑜又有些失望地看着卓翼宸和赵远舟:"刚才的梦境,不美吗?为何不多留一会儿?"

赵远舟嘲讽地看着温宗瑜:"美是美,但大梦一场,总要清醒。就像你所谓的大业,也是痴梦,早点清醒才是。"

温宗瑜脸色一僵,他不满道:"有什么区别?只要开心就好。在梦里,没有悔恨,没有孤独,也没有痛苦,没有恐惧,更不会失去……"

赵远舟看着温宗瑜,只觉得他很可悲:"悔恨或许是枷锁,会将你囚于过去,但钥匙其实一直都在自己手里……恐惧,会让人害怕,但也会让人强大,再弱小的人,也有保护别人的勇气和力量。孤独,会让人们彼此依靠,爱永远都不会消失,如同夏蝉,生来埋于土中,沉眠于地下,但热烈的阳光一定会穿越黑暗唤醒它,让它破土而出,发出最响亮的鸣叫……"

卓翼宸重新执剑:"再美的梦,只是自我逃避而已。你编织的梦里,景色很美,但冰冷、虚幻。真实的生活里,虽然充满悔恨、恐惧、孤独……但这些让人清醒,只有清醒的人生,才是真实的。"

温宗瑜看着下方的两个人,衣袍狂舞,如同他此刻内心压抑不住的愤怒:"冥顽不灵,既然你们那么喜欢痛苦,那就好好品尝吧!"

赵远舟和卓翼宸突然对视一眼,彼此心领神会。赵远舟召唤出纸伞,转动铃铛,红色法力一圈一圈从纸伞边缘向外扩散,朝温宗瑜席卷而去。

温宗瑜抬手,轻易地挡开了。

"可笑,你的法力已经所剩无几,真是蜉蝣撼树,螳臂当车。"

温宗瑜神色一变,突然意识到这是分散他注意力的战术,卓翼宸已出现在他身后,云光剑用力攻向温宗瑜的丹田,直捣他的内丹。

温宗瑜迅速转身,双手虚空交握,挡在腹部前方,云光剑尖宛如被无形的障碍阻挡,不进分寸,铮然被弹开。

卓翼宸翻身落地,回到赵远舟身边,神色凝重:"内丹不在他腹部。"

赵远舟面色一沉:"应当是被他藏在其他地方,有破幻真眼或者白泽金瞳才能看到……"

温宗瑜得意地一笑："换我了！"

温宗瑜反守为攻，掌中业火聚集，两个火团朝着赵远舟和卓翼宸猛冲过去。与此同时，卓翼宸张开护臂的光盾，绽放一团白色的光芒，将迎面冲击而来的两个火球挡住了。

温宗瑜不停地抛出火团，只见卓翼宸脖子上的冰纹流转得越发快速，眼瞳也泛出冰蓝光芒。卓翼宸用力大喊，二层光盾绽放，将三人护住。温宗瑜冷笑着将更多妖力注入火团之中，那火团压缩、凝固成一个鲜红色的光团，温宗瑜一挥手，红光飞向卓翼宸，第一层云盾应声而碎。不等卓翼宸反应，更多鲜红刺眼的红光击碎了第二层云盾。

卓翼宸青筋暴起，咬牙坚持。终于，最后一层光盾彻底破碎，红光冲向三人。赵远舟抢先一步，以身体充当护盾挡在卓翼宸和白玖身前。

赵远舟被火球击中，朝后弹去，狼狈地跌落在地，浑身被灼烧，冒出了黑烟。

卓翼宸不敢相信，大喊着赵远舟的名字。

还不等他反应过来，温宗瑜伸手攻向白玖。白玖隔空被温宗瑜吸扯过去，落到温宗瑜手上。温宗瑜的手掐住白玖的脖子，白玖顿时动弹不得，眼看就要窒息。

"小……小玖……放开他……"

温宗瑜藐视地上的卓翼宸："你不是想要面对现实吗？来吧。"

说完，温宗瑜手里一紧，白玖脖子一歪，整个人也失去了声息。温宗瑜把白玖的尸体砸到卓翼宸面前。

卓翼宸瞪大眼睛，难以置信，心脏仿佛被重击，不禁眼眶通红，嘶吼道："小玖！"

温宗瑜阴笑道："你做过噩梦吗？噩梦就是……当你以为结束的时候，其实才刚刚开始。"

卓翼宸有些失神，目光略微呆滞地看着温宗瑜，嘴里喃喃自语："不……不要……"

"裴思婧和文潇，也已经死了……"

卓翼宸仍在呢喃："不可能……我不相信……"

"你回头看看。"

咚！咚！身后传来两个重物落地的声响。卓翼宸回头，地面上赫然是文潇和裴思婧的尸体。两人浑身鲜血，死不瞑目。

卓翼宸耳边只剩下嗡鸣之声，心里痛苦不已。

温宗瑜嘲笑道："只剩下你自己了。恐惧吗？孤独吗？你不是说喜欢吗？"

卓翼宸跪在地上，浑身狼狈。少时，他抬眼，目光依次扫过同伴们的尸体。目光扫在白玖身上时，卓翼宸身形一顿。

白玖的发边没有铃铛。

卓翼宸恍然明白了什么："不对，这个没有铃铛的小玖是假的……原来……我还在梦里……只要我在梦里死去……"他恍恍惚惚地举起云光剑，架在自己脖子上。

空中的温宗瑜却露出了阴险的笑容。这就对了。

烟雾有毒。赵远舟抬手念咒，封闭了嗅觉，他回头正要警告卓翼宸，就看见卓翼宸已经晕倒。

从那时起，一切皆是卓翼宸经历的假象。赵远舟不知道卓翼宸在那幻象中经历了什么，只见他神色痛苦，此刻竟拿着云光剑要架在他自己的脖子上。

赵远舟着急地呼喊他："小卓，快醒醒！"

卓翼宸表情木然，眼神呆滞，深陷梦中。赵远舟只能紧紧握住云光剑的剑刃，阻止卓翼宸的动作，鲜血自赵远舟的手掌流下。

"卓翼宸！醒一醒！"

温宗瑜好整以暇道："没用的，沉溺之梦，根本无法唤醒，而且和冉遗的梦境不同，若是他在梦里自尽，现实里也同样会死……我送你们最后一程吧。"

温宗瑜最擅下棋，他知道怎么利用一个梦境，一步步去摧毁一个人的意志，即便是如卓翼宸这般意志坚定之人，也会在噩梦中崩溃。

温宗瑜先设了一个简单的梦境，任卓翼宸破开，让他误以为回到了现实，这才算是梦境的开始。接着，他要让卓翼宸使尽浑身解数，让他接近成功，再让他反复失败，这样无力感才会来得更加真头。他要让卓翼宸筋疲力尽，让他亲眼看到对他重要的人一个个死在他面前。他要让卓翼宸清楚地知道，在妖化人强大的力量面前，他是多么渺小，多么废物！成为妖又如何，他还是什么都护不住！

这样的绝望和痛苦，温宗瑜都经历过，他最清楚！

温宗瑜笑容越发阴狠，他轻轻一挥手。

赵远舟的眸中映出自天空坠落的无数火球。但他无能为力。

一股槐叶旋风席卷而来，忽地变幻成一个人影，在赵远舟面前张开双臂，用后背接下了火球。火星四溅中，他用破幻真眼看向赵远舟，也看向卓翼宸。

赵远舟一惊，看着眼前的离仑，厉声喊道："你疯了？槐树之根须修炼百年，才能令你重新化形。你如今强行催动妖力，只能换来昙花一现，片刻之后，你就会魂飞魄散。"

离仑淡淡一笑："昙花一现，也足够了。我知道你一定想用破幻真眼救回卓翼宸，所以我来帮你。"

卓翼宸的眼睛变成金色，面容似乎有些动容。

梦境之中，卓翼宸的眼睛也变成了金色的。他看见眼前白玖、文潇和裴思婧的尸体都消失了，前方天空里悬浮的温宗瑜也消失了。他有些茫然，放下了剑。

温宗瑜悠悠道："有破幻真眼又如何，它也解不了沉溺之梦。沉溺之梦根本不是法术，而是毒。"

又用毒！离仑抬头看着空中的温宗瑜，目光一凛："今日就算我魂飞魄散，也要拉着你这个天下最恶毒之人同归于尽。"

赵远舟似乎想到了什么，从怀中拿出一只青色的避毒珠。这是青耕当时作为报答交给他的，青耕承诺，只要有需要，可以随时召唤她。

赵远舟将避毒珠捏碎，手心腾起青色烟雾。青色烟雾消散，青耕出现在众人面前。

青耕看清眼前的状况，有些惊讶。

赵远舟问青耕："卓大人中了沉溺之毒，你可以解吗？"

青耕答："我可以试试，但需要时间。"

温宗瑜皱眉看着青耕，而后放声大笑："我给你一点时间，和老朋友叙叙旧如何？"

温宗瑜拿出一根毕方羽毛，手里一松，毕方羽毛飘下，落地后，一个妖化人出现在众人跟前。

竟然是蜚。

青耕震惊道："蜚？"

温宗瑜阴笑道："青耕，你不是一直很后悔，没有来得及告诉蜚你的心里话吗？"

青耕盯着蜚的妖化人，他眼神黯淡，面无表情。

青耕道："他不是蜚！"

温宗瑜诱惑道："你确定吗？"

蜚妖化人出手攻击青耕，青耕只能与他对打。

温宗瑜已经失去了耐心，从空中降落，出手攻向赵远舟。离仑飞身上前，替赵远舟阻挡温宗瑜的攻击，与温宗瑜交手。温宗瑜击退离仑，停下来，看着众人，一脸不解。

"离仑，你曾经那么想要赵远舟死，现在却帮他？赵远舟，你身为大妖，拥有天地间最强大的力量，却为了一个凡人，失去妖力，遍体鳞伤？大荒最有名的两个大妖，竟然都如此愚蠢！"

赵远舟冷笑道："你不理解，是因为你只用眼睛来衡量这人世的利益和得失，却从未用心好好感受。"

温宗瑜曾经觉得妖如野兽，原始、野蛮，没有情感。他却没有发现，眼前的这两个大妖都比他更像人。温宗瑜却早已迷失在藐视众生的权力幻梦之中，失去了情感，原始如野兽。

一旁，青耕和蛊正在对招，青耕掐住了妖化蛊的喉咙。关键时刻，她却有些犹豫了。青耕深吸一口气，道："你不是他……"

下一秒，青耕用力，将蛊妖化人的喉咙捏碎。蛊妖化人吐血，倒地死了。青耕掉下了眼泪，跪倒在地，抬手将蛊妖化人的眼睛闭上。

"可我多希望，你是他。"

时间紧迫，离仑继续牵制温宗瑜，而青耕冲到卓翼宸身边，双手聚起一团青色的光团，送进卓翼宸额间，替他解毒。

沉溺之梦中，跪在地上的卓翼宸抬起头，看见前方出现一朵青色的光团，耳边隐约听到了一阵熟悉的铃铛声……

白玖突然出现，他抓起卓翼宸头发上的铃铛用力摇晃，铃铛叮当作响。

白玖神情急切："小卓大人！你听到了吗？你快点醒醒！"

赵远舟看着白玖，大声怒斥："你来干什么！你快回缉妖司，这里太危险！"

白玖拿出手里两根红色的毕方羽毛："我从崇武营里偷来了两根毕方的羽毛，它们可以像山海寸境一样去往任何地方，我怕你和小卓大人打不过也要逞强……"

说完，白玖把羽毛塞到赵远舟手里："这两根羽毛是一对，只要施法，就可以立刻去往对方所在之处。"

赵远舟把其中一根放进白玖胸口："那你拿着，快回去缉妖司。我答应你，如果遇到危险，我和小卓立刻回去找你。你在缉妖司等我们。"

白玖犹豫着点点头："可是小卓大人……"

卓翼宸睁开了眼，神志清醒过来。

白玖惊喜道："小卓大人！"

卓翼宸的毒刚解开，头有些痛，他喃喃道："我刚在梦里看见一团青色的光……"

青耕看到卓翼宸清醒过来，松了口气："还好，把你唤醒了……我终于可以和他在一起了……"

青耕的身体渐渐消散，卓翼宸这才恍悟，那团青色的光便是青耕的内丹。

突然，离仑被温宗瑜一掌击退，身形正要倒地，左右两个人上前扶住他。离仑抬眼，看见了身边的赵远舟和卓翼宸。

温宗瑜诧异地打量着卓翼宸："你竟然可以清醒过来？"

卓翼宸道："这世间只要有人还在呼唤我的名字，就证明我还被人需要，被人期待，我就不可能沉溺在你的虚假之梦里度过余生。"

离仑闭目："当初是我有眼无珠，现在，就让我来看看你究竟是个什么东西！"

语毕，离仑的眼再次睁开，已变成金瞳。

破幻真眼显现，离仑的视线里，此刻天空之上，温宗瑜身后，是一堆巨大的黑色灰烬和红色火星构成的凤凰。

温宗瑜脸色一变，愤怒地低语："……破幻真眼！"

离仑的视线中，温宗瑜的左手臂上内丹的位置显现。

"内丹在他左臂手肘处。"

温宗瑜冷冷一笑，两团不烬木颜色的火焰在他掌中燃起："想毁我内丹？痴人说梦！"

离仑脸色变了："不烬木……"

温宗瑜得意道："槐鬼离仑，你不怕吗？"

赵远舟和卓翼宸大感不妙。

卓翼宸立即朝白玖喊："小玖，快走！我照顾不了你，你快回缉妖司!"

"快走!"

白玖看着卓翼宸的背影,抱了抱他,然后咬牙转身跑了。白玖跑得很快,他身后,一只炽烈的火球炸开,火焰和黑烟涌起。

白玖愣住了,泪水掉了下来。他停了停,拿出自己胸口那根毕方羽毛,看着羽毛,犹豫不决。最终他还是施法,消失了。

黑烟滚滚,一片狼藉。

三人躺倒在地上,都受了重伤,卓翼宸脸上布满焦黑的痕迹,赵远舟头破血流,躺在地上,奄奄一息。

离仑吐血倒地后艰难地起身,眼神凌厉,靠近卓翼宸低语:"我有办法对付他。我的真身是槐木,虽被不烬木之火克制,但同时也能引火上身。我把温宗瑜的不烬木之火都吸引过来,你们趁势毁其内丹,他必死无疑。"

卓翼宸震惊道:"但你也会死……"

离仑没有说话。他看了眼不远处倒在地上伤痕累累的赵远舟。

赵远舟说过,他虽活了几万年,但心性单纯,想事偏执,还不如人间一个十岁孩童。他那时被蒙蔽了双眼,不愿意承认。如今看来,正是因为单纯和偏执,他才会被温宗瑜利用,将大荒众妖陷入险境。那就来纠正这个错误吧,用他的全部……

之后,离仑出手,掐住卓翼宸的脖子,他手上无数黑气仿佛经脉一样,蹿进卓翼宸脖子,渐渐蔓延上他的脸,化成离仑的妖纹。

卓翼宸愣了:"离仑,你在做什么?"

离仑脸上的妖纹逐渐消失,他淡然一笑:"我把我的一半妖力给你,槐鬼和冰夷的妖力加在一起,温宗瑜算个什么东西。卓翼宸,你帮我……救朱厌……"

卓翼宸的脸上蔓延出完整的和离仑一样的黑蓝色妖纹,而离仑脸上的妖纹已经消失了。

"从诞生之时,我和他,就是大荒两个最年轻也最厉害的妖,我们旗鼓相当,永远平手,我看不惯这么没用的他……"

说完,离仑回头看向已经无法动弹、浑身沐血的赵远舟:"朱厌,剩下的一半,给你。"

黑色妖力从离仑手上飘出,涌向赵远舟,钻进赵远舟的胸膛。赵远舟渐渐清醒过来,挣扎着撑起身体,看向离仑和卓翼宸。

离仑笑笑:"不用感谢我,我只是遵守我的誓言。"

说完,离仑突然从卓翼宸身后伸出双手,包住卓翼宸的脸,他的手指瞬间变换,掐诀,卓翼宸的眼睛变成了金色的。

破幻真眼是朱厌送给离仑的,因为离仑总抱怨他引以为傲的独门本领是飞叶沾身、精魂附体,这对常人来说是杀招,可偏偏朱厌有破幻真眼,能轻易将他看穿。朱厌听闻他的抱怨,就走到离仑身后,伸手包住离仑的脸,他的手指瞬间变换掐诀,那双手后,离仑的眼睛就变成了金瞳。

朱厌笑着说将这破幻真眼送他了,这样,世间便再无人能真正看透他。而他看离仑,从今往后,不用眼,只用心。

离仑转过身,看着身后微笑的朱厌,有些不可思议地问他,那要是将来有一天,用心也看不透他,该如何呢?

赵远舟无所谓地笑笑,答他:"那就希望你对我,永远没有谎言。"

离仑又问:"朱厌,你不会后悔吗?"

朱厌淡淡地答道:"这取决于你。"

离仑想到此,眼中有了笑意。

离仑挪走覆在卓翼宸脸上的手,卓翼宸的眼睛缓缓睁开,一双冰蓝眼眸已变成了金瞳。

"这双眼睛本就不是我的,现在送给你。希望你能够看清这个世界,不要像我一样。"

说完,离仑看向赵远舟,不舍地同他告别:"我曾与你起誓,要共守大荒、不死不灭,我离仑不负誓言,说到做到。朱厌,希望你也要做到!"

离仑决绝地飞向空中,赵远舟立即冲过来伸手抓他,却只掠过他决然的衣角。

赵远舟大喊:"离仑!"

离仑在空中回身,长袍翻飞,他大笑道:"卓翼宸,你可要看清楚,别刺偏了!"

离仑双手施法,整个身体变成一大团纷飞的槐叶和树藤,朝温宗瑜席卷而去。

温宗瑜冷笑,抬手,一只火球飞向树叶,槐木树叶立即被点燃,火舌燃烧,在天空化成一条火龙,朝温宗瑜席卷而去。

离仑目光决然:"温宗瑜,我们做的错事太多,所以,一起死吧。"

温宗瑜瞪大双眼,只见天空燃烧起绚烂的火焰,仿若漫天晚霞。

冉遗的梦境之中,裴思婧紧握短刃,满脸是血,艰难地准备爬起来。甄枚又是一脚将她踢趴在地。

甄枚不耐道:"第三次了,如何,还打算继续站起来吗?"

裴思婧头发凌乱,满脸尘土和伤痕,狼狈不堪,眼睛肿胀。她垂着头,用手臂撑起身,跪在地上,咬紧牙道:"我……可以。"

甄枚冷笑,抓起裴思婧的肩膀,把她拎了起来:"裴大人,放弃吧,加入我们,不好吗?我本来身负重伤,命悬一线,现在却拥有比凡人强大十倍的力量。你本是猎妖世家,驰骋沙场,缉妖歼邪,难道不想变得更强吗?不想保护你珍爱之人吗?"

裴思婧肿胀的眼中,泪光闪动。

"凡人之躯承载不了裴大人的志向，相信我，你会焕然一新——"

甄枚笑着，话未说完，突然一窒，一把短刃扎进了他的后背。

裴思婧抽出手中短刃，扯了扯嘴角，鲜血从嘴角流出，她不屑地笑着："凡人……之躯……杀你，足够了！"

甄枚愤怒地痛击裴思婧腹部，一拳又一拳，发泄心中的气愤。

裴思婧终于连话也说不出，站也不站不住，扑通一声跪在地上，但她仍强撑着身体，不愿意倒下。

甄枚抬脚将裴思婧踩趴，裴思婧的脸被踩在地面上，手里的短刃也松开了。甄枚松开了脚，拾起她的短刃，眼里露出杀意。

"既然你如此顽固、愚蠢，那就不必再费唇舌了。"

甄枚正要把短刃刺向裴思婧，只见裴思婧突然抬手，用力抓住了刀刃，鲜血直流。

"我要……杀了你！"

甄枚一时惊讶："你竟然……"

裴思婧抬眼，费力地看着他，但目光异常坚定："我说过……我可以做到。"

裴思婧抓着刀刃，咬着牙起身，趁着甄枚吃惊，反手抢过短刃，再次攻击甄枚。甄枚回过神来，迅速迎击。

甄枚边挡边大怒道："你是凡人，不可能打得过我的！"

裴思婧不管不顾，招招杀意十足："不，在这幻境里面，你只是我心中的恐惧！"

她怕自己太弱了，无法保护她的同伴。

她怕没有猎影弓，近身打斗她不占优势。

她怕凡人之躯，永远无法战胜妖的力量。

她怕的太多了，恐惧如野草一般，快要长满了她的脑袋。而这些恐惧的念头，才她变得软弱。

现在，她将心中那念头连根拔除，没人能决定她是谁，只有她自己。

裴思婧集中信念，心中强大，此消彼长，甄枚随之节节败退。裴思婧的近身招数越发行云流水，狠辣决绝，几招便将甄枚击退，然后短刃顺势用力插入甄枚的胸口。

甄枚难以置信地看着胸口的短刃，瞪大了眼睛。

"或许，凡人之躯杀不了力量强大的妖，但我可以，杀死我自己的恐惧。"

裴思婧一身伤痕。她看着周围虚无的幻境，然后将匕首刺入自己的胸口。

冉遗的梦境之外，甄枚吐了口血，他眼神冰冷，挥向裴思恒的拳头更重。裴思恒再也抵挡不住，如同一个破败的木偶般倒地不起。甄枚拎起裴思恒往旁边扔去，裴思恒重重地落到地上，没有了声息。

甄枚在地上捡起裴思婧之前掉落的短刃，开始逼近昏迷倒地的裴思婧。眼看他就要扎向裴思婧，白玖突然冲了出来，挡在裴思婧身前。

甄枚一顿。

白玖看着甄枚，大喊："别杀她！你要杀她的话，就先杀了我！"

甄枚看着白玖，手停在空中："小玖……"

甄枚是没人要的孤儿。起初，人人都厌弃他。后来，甄枚越来越强，权势越来越大，性格越发乖戾、疯癫，人人便开始怕他。在他看来，怕总比厌弃好。

这世上唯独有两人，既不怕他，也不曾厌弃他，还给予过他关心，一个是他的老师温宗瑜，另一个则是白玖。所以他誓死追随温宗瑜，助老师完成大业，自然……他不肯，也不会伤害白玖。

每次他受伤，躺在病榻上，白玖总细心地替他上药。他怕来的次数多，白玖厌烦，便每次治病后都从衣袖掏出一颗糖果，递给白玖。

他告诉白玖："你每帮我疗伤一次，我就给你一颗糖果。"

白玖把糖果塞进嘴里，笑得甜甜的，跟他说："虽然呢，我是很喜欢吃糖的，但是你最好不要受伤了。虽然伤口可以愈合，但还是会痛的嘛。"

甄枚也笑，他看着白玖，就觉得他像弟弟，虽然他不知道有弟弟是什么感觉。

面对白玖坚毅的目光，甄枚有些愣。

"小玖，让开。让开！"

白玖不肯让，僵持间，甄枚突然瞪大眼睛，吐出了一口血。他低头，看到一截木头手臂穿胸而过。

甄枚倒地，露出他身后同样倒地的裴思恒。

甄枚抬起手伸进衣服，白玖以为他还要掏出武器，大骂道："你做了这么多坏事，你还要干吗？"

甄枚手一顿，而后张开手心，是一颗糖果。他笑笑："这次你不用救我了……"

白玖愣住了，痛心地看着甄枚的身体渐渐消逝。

裴思婧听到了白玖的呼唤，她的眼皮动了动，慢慢睁开了眼。她看着面前的白玖，露出笑容："白玖……我弟弟呢？"

白玖低头不说话。裴思婧转头，看见走廊尽头的裴思恒趴在地上一动不动。她艰难地爬起来，朝着裴思恒走去。

裴思恒望着天，好几次都觉得自己要被无边的黑暗吞噬，可他强撑着。他要等，等姐姐平安无事，他才可以消失啊。

终于，裴思恒的视线里出现了裴思婧的面容，只是她哭得很伤心。

裴思恒扬起嘴角："姐姐……你终于做到了……可惜，我不能再继续陪着你了……这一次，我是真的要走了……阿姐……这是我最后一次……保护你了……你一定要……好好活下去……

"阿姐，执念帮助我一次次冲破黑暗，来到你身边，我用尽全部，只为了保护你，多陪你走一段路。可是，姐姐，终有一日，剩下的路还是要你自己走。现在我放心了，如果有来世……"

裴思婧泪流满面，如受剜心之痛，她知道这一次便是永别。

"阿恒！不要丢下姐姐！"

盔甲的命运早已注定，裴思恒的身形渐渐随风消散。

裴思婧终于再也支撑不住，昏迷过去。

昆仑山上，燃烧的槐树叶逐渐化成星芒，星火漫天，枯木灰烬随风飞舞。赵远舟瞳孔里映着那片灼人的光华，掉下了眼泪。

他回头看向卓翼宸，卓翼宸早已默契地手执云光剑，剑芒大作。赵远舟起身，冲到卓翼宸后背，在他肩胛骨上点指结印。

赵远舟念咒，一字诀："翼！"

卓翼宸的后背，一双黑色翅膀伸展开来！

卓翼宸振翅持剑朝天空飞去，一路冲上天空。他闭目再睁开，破幻真眼金色光华流转！他看向一侧，似有离仑的幻影出现在他身边，同他并肩飞翔。

"一切虚妄，皆尽看破！"

云光剑发出金属的铮鸣，卓翼宸持剑贯穿了温宗瑜的内丹。

温宗瑜的尸体与大量槐树叶从天空中落下，随后化成灰烬，被落叶覆盖。

卓翼宸落地，而后跌跌撞撞地起身。他回头看向赵远舟，两人疲倦，相视而笑。卓翼宸正准备走向赵远舟，突然，他面前出现一个金色的结界。

天空中回荡着温宗瑜的声音："你们真的以为，打败我了吗？……凤凰涅槃，我可以在不烬木的香灰里无数次重生！"

赵远舟大惊地看向卓翼宸身后，灰烬开始涌动……

白玖站在佛堂前。

白玖记得,有一次他好奇地想要靠近这幅画,却被甄枚一把拦住。甄枚提醒过他,温宗瑜不在时,不能过去,这里设下了强力的结界法印。白玖问甄枚为何要在这里设结界,甄枚只说他也不知道。

刚刚甄枚意识消散时,一直让他快逃,他说老师已是不死之身,他可以在不烬木灰烬里永远涅槃重生,没有人斗得过他。

凤凰于不烬木灰烬中涅槃永生。

白玖紧紧盯着祝融画像前的那只香炉,香灰中有点点火星,火苗似有生命般摇曳不息。

这么强大的结界一定是用来保护涅槃的香灰,那他必须把这香灰毁掉,否则永远都打不败温宗瑜。

白玖尝试着伸手走过去,突然触碰到空气里的结界,手瞬间灼烧起来。不烬木的火焰烧着他的手,让他感受到蚀骨之痛。

白玖握紧拳头,手心里是他悄悄从卓翼宸头发上裁下来的铃铛,只要害怕时握着,他就会像小卓大人一样有勇气去保护要保护的人。

白玖眼神决绝:"我一定要做到!"

白玖进入了结界,他迈出一步,衣袍被烧成了灰。

他继续向前迈出一步,他的头发烧了起来。

再往前一步,他还有些稚嫩的脸庞上皮肉被灼烧。

每前进一步,阻力就加剧,灼烧之苦就更重,白玖忍着钻心刺骨的疼痛,继续一步步向前。

白玖想起卓翼宸嘱咐过他,在保护别人之前要先保护好自己,可惜他做不到了。他不能只保护自己,这一次,换他来保护大家。

"卓大人,我不能只保护自己,我也要保护你。"

"这一次,换我了。"

白玖闻到一股刺鼻的味道,他知道是自己的血肉在被火灼烧。好疼啊,疼得他脸上的泪与血混在一起流下。

白玖终于走到香炉前，而火焰缠绕着他的身体，一寸寸灼烧着他，他的身体也在一寸寸地化为灰烬……

昆仑山，温宗瑜再次从灰烬中重生，他伸手掐住卓翼宸的喉咙。

卓翼宸强忍着痛苦挣扎，朝着赵远舟伸手，他的手上，蓝色、黑色的两股妖力同时冲出结界，冲向赵远舟。

"这个结界可以阻拦我的身体，却阻挡不了妖力。赵远舟，我和离仑的妖力都给你，把这个结界炸了！"

蓝色、黑色的两股妖力同时冲进赵远舟的身体。他抬起头，脖子上出现冰纹，脸上离仑和赵远舟的红黑妖纹交叠。

"赵远舟，动手！"

赵远舟摇摇头："可你也在里面！"

"别管我……你的一字诀对我无效，你忘记了吗？快啊！"

赵远舟立时欣喜，抬手捏指，却突然想起刚刚自己对卓翼宸使出一字诀时，卓翼宸的背后就长出了翅膀。

"不对……为什么会这样……"

卓翼宸大声催促："赵远舟！快！"

"一字诀对你有效！你也会死！"

卓翼宸目光决绝："那我就和他一起死！快动手！"

赵远舟双目通红，浑身妖气暴涨，他伸出两指，红色戾气游走到他的指尖，但他迟迟念不出那个一字诀。他眼泪涌出，呼吸颤抖。

温宗瑜掐着卓翼宸的脖子，卓翼宸渐渐失去呼吸。

卓翼宸急着嘶吼道："赵远舟！"

赵远舟眼眶充血，撕心裂肺地喊出一句："破！"

随即，所有红色戾气瞬间包裹住金色结界，然后炸开。

漫天星火缓缓坠落，重归于尘，尘埃落定。

赵远舟垂头，颓然地站着。泪光中，他突然看见面前出现一双脚……他难以置信地抬眸,只见卓翼宸宛如神祇,站在漫天缓缓掉落的火星中间。

赵远舟笑中带泪:"为何?为何一字诀对你又不起作用了?"

卓翼宸疲倦地笑了笑:"我也不懂,可能老天爷觉得我答应过你的事情也没有做到吧。"

卓翼宸转身看着满地的灰烬,有些迟疑。

"如果温宗瑜说的凤凰涅槃是真,那他还会再重生吗?"

赵远舟感受不到任何温宗瑜的气息,他不会再重生了。

然后,赵远舟突然意识到了什么:"有人把他涅槃重生所需要的不烬木灰烬破坏了。"

卓翼宸疑惑道:"会是谁?"

赵远舟迟疑道:"或许是个特别了解他的人……才能想到……"

"小玖……"卓翼宸突然感到心口一痛,有一种不好的预感。

赵远舟拿出白玖给自己的那根毕方羽毛,递给卓翼宸:"这根羽毛,可以把你带到小玖身边。快去。我在缉妖司等你。"

文潇将范瑛带回了缉妖司,只是她刚走进大门,范瑛就睁开了眼睛,眼瞳也是青色的。

范瑛袭击文潇,文潇偏身一躲,却还是被范瑛击中了左肩。文潇手捂住肩膀,眼睛紧紧地盯着范瑛,眼眶泛红。

"爹……"

范瑛仍旧神情扭曲地朝着文潇走来。

文潇焦急又喊了一声:"爹!"

范瑛不为所动,神色狰狞,浑身散发妖气,步步逼近文潇。

文潇被迫拔出短刃。可她的左肩一时被伤得麻痹,抬不起来。

范瑛走过来,掐着文潇的脖子。

文潇不忍还击,挣扎着喊他:"爹!你醒醒!"

范瑛似有所感，忽然停下了动作，很快又再次动起来。

文潇呼吸急促，眼泪滑落，手中的匕首握紧，却迟迟不肯刺出。她痛苦地发出沙哑的声音："爹！爹！你醒醒！你别丢下我！"

范瑛突然愣住……女儿。他呆滞的目光落在文潇发髻间。

恍惚间，他回忆起女儿喜欢读书，女儿喜欢记录妖的习性，女儿总是待在卷藏馆内，一待就是一整天。女儿还有些粗心，总是把笔弄丢。所以他找人给女儿做了一支毛笔，笔管后面可储存墨水，方便女儿随手记录、书写。女儿拿起笔，爱不释手，然后随手将笔插入发髻，说这样就不会丢了。他撇撇嘴，哪有女孩子家像她这般，但转念又想了想，有，就是他范瑛的女儿才会如此！

他的女儿聪明伶俐，至纯至善，明辨是非，所以她不需要和别人家的女儿一样，她只需要自由随性地活着就好。

他记得女儿那时开心地说，他是全天下最好的爹。他听了，心中有愧，他不曾真正为人父，这头一遭定然有许多亏欠的地方。

至亲并非只靠血缘，还有真心。他用心待文潇，将她养大，文潇也待他如亲人。

他故意打趣文潇不是个让人省心的女儿。

文潇说："不省心，你才要天天把女儿记挂在心间呀，反正你这辈子都得看着我这个麻烦的女儿了。"

范瑛无奈地笑笑："是，这辈子是丢不下你了。"

范瑛呆愣地看着文潇发髻间的那支笔，表情突然挣扎起来，手上一松。文潇落地，立刻将范瑛压倒在地，匕首压在范瑛的脖子上。她眼中翻滚出的热泪一滴滴地滴落在范瑛的脸上。

原本还想挣扎的范瑛骤然呆住，不动了。他眼中的红光退去，恢复了神智，认出了文潇。

"文潇？"

文潇立即睁大了眼睛，又哭又笑，惊喜道："爹，是我，你认识我了？"

文潇收起匕首，范瑛站起了身，他将文潇扶坐到一边。他注意到了文潇身上的伤势："是爹伤了你？"

文潇急忙道："没事的，爹，只是暂时有些麻痹而已，过一会儿就会恢复的。你能醒过来就好。"

范瑛有些不解："我是如何恢复的？"

文潇注意到范瑛脸上残留的眼泪，又擦了擦自己脸上的泪。她立刻反应过来："是白泽之力……"

范瑛恍然道："白泽之力，以水为泽，可除世间邪祟，净化世间万物。"

文潇兴奋道："也就是说，白泽的力量或许可以令妖化人恢复正常？"

范瑛眼中却突然红光一闪，他紧紧皱起眉头，身体晃了晃。

文潇紧张道："爹……爹，你坚持一下，我来救你！"

范瑛艰难地摇了摇头："内丹进入人的体内，一夕落定，二生妖气，三化人为妖……整个过程只需一日。一旦妖丹在人体内彻底扎根，便再难逆转……潇儿，为父回不去了……这片刻的清醒不过是因为受你的白泽神力的影响，你去救那些百姓，趁他们体内的妖丹还没有彻底扎根……"

范瑛咬紧牙关，渐渐已有些控制不住体内乱窜的妖力。

"不会的……爹，你一定有救……"

范瑛的眼睛开始发红，他努力与妖化的意识对抗。

"潇儿，对不住了，爹答应过你，做你一辈子的爹，不会丢下你，现在怕是做不到了……"

他要为他的女儿做最后一件事，不能成为她的累赘。

范瑛趁着自己的意识再次丧失之前，突然捡起文潇刚刚跌落的短刃，重重地将短刃刺向了自己的腹部。那是内丹所在的位置。妖丹被刺破，范瑛吐出一口血，范瑛的身体化作星星点点的光慢消散。

文潇悲痛道："爹！！！"

光芒之中，范瑛看到了奔跑过来的赵远舟，幸好，会有人替他继续看着文潇、照顾文潇，他也就放心了……

文潇勉强抬起剧痛的手去抓，却只能抓到虚空。

卓翼宸赶到了佛堂。

满目空寂，他看见昏迷在一旁的裴思婧，探了她的脉搏，稍微放心一些。他继续往里面走过去，没走两步，就看见了白玖被烧焦的尸体。

卓翼宸立即本能地逃避，将脸转开，他不能相信那个缩成一团、被烧焦的尸体是白玖。他觉得胸口疼得厉害，呼吸越发急促。他喘着气，艰难地回头，看清了白玖被烧得遍体鳞伤的尸体。白玖半睁着眼睛，嘴角带着笑容，像在等待什么，烧焦的手心里攥着原本系在他发尾的铃铛。

卓翼宸一步步走了过去，泪流满面。他痛苦地地伸出手，将白玖的眼睛合上。

天都的百姓们逐渐发作。

田间，一对农民夫妻正扛着锄头、提着竹篮，妻子另一手牵着小男孩儿，准备外出干活儿。突然，小男孩儿腹痛如绞，他捂住肚子，脸上冒汗。很快，夫妻二人也都腹痛难忍，疼得弓起腰来。

食肆中，那个曾经羞辱过卓翼宸的富家公子正与他的朋友们饮酒，不知道说了什么，一群人哈哈大笑。笑声戛然而止，那富家公子突然捂着肚子，疼得面容扭曲起来。他正要叫人，抬头只见周围人都面色苍白、扭曲，哀叫连连。

放眼整个天都，如时间静止般，人人都在哀号，感知着身体在发生可怕的转化。

文潇失落地坐在地上,她看向赵远舟,摇了摇头:"赵远舟,我救不了我爹……"

赵远舟抱住她安抚,只听文潇轻声说:"但我可以救百姓,我的眼泪可以让大家恢复正常……"

赵远舟摇摇头:"恐怕来不及了……天都城内有那么多百姓……"

文潇突然开口:"来得及……"

赵远舟有些意外地看着文潇。

文潇目光坚定地道:"只要将我体内的白泽神力释放出来,化成雨降下,这样大家就都能得救了。师父教过我,这是我们白泽神女最后的献祭法术——'归离'。"

"可是,失去白泽神力,你就会死……"

文潇一笑:"我本就身中剧毒,活不久的。这不是最好的死法吗?……"

眼下,全城的百姓正在异变成妖化人,但温宗瑜已死,群龙无首,妖化人如果失控,就会导致天下大乱。她要守住这人间,这是白泽神女的命运,也是她的选择。

赵远舟想起了赵婉儿,想到赵婉儿以前与他说过的一段话。

她说,天地自古平衡,有得必有失,有因自有果,即便他承载天地间的戾气,也不会令一方失衡,是因为白泽神力是天地间的循环之力,护佑大荒,抵消戾气,守护人间。可若没有赵远舟存在,就无法凝聚戾气,那白泽之力就无法循环。

那时,赵远舟迷惑不解地看着她,问她:"我也……是天地循环的一部分吗?"

赵婉儿点头:"自然。朱厌,你觉得自己是谁?"

赵远舟无法回答,他不知道。

赵婉儿只笑笑说，他会知道的。

现在，赵远舟觉得他知道了。

他自天地戾气中诞生，也是天地循环的一部分。在冰夷族禁地的虚妄之境，应龙所预见的未来，是他最终死在云光剑下。

应龙的预言从未出过错。

这一切早已命中注定，而他的心、他的选择，也是一种定数。

赵远舟回过神来，面露一丝释然，喃喃道："原来是这样……"

文潇怔了怔，抬眼看他，有些莫名其妙。

赵远舟盯着文潇的眼睛："我还有更好的办法……"

文潇惊讶："什么？"

赵远舟没有回答，他只是自顾自地往文潇的手腕上绑上了一枚玉佩，那玉佩玉质温润，触手生温。

赵远舟笑笑："喏，说好的定情信物，你可要收好了。"

文潇有些没反应过来，赵远舟只是突然用尽全力抱住了她，然后无声地落下了眼泪。他在她耳边轻声细语，极其温柔："本大妖亲手雕的，天大地大，只此一个。弄丢了，可就再也没有了。戴着它，去大荒，一年四景，就当作我一直陪着你。我一直想做一个人，人，都会想着落叶归根。"

"赵远舟？"

文潇愣了一下，想挣开他的怀抱。可赵远舟仍然紧紧抱住她。

文潇隐隐有些心痛："大妖，你在说什么？"

赵远舟没有回答，只是问："你知道白泽令力量的源头吗？"

文潇茫然片刻，想了想，回答他："我曾听师父说过……白泽神力没有源头，而是循环。所以白泽神女可以献祭自身，启动循环。"

"白泽神力之所以是循环之力，其实来自戾气，戾气越强，白泽神力也就越强……善、恶互相抵消，循环往复。"

文潇一愣，她意识到了他要做什么，红着眼睛，用力攥住他的手：

"不行，不行——"

赵远舟却很决然："以我之身，催动白泽令重新循环，就是这天地间最强大的能量……"

文潇神色悲痛："不，这是身为神女该做的事，不应该是你……"

赵远舟轻笑："我说过，我一定会让你活下去……这不是宿命，是我的选择。不要妥协……要活着，要完成你未竟之事……"

说完，赵远舟两指施法，念道："束。"

文潇低头，突然发现手脚都已经被缠住，不禁惊骇，不断挣扎，冲着赵远舟喊："赵远舟！我不准你这样做！你放开我！赵远舟！"

文潇看着赵远舟转身离去，悲痛欲绝。她的心随着那个背影离开，也随着那个背影枯萎了。

卓翼宸如约到缉妖司与赵远舟会合，他听见了身后的脚步声，但没有动。

赵远舟看着他的背影，温柔地说："别哭。打起精神来，你还有更重要的事情要做。"

卓翼宸颓然道："没有了……最重要的，已经没有了……"

"有。"

卓翼宸回头，看着赵远舟的眼睛。

"是时候兑现你的誓言了。"

卓翼宸不动。

赵远舟转而问道："你知道为什么我对你用一字诀'翼'有效，而后面破掉温宗瑜结界时又无效吗？"

卓翼宸回头看他，脸上带着疑惑："为何？"

赵远舟答："因为我只给了你一个人免疫我一字诀的能力，那时你的体内有离仑的妖力，一字诀认为你是离仑，所以生效了。等你把离仑和自己的妖力都给了我，我的法术知道你是卓翼宸，所以不会伤你。

你看，离仑一直想杀你，最终却阴差阳错救了你。这世间种种，因果交错，总是令人哭笑不得。有些事情，注定要做。有些事情，求而不得。你的生，是离仑和小玖的死换来的。现在，天下人的生，需要用我的死来换。而我的死……"

赵远舟停住了，卓翼宸抬起头看他。

赵远舟继续道："要用你一辈子承受和冰夷同样的自责和痛苦来换……是时候兑现我们第一次相遇时你的誓言了。"

卓翼宸眼中泛着泪光，他真的没有力气再失去任何一个人了。

"赵远舟，还有别的选择吗？"

赵远舟看着他，摇摇头："冰夷和应龙，他们有别的选择吗？"

卓翼宸眼圈发红，他的声音哽咽，带着恨意："应龙化身星辰，拯救苍生，却被后世冠以妖邪之名。冰夷身为屠龙之尊，被奉为神祇，却甘心归隐红尘，做个凡人。这天地，何其荒谬。"

赵远舟笑笑："所以啊，你说，他们是妖，是人，还是神呢？"

卓翼宸沉默了。

"还记得我们的约定吗？"

卓翼宸拔出云光剑，铮铮剑鸣如同悲鸣，剑尖正在颤抖，卓翼宸的手不由自主地抖着。

赵远舟淡然一笑："这次，你可不要再刺偏了哦……"

卓翼宸已经流下两行热泪，喉头滑动。

赵远舟面不改色，负手而立，如他第一次见到卓翼宸时一样，只站着等死。

云光剑近在咫尺，卓翼宸指节颤抖，如同感到万蚁噬心。

终于，卓翼宸怒喝一声，云光剑破光向前，金属的铮鸣令万物都失了声，一片剑光照过卓翼宸苍白的脸，照过悲痛欲绝的裴思婳，最终落在赵远舟毅然决然的脸上，日光如金，他展颜一笑。

云光剑在赵远舟胸口前停了下来。

赵远舟掉下了眼泪："小卓，我就知道你下不了手，所以我早就决定——"

话音未落，云光剑刺进了赵远舟的胸膛。

赵远舟愣住，但很快，他懂了，眼眶泛起泪光。

卓翼宸抬起湿润的眼睫，一字一句："不需要你为我选，这是我自己的抉择，我愿意生生世世背负杀死挚友的罪责。你无须替我承受。"

赵远舟露出惨淡的笑容，仿佛笑他傻，笑他何苦，但千言万语，最后都只化作一个心疼、心照不宣的眼神。

"小卓大人，你还是这么——"

最后的话，没有说完，赵远舟便朝后倒下。

金属的铮鸣刺耳，仿佛要碾碎耳膜。赵远舟倒下的身体飞散出无数惊心动魄的红色光尘。

正艰难爬行到议事厅门口台阶的文潇突然发现，靠妖力维持束缚自己的缚妖索消失了。她挣扎着站起来，疯了般地朝着那红色光尘跑去，却只看见赵远舟倒在地上的身体。

"赵远舟！"

文潇紧紧抱住赵远舟的身体，红色戾气从他身体里流动出来，汹涌却不逼人，红色戾气缠绕着文潇，将她包裹其中，就好像赵远舟的怀抱。

与此同时，文潇身上的黑色毒气也被旋转的红色光芒吸出，一股股黑气旋转、溶解在红色气旋里，文潇嘴角的血迹也跟着消失。

文潇怔了怔："我身上的毒……"

赵远舟像个讨赏的孩子，笑得灿烂："我都吸走了……放心，你没事。本大妖厉害吗？……"

眼泪落在赵远舟脸上，他的脸上带着微笑。

文潇呢喃道："大妖……你说会一直陪着我的……骗子……"

"我知道你难过，但人生苦短，别难过太久了……我舍不得你漫漫余生皆在为我伤心……你的眼泪，要用来救苍生，不应该为我而流。"

文潇泪如串珠，不断滴落。她失声痛哭，泪如雨下。那些眼泪随着红色戾气，开始往天空中飞去。

赵远舟那双含情的眉眼炽热地、哀愁地，又似安详地缓缓阖上了。

"遇到你们，就像做了一个很长很美的大梦，梦总是要醒的，我现在该离开了……"

赵远舟在文潇的怀中化成红色星点，渐渐消散了。文潇眼里滴下的眼泪，不断升空，与红色戾气化作的星芒汇聚。

文潇仰头望天，崩溃得痛哭。

天空以肉眼可见的速度阴了下来，忽然乌云密布，烈风阵阵，惊雷滚滚，细雨落下，渐大，直到滂沱，顺着屋檐滴落。

雨幕中，原本伏在桌子上哀叫连连的几人根本来不及跑去躲雨，任由雨滴打在他们身上。

然而很快，他们的腹痛消失了。

"我肚子不疼了，没事了！"

"我也不疼了，难道这雨是神仙降下的甘露吗？还能治病？"

人人都觉得神奇，惊喜地四散跑进雨中。

放眼望去，天都的大街小巷，到处都是出来淋雨的人。人们在雨中欢呼着，庆幸着。

唯独文潇单薄的身影站在雨幕里，如丢了魂魄。

他说，死去的妖会变成天上的日月星辰，他会变成雨，这样只要是下雨天，就是他来陪她了。

他说，借由白泽循环之力，以他之身，驱动天地间强大的戾气，将白泽神女的眼泪化雨，散之山川河流，落向万物，这样，就能救下所有人……

他说，他不怕元神散尽。

他说，人间很好，这里有她，以身殉之，他不后悔。

文潇抬头，闭着眼睛，任由雨水和泪水一起滑过她的脸。

大雨倾盆，如悲如悯，下了很久很久。

一个月后。

街边食肆又恢复了往日的热闹，十几个食客正在全神贯注地听说书人讲故事。

说书人声情并茂道："那场及时雨啊，都说是仙雨，天降救命之甘霖。可哪有什么神仙，那是恶妖朱厌牺牲了自己，拯救了天下苍生啊……那场雨整整下了三天三夜……自此以后，天都百姓，皆念其恩德……"

食客们听得津津有味，讨论起来。

"没想到传闻中的极恶之妖竟会牺牲自己，拯救他人？"

"看来以后啊，不能只分人和妖，也得分个好坏、善恶咯……"

说书人还在娓娓讲述："又说到这个朱厌……其实，在他牺牲之前，就已经做了许多有益人间的事，也闯了很多祸，闹了很多笑话……故事啊，要从这位白泽神女说起……"

角落的桌子旁，文潇正慢慢品茶，她握着手中的玉佩，手指温柔地抚过玉佩上栩栩如生的纹路。

"是猴子捧花。"

文潇说完，目光不自觉地看向四周，而后又垂下眼眸。她知道，如果大妖在，又要纠正她，他是猿，不是猴。所以她故意这么说，就让他来纠正吧。

文潇的手指拂过玉佩的背面，那上面有赵远舟刻的话。

"但心坚，天长地久，何在意，雨暮云朝。"

文潇神色黯然。

卓翼宸看着文潇，没有说话，短短时日不见，他的鬓角已经多了白发，两缕灰白色头发挂在胸前，看起来似乎有些像赵远舟。

文潇放下玉佩，看着眼前熟悉又陌生的卓翼宸："看来大妖没有白死，你看，这么多人都还记得他……"

卓翼宸笑了笑，眼神中带着破碎的悲痛："嗯，他这个人……他这个人啊，要忘记掉，很难吧？"

文潇只苦涩地一笑，问："还没找到他的元神吗？"

卓翼宸摇了摇头。

"在最后关头，我用了流云引渡的剑招，想剥离出一小片元神，留他一线生机，就像赵远舟对待离仑那样。只是可惜，一个月了，始终不知道他那一抹神识去了哪里。"

文潇不语。

身边又有个身影坐下，是一身劲装的裴思婧。

崇武营解散了，现在由缉妖司全权负责所有妖案。

卓翼宸打趣道："裴大人怎么有空来喝茶听书啊？"

裴思婧端起茶杯饮了一口："喝茶听书没空，但见老朋友，再忙都有时间。"

文潇笑笑："听说缉妖司招募了不少新兵啊。"

裴思婧低头转了转手中的空茶杯："嗯，来了几个有志向的孩子，年纪和思恒、小玖、英磊差不多大，我每日训练他们，就总觉得，好像他们还在身边……"

卓翼宸不由得悲伤起来："裴思恒很勇敢，小玖、英磊也很勇敢，有你带领，这些新兵一定会像他们一样。"

裴思婧点点头，突然问道："你真的要走？"

卓翼宸点头："我一定要找到赵远舟最后的神识，否则，我此生负罪，难以安宁……人间川漠山海，大荒二十八山，我都会一一寻遍。缉妖司就交给你了，裴大人。"

裴思婧点点头："放心吧，我和文潇会把缉妖司打理得井井有条，毕竟是曾经的卓府，我们等你回来。"

文潇突然低下眼睛："我也要走了。"

裴思婧意外，眼神中满是不舍："你……要回大荒？"

文潇摩挲着手腕上的玉佩："嗯，回大荒，守护他的故土。"

他说，冉遗告诉他，畜生一辈子都在寻找吃饱睡好的屋檐，只有人才会想着落叶归根。所以，她要带他回大荒，他留下的遗憾，她替他去弥补。

裴思婧嘱咐卓翼宸，走之前，一定要再回一趟缉妖司，她有东西给他。

裴思婧从议事厅走出来，正看到卓翼宸站在议事厅前的台阶上。她看着卓翼宸的背影竟变得和赵远舟一模一样了。

裴思婧递给卓翼宸一个盒子："整理白玖房间的时候，发现他留了一个盒子。"

卓翼宸有些意外，接过盒子，打开。里面是白玖挂在耳边的铃铛，和一本晦涩难懂的医书。卓翼宸拿起铃铛摇晃了一下，却发现铃铛已经不响了。

裴思婧也不懂："不知道为何，白玖摘掉了铃铛里的铃心，现在已经不响了。这本医书也很晦涩难念。"

是啊，晦涩难念……白玖说过这书上的许多字，他也不认识，所以他都不念出来。

卓翼宸抱着盒子，泣不成声。冥冥之中，这像是白玖留给他的话。

恍惚间，卓翼宸仿佛看到白玖把拆掉铃心的铃铛在耳朵边晃了晃，喃喃自语："嗯，不响了。"然后，他把铃铛放在盒子里那本医书上，合上了盒子。

白玖抬起眼睛，笑得开心，对卓翼宸说："小卓大人，记得哦——"

勿想，勿念。

文潇又回到了白帝塔，她从衣袖里拿出一张泛黄的纸，小心翼翼地展开。那是她儿时和大妖签订的"不死"契约，上面还带着赵远舟的血指纹。

文潇带着笑意，静静地看着，最后却红了眼眶。她将那纸契约放在石碑上，转身离开了石室。

这可是妖血签订的，说话要算话。

文潇坐在海边的岩石上，风吹动她的衣衫，裙角飘扬。

赵远舟曾经告诉她，他经常一个人坐在大荒的海边发呆，因为大海从不在意他的悲哀和孤独。大海要操心的事情很多，每一天都有一万朵浪花在它怀里诞生……

卓翼宸骑着马，走过荒草漫野的田野，风吹乱他鬓角的白发。他在落日的余晖里，举起手中的剑，发现没有光亮。他神情失落，掉转方向，继续前往下一个地方。

荒草淹没了他的背影。

四季轮转，一年又一年，卓翼宸长出了胡楂，面容沧桑了不少。

每一天都有一万个生命坠落海底，灵魂沉溺于长眠。他那时不懂，但在赵远舟走后，他觉得自己才终于明白这种刻入骨髓的悲凉。这是赵远舟灵魂的底色，像一支破碎的曲子，辽阔、久远、荒凉。

曾经的卓翼宸和赵远舟一样，他时常坐在缉妖司后院的水池边发呆，但他面前只有三尺见方的波光，小得只能容下一盏灯、一轮月和鼠目寸光的仇恨。

卓翼宸总是忘记赵远舟活了三万年，而他只活了三十年。赵远舟看他，就像看着一个孩童不停挥舞愤怒的拳头。

皑皑的雪掉入卓翼宸发间、眉梢和肩头。

"赵远舟，下雪了。"

白帝塔，那纸泛黄的契约展开着，上面那个血指纹竟突然泛出了一阵红光，一闪即逝。随后，那纸契约无风自动，飞出塔外。

白帝塔外，余霞成绮，落日熔金。

那纸契约从落日晚霞中跌跌撞撞地飞来。卓翼宸抬头时，看见从天空中飘下的薄纸。他伸手接过。

契约上，那个血指纹再次亮了一下。

云光剑也随之发出幽蓝的光亮。

（全文完）

图书在版编目（CIP）数据

大梦归离：全二册 / 鹿礼礼改编． -- 南京：江苏凤凰文艺出版社，2024．12（2024.12重印）．
ISBN 978-7-5594-9034-6

Ⅰ．I247.5

中国国家版本馆CIP数据核字第2024JX5449号

大梦归离：全二册

鹿礼礼　改编

出版监制	辛海峰　陈　江
特约监制	刘皇甫　陆　乐
产品经理	殷　希　穆　晨　朱静云
特约策划	韩建蕊　孙海洋　高一丹
责任编辑	白　涵
特约编辑	丛龙艳
装帧设计	Recns　气味定制
出版发行	江苏凤凰文艺出版社
	南京市中央路165号，邮编：210009
网　　址	http://www.jswenyi.com
印　　刷	万卷书坊印刷（天津）有限公司
开　　本	880毫米×1230毫米　1/32
印　　张	18.5
字　　数	495千字
版　　次	2024年12月第1版
印　　次	2024年12月第2次印刷
书　　号	ISBN 978-7-5594-9034-6
定　　价	72.80元（全二册）

江苏凤凰文艺版图书凡印刷、装订错误，可向出版社调换，联系电话：025-83280257